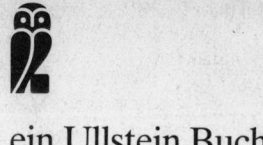

ein Ullstein Buch

ein Ullstein Buch
Nr. 20301
im Verlag Ullstein GmbH,
Frankfurt/M – Berlin – Wien
Titel der Originalausgabe:
Overload
Aus dem Amerikanischen
von Annemarie Arnold-Kubina

Ungekürzte Ausgabe

Deutsche Rechte bei
Verlag Ullstein GmbH,
Frankfurt/M – Berlin – Wien
© 1978, 1979 by Arthur Hailey
Übersetzung © 1979
Verlag Ullstein GmbH,
Frankfurt/M – Berlin
Printed in Germany 1984
Druck und Verarbeitung:
Elsnerdruck GmbH, Berlin
ISBN 3 548 20301 9

Mai 1984
72.–91. Tsd.

Vom selben Autor
in der Reihe der
Ullstein Bücher:

Letzte Diagnose (2784)
Hotel (2841)
Airport (3125)
Auf höchster Ebene (3208)
Räder (3272)
Die Bankiers (20175)

Zusammen mit
John Castle:
Flug in Gefahr (3272)

CIP-Kurztitelaufnahme
der Deutschen Bibliothek

Hailey, Arthur:
Hochspannung: Roman / Arthur Hailey.
[Aus d. Amerikan. von Annemarie
Arnold-Kubina]. – Ungekürzte Ausg. –
Frankfurt/M; Berlin; Wien: Ullstein, 1983.
  (Ullstein-Buch; Nr. 20301)
  Einheitssacht.: Overload «dt.»
  ISBN 3-548-20301-9

NE: GT

Arthur Hailey   Hochspannung

Roman

ein Ullstein Buch

Lasset eure Lenden umgürtet sein und eure
Lichter brennen.
Lukas 12, 35

O Dunkel, Dunkel, Dunkel inmitten der
Mittagsglut...
John Milton

Seit ... 1974 ist die Stromerzeugungskapazität
in Kalifornien nur um weniger als die Hälfte der
Zuwachsrate des Zeitraums von 1970–74
gesteigert worden. Als Ergebnis muß mit einem
Ruin der Energiewirtschaft in den neunziger
Jahren dieses Jahrhunderts gerechnet werden;
außerdem wird befürchtet, daß es schon in den
achtziger Jahren zu »Brownouts« und »Blackouts« kommen wird.
Fortune Magazine

Erster Teil

1

Hitze!
Erdrückende Hitze über Kalifornien. Von der dürren Landschaft im Süden an der Grenze Mexikos bis zu den ausgedehnten Waldgebieten des Nationalparks von Klamath im Norden, wo Kalifornien an Oregon grenzt. Überall waren Mensch, Tier und Pflanze von der Hitze, die seit vier Tagen wie eine ausdauernde Glucke über dem Land brütete, völlig erschöpft. An diesem Morgen – es war ein Mittwoch im Juli – sollte eine Kaltfront vom Pazifik die Hitzewelle ostwärts treiben und dem Land Regenschauer und Abkühlung bringen. Aber jetzt war es bereits ein Uhr mittags, und das Thermometer war wieder auf über vierzig Grad Celsius geklettert, ohne daß die geringste Aussicht auf einen Temperatursturz bestand.

In Städten und Vororten surrten in den Fabriken, Büros, Geschäften und Privathäusern die Klimaanlagen. Auf vielen tausend Farmen im fruchtbaren Central Valley, dem reichsten Agrarland der Welt, pumpten ganze Legionen von elektrischen Pumpen Wasser aus tiefen Brunnen, damit das Vieh auf den Weiden nicht verdurstete und Obst, Gemüse und Getreide auf Feldern und Plantagen nicht verdorrten. Kühlschränke und Tiefkühlgeräte waren unaufhörlich im Einsatz, und der alltägliche Bedarf eines verwöhnten Volkes, das die Bequemlichkeit liebt und sich mit zahlreichen energiefressenden technischen Geräten ausgerüstet hat, mußte gedeckt werden.

Kalifornien hatte schon andere Hitzewellen überlebt. Aber noch nie war der Energiebedarf so groß gewesen.

»So weit mußte es kommen«, sagte der Leiter der zentralen Lastverteilung. »Hiermit ist unsere Kapazität erschöpft.«

Diese Bemerkung war überflüssig, denn das war allen Anwesenden bekannt. Und auch die übrigen Beschäftigten des Energiekontrollzentrums von Golden State Power & Light wußten Bescheid.

Golden State Power & Light – kurz GSP&L genannt – war ein Gigant, ein General Motors unter den öffentlichen Einrichtungen. Zwei Drittel der elektrischen Energie und des Erdgases, das Kalifornien verbrauchte, wurde von der GSP&L geliefert. Der Konzern gehörte zu Kalifornien wie Sonnenschein, Orangen und Wein und wurde im allgemeinen auch mit der gleichen Selbstverständlichkeit hingenommen. Die GSP&L war reich, stark und – nach ihrem eigenen Selbstverständnis – überaus leistungsfähig. Ihre zur Schau getragene Allmacht war Grund für den Spitznamen *God's Power & Love*.

Das Energiekontrollzentrum der GSP&L glich einem unterirdischen Befehlsstand mit hohen Sicherheitsvorschriften. Ein Besucher beschrieb es einmal als eine Kombination aus Operationssaal eines Krankenhauses und Kommandobrücke eines Ozeandampfers. Im Mittelpunkt stand das Schaltpult auf einem Podium, zu dem zwei Stufen hinaufführten. An diesem Pult arbeiteten der Chef der Lastverteilung und seine Mitarbeiter. Zwei Computerterminals standen in Reichweite. An den Wänden war das Wartentableau mit den Meßgeräten der Rückmeldeanlage und das Leuchtschaltbild zur Darstellung des Netzzustandes eingebaut. Bunte Lämpchen blinkten, Uhren tickten, und Kompensographen schrieben ununterbrochen, so daß man sich jederzeit mühelos einen Überblick über die Leistung der zweihundertfünf Turbogeneratoren in den vierundneunzig Kraftwerken der GSP&L im Lande verschaffen konnte. Die Atmosphäre war voll gespannter Unruhe, während die Mitarbeiter der Lastverteilung ständig wechselnde Informationen auf ihren Monitoren ablasen. Der Geräuschpegel blieb aber dank der hervorragenden Schalldämmung niedrig.

»Sind Sie sicher, daß wir nirgends Leistung dazukaufen können?« fragte Nim Goldman, einer der Direktoren der GSP&L und Planungsleiter des Konzerns. Groß und schlank, von muskulösem Körperbau, stand er hemdsärmelig am Verteilerpult, die Krawatte wegen der Hitze gelockert. Die oberen Knöpfe des Hemdes hatte er geöffnet, und so sah man die Haare auf seiner Brust: schwarz, gelockt und stellenweise schon graumeliert. Sein Gesicht war knochig, die Haut braungebrannt, sein Blick offen, gebieterisch und meistens – wenn auch nicht heute – humorvoll. Obwohl schon Ende Vierzig, wirkte Nim Goldman meistens jünger. Nicht aber an diesem hektischen Tag. Spuren von Überlastung und Müdigkeit waren in seinem Gesicht zu lesen. Die letzten Tage hatte er bis Mitternacht gearbeitet, und morgens um vier Uhr war er schon wieder auf den Beinen gewesen. Das zeitige Aufstehen aber bedeutete auch, daß er sich in aller Herrgottsfrühe schon rasierte, so daß bis Mittag die Bartstoppeln nachgewachsen waren. Wie alle anderen im Kontrollzentrum schwitzte Nim an jenem Tag fürchterlich. Schuld daran war die Anstrengung und die Tatsache, daß die Klimaanlage aus Energieersparnisgründen vor einigen Stunden abgestellt worden war. Über Radio und Fernsehen hatten sie auch die Bevölkerung aufgerufen, wegen der kritischen Versorgungslage weniger Elektrizität zu verbrauchen. Doch wie man an der immer steiler ansteigenden Kurve auf der Grafik im Kontrollzentrum deutlich erkennen konnte, hatte dieser Appell nichts genützt.

Der Leiter der Lastverteilung, ein älterer Herr mit weißem Haar, reagierte beleidigt auf Nims Frage. Seit zwei Tagen hingen zwei seiner Mitarbeiter unaufhörlich am Telefon, um wie Hausfrauen, die verzweifelt eine seltene Ware suchten, in den übrigen Bundesländern und in Kanada elektrischen Strom einzukaufen. Das mußte Nim Goldman schließlich wissen. »Wir nehmen alles, was wir von Oregon oder Nevada bekommen können, Mr. Goldman. Pacific Intertie ist ausgelastet. Arizona hilft etwas, aber dort wird es ebenfalls langsam kritisch. Morgen wollen sie vielleicht schon von uns kaufen.«

»Das sollen sie sich aus dem Kopf schlagen. Ich habe ihnen gleich gesagt, daß wir uns nicht revanchieren können«, rief eine Mitarbeiterin herüber.

»Halten wir denn wenigstens diesen Nachmittag noch durch?« Der Vorsitzende des Konzerns, J. Eric Humphrey, unterbrach die Lektüre einer Computerhochrechnung, um diese Frage zu stellen. Wie immer klang Humphreys Stimme vornehm-zurückhaltend. Es war die kultivierte Art des alten Bostoners, der sich mit seiner Sprache gleichsam einen Panzer anzulegen pflegte. Nur wenigen Menschen gelang es jemals, diesen Panzer zu durchdringen. J. Eric Humphrey lebte seit dreißig Jahren in Kalifornien, ohne seine Neuengland-Patina gegen die lässigere Art der Leute des Westens vertauscht zu haben. Er war klein von Wuchs, hatte regelmäßige Gesichtszüge, trug statt einer Brille Kontaktlinsen und war stets tadellos gekleidet. Auch heute hatte er trotz der Hitze einen dunklen Anzug mit Weste an, und falls er ebenfalls schwitzte, so war ihm das nicht anzusehen.

»Es besteht wenig Hoffnung, Sir«, sagte der Chef der Lastverteilung. Er schluckte eine Beruhigungstablette. Die Gott weiß wievielte an diesem Tag. Die Verantwortlichen einer Lastverteilung brauchten in ihrem anstrengenden Beruf solche Pillen, und die GSP&L hatte als sozialfortschrittlicher Arbeitgeber ein Ausgabegerät aufstellen lassen, aus dem man die Päckchen mit den Tabletten unentgeltlich ziehen konnte.

»Wenn wir das schaffen«, fügte Nim Goldman ergänzend hinzu, »dann aber nur knapp – und mit sehr viel Glück.«

Wie der Leiter der Lastverteilung bereits gesagt hatte, waren alle Maschinen bis zur Grenze ihrer Leistungsfähigkeit im Einsatz: die »Spinning«-Reserve oder warme Reserve, die eigentlich in den Kraftwerken mitläuft, um plötzliche Laststöße aufzufangen, ebenso wie die Reservegeneratoren, die für die Spitzenzeiten gedacht sind und in relativ kurzer Zeit hochgefahren werden können.

Vor einer Stunde hatten sie die letzte Reserve, die beiden Gasturbinen des Kraftwerks in der Nähe von Fresno mit einer Leistung von 65 000 Kilowatt pro Turbine, eingesetzt, und schon jetzt liefen die Maschinen ohne »Spinning« auf Hochtouren.

Ein mürrisch wirkender Mann mit groben Gesichtszügen und auffallend gebeugter Haltung mischte sich ein. Er hatte das Gespräch mit angehört und fuhr jetzt barsch dazwischen. »Verdammter Mist. Wenn wir einen ordentlichen Wetterbericht für heute bekommen hätten, säßen wir jetzt nicht in der Klemme.« Es war Ray Paulsen, wie Nim Goldman einer der leitenden Direktoren und zuständig für den reibungslosen Ablauf in der Energieversorgung. Er trat ungeduldig vom Tisch zurück, wo er eingehend die Lastkurven dieses Tages mit denen anderer heißer Tage des vergangenen Jahres verglichen hatte.

»Alle Meteorologen haben sich in ihren Prognosen geirrt,

nicht nur unsere«, entgegnete Nim. »Die Zeitungen schrieben schon gestern abend, daß es kühler würde, und das gleiche habe ich auch heute früh im Radio gehört.«

»Genau aus solchen Quellen scheint mir ihre Weisheit zu stammen. Vielleicht hat sie ihre Wetterkarte aus der Zeitung ausgeschnitten«, giftete Paulsen und funkelte Nim böse an. Es war kein Geheimnis, daß die beiden Männer einander nicht mochten. Nims Doppelrolle als Planungsleiter und Vertreter des Vorsitzenden J. Eric Humphrey führte zu einer Kompetenzenkollision, und Ray Paulsen konnte, obwohl er wegen seiner langen Betriebszugehörigkeit in der Konzernhierarchie höher stand als Nim Goldman, wenig dagegen ausrichten.

»Wenn Sie mit ›sie‹ mich meinen, Ray, dürfen Sie mich ruhig namentlich erwähnen.« Alle Anwesenden drehten ihre Köpfe in die Richtung, aus der die Stimme kam, denn niemand hatte bemerkt, daß Millicent Knight, die Chefmeteorologin der GSP&L, eine kleine brünette, selbstbewußte Person, den Raum betreten hatte. Dabei war ihr Erscheinen nichts Überraschendes. Die meteorologische Abteilung gehörte mit Miss Knights Büro zum Energiekontrollzentrum und war von der zentralen Lastverteilung nur durch eine Glaswand getrennt.

Andere wären in dieser Situation vielleicht verlegen geworden. Nicht aber Ray Paulsen. Er hatte sich in den fünfunddreißig Jahren, die er bei Golden State Power & Light beschäftigt war, vom Hilfsarbeiter, Freileitungsmonteur, Leitstands- und Blockfahrer zur Führungsspitze hochgearbeitet. Sein Aufstieg begann mit einem Unfall. Bei Montagearbeiten war er während eines Schneesturms von einem Freileitungsmast gestürzt und hatte sich die Wirbelsäule verletzt. Seitdem war sein Rücken krumm. Auf Kosten des Unternehmens besuchte der junge Paulsen Abendkurse und schaffte die Ausbildung zum graduierten Ingenieur. Im Laufe der Jahre nahm sein Wissen vom GSP&L-System enzyklopädischen Umfang an. Feinere Manieren aber brachte ihm leider niemand bei.

»Quatsch, Milly«, erwiderte Paulsen barsch. »Ich habe gesagt, wie es ist, und dabei bleibt's. Wenn Sie wie ein Mann arbeiten, müssen Sie sich auch gefallen lassen, wie einer behandelt zu werden. Ich schmiere niemandem Honig ums Maul.«

Miss Knight war empört. »Das hat nichts damit zu tun, ob man ein Mann oder eine Frau ist. Meine Abteilung arbeitet sehr zuverlässig, und die Vorhersagen stimmen zu achtzig Prozent. Eine größere Erfolgsquote gibt es auch bei anderen Instituten nicht. Das wissen Sie ganz genau.«

»Aber heute haben Sie und Ihre Leute nichts als Blödsinn verzapft.«

»Um Gottes willen, Ray«, protestierte Nim Goldman. »Hören Sie doch auf. Das bringt uns nicht weiter.«

Paulsen ignorierte Nims Einwand.

J. Eric Humphrey verfolgte den Streit mit offensichtlicher Gleichgültigkeit. Manchmal hatte man den Eindruck, als habe der Vorsitzende nichts gegen diese kleinen Plänkeleien, solange die Arbeit nicht darunter litt. Wie so manche andere Leute im Geschäftsleben war Humphrey der Meinung, daß eine harmonische Organisation leicht an Selbstgefälligkeiten kranken könne. Wenn es aber nötig war, sprach er ein Machtwort und brachte die Streithähne zum Schweigen.

Strenggenommen hatte die Konzernleitung, vertreten durch Humphrey, die Direktoren Nim Goldman und Paulsen und einige andere Herren, in diesem Moment im Energiekontrollzentrum eigentlich nichts zu tun. Die Mannschaft war vollzählig, und jeder wußte, was im Notfall zu geschehen hatte. Entsprechende Vorschriften waren schon vor längerer Zeit ausgearbeitet, die meisten Berechnungen mit Computerhilfe entwickelt worden und lagen griffbereit. In einer Krise von solchem Ausmaß aber wollten sich die Autoritäten an Ort und Stelle selbst informieren.

Die große Frage, auf die niemand eine Antwort geben konnte, war: Würde der Energiebedarf so groß werden, daß er von den vorhandenen Kraftwerken nicht mehr gedeckt werden konnte? Die Folgen würden chaotisch sein. Große Teile Kaliforniens wären ohne Strom, manche Siedlungen dadurch isoliert.

Ein energiesparendes Reduzieren, ein »Brownout«, war bereits im Gange. Seit zehn Uhr vormittags hatten sie die Spannung allmählich gesenkt, und jetzt lag sie acht Prozent unter dem Normalwert. Mit dieser Reduzierung ließ sich ein wenig Energie sparen, aber es bedeutete, daß Elektrogeräte wie Haartrockner, elektrische Schreibmaschinen oder Kühlschränke um zehn Volt niedrigere Spannung bekamen, große

Maschinen sogar um neunzehn bis zwanzig Volt unter dem Normalwert. Die niedrigere Spannung ließ die Geräte schneller heiß werden und geräuschvoller als gewöhnlich arbeiten. Einige Computer waren gestört, jene, die nicht mit Spannungsreglern ausgerüstet waren, fielen aus, bis die normale Spannung wiederhergestellt sein würde. Ein Nebeneffekt der Spannungsreduktion war das Schrumpfen der Fernsehbilder. Aber alles in allem richtete ein kurzes »Brownout« keinen bleibenden Schaden an. Natürlich war auch das Licht der Glühlampen dunkler als sonst.

Ein achtprozentiges Senken der Spannung aber war wirklich die Grenze. Ein weiteres Unterschreiten der Spannungswerte mußte die Überhitzung von Elektromotoren zur Folge haben. Es konnte sogar zu Bränden kommen. Deshalb war die letzte Zuflucht die Stromsperre, das totale »Blackout« für ganze Gebiete.

Die nächsten zwei Stunden würden die Entscheidung bringen. Wenn die GSP&L die Nachmittagsspitzenlast bewältigen konnte, wäre die Versorgung auch bis zum nächsten Tag gesichert. Und falls es morgen kühler würde... Kein Problem.

Wenn aber die gegenwärtige Leistung nicht ausreichte, mußte man, wie gesagt, das Schlimmste befürchten.

Ray Paulsen gab nicht so leicht auf. »Nun, Milly«, stichelte er weiter. »Mit Ihrer Wettervorhersage für heute haben Sie ja wohl erbärmlich danebengehauen. Habe ich recht?«

»Bitte sehr, wenn Sie es so ausdrücken wollen.« Millicent Knight funkelte Paulsen mit ihren dunklen Augen böse an. »Richtig jedenfalls ist, daß einige tausend Meilen vor unserer Küste ein sogenanntes Hoch über dem Pazifik all unsere Wetterprognosen über den Haufen geworfen hat.« Zornig fügte sie hinzu: »Oder sind Sie vor lauter Elektrizität für die elementaren Naturereignisse blind geworden?«

Paulsen wurde rot. »Erlauben Sie mal!«

Miss Knight überging seinen Zwischenruf und fuhr fort: »Noch etwas. Ich habe mit meinen Leuten in den Grenzen unserer Möglichkeiten ehrliche Arbeit geleistet. Oder haben Sie vergessen, daß man bei Wettervorhersagen immer einen Unsicherheitsfaktor berücksichtigen muß? Daß Sie *Magalia zwei* zu Wartungszwecken außer Betrieb gesetzt haben, war weiß Gott nicht meine Idee. Diese Entscheidung haben Sie ganz allein gefällt – und jetzt wollen Sie mir den Fehler in die Schuhe schieben.«

Die Leute am Tisch kicherten. Einer rief: »Volltreffer!«

Wie alle wußten, war die Stillegung des Kraftwerks *Magalia 2* an der kritischen Versorgungslage auf jeden Fall mitschuldig.

Magalia 2 war ein großes Dampfkraftwerk der GSP&L im Norden von Sacramento mit einer Höchstlast von 600 000 Kilowatt. Aber seit seiner Entstehung vor gut zehn Jahren gab es mit diesem Kraftwerk Probleme. Entweder waren die Kesselrohre undicht, oder es gab andere Gründe, weshalb *Magalia 2* sehr oft ausfiel, erst vor kurzem für neun Monate, als der Überhitzer erneuert werden mußte. Doch auch nach dieser langen Reparaturzeit gab es immer wieder Störungen. Einer der Ingenieure sagte einmal, *Magalia 2* betriebsbereit zu halten hieße, ein leckes Kriegsschiff wieder flottzumachen.

In der letzten Woche hatte der Werksleiter von Magalia Ray Paulsen gebeten, Nummer 2 zu schließen, um die notwendigen Reparaturen an den Kesselrohren durchzuführen, »bevor dieser Teufelskram von Teekessel in die Luft fliegt«, wie sich der Mann ausdrückte. Bis zum Vortag hatte Paulsen seine Zustimmung strikt verweigert. Auch bevor die Hitzewelle ausbrach, hatte man wegen unvorhergesehener Reparaturen an anderer Stelle auf die elektrische Kraft von *Magalia 2* nicht verzichten können. Wie immer mußten Prioritäten gesetzt, mußte auf den günstigsten Augenblick gewartet werden. Dieser schien in der vergangenen Nacht gekommen zu sein, als die Wettervorhersage niedrige Temperaturen für den Tag versprach. Nachdem Paulsen die Vor- und Nachteile abgewogen hatte, gab er seine Zustimmung zur Stillegung der Anlage, damit wenige Stunden später, sobald der Kessel abgekühlt war, die Arbeiten beginnen konnten. An diesem Morgen nun standen die Generatoren von *Magalia 2* still, und aus einigen Kesselrohren waren bereits die schadhaften Stellen herausgeschnitten. Wie dringend man dieses Kraftwerk nun auch brauchte, es würde nicht eher als in zwei Tagen wieder betriebsbereit sein.

»Wenn Sie uns nicht sinkende Temperaturen versprochen hätten«, knurrte Paulsen, »wäre *Magalia zwei* nicht stillgelegt worden.«

Der Vorsitzende schüttelte den Kopf. Er hatte genug gehört.

Fragen stellen konnte er auch später noch. Jetzt war nicht der richtige Moment dafür.

Nim Goldman hatte sich inzwischen mit den Leuten am Schaltpult unterhalten. Nun wandte er sich mit seiner kraftvollen Stimme, die so manches Stimmengewirr zu übertönen vermochte, an die Umstehenden: »In einer halben Stunde müssen wir die Brennstoffzufuhr verringern. Daran besteht kein Zweifel mehr.« Er sah den Vorsitzenden an. »Wir sollten die Presse verständigen. Fernsehen und Rundfunk können die Bevölkerung vorwarnen.«

»Tun Sie das«, sagte Humphrey. »Und vielleicht kann mir inzwischen einer von Ihnen eine Telefonverbindung mit dem Gouverneur herstellen.«

»Jawohl, Sir.« Ein junger Leitstandsfahrer ging zu einem der Telefonapparate und wählte.

Die Gesichter im Schaltraum sahen düster aus. Was nun geschehen würde – ein vorsätzlicher Abbruch der Strombelieferung –, hatte es in der hundertfünfundzwanzigjährigen Geschichte dieses öffentlichen Versorgungsbetriebes noch nicht gegeben.

Nim Goldman telefonierte von einem anderen Apparat aus. Er sprach mit der Presseabteilung, die in einem Nebengebäude untergebracht war. Die Öffentlichkeit sollte durch die Medien erfahren, was bislang nur einigen wenigen Leuten bei der GSP&L bekannt war, die Technik der sogenannten »Rollstromsperren«, wie sie sie für einen solchen Notfall schon vor Monaten konzipiert hatten. Die Bezeichnung stammte von einer jungen Sekretärin, nachdem ältere und besser bezahlte Mitarbeiter nicht entfernt so gute Einfälle gehabt hatten, um den flüchtigen Charakter dieser Maßnahme und die gerechte Verteilung der Blackouts auf das ganze Land auszudrücken. Einer der verworfenen Vorschläge war: »Stromsperrsequenzen«.

»Ich habe hier das Büro des Gouverneurs in Sacramento, Sir«, sagte der junge Leitstandsfahrer zu Eric Humphrey. »Der Gouverneur ist auf seiner Ranch in der Nähe von Stockton, und sie versuchen ihn zu erreichen. Wir sollen am Apparat bleiben.«

Der Vorsitzende nickte und griff zum Telefonhörer. Er bedeckte die Sprechmuschel mit der Hand und fragte: »Weiß jemand, wo der Chef ist?« Es war unnötig zu erklären, wen er meinte. »Chef« war hier der Chefingenieur Walter Talbot, ein gelassener, unbeugsamer Schotte, der sich dem Ruhestand näherte. Sein Einfallsreichtum war legendär.

»Ja«, sagte Nim Goldman. »Er ist zu Big Lil hinausgefahren.«

Der Vorsitzende runzelte die Stirn. »Ich hoffe, daß dort draußen alles in Ordnung ist.«

Instinktiv richteten sich alle Augen auf die Instrumententafel, über der zu lesen stand: *La Mission Nr. 5.* Das war Big Lil, der neueste und größte Generator im Kraftwerk La Mission, fünfzig Meilen vor der Stadt.

Big Lil – eine Riesenmaschine, die ein Zeitungsschreiber nach der Erbauerfirma Lilien Industries aus Pennsylvania als erster scherzhaft so genannt hatte – war ein Monster unter den Generatoren mit einer Höchstleistung von ein und einer viertel Million Kilowatt. Enorme Ölmengen waren nötig, um genügend Dampf für den Betrieb dieses Generators zu erzeugen. In der Vergangenheit hatte es Stimmen gegeben, die Big Lil kritisierten. Schon während der Planung hatten Experten es als reinen Wahnsinn bezeichnet, einen so großen Generator zu bauen, weil man sich nicht derart auf eine einzige Energiequelle verlassen dürfte. Es wurden recht unwissenschaftliche Beispiele, bei denen unter anderem auch Eier und ein Korb eine Rolle spielten, vorgebracht. Andere Experten widersprachen und wiesen auf die größere Rentabilität hin: Elektrizität in einem solchen Ausmaß produziert sei billiger. Die zweite Gruppe setzte sich durch und schien bis heute recht zu behalten. In den zwei Jahren, die Big Lil in Betrieb war, erwies er sich ökonomischer als kleinere Generatoren, und allen Pessimisten zum Trotz arbeitete er zuverlässig und völlig problemlos. Der Bandschreiber im Energiekontrollzentrum zeigte, daß Big Lil sein Bestes gab und sechs Prozent der Gesamtlast der GSP&L trug.

»Heute morgen soll an der Turbine ein Rütteln bemerkt worden sein«, berichtete Ray Paulsen dem Vorsitzenden. »Walter Talbot hat mit mir darüber gesprochen. Obwohl es vielleicht nichts Ernsthaftes ist, waren wir uns einig, daß er sicherheitshalber einmal nachsehen sollte.«

Humphrey nickte beifällig. Hier hätte der Chefingenieur ihnen im Moment auch nicht helfen können, obwohl seine Anwesenheit eine beruhigende Wirkung gehabt hätte.

»Der Gouverneur, bitte«, meldete ein Telefonist in Humphreys Apparat. Und einen Moment später hörte er eine vertraute Stimme: »Guten Tag, Eric.«

»Guten Tag, Sir«, erwiderte Humphrey steif. »Ich fürchte, ich muß Ihnen eine Unglücks...«

In diesem Augenblick geschah es.

Von der Wartetafel unter der Anzeige *La Mission Nr. 5* kamen kurze, hohe Summtöne. Gleichzeitig blinkten gelbe und rote Warnlichter. Die Nadel des Bandschreibers von *Nummer fünf* stockte und fiel dann steil ab.

»Mein Gott«, rief einer der Anwesenden. »Big Lil ist ausgefallen!«

Daran bestand kein Zweifel. Der Schreiber und die Anzeigegeräte standen auf Null.

Reaktionen gab es sofort. Im Energiekontrollzentrum ratterte der Automatenschreiber und spie in enormer Geschwindigkeit Lageberichte aus, während Hunderte von Schaltern im Hochspannungsnetz an Abspannbrücken und Umspannwerken auf Computerbefehl die Arme öffneten. Durch diese Trennschaltung sollte das Stromnetz geschont und die anderen Generatoren vor Beschädigung bewahrt werden. Es bedeutete allerdings auch, daß große Teile des Landes vom totalen Blackout betroffen waren. Innerhalb weniger Sekunden waren Millionen von Menschen – Fabrikarbeiter, Büroangestellte, Farmer, Hausfrauen, Käufer und Verkäufer in Läden und Kaufhäusern, Personal und Gäste von Restaurants, Buchdrucker, Tankwarte, Börsenmakler, Hoteliers, Friseure, Filmvorführer, Kinobesucher, Schnellbahnfahrer, Fernsehleute und Zuschauer, Barmixer, Postsortierer, Weinbrandhersteller, Ärzte, Dentisten, Tierärzte, Pinball-Spieler... eine ad infinitum fortsetzbare Liste – ohne elektrischen Strom und mußten ihre Tätigkeiten einstellen.

In Gebäuden blieben Aufzüge zwischen den Stockwerken stehen. Flughäfen waren lahmgelegt. Auf Straßen und Highways fielen die Ampeln aus, und ein schlimmes Verkehrschaos entstand.

Mehr als ein Achtel von Kalifornien – eine Fläche, die größer war als die gesamte Schweiz, mit einer Bevölkerung von ungefähr drei Millionen – war plötzlich lahmgelegt. Was noch vor kurzem als bloße Möglichkeit erwogen worden war, wurde nun Wirklichkeit. Und es wurde viel schrecklicher, als man befürchtet hatte.

In der zentralen Lastverteilung, die zu einem besonders abgesicherten Stromnetz gehörte und vom Blackout nicht betroffen war, arbeitete man fieberhaft. Es wurden Notstandsverordnungen verbreitet und telefonisch Anweisungen an Kraftwerke und Netzleitstellen gegeben. Die Leute von der Lastverteilung studierten Kartenmaterial und überprüften ständig die Bilder auf den Monitoren. Sie würden noch lange zu tun haben, wenn auch die Computer ihnen die Arbeit erleichterten.

»He«, rief der Gouverneur ins Telefon. »Mein Fernsehapparat ist ausgegangen. Der Strom scheint weg zu sein.«

»Ich weiß«, sagte Humphrey. »Deshalb rufe ich ja an.«

Zur selben Zeit brüllte Ray Paulsen in ein anderes Telefon – eine Direktleitung zur Warte von La Mission: »Was zum Teufel ist mit Big Lil los?«

2

Die Explosion im Kraftwerk La Mission von der Golden State Power & Light ereignete sich ohne Vorwarnung.

Eine halbe Stunde vorher war der Chefingenieur Walter Talbot eingetroffen, um *La Mission Nr. 5* – Big Lil –, der Berichten zufolge in der vergangenen Nacht vibriert haben sollte, einer Inspektion zu unterziehen. Talbot war ein hagerer Mann, nach außen hin mürrisch, in Wirklichkeit aber mit trockenem Humor begabt. Er sprach noch immer mit seinem breiten Glasgower Akzent, obwohl er in den letzten vierzig Jahren von Schottland nicht mehr gesehen hatte als ein gelegentliches Burns Night Dinner in San Francisco. Er nahm sich für alle Arbeiten Zeit, und so besichtigte er auch an diesem Tag Big Lil sehr gründlich, wobei der Leiter des Kraftwerks, ein gütiger Gelehrtentyp namens Danieli, ihn begleitete. Dabei blieb der gigantische Generator in Aktion und erzeugte mehr Strom, als man für zwanzig Millionen mittelstarker Glühlampen gebraucht hätte.

Talbot und der Kraftwerksleiter, deren Ohren entsprechend

geübt waren, konnten ein schwaches Vibrationsgeräusch hören, das sich vom normalen gleichmäßigen Gebrumm der Turbine unterschied. Doch nach allen möglichen Tests, unter anderem mit einer Kunststoffsonde an einer Hauptleitung, erklärte Talbot: »Kein Grund zur Beunruhigung. Der dicke Bursche wird uns so schnell keinen Kummer machen. Was wirklich zu tun ist, werden wir erledigen, wenn die Panik vorbei ist.«

Während er sprach, standen die beiden in der Nähe von Big Lil auf dem Metallgitter, das in der kathedralenähnlichen Turbinenhalle als Zwischenboden diente. Der riesige Turbogenerator, ein Block von stattlicher Länge, ruhte auf Betonfundamenten, wobei er aussah wie ein gestrandeter Walfisch, unter dessen Stahlhaut Erregermaschine, Dampfleitungen, Turbinen und der Generator versteckt lagen. Beide Männer trugen Schutzhelme und Ohrenschützer. Keine dieser Vorsichtsmaßnahmen aber war eine Hilfe, als sich plötzlich unter ohrenbetäubendem Lärm eine Explosion ereignete. Talbot und der Kraftwerksleiter spürten den Luftstoß der Detonation, zu der es unter der Haupthalle gekommen war und bei der eine Dampfleitung von drei Fuß Durchmesser, eine von mehreren Leitungen zwischen Dampfkessel und Brennkammer, zerrissen wurde. Eine der kleineren Ölleitungen wurde ebenfalls beschädigt. Die Explosion und der fast gleichzeitig entweichende Dampf tosten wie rollender Donner. Einen Augenblick später drang der Dampf, der eine Temperatur von 530 Grad Celsius hatte, unter einem Druck von 186 bar durch den Gitterrost, auf dem die beiden Männer standen.

Sie waren sofort tot. Buchstäblich gekocht, wie Gemüse im Dampfkochtopf, und eingehüllt in eine schwarze Rauchwolke, die von der brennenden Ölleitung aufstieg. Funken von wegspritzenden Metallteilen hatten das herausfließende Öl entzündet.

Zwei Arbeiter, die auf einem Gerüst mit Malerarbeiten beschäftigt waren, versuchten in panischer Angst den fünf Meter höher gelegenen Umlaufgang zu erreichen, als der schwarze Rauch aufstieg. Es gelang ihnen nicht. Sie fielen in die Hölle unter ihnen.

In der Schaltwarte, die fünfundsechzig Meter von dem Unglücksort entfernt und durch Doppeltüren geschützt war, reagierte man geistesgegenwärtig genug, um die totale Katastrophe zu verhindern. Einer der Techniker am Schaltpult schaltete Big Lil mit Hilfe des automatischen Apparates ab, ohne daß der Turbogenerator an seinen wichtigsten Teilen Schaden nahm.

Es würde mehrere Tage dauern, bis man Ursache und Umstände der Explosion im Kraftwerk von La Mission mit Expertenhilfe sowie den Leuten des Sheriffs und des FBI geklärt haben würde. Der Verdacht, daß es sich um Sabotage handelte, tauchte schnell auf und sollte sich später als richtig erweisen.

Schließlich bot das zusammengetragene Beweismaterial ein ziemlich klares Bild von der Explosion und den Ereignissen, die ihr vorangegangen waren.

An jenem Morgen um elf Uhr vierzig war ein mittelgroßer Mann, ein Weißer, sauber rasiert und von blasser Gesichtsfarbe, mit einer Stahlbrille und in der Uniform der Heilsarmee, zu Fuß am Haupteingang des Kraftwerks von La Mission erschienen. In der Hand trug er eine Diplomatentasche.

Vom Wachtposten befragt, zeigte der Besucher ein Schreiben, wie es schien auf Briefpapier der GSP&L, durch das er autorisiert wurde, von den Beschäftigten des Betriebes Geld zu sammeln zur Organisation eines freien Mittagstisches für hilfsbedürftige Kinder.

Der Wachtposten erklärte dem Vertreter der Heilsarmee, daß er sich mit seinem Brief ins Büro des Kraftwerksleiters begeben müßte. Er gab dem Mann eine Beschreibung, wie er das im ersten Stock des Hauptgebäudes gelegene Büro erreichen könnte. Der Besucher verschwand in die ihm beschriebene Richtung, und der Wachtposten sah ihn nach ungefähr zwanzig Minuten das Kraftwerk wieder verlassen. Wie der Wachtposten bemerkte, hatte der Mann noch seine Tasche bei sich.

Eine Stunde später kam es zur Explosion.

Wenn die Sicherheitsvorschriften genau befolgt worden wären, hätte ein solcher Besucher das Kraftwerk nur in Begleitung eines Angestellten der GSP&L betreten dürfen, wie man bei der anschließenden Untersuchung des Falls durch den Coroner erfuhr. Aber wie auch in anderen öffentlichen Einrichtungen war es um die Sicherheit bei der GSP&L nicht gut bestellt. Bei vierundneunzig Kraftwerken, riesigen Betriebsgeländen, Hunderten von unbewachten Umspannwerken, einer Reihe von

Bezirksbüros und der in zwei Hochhäusern untergebrachten Hauptverwaltung hätten wirksame Sicherheitsvorkehrungen, wenn sie überhaupt durchführbar waren, ein Vermögen gekostet. Und das in einer Zeit der steigenden Brennstoffpreise, Personal- und anderer Betriebskosten, während sich die Konsumenten beklagten, daß die Strom- und Gasrechnungen der GSP&L bereits viel zu hoch waren, und sie jeder Erhöhung Widerstand entgegensetzten. Aus diesen Gründen beschäftigte man relativ wenige Angestellte, die mit Sicherheitsaufgaben betraut waren. Das Risiko war also mit einkalkuliert.

Im Kraftwerk von La Mission zeigte es sich aber, daß das Risiko viel zu groß gewesen war.

Die Ermittlungen von Polizei und FBI förderten einiges zutage. Der angebliche Offizier der Heilsarmee war ein Betrüger, der in einer höchstwahrscheinlich gestohlenen Uniform gekommen war. Der Brief, den er vorzeigte, konnte durchaus auf GSP&L-Papier geschrieben worden sein – es war schließlich nicht schwer, sich einen solchen Briefbogen zu beschaffen –, aber er war auf jeden Fall eine Fälschung. Den Beschäftigten der GSP&L war es streng verboten, sich während der Arbeitszeit an Sammlungen zu beteiligen, und es konnte auch niemand ermittelt werden, der einen solchen Brief geschrieben hatte. Der Pförtner von La Mission konnte sich auch nicht erinnern, einen Namen unter dem Schreiben entziffert zu haben, sondern bezeichnete die Unterschrift als einen »Schnörkel«.

Fest stand auch, daß der Besucher, nachdem er erst einmal im Kraftwerk war, das Büro des Kraftwerksleiters nicht aufgesucht hatte. Jedenfalls hatte ihn dort niemand gesehen. Es war unwahrscheinlich, daß man ihn übersehen haben konnte. An seine Fragen hätte man sich bestimmt erinnert.

Den Rest konnte man sich also denken.

Aller Wahrscheinlichkeit nach war der falsche Heilsarmeeoffizier die kurze Metalltreppe zum Kabelkeller unter dem Turbinenhaus hinuntergestiegen. Diese und die nächste Ebene waren nicht durch störende Decken von den oberen Ebenen getrennt, so daß man durch ein Netz von Leitungen die unteren Teile der Generatoren in der darüberliegenden Turbinenhalle durch die Gitterböden erkennen konnte. *Nummer fünf* – Big Lil – war bestimmt nicht zu verfehlen, schon wegen seiner Größe nicht.

Vielleicht hatte sich der Eindringling auch vorher über den Grundriß des Kraftwerks Informationen verschafft, obwohl das nicht einmal notwendig war. Die Hauptmaschinenhalle war eine völlig unkomplizierte Anlage, kaum mehr als ein riesiger Kasten. Vielleicht hatte er auch gewußt, daß La Mission, wie alle modernen Kraftwerke, stark automatisiert war, und es deshalb nur wenige Bedienstete gab. Aus diesem Grund waren die Chancen, sich unbeobachtet bewegen zu können, ausgesprochen gut.

Mit größter Wahrscheinlichkeit ging der Eindringling schnurstracks zu einer Stelle direkt unter Big Lil, wo er seine Aktentasche öffnete und die Dynamitbombe herausnahm. Er mußte sich dann nach einem geeigneten Anbringungsort für die Bombe umgesehen und sich den Flansch an der Verbindung zweier Dampfleitungen ausgesucht haben. Als nächstes mußte er den Zeitzünder eingestellt und die Bombe angebracht haben. Damit bewies er allerdings, wie wenig er von der Technik eines Kraftwerks verstand. Wäre er besser informiert gewesen, hätte er die Bombe bestimmt näher am Generator selbst angebracht. Der Schaden wäre beträchtlich größer gewesen, und Big Lil wäre vielleicht für ein ganzes Jahr außer Aktion gesetzt worden.

Sprengstoffexperten bestätigten, daß es sich tatsächlich so verhalten haben könnte. Der Saboteur hatte wohl einen Dynamitkegel eingesetzt, der zielgerichtet wie eine Kugel alles sprengte, was in einer bestimmten Richtung lag. In diesem Fall eine Dampfleitung, die vom Kessel kam.

Sofort nachdem der Saboteur die Bombe angebracht hatte, mußte er – so lautete die Hypothese weiter – vom Hauptgebäude zum Tor des Kraftwerks zurückgegangen sein und genauso unauffällig, wie er gekommen war, das Kraftwerk wieder verlassen haben. Von da ab fehlte jede Spur. Trotz intensiver Untersuchung ergaben sich keine Anhaltspunkte zur Identifizierung des Mannes. Zwar wurde bei einer Rundfunkanstalt angerufen, wobei sich eine revolutionäre Untergrundbewegung – die sogenannten Freunde des Friedens – angeblich zu dem Anschlag bekannte. Aber die Polizei wußte überhaupt nichts über jene Gruppe und in welchen Kreisen ihre Mitglieder zu suchen waren.

Doch diese ganzen Überlegungen wurden erst später angestellt. In den neunzig Minuten nach der Explosion herrschte im Kraftwerk von La Mission ein schreckliches Chaos.

Die Feuerwehr, die nach dem automatisch ausgelösten Alarm sofort erschienen war, hatte Schwierigkeiten, das brennende Öl zu löschen und den dichten schwarzen Rauch aus der Turbinenhalle und den unteren Stockwerken zu vertreiben. Danach wurden die vier Toten weggeschafft. Der Chefingenieur und der Kraftwerksleiter waren bis zur Unkenntlichkeit verunstaltet. Einer der Beschäftigten, der die beiden sah, berichtete später entsetzt, sie hätten ausgesehen wie gekochte Hummer – der überhitzte Dampf hatte sie buchstäblich gegart.

Eine schnelle Schätzung des Schadens an *Nummer fünf* ergab, daß er nicht sehr erheblich war. Eine Ölleitung, die durch die Explosion zerrissen worden war, mußte ersetzt werden, ebenso die gesprengten Dampfleitungen. Alles in allem beanspruchten diese Reparaturarbeiten nicht mehr als eine Woche. In dieser Zeit ließ sich auch das leichte Vibrieren, weswegen der Chefingenieur gerufen worden war, beheben.

3

»Ein Elektrizitätsverteilersystem, das einen so weitreichenden, unvorhergesehenen Stromausfall erlitten hat«, erklärte Nim Goldman geduldig, »gleicht einem Puzzlespiel aus vielen Einzelteilen, die gerade noch ein Bild ergeben haben, plötzlich aber – ohne Vorwarnung – auf den Boden geworfen und zerstreut werden. Natürlich wird es eine ganze Weile dauern, bis alles wieder zusammengesetzt ist.«

Er sprach in der Besuchergalerie, die von dem etwas tiefer liegenden Energiekontrollzentrum durch eine Glaswand getrennt war. Hier hatten sich Reporter von Zeitungen, Funk und Fernsehen wenige Minuten zuvor eingefunden. Teresa Van Buren hatte zu dieser improvisierten Pressekonferenz geladen und Nim gebeten, sich als Sprecher der GSP&L den Fragen zu stellen.

Einige der Presseleute sahen sehr streitlustig aus. Offensichtlich waren sie mit den Antworten nicht zufrieden.

»Ja, um Gottes willen«, stöhnte eine Reporterin vom *California Examiner*, Nancy Molineaux. »Ersparen Sie uns diesen hausbackenen Unsinn und klären Sie uns endlich über die Vorfälle auf. Dazu sind wir hergekommen. Was ist schiefgegangen? Wer ist verantwortlich? Wie soll es weitergehen? Wann werden wir wieder Strom haben?«

Miss Molineaux war eine schwarze Schönheit – die hohen Backenknochen ließen ihr Gesicht hochmütig erscheinen, was sie in gewisser Weise auch manchmal war, für gewöhnlich aber zeigte ihr Gesichtsausdruck eine Mischung aus Neugier und Skeptizismus, der an Verachtung grenzte. Sie war von gertenschlanker und geschmeidiger Gestalt, stets schick und elegant gekleidet. In ihrem Beruf war sie sehr erfolgreich, nachdem sie mit spitzer Feder so manchen Korruptionsfall in öffentlichen Einrichtungen aufgedeckt und mit Hilfe ihrer Zeitung publik gemacht hatte. Nim war sie ein Dorn im Auge. Ihre bisherige Berichterstattung hatte deutlich gemacht, daß die GSP&L keine der Einrichtungen war, die Miss Molineaux bewunderte.

Einige Reporter nickten beifällig.

»Im Kraftwerk von La Mission hat es eine Explosion gegeben«, erwiderte Nim kühl. Er mußte sich beherrschen, Miss Molineaux seine Feindseligkeit nicht spüren zu lassen. »Wir fürchten, daß mindestens zwei unserer Leute dabei ums Leben gekommen sind. Wegen des Ölfeuers und des dichten Rauchs läßt sich noch nicht mehr sagen.«

»Kennen Sie die Namen der beiden Toten?« fragte einer der Reporter.

»Ja, aber wir können sie noch nicht veröffentlichen. Zuerst müssen die Familien benachrichtigt werden.«

»Wissen Sie, wie es zur Explosion kam?«

»Nein.«

»Was ist mit dem Strom los?« fuhr Miss Molineaux dazwischen.

»Ein Teil der Energie ist wieder verfügbar. In vier Stunden werden wir in der Stadt und in sechs Stunden auf dem Land normale Verhältnisse haben.«

Bis auf den Tod von Walter Talbot wird alles wieder normal sein, schoß es Nim durch den Kopf. Erst vor wenigen Minuten hatten sie die schreckliche Botschaft im Energiekontrollzentrum vernommen. Nim und Walter Talbot waren alte Freunde gewesen. Die Nachricht von Walters Tod war für Nim so unbegreiflich, daß er die Trauer noch gar nicht in ihrem ganzen Ausmaß empfinden konnte. Danieli, den Leiter des Kraftwerks von La Mission, hatte Nim nur flüchtig gekannt, so daß sein Verlust zwar ebenso tragisch, für ihn persönlich aber nicht so schmerzlich war. Durch die schalldichte Glaswand beobachtete Nim die Geschäftigkeit am Schaltpult des Energiekontrollzentrums. Er wollte so schnell wie möglich ebenfalls hinüber gehen.

»Wird es morgen wieder zu einem Stromausfall kommen?« wollte ein Rundfunkreporter wissen.

»Nicht, wenn die Hitzewelle wie angekündigt zu Ende ist.«

Da es zu diesem Thema noch mehrere Fragen gab, beschrieb Nim die Spitzenlastprobleme bei unerwartet heißer Witterung.

»Das bedeutet doch wohl«, sagte Nancy Molineaux schroff, »daß es an der richtigen Vorausplanung gefehlt hat. Alles, was über den gewohnten Trott hinausgeht, darf nicht sein, weil es nicht eingeplant ist.«

Nims Gesicht rötete sich. »Die Planung kann nur in dem Umfang stattfinden...«

In diesem Augenblick kehrte Teresa Van Buren, die für kurze Zeit die Konferenz verlassen hatte, zur Besuchergalerie zurück. Sie war eine kleine gedrungene, sehr geschäftige Frau von Mitte Vierzig mit einer Vorliebe für zerknitterte Leinenanzüge und bequeme braune Schuhe. Ungekämmt und wenig sorgfältig gekleidet, wirkte sie eher wie eine gehetzte Hausfrau. Daß sie die erfahrene und sehr tüchtige Pressechefin der Gesellschaft war, sah man ihr nicht an.

»Ich möchte der Presse eine Erklärung abgeben«, sagte Mrs. Van Buren mit einer Stimme, der man die Erregung anmerkte. In der Besuchergalerie wurde es augenblicklich still.

»Wie ich soeben erfahren habe, hat die Explosion im Kraftwerk La Mission vier Todesopfer gefordert. Es waren Angestellte der Gesellschaft. Sie starben in Ausübung ihres Berufs. Zur Zeit werden die engsten Familienangehörigen benachrichtigt. In wenigen Minuten kann ich Ihnen eine Liste mit den Namen und Kurzbiographien übergeben. Obwohl wir im Moment noch keine Beweise haben, darf ich Ihnen sagen, daß als Ursache für das Unglück Sabotage angenommen wird.«

Während die Presseleute Teresa Van Buren bestürmten, zog sich Nim Goldman zurück.

Schritt für Schritt gelang es der Lastverteilung im Energiekontrollzentrum, das Stromversorgungsnetz wieder zu ordnen.

Am Verteilerpult hantierte der Chef der Lastverteilung mit zwei Telefonen gleichzeitig und bediente eine ganze Batterie von Knöpfen, während er den Leitstandsfahrern Anweisungen gab. Das Ziel war, die Verbindung zum Verbundnetz wiederherzustellen. Nach dem Ausfall von Big Lil war es automatisch zu einer Unterbrechung gekommen. Als die Verbindung zu Pacific Intertie wiederhergestellt war, lehnte er sich in seinem grauen Metallstuhl zurück und seufzte erleichtert. Dann drückte er nach und nach die einzelnen Knöpfe. Er warf einen kurzen Blick zur Seite, als Nim hereinkam. »Bald haben wir es geschafft, Mr. Goldman.«

Das bedeutete, dachte Nim sofort, daß fast die Hälfte der vom Stromausfall betroffenen Gebiete wieder über elektrische Energie verfügte. Ein Computer konnte, wie gerade geschehen, das gesamte Netz schneller umschalten, als es von Menschenhand möglich wäre. Aber es bedurfte der vom Energiekontrollzentrum angeleiteten Techniker, um es wieder in Betriebsbereitschaft zu versetzen.

Die Geschäfts- und Verwaltungszentren der Groß- und Kleinstädte hatten Vorrang. Als nächstes kamen Vororte, vor allem solche mit Industrieanlagen. Erst dann folgten die Dörfer. Abgelegene ländliche Gegenden würden ebenfalls bis zum Schluß warten müssen.

Aber es gab auch Ausnahmen. Krankenhäuser, Wasserwerke, Abwasseranlagen und Betriebe der Telefongesellschaft wurden bevorzugt angeschlossen. Es stimmte zwar, daß diese Einrichtungen über Notstromaggregate verfügten, aber mit ihnen konnte nur ein Teil des normalerweise benötigten Stroms erzeugt werden.

Schließlich gab es noch eine Sonderbehandlung für einen bestimmten Personenkreis.

Der Chef der Lastverteilung wandte sich einer Karte zu. Es war ein Stadtplan mit vielen bunten Kreisen.

»Was ist das?« fragte Nim.

Der Chef der Lastverteilung sah Nim überrascht an. »Das wissen Sie nicht?«

Nim schüttelte den Kopf. Auch ein Planungsdirektor kannte nicht jede Einzelheit in einem Riesenbetrieb, wie die GSP&L es war.

»Lebensnotwendige Apparaturen in Privathaushalten.« Der Chef der Lastverteilung winkte einen seiner Mitarbeiter heran und stand auf. »Ich brauche eine Pause«, sagte er, während der andere seinen Platz einnahm. Er fuhr mit der Hand durch das weiße Haar und schob sich gedankenverloren eine Pille in den Mund. Er sah müde aus.

»Die roten Kreise sind eiserne Lungen, Beatmungsgeräte«, erklärte er. »Grün bedeutet künstliche Niere von Dialyse-Kranken. Dieser orangefarbene Kreis zeigt an, daß hier ein Sauerstoffzelt für ein Kind steht. Wir haben für sämtliche Gebiete solche Karten und bemühen uns, sie auf dem neuesten Stand zu halten. Die Krankenhäuser wissen immer sehr gut Bescheid und benachrichtigen uns, wo sich solche Apparaturen befinden.«

»Sie haben mir gerade geholfen, eine Bildungslücke zu schließen«, sagte Nim anerkennend. Er studierte die Karte weiter.

»Die meisten dieser Apparaturen stellen sich im Notfall automatisch auf Batteriebetrieb um«, fuhr der Chef der Lastverteilung fort. »Trotzdem ist ein Stromausfall für diese Leute besonders schlimm. Deshalb kümmern wir uns in einem solchen Fall sofort um sie und versorgen sie, wenn nötig, mit einem tragbaren Generator.«

»Aber wir haben doch gar nicht so viele Tragegeräte – bestimmt nicht genug bei einem Blackout, wie wir es heute haben.«

»Nein, sie würden nicht für alle gleichzeitig reichen. Aber heute hatten wir Glück. Unsere sofortigen Nachfragen ergaben, daß keiner der Leute, die zu Hause einen lebenswichtigen Apparat benutzen, in Not geraten ist.« Der Mann zeigte auf die Karte. »Alle diese Punkte haben jetzt wieder Strom.«

Nim fand es rührend, daß die Versorgung dieser einzelnen behinderten Menschen genauso überwacht wurde wie die der großen Konzerne und Industriebetriebe. Sein Blick fiel beim weiteren Kartenstudium auf eine Gegend, die er gut kannte. Lakewood und Balboa. Einer der roten Kreise bezeichnete einen Wohnblock, an dem er schon oft vorbeigefahren war. Daneben stand »Sloan« – offensichtlich der Benutzer der eisernen Lunge. Wer war Sloan? Was war das für ein Mensch?

Da wurde er aus seinen Gedanken gerissen. »Mr. Goldman, der Vorsitzende möchte mit Ihnen sprechen. Er ruft von La Mission aus an.« Nim nahm den Hörer, den ihm einer der Mitarbeiter reichte.

»Nim«, sagte Eric Humphrey, »Sie kannten doch Walter Talbot auch persönlich sehr gut, nicht wahr?« Trotz der Krise war die Stimme des Vorsitzenden unverändert. Sofort nach den ersten Berichten von der Explosion hatte er sich in seine Limousine gesetzt und war mit Ray Paulsen nach La Mission gefahren.

»Ja«, antwortete Nim. »Walter und ich waren gute Freunde.« Er hatte sich kaum noch in der Gewalt, seine Stimme klang rauh, und er war den Tränen nahe. Fast vom ersten Tag an, als Nim vor elf Jahren seine Tätigkeit bei der GSP&L aufgenommen hatte, waren er und Walter enge Vertraute gewesen. Er konnte es nicht fassen, daß diese Freundschaft nun beendet sein sollte.

»Und Walters Frau? Wie gut kennen Sie sie?«

»Ardythe. Sehr gut.« Nim spürte, daß der Vorsitzende aus irgendeinem Grund zögerte weiterzusprechen, deshalb fragte er: »Wie sieht es draußen aus?«

»Furchtbar. Ich habe noch nie in meinem Leben Menschen gesehen, die von überhitztem Dampf getötet wurden, und ich hoffe, daß ich es auch nie wieder muß. Es ist kein Stück heile Haut mehr vorhanden, nur noch Blasen und das bloßgelegte Fleisch. Die Gesichter sind unkenntlich.« Einen Moment lang schien es, als würde Eric Humphrey die Haltung verlieren, aber er fing sich sofort wieder. »Das ist der Grund, weshalb ich Sie bitten möchte, Mrs. Talbot so bald wie möglich aufzusuchen. Wie ich gehört habe, hat sie die Nachricht sehr erschüttert. Kein Wunder. Als Freund der Familie können Sie vielleicht helfen. Außerdem möchte ich, daß Sie ihr abraten, sich ihren toten Mann noch einmal anzusehen.«

»Mein Gott. Warum gerade ich, Eric?«

»Aus einem sehr naheliegenden Grund. Einer muß es tun, und Sie kennen die Talbot-Familie offensichtlich besser als jeder andere. Ich werde auch einen Freund von den Danielis in gleicher Mission zu der Witwe schicken.«

Nim wollte entgegnen: *Warum gehen Sie denn nicht zu allen vier Witwen? Schließlich sind Sie unser Chef und kassieren ein fürstliches Gehalt, das Sie darüber hinwegtrösten kann, hin und wieder auch einmal die Vermittlung einer Unglücksbotschaft zu Ihren Pflichten zu rechnen. Dürfen die Angehörigen der im Dienst für den Konzern verunglückten Männer nicht erwarten, daß sie der Mann, der an der Spitze des Konzerns steht, besucht?* Aber er sagte es nicht. Er wußte, daß J. Eric Humphrey ein schwer arbeitender Verwaltungsfachmann war, der den persönlichen Einsatz lieber Nim und einigen anderen unglücklichen Stellvertretern überließ.

»In Ordnung«, gab Nim nach. »Ich werde es erledigen.«

»Danke. Und versichern Sie Mrs. Talbot meiner ganz persönlichen Anteilnahme.«

Nim fühlte sich kreuzelend, als er den Telefonhörer zurückgab. Was man von ihm verlangte, überstieg, wie er wußte, seine Fähigkeiten. Es war ihm klar, daß er in jedem Fall bei Gelegenheit Ardythe Talbot sehen und ihr ein paar liebe Worte sagen mußte, so gut er es konnte. Aber er hatte nicht erwartet, daß diese schwere Aufgabe so bald auf ihn zukommen würde.

Als er das Energiekontrollzentrum verließ, traf Nim auf Teresa Van Buren. Sie sah erschöpft aus. Vermutlich hatte sie die letzte Pressekonferenz sehr angestrengt, und außerdem war auch Teresa mit der Familie von Walter Talbot befreundet. »Es ist für uns alle kein guter Tag«, seufzte sie.

»Nein, weiß Gott nicht.« Nim berichtete ihr von seinem Fahrtziel und von Eric Humphreys Auftrag.

Die Pressechefin verzog das Gesicht. »Ich beneide Sie nicht. Das ist keine einfache Aufgabe. Übrigens habe ich gehört, daß Sie sich mit Nancy Molineaux angelegt haben.«

»Diese Hexe!« brummte er verärgert.

»Gewiß ist sie eine Hexe, Nim. Aber gleichzeitig ist sie eine überaus mutige Journalistin und versteht ihre Arbeit viel, viel besser als die meisten dieser inkompetenten Schreiberlinge, die uns sonst begegnen.«

»Das überrascht mich. Schließlich überfiel gerade sie uns doch mit ihrer feindseligen Kritik, bevor sie überhaupt wußte, worum es ging.«

Teresa Van Buren zuckte die Achseln. »Die GSP&L hat ein

dickes Fell. Sie kann einiges aushalten. Feindseligkeit mag Nancys Trick sein, Ihnen und anderen mehr zu entlocken, als Sie in friedlicher Stimmung sagen würden. Sie müssen noch einiges über Frauen lernen, Nim – Gymnastik im Bett genügt nicht. Und wie man sich erzählt, sollen Sie es ja in dieser Hinsicht zu sportlichen Höchstleistungen bringen.« Sie sah ihn forschend an. »Sie sind ein Schürzenjäger, nicht wahr?« fragte sie streng. Dann wurde ihr Blick plötzlich mütterlich sanft. »Vielleicht hätte ich das nicht gerade jetzt sagen sollen. Gehen Sie, und trösten Sie Walters Frau.«

4

Nim zwängte sich in den kleinen Fiat X 1/9, einen Zweisitzer, schlängelte sich durch den Innenstadtverkehr und fuhr dann auf der Stadtautobahn in nordöstlicher Richtung nach San Roque. Das war der Vorort, in dem Walter und Ardythe Talbot lebten. Nim war den Weg schon oft gefahren und kannte ihn gut.

Es war früher Abend, etwa eine Stunde nach dem Hauptberufsverkehr, obwohl die Straßen auch jetzt noch stark befahren waren. Die Hitze des Tages hatte nur wenig nachgelassen.

Nim versuchte vergeblich, es sich in seinem Auto bequem zu machen, was ihm aber nicht gelang, da er in letzter Zeit dicker geworden war. Er würde die Pfunde wieder verlieren oder sich von seinem kleinen Auto trennen müssen. Das aber wollte er unter keinen Umständen. Er fuhr den Wagen aus Überzeugung; seiner Meinung nach verschwendeten Leute, die größere Autos fuhren, unnützerweise wertvolles Öl. Diese Menschen wußten nicht, daß sie in einem Narrenparadies lebten, in einem Paradies, das über kurz oder lang in einer Katastrophe enden mußte. Dazu gehörten unter anderem auch fatale Einbußen an elektrischer Energie.

Seiner Meinung nach war der heutige Stromausfall nur ein kleiner Vorgeschmack auf viel größere Beschränkungen, die in etwa ein, zwei Jahren an der Tagesordnung sein würden. Das Problem war, daß es niemanden zu interessieren schien. Sogar bei der GSP&L, wo die Tatsachen genügend Leuten genauso gut bekannt waren wie ihm, herrschte eine Selbstgefälligkeit, die sich folgendermaßen ausdrücken ließ: *Nur keine Sorge. Es wird schon alles gut werden. Wir werden es schaffen. Inzwischen wollen wir nicht das Boot in Gefahr bringen, indem wir öffentlich Alarm schlagen.*

In den letzten Monaten hatten nur drei Leute aus der Leitung der GSP&L dafür gestimmt, diese Haltung zu ändern: Walter Talbot, Teresa Van Buren und Nim. Sie waren für mehr Ehrlichkeit und weniger Zurückhaltung bei der Öffentlichkeitsarbeit. Sie forderten schonungslose Aufklärung von Presse, Politikern und Bürgern des Landes, daß eine unheilvolle Notlage in der Energieversorgung bevorstand, ein Engpaß, der sich auf keinen Fall mehr völlig vermeiden, aber abmildern ließ, wenn man sofort mit dem Bau neuer Kraftwerke begann und die alten gleichzeitig auf den modernsten Stand brachte. Aber konventionelle Rücksichtnahme und die Angst, jene zu verletzen, die im Staate die Macht innehatten, waren bislang immer stärker gewesen. Einer Änderung wurde nicht zugestimmt. Und nun war einer aus dem Vorkämpfertrio tot.

Trostlosigkeit überfiel Nim. Vorher hatte er die Tränen zurückhalten können. Jetzt, allein im Auto, ließ er ihnen freien Lauf. In seinem Schmerz wünschte er, er könne noch etwas für Walter tun, und sei es nur, ein Gebet für ihn sprechen. Er versuchte es mit dem Kadisch, dem jüdischen Gebet, das er gelegentlich bei Totenfeiern gehört hatte. Traditionsgemäß wird dieses Gebet von dem engsten männlichen Verwandten des Verstorbenen in Anwesenheit von zehn jüdischen Männern gesprochen. Nims Lippen bewegten sich, als er die alten aramäischen Worte sprach: *Yisgadal veyiskadash sh'may rabbo be'olmo deevro chiroosey ve'yamlich malchoosey...* Er hielt inne, weil er nicht weiter wußte, gleichzeitig ging ihm auf, daß Beten für ihn unlogisch war.

Es gab Momente in seinem Leben – und dies war einer –, da Nim sich aus tiefstem Herzen wünschte, ein religiöser Mensch zu sein. Aber die Religion, oder zumindest ihre praktische Ausübung, lag für ihn hinter verschlossenen Türen, zugeschlagen vor seiner Geburt von seinem Vater Isaac Goldman, der als junger mittelloser Einwanderer und überzeugter Sozialist von Osteuropa nach Amerika gekommen war. Als Sohn eines Rabbiners fand Isaac den Sozialismus und das Judentum unvereinbar. Deshalb verwarf er die Religion seiner Vorfahren und ließ seine Eltern mit gebrochenem Herzen zurück. Noch heute spottete der alte Isaac mit seinen zweiundachtzig Jahren über die Grundlagen des jüdischen Glaubens und bezeichnete sie als »banales Geschwätz zwischen Gott und Abraham, als einfältiges Märchen vom auserwählten Volk«.

Nim war in diesem Sinne aufgewachsen und erzogen worden und stand auch als erwachsener Mann zur Entscheidung seines Vaters. Das Passah-Fest und die hohen Festtage – Rosch Haschanäh, Yom Kippur – blieben von der Goldman-Familie unbeachtet, und nun wuchs schon die dritte Generation – Nims eigene Kinder Leah und Benjy – ohne Unterweisung im jüdischen Glauben und in der jüdischen Tradition heran. Für Benjy war keine Bar-Mizwa geplant, was Nim gelegentlich beunruhigte. Er fragte sich, ob er denn wirklich ein Recht habe, die Kinder von der fünftausendjährigen Geschichte der Juden fernzuhalten, wie auch immer er selbst über diese Dinge denken mochte. Es war noch nicht zu spät, das wußte Nim. Aber er schob die Entscheidung immer wieder von sich.

Während er an seine Familie dachte, fiel Nim ein, daß er Ruth nicht Bescheid gesagt hatte, daß er heute spät kommen würde. Er griff rechts unter das Armaturenbrett zum Autotelefon – eine Annehmlichkeit, deren Kosten die GSP&L trug. Eine Telefonistin meldete sich, und er gab ihr die Telefonnummer seiner Wohnung. Kurze Zeit später hörte er das Freizeichen und dann die Stimme seines Sohnes. »Hier bei Goldman, Benjy Goldman am Apparat.« Nim lächelte. Das war typisch Benjy – mit seinen zehn Jahren schon sehr genau und ordentlich, ganz im Gegensatz zu seiner Schwester Leah, die vier Jahre älter war und sich am Telefon oft zerstreut mit einem nichtssagenden »Hallo!« meldete.

»Hier Dad«, sagte Nim, »ich bin mit dem Auto unterwegs.« Er hatte seiner Familie beigebracht, in solchen Fällen mit ihrer Antwort zu warten, weil Gespräche über Autotelefon nur jeweils einseitig funktionierten. »Ist zu Hause alles in Ordnung?«

»Ja, Dad, jetzt schon. Vorhin hatten wir keinen Strom.« Benjy kicherte. »Aber das weißt du sicherlich auch. Und, Dad, ich habe alle Uhren richtiggestellt.«

»Das ist gut. Aber jetzt, Benjy, möchte ich mit deiner Mutter sprechen.«

»Leah will...«

Nim hörte, wie sich die Kinder um den Telefonhörer balgten, dann vernahm er die Stimme seiner Tochter. »Hallo, Dad! Wir haben die Nachrichten im Fernsehen gesehen. Du warst gar nicht dabei.« Es klang vorwurfsvoll. Die Kinder hatten sich daran gewöhnt, Nim im Fernsehen als Sprecher der GSP&L zu sehen. Vielleicht würde Leah, weil ihr Vater an diesem Tag nicht auf dem Bildschirm erschienen war, bei ihren Freundinnen eine Statuseinbuße erleiden.

»Tut mir leid, Leah. Aber es ist heute so viel vorgefallen, daß ich keine Zeit für das Fernsehen hatte. Kann ich aber jetzt endlich mit eurer Mutter sprechen?«

Wieder eine Pause, dann: »Nim?« Das war Ruths sanfte Stimme.

Er drückte auf die Sprechtaste. »Ja, ich bin es höchstpersönlich. Aber um dich an den Apparat zu bekommen, muß man vorher eine ganze Horde aus dem Feld schlagen.«

Während er sprach, lenkte er den Fiat mit einer Hand. Er wechselte die Fahrspur. Ein Straßenschild kündigte an, daß es nur noch anderthalb Meilen bis zur Ausfahrt nach San Roque waren.

»Weil die Kinder auch mit dir reden wollen? Vielleicht kommt es daher, daß sie dich so selten zu Hause erleben.« Ruth sprach niemals laut. Selbst wenn sie jemanden tadelte, klang es sanft. Und dieser Tadel war gerechtfertigt, wie Nim im stillen zugeben mußte, und er wünschte, er hätte ihn nicht herausgefordert.

»Nim, wir haben in den Nachrichten das mit Walter und den anderen gehört. Wie grauenvoll. Es tut mir aufrichtig leid.«

Er wußte, daß Ruth meinte, was sie sagte, und daß sie daran dachte, wie eng er mit dem Chefingenieur befreundet gewesen war. Sie war mitfühlend und verständnisvoll, obwohl ihre Ehe in anderer Hinsicht nicht mehr dieselbe war wie früher. Nicht daß es zu irgendwelchen offenen Auseinandersetzungen gekommen wäre. Nein, nicht ein einziges Mal. Ruth mit ihrer unerschütterlichen Ruhe würde es niemals dazu kommen lassen, davon war er überzeugt. Er konnte sie jetzt vor sich sehen, ruhig und gefaßt, mit ihren sympathischen grauen Augen. Sie war auf eine madonnenhafte Art schön. Auch wenn sie weniger gut aussehen würde, allein durch ihren Charakter wäre sie schön. Nim wußte, daß sie Leah und Benjy an dem Ereignis seines Anrufes teilnehmen ließ und die beiden Kinder auf ihre einfache, selbstverständliche Art als gleichberechtigte Partner behandelte. Nim hatte Ruth stets respektiert, vor allem als Mutter seiner Kinder. Ihre Ehe war leider nur zu uninteressant geworden, ja geradezu langweilig; heimlich bezeichnete er sie als »eine Straße ohne Hindernisse, ein Weg, der nirgendwohin führte«. Aber da gab es noch etwas – vielleicht als Folge ihres gestörten Ehelebens. In letzter Zeit schien Ruth eigene Wege zu gehen, jedenfalls entwickelte sie Interessen, über die sie nicht sprach. Mehrmals schon hatte Nim zu Hause angerufen, ohne Ruth zu erreichen. Sprach er sie später darauf an und fragte, wo sie denn den ganzen Tag gewesen war, blieb sie stets die Antwort schuldig. Ob Ruth einen Liebhaber hatte? Möglich war es. Wie lange also würden sie noch so weiterleben?

»Wir sind alle sehr erschüttert«, sagte Nim. »Eric hat mich gebeten, zu Ardythe hinauszufahren. Ich bin gerade unterwegs zu ihr. Es kann spät werden, sehr spät. Wartet mit dem Essen nicht auf mich.«

Das war nichts Neues. An den meisten Abenden arbeitete Nim lange. Das Ergebnis: Das abendliche Dinner wurde mit Verspätung eingenommen, oder er kam überhaupt nicht zum Essen. Es bedeutete aber auch, daß er Benjy und Leah wenig sah. Oft waren sie schon im Bett, und manchmal schliefen sie bereits, wenn Nim heimkam. Zuweilen hatte er Schuldgefühle, weil er für seine Kinder so wenig Zeit hatte, und er wußte, daß Ruth sich deshalb Sorgen machte, obwohl sie nur selten darüber sprach. Manchmal wünschte er, sie würde sich öfter beschweren.

Aber seine heutige Verspätung war etwas anderes. Es bedurfte keiner Erklärungen und Entschuldigungen, nicht einmal vor sich selbst.

»Arme Ardythe«, sagte Ruth. »So kurz bevor sich Walter in den Ruhestand versetzen lassen wollte. Und diese Erklärung, die abgegeben wurde, macht alles noch viel schlimmer.«

»Welche Erklärung?«

»Oh, ich dachte, das wüßtest du. Es kam in den Nachrichten durch. Die Leute, die den Anschlag auf Big Lil verübt haben, schickten ein Kommuniqué an den Rundfunk. Sie waren auch noch stolz auf ihre Tat. Kannst du dir das vorstellen? Was sind das nur für Menschen?«

»Welcher Sender brachte die Meldung?« Während Nim fragte, legte er den Telefonhörer einen Augenblick zur Seite, stellte das Radio an und griff wieder zum Hörer. »Ich weiß es nicht«, hörte er Ruth antworten.

»Ich lege jetzt auf, Ruth«, sagte er, »ich muß unbedingt die Nachrichten hören. Wenn ich kann, rufe ich von Ardythe aus noch einmal an.«

Er legte den Hörer an seinen Platz. Das Radio war auf einen Nachrichtensender eingestellt, und seine Uhr zeigte eine Minute vor halb. Es würden also gleich Nachrichten gesendet werden.

Er hatte jetzt die Ausfahrt von San Roque erreicht. Bis zum Haus der Talbots war es nur noch etwa eine Meile.

Im Radio ertönte jetzt der bekannte Trompetenstoß, gefolgt von kurzen Morsezeichen, die die neuesten Meldungen ankündigten. Das, worauf Nim gewartet hatte, kam gleich am Anfang.

»Eine Gruppe, die sich selbst ›Freunde des Friedens‹ nennt, hat die Verantwortung für die heutige Explosion in einem Kraftwerk der Golden State Power & Light übernommen. Der Anschlag forderte vier Menschenleben und war schuld an dem fast landweiten Stromausfall.

Die Mitteilung wurde heute nachmittag auf einem Tonband an einen lokalen Radiosender geschickt. Wie die Polizei bestätigt, sollen die Angaben auf dem Tonband authentisch sein. Das Band wird nun auf mögliche Hinweise untersucht.«

Offensichtlich hatte er einen Sender eingestellt, der nicht im Besitz des Tonbandes war. Unter den einzelnen Rundfunkanstalten herrschte ein derartiger Konkurrenzkampf, daß man auch bei einer so wichtigen Meldung nicht den Namen des anderen Senders erwähnte.

»Berichten zufolge ist auf dem Tonband eine bislang nicht identifizierte Männerstimme zu hören. Wir zitieren wörtlich: ›Die Freunde des Friedens haben sich der Revolution des Volkes verschrieben und protestieren gegen das kapitalistische Monopol in der Energieversorgung, die rechtens in die Hand des Volkes gehört.‹ Zitat Ende.

Auch die Todesfälle werden auf dem Tonband kommentiert.

Wörtlich heißt es: ›Töten war nicht beabsichtigt. Aber die Revolution des Volkes, die hiermit begonnen hat, muß den Tod der Kapitalisten und ihrer Lakaien in Kauf nehmen. Es sei die Strafe für ihre Verbrechen gegen die Menschlichkeit.‹ Zitat Ende.

In einer Stellungnahme der Golden State Power & Light zu der heutigen Explosion wird erklärt, daß das Unglück im Kraftwerk auf Sabotage zurückzuführen ist. Weitere Einzelheiten wurden nicht mitgeteilt.

Die Fleischpreise sollen in Kürze erhöht werden. Wie wir einer Verlautbarung aus Washington...«

Nim stellte das Radio ab. Die Oberflächlichkeit der Nachrichtensendung deprimierte ihn. Er dachte daran, wie Ardythe Talbot, der er jetzt gleich gegenübertreten mußte, die Meldungen verkraften würde.

Durch den Staub, den sein Auto aufwirbelte, sah er, daß vor dem hübschen, von Blumen umgebenen einstöckigen Haus der Talbots mehrere Autos standen. Die Blumen waren Walters besonderer Stolz gewesen. In den unteren Räumen brannte Licht.

Nim suchte einen Parkplatz für seinen Fiat, schloß ihn ab und ging durch den Garten zum Haus.

5

Die Haustür stand offen, und Stimmengewirr drang heraus. Nim klopfte und wartete. Als niemand kam, trat er ein.

Er hörte die Stimmen aus dem Wohnzimmer nun deutlicher und erkannte die von Ardythe. Sie schluchzte und schrie hysterisch: »...mein Gott, diese Mörder!... war gut und freundlich, tat niemandem etwas... Eine Gemeinheit, ihn so zu beschimpfen...« Andere Stimmen bemühten sich, sie zu beruhigen, aber ohne Erfolg.

Nim zögerte. Die Wohnzimmertür war nur angelehnt, aber er konnte weder hineinsehen noch selber gesehen werden. Er war in Versuchung, so unbemerkt, wie er gekommen war, wieder zu gehen, als die Wohnzimmertür plötzlich ganz geöffnet wurde und ein Mann heraustrat. Er schloß die Tür schnell hinter sich und lehnte sich dagegen. Sein bärtiges, sensibles Gesicht war blaß und zeigte Spuren von Überanstrengung. Er hielt die Augen geschlossen, um sie wenigstens einen Moment lang auszuruhen. Hinter der Tür waren nur noch undeutliche Geräusche zu hören.

»Wally«, sagte Nim behutsam. »Wally.«

Der Mann öffnete die Augen und riß sich hastig zusammen. »Oh, du bist es, Nim. Danke, daß du gekommen bist.«

Nim kannte Walter Talbot jr., den einzigen Sohn, fast so lange, wie er mit dem toten Chefingenieur befreundet gewesen war. Wally jr. arbeitete ebenfalls für die GSP&L. Als Ingenieur kümmerte er sich um die Instandhaltung der Freileitungen. Er war verheiratet, hatte Kinder und lebte am anderen Ende der Stadt.

»Es tut mir schrecklich leid, Wally. Für mehr fehlen mir die Worte.«

Wally Talbot nickte. »Ich weiß.« Mit einer entschuldigenden Handbewegung zeigte er auf das Zimmer, das er gerade verlassen hatte. »Ich mußte für eine Minute herauskommen. Irgendein Dummkopf hat den Fernsehapparat angestellt, und so haben wir diese verdammte Erklärung der mörderischen Schweine gehört. Bevor das geschah, hatten wir Mutter schon ein wenig beruhigt. Jetzt ist sie ganz durchgedreht. Vielleicht hast du es gehört.«

»Ja. Wer ist bei ihr?«

»Erstmal Mary, natürlich. Wir haben jemanden bei den Kindern gelassen und sind beide hergekommen. Außerdem haben sich eine Menge Nachbarn um Mutter gekümmert; die meisten sind noch da. Sie meinen es gut, aber sie können nichts ausrichten. Wenn Dad hier wäre...« Er sprach nicht weiter und lächelte traurig. »Es ist schwer, sich daran zu gewöhnen, daß er nicht mehr kommen wird.«

»Das geht mir genauso.« Nim erkannte, daß Wally jr. nicht in der Verfassung war, die Lage im Haus zu meistern.

»Hör zu«, sagte Nim, »so geht es nicht weiter. Laß uns hineingehen. Ich werde mit deiner Mutter reden, und du und Mary, ihr versucht die Nachbarn loszuwerden.«

»Okay, Nim. Das ist vernünftig.« Offensichtlich hatte Wally nur jemanden gebraucht, der die Führung übernahm.

Im Wohnzimmer saßen oder standen etwa zehn Personen, als Nim und Wally eintraten. Das Zimmer war hell und gemütlich und sah für gewöhnlich sehr geräumig aus. Jetzt aber wirkte es überfüllt. Trotz der eingeschalteten Klimaanlage war es heiß. Mehrere Personen redeten gleichzeitig, und der Fernsehapparat war auch noch nicht abgestellt. Ardythe Talbot saß auf einem Sofa, umringt von einigen Frauen, zu denen auch ihre Schwiegertochter Mary, Wallys Frau, gehörte. Die anderen kannte Nim nicht. Vermutlich waren es die Nachbarinnen, von denen Wally gesprochen hatte.

Obwohl Ardythe an ihrem letzten Geburtstag sechzig geworden war – Nim und Ruth hatten an der Geburtstagsparty teilgenommen –, war sie noch eine auffallend attraktive Frau mit guter Figur und einer Haut, in die sich die Spuren des Alters nur flüchtig eingegraben hatten. Ihr kurzgeschnittenes kastanienbraunes Haar war von natürlichen grauen Strähnen durchzogen. Ardythe spielte regelmäßig Tennis und erfreute sich bester Gesundheit. Heute aber war sie aus dem Gleichgewicht geraten. Ihr vom Weinen verquollenes Gesicht sah verstört und alt aus.

Ardythe stieß immer noch unzusammenhängende Worte hervor, die von Schluchzen unterbrochen waren. Als sie Nim sah, hielt sie inne.

»Oh, Nim.« Sie streckte ihm die Arme entgegen, und die anderen Frauen machten Platz, als er zum Sofa ging, sich neben sie setzte und sie streichelte. »Oh, Nim«, wiederholte sie. »Hast du gehört, was mit Walter geschehen ist?«

»Ja, Ardythe«, sagte er leise. »Ich habe es gehört.«

Nim beobachtete Wally, der am anderen Ende des Zimmers den Fernsehapparat ausschaltete, seine Frau beiseite nahm und leise auf sie einredete. Mary nickte. Im nächsten Moment sprachen die beiden die herumstehenden, diskutierenden Leute an und drängten sie sanft zur Tür hinaus. Nim hielt Ardythes Hände fest in den seinen und versuchte die schluchzende Frau zu beruhigen. Bald war es still im Wohnzimmer.

Nim hörte die Haustür hinter dem letzten der Nachbarn ins Schloß fallen. Wally und Mary, die die Leute hinausbegleitet hatten, kamen zurück. Wally fuhr sich mit der Hand durch Haar und Bart. »Ich könnte jetzt einen Scotch vertragen«, verkündete er. »Noch jemand?«

Ardythe nickte. Nim ebenfalls.

»Ich kümmere mich darum«, sagte Mary. Sie holte Gläser und Mixbecher. Dann brachte sie die vollen Aschenbecher hinaus und beseitigte die Spuren der Belagerung. Mary war knabenhaft schlank und in ihren Bewegungen sehr flink. Vor ihrer Ehe hatte sie als Grafikerin in einer Werbeagentur gearbeitet, für die sie jetzt noch als freie Mitarbeiterin tätig war.

Ardythe richtete sich auf, nippte an ihrem Scotch und schien sich ein wenig gefangen zu haben. »Ich muß schlimm aussehen«, sagte sie plötzlich.

»Nicht schlimmer als jeder andere in einer solchen Lage«, versicherte ihr Nim.

Ardythe ging zu einem Spiegel. »Ach, du liebe Güte!« rief sie ihrem Spiegelbild zu und dann, zu den anderen gewandt: »Trinkt euren Whisky inzwischen. Ich bin gleich wieder da.« Sie verließ mit ihrem Glas in der Hand das Wohnzimmer und ging die Treppe hinauf. Nim mußte unwillkürlich denken, daß nur wenige Männer so stark und so hart im Nehmen waren wie Frauen.

Trotzdem beschloß er, erst mit Wally über Eric Humphreys Warnung zu sprechen und ihm zu erklären, weshalb die Familie den Toten nicht mehr vor der Beisetzung sehen sollte. Er erinnerte sich mit Schaudern an die Worte des Vorsitzenden: ». . . *kein Stück heile Haut mehr vorhanden . . . Die Gesichter sind unkenntlich.*« Mary war in die Küche gegangen. Als die beiden Männer allein waren, klärte Nim den Jüngeren, ohne Einzelheiten zu erwähnen, über die Situation auf.

Dennoch reagierte Wally heftig. Er schüttete den Rest Whisky, den er im Glas hatte, herunter. Mit Tränen in den Augen protestierte er: »Nein, nicht das auch noch. Es war schon alles schlimm genug. *Du* mußt es Mutter sagen. Ich kann es nicht.«

Nim schwieg. Er fürchtete sich vor dem, was ihm bevorstand.

Eine Viertelstunde später kam Ardythe zurück. Sie hatte inzwischen ihr Gesicht neu zurechtgemacht, ihr Haar gekämmt und das Kleid, das sie vorhin getragen hatte, gegen eine hübsche Bluse mit Rock gewechselt. Während Augen und Auftreten ihren Kummer deutlich verrieten, sah sie wenigstens für den oberflächlichen Betrachter attraktiv wie immer aus.

Mary war ebenfalls ins Wohnzimmer zurückgekehrt. Diesmal füllte Wally die Gläser, und dann saßen die vier eine Weile, ohne ein Wort zu sagen, beieinander.

Ardythe brach schließlich das Schweigen. Mit fester Stimme sagte sie: »Ich möchte Walter sehen.« Dann wandte sie sich an Wally: »Weißt du, wohin man deinen Vater gebracht hat, was bereits... arrangiert worden ist?«

»Nun, da gibt es...« Wally stockte, stand auf und gab seiner Mutter einen Kuß. Dann sprach er weiter, ohne sie anzusehen: »Da gibt es noch ein Problem, Mutter. Nim wird mit dir darüber sprechen. Nicht wahr, Nim?«

Nim wünschte, in diesem Augenblick ganz weit weg, irgendwo anders zu sein.

»Liebste Mutter«, sagte Wally, immer noch stehend. »Mary und ich müssen jetzt zu den Kindern zurück. Aber wir kommen nachher wieder. Einer von uns wird über Nacht hierbleiben.«

Als hätte sie nicht zugehört, fragte Ardythe: »Was gibt es für Probleme?... Warum kann ich Walter nicht sehen?... So sagt es mir doch.«

Wally ging stumm hinaus, Mary folgte ihm. Ardythe schien es überhaupt nicht wahrzunehmen.

»Bitte... Warum kann ich denn nicht...?«

Nim nahm ihre Hände und hielt sie fest in den seinen. »Hör gut zu, Ardythe. Walter war auf der Stelle tot. In weniger als einer Sekunde war alles vorbei. Er kann nicht einmal gewußt haben, was geschah, und auch keine Schmerzen empfunden haben.« Nim hoffte im stillen, daß es stimmte. Er fuhr fort: »Aber wie schnell auch immer der Tod eintrat, er hat ihn verunstaltet.«

Ardythe stöhnte.

»Walter war mein Freund«, sprach Nim weiter. »Ich weiß, wie er über so etwas dachte. Er würde es sicherlich nicht wollen, daß du ihn siehst, wie er jetzt ist. Du solltest ihn so in Erinnerung behalten...« Er konnte nicht weiterreden, die eigene Rührung übermannte ihn. Ob Ardythe seine Worte gehört oder verstanden hatte, wußte er nicht. Sie saßen jetzt wieder schweigend nebeneinander.

Seit Nims Ankunft war mehr als eine Stunde vergangen.

»Nim«, fragte Ardythe schließlich. »Hast du schon etwas gegessen?«

Er schüttelte den Kopf. »Ich hatte keine Zeit. Außerdem bin ich nicht hungrig.« Er hatte Schwierigkeiten, Ardythes plötzlichen Stimmungsumschwung nachzuvollziehen.

Sie stand auf. »Ich werde dir etwas herrichten.«

Er folgte ihr in die gediegen eingerichtete, ordentliche Küche, die Walter Talbot selbst entworfen hatte. In der für ihn typischen Art hatte Walter zunächst eine Zeit- und Bewegungsstudie der verschiedenen Tätigkeiten ausgearbeitet und dann erst die Einrichtung so praktisch wie möglich angeordnet. Nim setzte sich an eine Arbeitsplatte und beobachtete Ardythe stumm. Sicherlich war es für sie besser, wenn sie etwas zu tun hatte.

Sie wärmte eine Suppe auf und servierte sie in Steinguttassen. Während sie hin und wieder an ihrer Suppentasse nippte, bereitete sie ein Omelett mit Schnittlauch und Champignons zu. Als sie das Omelett teilte, merkte Nim erst, wie hungrig er war, und er aß mit großem Appetit. Ardythe kostete ein wenig von ihrer Portion, ließ aber den größten Teil stehen. Nach dem Essen tranken sie starken Kaffee, den sie ins Wohnzimmer mitnahmen.

Ardythe sprach ruhig, und es klang wohlüberlegt: »Ich bestehe darauf, daß man mir Walter zeigt.«

»Wenn du es unbedingt willst, wird dich niemand daran hindern«, sagte Nim. »Aber ich hoffe, du verzichtest darauf.«

»Meinst du, daß die Leute, die Walter und die anderen mit der Bombe getötet haben, gefunden werden?«

»Vielleicht. Aber es ist nicht einfach, wenn man es mit Verrückten zu tun hat. Ihre Handlungen sind rational nicht zu erklären, und aus dem Grund sind sie auch schwerer zu identifizieren. Aber wenn sie einen ähnlichen Anschlag noch einmal wagen, bekommt man sie bestimmt. Und die gerechte Strafe ist ihnen sicher.«

»Eigentlich müßte es mir etwas ausmachen, ob sie bestraft werden oder nicht. Aber wenn ich ehrlich sein soll, ist es mir gleichgültig. Ist das schlimm?«

»Nein«, sagte Nim. »Jedenfalls werden sich andere Leute um dieses Problem kümmern.«

»Was immer geschehen mag, es wird nichts ändern, weil weder Walter noch die anderen davon wieder lebendig werden«, sagte Ardythe traurig. »Wußtest du, daß wir sechsunddreißig

Jahre verheiratet waren? Ich sollte dankbar dafür sein. Es ist mehr, als vielen Menschen vergönnt ist, und die meiste Zeit haben wir uns blendend verstanden... Sechsunddreißig Jahre...« Sie weinte leise. »Halt mich fest, Nim.«

Er legte die Arme um sie und barg ihren Kopf an seiner Schulter. Er fühlte, daß sie weinte, aber es war kein hysterisches Schluchzen mehr. Es waren Abschiedstränen zum Gedächtnis für ihre verlorene Liebe. Es waren leise Tränen mit kathartischer Wirkung; denn in ihrer Seele war längst der Heilungsprozeß eingeleitet worden – ein Wunder, das so unerklärlich ist wie das Leben selbst.

Während Nim Ardythe in seinen Armen hielt, bemerkte er plötzlich den Duft ihres Parfums. Vorhin, als er neben ihr saß, war es ihm nicht aufgefallen. Er überlegte, wann sie es benutzt haben mochte. Vielleicht nachdem sie sich umgezogen hatte? Er verscheuchte diese banalen Gedanken.

Es wurde spät. Draußen war es dunkel geworden. Die einzigen Lichter kamen von vorbeifahrenden Autos. Aber die Straße lag abseits vom starken Verkehr, und auch im Innern des Hauses war die Ruhe der Nacht eingekehrt.

Ardythe bewegte sich in Nims Armen. Sie weinte nicht mehr und schmiegte sich noch enger an ihn. Er atmete wieder das betörende Parfum ein. Dann spürte er plötzlich, daß sein Körper stark reagierte und er Ardythe als Frau begehrte. Er wollte sich mit anderen Gedanken ablenken und seine Wünsche verdrängen, aber es gelang ihm nicht.

»Küß mich, Nim.« Sie war jetzt dicht an seinem Gesicht. Ihre Lippen berührten sich, erst sanft, dann immer gieriger. Ardythes Mund war verführerisch, warm und fordernd. *Kann das wirklich sein?* fragte er sich, als er merkte, daß sie beide sexuell stark erregt waren.

»Nim«, flüsterte sie, »mach das Licht aus.«

Eine innere Stimme warnte ihn: *Nein, laß das bleiben. Lauf schnell fort!* Aber während er sich selbst verachtete, wußte er, daß er nicht aufbrechen würde, ja, daß sein innerer Protest nur sehr schwach war.

Auf dem Sofa war genügend Platz. Während er die Lampe ausknipste, hatte Ardythe schon einen Teil ihrer Kleidungsstücke abgelegt. Nun half er ihr und entkleidete sich selbst. Sie betasteten einander, und er fand in ihr eine liebeshungrige und sehr erfahrene Partnerin. Ihre Finger spielten zärtlich und kraftvoll, wollten ihm Lust schenken und hatten Erfolg. Er erwiderte das Spiel. Ardythe stöhnte und rief laut: »Oh, Nim, worauf wartest du noch? Bitte ...«

Noch einmal regte sich sein Gewissen und die Angst, Wally und Mary könnten jeden Augenblick in der Tür stehen, aber dann waren all seine Bedenken fort, und er ergab sich der Lust und der Leidenschaft.

»Du hast Gewissensbisse, Nim, nicht wahr?«

»Ja«, gestand Nim. »Ich leide Höllenqualen.«

Es war eine Stunde später. Sie hatten sich wieder angezogen und die Lampen eingeschaltet. Vor wenigen Minuten hatte Wally angerufen, um zu sagen, daß er und Mary sich nun auf den Weg machen würden und über Nacht bleiben wollten.

»Du sollst dir keine Sorgen machen.« Ardythe berührte leicht seinen Arm und lächelte schüchtern. »Du hast mir mehr geholfen, als du glaubst.«

Nim spürte, daß etwas unausgesprochen geblieben war: Daß die harmonische Vereinigung, die sie beide gerade erlebt hatten, etwas sehr Seltenes war und daß sie diese Erfahrung wiederholen würden. Wenn es so kommen sollte, hatte er doppelten Grund zur Besorgnis: Er hatte sich nicht nur an dem Tag, da sein Freund gestorben war, beschämend benommen, sondern seinem eigenen Leben noch eine zusätzliche und unnötige Komplikation hinzugefügt.

»Ich möchte dir etwas erklären«, sagte Ardythe. »Ich habe Walter aufrichtig geliebt. Er war ein lieber, netter, freundlicher Mann. Wir hatten viel Spaß zusammen; ich fühlte mich in seiner Gesellschaft immer sehr wohl. Das Leben ohne ihn ... nun, ich kann es mir noch immer nicht vorstellen. Aber Walter und ich hatten schon lange keine eheliche Beziehung mehr – es muß jetzt mindestens sechs oder sieben Jahre her sein. Walter konnte nicht mehr. Das kommt bei Männern häufiger vor als bei Frauen.«

Nim wehrte ab. »Ich möchte nichts davon hören ...«

»Ob du willst oder nicht, du wirst es dir anhören. Ich möchte nämlich nicht, daß du hier als Häuflein Elend das Haus verläßt.

Außerdem will ich dir noch etwas sagen, Nim. Du hast mich nicht verführt, ich habe dich verführt. Ich wußte, was geschehen würde, und wollte es, lange bevor du etwas davon ahntest.«

Er dachte an das Parfum. Es hatte auf ihn gewirkt wie ein Aphrodisiakum. Sollte Ardythe es wirklich darauf angelegt haben?

»Wenn eine Frau zu Hause sexuell nicht befriedigt wird«, fuhr Ardythe fort, »findet sie sich entweder damit ab, oder sie sucht ihre Befriedigung anderswo. Nun, ich fand mich ab. Ich begnügte mich mit dem, was ich hatte, mit einem guten Mann, den ich immer noch liebte, und ging nicht woandershin. Mein Verlangen aber blieb.«

»Ardythe«, bat Nim, »bitte...«

»Nein, ich bin gleich fertig. Heute... heute abend... als ich sah, daß alles verloren war, war mein Verlangen stärker als je zuvor. Plötzlich wollte mein Körper, was er sieben Jahre entbehrt hatte. Und du warst hier, Nim. Ich habe dich immer gern gemocht, vielleicht auch ein bißchen mehr, und als ich dich am meisten brauchte, warst du da.« Sie lächelte. »Wenn du gekommen bist, um mich zu trösten, dann ist es dir gelungen. So einfach ist das. Mach es nicht komplizierter, als es ist, und fühle dich nicht unnötigerweise schuldig.«

Er seufzte. »Wenn du es sagst, werde ich mich nicht mehr schuldig fühlen.« Es schien so einfach, das Gewissen zu beruhigen. Vielleicht zu einfach.

»Ja, ich sage es. Und jetzt küß mich noch einmal und dann fahr nach Hause zu Ruth.«

Er war froh, daß er aufbrechen konnte, bevor Wally und Mary eintrafen.

Auf der Heimfahrt dachte Nim über die Verwicklungen in seinem Privatleben nach. Die verzwickten Probleme der Golden State Power & Light kamen ihm dagegen fast unbedeutend vor. An der Spitze seiner persönlichen Kummerliste stand Ruth, ihre stagnierende Ehe – und nun Ardythe. Hinzu kamen noch andere Frauen, mit denen er sich hin und wieder verabredete; einige hatte er erst kürzlich gesehen. Diese Verhältnisse ergaben sich bei Nim immer von selbst, ohne daß er sie suchte. Oder war es nur eine feige Selbsttäuschung? Suchte er in Wirklichkeit diese

Art von Beziehungen und interpretierte sie später nur, als wäre er unschuldig hineingeschlittert? Wie dem auch war, Mangel an Gelegenheit kannte er jedenfalls nicht.

Nachdem er vor fünfzehn Jahren geheiratet hatte, war er Ruth ungefähr vier Jahre lang ein treuer Ehemann gewesen. Dann hatte sich zufällig eine Gelegenheit zum Seitensprung ergeben, und er hatte sie wahrgenommen. Andere Gelegenheiten folgten – manche dauerten nur eine Nacht, andere fesselten ihn über längere Zeit, bevor sie wie Sterne am hellen Morgen erloschen. Anfangs glaubte Nim, er könnte seine sexuelle Wanderlust vor Ruth geheimhalten – die Art seiner Arbeit mit ihren zeitlichen Anforderungen sowie die vielen Überstunden, die er leisten mußte, halfen ihm dabei. Vielleicht war es ihm auch eine Zeitlang gelungen. Dann aber sagte ihm sein gesunder Menschenverstand, daß Ruth, die nicht nur eine sensible, sondern auch sehr kluge Frau war, erkennen mußte, was mit ihm los war. Außergewöhnlich war nur, daß sie niemals protestierte, sondern sich abgefunden zu haben schien. Unlogischerweise ärgerte ihn die Art, wie Ruth reagierte – oder vielmehr, wie sie nicht reagierte. Es hätte ihr etwas ausmachen müssen; sie hätte lieber protestieren, vielleicht sogar Tränen des Zorns vergießen sollen. Natürlich würde er sich deshalb nicht ändern, aber trotzdem fragte er sich, ob er nicht einmal einen Krach wert war.

Und etwas anderes bedrückte Nim von Zeit zu Zeit. Wie diskret er sich auch verhielt, seine Frauengeschichten sprachen sich allmählich herum. Dafür gab es mehrere Beispiele, das jüngste an diesem Nachmittag. Was hatte Teresa Van Buren gesagt? »*Sie müssen noch einiges über Frauen lernen, Nim – Gymnastik im Bett genügt nicht. Und wie man sich erzählt, sollen Sie es ja in dieser Hinsicht zu sportlichen Höchstleistungen bringen.*« Offensichtlich stützte Teresa ihre Rüge nicht nur auf Gerüchte, sonst hätte sie nicht so offen mit ihm geredet. Und wenn Teresa Bescheid wußte, gab es in der GSP&L noch andere Mitwisser.

Brachte Nim mit seinem Lebenswandel seine Karriere in Gefahr? Wenn ja, war es das wert? Warum tat er es überhaupt?

»Wenn ich das wenigstens verdammt noch mal selber wüßte«, sagte er laut und meinte damit nicht nur das, woran er eben gedacht hatte, sondern noch einiges mehr.

Sein eigenes Haus am Stadtrand war ruhig, als er heimkam. Nur im hinteren Treppenhaus brannte die schwache Nachtbeleuchtung. Auf Nims Wunsch sparten die Goldmans unnötige Energie.

Im oberen Stockwerk schlich sich Nim in Leahs und in Benjys Zimmer. Beide Kinder schliefen fest.

Ruth bewegte sich, als er ins Schlafzimmer kam, und fragte verschlafen: »Wie spät ist es?«

Er antwortete leise: »Kurz nach Mitternacht.«

»Wie geht es Ardythe?«

»Das erzähle ich dir morgen.«

Die Antwort schien sie zu befriedigen. Sie schlief sofort wieder ein.

Nim duschte noch schnell, um Ardythes Parfum abzuwaschen, und stieg dann in sein Bett. Es dauerte nicht lange, da war er ebenfalls eingeschlafen.

6

»Wir sind uns also einig«, sagte J. Eric Humphrey. Sein fragender Blick traf die Runde am Konferenztisch, neun Männer und zwei Frauen. »Wir haben hiermit Nims Planungsvorhaben in toto gebilligt und geben unsere Zustimmung zur vordringlichen Ausführung von drei Projekten – dem mit Kohle gefahrenen Kraftwerk in Tunipah, dem Pumpspeicher-Kraftwerk von Devil's Gate und den geothermischen Anlagen von Fincastle.«

Als den abschließenden Worten des Vorsitzenden Nicken und beifälliges Murmeln folgte, lehnte sich Nim Goldman für einen Moment entspannt zurück. Die Darstellung der Zukunftspläne – ein Produkt seiner eigenen intensiven Arbeit und der von vielen anderen – war eine strapaziöse Aufgabe gewesen.

Bei der hier versammelten Gruppe handelte es sich um den geschäftsführenden Vorstand der GSP&L, dessen Mitglieder alle nur dem Vorsitzenden unterstanden. Offiziell hatte diese Gruppe weniger zu sagen als der Aufsichtsrat mit seinen Mitgliedern. In Wirklichkeit aber wurden hier die wirklich politischen Entscheidungen und Machtkämpfe ausgetragen.

Es war Montag nachmittag, und der Vorstand hatte seit den Morgenstunden ein gewaltiges Pensum bewältigt. Einige der Anwesenden schienen müde zu sein.

Fünf Tage waren seit der schrecklichen Explosion im Kraftwerk von La Mission und dem anschließenden Stromausfall vergangen. In der Zwischenzeit hatte man versucht, Einzelheiten herauszubekommen, Grund und Wirkung dessen, was geschehen war, und Voraussagen für die Zukunft zu treffen. Die Nachforschungen hatte man bis spät in die Nacht und auf die Wochenenden ausgedehnt. Und das, obwohl es seit dem vergangenen Mittwoch, dank kühlerer Witterung und mit einigem Glück, zu keinen neuen Stromausfällen gekommen war. Aber eine Schlußfolgerung war trotzdem unausweichlich. Es würde andere, weitaus schlimmere Stromausfälle geben, wenn die GSP&L nicht bald ihre Stromerzeugungskapazität erweiterte.

»Bald« hieß in dem Fall innerhalb des nächsten Jahres. Aber auch das konnte immer noch ernsthafte Einschränkungen bedeuten, weil die Planung und Errichtung eines konventionellen, mit Kohle gefahrenen Kraftwerks fünf Jahre, die eines Kernkraftwerks sechs Jahre dauerte, abgesehen von den vier bis sechs Jahren, die man benötigte, um die erforderlichen Genehmigungen einzuholen.

»Neben diesen drei Projekten, über die wir gerade gesprochen haben, sollten wir uns aber weiterhin um die Genehmigungen zum Bau von Kernkraftwerken bemühen«, sagte Oscar O'Brien, der Justitiar des Konzerns. O'Brien war früher Anwalt der Regierung in Washington gewesen, ein stämmiger Mann, der wie eine Baßgeige aussah und unaufhörlich Zigarren rauchte.

Von der anderen Seite des Tisches brummte Direktor Ray Paulsen, der bei der GSP&L für den reibungslosen Ablauf in der Energieversorgung zuständig war: »Das wäre verflucht noch mal besser.«

Neben Ray Paulsen saß Nim Goldman und spielte mit seinem Notizblock. Obwohl er und Paulsen sich nicht mochten und auf verschiedenen Gebieten oft unterschiedlicher Meinung waren, in der Frage der Kapazitätserweiterung der GSP&L stimmten sie überein.

»Natürlich werden wir unser Kernprogramm fortsetzen«,

sagte Eric Humphrey. »Aber aus psychologischen Gründen sollten wir den Bau von Kernkraftwerken nicht mit unseren übrigen Projekten verquicken. Der Weg zum Kernkraftwerk ist mit Gefahren gepflastert, wie die Katastrophe von Three Mile Island gezeigt hat. Es sieht nicht so aus, als würden wir in den nächsten Jahren auch nur eine einzige Genehmigung für die Errichtung eines weiteren Kernkraftwerks bekommen.
Übrigens habe ich noch vor unserer heutigen Entscheidung für übermorgen ein Treffen mit dem Gouverneur in Sacramento vereinbart. Ich möchte ihn dazu bringen, die zuständigen Gremien anzufeuern, damit sie ihre Entscheidung beschleunigen. Ich werde für jedes der drei Projekte kombinierte Hearings ansetzen lassen, vielleicht schon im nächsten Monat.«
»So etwas hat es bei uns noch nie gegeben«, entgegnete Stewart Ino, ein älterer Direktor der GSP&L. Er gehörte schon sehr lange dem Konzern an und war für die Gebührenfestsetzung zuständig. Mit seinem pausbäckigen Yeomansgesicht sah er aus wie ein britischer Leibgardist. Es fehlten nur die Halskrause und der Samthut. Als Experte für das Einholen von Genehmigungen war er dafür, sich genau an die Vorschriften zu halten. »Bisher wurden immer separate Hearings abgehalten«, fügte er hinzu, »eine Verflechtung würde Komplikationen bringen.«
»Darüber sollen sich die lausigen Bürokraten den Kopf zerbrechen«, knurrte Ray Paulsen. »Ich bin wie Eric dafür, ihnen Feuer unter dem Hintern zu machen.«
»Aber ein kräftiges«, verbesserte jemand.
Paulsen grinste.
Ino war beleidigt.
Ohne auf den letzten Wortwechsel einzugehen, bemerkte Eric Humphrey: »Erinnern wir uns daran, daß wir schwerwiegende Gründe für ein außergewöhnliches Vorgehen haben. Außerdem kann der Zeitpunkt gar nicht günstiger sein. Der Stromausfall der letzten Woche zeigte doch deutlich, wie schnell es zur Krise kommen kann. Aus diesem Grund wird es einiger Notmaßnahmen bedürfen, um die Situation zu meistern. Das wird man sogar in Sacramento einsehen.«
»In Sacramento sieht man wie in Washington nur das ein, was von politischer Relevanz ist«, sagte Oscar O'Brien. »Und blik-

ken wir der Tatsache doch ins Auge – die Gegner unserer Planung werden vor allem Tunipah als Zielscheibe ihres Hasses politisch groß herausstreichen.«

Leiser Beifall. Alle, die um den Konferenztisch versammelt waren, wußten, daß Tunipah die heftigste Kontroverse herausfordern würde. In verschiedener Hinsicht aber war es das wichtigste ihrer Projekte.

Tunipah war eine Wildnis nahe der Grenze zwischen Kalifornien und Nevada. Das Gebiet war weder bewohnt – die nächste Kleinstadt lag vierzig Meilen entfernt – noch von Sportlern oder Naturfreunden als Erholungsgebiet begehrt. Es war noch nicht durch Straßen erschlossen, nur hier und da von Pfaden durchzogen. Aus all diesen Gründen hatte man Tunipah für das Planvorhaben ausgewählt.

Was die Golden State Power & Light jetzt vorschlug, war, in Tunipah ein riesiges Kraftwerk zu bauen mit einer Kapazität von mehr als fünf Millionen Kilowatt – das würde ausreichen, sechs Städte von der Größe San Franciscos mit Strom zu beliefern. Die Primärenergie sollte Kohle sein. Diese konnte mit der Eisenbahn aus dem siebenhundert Meilen entfernten Abbaugebiet von Utah, wo es große Mengen Kohle relativ billig gab, herangeschafft werden. Die erforderliche Eisenbahnlinie würde zur selben Zeit wie das Kraftwerk als Verbindung zur Western Pacific Railroad gebaut werden.

Die Kohle konnte Nordamerikas Antwort auf das arabische Öl sein. Die Kohlevorkommen in den Vereinigten Staaten machten ein Drittel des bisher bekannten Weltvorkommens aus. Sie wären mehr als ausreichend, um den Energiebedarf der USA für die nächsten dreihundert Jahre zu decken. Alaskas Kohle sollte sogar noch für zweitausend Jahre reichen. Zugegeben, mit der Kohle waren auch Probleme verbunden. Der Abbau war eines, die Luftverschmutzung ein anderes, obwohl die moderne Technologie bemüht war, beide Probleme zu lösen. In den anderen Staaten hatte man zum Beispiel dreihundert Meter hohe Schornsteine mit speziellen Filtern zum Schutz der Umwelt gebaut und sehr gute Erfahrungen damit gemacht. Und in Tunipah spielte nicht einmal die Luftverunreinigung eine Rolle, da es weit genug von besiedelten Gebieten und Erholungslandschaften entfernt lag.

Noch etwas anderes würde der Bau des Kraftwerks von Tunipah ermöglichen. Die GSP&L würde einige ihrer älteren, mit Öl gefahrenen Kraftwerke stillegen können. Das würde sie vom importierten Öl noch unabhängiger machen und gegenwärtige wie künftige Kosten sparen helfen.

Vom logischen Standpunkt aus betrachtet, mußte man für das Projekt von Tunipah sein. Aber wie alle öffentlichen Einrichtungen aus der Erfahrung gelernt hatten, überwog bei den Entscheidungen keineswegs die Logik, und auch das größere Publikum konnte sich durchsetzen, wenn eine Handvoll entschiedener Gegner – wie fadenscheinig und unqualifiziert ihr Urteil auch sein mochte – sich dagegen aussprach. Wenn man nur rücksichtslos mit der Verzögerungstaktik arbeitete, konnte man ein Projekt wie Tunipah derart hinhalten, daß es im Effekt auf eine Ablehnung hinauslief. Diejenigen, die ständig die Erweiterung der elektrischen Leistung verhinderten, erfüllten jedenfalls das dritte Parkinsonsche Gesetz: *Verzögerung ist die tödlichste Form der Ablehnung.*

»Gibt es noch Fragen?« Eric Humphrey blickte in die Runde. Einige am Konferenztisch waren bereits dabei, ihre Unterlagen zusammenzupacken, in der Annahme, die Sitzung sei vorüber.

»Ja«, sagte Teresa Van Buren, »noch eine Kleinigkeit.«

Alle Augen richteten sich auf die kleine, rundliche Person, die Pressechefin des Konzerns. Ihr sonst unordentliches Haar war heute einigermaßen gebändigt, aber bekleidet war sie trotzdem mit einem ihrer unvermeidlichen Leinenanzüge.

»Den Gouverneur für unseren Plan zu gewinnen, Eric, finde ich schon ganz gut. Ich bin auch dafür, die einen oder anderen Leute im Capitol für unsere Sache zu begeistern. Aber es reicht nicht, es wird uns längst nicht den Erfolg bringen, den wir wollen, und hier ist der Grund.«

Teresa Van Buren legte eine Pause ein. Sie griff unter ihren Stuhl, zog zwei Zeitungen hervor und breitete sie auf dem Konferenztisch aus. »Das ist der *California Examiner* von heute nachmittag – eine frühe Ausgabe, die ich mir habe kommen lassen –, und hier ist der *Chronicle-West* von heute morgen. Sie haben diese Ausgabe zweifellos alle gesehen. Beide Zeitungen habe ich sorgfältig gelesen und dabei festgestellt, daß über den Stromausfall von letzter Woche kein Wort mehr verloren wird.

Einen Tag lang machte der Stromausfall Schlagzeilen, am nächsten Tag war das Thema schon beiseite gedrängt, und dann verschwand es völlig aus unseren Publikationsorganen. Das gleiche Phänomen habe ich bei den übrigen Medien beobachtet.«

»Na und?« warf Ray Paulsen ein. »Es hat andere Neuigkeiten gegeben. Die Leute verlieren schnell das Interesse.«

»Ja, sie verlieren das Interesse, weil es niemand wachhält. Draußen denkt man« – Teresa Van Buren beschrieb mit ihrem Arm einen Halbkreis, um die Welt außerhalb des Konferenzraumes anzudeuten –, »so ein Ausfall der elektrischen Energie ist ein kurzlebiges Problem – heute vorhanden, morgen erledigt –, und die Presse und die übrigen Medien bestärken die Leute noch in ihrer Ansicht. Die wirklichen Einschränkungen, die wir durch Ausfälle in der Energieerzeugung erleben werden, kennen nur *wir*. Wer weiß denn schon dort draußen etwas vom drastischen Absinken des Lebensstandards, von Behinderungen der Industrieproduktion und katastrophaler Arbeitslosigkeit als Folge unserer heutigen Kurzsichtigkeit? Und niemand wird sich um die Aufklärung der Menschen dort draußen kümmern, wenn wir es nicht tun.«

Sharlett Underhill, die Finanzdirektorin und zweite Frau am Tisch, fragte: »Wie wollen Sie denn überhaupt jemanden zum Nachdenken bringen?«

»Das werde *ich* Ihnen beantworten«, kam Nim Goldman der Pressechefin zu Hilfe. Er klopfte mit dem Bleistift kurz auf den Tisch, um die Aufmerksamkeit auf sich zu lenken. »Wir müssen die Wahrheit herausschreien, immer und immer wieder, so laut wir können. Wir dürfen von dem, was uns hier bewußt ist, nichts zurückhalten, sondern müssen die Öffentlichkeit mit der Wahrheit wachrütteln.«

»Mit anderen Worten«, warf Ray Paulsen spöttisch ein, »Sie möchten statt zweimal die Woche viermal auf dem Bildschirm erscheinen.«

Nim ignorierte die boshafte Unterbrechung und fuhr fort: »Unsere Politik muß es sein, das, was jeder an diesem Tisch weiß, auch weiterzugeben: Daß zum Beispiel letzte Woche unsere Spitzenlast bei zweiundzwanzig Millionen Kilowatt lag und die Zuwachsrate eine Million pro Jahr beträgt; daß wir in drei Jahren, wenn es so weitergeht, nur noch über eine ganz knappe Reserve und in vier Jahren über gar keine mehr verfügen. Wie werden wir mit diesem Problem fertig werden? Die Antwort lautet: Überhaupt nicht. Jeder Dummkopf kann sich ausrechnen, was auf uns zukommt. In drei Jahren wird es an jedem heißen Tag zum Blackout kommen, in sechs Jahren schon an jedem Sommertag. Wir *müssen* noch einige Generatoren bauen und haben die Verpflichtung, die Öffentlichkeit vor den Konsequenzen zu warnen, wenn wir es nicht tun.«

Es folgte betretenes Schweigen, das Teresa Van Buren schließlich brach. »Wir alle wissen, daß jedes Wort, das wir gerade gehört haben, wahr ist. Warum sagen wir es dann nicht? Nächste Woche gäbe es dazu eine Gelegenheit. Am Dienstag ist Nim zu einer aktuellen Abendsendung eingeladen, die nachweislich eine hohe Einschaltquote hat.«

»Wie schade, daß ich an dem Abend schon etwas Besseres vorhabe, als unseren großen Fernsehstar zu bewundern«, stichelte Paulsen.

»Ich halte diesen Weg für ein wenig zu direkt«, meinte Sharlett Underhill. »Es läuft doch bereits ein Gesuch, die Zuwachsrate bei der Planung zu berücksichtigen, so daß ich nicht glaube, daß wir diese Marktschreierei nötig haben.«

»Je offener wir sind, desto größer sind unsere Chancen«, hielt ihr Teresa Van Buren entgegen. »Auf jeden Fall verlieren wir nichts.«

Die Finanzdirektorin schüttelte den Kopf. »Da bin ich gar nicht sicher. Außerdem glaube ich nicht, daß es irgendeinem von uns zusteht, über diese Dinge öffentlich zu reden. Wenn überhaupt eine Erklärung im Fernsehen abgegeben wird, so müßte sie von dem Vorsitzenden persönlich kommen.«

»Darf ich hier einmal unterbrechen«, meldete sich Eric Humphrey mit freundlicher Miene zu Wort. »Man hatte ursprünglich *mich* zu dieser Fernsehsendung eingeladen, und ich habe Nim beauftragt, diese Aufgabe für mich zu übernehmen. Er kann solche Dinge besonders gut.«

»Er könnte es noch viel besser«, warf Teresa Van Buren ein, »wenn wir ihm grünes Licht gäben, über unsere wirklichen Befürchtungen zu sprechen, anstatt unsere ach so ›gemäßigte Linie‹ zu vertreten.«

»Ich bin aber trotzdem für die gemäßigte Linie.« Der Sprecher war diesmal Fraser Fenton, ebenfalls einer der älteren Vorstandsmitglieder. Er war in der Hauptsache für die Gasgewinnung zuständig. Fenton war ein hagerer, asketischer Typ mit einer Glatze. »Wir sind nicht alle Ihrer düsteren Ansicht, Teresa. Seit vierunddreißig Jahren bin ich nun für den Konzern tätig. In dieser langen Zeit habe ich so manches Problem kommen und gehen sehen. Ich bin der Meinung, daß wir die Kapazitätseinbuße schon irgendwie bewältigen werden...«

»Und wie?« wollte Nim Goldman wissen.

»Lassen Sie mich ausreden«, sagte Fenton. »Ich möchte nämlich noch ein Wort zum Thema Opposition sagen. Was auch immer wir versuchen oder tun, ob es nun um den Bau von neuen Kraftwerken geht oder um eine Erhöhung der Gebühren oder gar um die bescheidene Dividendenausschüttung für unsere Aktionäre – immer haben wir es gleich mit organisiertem Protest zu tun. Wenn diese Haltung auch nicht ganz verschwinden wird, so glaube ich doch, daß sie als typische Modeerscheinung an Einfluß verlieren wird. Viele Hitzköpfe werden müde werden, und es werden wieder normale Zustände herrschen wie früher, als dieser Konzern genau wie alle anderen tun und lassen konnte, was er wollte. Deshalb bin ich für eine gemäßigte Linie, um die Leute nicht unnötig aufzuregen.«

»Und das ist auch meine Meinung«, schloß sich Stewart Ino an.

»Meine ebenfalls«, fügte Ray Paulsen hinzu.

Nim sah Teresa Van Buren an, und er wußte, daß sie beide dasselbe dachten. Fraser Fenton, Stewart Ino und Ray Paulsen gehörten einer anderen Generation an. Sie wollten nicht wahrhaben, daß sich die Zeiten geändert hatten, und beharrten stur auf ihrem Standpunkt. Sie beriefen sich auf ihr Alter und erhoben den Anspruch, schon deshalb überlegen zu sein, obwohl sie Karriere gemacht hatten, ohne jemals den harten Wettbewerbsbedingungen anderer Industriezweige ausgesetzt gewesen zu sein. Die persönliche Sicherheit war ihnen soviel wert, daß sie sich wie mit einem Kokon von ihr einhüllen ließen. Der Status quo aber war ihr heiliger Gral. Alles, was ihre Ruhe hätte stören können, wurde abgewimmelt.

Es gab Gründe für diese Haltung. Nim und andere Vertreter

der jüngeren Generation bei der GSP&L hatten oft darüber diskutiert. Zum einen war die Monopolstellung dieser öffentlichen Einrichtung, die nicht dem übrigen Wettbewerbsdenken auf dem Handelsmarkt unterworfen war, für diese Einstellung verantwortlich. Versorgungskonzerne wie die Golden State Power & Light hatten zuweilen viel Ähnlichkeit mit dem Verwaltungsapparat der Regierung. Zweitens hatte man bisher immer einen guten Absatzmarkt für sein Produkt gehabt. Man konnte immer soviel verkaufen, wie man produzierte, Energiequellen waren billig und reichlich vorhanden. Erst in den letzten Jahren war es zur Rohstoffverknappung gekommen, was zur Verteuerung geführt und manche unpopuläre Gebührenerhöhung nötig gemacht hatte. Früher hatte es auch keine organisierte Opposition von Verbrauchergruppen und Umweltschützern gegeben, mit denen man sich heutzutage herumschlagen mußte.

Diese grundsätzlichen Veränderungen wollten Leute wie Nim Goldman der älteren Führungsschicht der GSP&L nahebringen, um sie dadurch zu einer realistischeren Haltung zu bewegen. (Walter Talbot, erinnerte sich Nim traurig, war leider eine bemerkenswerte Ausnahme gewesen.) Die Vertreter der älteren Generation aber betrachteten Nim und seinesgleichen als Unruhestifter, die es nicht abwarten konnten, selbst im Konzern das Sagen zu haben. Auf jeden Fall bildeten die Älteren die Mehrheit, und so konnten sie ihre Ansichten immer mühelos durchsetzen.

»Ich gebe zu, daß beide Meinungen etwas für sich haben«, sagte jetzt J. Eric Humphrey. »Meiner Natur entsprechend bin ich eigentlich gegen einen Vorstoß mit öffentlichen Erklärungen. Aber manchmal sehe ich auch die andere Seite.« Der Vorsitzende lächelte mild und sah Nim Goldman an. »Sie vertraten ja gerade die andere Meinung. Möchten Sie noch etwas hinzufügen?«

Nim zögerte. Dann sagte er: »Nur eins noch. Wenn in einigen Jahren die regelmäßigen Stromsperren beginnen und man uns vorwerfen wird, was wir getan oder unterlassen haben, wird uns die Presse kreuzigen, und die Politiker werden in gewohnter Weise ihre Hände in Unschuld waschen. Die Öffentlichkeit aber wird über uns herfallen und fragen, warum wir nicht rechtzeitig gewarnt haben. Ich teile jedenfalls Teresas Ansicht, daß jetzt, gerade jetzt, die Zeit dafür gekommen ist.«

»Wir werden darüber abstimmen«, kündigte Eric Humphrey an. »Wenn ich um Handzeichen bitten darf. Wer ist für den harten Kurs, der uns gerade empfohlen worden ist?«

Nur drei Hände gingen hoch. Teresa Van Buren, Nim Goldman und Oscar O'Brien, der Justitiar, waren dafür.

»Wer ist dagegen?« fragte der Vorsitzende.

Diesmal waren es acht Hände.

Eric Humphrey nickte. »Ich stimme mit der Mehrheit, und wir werden unseren sogenannten gemäßigten Kurs fortsetzen.«

»Und vergessen Sie das bei Ihren verdammten Fernsehsendungen nicht«, warnte Ray Paulsen Nim.

Nim sah ihn böse an, schluckte aber seinen Ärger hinunter und sagte nichts.

Als die Sitzung zu Ende war, diskutierte man in kleineren Gruppen von zwei oder drei Personen über Einzelprobleme weiter.

»Wir alle brauchen eine gewisse Anzahl von Niederlagen«, sagte Eric Humphrey freundlich zu Nim, als sie den Sitzungssaal verließen. »Ein Dämpfer von Zeit zu Zeit ist nicht das schlechteste.«

Nim antwortete nicht darauf. Vor der heutigen Sitzung hatte er überlegt, ob der alte Knabe nach den Ereignissen der letzten Woche sich nicht doch zu einer anderen Haltung in der Public-Relations-Frage bekehren lassen würde. Jetzt hatte er die Antwort. Dabei hatte er sich so gewünscht, daß der Vorsitzende zu ihm halten würde. Er wußte, daß sie unabhängig von der Abstimmerei gesiegt hätten, wenn Humphrey ihn und Teresa unterstützt hätte.

»Kommen Sie herein«, sagte der Vorsitzende, als sie an ihren nebeneinanderliegenden Büros am Ende des Ganges angekommen waren. »Ich habe eine Aufgabe für Sie.«

Die Zimmerflucht des Vorsitzenden war zwar geräumiger als andere Büros auf dieser Etage, aber sie entsprach in der Ausstattung den spartanischen Vorstellungen der GSP&L-Leitung. Besucher sollten den Eindruck haben, daß das Geld der Aktionäre und Verbraucher nicht für Kinkerlitzchen verschwendet wurde. Nim steuerte wie immer auf eine bequeme Sitzgruppe zu, und Eric Humphrey, der von seinem Tisch eine Akte geholt hatte, kam zu ihm herüber.

Obwohl es draußen noch hell war und man von den Fenstern einen schönen Blick auf die Stadt gehabt hätte, waren die Vorhänge zugezogen und das Licht eingeschaltet. Der Vorsitzende wich allen Fragen aus, warum er stets bei künstlichem Licht arbeitete, und so hielt sich eine Theorie am hartnäckigsten, er vermisse sein heimatliches Boston auch nach dreißigjähriger Abwesenheit so stark, daß er keinen Ersatz gelten lassen wolle.

»Ich nehme an, Sie kennen den Inhalt dieser Akte«, sagte Humphrey und zeigte auf den Deckel, auf dem stand:

ABTEILUNG FÜR EIGENTUMSSCHUTZ
Betrifft: Energiediebstahl

»Ja, ich kenne die Akte.«

»Offensichtlich hat die Diebstahlquote erschreckend zugenommen. Auch wenn es in gewisser Weise nur eine Bagatelle ist, finde ich es doch ziemlich ärgerlich.«

»Ein Verlust von zwölf Millionen Dollar ist jedenfalls eine recht kostspielige Bagatelle«, bemerkte Nim.

Der erwähnte Bericht stammte von einem Abteilungsleiter namens Harry London, der darin die epidemischen Ausmaße beschrieb, die der Strom- und Gasdiebstahl inzwischen angenommen hatte. Die Methode war immer dieselbe: Es wurde an den Zählern manipuliert – meistens von Privatpersonen, obwohl es Anzeichen dafür gab, daß sich schon Firmen auf diese Arbeiten spezialisiert hatten.

»Die zwölf Millionen sind eine Schätzung. Es kann weniger oder sehr viel mehr sein«, gab Eric Humphrey zu bedenken.

»Die Schätzung ist aber ziemlich genau«, beharrte Nim. »Walter Talbot war derselben Ansicht. Wenn Sie sich erinnern, hat er immer von einer Zwei-Prozent-Lücke gesprochen, die zwischen der produzierten elektrischen Energie und dem Betrag, den wir den Verbrauchern in Rechnung stellen konnten, plus dem Eigenverbrauch des Konzerns und allen Leitungsverlusten klaffte.«

Es war der verstorbene Chefingenieur, der als erster wegen der Diebstähle Alarm geschlagen hatte. Er verfaßte einen Bericht, der zur Schaffung der Abteilung zum Schutz des Eigentums führte. Man ging nach seinen Ratschlägen vor. Auch auf diesem Gebiet würde der Chefingenieur ihnen fehlen, dachte Nim.

»Ja, ich erinnere mich«, sagte Humphrey. »Es ist ein enormer Geldverlust.«

»Und der Prozentsatz ist viermal so hoch wie vor zwei Jahren...«

Der Vorsitzende trommelte mit den Fingern auf die Armlehne seines Sessels. »Dasselbe gilt übrigens für das Gas. Wir können doch nicht einfach tatenlos zusehen.«

»Lange Zeit hatten wir Glück«, sagte Nim. »Energiediebstahl ist im Osten und im Mittelwesten schon viel länger zu einem Problem geworden. In New York verlor Con Edison letztes Jahr auf diese Weise siebzehn Millionen Dollar. In Chicago wird der Schaden bei Commonwealth Edison auf fünf bis sechs Millionen geschätzt, und die produzieren weniger Elektrizität als wir und überhaupt kein Gas. Genauso sieht es in New Orleans aus, in Florida, New Jersey...«

»Das weiß ich alles«, unterbrach Humphrey ihn. Er dachte einen Augenblick nach, dann sagte er: »Gut, wir werden mit unseren Mitteln der Sache auf den Grund gehen und, wenn nötig, auch das Budget für diese Ausgaben erhöhen. Informieren Sie Harry London in diesem Sinne. Sagen Sie ihm, daß seiner Abteilung mein persönliches Interesse gilt und daß ich Erfolge sehen möchte.«

7

»Manche Leute hier halten Energiediebstahl für etwas Neues«, erklärte Harry London. »Nun, das ist es ganz und gar nicht. Der älteste uns bekannte Fall liegt schon über hundert Jahre zurück.« Er sprach wie vor einer Schulklasse, dabei hatte er nur einen Zuhörer – Nim Goldman.

London war ein kleiner, drahtiger Mann, sehr schlagfertig, aber mit einem Hang zur Pedanterie, wenn er wie jetzt etwas erklärte. Als ehemaliger Master-Sergeant bei der Marine mit einem Silver Star für besondere Tapferkeit ausgezeichnet, wurde er später Kriminalbeamter in Los Angeles und kam vor fünf Jahren als stellvertretender Sicherheitsbeauftragter zur Golden State Power & Light. Seit sechs Monaten war Harry London Leiter einer völlig neuen Abteilung – der Abteilung zum Schutz des Eigentums der GSP&L – und mußte sich vor allem mit den Energiediebstählen befassen. Nim und Harry waren gute Freunde. Die beiden Männer befanden sich in Londons Büro, einem von mehreren Glaskästen, in denen die neue Abteilung provisorisch untergebracht war.

»Es war im Jahre 1867 in Vallejo«, sagte London. »Die San Francisco Gas Company errichtete ein Gaswerk, dessen Leiter ein gewisser M. P. Young war. Eines der Hotels in Vallejo gehörte einem Burschen mit Namen John Lee. Und dieser Lee schummelte bei den Gasrechnungen, indem er einen Abzweig vor der Gasuhr einbaute.«

»Was, das machte man schon damals?«

»Warte, das ist noch nicht alles. Der Leiter der Gasgesellschaft, Young, der dem betrügerischen Hotelbesitzer auf die Schliche gekommen war, wollte von John Lee das Geld für das gestohlene Gas. Lee geriet so in Wut, daß er auf Young schoß und später wegen versuchten Mordes angeklagt wurde.«

»Ist das wahr?«

»Du kannst es in kalifornischen Geschichtsbüchern nachlesen, wenn du magst«, behauptete London.

»Wie dem auch sei, bleiben wir bei der Gegenwart.«

»Hast du meinen Bericht gelesen?«

»Ja. Der Vorsitzende ebenfalls.« Nim wiederholte J. Eric Humphreys Entscheidung, die Untersuchungen zu intensivieren, und seinen Wunsch, Ergebnisse zu sehen.

London nickte. »Du wirst Ergebnisse bekommen. Vielleicht schon in dieser Woche.«

»Du meinst Brookside?«

»Genau.«

Brookside, ein Wohnviertel an der Peripherie, etwa zwanzig Meilen vom Stadtzentrum entfernt, war in dem Bericht erwähnt worden. Man hatte dort eine ganze Reihe von Energiediebstählen entdeckt und plante nun eine gründlichere Untersuchung.

»Übermorgen ist Tag X in Brookside«, fügte Harry London hinzu.

»Donnerstag schon? Ich hatte nicht erwartet, daß du so schnell sein würdest.«

Aus dem Bericht ging hervor, daß eine Razzia in Brookside geplant war. Ein Termin war nicht genannt. Sie sollte von der Abteilung für Eigentumsschutz durchgeführt werden, mit London, seinem engsten Mitarbeiter Art Romeo und drei weiteren Leuten. Unterstützt würden sie von anderen GSP&L-Angestellten – dreißig besonders ausgebildeten Zählerablesern, sechs Maschinenbauingenieuren und zwei Fotografen, die die Beweise auf Film festhalten sollten.

Die gesamte Mannschaft würde mit einem Mietbus vom Treffpunkt in der Innenstadt nach Brookside hinausfahren, begleitet von einem mit Funk ausgerüsteten Kleinbus, der als Nachrichtensammelstelle dienen sollte. Die Leute würden Sprechfunkgeräte mitnehmen, und mit Hilfe einiger kleinerer Fahrzeuge konnte man einen Pendelverkehr einrichten.

Am Vorabend des Tages X wurden die Zählerableser und Ingenieure kurz über das informiert, was man von ihnen erwartete. Das Ziel aber wurde geheimgehalten.

Sofort nach ihrer Ankunft in Brookside würden sie von Haus zu Haus, von Geschäft zu Geschäft gehen und Stromzähler und Gasuhren auf Betrugsspuren untersuchen. Bestimmte Gebäude würden sie sich besonders vornehmen, Supermärkte zum Beispiel, weil der Strom (nach den Arbeitslöhnen) ihr zweitgrößter Ausgabenposten war und man in der Vergangenheit in dieser Branche besonders viele Betrugsfälle festgestellt hatte. Sie würden also keinen Supermarkt in der Gegend auslassen. Bei dem geringsten Verdachtsmoment würden die Ingenieure von Harry Londons Eigentumsschutztruppe eingreifen.

»Je schneller man in einem solchen Fall handelt, desto weniger Lücken gibt es«, sagte London grinsend. »Bei der Marine haben wir noch ganz andere Sachen in viel kürzerer Zeit gemacht.«

»Okay, okay«, sagte Nim. »Ich war leider nur ein gewöhnlicher Soldat, aber ich möchte bei dieser höchst interessanten Operation trotzdem dabei sein.«

Obwohl Nims eigene Militärzeit kurz gewesen war, gab sie ihm doch eine gewisse Gemeinsamkeit mit Harry London. Sofort nach dem College-Abschluß war Nim eingezogen und nach Korea geschickt worden. Einen Monat nach seiner Ankunft geschah folgendes: Während er mit seinen Leuten vor den Linien auf Patrouillengang die Stellungen des Feindes auskundschaften wollte, wurden sie von amerikanischen Tiefffliegern angegriffen. (Später wurde dieser schlimme Irrtum in der doppelzüngigen Militärsprache als »Freundschaftsfeuer« bezeichnet.) Vier amerikanische Soldaten wurden getötet, andere verletzt, unter ihnen Nim. Sein Trommelfell war geplatzt, es kam eine Infektion hinzu, so daß er für immer auf dem linken Ohr taub war. Kurze Zeit später wurde er heimgeschickt und für den Rest des Krieges aus gesundheitlichen Gründen vom weiteren Militärdienst suspendiert. Von seinem Abenteuer in Korea war keine Rede mehr. Heute wußten Freunde und Kollegen, daß sie bei Unterhaltungen an Nims rechter Seite sitzen mußten, wenn sie sich Gehör verschaffen wollten. Aber nur wenige kannten den wirklichen Grund. Harry London war einer der wenigen.

»Du bist aufs herzlichste eingeladen«, sagte London.

Sie verabredeten sich.

Dann sprachen sie über die Sabotage im Kraftwerk La Mission, wo Walter Talbot und die anderen ums Leben gekommen waren. Obwohl Harry London nicht direkt mit der Untersuchung des Falles zu tun hatte, war er über den Stand der Ermittlungen auf dem laufenden. Erstens steckte er häufig mit dem Sicherheits-Chef des Konzerns zusammen, und dann hatte er aus seiner Zeit bei der Polizei noch verschiedene andere Informationsquellen. »Der County Sheriff arbeitet mit dem FBI und unserer Stadtpolizei zusammen«, erklärte er Nim. »Bis jetzt hat man nicht das geringste herausgebracht. Die Leute vom FBI, die mit solchen Fällen noch die größte Erfahrung haben, sind der Meinung, daß sie nach einer völlig neuen Gruppe, über die bei der Polizei noch nichts vorliegt, Ausschau halten müssen. Das macht alles komplizierter.«

»Und der Mann in der Heilsarmeeuniform?«

»Dieser Sache ist man nachgegangen. Es gibt hundert Möglichkeiten, wie man an so eine Uniform herankommen kann. Die meisten sind nicht nachprüfbar. Natürlich, wenn sie es mit demselben Trick ein zweites Mal versuchten, wäre es etwas anderes. Eine Menge Leute sind jetzt gewarnt und warten nur darauf.«

»Meinst du wirklich, sie würden es noch einmal wagen?«

London zuckte die Achseln. »Es sind Fanatiker, da kann man nie wissen, zu welcher Verrücktheit sie fähig sind. Manchmal muß man nur abwarten, daß sie sich selbst verraten. Sobald ich etwas höre, sage ich dir sofort Bescheid.«

»Danke.«

Im Grunde genommen war das, was Nim gerade gehört hatte, im wesentlichen das, was er am Mittwochabend zu Ardythe gesagt hatte. Das erinnerte ihn daran, daß er Ardythe anrufen oder besuchen sollte. Nim hatte sie inzwischen nur einmal kurz gesehen – bei Walters Beerdigung am Samstagmorgen, an der auch viele GSP&L-Mitarbeiter teilgenommen hatten. Für Nim war es ein deprimierender Anlaß, zumal das Ritual von einem schmierigen Leichenbestatter geleitet worden war, den Walter Talbot abgelehnt hätte. Nim und Ardythe hatten ein paar höfliche Worte gewechselt, das war alles.

Nun überlegte er: Sollte er eine gewisse »Anstandspause« einlegen, bevor er Ardythe anrief? Oder war es Heuchelei, in diesem Fall überhaupt noch von Anstand zu sprechen?

Er sagte zu Harry London: »Wir sehen uns am Tag X.«

8

Es würde wieder ein brütendheißer Tag werden in diesem unerbittlich langen Sommer. Soviel war schon um neun Uhr früh klar, als Nim Brookside erreichte.

Harry Londons Leute waren bereits vor einer Stunde eingetroffen. Die Nachrichtensammelstelle hatten sie auf einem zentral gelegenen Parkplatz eines Einkaufszentrums eingerichtet. Sechs weiß-orangefarbene Firmenwagen mit dem bekannten Firmenzeichen der GSP&L standen beieinander. Die dreißig Zählerableser waren bereits an verschiedenen Stellen abgesetzt worden. Es waren in der Mehrzahl junge Männer, unter ihnen einige Studenten, die während der Sommermonate Geld verdienen wollten. Alle hatten ein Bündel Karten mit den Adressen erhalten, wo sie die Zähler und die gesamte Installation prüfen sollten. Die Karten waren erst in der vergangenen Nacht vom

Computer ausgedruckt worden. Normalerweise bestand die Aufgabe des Zählerablesers lediglich darin, den Zählerstand zu notieren; heute brauchten sich die Leute um die Zahlen nicht zu kümmern. Sie sollten nur darauf achten, ob es irgendwelche Anzeichen für Energiediebstahl gab.

Harry London kam aus dem Kleinbus, in dem die Funkanlage untergebracht war, heraus und begrüßte Nim. London wirkte übermütig und fröhlich. Er trug ein kurzärmeliges Hemd im Military-Look und eine frischgebügelte Hose; seine Schuhe glänzten. Nim zog die Anzugjacke aus und warf sie in seinen Fiat. Die Sonne brannte erbarmungslos auf den Parkplatz, und von den Autos stiegen flirrende Hitzewellen auf.

»Wir haben schon die ersten Erfolge«, sagte London. »Fünf einwandfrei erwiesene Betrugsfälle in der ersten Stunde. Jetzt sind unsere Leute dabei, anderen heißen Spuren nachzugehen.«

»Die ersten fünf Fälle – in Geschäften oder in Wohnhäusern?« erkundigte sich Nim.

»Vier in Wohnhäusern, einer in einem Geschäft. Und das war der pfiffigste von allen, klaute gleichzeitig Gas und Strom. Willst du's sehen?«

»Na klar.«

»Ich fahre mit Mr. Goldman in meinem Wagen zu Nummer vier«, rief London in den Kleinbus.

Als sie starteten, sagte er zu Nim: »Bis jetzt ist mir zweierlei aufgefallen. Das, was wir heute hier herausfinden, ist nicht mehr als die Spitze eines Eisbergs. Das zweite ist das unbestimmte Gefühl, daß wir es hier mit Profis zu tun haben, vielleicht sogar mit einem organisierten Ring.«

»Wie kommst du darauf?«

»Warte, bis ich dir gezeigt habe, was du sehen mußt.«

»In Ordnung.« Nim lehnte sich im Beifahrersitz zurück und sah sich Brookside an, das sie gerade durchquerten.

Es war ein wohlhabender Vorort, typisch für die vielen, die Ende der fünfziger und Anfang der sechziger Jahre wie Pilze aus dem Boden geschossen waren. Vorher befanden sich Bauerngehöfte dort, wo jetzt Wohnanlagen und Geschäftshäuser standen. Zumindest äußerlich gab es in Brookside keine Armut. Sogar die Reihenhäuser mit ihren gepflegten handtuchschmalen Rasenstücken sahen frisch gestrichen und blitzsauber aus. Hinter diesen einfacheren Häusern kamen ein paar Quadratmeilen mit prächtigen Behausungen; einige dieser Villen hatten drei Garagen und eine separate Dienstboteneinfahrt. Die Geschäfte, die zum Teil in eleganten Alleen lagen, spiegelten mit ihrem hochwertigen Warenangebot den Wohlstand des Viertels. Nim hielt es für ausgeschlossen, daß dies eine Gegend für Energiediebstähle sein sollte.

Als hätte er Nims Gedanken gelesen, sagte Harry London: »Es ist nicht alles Gold, was glänzt.« Er lenkte den Wagen in die Richtung einer Tankstelle mit Wartungshallen und einer Waschanlage. Er hielt vor dem Kassenraum an und stieg aus. Nim folgte ihm.

Auf dem Parkplatz stand schon ein Firmenwagen der GSP&L. »Wir haben einen Fotografen hergebeten«, sagte London. »Inzwischen paßt einer unserer Leute auf die Beweise auf.«

Ein Mann in grauem Overall kam auf sie zu und wischte sich die Hände an einem Lumpen ab. Er war auffallend mager, und sein Fuchsgesicht sah besorgt aus. »Hören Sie, wie ich Ihnen schon sagte... Ich weiß von nichts.«

»Natürlich wußten Sie es«, erwiderte London seelenruhig. Und zu Nim gewandt: »Das ist Mr. Jackson. Er gab uns die Erlaubnis, auf seinem Grundstück die Zähler zu überprüfen.«

»Das hätte ich besser nicht tun sollen«, brummte Jackson. »Ich bin ja nur der Pächter hier. Das Gebäude gehört jemand anderem.«

»Aber es ist Ihr Geschäft«, sagte London. »Und die Gas- und Stromrechnungen zahlen doch Sie, nicht wahr?«

»So wie die Dinge liegen, gehört der verdammte Laden hier der Bank.«

»Aber die Bank hat bestimmt keine Manipulation an dem Stromzähler und der Gasuhr vorgenommen.«

»Ich sage die Wahrheit.« Die Hände des Tankstellenpächters krallten sich fest in den Lappen. »Ich weiß nicht, wer es war.«

»Das wissen Sie sehr wohl. Haben Sie etwas dagegen, wenn wir hineingehen?«

Der Tankstellenpächter murrte, hielt sie aber nicht zurück.

London betrat vor Nim den Kassenraum der Tankstelle und von da aus einen kleinen dahinterliegenden Raum, der als Lager diente. An der hinteren Wand befanden sich Armaturen, Trennschalter und Zähluhren für Gas und Strom. Ein junger Mann in GSP&L-Dienstkleidung schaute, als sie hereinkamen, von seiner Tätigkeit auf und begrüßte sie mit einem lässigen »Hallo«.

Harry London stellte Nim Goldman vor und forderte den jungen Mann auf: »Erzählen Sie Mr. Goldman, was Sie gefunden haben.«

»Nun, die Plombe des Stromzählers war erbrochen, und der Zähler war in die Senkrechtstellung, die Sie jetzt sehen, gebracht worden.«

»In dieser Stellung läuft der Zähler rückwärts oder bleibt stehen«, erklärte London.

Nim nickte. Es war ein sehr einfacher Weg, sich Freistrom zu verschaffen. Man mußte nur vorsichtig die Plombe lösen und konnte dann den Zähler, der an einem Querholz in der Wand hing, abnehmen, umdrehen und wieder befestigen. Von nun an zählte der Zähler rückwärts oder überhaupt nicht, egal, wie hoch der Verbrauch war. Kurz vor der nächsten Stromablesung wurde der alte Zustand wiederhergestellt, wobei man die Beschädigung der Plombe natürlich sorgfältig vertuschen mußte.

Viele Elektrizitätsgesellschaften, die auf diese Weise geschädigt worden waren, hatten inzwischen ihren Kunden neuere Zähler eingebaut, die in jeder Lage richtig anzeigten, auch wenn sie auf dem Kopf standen. Außerdem war die Anbringung jetzt ausgeklügelter, so daß man einen solchen modernen Zähler nur noch mit einem Spezialschlüssel abnehmen konnte. Aber es waren noch genügend alte Zähler in Gebrauch. Sie alle gegen neue auszutauschen, hätte ein Vermögen gekostet. Und außerdem gab es auch andere Möglichkeiten, sich kostenlose Energie zu verschaffen, so daß alles in allem die Betrüger bislang einen großen Vorsprung hatten.

»Die Manipulation an der Gasleitung war einfallsreicher«, berichtete der Mann vom GSP&L-Kundendienst. Die Gasuhr war im selben Raum angebracht. »Sehen Sie mal her.«

Der Mann hatte sich hingekniet und betastete mit der Hand eine Leitung, die aus der Wand kam und dann ein Stück weiter durch die Gasuhr lief. »Das ist das Gasrohr, das von draußen hereinkommt.«

»Von der Straße«, fügte Harry London hinzu. »Von der Hauptleitung.«

Nim nickte.

»Hier drüben« – der Mann zeigte auf die andere Seite der Gasuhr – »ist die Leitung des Kunden. Er benötigt das Gas für einen großen Heißwasserkessel, für die Heißlufttrockenanlage seiner Waschstraße und für die Heizung und Warmwasserbereitung der Wohnung im ersten Stock. Das ist ein hoher Gasverbrauch im Monat. Aber jetzt sehen Sie einmal ganz genau hin.« Diesmal zeigte er mit beiden Händen auf die Stellen, wo die beiden Rohre in der Wand verschwanden. Der Mörtel, den er von den Rohren abgeklopft hatte, lag als kleiner Haufen auf dem Fußboden.

»Das habe ich gemacht, um einen besseren Einblick zu bekommen«, sagte der GSP&L-Mann. »Was wir hier sehen, sind keine gewöhnlichen Verbindungsstücke. Es sind T-Stücke, die in der Wand durch ein weiteres Rohr verbunden sind.«

»Eine ganz und gar altmodische Umleitung«, sagte London. »Aber ich muß sagen, es ist die sauberste Arbeit, die ich bisher gesehen habe. Mit dieser Umleitung geht das meiste Gas nicht durch den Zähler, sondern kommt direkt von der Straßenleitung zum Verbraucher.«

»Es geht noch genügend durch die Gasuhr, um eine Anzeige auf dem Zählwerk zu erreichen«, erklärte der junge Mann vom Kundendienst. »Aber natürlich bevorzugt das Gas den Weg des geringsten Widerstands. Ein Zähler bedeutet für das Gas Widerstand, deshalb geht das meiste Gas durch die Sonderleitung.«

»Nun nicht mehr«, verkündete London.

Eine junge Frau mit einer Fotoausrüstung kam herein. Sie erkundigte sich gutgelaunt: »Ein Foto gefällig? Bitte recht freundlich.«

»Da steht unser Fotomodell.« London zeigte auf die Gasuhr. »Erst eine Gesamtansicht, die Details kommen noch.« Und zu Nim: »Wir werden Schritt für Schritt die Freilegung der illegalen Leitung im Foto festhalten.«

Der fuchsgesichtige Tankstellenpächter hatte sich die ganze Zeit über im Hintergrund gehalten. Nun protestierte er: »He, das ist mein Reich hier. Sie können doch nicht einfach die Wand aufreißen.«

»Darf ich Sie daran erinnern, Mr. Jackson, daß Sie uns erlaubt haben hereinzukommen, um die Anlagen und Armaturen unserer Gesellschaft zu überprüfen? Aber wenn Sie Ihre Meinung geändert haben sollten, schlage ich vor, Sie verständigen Ihren Rechtsanwalt. Sie werden auf jeden Fall einen brauchen.«

»Ich brauche keinen Anwalt.«

»Das ist Ihre Sache, Sir«, sagte London.

»Mr. Jackson«, schaltete sich jetzt Nim ein, »begreifen Sie denn nicht, wie ernst das alles ist? Manipulation am Zähler ist eine Straftat, und die Fotos können als Beweismaterial herangezogen werden.«

»Selbstverständlich werden wir das Delikt zur Anzeige bringen«, sagte London, als hätte er nur auf das Stichwort gewartet. »Allerdings gibt es zwei Wege, wie Mr. Jackson die Sache bereinigen könnte, um glimpflich davonzukommen.«

Der Tankstellenpächter sah sie mißtrauisch an. »Was für Wege sind das?«

Während sie sprachen, schoß die Fotografin ein Bild nach dem anderen, von der Gasuhr, vom Stromzähler, von der inzwischen freigelegten »Umleitung«.

»Das erste, was Sie machen müssen«, sagte London zu Jackson, »ist, für den Schaden aufzukommen. Seit meinem ersten Besuch bei Ihnen habe ich mich in unserer Buchhaltung erkundigt, wie groß die Differenz zwischen Ihren letzten Rechnungen und Ihren früheren Rechnungen ist und wieviel Sie uns also schulden. Es sind stattliche fünftausend Dollar zusammengekommen, mit einem Kostenanteil für unser heutiges aufwendiges Erscheinen.«

Der Tankstellenpächter wurde bleich. Um seinen Mund zuckte es nervös. »Um Gottes willen. Das kann doch nicht soviel ausmachen, das bißchen ...« Er sprach nicht weiter.

»Ja«, ermunterte ihn Nim, »wie lange ist es her, daß Sie an den Armaturen die kleinen Korrekturen vorgenommen haben?«

»Wenn uns Mr. Jackson das sagt«, fiel London ein, »wird er uns vielleicht auch verraten, wer für die kostensparende Gasinstallation verantwortlich zeichnet. Wie ich schon sagte, es ist saubere Arbeit, und ich wüßte gern den Namen des Experten. Das ist Punkt Nummer zwei der Bedingungen für ein glimpfliches Davonkommen.«

»Eines steht fest, ein Amateur war das nicht«, rief der GSP&L-Kundendienstmann über die Schulter.

London sah Nim an. »Erinnerst du dich, was ich sagte? Ein Großteil dessen, was wir bei unserer Aktion zu sehen bekommen, ist Profi-Arbeit.« Dann wandte er sich wieder an Jackson: »Was haben Sie dazu zu sagen? Möchten Sie uns nicht den Namen verraten?«

Der Tankstellenpächter sah finster aus, antwortete aber nicht.

»Wenn wir hier fertig sind, sperren wir Ihnen Gas und Strom, bis die Schulden bezahlt sind«, erklärte London.

»Und wie soll ich dann mein Geschäft betreiben?« stammelte Jackson.

»Wenn es danach ginge«, erwiderte London, »wie sollten wir das unsere betreiben, wenn alle Kunden solche Betrüger wären wie Sie? Genug gesehen?« wandte er sich an Nim.

»Viel zuviel«, sagte Nim. »Laß uns gehen.«

Draußen meinte London: »Ich wette zehn zu eins, daß er zu hoch verschuldet ist, um das Geld zu bezahlen. Ich bezweifle auch, daß er uns erzählt, wer die Arbeit gemacht hat.«

»Reichen unsere Beweise für eine Anklage?« fragte Nim, als sie ins Auto stiegen.

Der Expolizist Harry London schüttelte den Kopf. »Ich würde es ja gern probieren, aber ich fürchte, wir kommen damit nicht durch. Sehr wahrscheinlich wird man von uns einen Beweis dafür verlangen, daß Jackson die Zähler selbst manipuliert hat oder daß er davon wußte. Dafür aber reichen unsere bisherigen Feststellungen nicht aus.«

»Also ist es in gewissem Sinn eine verlorene Sache?«

»Ja, wenn auch nicht ganz. Es wird sich herumsprechen, daß wir solchen Diebereien auf die Schliche kommen, und viele potentielle Jacksons werden die Finger davon lassen. Außerdem ist noch nicht aller Tage Abend, vor allem vom heutigen nicht, und wir haben unser Netz weit ausgelegt. Warten wir ab, was noch vor Sonnenuntergang hängenbleibt.«

»Aber nur in Brookside.« Nim dachte zornig an das Riesengebiet, das die GSP&L mit Strom versorgte. Brookside lag darin wie eine einzige Erdnuß in einer ausgedehnten Plantage.

Nach wenigen Minuten trafen sie wieder an der Nachrichtensammelstelle im Einkaufszentrum ein.

Wie Harry London vorausgesagt hatte, wurden am Tag X in

Brookside viele Zählerbetrügereien aufgedeckt. Bis Mittag waren es mehr als vierzig Fälle, zum Teil bewiesen, zum Teil mit starken Verdachtsmomenten. Wie es aussah, würde der Nachmittag eine ähnlich reiche Beute bringen. Auch einige Supermärkte waren dabei. Es war wie eine ganze lokale Betrugskette. In fünf von acht Geschäften fand man illegale Installationen.

Nim blieb an Harry Londons Seite und sah sich die interessantesten Fälle an.

Am späten Vormittag kamen sie zu einem der hübschen Einfamilienhäuser, die Nim schon vorher aufgefallen waren. Zwei Kundendienstfahrzeuge der GSP&L standen vor der Tür. Einer von Harry Londons Abteilung für Eigentumsschutz, ein Kundendienstteam und dieselbe Fotografin, die Nim schon in der Tankstelle gesehen hatte, standen um einen in der Nähe des Seiteneingangs außen angebrachten Stromzähler herum.

»Es ist niemand zu Hause«, erklärte London. »Aber unsere Leute haben sich in der Stadt über den Mann erkundigt, der hier wohnt. Er scheint ein ausgekochter Bursche zu sein. Sieh dir das einmal an.« Während die anderen zur Seite traten, zeigte London auf ein winziges Loch in der Zählerscheibe. Ein steifer, dünner Draht steckte darin und reichte im Innern des Zählers bis zu der Metallscheibe, die normalerweise den verbrauchten Strom registriert.

»Dieser Draht – auch ›eiserner Gustav‹ genannt – verhindert die Drehung der Scheibe«, sagte London.

Nim nickte. Er hatte verstanden. »Der Stromverbrauch wird also nicht angezeigt.«

»Richtig. Dabei schadet das Anhalten der Scheibe nicht. Wenn der Draht herausgezogen wird, ist wieder alles beim alten.«

»Bis auf das kleine Loch.«

»Das würde keinem Menschen auffallen«, sagte der Kundendienstmann hinter ihnen. »Man muß schon sehr genau hinschauen. Ich schätze, der Kerl hat einen Diamantbohrer genommen; deshalb ist das Glas auch nicht gesprungen. Ganz schön raffiniert.«

»Nach seiner nächsten Stromrechnung wird er sich aber bestimmt nicht mehr so raffiniert vorkommen«, sagte London. »Im übrigen werden wir das Haus heute nacht beobachten.

Unter Garantie erzählen ihm die Nachbarn, daß wir heute hier waren. Er wird nervös werden und versuchen, den Draht herauszuziehen. Wenn wir ihn dabei erwischen, reicht es für die Anklage.«

Sie verließen das Grundstück, während die Fotografin Loch und Draht fotografierte.

In der Nachrichtensammelstelle häuften sich die Meldungen. Ein erfindungsreicher Stromdieb war offensichtlich bis zum Herzen des Zählers vorgedrungen und hatte einige Zähne aus dem Zahnkranz, der die Zählerscheibe drehte, herausgesägt. Die Scheibe drehte sich nun langsamer und zeigte ungefähr nur noch die Hälfte der verbrauchten Energie an. Die Buchhaltung, die sofort verständigt worden war, schätzte, daß dieser Zähler seit drei Jahren falsche Werte anzeige.

In einem anderen Fall tauschte ein Kunde Zähler aus. Auf irgendeine Weise mußte er an einen zweiten Zähler herangekommen sein – Harry London vermutete, daß er gestohlen war – und hatte ihn anstelle des Originalzählers der GSP&L eingebaut. Offensichtlich nahm er für eine gewisse Zeit des Ablesezeitraums seinen »Privatzähler« in Betrieb, um sich Freistrom zu verschaffen.

Obwohl Gaszähler angeblich schwerer zu manipulieren waren, gelang auch dieses ehrgeizigen Betrügern. Wie London behauptete, war es für einen geschickten Heimwerker nicht unmöglich.

Einer dieser Bastler hatte die Gasuhr ganz ausgebaut und die verbliebenen Rohrstücke mit einem Gummischlauch überbrückt. Das war eine wirkungsvolle, aber gefährliche Methode. Vermutlich wurde sie jeweils für einen Teil des Monats praktiziert. Jedesmal vor dem Ablesetag montierte man den Gaszähler, als ob nichts gewesen wäre.

Eine andere Methode praktizierte ein Geschäftsmann, dem mehrere aneinandergrenzende Läden gehörten. Er drehte den Gaszähler zur Wand, damit er rückwärts lief. Hier kam es übrigens zu dem einzigen tätlichen Zwischenfall des Tages. Der Geschäftsmann war zornig, daß er erwischt worden war, und griff den Kundendienstmann mit einer Rohrzange an. Der Mann wurde später mit gebrochenem Arm und gebrochener Nase ins Krankenhaus gebracht, der Geschäftsmann ins Gefängnis, wo er eine Anklage wegen Körperverletzung und einiger weiterer Punkte erwarten durfte.

Eines war Nim bei den vielen, so lange unentdeckten Betrugsfällen rätselhaft. Er wandte sich an Harry London: »Ich dachte, unsere Rechnungs-Computer sind auf Alarm programmiert, wenn sich der Verbrauch eines Kunden abrupt ändert.«

»Das sind sie«, gab London zu. »Aber die Menschen sind nun mal klüger als alle Computer. Es gehört nicht viel dazu, einen Computer zu überlisten. Die Leute sind nicht so dumm, ihren Energieverbrauch drastisch zu ändern. Jeden Monat ein bißchen weniger, damit die Rechnungen allmählich niedriger werden, das registriert der Computer nicht als große Änderung.«

»Alles, was du sagst, hört sich an, als wären wir auf jeden Fall die Verlierer.«

»Vielleicht im Augenblick. Aber das wird sich ändern.«

Nim war nicht so sicher.

Die unverständlichste Episode erlebten sie im Laufe des Nachmittags, als London gebeten wurde, zu einer etwa eine Meile entfernt liegenden Adresse zu fahren.

Das Haus war groß und modern und von einem prächtigen Garten umgeben. In der langen, geschwungenen Auffahrt parkte ein funkelnder Mercedes. Die Kundendienstwagen der GSP&L standen draußen auf der Straße.

Derselbe junge Mann, der schon morgens in der Tankstelle dabeigewesen war, trat an Londons Wagen. »Vielleicht brauchen wir Hilfe«, sagte er.

»Warum? Was ist los?«

Einer von Harry Londons Abteilung war dazugekommen und sagte: »Die Frau dort drinnen will ihren Hund auf uns loslassen. Es ist ein großer deutscher Schäferhund. Sie sagt, ihr Mann sei Arzt und ein hohes Tier in der Kommunalpolitik und sie wollen unsere Gesellschaft verklagen, wenn wir ihnen Unannehmlichkeiten bereiten.«

»Wieso seid ihr hier?«

Der Kundendienstmann antwortete: »Einer der Zählerableser – ein pfiffiger Werkstudent – entdeckte einen verdächtigen Draht. Er hatte recht. Ich habe mir die Sache angesehen und sogar zwei verdächtige Drähte gefunden. Ich habe sie bis zu einem Schalter in der Garage verfolgt – es war gerade niemand da, und die Garagentür stand offen. In dem Moment tauchte die Frau mit ihrem Hund auf.«

Nim machte ein erstauntes Gesicht. London bat den jungen Mann: »Erklären Sie es bitte Mr. Goldman.«

»Manche Zähler haben hinten noch einen Ersatzdraht, der dazu benutzt werden kann, sie außer Betrieb zu setzen. Schließt man diesen Draht an einen Schalter an und führt ihn in den Zähler zurück, so kann man ihn nach Belieben ein- und ausschalten.«

»Und das hat man hier getan?«

»Ja.«

»Sind Sie sicher?« Nim wollte es kaum glauben.

»Ganz sicher.«

»Ich habe es ebenfalls gesehen«, fügte der Kundendienstmann hinzu. »Es gibt nicht den geringsten Zweifel.« Er sah in sein Notizbuch. »Der Name des Kunden ist Edgecombe.«

»Okay«, sagte London. »Zum Teufel mit dem Hund. Ruft das Fotomädchen, und dann ran an die Beweise.«

Sie warteten, während der Kundendienstmann in seinem Auto über Sprechfunk die Fotografin anforderte, dann setzte sich die kleine Prozession in Bewegung. Sie gingen die Einfahrt hinauf. Als sie sich dem Haus näherten, trat eine gutaussehende Frau, etwa in den Vierzigern, durch die Eingangstür ins Freie. Sie trug eine blaue Leinenhose und ein passendes Seidenhemd. Das lange braune Haar hatte sie mit einem Schal zurückgebunden. Sie hatte einen deutschen Schäferhund bei sich; er knurrte und zog an der Leine, mit der die Frau ihn festhielt.

»Ich habe Sie gewarnt«, sagte sie kalt. »Wenn Sie zudringlich werden, lasse ich den Hund los. Verschwinden Sie gefälligst von diesem Grundstück.«

»Madam«, sagte London mit fester Stimme. »Ich rate Ihnen gut, den Hund festzuhalten oder irgendwo anzubinden. Ich bin Sicherheitsbeauftragter der Golden State Power & Light« – er holte seinen Ausweis hervor –, »und das hier ist Mr. Goldman, einer der Direktoren der Gesellschaft.«

»Wenn Sie glauben, mich damit beeindrucken zu können, dann sind Sie auf dem Holzweg«, erwiderte die Frau. »Mein Mann kennt den Aufsichtsratsvorsitzenden und den Vorstandsvorsitzenden dieser Gesellschaft sehr gut.«

»In diesem Fall bin ich sicher, daß er anerkennen wird, daß wir alle hier nur unsere Pflicht tun«, sagte Nim. »Sind Sie Mrs. Edgecombe?«

»Ja«, antwortete sie hochmütig.

»Unser Kundendienst hat uns benachrichtigt, daß Ihr Stromzähler den Verbrauch nicht ordnungsgemäß anzeigt.«

»Wenn das so ist, dann wissen wir jedenfalls nichts davon. Mein Mann ist ein vielbeschäftigter Orthopäde und Facharzt für Chirurgie. Er operiert heute, sonst würde ich ihn anrufen, damit er sich selbst mit Ihren unerhörten Anschuldigungen befaßt.«

Bei aller Forschheit verrieten Augen und Stimme der Frau ihre Nervosität. Nim bemerkte es und London ebenfalls. »Mrs. Edgecombe«, sagte er, »wir möchten den Stromzähler und einige Drähte, die in Ihre Garage führen, fotografieren und brauchen dazu Ihre Genehmigung.«

»Und wenn ich sie verweigere?«

»Dann werden wir einen Durchsuchungsbefehl erwirken. Sie können sicher sein, daß dieser Fall in die Öffentlichkeit kommt.«

Die Frau zögerte, und Nim überlegte, ob sie Harry Londons Bluff durchschaute. Bis man einen Durchsuchungsbefehl vom Gericht erhielt, konnten die belastenden Beweise längst entfernt worden sein. Aber Mrs. Edgecombe war verunsichert. »Das wird nicht nötig sein«, gab sie nach. »Tun Sie, was Sie für unumgänglich halten, aber schnell.«

»Da ist noch etwas, Madam«, sagte London. »Wenn wir hier fertig sind, wird Ihnen der Strom gesperrt, bis die Rückstände, die unsere Buchhaltung ermitteln wird, bezahlt sind.«

»Das ist ja lächerlich! Warten Sie nur, was Ihnen mein Mann erzählen wird.«

Mrs. Edgecombe wandte sich ab und band die Hundeleine an einem Eisenring in der Mauer fest. Nim beobachtete, daß ihre Hände zitterten.

»Warum tun sie so etwas, Leute wie diese meine ich?« Nim stellte die Frage behutsam, gleichsam an sich selbst wie auch an Harry London. Sie saßen in Londons Auto und fuhren zum Einkaufszentrum zurück, wo Nim in sein eigenes Auto steigen wollte, um in die Stadt zurückzufahren. Er hatte genügend von Brookside gesehen und erst recht vom Energiediebstahl, um zu

74

wissen, mit was für einem hydraköpfigen Ungeheuer sie es zu tun hatten.

»Dafür gibt es viele Gründe«, antwortete London. »Einer davon mag sein, daß die Leute gern mit ihrem Schneid prahlen. Einen Konzern wie die Golden State Power & Light übers Ohr zu hauen macht Spaß. Andere hören zu und machen es nach.«

»Glaubst du, daß man damit ganze Epidemien, wie wir sie heute erlebt haben, erklären kann?«

»Nein, sie sind nur ein paar Teilchen in dem Puzzle.«

»Und der Rest?«

»Der ist das Werk von Profis, die ich wirklich erwischen möchte. Sie preisen ihre Dienste für Geld an und reden den Leuten ein, wie problemlos sie sparen können.«

»Das erklärt aber noch lange nicht einen Fall wie den letzten«, erwiderte Nim skeptisch. »Der wohlhabende Facharzt, Orthopäde, Chirurg, einer der höchstbezahlten Spezialisten. Du hast seine Frau gesehen, das Haus. Warum tut er so etwas?«

»Ich werde dir einmal sagen, was ich als Polizist gelernt habe«, erklärte London. »Laß dich nie vom äußeren Schein blenden. Viele Leute mit großem Einkommen und Prunkvillen sind hoch verschuldet und halten sich nur mühsam über Wasser. Sie knausern, wo sie nur können, und sind dabei nicht sehr zimperlich. Ich glaube, das trifft auf das gesamte Wohnviertel Brookside zu. Und noch etwas. Vor nicht allzulanger Zeit waren die Strom- und Gasrechnungen noch nicht so hoch; aber jetzt hatten wir eine Preiserhöhung nach der anderen, so daß Leute, die derartige Manipulationen früher abgelehnt hätten, ihre Meinung geändert haben. Der Einsatz ist höher geworden, aber sie nehmen das Risiko auf sich.«

Nim nickte zustimmend. »Und die meisten Versorgungskonzerne sind so riesig und unpersönlich, daß die Leute einen Energiediebstahl nicht als wirklichen Diebstahl betrachten. Sie sind nicht so kritisch, wie sie es bei Einbruchsdiebstahl oder beim Klauen einer Geldbörse wären.«

»Ich habe oft darüber nachgedacht und glaube, daß noch mehr dahintersteckt.« London mußte an einer Ampel warten. Als sie weiterfahren konnten, erklärte er: »Die Leute sind – wie ich auch – mit dem ganzen System unzufrieden, weil unsere Politiker in der einen oder anderen Weise korrupt sind. Warum soll der einfache Mann dann ehrlich sein? Nun, sagen sie, ein paar von ihnen mußten nach dem Watergate-Skandal gehen, aber die neuen Leute, die vor ihrer Wahl so verflixt rechtschaffen waren, machen, kaum daß sie an der Macht sind, dasselbe – Politiker bestechen und Schlimmeres.«

»Das ist ja ein deprimierender Standpunkt.«

»Das ist er wohl«, gab London zu. »Aber es erklärt so vieles von dem, was geschieht, und nicht nur das, was wir heute gesehen haben. Ich meine die große Explosion genauso wie die kleine Mogelei am Zähler. Und ich sage dir noch etwas: Es gibt Tage – und heute ist so einer –, da wünsche ich, ich wäre wieder bei der Marine. Da war alles einfacher und sauberer.«

»Heute vielleicht auch nicht mehr.«

London seufzte. »Vielleicht.«

»Du und deine Leute, ihr wart sehr erfolgreich«, sagte Nim.

»Wir befinden uns im Krieg.« Harry London grinste. »Sag deinem Chef – oh, Verzeihung, ich meine Kommandanten –, daß wir ein Scharmützel gewonnen haben und uns noch einige Siege bevorstehen.«

9

»Auf die Gefahr hin, daß es dir zu Kopf steigt«, sagte Ruth Goldman über den Frühstückstisch hinweg, »muß ich dir sagen, daß du gestern abend im Fernsehen eine gute Figur gemacht hast. Noch eine Tasse Kaffee?«

»Ja, bitte.« Nim reichte ihr seine Tasse. »Und danke für das Kompliment.«

Ruth hob die Filterkanne hoch und schenkte ein. Wie immer waren ihre Bewegungen von einer graziösen Selbstverständlichkeit. Sie trug einen smaragdgrünen Hausmantel, der sich von ihrem ordentlich gekämmten schwarzen Haar reizvoll abhob, und als sie sich vorbeugte, zeichneten sich ihre kleinen, festen Brüste ab. Nim hatte sie früher im Spaß »zwei halbe Portiönchen« genannt. Ihr morgendliches Make-up war sehr dezent, gerade genug, um den Milch-und-Rosen-Vergleich nahezulegen. Es spielte keine Rolle, wie früh es war. Ruth sah immer vollendet schön aus. Nim hatte schon viele andere Frauen morgens am Frühstückstisch erlebt, und wenn er ehrlich sein wollte, mußte er zugeben, daß er Grund hatte, dankbar zu sein.

Es war Mittwoch. Seit dem Tag X in Brookside war fast eine Woche vergangen. Weil er ungewöhnlich müde war – die vielen Arbeitsstunden und der Druck, der schon seit einigen Wochen auf ihm lastete und bei der unter heißen Scheinwerfern aufgenommenen Fernsehübertragung am Vorabend seinen Höhepunkt erreicht hatte –, war Nim – für ihn ungewöhnlich lange – bis halb neun im Bett geblieben. Leah und Benjy waren zu einem Tagesausflug aufgebrochen, bevor er herunter kam, und so konnte er gemütlich allein mit Ruth frühstücken, was äußerst selten geschah. Nim hatte bereits sein Büro verständigt, daß er erst im Laufe des Vormittags kommen würde.

»Leah ist gestern abend wachgeblieben, um dich in der *Good Evening Show* zu sehen«, erzählte Ruth. »Benjy wollte auch, aber er schlief vorher ein. Die Kinder können es noch nicht so sagen, aber ich weiß, daß die beiden sehr stolz auf dich sind. Sie verehren dich, und jedes Wort, das du von dir gibst, ist für sie eine Offenbarung.«

»Der Kaffee ist vorzüglich. Eine neue Marke?« fragte Nim.

Ruth schüttelte den Kopf. »Nein, du schüttest ihn nur nicht wie sonst achtlos in dich hinein. Hast du zugehört, was ich über Leah und Benjy gesagt habe?«

»Ja, und ich habe darüber nachgedacht. Ich bin auch stolz auf die Kinder.« Er schmunzelte. »Ist das der Tag der Komplimente?«

»Wenn du jetzt glaubst, ich möchte etwas von dir, so irrst du dich. Höchstens, daß wir öfter wie heute gemeinsam frühstücken.«

»Ich werde sehen, was sich machen läßt«, sagte er und überlegte, warum Ruth heute so besonders nett war. Sollte sie ebenso wie er die Entfremdung empfinden, eine Entfremdung, die in letzter Zeit zwischen ihnen immer stärker geworden war und die dazu führte, daß Ruth eigene Wege ging – was auch immer diese Wege sein mochten? Nim versuchte sich zu erinnern, wann sie das letzte Mal miteinander geschlafen hatten, es gelang ihm nicht. Wie hatte es dazu kommen können, daß ein Mann das sexuelle Interesse an seiner eigenen attraktiven Frau verlor und ständig andere Frauen begehrte? Wahrscheinlich war es die Gewöhnung, gepaart mit Abenteuerlust, die ihn stets zu neuen Eroberungen trieb. Trotzdem mußte er sich wieder einmal um Ruth kümmern, dachte er schuldbewußt. Vielleicht an diesem Abend.

»Du hast während der Fernsehsendung gestern abend einige Male sehr böse ausgesehen, so als wolltest du jeden Moment explodieren«, sagte Ruth.

»Richtig, ich hab mich aber zusammengenommen. Ich mußte mich doch an die Regeln und vor allem an unsere sogenannte ›gemäßigte Linie‹ halten.« Er brauchte das nicht weiter zu erklären, Ruth wußte von jener Abstimmung in der Vorstandssitzung und konnte sich vorstellen, wie ihm zumute war.

»Birdsong hat dich angegriffen, nicht wahr?«

»Zumindest hat dieses Schwein es versucht«, antwortete Nim wütend. »Aber es ist ihm nicht ganz gelungen.«

Davey Birdsong, der Anführer einer sehr aktiven Verbrauchergruppe, die sich »power & light for people« nannte, war bei der Talk Show am Vorabend ebenfalls dabeigewesen. Birdsong brachte beißende Kommentare über die Golden State Power & Light, wobei er der Gesellschaft bei allem, was sie tat, die niedrigsten Motive unterstellte. Auch Nims persönliche Zielsetzung beurteilte er nicht einen Deut besser. Und er hatte die neueste Preiserhöhung, über die in Kürze entschieden werden sollte, aufs schärfste angegriffen. Trotz all dieser Provokationen war Nim kühl und besonnen geblieben und hatte die Grenzen seiner Richtlinien nicht verlassen.

»Im heutigen *Chronicle* steht, daß Birdsongs Gruppe und der Sequoia Club gegen den Plan zur Errichtung des Kraftwerks Tunipah protestieren werden.«

»Laß mal sehen.«

Sie gab ihm die Zeitung. »Auf Seite sieben.«

Auch das war Ruth. Irgendwie schaffte sie es, anderen immer eine Nasenlänge voraus zu sein. Sie hatte nicht nur das Frühstück schon fertig, als Nim herunterkam, sondern auch den ganzen *Chronicle-West* gelesen.

Nim blätterte in der Zeitung und fand den Artikel. Es war eigentlich nur eine kurze Meldung, aus der nicht mehr hervorging als das, was Ruth bereits gesagt hatte. Trotzdem stachelte es seine Aktivität so an, daß er es plötzlich sehr eilig hatte, an seinen Schreibtisch zu kommen. Hastig schluckte er den Rest Kaffee hinunter und stand auf.

»Wirst du heute abend zum Essen zu Hause sein?«

»Ich werde es versuchen.« Als Ruth nachsichtig lächelte, erinnerte er sich, daß er das schon so oft versprochen hatte, und jedesmal war ihm etwas dazwischengekommen. Wie damals im Auto, als er zu Ardythe hinausfuhr, wünschte er, Ruth hätte nicht soviel Geduld mit ihm. »Warum gehst du nicht auch gelegentlich in die Luft? Warum spielst du nicht mal verrückt wie andere Leute?«

»Würde das denn irgend etwas ändern?«

Er zuckte die Achseln, weil er selbst keine Antwort darauf wußte.

»Oh, da ist noch was. Mutter rief gestern an. Wir sollen am Freitag in einer Woche mit den Kindern zum Dinner kommen.«

Nim wand sich innerlich. Ein Besuch bei den Neubergers, Ruths Eltern, war wie der Besuch einer Synagoge. Sie pflegten ihr Judentum in tausenderlei Hinsicht. Das Essen war unter Garantie koscher. Man wurde stets daran erinnert, daß die Neubergers zweierlei Besteck und Geschirr hatten, eines für Fleisch und eines für Milchspeisen. Vor dem Essen wurde immer ein Gebet gesprochen und die Handwaschzeremonie niemals ausgelassen. Nach dem Essen wurden ebenfalls feierliche Gebete gesprochen, die die Neubergers in osteuropäischer Tradition als *benschn* bezeichneten. Wenn Fleisch auf den Tisch kam, durften Leah und Benjy keine Milch trinken, wie sie es zu Hause gewöhnt waren. Und dann gab es noch die ziemlich unverhüllten Ermahnungen, das laute Bedauern, daß Nim und Ruth den Sabbat und die Festtage nicht genügend beachteten. Begeisterte Beschreibungen von Bar-Mizwa-Feiern, bei denen die Neubergers eingeladen waren, endeten fast immer mit der Forderung, daß auch Benjy die Hebräischschule besuchen sollte, damit er mit dreizehn Jahren ebenfalls ein Bar-Mizwa würde. Später dann zu Hause würde Nim die unangenehmen Fragen seiner neugierigen Kinder zu beantworten haben. Das aber war ihm lästig, weil er mit sich selber noch nicht im reinen war.

Ruth blieb in solchen Situationen immer sehr ruhig, obwohl er nicht hätte sagen können, ob diese Ruhe nicht eine heimliche

Komplizenschaft mit ihren Eltern bedeutete. Vor fünfzehn Jahren, als sie geheiratet hatten, war es Ruth gewesen, die erklärt hatte, daß ihr das Judentum nicht sehr viel bedeute. Damals war es sicherlich eine Protestreaktion gegen ihr streng orthodoxes Elternhaus. Aber hatte sie sich verändert? War Ruth unter der Oberfläche in Wirklichkeit eine gläubige jüdische Mutter, die für ihre Kinder all das wünschte, was der Glauben ihrer Eltern bereithielt? Er erinnerte sich, was sie soeben von den Kindern gesagt hatte: »*Sie verehren dich, und jedes Wort, das du von dir gibst, ist für sie eine Offenbarung.*« Sollten ihn diese Worte an seine eigene Verantwortung als Jude erinnern, ihn mit einer Seidenschnur zur Religion zurückbringen? Nim hatte nie den Fehler begangen, Ruths Sanftheit für bare Münze zu nehmen. Er wußte, daß sich unter der ruhigen Oberfläche eine starke Persönlichkeit verbarg.

Aber abgesehen von all diesen Vorbehalten gab es keinen Grund, nicht zu Ruths Eltern zu gehen. Außerdem geschah es nicht oft. Und Ruth bat ihn selten um etwas.

»In Ordnung«, sagte er. »Die nächste Woche ist noch nicht ganz besetzt. Wenn ich im Büro bin, sehe ich nach, ob es Freitag geht, und rufe dich dann an.«

Ruth zögerte einen Moment, dann sagte sie: »Das ist nicht nötig. Es reicht, wenn du es mir heute abend sagst.«

»Warum?«

Wieder dieses Zögern. »Ich gehe nachher fort und bin den ganzen Tag unterwegs.«

»Was ist los? Wo gehst du hin?«

»Oh, überallhin und nirgends.« Sie lachte. »Sagst du mir vielleicht immer, wohin *du* gehst?«

Da war es also wieder. Das Rätsel. Nim war auf das Unbekannte plötzlich eifersüchtig, aber die Vernunft siegte. Ruth hatte recht: Es gab eine ganze Menge, was er ihr nicht erzählte.

»Amüsier dich schön«, sagte er. »Wir sehen uns heute abend.«

Im Hausflur legte er die Arme um sie, und sie küßten sich. Ihre Lippen waren weich, und er fühlte ihren Körper unter dem Hausmantel. *Was für ein Dummkopf bin ich nur*, dachte er. Abgemacht, heute abend.

Trotz seines eiligen Aufbruchs fuhr Nim nicht auf dem schnellsten Weg ins Büro. Anstatt über die Autobahn in die Innenstadt zu fahren, benutzte er ruhige Nebenstraßen. Er brauchte Zeit, um über den Sequoia Club, der heute im *Chronicle-West* erwähnt worden war, nachzudenken.

Obwohl es sich um eine Organisation handelte, die sich oft den Plänen der GSP&L widersetzt und sie manchmal regelrecht durchkreuzt hatte, bewunderte Nim den Sequoia Club. Seine Argumentation war einfach. Die Geschichte zeigte, daß Riesenkonzerne wie die GSP&L, solange sie nach Belieben schalten und walten konnten, sich nicht die geringste Mühe gaben, auf die Umwelt Rücksicht zu nehmen. Deshalb war es nötig, daß sie von Organisationen wie dem Sequoia Club ab und zu an ihre Verantwortung erinnert wurden.

Der in Kalifornien heimische Club hatte sich durch seinen zähen Kampf zur Bewahrung der unverdorbenen Schönheit Amerikas einen nationalen Ruf erworben. Die Methoden des Clubs verrieten ein hohes Ethos, die Argumente waren gerecht und vernünftig. Selbstverständlich hatte der Club auch Gegner, aber nur wenige verweigerten ihm den verdienten Respekt. Einer der Gründe dafür war die seit achtzig Jahren immer wieder durch hervorragende Persönlichkeiten ausgezeichnete Führung, eine Tradition, die mit der gegenwärtigen Vorsitzenden – der früheren Atomwissenschaftlerin Laura Bo Carmichael – würdig fortgesetzt wurde. Mrs. Carmichael war überaus tüchtig, international anerkannt und zufällig eine gute Freundin von Nim.

Beim Fahren dachte er an sie.

Er beschloß, wegen Tunipah und der beiden anderen von der GSP&L geplanten Kraftwerke sich direkt mit Laura Bo in Verbindung zu setzen. Vielleicht würde es ihm gelingen, sie zu überzeugen, wie dringend die drei Werke benötigt würden, so daß der Sequoia Club nichts gegen die Vorhaben unternahm oder zumindest seinen Protest milde ausfallen ließ. Er mußte sich so bald wie möglich mit Laura Bo Carmichael treffen, das stand fest. Am besten noch heute.

Nim war so in Gedanken versunken, daß er nicht auf Straßennamen geachtet hatte. Als jetzt der Verkehr stockte, sah er, daß er sich an der Kreuzung Lakewood und Balboa befand. Es erinnerte ihn an etwas. Woran nur?

Plötzlich wußte er es. Am Tag der Explosion und des Stromausfalls vor zwei Wochen hatte er beim Chef der Lastverteilung eine Karte gesehen, auf der lebenswichtige Apparaturen in Privathaushalten eingezeichnet waren. Bunte Kreise zeigten künstliche Nieren für Dialyse-Kranke, Sauerstoffzelte, eiserne Lungen und ähnliche Apparaturen an. Bei Lakewood und Balboa zeigte ein roter Kreis, daß hier ein Mensch auf eine eiserne Lunge oder ein ähnliches elektrisches Beatmungsgerät angewiesen war. Die Ausrüstung befand sich in einem großen Wohnhaus, erinnerte sich Nim, und auch der Name des Benutzers hatte sich ihm eingeprägt – Sloan. Damals hatte er sich gefragt, um was für einen Menschen es sich wohl handeln mochte.

An der Kreuzung stand nur ein großes Wohnhaus – ein achtstöckiges, weißgetünchtes Haus, das sehr einfach, aber gepflegt wirkte. Nim befand sich jetzt mit seinem Wagen direkt davor. In einer kleinen Parkbucht vor dem Haus waren zwei Plätze frei. Einem plötzlichen Impuls folgend, lenkte Nim seinen Fiat in eine der beiden Lücken. Er stieg aus und ging auf den Hauseingang zu.

Über einer Reihe von Briefkästen standen viele Namen, darunter »K. Sloan«. Nim drückte auf einen Klingelknopf neben dem Namen.

Einen Augenblick später wurde die Eingangstür geöffnet. Ein weißhaariger alter Mann in unförmigen langen Hosen und Windjacke erschien. Er sah aus wie ein altes Eichhörnchen, als er Nim durch seine dicken Brillengläser musterte. »Sie haben bei Sloan geläutet?«

»Ja.«

»Ich bin der Hausmeister. Die Sloan-Klingel ist an meine Klingel angeschlossen.«

»Kann ich Mr. Sloan sprechen?«

»Es gibt hier keinen Mr. Sloan.«

»Oh.« Nim zeigte auf den Briefkasten. »Dann handelt es sich wohl um eine Mrs. Sloan? Oder Miss?« Er wußte selbst nicht, warum er sich Sloan als Mann vorgestellt hatte.

»Miss Sloan. Karen. Wer sind Sie?«

»Goldman.« Nim zeigte seine Karte von der GSP&L. »Gehe ich richtig in der Annahme, daß Miss Sloan invalide ist?«

»Das können Sie wohl annehmen. Allerdings hört sie das nicht gern.«

»Was soll man dann sagen?«

»Sie ist körperbehindert. Tetraplegie. Kennen Sie den Unterschied zur Paraplegie?«

»Ich glaube. Bei der Paraplegie ist nur die untere Körperhälfte gelähmt, bei der Tetraplegie alle vier Gliedmaßen.«

»So ist das bei unserer Karen«, sagte der Hausmeister. »Sie ist seit ihrem fünfzehnten Lebensjahr vollständig gelähmt. Wollen Sie sie sehen?«

»Wenn es keine Umstände macht.«

»Das können wir herausfinden.« Der Hausmeister öffnete die Tür noch weiter. »Kommen Sie. Es geht hier lang.«

Sie betraten die kleine Eingangshalle; sie war einfach und sauber. Der alte Mann führte Nim zum Aufzug, ließ ihn eintreten und folgte dann. Als sie aufwärts fuhren, sagte der Mann: »Wir wohnen hier nicht im Ritz, aber wir machen es uns so schön wie möglich.«

»Das sieht man«, sagte Nim. Die Messingbeschläge im Innern des Aufzugs glänzten, und der Lift lief fast geräuschlos.

Im sechsten Stock stiegen sie aus. Der Hausmeister ging voran und blieb vor einer Tür stehen, während er ein großes Schlüsselbund herauszog und einen Schlüssel auswählte. Er schloß die Tür auf, klopfte und rief dann: »Hier ist Jiminy. Ich bringe einen Besucher für Karen.«

»Kommen Sie herein«, sagte eine Stimme, und schon stand Nim vor einer kleinen, resoluten Person von dunkler Hautfarbe und spanischen Gesichtszügen. Sie trug einen rosa Nylonkittel wie eine Krankenschwester.

»Wollen Sie etwas verkaufen?« Die Frage klang freundlich, ohne die geringste Feindseligkeit.

»Nein, ich kam nur vorbei und ...«

»Egal. Miss Sloan freut sich über Besuch.«

Sie standen in einem kleinen, hellen Vorraum, von dem aus es auf der einen Seite zur Küche ging, auf der anderen Seite zu einem Raum, der wohl als Wohnzimmer diente. Die Küche war in Gelb und Weiß gehalten, das Wohnzimmer in Gelb und Grün.

Ein Teil dieses Zimmers war vom Eingang nicht einsehbar, und von dort rief eine freundliche Stimme: »Kommen Sie – wer auch immer Sie sein mögen.«

»Ich gehe jetzt«, sagte der Hausmeister, der hinter Nim stand. »Habe viel zu tun.«

Die Wohnungstür wurde geschlossen, und Nim betrat das Wohnzimmer.

»Hallo«, hörte er wieder die angenehme Stimme. »Was bringen Sie mir Neues?«

Monate später, als schicksalhafte Ereignisse sich zum Drama entwickelten, sollte Nim in den lebhaftesten Farben an diesen Augenblick, da er Karen Sloan zum erstenmal sah, erinnert werden.

Sie war eine reife Frau, sah aber jung aus und war außergewöhnlich schön. Nim schätzte sie auf sechsunddreißig; später erfuhr er, daß sie drei Jahre älter war. Ihr Gesicht war lang und ebenmäßig, die Lippen voll und sinnlich, sie lächelten jetzt, die großen blauen Augen hießen Nim willkommen, und die kecke kleine Nase ließ auf ein humorvolles Wesen schließen. Ihre Haut war makellos und wirkte durchscheinend zart. Langes blondes Haar rahmte Karen Sloans Gesicht ein; in der Mitte durch einen Scheitel geteilt, fiel es über die Schultern herunter. Einzelne Strähnen glänzten golden im Sonnenlicht. Ihre Hände lagen auf einem Brett über ihrem Schoß, die Finger waren lang, mit manikürten, glänzenden Nägeln. Sie trug ein blaues Kleid.

Und sie saß in einem Rollstuhl. Eine Erhebung unter ihrem Kleid deutete an, daß sich darunter ein Beatmungsgerät befand. Ein Schlauch, der unter ihrem Kleidersaum hervorkam, war an einen kofferartigen Apparat an der Rückseite des Rollstuhls angeschlossen. Das Beatmungsgerät erzeugte ein gleichmäßiges Geräusch, das einem normalen Atemrhythmus entsprach. Mit einer elektrischen Schnur war der Rollstuhl an eine Steckdose in der Wand angeschlossen.

»Hallo, Miss Sloan«, sagte Nim. »Ich bin der Strommann.«

Das Lächeln wurde noch breiter. »Funktionieren Sie mit Batterie, oder sind Sie ebenfalls ans Netz angeschlossen?«

Nim lachte unsicher. Er war ein wenig nervös. Er wußte selbst nicht, was er erwartet hatte, aber diese großartige Frau bestimmt nicht. »Ich werde es Ihnen erklären«, sagte er.

»Ja, bitte. Möchten Sie nicht Platz nehmen?«

»Danke.« Er setzte sich in einen weichen Sessel. Karen Sloan bewegte den Kopf und legte den Mund an einen Plastikschlauch, der in Gesichtshöhe angebracht war. Sofort drehte sich der Rollstuhl, so daß sie ihm gegenüber saß.

»He, das ist aber ein Trick«, rief er überrascht.

»Ich kann noch einige mehr.« Sie legte den Mund wieder an den Schlauch, und der Rollstuhl drehte sich zurück.

»So etwas habe ich noch nie gesehen«, gestand Nim. »Das ist ja großartig.«

»Der Kopf ist das einzige, was ich bewegen kann.« Das wurde mit so großer Selbstverständlichkeit gesagt, als handele es sich nur um eine kleine Unpäßlichkeit. »Also muß man lernen, das eine oder andere auf ungewöhnliche Art zu erledigen. Aber wir kommen vom Thema ab. Sie wollten mir etwas erzählen. Fangen Sie nur an.«

»Ja, ich wollte Ihnen erklären, warum ich hergekommen bin«, sagte Nim. »Es begann vor zwei Wochen während des Stromausfalls. Ich sah Sie als kleinen roten Kreis auf einem Stadtplan.«

»Mich – auf einem Stadtplan?«

Er erzählte ihr vom Energiekontrollzentrum und der Wachsamkeit der GSP&L über bestimmte Stromabnehmer wie Krankenhäuser und Privathaushalte mit lebenswichtigen elektrischen Ausrüstungen. »Um ehrlich zu sein«, gestand er, »war es Neugierde, die mich hierherführte.«

»Das finde ich nett«, sagte Karen, »daß die Leute an mich denken. Ich erinnere mich noch gut an jenen Tag.«

»Wie war Ihnen zumute, als der Strom plötzlich weg war?«

»Nun, zuerst bekam ich einen Schreck. Plötzlich war die Leselampe aus, und auch andere elektrische Geräte standen still. Das Beatmungsgerät zum Glück nicht. Das stellt sich in so einem Fall immer gleich auf Batteriebetrieb um.«

Die Batterie hatte wie eine Autobatterie zwölf Volt. Sie stand auf einer Ablage unter dem Gerät, ebenfalls an der Rückseite des Rollstuhls.

»Was mich in solchen Augenblicken immer beunruhigt, ist die Frage, wie lange der Stromausfall dauern wird und ob die Batterie lange genug durchhält.«

»Die müßte es doch einige Stunden schaffen.«

»Sechseinhalb, wenn sie voll geladen ist – aber nur, wenn ich nichts anderes als das Beatmungsgerät betreibe. Den Stuhl darf ich dann nicht mehr bewegen. Aber wenn ich einkaufen fahre oder einen Besuch mache, was öfter vorkommt, wird die Batterie schneller leer.«

»Wenn in einem solchen Fall der Strom ausfällt...«

Sie beendete den Satz für ihn. »Dann muß Josie – Sie haben sie gerade kennengelernt – schnell etwas unternehmen.« Karen fügte wie eine Musterschülerin, die ihre Lektion gut gelernt hat, hinzu: »Das Beatmungsgerät braucht fünfzehn Ampère, der Rollstuhl – wenn er in Bewegung ist – weitere zwanzig.«

»Sie haben viel über Ihre Ausrüstung gelernt, nicht wahr?«

»Wenn Ihr Leben davon abhinge, würden Sie wohl das gleiche tun.«

»Ich glaube ja.« Dann fragte er: »Sind Sie überhaupt jemals allein?«

»Nein, nie. Die meiste Zeit ist Josie hier, gelegentlich wird sie von zwei anderen Leuten abgelöst. Auch Jiminy, der Hausmeister, sieht nach mir. Unter anderem kümmert er sich um meine Besucher, wie Sie es ja gerade selbst erlebt haben.« Karen lächelte. »Er läßt nur Leute zu mir, die Gnade vor seinem kritischen Auge finden.«

Sie plauderten ganz ungezwungen, als würden sie sich schon lange Zeit kennen.

Karen, so erfuhr Nim, war genau ein Jahr, bevor das Salk-Serum in Nordamerika weite Verbreitung erfuhr und zusammen mit dem Sabin-Impfstoff einige Jahre später der Poliomyelitis besiegte, an Kinderlähmung erkrankt. »Ich war noch nicht geimpft, das war mein Pech.«

Nim war gerührt, wie einfach sie von dieser Tragödie sprach. »Denken Sie oft an das eine Jahr?« fragte er.

»Früher ja, sehr viel. Eine Zeitlang weinte ich über das eine Jahr und fragte immer wieder: Warum mußte gerade *ich* zu den letzten gehören, die es erwischte? Und ich dachte: Wenn doch der Impfstoff nur früher gekommen wäre, alles wäre für mich anders gewesen. Ich hätte laufen können, tanzen, schreiben, meine Hände gebrauchen...«

Sie schwieg, und in der Stille konnte Nim das Ticken einer Uhr und das leise Geräusch des Beatmungsgeräts hören. Einen

Moment später fuhr sie fort: »Dann riß ich mich allmählich zusammen und sagte mir: Das bringt dich alles nicht weiter. Was geschehen ist, ist geschehen. Es läßt sich niemals rückgängig machen. Also begann ich, das Beste aus meinem Leben zu machen, indem ich es nahm, wie es ist, und mich über jede Abwechslung freute. Heute kamen Sie, und ich bin dankbar.« Sie lächelte schelmisch. »Ich weiß nicht einmal Ihren Namen.«

Nachdem er sich vorgestellt hatte, fragte sie: »Ist Nim eine Abkürzung von Nimrod?«

»Ja.«

»Steht da nicht etwas in der Bibel?«

»Ja, im Alten Testament, Genesis«, sagte Nim und zitierte: »›Chus aber zeugte den Nimrod. Der fing an, ein gewaltiger Herr zu sein auf Erden, und war ein gewaltiger Jäger vor dem Herrn. Daher spricht man: Das ist ein gewaltiger Jäger vor dem Herrn wie Nimrod.‹« Er konnte sich noch gut erinnern, wie sein Großvater, der Rabbi Goldman, ihm diese Worte vorgesprochen hatte. Der alte Mann hatte den Namen für seinen Enkel ausgewählt – eine der wenigen Konzessionen, die Nims Vater, Isaac Goldman, der Vergangenheit eingeräumt hatte.

»Sind Sie ebenfalls Jäger, Nim?«

Bevor er antworten konnte, mußte er daran denken, was Teresa Van Buren vor nicht allzu langer Zeit von ihm behauptet hatte: »*Sie sind ein Schürzenjäger, nicht wahr?*« Vielleicht hätte er unter anderen Umständen diese schöne Karen gejagt, ging es ihm durch den Kopf. Schade, daß der Impfstoff ein Jahr zu spät gekommen war.

Er schüttelte den Kopf. »Nein, das bin ich nicht.«

Später erzählte ihm Karen, daß sie zwölf Jahre in Krankenhäusern zugebracht hatte, ein Großteil der Zeit in einer altmodischen elektrischen eisernen Lunge. Dann wurden handlichere Apparate entwickelt, die es den Patienten ermöglichten, außerhalb des Krankenhauses zu leben. Zuerst lebte sie bei ihren Eltern, aber das ging nicht gut. »Das war für uns alle eine Strapaze.« Dann war sie in diese Wohnung gezogen, in der sie nun schon seit fast elf Jahren wohnte.

»Ich bekomme eine Beihilfe von der Regierung. Manchmal ist es schwer, mit dem Geld auszukommen, aber meistens schaffe ich es.« Ihr Vater hatte eine kleine Installationswerkstatt, und ihre Mutter war Verkäuferin in einem Warenhaus, erklärte sie. Im Moment sparten sie auf einen Kombiwagen für Karen, damit sie beweglicher wäre. Das Auto sollte so umgerüstet werden, daß der Rollstuhl hineinpaßte. Josie oder jemand von Karens Familie sollte es fahren.

Obwohl Karen fast nichts für sich selbst tun konnte – sie mußte gewaschen, gefüttert und ins Bett gelegt werden –, hatte sie Malen gelernt, indem sie den Pinsel mit dem Mund führte, wie sie Nim erzählte. »Und ich kann auf einer elektrischen Schreibmaschine schreiben. Ich bediene sie mit einem Stöckchen, das ich zwischen den Zähnen halte. Manchmal schreibe ich Gedichte. Soll ich Ihnen ab und zu ein Gedicht schicken?«

»O ja, bitte.« Er stand auf und stellte verwundert fest, daß er über eine Stunde bei Karen geblieben war.

»Werden Sie wiederkommen?« fragte sie.

»Wenn Sie es möchten.«

»Natürlich möchte ich, Nimrod.« Wieder ihr schelmisches Lachen. »Ich möchte Sie – ich möchte dich als Freund haben.«

Josie brachte ihn zur Tür.

Karens Bild – ihre atemberaubende Schönheit, das warme Lächeln und ihre weiche Stimme – begleitete Nim auf seinem weiteren Weg in die Stadt. Er hatte noch nie einen Menschen wie sie kennengelernt. Er dachte immer noch an sie, als er sein Auto in der dritten Parkebene der Tiefgarage des Hauptgebäudes von Golden State Power & Light abstellte.

Ein Schnellaufzug, der nur mit einem eigenen Schlüssel zugänglich war, stellte eine Direktverbindung zum zweiundzwanzigsten Stockwerk her, wo die Büros der Konzernleitung lagen. Nim machte von seinem Schlüssel – einem Statussymbol bei der GSP&L – Gebrauch und fuhr allein nach oben. Im Aufzug fiel ihm ein, daß er sich mit der Vorsitzenden des Sequoia Clubs in Verbindung setzen wollte.

Seine Sekretärin, Victoria Davis, eine tüchtige schwarze junge Frau, blickte auf, als er das Vorzimmer seines Büros betrat. »Hallo, Vicki«, begrüßte er sie fröhlich. »Viel Post heute?«

»Nichts Dringendes. Einige Zuschriften, daß Sie gestern im Fernsehen gut waren. Fand ich übrigens auch.«

»Danke für die Blumen.« Er grinste.

»Ach ja, und da ist noch ein Schreiben ›Privat und streng vertraulich‹ auf Ihrem Tisch. Außerdem brauche ich ein paar Unterschriften.« Sie folgte ihm in sein Büro. Im selben Moment hörten sie aus der Ferne ein dumpfes Dröhnen. Eine Wasserkaraffe und Trinkgläser klirrten, und das Fenster, das auf einen Innenhof hinausging, rüttelte in seinen Angeln.

Nim hielt inne und lauschte. »Was war das?«

»Ich weiß nicht. Dasselbe Geräusch gab es eben schon einmal, kurz bevor Sie kamen.«

Nim zuckte die Achseln. Es hätte alles sein können zwischen Erdbeben und Sprengung. Er sah sich die Post an, die auf seinem Schreibtisch lag, und warf einen Blick auf den Umschlag, auf dem »Privat und streng vertraulich« stand. Es war ein sandfarbener Geschäftsumschlag mit einem Siegellackklecks auf der Rückseite. Geistesabwesend machte er sich daran, den Brief zu öffnen.

»Vicki, bevor wir etwas anderes anfangen, versuchen Sie, mir eine Verbindung zu Mrs. Carmichael herzustellen.«

»Vom Sequoia Club?«

»Ja.«

Sie legte die Mappe mit dem Aufkleber »Unterschriften« auf Nims Schreibtisch und wandte sich zum Gehen. Im selben Moment flog die Bürotür auf, und Harry London stürzte herein. Sein Haar war zerzaust, sein Gesicht vor Aufregung gerötet.

»Nein!« schrie er aus Leibeskräften. »Nicht!«

Als Nim ihn verwirrt ansah, sprang London auf ihn zu, griff über den Schreibtisch und nahm Nim den Briefumschlag weg, den er in der Hand gehalten hatte. Vorsichtig legte er ihn auf den Schreibtisch. »Raus hier! Sofort.«

Er packte Nims Arm und zog ihn mit sich, während er Victoria Davis vor sich her hinausschob. Sie verließen das Büro, das Vorzimmer, und London hatte gerade noch Zeit, beide Türen zuzuwerfen.

»Was zum Teufel...« brachte Nim wütend hervor.

Weiter kam er nicht. Aus dem Innern seines Büros hörten sie eine Explosion. Die Korridorwände zitterten. Ein Bild fiel neben ihnen auf den Fußboden, Glas splitterte.

Eine Sekunde später hörten sie einen zweiten Schlag, irgendwo unter ihren Füßen. Es war unmißverständlich in diesem Gebäude. Am anderen Ende des Korridors stürzten Leute aus den Türen.

»Großer Gott!« stöhnte Harry London. Es klang verzweifelt.

»Verdammt, was war das?« fragte Nim.

Sie hörten erregte Stimmen, Telefone, die gleichzeitig läuteten, und aus der Ferne Sirenen.

»Briefbomben«, sagte London. »Sie sind nicht groß, aber wirksam genug, um jeden zu töten, der sich in der Nähe aufhält. Diese letzte war die vierte. Fraser Fenton ist tot, andere sind verletzt. Sämtliche Leute im Haus sind inzwischen gewarnt, und wenn du beten kannst, dann bete, daß nicht noch mehr Bomben angekommen sind.«

11

Mit einem Bleistiftstummel schrieb Georgos Winslow Archambault (Yale, Abschluß 1972) in sein Tagebuch:

> Gestern eine erfolgreiche Attacke gegen die Front der faschistisch-kapitalistischen Unterdrücker! Ein feindlicher Führer – Fenton, leitender Direktor der beschissenen Golden State Power – ist tot. Nicht schade um ihn.
> Unter dem ehrenvollen Namen der Freunde des Friedens wurde gestern das Hauptquartier der skrupellosen Ausbeuter der Energiequellen des Volkes erfolgreich angegriffen. Von zehn FdF-Waffen trafen fünf ins Ziel. Nicht schlecht.
> Die wirkliche Zahl der Treffer kann höher liegen, da die vom Establishment geknechtete Presse diesen wichtigen Sieg des Volkes wie immer heruntergespielt hat.

Georgos legte den Bleistift hin. Obwohl es sehr unbequem war, schrieb er mit solchen Stummeln, weil er einmal gelesen hatte, daß Mohandas K. Gandhi es aus Ehrfurcht vor der einfachen Arbeit so getan hatte.

Gandhi war für Georgos Archambault ein Held, genauso wie Lenin, Marx, Engels, Mao Tse-tung, Renato Curcio, Che Gue-

vara, Fidel Castro, Cesar Chavez und einige andere Auserwählte. (Die Ungereimtheit, daß Mohandas Gandhi ein Apostel der Gewaltlosigkeit war, schien ihn nicht zu stören.)
Georgos schrieb weiter.

Die den Kapitalisten hörige Presse beklagte heute scheinheilig den Tod und die Verletzung von sogenannten »unschuldigen Opfern«. Wie naiv und lächerlich!
In jedem Krieg werden sogenannte »Unschuldige« getötet oder verstümmelt, und je größer sein Ausmaß, desto größer die Verluste. Wenn die fälschlicherweise als »Großmächte« bezeichneten Länder sich in einen Krieg einlassen – wie es in den beiden Weltkriegen und bei der schäbigen Invasion der Amerikaner in Vietnam geschehen ist –, werden solche Unschuldigen zu Tausenden wie Vieh abgeschlachtet. Wer unternimmt etwas dagegen? Niemand! Bestimmt nicht die dollarschweren Zeitungsbosse und ihre unwissenden, speichelleckenden Schreiberlinge.
Ein gerechter, sozialer Krieg wie der der Freunde des Friedens ist nichts anderes – nur, daß es weniger Tote geben wird.

Schon in Yale stand Georgos bei seinen Professoren in dem Ruf, seine Thesen immer zu breit auszuwalzen und wahllos mit Adjektiven um sich zu streuen. Aber Englisch war wirklich nicht sein Hauptfach gewesen, sondern Physik, und später promovierte er sogar noch in Chemie. Dieses Studium erwies sich vor allem während seiner Ausbildungszeit in Kuba, wo er sich unter anderem auch mit Sprengstoffen befaßte, als sehr nützlich. Inzwischen hatten sich seine Interessen wie auch seine persönlichen Ansichten vom Leben und der Politik stark eingeengt.
Und weiter hieß es im Tagebuch:

Sogar die Presse des Feindes, die solche Vorfälle höchstens übertreibt und nicht verringert, gibt zu, daß es zwei Tote und drei Schwerverletzte gegeben hat. Einer der Toten war der Hauptverbrecher Fenton, der andere ein Schwein von Sicherheitsbeauftragtem – kein Verlust! Der Rest waren kleine Lakaien – Typisten, Buchhalter etc. Sie sollten froh sein, daß sie ihr Leben für eine so edle Sache hergeben durften.

Soviel über den propagandistischen Unsinn der »unschuldigen Opfer«!

Georgos machte eine Pause. Sein schmales, asketisches Gesicht spiegelte die Anstrengung des Denkens wider. Er verwendete wie immer viel Mühe auf sein Tagebuch, weil er glaubte, es würde eines Tages ein bedeutendes Geschichtsdokument, das wie *Das Kapital* und die *Anmerkungen des Vorsitzenden Mao* in aller Munde sein würde.
Er wandte sich einem neuen Gedanken zu.

Die Forderungen der Freunde des Friedens werden heute in einem Kommuniqué an die Öffentlichkeit gebracht:
– Arbeitslose, Empfänger von Sozialunterstützung und alte Leute sollen für ein Jahr von der Zahlung für Strom und Gas befreit werden. Nach Ablauf dieses Jahres werden sich die Freunde des Friedens erneut mit dieser Problematik befassen.
– Kleine Häuser und Wohnungen sollen ab sofort 25 Prozent weniger für Strom und Gas zahlen.
– Sämtliche Pläne zur Errichtung von Atomkraftwerken müssen aufgegeben werden. Bereits fertiggestellte Atomkraftwerke sollen umgehend stillgelegt und abgerissen werden.
Wenn diesen Forderungen nicht stattgegeben wird, werden wohlvorbereitete weitere und schwerwiegendere Angriffe die Folge sein.

Das sollte für den Anfang genügen. Die Drohung meinte er ernst. Er blickte sich in seinem Kellerraum, in dem er arbeitete, um. Überall lagen Vorräte an Zündern, Zündhütchen, Zündschnüren, Glyzerin, Säuren und anderen Chemikalien in Hülle und Fülle. Und er wußte damit umzugehen, ebenso die drei anderen Friedenskämpfer, die seine Führerschaft anerkannten. Er lächelte, als er an den von ihm so genial zusammengebastelten Mechanismus dachte, den er gestern mit den Briefen verschickt hatte. Ein kleiner Plastikzylinder, mit hochexplosivem Tetryl gefüllt, und eine winzige Sprengkapsel. Über der Sprengkapsel hatte er einen Schlagbolzen mit einer Feder angebracht, die durch Öffnen des Briefes entspannt wurde und den Bolzen auf die Kapsel schlug. Einfach, aber tödlich. Die Ladung reichte, um dem Menschen, der den Brief öffnete, den Kopf wegzupusten oder den Körper zu zerfetzen.

Offensichtlich wartet man schon auf unsere Forderungen, weil die Presse und ihr Verbündeter, das Fernsehen, bereits die Meinung der Golden State Power nachbeten, daß man sich nicht durch Terroranschläge zu einer Änderung der bisher vertretenen Politik erpressen lassen würde.
Quatsch! Hohlköpfige Dummheit! Selbstverständlich wird der Terrorismus diese Dinge ändern. So war es immer, und so wird es immer sein. In der Geschichte gibt es genügend Beispiele.

Georgos dachte an seine Ausbildung zum Revolutionär in Kuba. Das war ein paar Jahre nach seiner Promotion gewesen. Während dieser Zeit hatte sich der Haß gegen sein dekadentes, tyrannisches Geburtsland noch verstärkt.
Seine allgemeine Abneigung war noch schlimmer geworden, als er erfuhr, daß sein Vater, ein wohlhabender New Yorker Playboy, seine achte Scheidung hinter sich hatte und schon wieder neu verheiratet war und seine Mutter, eine international bekannte griechische Filmschauspielerin, wieder einmal vorübergehend unverheiratet war, nachdem sie gerade den sechsten Ehemann abgelegt hatte.
Georgos haßte und verabscheute seine Eltern, die er seit seinem neunten Lebensjahr nicht gesehen hatte. Auch gehört hatte er in den vergangenen zwanzig Jahren nicht viel von ihnen. Sein Lebensunterhalt, das Schulgeld und die Kosten für das Studium in Yale waren von einer unpersönlichen Athener Anwaltskanzlei überwiesen worden.
Terrorismus würde die Dinge also nicht ändern, wie?

Der Terrorismus ist ein Instrument im sozialen Krieg. Er bewirkt, daß einige wenige erleuchtete Individuen (wie die Freunde des Friedens) die reaktionären Kräfte davon abhalten, mit eisernem Griff und Willen die Macht zu mißbrauchen.

Mit Terrorismus wurde die erfolgreiche Russische Revolution eingeleitet.
Die Republiken von Irland und Israel verdanken ihre Existenz dem Terrorismus. Der IRA-Terrorismus im Ersten Weltkrieg ertrotzte ein unabhängiges Irland. Der Irgun-Terrorismus in Palästina zwang die Engländer zur Aufgabe ihres Mandats, und die Juden schufen ihren israelischen Staat.
Algerien gewann seine Unabhängigkeit von Frankreich nur durch Terrorismus.
Die PLO, die jetzt an internationalen Konferenzen und UNO-Sitzungen teilnimmt, verschaffte sich durch Terrorismus weltweite Aufmerksamkeit.
Und in Italien hat die Rote Brigade mit Terrorismus die Weltöffentlichkeit noch mehr in Atem gehalten.

Georgos Winslow Archambault legte den Bleistiftstummel beiseite. Das Schreiben ermüdete ihn. Außerdem stellte er fest, daß er den revolutionären Jargon nicht konsequent durchgehalten hatte, der, wie er in Kuba gelernt hatte, als psychologische Waffe wie auch als emotionales Ventil äußerst wichtig war. Dennoch hatte er einige Schwierigkeiten damit.

Er stand auf, streckte sich und gähnte. Er hatte einen gutgebauten, schlanken Körper, den er durch tägliches Training in Form hielt. Er schaute in einen kleinen gesprungenen Wandspiegel und tastete nach seinem buschigen, aber sorgfältig geschnittenen Schnurrbart. Er hatte ihn sich sofort nach dem Anschlag auf das Kraftwerk von La Mission wachsen lassen, wo er als Offizier der Heilsarmee aufgetreten war. Zeitungsberichten zufolge hatte ihn der Pförtner des Kraftwerks als glattrasiert beschrieben, so daß der Schnurrbart die Identifikation zumindest ein wenig erschweren würde, falls es dazu kommen sollte. Die Heilsarmeeuniform war natürlich längst vernichtet.

Bei der Erinnerung an den Erfolg in La Mission mußte Georgos unwillkürlich lachen.

Eines aber hatte er weder vor noch nach dem Anschlag auf das Kraftwerk von La Mission getan: sich einen Vollbart wachsen lassen. Das wäre ihm wie ein Warenzeichen vorgekommen. Die Leute erwarteten doch, daß Revolutionäre einen Vollbart trugen und ungekämmt waren; Georgos bemühte sich, gerade nicht so auszusehen. Wenn er das bescheidene Haus im Osten der Stadt verließ, hätte man ihn für einen Börsenmakler oder Bankangestellten halten können. Nicht daß ihm das schwergefallen wäre, denn er war von Natur aus ordentlich und kleidete sich gut. Das Geld, das die Athener Anwaltskanzlei regelmäßig auf sein Chicagoer Bankkonto überwies, half ihm dabei, obwohl die Summen in letzter Zeit niedriger als sonst waren, er selbst zur Verwirklichung der Zukunftspläne der Freunde des Friedens aber bedeutend mehr Bargeld brauchte. Zum Glück hatte er eine neue Einkommensquelle. Diese würde von nun an die Zuwendungen erhöhen müssen.

Nur eine Tatsache störte Georgos' gepflegtes, bürgerliches Image: seine Hände. Bei den ersten Versuchen mit Chemikalien und Sprengstoffen hatte er die Unvorsichtigkeit begangen, ohne Handschuhe zu arbeiten. Als Folge davon waren seine Hände zernarbt und verfärbt. Inzwischen war er gewitzter geworden, aber der Schaden war nicht wiedergutzumachen. Er hatte schon erwogen, Hautverpflanzungen vornehmen zu lassen, doch dann den Gedanken wegen des Risikos verworfen. So hatte er sich daran gewöhnt, seine Hände, wenn er unterwegs war, so gut wie möglich zu verstecken.

Ein angenehmer Essensgeruch – nach gefüllten Paprikaschoten – stieg ihm in die Nase. Yvette, sein Mädchen, war eine ausgezeichnete Köchin, die wußte, was Georgos liebte und womit sie ihm eine Freude machen konnte. Außerdem bewunderte sie ihn wegen seiner Intelligenz, weil sie selbst nur ein Minimum an Schulbildung genossen hatte.

Georgos teilte sich Yvette mit den drei anderen jungen Friedenskämpfern, die ebenfalls im Haus wohnten. Wayde war ein Gelehrtentyp wie Georgos und Schüler von Marx und Engels; Jute war Indianer und verfolgte die Institutionen, die sein Volk entmachtet hatten, mit seinem Haß; Felix war ein Produkt des Innenstadtgettos von Detroit; seine Philosophie war, alles zu verbrennen, zu töten oder auf andere Weise zu zerstören, was ihm aus eigener bitterer Erfahrung seit seiner Kindheit fremd geblieben war.

Aber trotz des Teilens mit den anderen hatte er in bezug auf Yvette doch gewisse Besitzgefühle, die auf einer Art Zuneigung beruhten. Gleichzeitig verachtete er sich selbst für seine Schwäche, die schon die großen Russen Bakunin und Nechyew im *Katechismus der Revolution* angeprangert hatten:

> Der Revolutionär ist ein verlorener Mann; er hat keine eigenen Interessen, keine Gefühle, keine Gewohnheiten, keinen Besitz... Alles in ihm richtet sich nur auf das eine Interesse, den einen Gedanken, die eine Leidenschaft – die Revolution... Er hat jede Bindung an die bürgerliche Ordnung, an die gebildete Welt und die Gesetze, Bräuche und ... die Ethik dieser Welt abgebrochen.
> Alle zarten Gefühle wie Familienleben, Freundschaft, Liebe, Dankbarkeit und sogar Ehre müssen in ihm zum Schweigen gebracht werden ... Tag und Nacht darf er nur einen einzigen Gedanken, ein einziges Vorhaben kennen: die gnadenlose Zerstörung...
> Im Charakter des wahren Revolutionärs ist kein Platz für romantische Gefühle, Sentimentalität, Begeisterung oder Verführung ... Er darf sich nicht nach seinen eigenen Neigungen richten, sondern nach dem, was das allgemeine Interesse der Revolution fordert.

Georgos schloß sein Tagebuch, weil er sich erinnerte, daß seine Kriegserklärung mit den gerechten Forderungen der Freunde des Friedens im Verlauf des Tages bei einer der städtischen Rundfunkstationen eintreffen mußte.

Er würde das Kommuniqué wie immer an einen sicheren Aufbewahrungsort bringen und dann den Rundfunksender telefonisch informieren. Die Radio-Idioten würden sich die Hakken ablaufen, um es zu holen.

Das Kommuniqué würde wieder einmal Leben in die Abendnachrichten bringen, dachte Georgos mit Genugtuung.

12

»Zuerst möchte ich einmal sagen, wie leid mir die Sache mit Mr. Fenton tut«, begann Laura Bo Carmichael, nachdem sie ihre Drinks bestellt hatten – einen Martini für sie, eine Bloody

Mary für Nim Goldman. »Ich kannte ihn nicht, aber was geschehen ist, ist eine Schande und eine Tragödie. Ich hoffe, daß man die Leute, die dafür verantwortlich sind, findet und bestraft.«

Die Vorsitzende des Sequoia Clubs war eine hochgewachsene, schlanke Frau von Ende Sechzig, mit lebhaftem Temperament und einem wachen, durchdringenden Blick. Sie war sehr streng gekleidet; sie trug Schuhe mit flachen Absätzen und das Haar so kurz geschoren, als ginge es darum, ihre Weiblichkeit zu exorzieren. Vielleicht kam es daher, überlegte Nim, daß sie früher als Atomwissenschaftlerin in einem Metier gearbeitet hatte, das damals so gut wie ausschließlich von Männern beherrscht war.

Sie saßen im eleganten Squire Room des Fairhill Hotel, wo sie sich auf Nims Vorschlag zum Mittagessen getroffen hatten. Es war anderthalb Wochen später, als Nim vorgehabt hatte, aber die Aufregung, die auf die letzten Bombenattentate bei der GSP&L folgte, hatte ihn daran gehindert. Wohlüberlegte Sicherheitsvorkehrungen, an deren Ausarbeitung Nim mitgewirkt hatte, wurden nun in dem Riesenhauptquartier des Konzerns angewandt. Die bevorstehende Preiserhöhung, die in Kürze der Kommission für öffentliche Einrichtungen vorgelegt werden mußte, erforderte weitere Mehrarbeit.

Auf ihre Bemerkung zu Fraser Fenton gestand er: »Es war für uns ein großer Schock, vor allem nach den Todesfällen in La Mission. Ich glaube, uns hat alle das Entsetzen gepackt.«

Und das stimmte wirklich, dachte Nim. Die Konzernleitung, vom Vorsitzenden angefangen, verzichtete auf jegliche Publicity. Man wollte nicht in den Nachrichten erwähnt werden, um nicht die Aufmerksamkeit von Terroristen auf sich zu ziehen. J. Eric Humphrey hatte angeordnet, daß sein Name bei Bekanntmachungen der Gesellschaft oder bei der Veröffentlichung irgendwelcher Neuigkeiten nicht genannt werden sollte, und er wollte sich auch nicht mehr der Presse stellen, es sei denn bei nichtoffiziellen Anlässen. Seine Privatadresse wurde aus allen Unterlagen der Gesellschaft entfernt und jetzt als Geheimnis gehütet, so gut so etwas überhaupt möglich war. Die meisten Mitglieder der Konzernleitung hatten nur noch geheime Telefonnummern. Der Vorsitzende und die Direktoren würden von nun an bei allen Anlässen von Leibwächtern begleitet werden.

Nim aber mußte eine Ausnahme bleiben.

Sein Stellvertreter, so hatte der Vorsitzende klipp und klar erklärt, würde natürlich auch weiterhin der Sprecher der GSP&L sein, seine Auftritte in der Öffentlichkeit zahlenmäßig höchstens noch zunehmen. Mich schicken sie direkt vor die Flinten, dachte Nim, oder, besser gesagt, vor die Bomben.

Stillschweigend hatte der Vorsitzende Nims Gehalt erhöht. Gefahrenzulage, dachte Nim, obwohl die Erhöhung eigentlich schon überfällig gewesen war.

»Obwohl Fraser unser ranghöchstes Vorstandsmitglied war«, erklärte Nim, »hatte er sich eigentlich schon aus der Geschäftsleitung zurückgezogen. In fünf Monaten hatte er in den Ruhestand gehen wollen.«

»Das macht die Sache noch trauriger. Wie steht es mit den anderen?« erkundigte sich Laura Bo.

»Eine der Schwerverletzten ist heute morgen gestorben.« Sie war Sekretärin, und Nim hatte sie flüchtig gekannt. Sie hatte bei Sharlett Underhill in der Finanzabteilung gearbeitet und die Befugnis gehabt, alle Post zu öffnen, auch die als »privat und streng vertraulich« bezeichnete. Dieses Privileg hatte sie das Leben gekostet und das ihrer Chefin, Sharlett Underhill, an die der Bombenbrief adressiert gewesen war, gerettet. Zwei der fünf Bomben, die explodierten, hatten mehrere Menschen, die in der Nähe standen, verletzt; ein achtzehnjähriger Buchhalter hatte beide Hände verloren.

Ein Kellner servierte die Drinks, und Laura Bo unterrichtete ihn: »Dies hier und das Essen auf getrennte Rechnung.«

»Keine Bange«, sagte Nim amüsiert. »Ich werde Sie schon nicht gleich auf Konzernkosten bestechen.«

»Das sollte Ihnen auch schwerfallen. Aber ich nehme aus Prinzip nichts von jemandem an, der den Sequoia Club vielleicht beeinflussen könnte.«

»Alles, was ich an Einfluß ausüben möchte, werde ich offen versuchen. Ich dachte nur, daß es nicht das Schlechteste wäre, sich beim Essen zu unterhalten.«

»Ich höre Ihnen gern zu, Nim, und ich esse auch gern mit Ihnen. Aber ich zahle trotzdem lieber meine Rechnung selbst.«

Sie hatten sich vor Jahren kennengelernt, als Nim schon Senior in Stanford war und Laura Bo Gastdozentin. Sie war von seinen scharfsinnigen Fragen sehr beeindruckt gewesen, er von ihrem guten Willen zur Offenheit. Sie waren in Verbindung geblieben, und obwohl sie von Zeit zu Zeit Gegner waren, achteten sie einander und blieben Freunde.

Nim nippte an seiner Bloody Mary. »Es geht vor allem um Tunipah. Aber natürlich auch um unsere Pläne für Devil's Gate und Fincastle.«

»Das dachte ich mir schon. Es könnte uns Zeit sparen, wenn ich Ihnen sage, daß der Sequoia Club vorhat, gegen alle vorzugehen.«

Nim nickte. Diese Feststellung überraschte ihn nicht. Er überlegte einen Augenblick und wählte seine Worte sorgfältig.

»Was ich möchte, Laura, ist, daß Sie einmal nicht nur an die Golden State Power & Light oder an den Sequoia Club oder den Umweltschutz denken, sondern in größeren Zusammenhängen. Sie könnten es die ›Grundwerte der Zivilisation‹ nennen oder die ›Gesamtheit unseres Lebens‹ oder vielleicht ›Mindesterwartungen‹.«

»Darüber denke ich in der Tat ziemlich häufig nach.«

»Das tun die meisten von uns, aber in letzter Zeit nicht häufig genug – oder zumindest nicht realistisch genug. Denn alles, was ich gerade aufgeführt habe, ist in Gefahr. Unser ganzes System droht zusammenzubrechen.«

»Das Argument ist nicht neu, Nim. Ich höre es für gewöhnlich in Zusammenhängen wie: ›Wenn diese oder jene umweltverschmutzende Anlage nicht gebaut werden kann, bricht über uns die Katastrophe herein.‹«

Nim schüttelte den Kopf. »Sie möchten mich mit Ihrer Dialektik schlagen, Laura. Natürlich haben Sie recht, daß oft so argumentiert wird und daß auch wir von der Golden State Power & Light in der Vergangenheit nicht unschuldig waren. Aber wovon ich im Augenblick spreche, das hat nichts mehr mit Bedingungen und Forderungen zu tun, es ist bereits Wirklichkeit.«

Der Kellner kam mit zwei elegant beschrifteten Menükarten. Laura wies ihre zurück. »Ein Avocado mit Grapefruitsalat und ein Glas entrahmte Milch.«

Auch Nim winkte ab. »Für mich das gleiche, bitte.«

Der Kellner zog enttäuscht ab.

»Offensichtlich ist nur eine Handvoll Leute in der Lage, alle Konsequenzen, die sich aus Rohstoffverknappung, Naturkatastrophen und politischen Veränderungen ergeben, in ihrer Gesamtwirkung zu erfassen.«

»Ich höre auch regelmäßig Nachrichten.« Laura Bo lächelte. »Sollte mir da Wesentliches entgangen sein?«

»Vermutlich nicht. Aber haben Sie sie addiert?«

»Ich denke ja. Aber geben Sie mir erst einmal Ihre Version.«

»Nun gut. Punkt eins: Nordamerika verfügt kaum noch über Erdgasreserven. Eine Zeitlang wird das, was wir haben, ausreichen, und falls Kanada und Mexiko helfen, können wir vielleicht noch zehn Jahre unsere Kunden beliefern. Es sei denn, wir entschließen uns, unsere Kohle zu Gas zu verarbeiten, was bislang an der Dummheit Washingtons leider gescheitert ist. Stimmen Sie mir zu?«

»Selbstverständlich. Und der Grund, weshalb das natürliche Gas nun zu Ende geht, ist bei den großen Versorgungskonzernen zu suchen. Ihr Konzern und andere haben die ganze Zeit nur an Profit gedacht und nicht an Haushalten. Wenn Sie mit den Quellen nicht so verschwenderisch umgegangen wären, könnten die Vorräte noch für ein halbes Jahrhundert reichen.«

Nim schnitt eine Grimasse. »Wir haben nur die Nachfrage befriedigt, aber das tut nichts zur Sache. Ich spreche hier über harte Tatsachen; *wie* das Gas verbraucht wurde, ist Vergangenheit. Das läßt sich nicht mehr ungeschehen machen. Nun zum Öl. Davon gibt es noch unangetastete Vorräte. Aber die Art, wie die Welt diese Vorräte verschlingt, legt die Prognose nahe, daß man am Ende des Jahrhunderts die Quellen bis auf den letzten Tropfen ausgeschöpft haben wird – *bis dahin ist es nicht mehr lange*. Alle Industriestaaten der freien Welt werden mehr und mehr vom importierten Öl abhängig werden und jederzeit politisch und wirtschaftlich arabischen Erpressungsversuchen ausgeliefert sein.«

Er machte eine kurze Pause und sprach dann weiter. »Selbstverständlich sollten wir Kohle verflüssigen, wie es die Deutschen im Zweiten Weltkrieg gemacht haben. Aber die Politiker in Washington bekommen natürlich mehr Wählerstimmen, wenn sie im Fernsehen Hearings abhalten, in denen sie die Ölgesellschaften beschimpfen.«

»Sie verfügen über eine gewisse zungenfertige Überredungskunst, Nim. Sind Sie etwa auf Stellungsuche?«

»Vielleicht beim Sequoia Club.«

»Bloß nicht.«

»Keine Bange. Aber lenken Sie nicht ab. Nehmen wir als nächste Primärenergiequelle die Kernkraft.«

»Muß das sein?«

Er sah Laura Bo forschend an. Sie hatte das Gesicht verzogen, wie immer, wenn von Kernenergie gesprochen wurde. In Kalifornien und anderswo trat Laura Bo als entschiedene Gegnerin von Kernkraftwerken auf. Im Zweiten Weltkrieg hatte sie nämlich am World War II Project mitgearbeitet und war selbst an der Entwicklung der Atombombe beteiligt gewesen.

»Es ist wie ein Dolch in Ihrem Herzen«, sagte Nim, ohne sie anzusehen.

Das Essen wurde gebracht, und sie wartete mit der Antwort, bis der Kellner wieder gegangen war.

»Ich nehme an, Sie wissen inzwischen, daß ich den Wolkenpilz noch immer vor mir sehe.«

»Ja«, sagte er leise. »Ich weiß es, und ich glaube auch, daß ich es verstehe.«

»Das bezweifle ich. Sie waren damals noch so jung. Sie können sich nicht erinnern. Sie waren im Gegensatz zu mir nicht dabei.«

Obwohl sie sich sehr beherrschte, spürte Nim, wie die jahrelang durchlittene Pein immer noch in ihr gärte. Laura Bo war eine junge Wissenschaftlerin gewesen, die in den letzten sechs Monaten vor Hiroshima zu jenem Atombombenprojekt stieß. Damals wollte sie noch gern einen Teil Geschichte mitgestalten, doch nach der ersten Bombe – der Codename war: *Little Boy* – litt sie die schrecklichsten Qualen. Was ihr aber die größten Schuldgefühle verursacht hatte, war der Abwurf der zweiten Bombe – Codename: *Fat Man* – über Nagasaki. Sie hatte nicht dagegen protestiert. Es stimmte zwar, daß zwischen den beiden Abwürfen nur drei Tage lagen und daß sie mit ihrem Protest auch nicht hätte verhindern können, daß die Bombe über Nagasaki abgeworfen wurde und achtzigtausend Menschen tötete oder verstümmelte – und das vielleicht nur, um militärische oder wissenschaftliche Neugierde zu befriedigen. Aber sie hatte nicht protestiert, vor niemandem, und nur diese Tatsache galt für sie, und so gab es nichts, das ihre Schuld milderte.

Sie fuhr fort, und es war eher wie ein Selbstgespräch: »Sie brauchten die zweite Bombe überhaupt nicht mehr. Sie war völlig unnötig. Die Japaner waren dabei, sich bereits nach Hiroshima zu ergeben. Aber *Fat Man* war ein wenig anders als *Little Boy,* und jene Verantwortlichen wollten ausprobieren, ob auch diese Bombe funktionierte. Und so geschah es.«

»Es ist alles schon eine ganze Zeit her«, sagte Nim. »Und man muß sich fragen: Sollen die Geschehnisse von damals noch heute einen Einfluß auf den Bau von Kernkraftwerken haben?«

»Für mich sind die beiden Dinge untrennbar miteinander verbunden«, entgegnete Laura Bo mit großer Bestimmtheit.

Nim zuckte die Achseln. Er vermutete, daß die Vorsitzende des Sequoia Clubs nicht die einzige Kernkraftwerksgegnerin aus persönlichem oder kollektivem Schuldgefühl heraus war. Aber wahr oder falsch, es änderte im Moment nichts.

»Denken Sie nur an die Zwischenfälle von Three Mile Island«, fügte Laura Bo hinzu. »Haben Sie das etwa vergessen?«

»Nein«, erwiderte Nim, »das wird so schnell niemand vergessen. Aber das Schlimmste ist ja zum Glück verhütet worden, und man hat aus diesen Vorfällen für die Zukunft gelernt.«

»Diesen Honig haben Sie uns schon vor den Ereignissen von Three Mile Island um den Bart geschmiert.«

»Ja, leider. Aber auch ohne Three Mile Island haben Sie und Ihre Leute die Schlacht um die Kernkraftwerke gewonnen. Sie haben gewonnen, weil Sie eine Entwicklung zum Stillstand gebracht haben, und das ist Ihnen nicht etwa mit Logik oder Stimmenmehrheit gelungen, sondern mit legaler List und Verzögerungstaktik. Sie haben dabei einiges Gute erreicht, und das war nötig. Anderes war absurd. Aber während das alles geschah, trieben Sie mit Ihren Forderungen die Kosten für Kernkraftwerke derart in die Höhe, daß die meisten Konzerne sie nicht mehr bauen können. Sie können es sich nicht leisten, fünf bis zehn Jahre und einige -zig Millionen in Voruntersuchungen zu stecken, und dann wird der Bau abgelehnt.«

Nim legte eine Pause ein und fügte dann hinzu: »Wir brauchen auf der ganzen Linie einen Alternativvorschlag, der sich verwirklichen läßt. Das ist die Kohle.«

Laura Bo Carmichael stocherte in ihrem Salat herum.

»Kohle bringt Luftverschmutzung mit sich«, sagte sie. »Ein Kraftwerk, das mit Kohle arbeiten will, muß unter extremen Vorsichtsauflagen gebaut werden.«

»Aus diesem Grunde haben wir uns für Tunipah entschieden.«

»Es gibt ökologische Gründe, warum das eine falsche Entscheidung ist.«

»Können Sie mir sagen, welche?«

»Verschiedene Pflanzen und Tiere, die anderswo so gut wie ausgestorben sind, leben im Gebiet von Tunipah. Ihr Kraftwerk würde sie bedrohen.«

»Nennt sich eine der gefährdeten Pflanzenarten *Furbish lousewort*?« wollte Nim wissen.

»Ja.«

Er seufzte. Gerüchte über *Furbish lousewort* – ein wildwachsendes Läusekraut – hatte man bereits bei der GSP&L gehört. Die Pflanze war selten und galt schon als ausgerottet. In Maine hatten die Umweltschützer es fertiggebracht, wegen einer solchen Pflanze die Fertigstellung eines Sechshundert-Millionen-Dollar-Wasserkraftwerks, das bereits im Bau war, zu verhindern.

»Vielleicht wissen Sie«, sagte Nim, »daß die Botaniker zugeben, daß das Läusekraut weder schön ist noch irgendeinen ökologischen Wert hat.«

Laura Bo lächelte. »Vielleicht werden wir uns bemühen, für die öffentlichen Hearings einen Botaniker zu finden, der der entgegengesetzten Meinung ist. Außerdem ist noch an einen anderen Bewohner von Tunipah zu denken – die Microdipodops.«

»Was zum Teufel ist das?« fragte Nim.

»Manche bezeichnen sie als Känguruh-Maus.«

»Großer Gott!« Vor diesem Treffen hatte sich Nim vorgenommen, nicht die Beherrschung zu verlieren. Jetzt fand er, daß sein Entschluß schwer durchzuhalten war. »Sie möchten tatsächlich, daß eine Maus oder Mäuse die Verwirklichung eines Projekts verhindern, von dem Millionen Menschen profitieren würden?«

»Ich nehme an«, sagte Laura Bo ruhig, »daß wir über diesen

relativen Nutzen, den die Menschen daraus ziehen würden, in den nächsten Monaten noch ausgiebig diskutieren werden.«

»Da können Sie sicher sein! Und ich nehme an, daß Sie dieselben Bedenken haben gegen ein geothermisches Kraftwerk in Fincastle und das Pumpspeicherwerk von Devil's Gate. Beide Kraftwerkstypen stellen die sauberste Art der Stromerzeugung dar.«

»Sie können wirklich nicht von mir verlangen, daß ich jetzt sämtliche Gründe ausplaudere. Aber ich versichere Ihnen, daß unsere Gründe gegen beide Kraftwerke überzeugend sind.«

Einem vorbeigehenden Kellner rief Nim ungestüm zu: »Noch eine Bloody Mary!« Er zeigte auf Laura Bos leeres Martiniglas, aber sie schüttelte den Kopf.

»Lassen Sie mich eine Frage stellen.« Nim war nun wieder ganz beherrscht. »Wo würden Sie eines der vorgeschlagenen Kraftwerke errichten?«

»Das ist wirklich nicht mein Problem. Darüber können *Sie* sich den Kopf zerbrechen.«

»Aber würden Sie nicht – oder vielmehr der Sequoia Club – gegen alles sein, was wir vorschlagen, egal wo?«

Laura Bo antwortete nicht, die Muskeln um ihren Mund spannten sich.

»Es gibt übrigens noch einen Faktor, den ich bis jetzt außer acht gelassen habe«, sagte Nim. »Das Wetter. Das Klima scheint sich weltweit zu ändern und wird eines Tages ebenfalls seinen Anteil am Energiemangel haben. Die Meteorologen haben zwanzig kalte Jahre vorausgesagt und regionale Dürren. Die Wirkung von beidem haben wir schon Mitte der siebziger Jahre beobachten können.«

Sie schwiegen jetzt beide, was durch die Restaurantgeräusche und die Stimmen von den anderen Tischen noch betont wurde. Dann sagte Laura Bo Carmichael: »Ich hätte gern noch über einen Punkt Klarheit. Aus welchem Grund haben Sie mich hierhergebeten?«

»Ich kam, um an Sie zu appellieren – und an den Sequoia Club natürlich –, sich das große Bild anzusehen und dann Ihre oppositionelle Haltung zu mäßigen.«

»Kam Ihnen denn bisher nicht die Erleuchtung, daß Sie und ich vielleicht zwei ganz verschiedene Bilder sehen?«

»So sollte es aber nicht sein«, sagte Nim, »wir leben in derselben Welt.«

Er bestand darauf: »Lassen Sie mich noch einmal auf meinen Ausgangspunkt zurückkommen. Wenn wir – die Golden State Power & Light – gehindert werden, unsere Pläne zu verwirklichen, wird es in zehn Jahren oder früher zur Katastrophe kommen. Stromsperren, mehrere Stunden täglich, werden an der Tagesordnung sein. Für die Industrie wird das verheerende Folgen haben, es wird zur Massenarbeitslosigkeit kommen, vielleicht sogar bis zu fünfzig Prozent. In den Großstädten wird Chaos herrschen. Nur wenige Menschen machen sich klar, wie stark unser Leben schon von der Elektrizität abhängig ist. Diese Erkenntnis wird den Menschen erst aufgehen, wenn es zu großen, anhaltenden Stromausfällen kommen wird. Auf dem Lande wird es wegen mangelnder Bewässerung Mißernten geben, und die Preise werden in unvorstellbare Höhen klettern. Ich sage Ihnen, die Menschen werden nicht mehr wissen, wovon sie leben sollen, sie werden hungern und ärmer sein als im Bürgerkrieg. Mit jenen Katastrophenjahren verglichen, werden die dreißiger Jahre wie eine Idylle erscheinen. *Das sind keine Phantastereien, Laura.* Kein bißchen. Es ist die eiskalte, nackte Wirklichkeit. Geht Sie und Ihre Leute das nichts an?«

Nim nahm einen kräftigen Schluck von seiner Bloody Mary, die gebracht worden war, während er sprach.

»Nun gut«, sagte Laura Bo; ihre Stimme klang härter und weniger freundlich als zu Beginn ihrer Unterhaltung. »Ich habe hier gesessen und mir alles angehört. Jetzt bin ich an der Reihe, und Sie hören zu.« Sie schob ihren noch halbvollen Teller beiseite.

»Sie und Leute wie Sie, Nim, können nur kurzfristig denken. Umweltschützer wie wir vom Sequoia Club denken dagegen für eine fernere Zukunft mit. Und was wir *unter allen Umständen* beenden sollten, ist der Raubbau, der in den letzten drei Jahrhunderten mit unserer Erde getrieben wurde.«

»In gewisser Weise haben Sie das bereits getan«, warf Nim ein.

»Unsinn! Wir haben noch so gut wie gar nichts geschafft, und auch das Wenige, was wir erreicht haben, gäbe es nicht, wenn wir immer auf zweckdienliche Stimmen wie die Ihre gehört hätten.«

»Ich bitte doch nur um Mäßigung.«

»Was Sie Mäßigung nennen, ist für mich ein Schritt rückwärts. Im Nu wird unsere Welt unbewohnbar.«

Nim gab sich keine Mühe mehr, seine Gefühle zurückzuhalten, und sagte zornig: »Wie bewohnbar wird die Welt sein, die Sie gerade beschrieben haben, wenn es immer weniger elektrischen Strom geben wird?«

»Vielleicht überrascht es Sie zu hören, daß wir in Wirklichkeit besser sind, als Sie denken«, antwortete Laura Bo ruhig. »Es ist viel wichtiger, daß wir uns in der Weise entwickeln, wie es für die Zivilisation vonnöten ist – wir werden weniger verschwenden und nicht aus dem Überfluß leben, aber die Habgier der Menschen wird abnehmen, und unser Lebensstandard wird weniger materialistisch sein. Das wird uns allen guttun.«

Sie machte eine kleine Pause, wie um ihre Worte abzuwägen, dann fuhr sie fort: »Wir haben so lange mit der Vorstellung gelebt, daß Expansion gut ist, daß größer gleich besser und mehr gleich mächtiger ist und daß alle Menschen zu diesem Glauben bekehrt werden müßten. Sie verherrlichen das Bruttosozialprodukt und die Vollbeschäftigung wie Götzen, aber Sie vergessen dabei, daß uns beides zum Ersticken bringt und uns vergiftet. Aus einem Amerika der Naturschönheiten wurde eine häßliche, schmutzige Betonwüste mit verpesteter Luft, das natürliche Leben von Mensch, Tier und Pflanze wird laufend zerstört. Wir haben aus sauberen Flüssen stinkige Kloaken, aus unseren Seen Jauchetümpel gemacht, und nun bemühen wir uns zusammen mit dem Rest der Welt, die Meere mit Chemikalien und Öl zu verpesten. Es ist jedesmal nur ein kleiner Schritt, und wenn man Ihnen diesen Schritt vorhält, reden Leute wie Sie von ›Mäßigung‹ und ›Diesmal werden wirklich nur ganz wenige Fische getötet werden‹ oder ›Die Schönheit wird so gut wie gar nicht angetastet‹. Nun, einige von uns haben es schon zu oft miterlebt, was daraus wurde, und jetzt glauben wir diese Märchen nicht mehr. Deshalb haben wir die Initiative ergriffen, um zu retten, was noch da ist. Wir glauben nämlich, daß es Wichtigeres auf unserer Welt gibt als Bruttosozialprodukt und Vollbeschäftigung, und dazu gehört, die Reinheit und Schönheit der Erde für die noch nicht geborenen Generationen zu bewahren, anstatt alles, was wir noch haben, hier und sofort zu verschwenden. Und das sind die Gründe, weshalb der Sequoia Club gegen den Bau von Tunipah, gegen das Pumpspeicher-Kraftwerk Devil's Gate *und* gegen die Errichtung der geothermischen Anlagen Fincastle protestieren wird. Und ich sage Ihnen noch etwas – ich glaube, daß wir gewinnen werden.«

»In einigem, was Sie sagen, stimme ich Ihnen zu«, entgegnete Nim anerkennend. »Sie wissen das, wir haben schon früher darüber gesprochen. Aber der Fehler, den Sie begehen, ist, daß Sie jede Meinung, die nicht die Ihre ist, ablehnen. Sie kommen sich vor wie Gott, Jesus, Mohammed und Buddha in einer Person. Laura, Sie gehören einer kleinen Gruppe an, die vorgibt zu wissen, was für alle von uns das beste ist. Dabei lehnen Sie sich gegen die praktischen Forderungen des Alltags auf und benehmen sich wie verwöhnte Kinder. Am Ende werden Sie uns alle zerstören.«

Laura Bo entgegnete kalt: »Ich glaube nicht, daß wir uns noch etwas zu sagen haben.« Sie rief den Kellner. »Bitte die Rechnungen. Aber getrennt.«

13

Ardythe Talbot führte Nim ins Wohnzimmer.

»Ich dachte schon, du würdest niemals anrufen«, sagte sie. »Wenn du dich nicht in ein, zwei Tagen gemeldet hättest, hätte ich es getan.«

»Bei uns hat es viel Aufregung gegeben. Das hielt mich in Trab«, erklärte Nim. »Ich nehme an, du hast davon gehört.«

Es war früher Abend. Nim war auf dem Heimweg – wie er es selbst ausdrückte – bei Ardythe vorbeigefahren. Am Nachmittag hatte er sie, einer plötzlichen Eingebung folgend, angerufen, nachdem das Treffen mit Laura Bo Carmichael in offener Feindseligkeit geendet hatte, wofür Nim sich selbst die Schuld gab. Die Angelegenheit deprimierte ihn. Ardythe dagegen war schon am Telefon sehr herzlich gewesen. »Ich bin einsam und würde mich freuen, dich zu sehen«, gestand sie. »Bitte, komm doch nach der Arbeit auf einen Drink vorbei.«

Aber als er vor wenigen Minuten angekommen war, ging ihm

sofort auf, daß sie mehr als nur einen Drink im Sinn hatte. Sie hatte ihn zur Begrüßung umarmt und geküßt, was keinen Zweifel an ihren Wünschen ließ. Nim war ebenfalls nicht abgeneigt, Ardythe bei der Erfüllung jener Wünsche zu helfen, aber zunächst setzten sie sich erst einmal mit ihren Drinks hin und unterhielten sich.

»Ja, ich habe gehört, was vorgefallen ist«, sagte Ardythe. »Ist denn die ganze Welt verrückt geworden?«

»Ich nehme an, sie war es immer. Man bemerkt es nur mehr, wenn es einen selbst betrifft.«

Heute sah Ardythe schon viel besser aus als an jenem schrecklichen Tag vor fast einem Monat, als sie von Walters Tod erfahren hatte. Damals und bei der Beerdigung – es war das letzte Mal, daß sie und Nim sich gesehen hatten – wirkte sie mitgenommen und alt. In der Zwischenzeit hatte Ardythe ihre Vitalität zurückgewonnen und damit auch ihr gutes Aussehen. Gesicht, Arme und Beine waren gebräunt, und die Umrisse ihres Körpers, der sich vorteilhaft unter dem bunten Kleid abzeichnete, erinnerten ihn an die Lust, die sie bei seinem letzten Besuch einander geschenkt hatten. Nim mußte unwillkürlich an ein Buch denken, das er vor Jahren in der Hand gehabt hatte und das die Liebesfähigkeit der reiferen Frau hervorhob. Obwohl er sich an Einzelheiten nicht mehr erinnern konnte, verstand er nachträglich, was der Autor gemeint haben mußte.

»Walter glaubte immer«, sagte Ardythe, »daß alles, was in der Welt geschieht – Kriege, Bomben, Verschmutzung und all das –, notwendigerweise zum Gleichgewicht in der Natur beiträgt. Hat er mit dir auch darüber gesprochen?«

Nim schüttelte den Kopf. Obwohl er und der Chefingenieur Freunde gewesen waren, hatte sich ihre Unterhaltung auf praktische Dinge beschränkt und philosophische Fragen nicht berührt.

»Für gewöhnlich behielt Walter solche Gedanken für sich«, sagte Ardythe, »nur mit mir sprach er über das, was in seinem Kopf vorging. Er pflegte zu sagen: ›Die Leute denken, daß die Menschen die Gegenwart und Zukunft in der Hand haben, aber in Wirklichkeit ist es nicht so‹, und: ›Der freie Wille des Menschen ist eine Selbsttäuschung; die Perversität des Menschen gehört ebenfalls dazu, in der Natur das Gleichgewicht zu erhalten.‹ Auch Krieg und Krankheit haben ihren Sinn – sie dienen der Bevölkerungsreduktion. ›Menschen sind wie Lemminge‹, sagte er einmal, ›wenn sich die Lemminge zu stark vermehren, springen sie über eine Klippe, um sich selbst zu töten – die Menschen haben ausgeklügeltere Methoden.‹«

Nim war überrascht. Obwohl Ardythe die Worte ihres Mannes nicht in seinem breiten schottischen Akzent zitiert hatte, konnte Nim Walters grüblerische Art heraushören. Wie seltsam, daß Walter ausgerechnet mit Ardythe, die Nim nicht für eine große Denkerin gehalten hätte, über solche Fragen gesprochen hatte. Oder war es gar nicht seltsam? Vielleicht, dachte Nim, lernte er hier etwas über eine geistige Intimität in der Ehe, wie er selbst sie nie gekannt hatte.

Er überlegte, was Laura Bo Carmichael wohl zu Walters Meinung über Umweltverschmutzung gesagt hätte – daß diese ein notwendiger Teil des Gleichgewichts in der Natur und ein winziges Rädchen in einem ausgewogenen Ganzen sei. Dann fragte er Ardythe, weil er sich an seine eigene Glaubensproblematik erinnerte: »Hat Walter das Gleichgewicht in der Natur mit Gott gleichgesetzt?«

»Nein. Ganz so einfach wollte er es sich nicht machen. Er sagte, Gott sei eine Schöpfung des Menschen, ein Strohhalm für Ertrinkende...« Ardythe versagte die Stimme. Plötzlich liefen ihr Tränen über das Gesicht.

Sie wischte sie ab. »Um diese Tageszeit vermisse ich Walter am meisten. Da haben wir uns immer unterhalten.«

Einen Moment lang herrschte peinliches Schweigen, dann fuhr sie mit fester Stimme fort: »Ich darf mich nicht in Depressionen verlieren.« Sie hatte in Nims Nähe gesessen. Jetzt rückte sie noch etwas dichter heran. Er roch ihr Parfum, dasselbe, das ihn bei seinem letzten Besuch so stark erregt hatte. Sie sprach leise und lächelte dabei: »Ich glaube, daß mich unsere Unterhaltung über die Natur sehr mitgenommen hat.« Und dann, als sie sich in die Arme fielen: »Liebe mich, Nim. Ich brauche dich mehr denn je.«

Seine Arme umschlangen sie, als sie sich leidenschaftlich küßten. Ardythes Lippen waren feucht und hingebungsvoll, und sie stöhnte vor Lust, als sie einander mit den Händen erkundeten, wobei sie beide an ihr erstes Abenteuer dachten. Nims

Feuer war nie schwer zu entfachen, so daß er flüsternd warnte: »Langsam. Warte ein bißchen.«

Sie flüsterte zurück: »Wir können in mein Schlafzimmer gehen. Da ist es angenehmer.« Sie stand auf, und Nim folgte ihr.

Engumschlungen stiegen sie die Treppe hinauf. Bis auf die Geräusche, die sie selbst verursachten, war das Haus still. Ardythes Schlafzimmer lag am Ende eines kleinen Treppenabsatzes, und die Tür stand offen. Das Bett war bereits einladend aufgeschlagen, stellte Nim fest. Und noch etwas anderes, was er allerdings schon früher einmal gehört, aber inzwischen vergessen hatte: Walter und Ardythe hatten getrennte Schlafzimmer gehabt. Obwohl er sich wegen seiner Handlungsweise keine Kopfschmerzen mehr machte, war es ihm doch lieber, nicht in Walters Bett zu liegen.

Er half Ardythe beim Ausziehen ihres enganliegenden Kleides, das er gerade bewundert hatte, und zog sich selbst schnell aus. Sie sanken gemeinsam in das weiche, kühle Bett. »Du hattest recht«, murmelte er, »es ist besser hier.« Dann siegte die Ungeduld. Als er in sie eindrang, bäumte sich ihr Körper auf, und sie schrie vor Lust.

Einige Minuten später, als die Begierden gestillt waren, lagen sie beide zufrieden und entspannt nebeneinander. Nim dachte an das, was er einmal gehört hatte: Manche Männer fühlen sich nach dem Geschlechtsakt ausgelaugt und deprimiert und können überhaupt nicht verstehen, wie sie dafür so viele Umstände in Kauf nehmen konnten. Nim hatte so etwas noch nie erlebt. Für ihn war es wie immer ein erhebendes Gefühl, und er fühlte sich wie neu geboren.

Ardythe sagte sanft: »Du bist lieb und sehr zärtlich. Meinst du, du könntest heute nacht hierbleiben?«

Er schüttelte den Kopf. »Nein, das geht leider nicht.«

»Ich hätte nicht fragen sollen.« Sie strich ihm mit dem Finger über das Gesicht und zeichnete die Linien seines Mundes nach. »Ich verspreche dir, daß ich nicht lästig sein werde, Nim. Komm nur ab und zu vorbei, wenn du kannst.«

Er versprach es ihr, obwohl er nicht wußte, wie er es bei der vielen Arbeit und den Komplikationen, die sich täglich vermehrten, schaffen sollte.

Während sie sich anzogen, sagte Ardythe: »Ich habe Walters

Papiere durchgesehen und dabei festgestellt, daß ich dir einige zurückgeben möchte. Dinge, die er vom Büro mit heimgebracht hat.«

»Natürlich nehme ich sie mit«, sagte Nim. Ardythe zeigte ihm, wo die Papiere waren – in drei großen Pappkartons, die Berichte und Briefe enthielten. Er blätterte die Unterlagen durch, während Ardythe in der Küche mit dem Kaffee beschäftigt war. Nim hatte einen weiteren Drink abgelehnt.

Die Papiere schienen Themen zu behandeln, die Walter Talbot am Herzen gelegen hatten. Einige waren schon mehrere Jahre alt und hatten keine Bedeutung mehr. Eine Serie enthielt eine Kopie von Walters Originalbericht über Energiediebstahl und die sich anschließende Korrespondenz. Zu jener Zeit hatte der Bericht in der Geschäftswelt großes Aufsehen erregt und war weit über die GSP&L hinaus bekannt geworden. Walter wurde seitdem als Experte für diese Fragen angesehen. Es hatte einen Prozeß im Osten der Vereinigten Staaten gegeben, zu dem man Walter als Experten hinzugezogen hatte. Ein Teil seines Berichts wurde vom Gericht als Beweismaterial anerkannt. Später ging dieser Fall noch in höhere Instanzen, aber Nim hatte vergessen, was daraus geworden war. Doch das spielte nun ja auch keine Rolle mehr.

Er warf noch einen Blick auf die übrige Korrespondenz und verschloß die Kartons wieder. Dann trug er sie in den Hausflur hinaus, um sie nicht zu vergessen, wenn er zum Auto ging.

14

Die Erde unter ihren Füßen zitterte. Ein tiefes Grollen wie von einem Düsenjägergeschwader, das sich vom Boden abhebt, erschütterte die Stille, und ein heißer Dampfstrahl schoß gen Himmel. Instinktiv hielten sich die Leute, die auf dem Hügel standen, die Ohren zu. Manche sahen erschreckt aus.

Teresa Van Buren, die für einen Moment ihre Ohren ungeschützt ließ, winkte mit den Armen und rief, so laut sie konnte, die Leute zum Charterbus zurück, mit dem die Gruppe angekommen war. Keiner hörte die Botschaft, aber alle verstanden sie trotzdem. Die etwa zwanzig Männer und Frauen stiegen eilig in den Bus, der in rund fünfzig Meter Entfernung stand.

Im Innern des mit einer Klimaanlage ausgestatteten Fahrzeugs, dessen Türen und Fenster nun fest geschlossen waren, war das Geräusch von draußen weniger stark zu hören.

»Herr im Himmel!« protestierte einer der Männer. »Das war ein lausiger Trick. Wenn ich mein Gehör verloren haben sollte, werde ich die verdammte Gesellschaft verklagen.«

»Was sagten Sie?« fragte Teresa Van Buren.

»Ich habe gesagt, daß ich, falls ich taub...«

»Ich weiß«, unterbrach sie ihn. »Ich habe es schon beim ersten Mal verstanden. Ich wollte mich nur vergewissern, daß Sie Ihr Gehör nicht verloren haben.«

Einige lachten.

»Ich schwöre Ihnen«, sagte die Pressechefin der GSP&L zu der Journalistengruppe, die sich mit dem Bus zu einer Besichtigung eingefunden hatte, »daß ich keine Ahnung von dem hatte, was wir hier erleben würden. Aber wie es sich gerade herausgestellt hat, durften wir Zeugen sein, wie eine neue geothermische Quelle entstand.«

Sie war begeistert, als hätte sie auf eigene Faust in Texas eine Ölquelle entdeckt.

Sie schauten aus den Busfenstern auf die Bohranlage zurück, die sie gerade besichtigt hatten, als die unvorhergesehene Eruption sich ereignete. Von außen sah ein solcher Bohrturm genauso aus wie die auf Ölfeldern errichteten, und in der Tat ließ er sich auch jederzeit in einen Ölbohrturm verwandeln. Wie Teresa Van Buren strahlten auch die Leute vom Bohrturm unter ihren Sicherheitshelmen.

Nicht allzuweit entfernt lagen die anderen geothermischen Quellen, deren Dampf in riesigen isolierten Leitungen transportiert wurde. Ein oberirdisches Röhrensystem, das sich über mehrere Meilen erstreckte, brachte den Dampf zu den Turbinen der in zwölf verschiedenen Gebäuden untergebrachten Generatoren. Die Gesamtleistung dieser Generatoren betrug über siebenhunderttausend Kilowatt, genug, um eine größere Stadt mit Strom zu versorgen. Die neue Quelle würde nun diese Leistung noch erhöhen.

Im Bus beobachtete Teresa Van Buren einen Kameramann

vom Fernsehen, der fleißig mit seinen Apparaten hantierte.
»Haben Sie das Schauspiel gefilmt?«

»Und ob!« Anders als der Reporter, der sich wegen des Lärms beschwert hatte – er kam von einem kleinen Provinzblatt –, war der Fernsehmann für die unverhoffte Darbietung dankbar. Endlich hatte er den neuen Film eingelegt. »Bitten Sie den Fahrer, die Tür zu öffnen, Tess. Ich möchte noch von einem anderen Winkel aus filmen.«

Als er aus dem Bus stieg, drang ein strenger Geruch – wie nach faulen Eiern – herein. Es war Schwefelwasserstoff.

»Brrr, das stinkt ja mörderisch.« Nancy Molineaux vom *California Examiner* zog ihre empfindliche Nase kraus.

»In einem europäischen Kurort«, sagte ein Schreiber der *Los Angeles Times,* »müssen Sie Geld bezahlen, wenn Sie das Zeug einatmen wollen.«

»Wenn Sie das drucken«, versicherte ihm Teresa Van Buren, »lassen wir Ihre Worte in Stein meißeln und errichten eine Gedenkstätte.«

Die Presseleute waren in aller Herrgottsfrühe mit dem Bus aufgebrochen und befanden sich jetzt in den rauhen Bergen von Sevilla, wo sich die geothermischen Anlagen der Golden State Power & Light befanden. Anschließend wollten sie noch ins benachbarte Fincastle Valley, wo der Konzern ein weiteres Kraftwerk mit geothermischer Energie zu bauen beabsichtigte. Am nächsten Tag würde dieselbe Gruppe noch ein Wasserkraftwerk und den Ort, wo man den Bau eines weiteren plante, besuchen.

Beide Vorschläge gehörten zu den Themen eines öffentlichen Hearings. Die zweitägige Exkursion war als Vorausinformation für die Medien gedacht.

»Nun ein paar Worte zu dem Geruch«, sagte die Pressechefin. »Der Schwefelwasserstoff ist im Dampf nur in so geringer Menge vorhanden, daß er nicht giftig ist. Aber wir bekommen natürlich Beschwerden von Grundbesitzern, die diese Gegend gern als Bauland sähen. Dazu können wir nur sagen, daß es den Geruch schon gab – weil er aus Erdspalten dringt –, bevor hier überhaupt ein Kraftwerk gebaut wurde. Leute, die diese Gegend vorher kannten, bestätigen überdies, daß der Gestank nicht schlimmer geworden ist.«

»Können Sie das beweisen?« fragte ein Reporter vom *San José Mercury*.

Teresa Van Buren schüttelte den Kopf. »Unglücklicherweise hat niemand eine Luftprobe aus der Zeit vor den Bohrungen aufbewahrt. So können wir das ›Vorher‹ und ›Nachher‹ nicht hieb- und stichfest beweisen und müssen uns mit den Kritikern herumschlagen.«

»Die unter Umständen recht haben«, sagte der Vertreter vom *San José Mercury*. »Jeder weiß doch, wie die großen Gesellschaften die Wahrheit immer zu ihren Gunsten verdrehen.«

»Das soll doch wohl ein Witz sein«, erwiderte die Pressechefin. »Im übrigen sind wir immer bemüht, unseren Kritikern so weit wie möglich entgegenzukommen.«

»Können Sie ein Beispiel nennen?« forderte ein Skeptiker.

»Da wir gerade beim Geruch sind, kann ich Ihnen hierzu ein Beispiel geben. Wegen der Klagen betreffs der Geruchsbelästigung haben wir die letzten beiden Kraftwerke auf Hügeln gebaut. Der oben wehende Wind verteilt die Gerüche schneller.«

»Und was kam dabei heraus?« fragte Nancy Molineaux.

»Jetzt gab es noch viel mehr Beschwerden. Die Umweltschützer regten sich auf, wir hätten die Silhouette verschandelt.«

Einige Reporter lachten, einige schrieben in ihre Notizblocks.

»Wir hatten schon einmal eine schwierige Situation«, sagte Teresa Van Buren. »Die GSP&L drehte einen Film über die geothermischen Anlagen. Das Drehbuch sah anfangs eine Szene vor, in der ein Jäger namens William Elliott im Jahr 1847 diese Stelle entdeckte. Er erschoß einen Grizzly-Bären, sah von seinem Gewehrkolben auf und stellte fest, daß Rauch aus dem Boden kam. Nun, einige Naturfreunde lasen das Drehbuch und sagten, wir dürften nicht zeigen, daß der Grizzly-Bär getötet wurde, weil Bären heutzutage unter Naturschutz stehen. So wurde das Drehbuch umgeschrieben. Der Jäger im Film schoß vorbei, und der Bär kam davon.«

Ein Radioreporter, der alles auf Band aufnahm, fragte: »Was ist daran auszusetzen?«

»Die Nachkommen von William Elliott drohten mit Klage. Sie sagten, ihr Vorfahr sei ein berühmter Jäger und ausgezeichneter Schütze gewesen. Er hätte den Grizzly nie und nimmer verfehlt, sondern mit einem Schuß niedergestreckt. Der Film schmälere den Ruhm von Elliott und verletze die Ehre der Familie.«

»Ich kann mich noch an die Geschichte erinnern«, sagte der Mann von der *Los Angeles Times.*

»Was ich damit sagen möchte: Wir können tun, was wir wollen, von irgendeiner Seite werden wir immer angegriffen«, fügte Teresa Van Buren hinzu.

»Sollen wir jetzt gleich in Tränen ausbrechen«, erkundigte sich Nancy Molineaux, »oder später?«

Der Kameramann klopfte an die Tür und wurde wieder hereingelassen.

»Wenn alle bereit sind, fahren wir jetzt zum Essen«, sagte Teresa Van Buren. Und zum Busfahrer: »Auf geht's.«

»Gibt es nichts zu trinken, Tess?« erkundigte sich ein Vertreter vom *New West Magazine.*

»Vielleicht. Wenn ihr es nicht in die Zeitung setzt.« Sie sah die Presseleute fragend an.

»In Ordnung. Es bleibt unter uns.«

»In diesem Fall – Drinks vor dem Essen.«

Zwei oder drei prosteten sich symbolisch zu.

Hinter diesem Wortwechsel stand ein Stück neuerer Konzerngeschichte.

Zwei Jahre zuvor war die GSP&L bei einem ähnlichen Anlaß sehr großzügig gewesen und hatte die Presse aufs üppigste mit Essen und Getränken bewirtet. Die Pressevertreter hatten es sich schmecken lassen, aber einige hatten die Gastlichkeit böse kommentiert und in ihren Berichten geschrieben, daß eine solche Prasserei in einer Zeit der Preiserhöhung nicht vertretbar sei. Seitdem wurden die Journalisten nur noch bescheiden bewirtet, und wenn sie sich nicht ausdrücklich zum Schweigen verpflichteten, bekamen sie überhaupt keinen Alkohol.

Die Strategie war erfolgreich. Was immer die Presse kritisieren mochte, über die Qualität der Bewirtung pflegten ihre Vertreter von nun an nicht mehr zu schreiben.

Der Bus fuhr ungefähr eine Meile durch das rauhe Gelände der geothermischen Anlagen, auf schmalen Wegen, über Unebenheiten, zwischen Quellen und Kraftwerksgebäuden hindurch, stets begleitet vom Zischen der Dampfleitungen. Es gab kaum andere Fahrzeuge. Aus Sicherheitsgründen war das Gelände für die Öffentlichkeit gesperrt, Besucher durften es nur in Begleitung von Angestellten der GSP&L betreten.

An einer Stelle kam der Bus an riesigen Transformatoren vorbei. Von hier führten Hochspannungsleitungen den Strom über die Berge zu einigen Umspannwerken in vierzig Meilen Entfernung, wo er dem Stromnetz der Golden State Power & Light zugeführt wurde.

Auf einem kleinen asphaltierten Plateau standen einige Wohnwagen, die als Büros und Wohnräume für die Mannschaft dienten. Hier hielt der Bus an. Teresa Van Buren ging voraus zu einem der Wagen, in dem auf Zeichentischen zum Essen gedeckt war. Zu einem Küchengehilfen im weißen Kittel sagte sie: »In Ordnung, öffnen Sie den Tigerkäfig.« Der Mann zog einen Schlüssel aus der Tasche und öffnete einen Wandschrank; Liköre, Weine und härtere Spirituosen kamen zum Vorschein. Dann wurde ein Kübel mit Eisstückchen hereingebracht, und die Pressechefin ermunterte ihre Gäste: »Bitte, bedienen Sie sich.«

Die meisten waren schon beim zweiten Glas, als sie ein Flugmotorengeräusch hörten, das sehr schnell lauter wurde. Durch die Wohnwagenfenster sah man einen kleinen Hubschrauber landen. Er trug die GSP&L-Farben Orange und Weiß sowie das Firmenzeichen. Kaum hatte er aufgesetzt, drehten sich die Rotoren langsamer und blieben schließlich stehen. Am Vorderteil des Rumpfes öffnete sich eine Tür. Nim Goldman kletterte heraus.

Wenige Augenblicke später kam Nim zu der Gruppe in den Wohnwagen. Teresa Van Buren stellte ihn vor: »Ich nehme an, die meisten von Ihnen kennen Mr. Goldman. Er ist gekommen, um Ihre Fragen zu beantworten.«

»Ich habe die erste Frage«, meldete sich ein Fernsehreporter fröhlich. »Darf ich Ihnen einen Drink mixen?«

Nim lachte. »Ja, bitte. Einen Wodka mit Tonic.«

»Mann, o Mann«, bemerkte Nancy Molineaux spöttisch. »Die Prominenz erscheint per Hubschrauber, für uns war ein Mietbus gut genug!«

Nim betrachtete die junge, attraktive Farbige argwöhnisch.

Er erinnerte sich sehr genau an ihren letzten Zusammenstoß, aber auch an Teresas Feststellung, daß es sich bei Miss Molineaux um eine außergewöhnlich begabte Journalistin handele. Für Nim war sie immer noch eine Hexe.

»Falls es Sie interessiert«, erwiderte er kühl, »hatte ich heute morgen noch etwas anderes zu tun. Ich konnte erst später aufbrechen und bin deshalb auf diese Art hergekommen.«

Nancy Molineaux ließ sich nicht einschüchtern. »Ist es bei Ihnen üblich, daß sich die Direktoren nach Lust und Laune mit Hubschraubern herumfliegen lassen?«

»Nancy«, wies Teresa Van Buren sie zurecht, »Sie wissen ganz genau, daß es nicht so ist.«

»Unsere Gesellschaft verfügt über vier Kleinflugzeuge und zwei Hubschrauber«, erklärte Nim. »In der Hauptsache werden sie für Aufklärungsflüge, zur schnellen Versorgung und Hilfeleistung bei Notfällen und bei anderen dringenden Angelegenheiten eingesetzt. Selten – wirklich sehr selten – benutzt ein Direktor der Gesellschaft eines dieser Flugzeuge, und auch nur dann, wenn ein wichtiger Anlaß vorliegt. Mir wurde gesagt, daß dieses Treffen hier ein solcher Anlaß ist.«

»Soll das heißen, daß Sie jetzt nicht mehr sicher sind?«

»Da Sie fragen, Miss Molineaux«, erwiderte Nim kühl, »muß ich gestehen, daß ich daran zweifle.«

»He, lassen Sie das sein, Nancy!« rief eine Stimme aus dem Hintergrund. »Wir anderen interessieren uns nicht dafür.«

Miss Molineaux wandte sich ihren Kollegen zu: »Nun, ich bin aber interessiert. Ich bin entsetzt, wie hier in einer öffentlichen Einrichtung das Geld einfach verschleudert wird. Es sollte auch Sie etwas angehen.«

»Sie sind hergekommen«, versuchte Teresa Van Buren allen wieder ins Gedächtnis zu rufen, »um unsere geothermischen Anlagen kennenzulernen und darüber zu berichten...«

»Nein!« unterbrach sie Miss Molineaux. »Das ist *Ihr* Interesse. Die Presse entscheidet selbst über ihre Ziele, manchmal können sie sich mit den Ihren decken, aber auch das, was wir sonst noch sehen und hören, wird geschrieben.«

»Sie hat recht«, unterstützte sie der Vertreter von *Sacramento Bee*, ein gutmütiger Mann mit randloser Brille.

»Tess«, sagte Nim zu Teresa Van Buren, während er an

seinem Wodka mit Tonic nippte, »ich stelle gerade fest, daß mir mein Job besser gefällt als Ihrer.«

Einige lachten, während die Pressechefin die Achseln zuckte.

»Wenn Sie zufällig wieder Lust zum Antworten haben«, meldete sich Nancy Molineaux erneut, »wüßte ich gern, was das schnuckelige Maschinchen da draußen kostet und wie hoch die Betriebskosten pro Stunde sind.«

»Ich werde mich erkundigen«, versprach Teresa Van Buren, »und wenn die Zahlen zu bekommen sind und wir uns entschließen sollten, sie zu veröffentlichen, werde ich morgen eine entsprechende Erklärung abgeben. Falls wir entscheiden, daß solche Dinge nur die Gesellschaft selbst etwas angehen, werde ich Ihnen auch das nicht vorenthalten.«

»In dem Fall«, erwiderte Miss Molineaux ungerührt, »werde ich es bestimmt auf eine andere Weise herausbekommen.«

Während sie sprachen, war das Essen hereingebracht worden – eine große Platte mit heißen Fleischpasteten und Kartoffelbrei und Zucchini in Steingutschüsseln. Außerdem gab es zwei Krüge mit dampfender Bratensauce.

»Greifen Sie zu!« forderte Teresa Van Buren auf. »Es ist zwar nur Barackenkost, aber gut für Leute mit gesundem Appetit.«

Während sich die Besucher bedienten – die Gebirgsluft hatte sie hungrig gemacht –, wurde die Stimmung wieder entspannter. Nach dem ersten Gang wurden frisch gebackene Apfelkuchen, Eiscreme und mehrere Kannen schwarzer Kaffee serviert.

»Ich bin voll bis obenhin«, verkündete der Vertreter von *Los Angeles Times*. Er lehnte sich auf seinem Stuhl zurück, streichelte seinen Bauch und seufzte: »Sie sollten uns noch etwas erzählen, Tess, solange wir wach sind.«

»Wie viele Jahre wird man diese Geiser ausbeuten können?« wollte ein Fernsehreporter wissen.

Nim, der nur wenig gegessen hatte, nahm noch einen Schluck starken Kaffee und schob dann seine Tasse beiseite. »Ich werde Ihnen diese Frage gleich beantworten. Aber zunächst möchte ich eines erklären. Wir sitzen hier über Fumarolen, nicht über Geisern. Geiser speien kochendes Wasser mit Dampf, Fumarolen nur Dampf – das ist zum Turbinenantrieb viel besser. Auf die Frage, wie lange der Dampf reichen wird, sage ich Ihnen ganz ehrlich: Das weiß niemand. Wir können es nur vermuten.«

»Also vermuten Sie«, empfahl Nancy Molineaux.
»Mindestens dreißig Jahre. Vielleicht das Doppelte oder noch mehr.«
New West bat: »Erzählen Sie uns, was dort unten in dem verrückten Teekessel vor sich geht.«
Nim nickte. »Die Erde war einst ein Feuerball. Als sie abkühlte, bildete sie eine Kruste. Deshalb können wir auf der Erde leben, ohne gebraten zu werden. Im Innern aber – zwanzig Meilen und mehr unter uns – ist es genauso heiß wie eh und je, und durch winzige Spalten und Risse drängt die Hitze nach oben und liefert uns, wie hier, heißen Dampf.«
»Wie das?« wollte *Sacramento Bee* wissen.
»Wir befinden uns hier etwa fünf Meilen über Rissen in der Erdkruste. In diesen sammelt sich der Dampf. Wenn wir bohren, versuchen wir, eine solche Ader zu treffen.«
»An wie vielen anderen Stellen wird dieser Dampf aus dem Erdinneren ebenfalls zur Stromerzeugung verwendet?«
»Sie können sie an einer Hand abzählen. Die älteste geothermische Anlage liegt in Italien, in der Nähe von Florenz. Eine weitere in Neuseeland in Wairakei, die anderen in Japan, Island und in Rußland. Keine ist so groß wie die von Kalifornien.«
»Dabei gibt es noch ein viel größeres Potential«, ergänzte Teresa Van Buren. »Vor allem hier bei uns.«
Oakland Tribune fragte: »Und wo?«
»Im gesamten Westen der Vereinigten Staaten«, antwortete Nim. »Von den Rocky Mountains bis zum Pazifik.«
»Es ist im übrigen die sauberste und sicherste Form der Energiegewinnung«, fügte Teresa Van Buren hinzu. »Und – wenn man an die Teuerung von heute denkt – auch noch die billigste.«
»Sie beide könnten glatt als Paar im Stepptanz brillieren«, sagte Nancy Molineaux. »Aber noch zwei Fragen. Erstens: Tess sprach gerade von der Sicherheit. Doch es hat Unfälle gegeben. Stimmt das?«
Auch die anderen Reporter waren jetzt hellwach. Die meisten schrieben mit oder ließen ihre Tonbandgeräte laufen.
»Ja, das stimmt«, räumte Nim ein. »Es hat vor drei Jahren zwei schwere Unfälle gegeben. Beide Male war der Dampf außer Kontrolle geraten. Eine Quelle konnten wir zähmen. Die

andere – Old Desperado – bis heute nicht ganz. Dort drüben ist sie.«

Er ging zum Fenster und zeigte auf ein eingezäuntes Gebiet, gut zweihundert Meter entfernt. Innerhalb der Umzäunung sah man an etwa zwölf Stellen aus brodelndem Schlamm Dampf aufsteigen. Draußen am Zaun warnten rote Schilder: LEBENS-GEFAHR – BETRETEN STRENGSTENS VERBOTEN! Die anderen reckten die Hälse, um etwas zu sehen, setzten sich dann aber wieder hin.

»Als Old Desperado ausbrach«, erzählte Nim, »regnete es in einem Umkreis von einer Meile heißen Schlamm und Steine. Der Sachschaden war groß. Auf Freileitungen und Transformatoren setzte sich der Schlamm ab, so daß die Anlage eine Woche lang für die Stromerzeugung ausfiel. Zum Glück ereignete sich der Ausbruch in der Nacht, als nur wenige Leute bei der Arbeit waren. Es gab zwei Verletzte und keine Toten. Der zweite Ausbruch einer anderen Quelle war nicht so schwer. Da gab es überhaupt keine Verletzten.«

»Könnte Old Desperado wieder ausbrechen?« wollte der Vertreter der Provinzpresse wissen.

»Wir glauben es nicht. Aber wie bei allen Naturgewalten gibt es auch hier keine Garantie.«

»Das ist es nämlich«, beharrte Nancy Molineaux. »Es gibt Unfälle.«

»Unfälle gibt es überall«, sagte Nim kurz angebunden. »Was Tess sagen wollte, ist völlig korrekt. Die Unfallrate ist bei dieser Art der Energiegewinnung vergleichsweise niedrig. Wie lautet Ihre zweite Frage?«

»Nehmen wir an, es stimmt alles, was Sie uns soeben gesagt haben, warum ist dann diese Art der Energiegewinnung noch nicht weiter entwickelt?«

»Ist doch klar«, schaltete sich *New West* ein. »Das schieben sie bestimmt den Umweltschützern in die Schuhe.«

»Falsch geraten«, erwiderte Nim scharf. »Wenn die Golden State Power & Light auch oft mit den Umweltschützern zu tun hatte und vermutlich auch in Zukunft haben wird, sind sie in diesem Fall unschuldig. Der Grund, weshalb die geothermischen Quellen noch nicht weiter erschlossen sind, liegt bei den Politikern. Speziell beim Kongreß der USA.«

Teresa Van Buren warf Nim einen warnenden Blick zu, den er ignorierte.

»Festhalten!« rief einer der Fernsehreporter. »Das hätte ich gern im Film festgehalten. Wenn ich mir jetzt Aufzeichnungen mache, könnten Sie Ihre Worte draußen noch einmal vor der Kamera wiederholen?«

»Selbstverständlich«, sagte Nim.

»Weitermachen«, forderte *Oakland Tribune*.

Nim nickte. »Das meiste Land, das schon seit langem hätte untersucht werden müssen, ist Eigentum der Bundesregierung der Vereinigten Staaten.«

»In welchen Staaten befinden sich die Vorkommen?« fragte irgend jemand.

»Oregon, Idaho, Montana, Nevada, Utah, Colorado, Arizona, New Mexico. Und vor allem in Kalifornien.«

Eine andere Stimme drängte: »Weiter!«

Die Köpfe der Reporter waren gesenkt, die Bleistifte flogen über das Papier.

»Nun«, sagte Nim. »Es vergingen wirklich zehn tatenlose Jahre, ausgefüllt mit doppelzüngigen Reden und ebensolcher Politik, bis ein Gesetz eingebracht wurde, das die Pacht von öffentlichem Land mit geothermischen Quellen ermöglichte. Doch dann vergingen drei weitere Jahre, bis die Umweltschutzbedingungen und sonstige Regelungen zu Papier gebracht wurden. Bis jetzt kam es jedenfalls zu verschwindend wenigen Pachtverträgen. Neunzig Prozent der Bemühungen schluckt die Bürokratie.«

»Wollen Sie damit sagen«, warf *San José Mercury* ein, »daß unsere patriotischen Politiker die Bevölkerung die ganze Zeit gezwungen haben, höhere Preise für Strom und Heizung zu zahlen, und die Möglichkeit, uns vom importierten Öl unabhängig zu machen, ausgeschlagen haben?«

Los Angeles murrte: »Lassen Sie *ihn* doch das sagen. Ich möchte ein wörtliches Zitat.«

»Hier haben Sie es«, sagte Nim. »Ich akzeptiere diese Worte als meine eigenen.«

Teresa Van Buren schaltete sich mit fester Stimme ein: »Genug jetzt. Lassen Sie uns über Fincastle Valley sprechen. Wir werden im Anschluß an unser Essen dorthin fahren.«

Nim grinste. »Tess möchte mich stets vor Unannehmlichkeiten bewahren, nicht immer mit Erfolg. Zwar fliegt der Hubschrauber in Kürze zurück, aber ich werde noch den ganzen morgigen Tag mit Ihnen zusammen sein. Also gut – Fincastle.«
Er holte eine Landkarte aus seiner Aktentasche und heftete sie an eine Tafel.

»Fincastle – Sie sehen es auf der Karte – liegt zwei Täler weiter ostwärts. Es ist unbewohntes Land, und wir *wissen,* daß es ein geothermisches Gebiet ist. Geologen haben uns auf die besonders günstigen Bedingungen hingewiesen – so zum Beispiel auf die Möglichkeit, unter Umständen die doppelte Menge Strom zu erzeugen wie hier. Selbstverständlich wird es demnächst zu diesen Fragen öffentliche Hearings geben.«

»Darf ich...?« fragte Teresa Van Buren.

Nim trat einen Schritt zurück und wartete.

»Lassen Sie mich eines hier betonen«, sagte die Pressechefin. »Wir haben nicht vor, Sie vor den Hearings auf unsere Seite zu ziehen, Sie zu beeinflussen, um die Opposition auszuschalten. Wir möchten Ihnen nur nahebringen, worum es geht und wo. Danke, Nim.«

»Die wichtigste Information dürfte wohl sein«, fuhr Nim fort, »daß uns der Bau von Fincastle und Devil's Gate, das wir morgen besichtigen werden, die Einfuhr von Riesenmengen arabischen Öls erspart. Unsere gegenwärtigen Anlagen sparen bereits jetzt zehn Millionen Tonnen ein. Diese Zahl ließe sich verdreifachen, wenn...«

Zwischen Ernst und Scherz wurde das Pressegeplänkel fortgesetzt.

15

Der blaßblaue Briefumschlag war mit Schreibmaschine beschriftet:

NIMROD GOLDMAN – PERSÖNLICH

Eine Notiz von Nims Sekretärin, Vicki Davis, war angeheftet. Sie lautete folgendermaßen:

Mr. London hat diesen Brief eigenhändig mit dem Metalldetektor im Postzimmer untersucht. Er sagt, daß der Brief in Ordnung ist. Sie können ihn unbesorgt öffnen.

Vickis Notiz war in doppelter Hinsicht befriedigend. Sie bedeutete, daß die mit dem Zusatz »persönlich« (oder »privat und streng vertraulich« wie die letzten Briefbomben) versehene eingehende Post weiterhin mit Vorsicht behandelt wurde. Hierbei wurde ein erst kürzlich aufgestellter Detektor eingesetzt.

Aber noch etwas anderes wurde Nim bewußt. Seit jenem traumatischen Tag, an dem London Nims und Vickis Leben gerettet hatte, schien er sich wie Nims ständiger Beschützer zu fühlen. Vicki, die dem Chef der Abteilung für Eigentumsschutz seitdem fast mit Ehrfurcht begegnete, half London dabei, indem sie ihn täglich über Nims Verabredungen und Termine unterrichtete. Nim hatte zufällig von dieser Zusammenarbeit erfahren und wußte nicht, ob er dankbar, verärgert oder amüsiert reagieren sollte.

Auf jeden Fall, dachte er, war er jetzt weit weg von Harrys schützendem Arm.

Nim, Teresa Van Buren und die Leute von der Presse hatten die vergangene Nacht am Außenposten der Golden State Power & Light verbracht – im Camp von Devil's Gate –, wohin sie nach ihrem Besuch von Fincastle Valley mit dem Bus gefahren waren. Es war eine vierstündige Fahrt gewesen, teilweise durch die atemberaubend schöne Landschaft von Plumas Nationalpark.

Das Camp lag fünfunddreißig Meilen von der nächsten Stadt entfernt, inmitten rauher Gebirgszüge. Ein halbes Dutzend konzerneigene Häuser für die dort tätigen Ingenieure, Arbeiter und ihre Familien, eine kleine Schule, die jetzt wegen der Sommerferien geschlossen war, und zwei motelartige Baracken, die eine für die Beschäftigten der GSP&L, die zweite für Besucher, gehörten zum Lager. Hoch über den Köpfen zogen sich die Hochspannungsleitungen mit ihren Stahlgittertürmen hin, die daran erinnerten, weshalb hier einige Leute lebten.

Die Leute von der Presse waren in Vierbettzimmern untergebracht. Manche hatten ein wenig gemurrt; das Mehrbettzimmer-Arrangement hatte vor allem einen Nachteil: Es konnte nicht zur Fortsetzung des Abendprogramms im Bett kommen.

Nim hatte ein Zimmer in der Beschäftigtenbaracke für sich allein. Nach dem Dinner hatte er am Abend zuvor noch mit einigen Reportern Poker gespielt und sich dann kurz vor Mitternacht entschuldigt, um ins Bett zu gehen. An diesem Morgen war er erfrischt aufgewacht und bereit zum Frühstück, das für sieben Uhr dreißig angesetzt war.

Auf einer offenen Veranda vor der Beschäftigtenbaracke betrachtete er in der klaren Morgenluft den blauen Briefumschlag.

Der Brief war von einem Boten der Gesellschaft heute früh gebracht worden. Wie ein moderner Paul Revere fuhr jener Bote durch die Nacht und brachte die Konzernpost nach Devil's Gate und zu anderen Außenposten der Golden State Power & Light. Das gehörte zum internen Verbindungsnetz der Gesellschaft, so daß Nims Brief keinen Extraaufwand bedeutete. Trotzdem, dachte er mit Bitterkeit, wenn Nancy Molineaux erfuhr, daß er auf diesem Weg einen Privatbrief bekommen hatte, würde diese Kratzbürste die Sache wieder weiß Gott wie aufbauschen. Zum Glück würde sie es nicht erfahren.

Er war an die unangenehme Journalistin erinnert worden, als Teresa Van Buren ihm vor wenigen Minuten den Brief gebracht und erzählt hatte, daß auch sie einen bekommen hätte – er enthielt die gestern angeforderten Hubschrauberkosten. Nim protestierte: »Sie wollen doch dieser Person nicht noch behilflich sein, uns mit Dreck zu bewerfen.«

»Sie zu beschimpfen bringt uns jedenfalls auch nicht weiter«, erwiderte Teresa Van Buren geduldig. »Manchmal leben die Vertreter der Geschäftsleitung auf zu hohem Roß. Sie wissen zu wenig über die Öffentlichkeitsarbeit.«

»Wenn Sie gerade diese Situation als Beispiel anführen wollen, fürchte ich, haben Sie recht.«

»Sehen Sie, wir können nicht alle auf unserer Seite haben. Ich gebe zu, daß ich mich gestern ebenfalls schrecklich über Nancy geärgert habe, aber als ich dann in Ruhe darüber nachdachte, sagte ich mir, sie wird auf jeden Fall über den Hubschrauber schreiben, egal, was wir tun oder sagen. Deswegen soll sie wenigstens Zahlen haben, weil Schätzungen meistens übertreiben. Und noch etwas: Wenn ich jetzt Nancy gegenüber ehrlich bin, kann ich ein andermal, wenn ich ihr Vertrauen brauche, vielleicht mit ihr rechnen. Das könnte wichtiger sein.«

»Ich kann es kaum erwarten, daß aus der Feder dieser Giftschlange einmal Honig fließt«, entgegnete Nim sarkastisch.

»Bis später beim Frühstück«, sagte die Pressechefin. »Und tun Sie sich einen Gefallen – beruhigen Sie sich.«

Aber das gelang ihm nicht. Innerlich kochte er noch, als er den blauen Briefumschlag aufriß.

Er enthielt ein einziges Blatt Papier, von derselben Farbe wie der Briefumschlag. Auf dem Briefkopf stand: *Karen Sloan.*

Plötzlich erinnerte er sich wieder. Karen hatte gesagt: »*Manchmal schreibe ich Gedichte. Soll ich Ihnen ab und zu ein Gedicht schicken?*« Und er hatte die Frage bejaht.

Die Worte waren sauber getippt.

        Einen Freund fand heute ich.
        Vielleicht auch fand er mich.
        Ob Schicksal es war?
        Oder Zufall?
        Oder Glück?
        Oder Vorsehung gar?
        Wie zwei Planeten im All –
        Deren Bahnen sich kreuzen,
        Weil am Anfang der Zeiten
        Dieses Treffen bestimmt?

        Sei es, wie es mag,
        Sicherlich kommt der Tag,
        Da unsere Freundschaft uns bindet
        Und das Herz zum Herzen findet.

        Ich liebe seine ruhige Art,
        Humor und Geist und Güte,
        Das ehrliche Gesicht,
        Den liebevollen Blick,
        Sein Lächeln, das mich meint ...

        Und ist der Freund nicht leicht beschrieben,
        Wie vor mir ich ihn seh,

> So hoff ich um so mehr –
> Zähl Tage und die Stunden –
> Daß ich ihn wiederseh.

Was hatte Karen an jenem Tag in ihrer Wohnung noch gesagt? *»Und ich kann auf einer elektrischen Schreibmaschine schreiben. Ich bediene sie mit einem Stöckchen, das ich zwischen den Zähnen halte.«*

Gerührt stellte sich Nim vor, wie sie an dem Gedicht gearbeitet hatte – langsam, geduldig. Das Stöckchen zwischen den Zähnen, schrieb sie die Worte, die er soeben gelesen hatte, den blonden Kopf – das einzige, was sie bewegen konnte – nach jedem anstrengenden Versuch, einen Buchstaben zu treffen, zurückgelegt. Er überlegte, wie viele Ansätze wohl nötig gewesen waren, bis der Brief in der vorliegenden Fassung geschrieben war.

Was er vorher nicht erwartet hätte, geschah: Seine Laune besserte sich. Der Ingrimm, den er wenige Augenblicke zuvor noch empfunden hatte, war fort und hatte Dankbarkeit Platz gemacht.

Auf dem Weg zum Frühstück mit den Presseleuten in der anderen Baracke traf Nim überraschenderweise Walter Talbot jr., den er seit der Beerdigung von Walters Vater nicht mehr gesehen hatte. Einen Moment lang war Nim verwirrt, weil er an seinen letzten Besuch bei Ardythe denken mußte, aber dann nahm er die Sache nüchterner, als er sich klarmachte, daß Walter und seine Mutter ein voneinander unabhängiges Leben führten.

Wally begrüßte ihn freundlich. »Hallo, Nim! Was führt dich hierher?«

Nim erzählte von dem zweitägigen Presseausflug. »Und du?« fragte er Walter.

Wally warf einen Blick auf die Hochspannungsleitungen über ihnen. »Unsere Hubschrauber-Patrouille entdeckte, daß auf einem der Türme Isolatoren zerbrochen waren – vielleicht hat sie ein Jäger zu Schießübungen mißbraucht. Meine Mannschaft wird den ganzen Satz erneuern. Die Leitung bleibt unter Strom. Wir hoffen, bis zum Nachmittag fertig zu sein.«

Während sie sprachen, stieß ein dritter Mann zu ihnen. Wally stellte ihn als Fred Wilkins vor. Er war Techniker bei der GSP&L.

»Ich freue mich, Sie auch einmal persönlich kennenzulernen. Ich habe schon viel von Ihnen gehört und Sie auch im Fernsehen gesehen.« Der junge Mann war Ende Zwanzig, hatte einen hellroten Haarschopf und war braungebrannt.

»Wie man unverkennbar sieht, lebt Fred hier draußen inmitten von Mutter Natur«, sagte Wally.

»Gefällt es Ihnen hier im Camp? Ist es nicht recht einsam?« fragte Nim.

Wilkins schüttelte energisch den Kopf. »Nicht für mich und meine Frau. Unsere Kinder sind ebenfalls begeistert.« Er sog tief die würzige Luft ein. »Atmen Sie nur in vollen Zügen, so eine Luft haben Sie in der Stadt nicht. Außerdem gibt es Sonnenschein und Fische, soviel Sie brauchen!«

Nim lachte. »Vielleicht merke ich mir die Gegend für eine Ferienreise vor.«

»Daddy«, fragte eine hohe Kinderstimme. »Daddy, war die Post schon da?«

Während sich die drei Männer umsahen, kam ein kleiner Junge auf sie zugerannt. Er hatte ein nettes, mit Sommersprossen übersätes Lausbubengesicht, und sein rotes Haar ließ keinen Zweifel darüber, wer sein Vater war.

»Nur die Konzernpost, mein Sohn«, sagte Fred Wilkins. »Die andere Post kommt erst in einer Stunde.« Er erklärte den anderen: »Danny ist so aufgeregt, weil er Geburtstag hat. Er hofft, daß er ein paar Päckchen bekommt.«

»Ich bin acht«, sagte der kleine Kerl stolz. Er sah für sein Alter kräftig aus. »Ich habe schon einige Geschenke bekommen. Aber vielleicht kommt noch etwas mit der Post.«

»Herzlichen Glückwunsch zum Geburtstag, Danny«, sagten Nim und Wally gleichzeitig.

Kurze Zeit später gingen sie auseinander. Nim setzte seinen Weg zur Besucherbaracke fort.

16

Im Dunkel des Ablaufstollens brüllte *Oakland Tribune* in den ohrenbetäubenden Lärm des herunterstürzenden Stauwassers: »Wenn ich diese zwei Tage heil überstanden habe, bitte ich um einen ruhigen Schreibtischplatz bei den Todesanzeigen.«

Mehrere der Umstehenden lächelten ihm zu, schüttelten aber die Köpfe, weil sie kein Wort verstehen konnten. Dafür gab es zwei Gründe: Das tosende Geräusch des Wassers und die Wattepfropfen, die sie sicherheitshalber in den Ohren hatten. Die Watte war draußen vor dem Tunneleingang von Teresa Van Buren verteilt worden. Das war, nachdem die Gruppe eine steile, in den Fels gehauene Treppe hinuntergestiegen war, um die Stelle zu besichtigen, wo der Ablaufstollen des Kraftwerks von *Devil's Gate 1* in den gut sechs Meter tiefer liegenden Pineridge River mündete.

Während sie die Watte zu Kügelchen formten, um sie sich in die Ohren zu stopfen, rief einer von ihnen: »He, Tess! Warum gehen wir denn durch die Hintertür?«

»Das ist der Dienstboteneingang«, antwortete Teresa Van Buren. »Seit wann haben Leute wie Sie etwas Besseres verdient? Außerdem wollen Sie doch immer etwas Farbe in Ihre Artikel bringen. Hier haben Sie sie.«

»Farbe? Dort drinnen ist doch schwarze Nacht.« *Los Angeles Times* zeigte in den dunklen Stollen hinein, der nur von einigen schwachen Glühlampen spärlich beleuchtet war. Der Tunnel war fast kreisrund in den Felsen gehauen, die Wände waren rauh und unbearbeitet geblieben. Die Glühlampen waren ganz oben angebracht. Zwischen ihnen und den bewegten Wassermassen hatte man eine schmale Laufplanke für Besucher befestigt. Seile an beiden Seiten dienten als Handlauf.

Nach dem Frühstück hatte Nim Goldman der Gruppe erklärt, was sie sehen würden: »Ein unterirdisches Wasserkraftwerk, vollkommen in den Berg hineingebaut. Später erzähle ich Ihnen etwas über das geplante Pumpspeicher-Kraftwerk, das ebenfalls unterirdisch und auf diese Weise in der Landschaft völlig unsichtbar sein wird. Der Ablaufstollen, den wir besichtigen, ist schon das Ende eines Stromerzeugungsprozesses. Aber er wird Ihnen einen Eindruck vermitteln, mit welchen Kräften wir es zu tun haben. Das Wasser, das Sie sehen werden, hat schon seinen Weg durch die Turbinenschaufeln hinter sich und bereits seinen Beitrag zur Stromerzeugung geliefert, wenn es im Stollen ankommt, um wieder dem Fluß zugeführt zu werden.«

Die starke Strömung hatten einige von ihnen schon draußen vor dem Tunneleingang beobachtet, als sie sich über das Schutzgeländer beugten und nach unten sahen, wo sich die reißende Flut in den bereits schnell strömenden Fluß ergoß.

»O Gott, hier möchte ich nicht hineinfallen«, bemerkte ein Rundfunkreporter. Er wandte sich an Teresa Van Buren: »Ist das schon vorgekommen?«

»Uns ist ein einziger Fall bekannt. Ein Arbeiter rutschte aus. Er war ein guter Schwimmer, verfügte sogar über einige Medaillen im Wettschwimmen, wie wir später erfuhren, aber die starke Strömung im Stollen zog ihn hinunter. Die Leiche kam erst drei Wochen später nach oben.«

Instinktiv traten die, die in der Nähe des Schutzgeländers standen, einen Schritt zurück.

Noch etwas hatte Nim ihnen im voraus über diesen Ablaufstollen erzählt. »Der Tunnel ist einen halben Kilometer lang und horizontal in eine Seite des Berges hineingehauen. Während der Bauzeit, bevor man Wasser hineinleitete, gab es Stellen im Tunnel, die so breit waren, daß zwei Lastwagen aneinander vorbeifahren konnten.«

Nancy Molineaux hatte gelangweilt gegähnt. »Also haben Sie eine große, nasse Höhle gebaut. Ist das vielleicht etwas Neues?«

»Daß es neu ist, hat niemand behauptet. Diese zweitägige Exkursion ist nur dazu da, Ihnen auch die Hintergründe zu zeigen«, erklärte Teresa Van Buren. »Das haben doch alle vorher gewußt, auch Ihre Ressortleiter.«

»Sagten Sie ›Hintergründe‹ oder ›Hinderungsgründe?‹« fragte Miss Molineaux.

Die anderen lachten.

»Suchen Sie sich aus, was Sie mögen. Im übrigen habe ich Ihnen jetzt genug erklärt«, beendete Nim die Diskussion.

Gut zwanzig Minuten später, nach einer kurzen Busfahrt, führte er die Gruppe in den Ablaufstollen.

Im Innern empfing sie feuchtkühle Dunkelheit. Im Gänsemarsch schritten sie auf der Laufplanke über das schäumende, tosende Wasser hinweg und ließen den kreisrunden Eingang, der inzwischen nur noch stecknadelkopfgroß in der Ferne zu sehen war, hinter sich. Vor ihnen schien die trübe Glühlampenkette noch endlos weiterzugehen. Ab und zu hielt einer von ihnen an, um hinunter ins Wasser zu sehen, das Seil mit festem Griff umklammernd.

Schließlich tauchte das Ende des Tunnels auf und eine ziemlich steile Eisenleiter. Gleichzeitig kam ein neues Geräusch hinzu – das Summen von Generatoren, das immer stärker wurde, je mehr sie sich der Leiter näherten. Nim stieg als erster hinauf, die anderen folgten.

Durch eine offene Falltür betraten sie einen der unteren Räume des Kraftwerks und gelangten über eine Wendeltreppe zwei Stockwerke höher zur hellerleuchteten Warte. Hier endlich hörte man kaum noch etwas von dem mörderischen Lärm, nur ein schwaches Summgeräusch drang durch die isolierten Wände.

Durch eine große Glasscheibe konnten sie auf zwei riesige Generatoren hinuntersehen.

Auf der Warte notierte ein einziger Techniker etwas in einem Logbuch, nachdem er die Instrumententafel mit den bunten Lämpchen und Kompensographen kontrolliert hatte. Als die Gruppe den Raum betrat, drehte er sich um. Aber schon vorher hatte Nim den Mann an seinem roten Haar erkannt.

»Hallo, Fred Wilkins.«

»Hallo, Mr. Goldman!« Der Techniker begrüßte die Gruppe mit einem kurzen »Guten Morgen« und wandte sich dann wieder seiner Tätigkeit zu.

»Wir befinden uns hier hundertfünfzig Meter unter der Erdoberfläche. Dieses Kraftwerk wurde durch einen Schacht von oben gebaut. Von hier gibt es einen Aufzug nach oben, in einem anderen Schacht laufen die Hochspannungskabel.«

»Viele Leute arbeiten hier ja nicht«, stellte *Sacramento Bee* fest. Er schaute hinunter auf die Generatoren, wo niemand zu sehen war.

Der Techniker klappte sein Logbuch zu und grinste. »In wenigen Minuten werden Sie keine Menschenseele mehr sehen.«

»Dies ist ein automatisch betriebenes Kraftwerk«, erklärte

Nim. »Mr. Wilkins kommt hier nur zu einer Routineüberprüfung herunter.« Er wandte sich an den Techniker: »Wie oft?«

»Einmal täglich, Sir.«

»Ansonsten ist dieser Ort fest verschlossen«, fuhr Nim fort. »Nur zur gelegentlichen Wartung oder wenn etwas nicht in Ordnung ist, kommt jemand her.«

»Wie wird das Hoch- und Herunterfahren der Generatoren bewerkstelligt?« fragte *Los Angeles Times*.

»Das wird von dem etwa zweihundertvierzig Kilometer entfernten Kontrollzentrum aus erledigt. Die meisten modernen Wasserkraftwerke werden in dieser Weise betrieben. Sie sind leistungsstark und sparen Betriebskosten.«

»Wenn etwas schiefgeht und es zur Katastrophe kommt, was dann?« wollte *New West* wissen.

»Wenn einer der Generatoren oder gar beide einen Defekt haben, leuchtet im Kontrollzentrum eine Warnlampe auf, und das Kraftwerk wird stillgelegt. Bis Spezialisten an Ort und Stelle eingetroffen sind, wird hier kein Strom erzeugt.«

»Das geplante neue Kraftwerk *Devil's Gate zwei* wird übrigens genauso arbeiten«, ergänzte Teresa Van Buren. »Auch dieses Werk wird unterirdisch angelegt sein, weder die Landschaft verschandeln noch die Luft verschmutzen und genauso wirtschaftlich arbeiten.«

Nancy Molineaux, die bisher geschwiegen hatte, meldete sich zu Wort. »Da gibt es nur einen kleinen Schönheitsfehler auf Ihrem Gemälde, Tess. Sie werden einen Riesenwasserspeicher brauchen und verdammt viel Land überschwemmen müssen.«

»Ein See in dieser Gebirgseinsamkeit ist genauso gut wie trockene Wildnis«, erwiderte die Pressechefin. »Außerdem bietet er noch die Möglichkeit zum Fischfang.«

»Lassen Sie mich antworten«, bat Nim leise. Er war fest entschlossen, Leuten wie Nancy Molineaux heute den Mund zu stopfen.

»Miss Molineaux hat ganz recht«, sagte er, »aber nur mit der Feststellung, daß wir einen Speichersee brauchen werden. Dieser See wird etwa sechzehnhundert Meter entfernt von hier angelegt werden, in einer Höhe, die nur vom Flugzeug aus zu sehen oder für ehrgeizige Bergsteiger zu erreichen ist. Wir werden alles berücksichtigen, was der Umweltschutz...«

»Der Sequoia Club ist da ganz anderer Meinung«, unterbrach ein Fernsehreporter. »Warum?«

Nim zuckte die Achseln. »Das weiß ich nicht. Aber sicherlich werden wir es beim öffentlichen Hearing erfahren.«

»Nun gut«, sagte der Mann vom Fernsehen. »Setzen Sie Ihr Propagandaspiel fort.«

Nim erinnerte sich an seinen Entschluß und biß sich auf die Zunge. Mit den Presseleuten, dachte er, war es meistens ein Kampf gegen Windmühlenflügel, egal, wie ehrlich man es meinte. Vielleicht konnten sich nur ausgesprochene Radikalisten und Verfechter skurriler Meinungen gegen diese Leute durchsetzen. Denen wurde jedenfalls weniger widersprochen.

Geduldig erklärte er das Prinzip des Pumpspeicher-Kraftwerks: »Die einzig bekannte Methode, große Mengen Elektrizität zu speichern, um sie später, zu Spitzenverbrauchszeiten, einsetzen zu können. In gewisser Weise können Sie in Devil's Gate eine riesige Reservebatterie sehen.«

Es würde zwei unterschiedliche Wasserhöhen geben, erläuterte Nim, das neue Reservoir und den viel tiefer liegenden Pineridge River. Beide Ebenen würden durch mächtige unterirdische Rohre verbunden – durch Stauanlagen und Ablaufstollen.

Das Kraftwerk würde zwischen Stausee und Fluß gebaut werden. Die Staurohre würden im Kraftwerk enden, wo die Ablaufstollen beginnen.

»Wenn das Kraftwerk Elektrizität liefern soll«, erklärte Nim, »fließt Wasser vom Stausee hinunter zum Kraftwerk, treibt die Turbinen an und wird dann unterhalb der Wasseroberfläche in den Fluß geleitet.«

Zu anderen Zeiten aber würde das Kraftwerk genau umgekehrt funktionieren. Wenn wenig Elektrizität verbraucht würde – meistens sei das nachts der Fall –, würde in *Devil's Gate 2* keine Elektrizität produziert, sondern statt dessen Wasser in den Stausee gepumpt werden, etwa eine Milliarde Liter in der Stunde, um das Reservoir für den nächsten Tag wieder aufzufüllen.

»Nachts haben wir im gesamten GSP&L-System hier und da mehr Energie, als wir benötigen. Die werden wir zum Betrieb der Pumpen einsetzen.«

New West sagte: »Con Edison in New York versucht nun schon seit zwanzig Jahren, ein solches Kraftwerk zu bauen. ›Storm King‹ wird es genannt. Aber die Ökologen und viele andere Leute sind dagegen.«

»Es gibt auch verantwortungsbewußte Leute, die durchaus dafür sind«, erwiderte Nim. »Unglücklicherweise hört niemand auf sie.«

Er beschrieb eine Forderung der Federal Power Commission – es sollte der Beweis erbracht werden, daß Storm King das Leben der Fische im Hudson River nicht gefährdete. Nach einigen Jahren hieß die Antwort: Es müßte mit einem Rückgang um vier bis sechs Prozent der ausgewachsenen Fische gerechnet werden.

»Trotzdem hat Con Edison immer noch keine Genehmigung zum Bau bekommen«, schloß Nim. »Aber eines Tages wird die Bevölkerung von New York erwachen und es bereuen.«

»Das ist Ihre Meinung«, sagte Nancy Molineaux.

»Natürlich ist es meine Meinung. Haben Sie vielleicht keine Meinung, Miss Molineaux?«

»Natürlich hat sie keine«, sagte *Los Angeles Times*. »Sie wissen doch, wie unvoreingenommen wir Diener der Wahrheit sind.«

Nim grinste. »Das habe ich gemerkt.«

Die Gesichtszüge der Reporterin verhärteten sich, aber sie sagte nichts.

Wenige Augenblicke zuvor, als sie über die Fische im Hudson River sprachen, war Nim versucht gewesen, Charles Luce, den Vorsitzenden von Con Edison, zu zitieren. Einst hatte dieser voller Zorn ausgerufen: »*Irgendwann einmal ist der Punkt erreicht, da die Umwelt des Menschen wichtiger ist als der Fischbestand. Ich glaube, daß wir in New York bereits soweit sind.*« Aber die Vorsicht war stärker. Die Bemerkung hatte Charles Luce Ärger eingebracht und einen Entrüstungssturm der Ökologen ausgelöst. Warum sollte er sich das auch noch antun?

Außerdem, dachte Nim, hatte er bereits Probleme mit seinem öffentlichen Image wegen des verdammten Hubschraubers. Der würde heute nachmittag wieder nach Devil's Gate kommen, um ihn in die Stadt zurückzubringen, weil sehr viel wichtige Arbeit auf seinem Schreibtisch lag. Allerdings hatte er ausgemacht, daß der Hubschrauber erst landen sollte, nachdem die Presseleute mit ihrem Bus abgefahren waren.

Bis dahin aber mußte er noch eine Menge Fragen beantworten, obwohl er dazu keine Lust hatte.

Um zwei Uhr nachmittags kletterten die letzten Nachzügler in den Pressebus, der bereits mit laufendem Motor auf die Abfahrt wartete. Die Gruppe hatte noch einen Lunch eingenommen; die Rückreise in die Stadt würde vier Stunden dauern. Fünfzig Schritt entfernt verabschiedete sich Teresa Van Buren, die ebenfalls mit dem Bus fuhr, von Nim: »Danke für alles, wenn Ihnen auch manches sicherlich keinen Spaß gemacht hat.«

Er lächelte. »Ich werde dafür bezahlt, daß ich gelegentlich auch Dinge erledige, die mir eigentlich nicht liegen. Hat man mir denn...«

Nim unterbrach sich, weil er ganz plötzlich das Gefühl hatte, daß irgend etwas nicht in Ordnung war. Die beiden standen fast genau dort, wo Nim am Morgen auf seinem Weg zum Frühstück stehengeblieben war; das Wetter war immer noch schön – heller Sonnenschein, der Bäume und Wildblumen erstrahlen ließ, und ein leichter Wind von den Bergen, der verhinderte, daß die Hitze unangenehm wurde. Beide Gästehäuser waren zu sehen, vor einem stand der Bus, auf einem Balkon des anderen sonnten sich einige der Angestellten, die gerade dienstfrei hatten. In der anderen Richtung, drüben bei den Mannschaftshäusern, spielte eine Gruppe Kinder; vor wenigen Minuten hatte Nim noch Danny, den kleinen Rotschopf, inmitten der anderen gesehen. Der Junge hatte einen Drachen fliegen lassen, vielleicht ein Geburtstagsgeschenk, aber im Moment waren weder Junge noch Drachen zu sehen. Nims Blick wanderte zu dem GSP&L-Lastwagen und einigen Leuten in Arbeitskleidung. Unter ihnen erkannte er Wally Talbot jr. mit seinem Bart. Vermutlich gehörten die Leute zu Wallys Mannschaft, die er heute morgen ihm gegenüber erwähnt hatte. Auf dem Weg, der zum Camp führte, kam jetzt ein kleiner blauer Lieferwagen an.

»Also, Tess, fahren wir endlich!« rief jemand ungeduldig aus dem Bus.

Teresa Van Buren achtete nicht darauf. »Was ist, Nim?« fragte sie.

»Ich weiß nicht. Ich ...«

Ein durchdringender Schrei hallte durchs Camp.

»Danny! Danny! *Beweg dich nicht! Bleib, wo du bist!*«

Alle Köpfe drehten sich in die Richtung, aus der der Schrei gekommen war.

Und wieder schrie jemand verzweifelt: »*Danny! Hörst du mich?*«

»Dort drüben.« Teresa Van Buren zeigte auf einen steilen Pfad am anderen Ende des Camps, der teilweise von Bäumen verdeckt war. Ein rothaariger Mann – der Techniker Fred Wilkins – rannte schreiend den Weg hinauf.

»*Danny! Tu, was ich dir sage! Halt! Beweg dich nicht!*«

Die anderen Kinder hatten aufgehört zu spielen. Bestürzt liefen sie in die Richtung, aus der die Schreie kamen. Nim tat dasselbe.

»*Danny! Nicht weitergehen! Ich helfe dir! Warte!*«

»O Jesus«, stöhnte Nim.

Er konnte nun sehen, was vor sich ging.

Hoch über ihren Köpfen kletterte Danny Wilkins, der kleine rothaarige Junge, auf einen Gittermast. In der Hand hielt er einen Stab. Er hatte schon den halben Weg zwischen Erdboden und Hochspannungsleitungen zurückgelegt und wollte offensichtlich seinen Drachen holen, der an einer der Hochspannungsleitungen hängengeblieben war. Das Sonnenlicht glitzerte auf dem Aluminiumstab in seiner Hand, einem Aluminiumstab mit einem Haken an dem einen Ende. Bestimmt wollte Danny den Drachen damit herunterangeln. Der kleine Körper entfernte sich immer mehr vom Erdboden. Die Rufe seines Vaters hörte er entweder nicht, oder er wollte sie nicht hören.

Nim und die anderen rannten, so schnell sie konnten, zum Gittermast, aber sie fühlten sich immer hilfloser, je mehr sich der kleine Körper den Hochspannungsleitungen näherte. *Fünfhunderttausend Volt.*

Fred Wilkins, der ebenfalls noch ein ganzes Stück von dem Gittermast entfernt war, versuchte in seiner Verzweiflung noch schneller zu rennen.

Nim brüllte nun ebenfalls: »*Danny! Die Drähte sind gefährlich! Beweg dich nicht weiter!*«

Diesmal legte der Junge eine kleine Pause ein und sah hinunter. Dann ging sein Blick wieder hinauf zum Drachen, und er stieg, wenn auch langsamer, weiter. Den Aluminiumstab hielt er vor sich. Er war nur noch wenige Meter vom ersten Hochspannungsdraht entfernt.

Dann sah Nim noch jemanden, der auf den Gittermast zurannte, aber viel näher dran war als alle anderen. Wally Talbot. Er sprintete wie ein Athlet bei der Olympiade. Seine langen Beine schienen den Boden kaum zu berühren.

Die Presseleute kletterten wieder aus dem Bus.

Der Gittermast war wie die anderen im Camp mit einem Zaun umgeben. Später erfuhr man dann, daß Danny über den Zaun gesprungen war, indem er auf einen Baum gestiegen war und sich von einem niedrigen Ast heruntergelassen hatte. Jetzt war Wally Talbot am Zaun und sprang hoch. Mit fast übermenschlicher Kraft packte er den Draht, hielt sich fest und kletterte hinüber. Als er im Innern der Umzäunung landete, konnte man sehen, daß er an der einen Hand blutete. Dann war er am Gittermast und kletterte hinauf.

In atemloser Spannung sahen die Zuschauer von unten zu. Die Reporter waren inzwischen ebenfalls am Zaun vor dem Gittermast eingetroffen. Aber auch drei Arbeiter von Wallys Mannschaft waren jetzt da und versuchten mit mehreren Schlüsseln eines Bundes das Zauntor zu öffnen. Schließlich gelang es ihnen, und sie kletterten ebenfalls auf den Gittermast. Aber Wally war schon viel weiter oben. Der Abstand zu dem kleinen rothaarigen Jungen wurde immer kleiner.

Fred Wilkins war ebenfalls am Gittermast angekommen. Er zitterte. Als er hinaufsteigen wollte, hielt ihn jemand zurück.

Alle Augen waren gespannt nach oben gerichtet – auf das Kind, das nur noch wenige Meter vom Hochspannungsdraht entfernt war, und auf Wally Talbot, dicht dahinter.

Dann geschah es – alles ging so schnell, daß später niemand hätte sagen können, in welcher Reihenfolge und was eigentlich geschehen war.

In einem winzigen Augenblick holte Danny, der nicht mehr allzuweit von einem Isolator zwischen Gitterstab und Hochspannungsdraht entfernt war, mit seinem Aluminiumstab aus, um, wie es schien, nach dem Drachen zu schlagen. Gleichzeitig aber packte Wally Talbot den Jungen, zog ihn zurück und hielt ihn fest. Einen Pulsschlag später sah es aus, als fielen beide herunter. Der Junge rutschte ein Stückchen, hielt sich aber an einem Gitterstab fest. Wally verlor das Gleichgewicht und griff – vielleicht instinktiv, um sich festzuhalten – in dem Moment zum Aluminiumstab, als Danny ihn losließ. Der Stab verbog sich, während eine orangefarbene Stichflamme von ihm auf Wally Talbot übersprang und ihn für Sekundenbruchteile in eine Fackel verwandelte. Genauso plötzlich aber war die Flamme verschwunden, und Wallys Körper hing leblos im Gittermast.

Wie durch ein Wunder fiel keiner der beiden herab. Einige Sekunden später waren zwei von Talbots Leuten bei Wally und trugen ihn herunter. Der dritte Mann schnallte den kleinen Danny Wilkins mit einem Gurt an seinem eigenen Körper fest und hielt ihn so lange zurück, bis die anderen hinuntergeklettert waren. Dem Jungen war nichts Ernsthaftes passiert. Er schluchzte, was man bis unten hören konnte.

Dann heulte am anderen Ende des Camps eine Sirene, kurz und schrill.

17

Der Pianist in der Cocktail Bar spielte *Hello, Young Lovers*, dann *Whatever Will Be, Will Be* und verbreitete nostalgische Stimmung.

»Wenn der noch ein paar von den alten Schnulzen spielt«, sagte Harry London, »weine ich gleich in mein Bier. Noch einen Wodka, Freund?«

»Warum, zum Teufel, eigentlich nicht? Einen doppelten.« Nim hörte die Musik auch und schätzte seine eigene Verfassung sehr objektiv ein. Seine Aussprache war schon leicht gestört, stellte er fest und wußte, daß er zuviel getrunken hatte. Aber das machte ihm nichts aus. Er griff in eine seiner Taschen, zog seine Autoschlüssel heraus und schob sie über den kleinen Tisch mit der schwarzen Platte. »Kümmere du dich um die Schlüssel. Und sieh zu, daß mich ein Taxi heimfährt.«

London steckte die Schlüssel ein. »Geht in Ordnung. Du kannst bei mir übernachten, wenn du willst.«

»Nein, danke, Harry.« Er würde später nach Hause fahren, sobald die Wirkung des Alkohols sich verstärkte. Er brauchte sich wegen seines Zustandes keine Sorgen zu machen, zumindest heute nacht nicht. Leah und Benjy würden schon schlafen und ihn nicht zu Gesicht bekommen. Und Ruth war verständnisvoll und würde ihm verzeihen. »Weißt du, was ich denke? Für Wally wäre es sicherlich besser, wenn er gestorben wäre.«

London nahm einen Schluck Bier, bevor er antwortete. »Vielleicht sieht Wally die Sache anders. Sicherlich, er hat schlimme Verbrennungen davongetragen und seinen Penis verloren. Aber es gibt doch andere...«

Nim war aufgebracht. »Harry, weißt du, was du da sagst?«

»Nicht so laut«, warnte London. Andere Gäste der Bar hatten zu ihnen herübergeschaut. Ruhig fügte er hinzu: »Natürlich weiß ich, was ich sage.«

»Nach einer Zeit...« Nim lehnte sich über den Tisch und balancierte die Worte über die Lippen wie ein Zauberkünstler einen Teller auf der Messerspitze. »Die Verbrennungen werden nach einer bestimmten Zeit heilen, und es werden Hautverpflanzungen gemacht. Aber du kannst dir doch keinen neuen Penis im Warenhaus kaufen.«

»Das stimmt. Kann ich nicht leugnen.« London schüttelte traurig den Kopf. »Der arme Kerl.«

Der Pianist spielte die Lara-Melodie aus *Doktor Schiwago*, und Harry London wischte sich eine Träne ab.

»Achtundzwanzig!« sagte Nim. »So jung ist er noch. *Achtundzwanzig!* Jeder normale Mann hat in dem Alter noch ein Leben vor sich...«

London unterbrach ihn: »Ich brauche kein Diagramm.« Er trank sein Bier aus und ließ sich ein weiteres bringen. »Eins mußt du bedenken, Nim. Nicht jeder Bursche ist ein Scharfschütze wie du. Wenn du wie Wally verstümmelt wärst, wäre dein Leben sicherlich zu Ende, oder zumindest wärest du der Ansicht.« Er fragte neugierig: »Hast du eigentlich Buch geführt? Vielleicht kannst du in *The Guinness Book of World Records* einmal lobend erwähnt werden.«

»Es gibt einen belgischen Schriftsteller, Georges Simenon, der behauptet, er habe es mit zehntausend verschiedenen Frauen gemacht. Auf so viele komme ich längst nicht.«

»Laß die Zahlen beiseite. Aber ich bin überzeugt, daß für Wally sein Dingsbums nicht ganz so wichtig war wie deiner für dich.«

Nim schüttelte den Kopf. »Das bezweifle ich.« Er war überzeugt, daß Wally jr. und seine Frau Mary sich sexuell sehr gut verstanden hatten. Traurig dachte er daran, was jetzt wohl aus ihrer Ehe werden würde.

Das Bier und der doppelte Wodka wurden gebracht. »Bringen Sie das gleiche noch einmal.«

Es war früher Abend. Die Bar, in der sie sich niedergelassen hatten – *The Ezy Duzzit* –, war klein und dunkel und lag in der Nähe des Hauptgebäudes der GSP&L. Nim und Harry London waren nach ihrem Dienst hierher gegangen. Schon den dritten Tag.

Die vergangenen drei Tage waren die schlimmsten seines Lebens, soweit sich Nim erinnern konnte.

Draußen in Devil's Gate war er wie die anderen im ersten Augenblick nach dem Unfall starr vor Schreck gewesen. Während Wally heruntergebracht wurde, lief die Rettungsaktion an.

In allen großen Versorgungskonzernen kommen immer wieder Unfälle vor. Entweder aus einer momentanen Unaufmerksamkeit heraus, wobei die kostspieligen Sicherheitsvorkehrungen nichts nützen, oder es handelt sich um einen so seltenen Unfall, wie sie ihn mit angesehen hatten.

Die Ironie des Schicksals wollte es, daß die Golden State Power & Light ein großangelegtes Aufklärungsprogramm für Eltern und Kinder gestartet hatte, in dem sie davor warnte, Drachen in der Nähe von Hochspannungsleitungen steigen zu lassen. Tausende von Dollar hatte die Gesellschaft für Poster und Comic-Hefte ausgegeben und diese an Schulen und Kindergärten verteilt.

Wie Fred Wilkins, der rothaarige Techniker, später zugab, wußte er von diesem Programm. Wilkins' Frau jedoch, Dannys Mutter, bekannte unter Tränen, daß sie davon zwar schon irgendwo und irgendwann einmal gehört hatte, es in dem Moment aber, da Danny den Drachen von den Großeltern mit der Post zugeschickt bekam, vergessen hatte. Sie hatte ihn sogar selber für Danny zusammengesetzt. Was seine Gittermastbesteigung anlangte, so beschrieben ihn alle, die ihn kannten, als entschlossenen und furchtlosen Jungen. Die gekrümmte Aluminiumstange, die er mitgenommen hatte, war eine Gaffel seines Vaters, die gelegentlich zum Fischen im tiefen Wasser Verwendung fand. Sie wurde in einem Geräteschuppen aufbewahrt, wo der Junge sie öfter gesehen hatte.

Natürlich wußte man nichts dergleichen, als die Rettungsmannschaft, die durch die Sirene alarmiert worden war, Wally Talbot zu Hilfe eilte. Er war bewußtlos, hatte schwere Verbrennungen davongetragen, und es war Atemstillstand eingetreten.

Der Hilfstrupp wurde von einer ausgebildeten Krankenschwester, in deren Händen die Erste-Hilfe-Station des Camps lag, geleitet. Während mit Mund-zu-Mund-Beatmung und Herzmassage Wiederbelebungsversuche durchgeführt wurden, brachte man Wally in die Erste-Hilfe-Station. Dort ließ sich die Krankenschwester über Funk von einem Arzt aus der Stadt Anweisungen geben und versuchte mit einem Defibrillator die normale Herztätigkeit wiederherzustellen. Der Versuch gelang. Diese und die übrigen Maßnahmen retteten Wallys Leben.

Inzwischen war der Hubschrauber, der Nim Goldman abholen sollte, nach Devil's Gate unterwegs. So wurde Wally in Begleitung der Krankenschwester zur Intensivpflege in ein Krankenhaus geflogen.

Erst am nächsten Tag war er außer Lebensgefahr. Nun wurden auch Art und Ausmaß der Verletzungen bekanntgegeben.

An jenem zweiten Tag brachten die Zeitungen die Geschichte groß heraus, wobei die Tatsache, daß so viele Reporter an Ort und Stelle waren, als sich das Unglück ereignete, natürlich eine Rolle spielte. Die Morgenausgabe des *Chronicle-West* brachte ihren Artikel gleich auf der ersten Seite unter der Schlagzeile:

HELD
AUF DEM HOCHSPANNUNGSMAST

Am Nachmittag war das Ereignis schon nicht mehr so aktuell, aber der *California Examiner* brachte auf Seite drei einen halbseitigen Beitrag von Nancy Molineaux unter dem Titel:

Er opferte sich
für ein Kind

Der *Examiner* brachte zweispaltig ein Foto von Wally Talbot jr.

und eins von Danny Wilkins. Der kleine Junge hatte eine Seite des Gesichts verbunden, da er sich beim Abrutschen am Gittermast einige Schürfungen zugezogen hatte – seine einzigen Verletzungen.

Fernsehen und Rundfunk hatten immer wieder Berichte über den Zustand von Wally Talbot gebracht, sowohl in der vergangenen Nacht als auch am folgenden Tag.

Im ganzen Land nahm man an diesem Schicksal Anteil.

Im Mount Eden Hospital in der Stadt hielt kurz nach dem Mittagessen jenes zweiten Tages einer der Chirurgen vom Dienst eine improvisierte Pressekonferenz ab. Nim, der vorher schon einmal das Krankenhaus besucht hatte und nun wiedergekommen war, hörte im Hintergrund stehend zu.

»Mr. Talbots Zustand ist ernst, aber er befindet sich außer Lebensgefahr«, berichtete der junge Chirurg, der aussah wie eine Reinkarnation von Robert Kennedy. »Er hat schwere Verbrennungen erlitten – über fünfundzwanzig Prozent der Körperoberfläche sind betroffen –, und dann gibt es noch gewisse andere Verletzungen.«

»Können Sie uns darüber mehr sagen, Doktor?« fragte einer der zwölf Reporter. »Was sind das für andere Verletzungen?«

Der Chirurg sah den älteren Herrn an seiner Seite an. Nim erkannte in ihm den Leiter der Krankenhausverwaltung.

»Ladies und Gentlemen«, sagte der Verwaltungsleiter. »Normalerweise würden Sie über das bisher Gesagte hinaus nichts weiter erfahren. In diesem Fall aber haben wir uns nach Absprache mit der Familie dazu entschlossen, mit der Presse offen zu sein, um allen Spekulationen ein Ende zu setzen. Deshalb werden wir Ihnen die letzte Frage beantworten. Aber vorher möchte ich Sie bitten, mit Rücksicht auf den Patienten und seine Familie sehr diskret von Ihrem Wissen Gebrauch zu machen. Danke. Bitte fahren Sie fort, Doktor.«

»Man kann niemals im voraus sagen, welche Körperpartien bei Unfällen mit Starkstrom betroffen sein werden«, sagte der Chirurg. »Oft ist der sofortige Tod die Folge, weil der Strom durch innere Organe fährt, bevor er den Körper wieder verläßt. Im Fall von Mr. Talbot blieb der Strom an der Körperoberfläche und verließ – vom Metall des Gittermastes angezogen – den Körper über den Penis.«

Es folgte betroffenes Schweigen, niemand schien die nächste Frage stellen zu wollen. Ein älterer Reporter tat es dann schließlich. »Und in welchem Zustand, Doktor...«

»Der Penis wurde zerstört. Verbrannt. Völlig. Wenn Sie mich jetzt bitte entschuldigen wollen...«

Die Leute von der Presse verließen bedrückt das Krankenhaus.

Nim blieb. Er wandte sich an den Verwaltungsleiter und fragte nach Wallys Familie – Ardythe und Mary. Nim hatte keine der beiden Frauen nach dem Unfall gesehen, aber er wußte, daß er ihnen bald begegnen würde.

Ardythe wurde im selben Krankenhaus stationär behandelt, erfuhr Nim. »Sie hat einen Schock erlitten und wird mit Beruhigungsmitteln behandelt«, sagte der Verwaltungsleiter. »Ich nehme an, daß Sie auch vom Tod ihres Mannes wissen. Beides war zuviel für sie.«

Nim nickte.

»Die jüngere Mrs. Talbot ist bei ihrem Mann, aber im Moment sind noch keine anderen Besucher zugelassen.«

Der Verwaltungsleiter wartete, bis Nim die kurze Nachricht für Mary geschrieben hatte, daß er, falls man ihn brauche, erreichbar sei und auf jeden Fall am nächsten Tag wieder ins Krankenhaus käme.

In dieser Nacht schlief Nim genauso unruhig wie in der vergangenen. Immer wieder sah er die Szene im Camp von Devil's Gate vor sich – wie einen Alptraum, der sich nicht verscheuchen ließ.

Am Morgen des dritten Tages sah er erst Mary, dann Ardythe.

Mary begegnete er in der Intensivstation vor Wallys Zimmer. »Wally ist bei Bewußtsein«, sagte sie, »aber er will niemanden sehen. Noch nicht.« Sie sah blaß und müde aus, aber auf ihre sachlich-praktische Art meisterte sie die Situation. »Ardythe will dich sehen. Sie weiß, daß du kommen wolltest.«

Nim sagte voller Mitgefühl: »Ich weiß, daß Worte nicht viel helfen. Trotzdem, Mary, möchte ich sagen, wie leid es mir tut.«

»Danke, Nim. Es hat uns alle schwer getroffen.« Mary begleitete ihn einige Meter und öffnete die Tür zu einem anderen Krankenzimmer. »Hier ist Nim, Mutter.« Und zu Nim sagte sie: »Ich gehe jetzt zu Wally zurück und lasse euch allein.«

142

»Komm herein, Nim«, sagte Ardythe. Sie lag angezogen auf einem Bett, den Rücken mit Kissen gestützt. »Ist es nicht lächerlich, daß ich auch im Krankenhaus liege?«

Ihre Stimme klang ein wenig hysterisch, dachte Nim, und die Wangen waren gerötet, die Augen glänzten künstlich. Nim erinnerte sich an das, was der Verwaltungsleiter über Schock und Beruhigungsmittel gesagt hatte. Allerdings hatte er nicht den Eindruck, daß sie jetzt unter dem Einfluß eines solchen Mittels stand.

»Ich wünschte, ich wüßte, was ich sagen...« begann er zögernd. Er bückte sich, um sie zu küssen.

Zu seiner Überraschung versteifte sich Ardythe und wandte den Kopf zur Seite. Unbeholfen berührte er mit den Lippen ihre Wange, die sich heiß anfühlte.

»Nein!« wies ihn Ardythe ab. »Bitte... küß mich nicht.«

Während er sich einen Stuhl heranzog und sich ans Bett setzte, überlegte er, ob er sie in irgendeiner Weise gekränkt haben könnte.

Erst schwiegen sie, dann begann Ardythe nachdenklich: »Sie sagen, daß Wally durchkommen wird. Gestern wußten wir es noch nicht, also geht es ihm heute schon besser. Aber ich nehme an, daß du weißt, *wie* er durchkommen wird; ich meine, was ihm geschehen ist.«

»Ja, ich weiß.«

»Hast du darüber nachgedacht, Nim? So, wie ich es getan habe? Über den *Grund,* weshalb alles geschah?«

»Ardythe, ich war dabei. Ich sah...«

»Nein, das meine ich nicht, sondern *warum* es geschehen ist.«

Verwirrt schüttelte er den Kopf.

»Ich habe seit gestern sehr viel nachgedacht, Nim, und ich bin zu der Überzeugung gekommen, daß das, was wie ein Unfall aussieht, keiner war. Es geschah unsertwegen – deinet- und meinetwegen.«

Nim verstand immer noch nicht, was sie sagen wollte, und protestierte. »Bitte, Ardythe, beruhige dich. Du bist überreizt. Du hast einen Schock erlitten. Ich weiß, es war zuviel – so kurz nach Walters Tod.«

»Genau das ist es.« Ardythes Gesichtszüge spannten sich, und ihre Stimme klang streng. »Du und ich, wir beide haben schwer gesündigt, so kurz nach Walters Tod. Ich habe das Gefühl, daß ich dafür meine Strafe noch bekomme und Wally, Mary und die Kinder alle nur meinetwegen leiden müssen.«

Einen Moment lang schwieg Nim vor Schreck, dann entgegnete er heftig: »Um Gottes willen, Ardythe, hör auf mit dem Unsinn! Das ist ja lächerlich.«

»So, ist es das? Denk einmal darüber nach, wenn du allein bist, so wie ich es getan habe. Und dabei hast du soeben noch ›um Gottes willen‹ gesagt. Du bist Jude, Nim. Lehrt dich nicht deine Religion, an Gottes Zorn und Strafe zu glauben?«

»Und wenn sie es täte, ich will mit einem solchen Unsinn nichts zu tun haben.«

»Früher dachte ich auch so«, sagte Ardythe traurig. »Aber jetzt kommen mir diese Gedanken.«

»Hör zu«, bat er verzweifelt und suchte nach den richtigen Worten. »Manchmal ist es im Leben so, daß eine Familie von Schicksalsschlägen heimgesucht wird und eine andere gar kein Leid kennt. Das ist weder logisch noch gerecht. Aber es kommt vor. Ich könnte dir viele Beispiele nennen, und dasselbe könntest du bestimmt auch.«

»Wie wollen wir wissen, daß es sich in jenen anderen Fällen nicht ebenfalls um göttliche Strafen handelte?«

»Weil sie es nicht sein können. Das ganze Leben ist vom Zufall gezeichnet. Wie viele Zufälle führen wir selbst herbei? Durch Irrtum oder Pech – man braucht nur zur falschen Zeit am falschen Ort zu sein. Das ist alles, Ardythe. Es ist verrückt, daß du dir wegen Wally Vorwürfe machen willst.«

Sie antwortete dumpf: »Ich möchte dir glauben, aber ich kann es nicht. Geh jetzt, Nim. Heute nachmittag werden sie mich wieder heimschicken.«

Er erhob sich. »Ich werde dich bald draußen besuchen kommen.«

Sie schüttelte den Kopf. »Ich glaube, das solltest du nicht tun. Aber ruf mich an.«

Er bückte sich, um sie zu küssen, erinnerte sich dann aber, daß sie das nicht wollte, gab den Versuch auf und ging still hinaus.

Seine Seele war in Aufruhr. Sicherlich brauchte Ardythe die Hilfe eines Psychiaters, aber wenn er es Mary oder sonst jemandem erklären wollte, mußte er den genauen Grund nennen.

Auch unter dem Siegel ärztlicher Verschwiegenheit konnte er sich nicht vorstellen, daß er das konnte. Zumindest jetzt noch nicht.

Den ganzen Tag quälten ihn die Sorgen um Wally, Ardythe und sein eigenes Dilemma. Sie ließen sich nicht verscheuchen.

Und als wäre das nicht genug, fand er sich noch in der Nachmittagsausgabe des *California Examiner* an den Pranger gestellt.

Er hatte schon überlegt, ob Nancy Molineaux, die ja Zeugin von Wallys Transport ins Krankenhaus geworden war, über die sonstige Verwendung des Hubschraubers schweigen würde.

Aber die Schlange hatte nichts vergessen.

Ihre Glosse stand in einem Kästchen gegenüber der Leitartikelseite.

Die Kapitäne und die Könige
... und Mr. Goldman von der GSP&L

Haben Sie sich schon einmal vorgestellt, wie es wäre, wenn ein privater Hubschrauber Sie überall dorthin brächte, wohin Sie wollten, während Sie sich bequem zurücklehnten und entspannten?

Die meisten von uns werden dieses exotische Vergnügen niemals erleben.

Es gibt nur wenige Auserwählte, denen es öfter vergönnt ist oder war; dazu gehören der Präsident der Vereinigten Staaten, die britische königliche Familie, der verstorbene Howard Hughes, gelegentlich der Papst und natürlich gewisse, besonders vom Glück begünstigte Direktoren Ihres menschenfreundlichen Versorgungskonzerns, der Golden State Power & Light. Zum Beispiel – Mr. Nimrod Goldman.

Warum Goldman? werden Sie fragen.

Nun, es scheint, daß Direktor Goldman von der GSP&L zu bedeutend ist, um mit dem Bus zu fahren, auch wenn es ein vom Konzern gecharterter Bus ist, in dem noch viele Sitzplätze frei sind. Statt dessen mußte es neulich ein Hubschrauber sein...

Sie schrieb noch mehr und brachte ein Bild vom Hubschrauber und ein unvorteilhaftes Porträt von Nim, das sie, wie er vermutete, aus dem Zeitungsarchiv ausgegraben haben mußte.

Besonders schädlich war folgender Absatz:

> Die Strom- und Gasverbraucher, die bereits unter hohen Rechnungen zu leiden haben und denen die nächste Erhöhung schon angekündigt wurde, mögen sich vielleicht fragen, was die GSP&L mit ihrem Geld macht. Falls Direktoren wie Nimrod Goldman sich herablassen würden, wie gewöhnliche Sterbliche zu reisen, könnten diese und weitere Sparmaßnahmen helfen, Preiserhöhungen zu vermeiden.

Es war Nachmittag. Nim faltete die Zeitung so, daß der Artikel, den er gekennzeichnet hatte, sofort zu sehen war, und gab sie J. Eric Humphreys Sekretärin. »Sagen Sie dem Vorsitzenden, daß ich ihm den Artikel selbst gebe, weil er ihn ja so oder so zu sehen bekommen würde.«

Minuten später kam Humphrey in Nims Büro gestürmt und warf die Zeitung hin. So wütend hatte Nim ihn noch nie erlebt. Er tat, was er sonst stets vermied, er sprach mit lauter, zorniger Stimme: »Was um Himmels willen haben Sie sich dabei gedacht, als Sie uns in diese peinliche Situation brachten? Sie wissen wohl nicht, daß die Kommission für öffentliche Einrichtungen gerade unsere Preiserhöhungen überprüft und in den nächsten Tagen darüber entscheiden möchte? Diese Sache hier wird sehr viel Ärger machen und kann uns das Genick brechen.«

Nim war nun ebenfalls verärgert. »Natürlich weiß ich das.« Er zeigte auf die Zeitung. »Ich bin über den Artikel genauso erbost wie Sie. Aber dieses verdammte Zeitungsweib rennt ja stets nur mit dem Skalpiermesser in der Hand herum. Wenn es nicht der Hubschrauber gewesen wäre, hätte sie bestimmt etwas anderes gefunden.«

»Nicht unbedingt. Aber mit dem indiskreten Hubschraubereinsatz haben Sie ihr ja die Gelegenheit direkt in den Schoß geworfen.«

Nim hätte zurückhacken können, aber er beschloß, sich ruhig zu verhalten. Auch das Einstecken ungerechtfertigter Vorwürfe gehörte zur Position des Stellvertreters. Erst vor zwei Wochen hatte der Vorsitzende seinen Direktoren geraten: »Wenn Sie sich einen halben Reisetag ersparen und Ihre Arbeit damit schneller erledigen können, nehmen Sie ruhig einen der Hubschrauber der Gesellschaft. Alles in allem kommt es billiger. Außerdem kosten diese Dinger, die wir für Patrouillenflüge und Notfalleinsätze dringend brauchen, nicht viel mehr, ob sie nun in der Luft sind oder am Boden herumstehen.«

Aber noch etwas hatte Eric Humphrey wohl geflissentlich vergessen: Einerseits hatte er Nim gebeten, bei der zweitägigen Presseexkursion dabeizusein, und andererseits, ihn, Humphrey, am Morgen des ersten Tages der Exkursion auf einer wichtigen Sitzung der Handelskammer zu vertreten. Ohne den Hubschrauber hätte Nim die beiden Termine unmöglich wahrnehmen können. Aber Humphrey war ein fairer Mann, das wußte Nim, vermutlich würde er sich später daran erinnern. Und wenn es ihm nicht einfallen sollte, war es auch nicht so schlimm.

Doch die letzten drei Tage hatten Nim arg zugesetzt. Er war erschöpft und deprimiert. Als Harry London, der einiges, wenn auch nicht alles über die Gründe von Nims trauriger Stimmung wußte, hereinkam und vorschlug, nach getaner Arbeit noch etwas zu trinken, stimmte Nim sofort zu.

Jetzt spürte er die Wirkung des Alkohols, und obwohl er nicht glücklicher war, fühlte er sich zumindest ein wenig betäubt, was in gewisser Weise wohltat. In einer Ecke seines Hirns war er noch so nüchtern, um sich für die Schwäche, aus der sein Handeln resultierte, zu verachten. Dann aber tröstete er sich, daß es ja nicht oft vorkam und daher sicherlich von therapeutischem Wert war und er vielleicht am Ende sagen konnte: »Zum Teufel mit allem!«

»Darf ich dich etwas fragen, Harry?« sagte Nim schwerfällig. »Bist du ein religiöser Mensch? Glaubst du an Gott?«

London nahm einen kräftigen Schluck und wischte sich mit dem Taschentuch den Bierschaum von den Lippen. »Den ersten Teil deiner Frage will ich verneinen. Zum zweiten Teil kann ich sagen, daß ich nie besonders das *Nichtglauben* kultiviert habe.«

»Was hältst du von persönlicher Schuld? Trägst du viel mit dir herum?« Nim mußte an Ardythe denken, die ihn gefragt hatte: »*Lehrt dich nicht deine Religion, an Gottes Zorn und Strafe zu glauben?*« An diesem Nachmittag hatte er die Frage verdrängt. Dennoch ließ sie ihn nicht los und spukte immer wieder in seinem Kopf herum.

»Ich nehme an, daß jeder hier und da eine Schuld mit sich herumschleppt.« Es schien, als wollte London es mit dieser Feststellung bewenden lassen, aber er änderte seine Meinung und fügte hinzu: »Ich muß oft an zwei Kameraden in Korea denken. Wir waren ein Erkundungstrupp am Yalu Fluß. Jene beiden waren weiter in Feindesgebiet vorgestoßen als wir übrigen, als der Feind angriff. Die beiden Männer brauchten Hilfe, um zu uns zurückzukommen. Ich war verantwortlich und hätte die übrigen von unserem Trupp zu ihrer Befreiung einsetzen müssen. Während ich aber noch unschlüssig überlegte, was wir machen sollten, wurden die beiden entdeckt und von feindlichen Granaten zerrissen. Das ist eine Schuld, die ich mit mir herumschleppe. Dann gibt es noch ein paar andere Dinge.«

Er trank wieder, dann sagte er: »Weißt du, was du mit uns beiden machst, Freund? Du schaffst es, daß wir beide ... wie war nur das Wort?«

»Rührselig«, half Nim, obwohl er Mühe mit der Aussprache hatte.

»Genau, das ist es ... rührselig.« Harry London nickte feierlich, während der Pianist *As Time Goes By* zu spielen begann.

Zweiter Teil

1

Davey Birdsong, der gerade das imposante Gebäude des Sequoia Clubs besichtigt hatte, fragte frech: »Wo ist die Privatsauna der Vorsitzenden? Und danach möchte ich auch noch gern das Klo mit der goldenen Brille sehen.«

»Wir können mit keinem von beidem dienen«, antwortete Laura Bo Carmichael ein wenig steif. Sie mochte den bärtigen, wohlbeleibten Mann, der sich wie ein Clown aufführte, nicht. Obwohl er seit vielen Jahren naturalisierter Amerikaner war, trug er gerne die etwas rauheren Manieren seines Geburtslandes Australien zur Schau. Laura Bo hatte Birdsong schon früher bei anderen Gelegenheiten getroffen und verglich ihn im Geist mit dem »Jolly Swagman« in *Waltzing Matilda*.

Das war natürlich lächerlich, und Laura Bo wußte das auch. Allerdings schien Davey Birdsong sein unkultiviertes Image geradezu zu pflegen und kleidete sich entsprechend – heute trug er zum Beispiel schäbige geflickte Jeans und mit einer Schnur zugebundene Sportschuhe –, aber die Vorsitzende wußte sehr wohl, daß Birdsong über eine solide Ausbildung und ein Diplom in Soziologie verfügte und Gastdozent an der University of California in Berkeley war. Er hatte einen Verbraucherverband gegründet, dem sich auch kirchliche und politische Gruppen des linken Flügels angeschlossen hatten. Dieser Verband nannte sich p&lfp – *power & light for people*. Mit der Kleinschreibung wollte Birdsong betonen, »daß sie keine Kapitalisten seien«.

Das erklärte Ziel des p&lfp war es, »das profitgierige Monster GSP&L auf allen Fronten zu bekämpfen«. Bisher hatte der p&lfp gegen die Preiserhöhungen für Strom und Gas protestiert, die Genehmigung zum Bau eines Kernkraftwerks erfolgreich vereitelt und die Öffentlichkeitsarbeit der GSP&L – als »gemeine Propaganda, für die der Verbraucher auch noch zur Kasse gebeten wird« – scharf angegriffen. Birdsong forderte die völlige Verstaatlichung der Gesellschaft. Nun wollte er mit dem angesehenen Sequoia Club gemeinsam gegen die neuen Expansionspläne der GSP&L vorgehen. Über seinen Vorschlag sollte der geschäftsführende Ausschuß des Clubs nach diesem Treffen entscheiden.

»Nun, Laura Baby«, sagte Birdsong und ließ seinen Blick über das getäfelte Sitzungszimmer schweifen. »Es muß beflügelnd wirken, in den Räumen eines so feudalen Herrensitzes zu arbeiten. Da müßten Sie mal meine Spelunke sehen.«

Laura Bo Carmichael klärte ihn auf. »Unser Clubhaus haben wir vor vielen Jahren als Schenkung erhalten. Es war Teil einer Erbschaft. Eine Bedingung war, daß wir auch wirklich mit unserem Club hier einziehen, sonst wären wir nicht in den Genuß des stattlichen Vermögens gekommen, das mit dem Besitz gekoppelt und ebenfalls eine Schenkung ist.« Es gab tatsächlich auch für Laura Bo Carmichael Momente, da sie das imposante Cable Hill Gebäude, in dem der Sequoia Club untergebracht war, als Belastung empfand. Einst das Stadthaus eines Millionärs, vermittelte es noch heute den Eindruck von Reichtum. Ihr persönlich hätte ein einfacheres Gebäude für den Club besser gefallen. Hier auszuziehen aber hätte den finanziellen Ruin bedeutet. Sie fügte hinzu: »Im übrigen möchte ich Sie bitten, mich anständig anzureden.«

»Ich werd's mir ins Notizbuch schreiben.« Grinsend zog Birdsong ein Merkheft aus der Tasche, nahm die Schutzkappe von einem Kugelschreiber ab und begann zu kritzeln.

Während er das Notizbuch wieder wegsteckte, betrachtete er die strengen Gesichtszüge von Mrs. Carmichael und überlegte laut: »Erbschaften, was? Von toten Gönnern. Das kann ich mir denken. Und die großen lebenden Gönner sehen zu, daß der Sequoia Club flüssig bleibt. Ihr seid ganz schön reich, was?«

»Reich ist ein relativer Begriff.« Laura Bo Carmichael wünschte, ihre drei Kollegen, die an der Sitzung teilnehmen sollten, würden endlich kommen. »Es ist wahr, daß unsere Gesellschaft sich glücklicherweise finanzieller Unterstützung erfreut, aber wir haben auch große Ausgaben.«

Birdsong kicherte. »Nicht so große, daß Sie nicht von dem Kuchen etwas an kleine, hilfsbedürftige Gruppen abgeben könnten – Gruppen, die Ihre Arbeit unterstützen.«

»Wir werden sehen. Aber denken Sie nicht«, fuhr Mrs. Carmichael entschlossen fort, »daß wir Ihr Märchen vom armen Verwandten glauben. Wir haben auch unsere Informationen.« Sie zog einige Notizen hervor, von denen sie eigentlich erst später hatte Gebrauch machen wollen. »Wir kennen zum Beispiel die Mitgliederzahl des p&lfp. Fünfundzwanzigtausend Mitglieder zahlen drei Dollar jährlich, das macht fünfundsiebzigtausend Dollar. Sie selbst genehmigen sich ein Gehalt von zwanzigtausend Dollar und Spesen in unbekannter Höhe.«
»Man muß auch leben.«
»In Ihrem Fall aber bemerkenswert gut, möchte ich sagen.« Laura Bo Carmichael las weiter: »Hinzu kommen die Hörergebühren für Ihre Dozententätigkeit, regelmäßige Bezüge von einer Aktivistenausbildungsorganisation und Honorare für Zeitungsartikel. Alles in allem bringt Ihnen Ihr Beruf als Protestler sechzigtausend Dollar im Jahr ein.«

Davey Birdsong hatte während dieser Ausführungen die ganze Zeit gegrinst und schien sich überhaupt nicht irritieren zu lassen. »Sie wissen aber gut Bescheid.«

Jetzt lächelte die Vorsitzende des Sequoia Clubs. »Wir verfügen über eine fähige Nachforschungsabteilung.« Sie faltete ihre Notizen zusammen und legte sie beiseite. »Natürlich ist dieses Material nicht zur Veröffentlichung gedacht. Ich wollte Ihnen nur beweisen, daß wir recht gut über Berufsprotestler unterrichtet sind. Das wird uns Zeit sparen, wenn wir über Geschäftliches sprechen.«

Die Tür ging auf, und ein ordentlich gekleideter älterer Mann mit stahlgrauem Haar und randloser Brille betrat das Sitzungszimmer.

Laura Bo Carmichael stellte vor. »Mr. Birdsong, ich glaube, Sie kennen unseren Generalsekretär, Mr. Pritchett.«

Davey Birdsong streckte ihm seine große, fleischige Hand entgegen. »Wir sind uns bereits auf dem Schlachtfeld begegnet. Hallo, Pritchy!«

Mr. Pritchett antwortete trocken: »Ich hatte bisher die Hearings zu Umweltfragen nicht als Schlachtfelder betrachtet, obwohl die einzelnen Stellungen gewiß manche Ähnlichkeit aufweisen.«

»Ganz recht, Pritchy! Und wenn *ich* in die Schlacht ziehe,

besonders wenn es um den Volksfeind Golden State Power & Light geht, fahre ich scharfe Geschütze auf und weiche keinen Schritt zurück. Auge um Auge ist meine Devise. Oh, nicht, daß Ihre Art der Opposition nicht auch ihre Existenzberechtigung hätte. Nein, das will ich gar nicht in Frage stellen. Ihre Leute bringen das Flair der Vornehmheit mit. Ich aber bekomme die Schlagzeilen und bringe unser Anliegen auf den Bildschirm. Haben Sie mich übrigens zusammen mit dem Saukerl Goldman von der GSP&L im Fernsehen gesehen?«

»*The Good Evening Show*«, sagte der Generalsekretär anerkennend. »Ja, ich habe Sie gesehen. Sie waren recht drastisch, aber – um objektiv zu sein – Goldman hat sich hervorragend verteidigt.« Pritchett nahm seine Brille ab und putzte sie. »Vielleicht haben Sie recht. Ihre Art der Opposition gegen die GSP&L kann möglicherweise auch für uns von Nutzen sein. Vielleicht brauchen wir einander sogar.«

»Das ist ein Wort, Pritchy!«

»Ich heiße Pritchett, bitte. Aber wenn es Ihnen lieber ist, können Sie mich auch Roderick nennen.«

»Das notier ich mir sofort, Roddy, alter Junge.« Er grinste Laura Bo Carmichael triumphierend an und wiederholte das Manöver mit dem Notizbuch.

Während sie sich unterhielten, kamen noch zwei weitere Mitglieder des geschäftsführenden Ausschusses des Sequoia Clubs dazu. Es waren Irwin Saunders und Mrs. Priscilla Quinn. Laura Bo Carmichael stellte sie vor. Saunders war fast glatzköpfig und hatte eine rauhe Stimme. Er war Rechtsanwalt und hatte sich vor allem als Scheidungsanwalt der Prominenz einen Namen gemacht. Mrs. Quinn, eine modisch gekleidete, attraktive Endvierzigerin, war die Frau eines wohlhabenden Bankiers. Sie war bekannt für ihren Bürgersinn, aber auch für die Exklusivität ihrer Freundschaften, die sich stets auf wohlhabende und bedeutende Leute beschränkten. Sie nahm zögernd Davey Birdsongs ausgestreckte Hand zum Gruß entgegen und betrachtete ihn mit einer Mischung von Neugierde und Abscheu.

»Ich denke, wir sollten uns hinsetzen und gleich zur Sache kommen«, schlug die Vorsitzende vor.

Die fünf nahmen am Ende eines langen Mahagonitisches Platz. Laura Bo Carmichael saß an der Schmalseite.

»Wir sind alle entsetzt über die neuesten Vorhaben der Golden State Power & Light«, begann sie, »und darum hat sich der Sequoia Club entschlossen, gegen die Pläne, die der Umwelt Schaden zufügen würden, vorzugehen. Auf den bevorstehenden Hearings werden wir scharf dagegen protestieren.«

Birdsong schlug auf den Tisch. »Ein dreifaches Hurra für die Kämpfer vom Sequoia Club!«

Irwin Saunders schien amüsiert, Mrs. Quinn hob die Augenbrauen.

»Was Mr. Birdsong im Zusammenhang mit dieser Opposition vorgeschlagen hat«, fuhr die Vorsitzende fort, »sind bestimmte Abmachungen zwischen seiner Organisation und der unseren. Er wird es Ihnen erklären.«

Die Aufmerksamkeit richtete sich nun auf Davey Birdsong. Einen Moment lang sah er die vier liebenswürdig an, dann begann er mit seinen Ausführungen.

»Die Art der Opposition, die wir alle meinen, heißt Krieg. Krieg mit der GSP&L, unserem gemeinsamen Feind. Jede andere Einschätzung der Situation würde einer Niederlage gleichkommen. Daher muß wie in jedem Krieg an mehreren Fronten gekämpft werden.«

Es fiel auf, daß Birdsong sein Clownsgehabe abgelegt hatte. Er fuhr mit kämpferischer Verbissenheit fort: »Um diese Art Krieg sozusagen eine Stufe weiter zu führen, dürfen wir keine Gelegenheit auslassen, gegen die GSP&L zu kämpfen, wo auch immer sich eine Möglichkeit bietet.«

»Ich finde dieses Gerede vom Krieg, auch wenn es sich nur um eine ›Art Krieg‹ handeln soll, wirklich abscheulich«, warf Mrs. Quinn ein. »Schließlich...«

Rechtsanwalt Saunders legte ihr die Hand auf den Arm. »Priscilla, warum wollen Sie ihn nicht ausreden lassen?«

Sie zuckte die Achseln. »Nun gut.«

»So manche Sache geht verloren, Mrs. Quinn«, erklärte Birdsong, »weil die Leute zu weich sind. Sie wollen der Realität nicht ins Auge sehen.«

Saunders nickte. »Da ist was dran.«

»Kommen wir zu den Einzelheiten«, drängte Mr. Pritchett, der Generalsekretär. »Sie sprachen von mehreren Fronten, Mr. Birdsong. Welche sind das?«

»Richtig!« Birdsong war sofort bei der Sache. »Die Fronten eins, zwei und drei sind die Hearings, die für die Kraftwerke von Tunipah, Fincastle Valley und Devil's Gate angekündigt worden sind. Ihre Leute wollen alle drei Pläne ablehnen. Das werden auch die treuen Kämpfer des p&lfp tun.«

»Es würde mich interessieren, mit welcher Begründung Sie gegen die Errichtung der Kraftwerke stimmen wollen«, sagte Laura Bo Carmichael.

»Das steht noch nicht fest, aber nur keine Angst. Es wird uns schon noch etwas einfallen.«

Mrs. Quinn schien schockiert zu sein. Irwin Saunders lächelte.

»Außerdem gibt es noch die Hearings zu den Preiserhöhungen. Das wäre Front vier. Jedesmal wenn eine Preiserhöhung geplant ist, wird der p&lfp dagegen ankämpfen, und zwar, wie beim letzten Mal, mit Erfolg.«

»Erfolg?« fragte Roderick Pritchett. »Soviel ich weiß, ist bisher noch gar keine Entscheidung gefällt worden.«

»Da haben Sie recht.« Birdsong lächelte vielsagend. »Aber ich habe Freunde bei der Kommission, und so weiß ich schon heute, was in zwei oder drei Tagen bekanntgegeben wird – und das wird der GSP&L gar nicht gefallen.«

»Weiß man das schon bei der GSP&L?« fragte Pritchett.

»Das bezweifle ich.«

Laura Bo Carmichael mahnte: »Lassen Sie uns weitermachen.«

»Die fünfte Front«, fuhr Birdsong fort, »ist die wichtigste von allen: die in zweieinhalb Wochen stattfindende Hauptversammlung der Golden State Power & Light. Ich habe schon einige Pläne dafür, aber ich wäre froh, wenn Sie mir in dem Zusammenhang keine weiteren Fragen stellen würden.«

»Sie meinen, es wäre besser für uns, nicht allzuviel zu wissen?« fragte Saunders.

»Ganz recht.«

»Dann verstehe ich das Gerede von einer Verbindung nicht«, sagte Laura Bo.

Birdsong grinste, als er in eindeutiger Weise Daumen und Finger gegeneinander rieb. »Diese Art Verbindung. Geld.«

»Ich dachte mir schon, daß es auf so etwas hinauslaufen würde«, bemerkte Pritchett.

»Noch etwas anderes wäre wichtig«, sagte Birdsong. »Unsere Zusammenarbeit sollte geheim sein, *entre nous* sozusagen.«

»Und was hätte der Sequoia Club davon?« fragte Mrs. Quinn.

»Die Frage kann ich beantworten, Priscilla«, ließ sich Irwin Saunders vernehmen. »Es ist in der Tat so, daß alles – egal auf welchem Gebiet –, schlechthin alles, was der GSP&L schadet, ihre Kraft und Stärke auf anderem Gebiet schwächt.« Er lächelte. »Dieser Taktik bedienen wir Rechtsanwälte uns sehr oft.«

»Wozu brauchen Sie Geld?« fragte Pritchett Birdsong. »Und um welche Summen geht es überhaupt?«

»Wir brauchen Geld, um eine schlagkräftige Truppe auf die Beine zu stellen. Das schafft der p&lfp nicht aus eigenen Mitteln. Die Vorbereitungen sind teuer, und die Leute müssen bezahlt werden.« Birdsong wandte sich jetzt direkt an die Vorsitzende. »Wie Sie sehr richtig angedeutet haben, sind wir selbst nicht ganz mittellos, aber unser Geld reicht nicht aus, um ein Projekt dieser Größenordnung zu finanzieren. Die Summe, die ich als Beitrag des Sequoia Clubs vorschlage, beläuft sich auf fünfzigtausend Dollar, zahlbar in zwei Raten.«

Der Generalsekretär nahm seine Brille ab und prüfte, ob sie noch sauber war. »Sie geben sich nicht mit Kleinigkeiten ab«, sagte er.

»Ganz recht«, erwiderte Birdsong. »Und das sollten auch Sie nicht tun, wenn Sie bedenken, was für die Umwelt auf dem Spiel steht.«

»Was mir an der Sache nicht gefällt«, wandte Mrs. Quinn ein, »ist das Kampfniveau.«

Laura Bo Carmichael nickte. »Das geht mir genauso.«

Wieder schaltete sich Rechtsanwalt Saunders ein.

»Man muß den Realitäten des Lebens ins Auge sehen«, belehrte er seine Kolleginnen vom Ausschuß. »Unsere Argumente gegen die letzten Projekte der Golden State Power & Light – Tunipah, Fincastle und Devil's Gate – werden wie immer ehrlich begründet sein. Aber wir können nicht sicher sein, daß in einer Zeit des immer stärker werdenden Energiebedarfs und der allgemeinen Nachlässigkeit der Menschen in Fragen des Umweltschutzes die Gründe der Vernunft siegen werden. Was sollen wir also tun? Ich sage, wir brauchen ein anderes Element –

einen Verbündeten, der aggressiver ist und die Öffentlichkeit mit seinen Aktionen aufrüttelt. In meinen Augen ist Mr. Birdsong und seine Gruppe, wie auch immer sie sich nennt...«

»Power & light for people«, rief Birdsong dazwischen.

Saunders winkte ab, als ob der Name keine Rolle spielte. »Diese beiden, Birdsong und seine Gruppe, sind genau das, was in den Hearings fehlt.«

»Das Fernsehen und die Presse lieben mich«, sagte Birdsong. »Ich sorge immer für die richtige Stimmung. Was ich sage, ist einprägsam und wird gedruckt und gesendet.«

»Das ist wahr«, bestätigte der Generalsekretär. »Sogar seine Unverschämtheiten wurden von den Medien verbreitet, während unsere Kommentare und die der GSP&L unter den Tisch fielen.«

»Soll das heißen«, fragte die Vorsitzende den Generalsekretär, »daß Sie für den Vorschlag sind?«

»Ja, ich bin dafür«, antwortete Pritchett. »Allerdings unter der Bedingung, daß Mr. Birdsong verspricht, Gewaltanwendung oder Einschüchterungsmethoden zu unterlassen.«

Der Sitzungstisch erzitterte, als Birdsong mit der Hand darauf schlug. »Das kann ich Ihnen versichern. Meine Gruppe verachtet jegliche Art von Gewalt. Wir haben schon entsprechende Stellungnahmen veröffentlicht.«

»Das freut mich zu hören«, gestand Mr. Pritchett. »Der Sequoia Club teilt natürlich diese Ansicht. Ich nehme an, Sie haben alle im heutigen *Chronicle-West* über die Bombenanschläge auf Anlagen der GSP&L gelesen.«

Die anderen nickten. In dem Bericht hieß es, daß mehr als zwei Dutzend Fahrzeuge in einem Lastwagendepot der GSP&L beschädigt oder völlig zerstört worden waren. Die Verwüstung geschah durch ein Feuer, das durch eine Bombe verursacht worden war. Einige Tage zuvor hatte es einen Bombenanschlag auf ein Umspannwerk der GSP&L gegeben, bei dem jedoch nur ein leichter Schaden entstanden war. Für beide Anschläge hatte die Untergrundbewegung der Freunde des Friedens die Verantwortung übernommen.

»Hat noch jemand eine Frage an Mr. Birdsong?« fragte Laura Bo Carmichael.

Es gab noch mehrere Fragen. Sie betrafen die Taktik, die

gegen die GSP&L angewandt – »ständiges Störfeuer auf der breiten Front der Publikumsebene«, nannte es Birdsong –, und wie das Geld des Sequoia Clubs eingesetzt werden sollte.

An einer Stelle meldete Roderick Pritchett Bedenken an. »Ich weiß nicht, ob es vorteilhaft ist, wenn wir im voraus eine detaillierte Aufstellung über die Verwendung des von uns gestifteten Geldes verlangen. Aber natürlich werden wir von Ihnen den Beweis fordern, daß es wirksam eingesetzt wurde.«

»Die Ergebnisse werden Beweis genug sein«, antwortete Birdsong.

Man war sich einig, daß manches auf Treu und Glauben hingenommen werden müßte.

Schließlich verkündete Laura Bo Carmichael: »Mr. Birdsong, ich möchte Sie jetzt bitten, uns zu verlassen, damit wir in Ruhe über Ihren Vorschlag diskutieren können. Sie werden auf jeden Fall bald von uns hören.«

Davey Birdsong stand auf und strahlte. Seine Gestalt überragte die anderen wie ein Turm. »Nun, Kameraden, es war mir eine Ehre und ein Vergnügen. Bis bald!« Er war jetzt wieder in seine Possenreißerrolle geschlüpft.

Sobald sich die Tür des Sitzungszimmers hinter Birdsong geschlossen hatte, ergriff Mrs. Quinn als erste das Wort. »Mir gefällt die Sache überhaupt nicht. Ich kann den Mann nicht ausstehen, und mein Gefühl sagt mir, daß man ihm nicht trauen kann. Ich bin strikt dagegen, auch nur die loseste Verbindung mit seiner Gruppe einzugehen.«

»Das tut mir leid«, sagte Irwin Saunders, »denn ich glaube, daß seine Ablenkungsmanöver die besten Waffen sind, um die neuen Vorschläge der GSP&L zu bekämpfen.«

»Ich muß sagen, Mrs. Quinn«, bemerkte Pritchett, »daß ich Irwins Meinung teile.«

Priscilla Quinn schüttelte entschieden den Kopf. »Nichts, was Sie sagen, wird an meiner Meinung etwas ändern.«

Der Rechtsanwalt seufzte. »Sie waren schon immer etwas reichlich tugendsam, Priscilla.«

»Mag sein.« Mrs. Quinn lief rot an. »Aber ich habe wenigstens Prinzipien, die diesem gräßlichen Mann zu fehlen scheinen.«

»Haltet doch Frieden in den eigenen Reihen!« forderte Laura Bo.

»Darf ich Sie daran erinnern, daß dieser Ausschuß beschlußfähig ist und über die zur Diskussion gestellte Summe zu entscheiden hat«, mahnte Pritchett.

»Verehrte Vorsitzende«, wandte sich Saunders an Laura Bo Carmichael. »Wie ich die Lage sehe, steht die Abstimmung bisher zwei zu eins. Ihre Stimme wird den Ausschlag geben.«

»Ja«, antwortete Laura Bo. »Das weiß ich. Und ich muß gestehen, daß ich noch unschlüssig bin.«

»In dem Fall«, sagte Saunders, »möchte ich Ihnen noch ein paar Gründe nennen, weshalb ich der Meinung bin, daß Sie wie Roderick und ich für Birdsong stimmen sollten.«

»Und wenn Sie fertig sind«, meldete sich Priscilla Quinn, »werde ich zum Gegenteil raten.«

In den nächsten zwanzig Minuten wurde das Für und Wider heiß umstritten.

Laura Bo Carmichael hörte zu, lieferte hier und da einen Beitrag und wog die Argumente ab. Wenn sie die Zusammenarbeit mit Birdsong ablehnte, würde die Abstimmung ein zwei zu zwei ergeben, was auf eine Ablehnung hinauslief. Stimmte sie zu, wäre die Entscheidung ein klares drei zu eins.

Sie neigte mehr zum Nein. Obwohl sie die Vorteile von Saunders' und Pritchetts Pragmatismus sah, teilte sie instinktiv Priscilla Quinns Meinung über Davey Birdsong. Ihr Problem war nur, daß sie nicht mit Priscilla Quinn in Zusammenhang gebracht werden wollte. Priscilla war snobistisch, eine Dame der Gesellschaft, die stets in den Klatschspalten erwähnt wurde. Sie war mit gutem, altem kalifornischen Geld verheiratet, und deshalb stellte sie so manches dar, was Laura Bo Carmichael verabscheute.

Es gab auch noch etwas anderes, das sie störte: Wenn sie mit Priscilla gegen die beiden anderen stimmte, wäre es eine Entscheidung Frauen gegen Männer. Auch wenn Laura Bo bestimmt nicht aus einer solchen Solidarität heraus mit Priscilla gegen Birdsong stimmen würde – schließlich war sie objektiv genug, um unabhängig vom Geschlecht ihre Entscheidung zu fällen –, würde es auf jeden Fall aber so *aussehen*. Sie konnte sich vorstellen, was Irwin Saunders, ein männlicher Chauvinist, denken würde: *Die verdammten Weiber halten zusammen* – auch wenn er es nicht laut sagen würde. Saunders gehörte nicht zu

Laura Bo Carmichaels Anhängern, als sie für den Vorsitz des Sequoia Clubs kandidierte; er hatte einen männlichen Bewerber unterstützt. Nun, da sie die erste Frau auf diesem höchsten Posten des Clubs war, wollte sie zeigen, daß sie ihn gut und unparteiisch wie ein Mann, vielleicht sogar noch besser, ausfüllen konnte.

Und trotzdem... Sie konnte das Gefühl, daß die Verbindung mit Birdsong falsch war, nicht abschütteln.

»Wir drehen uns im Kreise«, sagte Saunders. »Ich bin dafür, daß wir jetzt abstimmen.«

Priscilla Quinn versicherte: »Ich bleibe bei ›nein‹.«

Saunders brummte: »Ja.«

»Seien Sie nicht böse, Mrs. Quinn«, bat Pritchett, »ich stimme ebenfalls mit ›ja‹.«

Die Augen der drei waren auf Laura Bo Carmichael gerichtet. Sie zögerte und wog noch einmal die möglichen Folgen ihrer Abstimmung und ihre Zweifel ab. Dann hatte sie sich entschieden: »Ich stimme mit ›ja‹.«

»Das ist gut!« Irwin Saunders rieb sich die Hände. »Priscilla, warum wollen Sie keine gute Verliererin sein? Kommen Sie, stimmen Sie auch mit uns.«

Mit zusammengekniffenen Lippen schüttelte Mrs. Quinn energisch den Kopf. »Ich glaube, Sie werden Ihre Entscheidung noch bereuen. Ich wünsche, daß meine Ablehnung im Protokoll festgehalten wird.«

2

Während der geschäftsführende Ausschuß des Sequoia Clubs die Diskussion fortsetzte, verließ Davey Birdsong fröhlich vor sich hin summend das Clubgebäude. Er hatte nicht den geringsten Zweifel am Ausgang der Abstimmung. Priscilla Quinn würde gegen ihn stimmen, das war klar. Aber die anderen drei würden, jeder aus individuellen Gründen, für ihn sein. Die fünfzigtausend Dollar waren ihm sicher.

Er holte sein Auto – einen ausgedienten Chevrolet – von einem nahe gelegenen Parkplatz und fuhr durch das Stadtzentrum, dann einige Meilen nach Südosten. In einer Straße, in der er noch nie gewesen war, stellte er das Auto ab. Diese Straße sah so aus, als könnte man hier für einige Stunden ein Auto stehenlassen, ohne Aufmerksamkeit zu erregen. Birdsong schloß den Wagen ab, merkte sich den Straßennamen und ging zu einer belebten Geschäftsstraße, durch die mehrere Omnibuslinien führten, wie er vom Auto aus festgestellt hatte. Er nahm den ersten Bus, der in Richtung Westen fuhr.

Auf dem Weg zur Haltestelle hatte er einen Hut aufgesetzt, den er für gewöhnlich nie trug, und eine Hornbrille, die er nicht brauchte. Diese beiden Requisiten veränderten sein Aussehen auf erstaunliche Weise, so daß niemand, der ihn öfter auf dem Bildschirm gesehen hatte, ihn wiedererkennen würde.

Nachdem er zehn Minuten mit dem Bus gefahren war, stieg Birdsong wieder aus und fuhr mit einem Taxi in Richtung Norden. Er drehte sich öfter um und beobachtete durch die Heckscheibe den nachfolgenden Verkehr. Seine Beobachtungen schienen ihn zufriedenzustellen, denn er ließ das Taxi anhalten und bezahlte. Wenige Minuten später bestieg Birdsong wieder einen Bus, diesmal in Richtung Osten. Er war vom Parkplatz aus jetzt fast im Quadrat gefahren.

Als er den zweiten Bus verließ, sah er sich die mit ihm aussteigenden Leute genau an, dann ging er schnell die Straße hinunter, bog mehrmals ab, wobei er sich immer vorher noch einmal umblickte. Nachdem er etwa fünf Minuten gegangen war, hielt er vor einem kleinen Reihenhaus an und stieg die sechs Stufen zur Eingangstür hinauf. Er drückte auf einen Klingelknopf und baute sich so auf, daß er durch das kleine Guckloch in der Tür gesehen werden konnte. Fast gleichzeitig öffnete sich die Tür, und er trat ein.

In der kleinen dunklen Diele des Verstecks der Freunde des Friedens fragte Georgos Archambault: »Hast du auch aufgepaßt?«

Birdsong brummte. »Selbstverständlich habe ich aufgepaßt. Ich passe immer auf.« Und in anklagendem Ton fuhr er fort: »Du hast die Sache mit dem Umspannwerk verpfuscht.«

»Das hatte seine Gründe«, erklärte Georgos. »Laß uns erst hinuntergehen.« Er führte Birdsong die Steintreppe hinunter in den Arbeitsraum im Keller.

Auf einer Behelfscouch an der einen Wand lag ein Mädchen. Sie war etwa Ende Zwanzig. Ihr kleines rundes Gesicht, das unter anderen Umständen hübsch gewesen wäre, war wachsbleich. Strähniges, ungekämmtes Haar fiel auf ein schmutziges Kissen. Ihre rechte Hand war verbunden. Die braunen Flecken auf dem Verband waren Blut, das durchgesickert und getrocknet war.

Birdsong polterte los: »Warum ist *sie* hier?«

»Das wollte ich gerade erklären«, sagte Georgos. »Sie war am Umspannwerk dabei, um mir zu helfen, als eine Sprengkapsel losging. Zwei Finger wurden ihr abgerissen, und sie blutete wie ein Schwein. Es war dunkel, aber ich mußte davon ausgehen, daß man den Knall gehört hatte. Also beeilte ich mich mit dem Rest.«

»Du hast die Bomben völlig töricht und nutzlos angebracht«, sagte Birdsong. »Ein Feuerwerkskörper hätte genausoviel Schaden angerichtet.«

Georgos wurde rot. Bevor er antworten konnte, sagte das Mädchen: »Ich muß ins Krankenhaus.«

»Das kannst du nicht, und das wirst du nicht.« Birdsong zeigte keine Spur der Leutseligkeit, die sonst wie ein Warenzeichen zu ihm zu gehören schien. Er fuhr Georgos zornig an: »Du kennst unsere Abmachung. Schmeiß sie raus.«

Georgos gab ihr ein Zeichen. Sie stand mit unglücklichem Gesicht auf und ging nach oben. Es war ein Fehler gewesen, ihr zu erlauben zu bleiben – das wußte Georgos. Die Vereinbarung, auf die Birdsong sich berief, war eine wichtige Vorsichtsmaßnahme. Nur Georgos sollte ihn persönlich kennen. Die übrigen Freunde des Friedens – Wayde, Jute und Felix – verließen das Haus oder hielten sich versteckt, wenn der Besuch des unbekannten Führers bevorstand. Sie durften nichts von der Verbindung der Freunde des Friedens mit dem p&lfp wissen. Das wirkliche Problem war, wie Georgos feststellte, daß ihm Yvette leid tat; das war nicht gut. So war es auch gewesen, als die Sprengkapsel explodierte. Yvettes Verletzungen waren für ihn wichtiger gewesen als sein Auftrag. Weil er Yvette so schnell wie möglich in Sicherheit bringen wollte, hatte er mit solcher Hast gearbeitet und alles verpatzt.

Als das Mädchen gegangen war, sagte Birdsong leise: »Das ist doch wohl klar – kein Krankenhaus, kein Arzt. Man würde unangenehme Fragen stellen, und sie weiß zuviel. Wenn es nötig ist, sieh zu, daß du sie los wirst. Ganz einfach.«

»Sie ist aber wirklich in Ordnung. Außerdem ist sie nützlich.« Georgos fühlte sich unter Birdsongs lauerndem Blick unbehaglich und wechselte das Thema. »Das Feuerwerk im Fuhrpark gestern nacht war aber ein Erfolg. Hast du die Berichte gelesen?«

Der große Mann nickte grimmig. »So muß es immer klappen. Wir können unsere Zeit und unser Geld nicht verschwenden.«

Georgos steckte den Verweis stillschweigend ein, obwohl er das nicht nötig gehabt hätte. Er war der Anführer der Freunde des Friedens. Davey Birdsongs Rolle war eher sekundär. Er war lediglich ein Bindeglied zur Außenwelt, vor allem zu den revolutionären Kreisen, die als »Salonbolschewisten« die Anarchie forderten, ihre Gefahren aber nicht auf sich nehmen wollten. Birdsong allerdings wollte herrschen, und Georgos spielte ab und zu ihm gegenüber den Unterwürfigen, weil der andere sehr nützlich für die Freunde des Friedens war, besonders wegen des Geldes, das er beschaffte.

Gerade jetzt war Geld für ihn der entscheidende Grund dafür, jeden Streit mit Birdsong zu vermeiden. Georgos brauchte mehr Geld denn je, weil seine frühere Geldquelle plötzlich versiegt war. Seine Mutter, die griechische Filmschauspielerin, hatte zwanzig Jahre lang für ein regelmäßiges Einkommen gesorgt. Jetzt schien sie selbst schlechte Zeiten durchzumachen. Sie bekam keine Filmrollen mehr, weil sie auch mit Hilfe von Makeup die Tatsache nicht mehr verbergen konnte, daß sie fünfzig Jahre alt war. Ihre Schönheit war für immer dahin. Diesen Teil der Angelegenheit fand Georgos höchst erfreulich, und er hoffte, daß sich ihre Lage nur noch verschlechterte. Und wenn sie verhungern sollte – von ihm würde sie nicht einmal eine vertrocknete Brotrinde bekommen! Aber wie auch immer, die Nachricht der Athener Anwaltskanzlei – unpersönlich wie stets –, daß keine weiteren Zahlungen auf sein Chicagoer Bankkonto mehr erfolgen würden, traf ihn in einer schlimmen Zeit.

Georgos brauchte für seine gegenwärtigen und zukünftigen Pläne Geld, viel Geld. Eines seiner Projekte sah vor, eine kleine Atombombe zu bauen und sie neben dem Verwaltungsgebäude der GSP&L explodieren zu lassen. Eine solche Bombe, stellte sich Georgos vor, würde das Gebäude mit allen Ausbeutern und ihren Lakaien und noch einiges mehr in der Umgebung zerstören – eine heilsame Lektion für die kapitalistischen Unterdrücker des Volkes. Dadurch würden die Freunde des Friedens zu einer noch beachtlicheren Streitmacht heranwachsen und mit Respekt behandelt werden.

Die Idee mit der Atombombe war ehrgeizig und unrealistisch – oder doch nicht ganz. Schließlich hatte bereits ein einundzwanzigjähriger Student der Princeton University, John Phillips, in einer mehrfach veröffentlichten Seminararbeit beschrieben, wie man sich mit Geduld alle nötigen Details aus Bibliotheken zusammensuchen konnte. Georgos Winslow Archambault, in Physik und Chemie bewandert, hatte auf Phillips Arbeit aufgebaut und aus Bibliotheken Material zusammengetragen. Das Bibliotheksmaterial hatte er mit einer zehn Seiten starken Broschüre, die von *California's Office of Emergency Services* für die Polizeidienststellen herausgegeben worden war, ergänzt. In dieser kleinen Schrift war dargelegt, wie sich die Polizei bei Atombombendrohungen verhalten sollte, aber sie bot auch sonst noch nützliches Informationsmaterial. Georgos war jetzt bald soweit, sich einen Arbeitsplan zu machen. Eine Verwirklichung seines Vorhabens, der Bau der Atombombe, aber war nur möglich, wenn er an spaltbares Material herankam. Es mußte gestohlen werden, wozu man Geld, Organisationstalent und Glück brauchte. Aber warum sollte es ihm nicht gelingen? Es waren schon seltsamere Dinge geschehen.

»Da du gerade Zeit und Geld erwähnst...« sagte er zu Birdsong.

»Die sollst du haben.« Birdsong rang sich ein Lächeln ab. »In Hülle und Fülle. Ich habe eine neue Geldquelle entdeckt.«

3

Nim rasierte sich. Es war ein Donnerstag Ende August, kurz nach sieben Uhr morgens.

Leah und Benjy schliefen noch. Ruth, die vor zehn Minuten

hinuntergegangen war, um das Frühstück zu machen, stand jetzt in der Badezimmertür. In der Hand hielt sie die Morgenausgabe des *Chronicle-West.*

»Ich möchte zwar nicht, daß du den Tag mit unangenehmen Nachrichten beginnst«, sagte sie, »aber das hier wirst du sicher sehen wollen.«

»Danke.« Er legte den Rasierapparat zur Seite, griff mit nassen Händen nach der Zeitung und überflog die Titelseite. In der unteren Hälfte war ein einspaltiger Beitrag abgedruckt:

GSP&L PREISERHÖHUNG ZURÜCKGEWIESEN

Die Preise für Strom und Gas werden nicht erhöht.

Das ist gestern nachmittag in der Sitzung der California Public Utilities Commission entschieden worden. Die Golden State Power & Light hatte eine dreizehnprozentige Erhöhung der Gas- und Strompreise gefordert. Das sollte dem Konzern jährlich 580 Millionen Dollar zusätzlich einbringen.

»Wir sehen keine Notwendigkeit für eine Erhöhung«, stellte die Kommission fest und stimmte mit drei zu zwei Stimmen dagegen.

Auf öffentlichen Hearings hatte die GSP&L die Erhöhung damit begründet, daß neue Bauvorhaben finanziert werden müßten.

Von der Konzernleitung war leider niemand zu erreichen. Ein Sprecher äußerte sich allerdings besorgt über die Energiesituation der Zukunft. Davey Birdsong, der Führer des Verbraucherverbandes *power & light for people,* begrüßte die Entscheidung als ...

Nim legte die Zeitung auf den Spülkasten der Toilette, während er sich zu Ende rasierte; er hatte bereits gestern am späten Abend von der Entscheidung erfahren. Als er ins Eßzimmer hinunterkam, hatte Ruth sein Frühstück bereits fertig – Lammnieren mit Rührei. Sie leistete ihm mit einer Tasse Kaffee beim Essen Gesellschaft.

»Was bedeutet diese Entscheidung der Kommission?« fragte sie.

Er verzog das Gesicht. »Sie bedeutet, daß drei Leute aufgrund ihrer politischen Laufbahn das Recht haben, großen Konzernen wie der GSP&L und der Telefongesellschaft vorzuschreiben, wie sie zu arbeiten haben. Und von diesem Recht machen sie reichlich Gebrauch.«

»Betrifft es dich auch?«

»Und ob! Ich werde die gesamte Bauplanung ändern müssen; manche Projekte müssen ganz fallengelassen werden, andere werden wir vielleicht nur auf Eis legen, um später erneut die Genehmigung zu beantragen. Auf jeden Fall wird es heute morgen überall lange Gesichter geben.« Nim aß einen Happen. »Die Nieren sind heute wieder großartig. Du bist wirklich eine hervorragende Köchin.«

Ruth zögerte einen Moment, dann fragte sie: »Meinst du, daß du dir eine Zeitlang dein Frühstück selbst zubereiten könntest?«

Nim riß erschreckt die Augen auf. »Gewiß, aber warum?«

»Vielleicht muß ich fortgehen.« Mit ruhiger Stimme verbesserte sie sich: »Ich *gehe* weg, für eine Woche, vielleicht für länger.«

Er legte Messer und Gabel hin und starrte Ruth an. »Warum? Wohin?«

»Mutter wird sich um Leah und Benjy kümmern, wenn ich fort bin, und Mrs. Blair wird wie immer zum Putzen kommen. Also brauchst du nur fürs Essen zu sorgen, und ich bin sicher, daß du das schaffst.«

Nim überhörte die Spitze. Er fragte noch einmal, diesmal lauter: »Wo willst du hin und warum? Du hast immer noch nicht auf meine Frage geantwortet.«

»Wir müssen deshalb nicht gleich brüllen.« Ruths Stimme klang ungewöhnlich hart. »Ich habe deine Frage sehr wohl verstanden, aber ich glaube nicht, daß ich darauf antworten muß – so wie wir zueinander stehen, oder?«

Nim schwieg, denn er wußte ganz genau, was Ruth meinte. Warum sollte es eine doppelte Moral geben? Wenn sich Nim über die Regeln der Ehe hinwegsetzte, eine Liebesaffäre nach der anderen hatte und die Abende meistens außer Haus verbrachte, warum sollte sich Ruth nicht dieselbe Freiheit nehmen, ohne ihm irgend etwas zu erklären?

Auf dieser Basis schien Ruths Anspruch auf Gleichberechtigung gerechtfertigt. Trotzdem fühlte Nim den Stachel der Eifersucht, denn jetzt wußte er, daß Ruth sich mit einem anderen Mann eingelassen hatte. Anfangs hatte er es nicht glauben wollen, aber nun war er überzeugt. Und obwohl er wußte, daß es manche Ehen mit soviel gegenseitiger Toleranz gab, fiel es ihm schwer, dies für seine eigene zu akzeptieren.

»Wir wissen beide«, unterbrach Ruth Nims Gedanken, »daß wir schon lange keine richtige Ehe mehr führen. Wir haben nie darüber gesprochen. Aber ich meine, wir sollten es tun.« Diesmal spürte Nim ein Zittern in ihrer Stimme, obwohl sie sich Mühe gab, es zu verbergen.

Er fragte: »Möchtest du jetzt darüber reden?«

Ruth schüttelte den Kopf. »Vielleicht, wenn ich zurückkomme. Sobald ich mit meinen Vorbereitungen fertig bin und den Abreisetermin weiß, werde ich es dir sagen.«

»Schon gut.«

»Du hast noch nicht zu Ende gefrühstückt.«

Er schob seinen Teller beiseite. »Ich habe keinen Hunger mehr.«

Obwohl das Gespräch mit Ruth – gerade weil es so unerwartet gekommen war – Nim auf seiner Fahrt in die Stadt in erster Linie beschäftigte, verdrängte die Arbeit, die in der GSP&L auf ihn wartete, sehr schnell seine persönlichen Probleme.

Die Entscheidung der Public Utilities Commission überschattete alles.

Den ganzen Vormittag kamen Vertreter der verschiedenen Abteilungen des Konzerns mit ernsten Gesichtern in das Zimmer des Vorsitzenden. Alle Besprechungen drehten sich um die eine Frage: Wie sollte man ohne Preiserhöhung die notwendigen Baumaßnahmen ausführen? Das Ergebnis: Ohne sofortige drastische Kürzung der Ausgaben war es nicht möglich.

Über einen Punkt kam Eric Humphrey, der nervös hinter seinem Schreibtisch auf und ab ging, nicht hinweg. »Wie kommt es, daß niemand sich über steigende Brot- und Fleischpreise aufregt?« fragte er. »Sportveranstaltungen und Kinos werden teurer, und die Leute zahlen, ohne zu murren. Aber wenn wir der Wahrheit entsprechend darlegen, weshalb wir nicht zum alten

Preis Elektrizität erzeugen können, weil nämlich unsere Ausgaben ebenfalls gestiegen sind, so glaubt uns das niemand.«

Oscar O'Brien, der Justitiar, zündete sich eine Zigarre an und antwortete: »Sie glauben uns nicht, weil ihnen beigebracht wurde, uns nicht zu glauben – meistens von Politikern, die sich im Wahlkampf eine billige Zielscheibe suchen. Öffentliche Einrichtungen sind da immer sehr geeignete Objekte.«

Der Vorsitzende schnaubte. »Politiker! Verdammtes Pack! Sie haben die Inflation erfunden, geschaffen, verschlimmert und nähren sie mit der Verschuldung des Staates – sie kaufen sich Wählerstimmen, nur um nicht abtreten zu müssen. Und diese Scharlatane, diese Wahrheitsverdunkler werfen allen möglichen Leuten – Konzernen und Gewerkschaften – die Schuld an der Inflation vor, nur sich selbst nicht. Wenn es keine Politiker gäbe, müßten wir niemanden um Erlaubnis fragen, wenn wir die Gebühren erhöhen wollen.«

»Amen«, murmelte Sharlett Underhill, die Finanzdirektorin, die sich als vierte Person im Zimmer des Vorsitzenden aufhielt. Mrs. Underhill, eine schlanke Brünette in den Vierzigern, tüchtig und normalerweise gelassen, sah heute abgespannt aus. Das war verständlich, dachte Nim. Was immer für Entscheidungen nach der gescheiterten Gebührenerhöhung getroffen werden würden, Sharlett Underhill mußte sie zur Ausführung bringen.

Eric Humphrey hielt in seiner Wanderung inne. »Kann sich einer von Ihnen denken, warum alles, aber auch alles, was wir beantragt haben, abgelehnt wurde? Haben wir die Leute von der Kommission falsch eingeschätzt? War unsere Strategie falsch?«

»Ich glaube nicht, daß es an unserer Strategie lag«, meinte O'Brien. »Und auf die Leute haben wir uns auch eingestellt.«

Hier wurde eine allgemein übliche, aber streng geheimgehaltene Praktik der Versorgungskonzerne angesprochen.

Jedesmal, wenn die Public Utilities Commission ein neues Mitglied bekam, gaben die Konzerne heimlich eine Untersuchung der Persönlichkeitsstruktur und ein psychologisches Gutachten in Auftrag. Ein Heer von Psychologen befaßte sich mit dem Material, um vor den Vorurteilen der betreffenden Persönlichkeit zu warnen und Schwächen, die man ausnutzen konnte, aufzuzeigen.

Sobald diese Gutachten vorlagen, versuchte ein Angehöriger

der Konzernleitung eine freundschaftliche Beziehung zu dem neuen Kommissionsmitglied herzustellen, lud es nach Hause oder zum Golfspiel ein, besorgte Karten für beliebte Sportveranstaltungen oder arrangierte gemeinsames Forellenfangen irgendwo in der Einsamkeit einer Sierra. Das Gebotene sollte den privaten und diskreten Rahmen nicht sprengen und niemals verschwenderisch wirken. Gelegentlich durfte während der Unterhaltung ein Wort über die Belange des Konzerns fallengelassen, aber nie um einen speziellen Gefallen gebeten werden. Die Beeinflussung war subtiler Natur. Oft wirkte sich diese Taktik zugunsten des Konzerns aus. Manchmal aber auch nicht.

»Wir wußten von vornherein, daß zwei von der Kommission gegen uns stimmen würden«, sagte der Rechtsanwalt. »Genauso sicher waren wir, daß zwei der übrigen drei für uns sein würden. Also blieb nur Cy Reid als Unsicherheitsfaktor. Wir haben Reid bearbeitet und hofften, er würde die Dinge mit unseren Augen sehen. Das war wohl ein Irrtum.«

Nim wußte über das Kommissionsmitglied Cyril Reid Bescheid. Er war Nationalökonom, Doktor der Philosophie und ehemaliger Dozent an der Universität, ohne die geringste praktische Erfahrung. Aber Reid hatte zwei Wahlkämpfe an der Seite des derzeitigen Gouverneurs durchgestanden, und Eingeweihte glaubten zu wissen, daß ihn der Gouverneur im Fall eines Wahlsieges ins Weiße Haus mitnehmen würde.

In einer vertraulichen Mitteilung hatte Nim gelesen, daß Reid früher ein begeisterter Anhänger der Wirtschaftstheorie von John Maynard Keynes gewesen war, jetzt aber zugab, daß die Lehre Keynes zu einer weltweiten Wirtschaftskrise geführt habe. Ein neuerer Bericht einer der Senioren im Vorstand der GSP&L, Stewart Ino, der sich sehr um Reid bemüht hatte, erklärte, daß sich das Kommissionsmitglied »auf den Boden der Realität begeben habe und nun auch gewillt sei, sich mit Einkommenserklärungen und Bilanzen zu befassen, auch mit denen öffentlicher Einrichtungen«. Aber vielleicht, dachte Nim, hatte sich der Politiker Cy Reid schon die ganze Zeit, und in diesem Augenblick ganz besonders, über sie lustig gemacht.

»Man hatte doch wohl hoffentlich diskret Verhandlungen aufgenommen?« fragte der Vorsitzende. »War denn kein Kompromiß möglich?«

Sharlett Underhill erwiderte: »Die Antwort auf beide Fragen lautet ›ja‹.«

»Nun, wenn man einen Kompromiß erzielt hat, weshalb kam es dann nicht dazu?«

Mrs. Underhill zuckte die Achseln. »Was hinter den Kulissen vereinbart wird, hat keinen bindenden Charakter. Drei Mitglieder der Kommission hielten sich jedenfalls nicht an die Empfehlungen.«

Etwas anderes wußten die meisten Leute ebenfalls nicht, dachte Nim: wie viele Verhandlungen während und nach den öffentlichen Hearings im geheimen stattgefunden hatten.

Konzerne wie die GSP&L verlangten bei ihren Preiserhöhungen sicherheitshalber immer mehr, als sie zu erhalten hofften. Man ließ sich auf einen Ritualtanz mit der Kommission ein. Die Kommissionsmitglieder konnten so einen Teil der Forderungen streichen, um ihre öffentliche Pflicht als Wächter zu erfüllen. Der Konzern, der in den Augen der Öffentlichkeit als Verlierer dastand, bekam in Wirklichkeit das, was er wollte – oder zumindest ungefähr.

Wesentliche Einzelheiten wurden in geheimgehaltenen Gesprächen zwischen den Kommissionsmitgliedern und Angehörigen des Konzerns abgesprochen. Nim hatte einmal einer solchen Sitzung in einem kleinen abgeschlossenen Raum beigewohnt und ein Kommissionsmitglied fragen hören: »Wieviel Erhöhung brauchen Sie denn nun wirklich? Vergessen wir einmal den Mist, der auf den öffentlichen Hearings verzapft wird. Nennen Sie uns ehrliche Zahlen, und wir werden Ihnen sagen, wie weit wir gehen können.« Auf beiden Seiten wurde offen miteinander gesprochen, und man war sich schneller einig als auf einem öffentlichen Hearing.

Alles in allem hatte dieses System bisher immer funktioniert. Nur diesmal nicht.

Da Nim wußte, daß der Vorsitzende immer noch wütend war, sagte er vorsichtig: »Es sieht nicht so aus, als würden uns diese Fragen im Moment sehr viel nützen.«

Humphrey seufzte. »Sie haben recht.« Er wandte sich an die Finanzdirektorin. »Sharlett, was sagen die Finanzen? Wie überstehen wir das nächste Jahr?«

»Es gibt nicht viele Möglichkeiten«, sagte Mrs. Underhill,

»aber wir werden sie noch einmal durchrechnen müssen.« Sie verteilte verschiedene Berechnungsunterlagen.

Die Diskussionen dauerten den ganzen Tag an. Am Ende aber blieb nur die Wahl zwischen zwei Möglichkeiten: Die eine war, sämtliche Baupläne, die Wartung der Anlagen und den Kundendienst einzuschränken. Die zweite war, den Aktionären die Auszahlung der Dividenden vorzuenthalten. Man war sich einig, daß die erste Version undenkbar war, die zweite sich aber verheerend auswirken konnte, weil sie zum Sturz der GSP&L-Aktien führen und die Zukunft des Versorgungskonzerns gefährden würde. Doch es gab keinen anderen Ausweg.

Am späten Nachmittag fällte J. Eric Humphrey sichtlich müde und niedergeschlagen die Entscheidung, die von der kleinen Runde erlesener Führungskräfte von Anfang an als unvermeidbar betrachtet worden war. »Der Vorstand wird dem Aufsichtsrat vorschlagen, die Zahlung sämtlicher Dividenden ab sofort und für unbestimmte Zeit einzustellen.«

Das war eine historische Entscheidung.

Seit der Gründung der Golden State Power & Light vor einem dreiviertel Jahrhundert, als die frühere Gesellschaft mit einigen anderen zur GSP&L vereinigt wurde, war der Konzern ein Vorbild an Rechtschaffenheit. Seiner Verpflichtung zur Dividendenausschüttung war er stets nachgekommen. Deshalb war die GSP&L bei den Aktionären als »treue Freundin der Witwen und Waisen« bekannt. Die älteren Einwohner Kaliforniens und anderer Bundesstaaten kauften sich für ihre Ersparnisse GSP&L-Anteile, um von den regelmäßigen Ausschüttungen zu leben. Eine Streichung der Dividenden würde also von weittragender Bedeutung sein: einerseits ein Verlust des regelmäßigen Einkommens, andererseits ein Kapitalverlust, da ja die Aktien in ihrem Kurswert unweigerlich fallen würden.

Kurz bevor es zu dieser verhängnisvollen Entscheidung kam, hatten sich Eric Humphrey, Oscar O'Brien, Sharlett Underhill und Nim wieder versammelt. Wegen des großen Wirbels, den die Entscheidung in der Öffentlichkeit verursachen würde, war auch die Pressechefin dazugeholt worden.

Man hatte für den kommenden Montag zehn Uhr vormittags eine Aufsichtsratssitzung einberufen, und das Finanzkomitee des Direktoriums würde sich eine halbe Stunde vorher treffen.

Voraussichtlich würden beide Sitzungen eine Bestätigung des Beschlusses bringen. Gleich danach würde man die Entscheidung veröffentlichen. In der Zwischenzeit aber mußte strengste Geheimhaltung gewahrt werden, um einen Spekulationshandel mit den Aktien auszuschließen.

»Wenn wir den Raum verlassen«, mahnte Sharlett Underhill die anderen, »dürfen wir bis zur offiziellen Bekanntgabe nicht ein Sterbenswörtchen von dem verlauten lassen, was hier besprochen wurde. Außerdem muß ich Sie davor warnen, von unserer internen Information selbst Gebrauch zu machen und Ihre Aktien noch vor der Bekanntgabe am Montag zu verkaufen. Sie müßten mit einer Strafanzeige rechnen.«

Nim versuchte zu scherzen. »Schon gut, Sharlett, wir werden der Verlockung widerstehen und auf unseren wertlosen Aktienbündeln sitzen bleiben.« Niemand lachte.

»Ich nehme an, daß Sie alle an die in zwei Wochen stattfindende Hauptversammlung denken«, fuhr Teresa Van Buren fort. »Wir werden es mit vielen verstimmten Aktionären zu tun haben.«

»Verstimmt!« schnaubte O'Brien. »Die werden vor Wut schäumen. Wir werden den Ansturm nur mit Hilfe des Überfallkommandos bewältigen können.«

»Das Bewältigen wird eher meine Aufgabe sein«, sagte J. Eric Humphrey. Zum erstenmal an diesem Abend lächelte der Vorsitzende. »Und wenn ich eine kugelsichere Weste brauche.«

4

Nachdem er im Camp von Devil's Gate den Brief von Karen Sloan erhalten hatte, hatte Nim zweimal mit ihr telefoniert. Er versprach ihr, sie so bald wie möglich zu besuchen.

Aber seitdem war soviel vorgefallen, daß Nim seinen beabsichtigten Besuch immer wieder verschieben mußte. Nun hatte Karen ihn mit einem erneuten Brief daran erinnert. Nim las ihn in seinem Büro.

Ganz oben, am Kopf ihres eleganten blauen Briefpapiers, hatte Karen in Großbuchstaben geschrieben:

ICH WAR TRAURIG, ALS DU MIR VOM UNFALL DEINES FREUNDES ERZÄHLTEST, EBENSO, ALS ICH VON SEINEN VERLETZUNGEN LAS

Darunter stand wieder eines ihrer Gedichte.

Erzähl ihm nur von einer,
Die es weiß:
Ein Kerzendocht, der nur schwach brennt,
Ist heller als die Dunkelheit
Im Grab.
Denn leben – egal wie –
Heißt nicht vergessen sein.

Natürlich wird das »Wenn nur«
Auch weiterhin verlorene Träume nähren.
»Wenn nur« an dem verhängnisvollen Tag
Dies oder jenes nicht gewesen wäre,
Dann wäre alles anders,
Als es heute ist.

Führt's auch zu nichts,
Es hilft das Leid ertragen –
Zu überleben.

Verhältnismäßig lange saß Nim ruhig an seinem Schreibtisch und las immer wieder Karens Worte. Schließlich wurde ihm bewußt, daß sein Telefon schon eine Zeitlang läutete.

Als er den Hörer abnahm, fragte seine Sekretärin fröhlich: »Habe ich Sie geweckt?«

»Ja, in gewisser Weise.«

»Mr. London möchte Sie gern sprechen«, sagte Vicki. »Er könnte gleich kommen, wenn Sie Zeit hätten.«

»In Ordnung. Lassen Sie ihn herein.«

Nim legte den blauen Briefbogen in die Schreibtischschublade, in der er private Papiere aufbewahrte. Wenn der richtige Moment gekommen war, würde er Wally Talbot das Gedicht zeigen. Dabei erinnerte er sich, daß er seit jener unglücklichen Begegnung im Krankenhaus nicht mehr mit Ardythe gesprochen hatte, aber er beschloß, dieses Problem noch ein wenig zu verlagen.

Nims Bürotür wurde geöffnet. »Hier ist Mr. London«, kündigte Vicki an.

»Komm herein, Harry.« Nim stellte fest, daß der Leiter der Abteilung für Eigentumsschutz in letzter Zeit immer öfter bei ihm vorbeischaute, und nicht nur aus dienstlichen Gründen. Nim hatte nichts dagegen. Er freute sich über den Gedankenaustausch und darüber, daß ihre Freundschaft immer fester wurde.

»Ich habe gerade gelesen, daß keine Dividenden ausgezahlt werden«, sagte London, während er sich in einen Sessel fallen ließ. »Deshalb wollte ich dich mit ein paar guten Nachrichten aufheitern.«

Die Streichung der Dividenden, der der Aufsichtsrat nur sehr widerwillig zugestimmt hatte, war das Hauptthema in Nachrichten und Kommentaren. In den verschiedenen Bereichen der Wirtschaft reagierte man mit Ungläubigkeit, und es trafen bereits Proteste der Aktionäre ein. In New York und am Pazifik kam es an den Börsen zu Panikverkäufen, und schon nach vier Stunden waren die Aktien auf neun Dollar, das heißt auf ein Drittel ihres früheren Wertes gefallen.

»Was für gute Nachrichten?« fragte Nim.

»Kannst du dich noch an den Tag X in Brookside erinnern?«

»Selbstverständlich.«

»Soeben sind die ersten vier Urteile gefällt worden.«

Nim vergegenwärtigte sich die Fälle, bei denen er dabeigewesen war. »Welche?«

»Der Tankstellenpächter mit der Waschanlage zum Beispiel. Vielleicht wäre er ohne Strafe davongekommen, wenn sein Rechtsanwalt ihn nicht hätte aussagen lassen. Im Kreuzverhör widersprach sich der Kerl mehrmals. Der zweite Fall war der Mann mit dem ›eisernen Gustav‹. Erinnerst du dich?«

»Ja.« Nim erinnerte sich noch gut an das kleine Einfamilienhaus, das Harry London hatte bewachen lassen. Wie sie ganz richtig angenommen hatten, mußten Nachbarn dem Mann vom Besuch des GSP&L-Kundendienstes berichtet haben, denn die Bewacher erwischten ihn, als er den Draht aus dem Stromzähler herausziehen wollte.

»In beiden Fällen und in zwei anderen, die du nicht gesehen hast, verhängte das Gericht Geldstrafen in Höhe von fünfhundert Dollar.«

»Was ist mit dem Arzt geschehen – du weißt schon, mit der Ausschaltmöglichkeit in der Garage?«
»Und der arroganten Frau mit dem Hund?«
»Richtig.«
»Wir brachten den Fall nicht zur Anzeige. Wie die Frau ganz richtig gesagt hat, haben sie einflußreiche Freunde. Sie setzten alle Hebel in Bewegung, sogar hier in unserer Gesellschaft. Unsere juristische Abteilung war nicht einmal sicher, ob wir dem Arzt wirklich hätten nachweisen können, daß er von dem Schalter etwas gewußt hat. Jedenfalls erklärte man es mir so.«
Nim war skeptisch. »Hört sich wie die alte Geschichte vom Messen mit zweierlei Maß an. Es kommt nur darauf an, wer du bist und wen du kennst.«
»Als ich noch bei der Polizei war, habe ich das oft erlebt«, gab London zu. »Trotzdem, der Arzt hat wenigstens seine Schulden bezahlt, und bei anderen, ob mit oder ohne Anklage, kassieren wir ebenfalls, was uns gehört. Ich habe aber noch eine andere Nachricht.«
»Welche?«
»Wie du weißt, habe ich von Anfang an vermutet, daß all diese Manipulationen von Profis ausgeführt worden sind. Sie leisten teilweise so gute Arbeit und verbergen sie so gekonnt, daß unsere Leute vom Kundendienst nur schwer dahinterkommen. Meine Theorie war auch, daß wir es mit Gruppen oder sogar nur einer einzigen großen Gruppe zu tun haben. Kannst du dich erinnern?«
Nim nickte und gab sich Mühe, nicht ungeduldig zu erscheinen.
»Nun, uns ist ein Durchbruch gelungen. Mein Stellvertreter Art Romeo bekam einen Tip, daß in einem Geschäftshaus an Transformatoren herumgebastelt worden sei und auch für Gas – das ganze Gebäude wird damit beheizt – ein illegaler Nebenanschluß existiere. Er ist dem Hinweis nachgegangen und hat alles genauso vorgefunden. Anschließend bin ich hingefahren und habe mir das Ganze angesehen. Art Romeo hat den Hausmeister für uns geworben; wir bezahlen ihn dafür, daß er die Augen offenhält. Ich sage dir, Nim, das ist der dickste Fisch an unserer Angel. Ohne Art Romeos Informanten wären wir nie darauf gekommen.«

»Von wem stammt denn der Tip?« Nim kannte Art Romeo. Er war ein gerissener kleiner Mann, der selbst wie ein Spitzbube aussah.

»Das darfst du einen Polizisten nie fragen, auch keinen Konzerndetektiv«, antwortete Harry London. »Informanten nähren manchmal einen Groll, meistens wollen sie Geld, auf jeden Fall aber müssen sie geschützt werden. Dazu gehört, daß man ihren Namen nicht ausplaudert. *Ich* habe Art Romeo jedenfalls *nicht* gefragt.«

»Schon gut«, stimmte Nim zu. »Aber wenn wir von den illegalen Anschlüssen wissen, warum schlagen wir dann nicht gleich zu?«

»Weil wir in dem Fall nur ein einziges Rattenloch ausheben und die übrigen sich schließen, bevor wir sie entdeckt haben. Wir haben aber noch mehr gefunden.«

»Was denn?«

»Das Geschäftshaus gehört einer Wohnungsbaugesellschaft, den Zaco Properties«, berichtete Harry London. »Zaco gehören noch andere Gebäude – Wohnhäuser, Bürohäuser und einige Läden, die sie an Supermärkte vermietet haben. Wir nehmen also an, daß sie Ähnliches auch an anderer Stelle versuchen werden oder es bereits getan haben. Art Romeo ist gerade dabei, heimlich die übrigen Gebäude zu untersuchen. Das ist im Moment seine einzige Aufgabe.«

»Du sagst, daß der Hausmeister im ersten Gebäude Geld bekommt, damit er die Augen offenhält. Wonach soll er Ausschau halten?«

»Auch illegale Anlagen müssen von Zeit zu Zeit gewartet werden.«

»Wir können also damit rechnen, daß derjenige, der die schönen Umleitungen gebaut hat, eines Tages an den Ort seines erfolgreichen Wirkens zurückkehrt?«

»Richtig. Und damit auch wir davon erfahren, haben wir den Hausmeister auf unsere Seite gebracht. Er ist vom alten Schlag. Ihm entgeht kaum etwas. Er hat schon viel erzählt und scheint die Leute, für die er arbeitet, nicht zu mögen; sie müssen ihn schäbig behandelt haben. Er sagte, daß die illegalen Anschlüsse von vier Männern gelegt worden seien. Sie seien dreimal dagewesen, mit zwei gut ausgerüsteten Lastwagen. Wir haben ihn gebeten, sich beim nächsten Mal die Zulassungsnummern der Lastwagen zu merken, und er soll uns die Männer besser beschreiben.«

Wahrscheinlich war der Hausmeister gleichzeitig der Informant, vermutete Nim, aber er behielt es für sich. »Nehmen wir an, du bekommst die nötigen Beweise«, fragte Nim. »Was dann?«

»Wir werden die Polizei und die Staatsanwaltschaft diskret verständigen. Je weniger Leute wissen, was wir herausgefunden haben, desto besser.«

»Gut«, sagte Nim beifällig. »Das hört sich ja alles sehr vielversprechend an. Aber Romeo soll vorsichtig zu Werke gehen. Wenn der Fall so bedeutend ist, wie du sagst, ist er auch gefährlich. Halte mich bitte über alles auf dem laufenden.«

»Yessir!« Harry London grinste über das ganze Gesicht, und Nim hatte das Gefühl, daß sich sein Freund am liebsten mit militärischem Gruß verabschiedet hätte.

5

Traditionsgemäß verlief die jährliche Aktionärsversammlung der Golden State Power & Light in einer ruhigen, fast langweiligen Atmosphäre. Normalerweise erschienen nur ungefähr zweihundert von den 540 000 Aktionären. Die meisten nahmen keine Notiz davon. Das einzige, was sie interessierte, waren die vierteljährlich ausgeschütteten Dividenden, die bis jetzt so pünktlich und zuverlässig eingetroffen waren wie die vier Jahreszeiten.

Das war jetzt vorbei.

Um zwölf Uhr mittags, zwei Stunden vor Sitzungsbeginn, erschien eine kleine Schar von Aktionären, wies sich aus und betrat den Ballsaal des St. Charles Hotels, der zweitausend Personen Platz bot. Um zwölf Uhr fünfzehn war es bereits eine größere Schar, um zwölf Uhr dreißig eine Heerschar.

Es waren in der Mehrzahl ältere Leute, manche gingen am Stock, einige an Krücken, ein paar saßen im Rollstuhl. Die meisten waren einfach gekleidet. Viele hatten sich Kaffee in

Thermosflaschen und belegte Brote mitgebracht und aßen, während sie auf den Beginn der Hauptversammlung warteten.

Die Stimmung schwankte zwischen Verärgerung und Zorn. Die meisten begegneten den GSP&L-Kontrolleuren, die sich die Ausweiskarten am Eingang zeigen ließen, unhöflich, manche geradezu feindselig.

Um eins, eine Stunde vor Sitzungsbeginn, waren alle zweitausend Stühle besetzt, und der Ansturm auf den Ballsaal nahm immer noch zu. Die Leute machten in erhitzten Diskussionen ihrem Unmut Luft, und hier und da hörte man erregte Worte.

»... sagte, es sei eine *absolut sichere* Geldanlage. Jetzt sind unsere gesamten Ersparnisse zum Teufel...«

»... verdammt schlechte Geschäftsführung...«

»... alles ganz gut und schön, sagte ich dem Burschen, der die Zähler ablesen kam. Aber soll ich jetzt vielleicht von Luft leben?«

»... Rechnungen sind wahrhaftig hoch genug, warum sollen keine Dividenden gezahlt werden? An die...«

»... vollgefressenes Gesindel im Aufsichtsrat; was geht es...«

»... wenn wir einfach sitzen bleiben, bis...«

»Man sollte die Schweine aufhängen. Höchste Zeit, daß...«

Die Verbitterung war groß.

Am Pressetisch vorne im Saal hatten schon einige Journalisten Platz genommen, und zwei Reporter mischten sich unter die Leute, um die Stimmung einzufangen. Eine grauhaarige Frau in einem leichten grünen Hosenanzug wurde interviewt. Sie hatte eine viertägige Busreise von Tempa, Florida, hinter sich, »weil der Bus am billigsten ist; ich habe ja jetzt nicht mehr viel Geld«. Sie schilderte, wie sie vor fünf Jahren aufgehört hatte zu arbeiten, in ein Altenwohnheim gezogen war und von ihren bescheidenen Ersparnissen GSP&L-Aktien gekauft hatte. »Man hat mir versichert, das Geld sei da so gut aufgehoben wie bei der Bank. Jetzt aber habe ich kein Einkommen mehr und werde das Heim verlassen müssen, ohne zu wissen, wohin.« Über ihre Reise nach Kalifornien sagte sie: »Ich konnte mir eigentlich nicht leisten herzukommen, aber ich konnte mir erst recht nicht leisten wegzubleiben. Ich wollte unbedingt wissen, weshalb mir diese Leute das angetan haben.« Während sie sprach, machte ein Pressefotograf Aufnahmen von ihrem ängstlich-bewegten Gesicht. Am nächsten Tag würde dieses Gesicht in den Zeitungen des Landes zu sehen sein.

Das Fotografieren war im Ballsaal erlaubt, Filmen allerdings nicht. Zwei Fernsehmannschaften, die sich in der Hotelhalle aufgebaut hatten, beschwerten sich bei Teresa Van Buren wegen ihres Ausschlusses. Diese sagte trocken: »Wenn wir auch noch Fernsehkameras zuließen, wäre unsere Hauptversammlung der reinste Zirkus.«

Einer der Fernsehleute meuterte: »Als ob das Ganze nicht ohnehin schon einem Zirkus ähnelt.«

Es war Teresa Van Buren, die als erste Alarm schlug, als sie kurz nach halb eins feststellte, daß die Sitzplätze bei weitem nicht ausreichen würden. Die Hotelleitung und die anwesenden Vertreter der GSP&L hielten sofort eine Konferenz ab, in der man sich einigte, noch einen zweiten Saal, etwa von der halben Größe des Ballsaales, zu öffnen. Hier konnten zur Not noch weitere fünfzehnhundert Leute Platz finden und über Lautsprecher die Sitzung im Ballsaal verfolgen. Kurze Zeit später schleppten Angestellte des Hotels Stühle in den Raum.

Aber die Neuangekommenen protestierten sofort. »Unsinn! Ich laß mich doch nicht in einen zweitklassigen Raum stecken«, rief eine robuste Frau mit rotem Gesicht. »Ich bin Aktionärin und habe das Recht, an der Hauptversammlung teilzunehmen, und genau das werde ich auch tun.« Sie löste ein Absperrseil und steuerte geradewegs in den überfüllten Ballsaal. Einige der Umstehenden schoben sich ebenfalls an der Saalwache vorbei und folgten der resoluten Frau. Der Aufseher zuckte hilflos die Achseln, hängte das Seil wieder ein und versuchte, die nachfolgenden Leute in den anderen Saal zu dirigieren.

Ein schmaler Mann mit ernstem Gesicht wandte sich an Teresa Van Buren: »Das ist doch lächerlich. Ich bin extra von New York hierher geflogen, um Fragen zu stellen.«

»Im zweiten Saal werden Mikrofone aufgebaut«, versicherte sie ihm. »Ihre Fragen werden in beiden Sälen zu hören sein und natürlich auch beantwortet werden.«

Der Mann sah die Menschenmenge verächtlich an. »Die meisten Leute hier sind nur Kleinaktionäre. Ich repräsentiere zehntausend Anteile.«

Eine Stimme hinter ihm rief: »Ich habe nur zwanzig, Mister, aber dasselbe Recht wie Sie.«

Beide ließen sich aber überreden, in den kleineren Saal zu gehen.

»Der Mann hat übrigens recht. Die meisten Leute hier besitzen nur wenige Aktien«, sagte Teresa Van Buren zu Sharlett Underhill, die sie im Hotel-Foyer getroffen hatte.

Die Finanzdirektorin nickte. »Ein Großteil der Leute hier hat zehn oder noch weniger Anteile. Nur ein paar haben mehr als hundert.«

Nancy Molineaux vom *California Examiner* stand bei den beiden anderen Frauen und betrachtete ebenfalls die Menschenmenge.

»Hören Sie das?« wandte sich Teresa Van Buren an sie. »Damit ist der Vorwurf widerlegt, daß wir eine monolithische Gesellschaft seien. Diese Leute hier sind die Besitzer.«

Miss Molineaux blieb skeptisch. »Es gibt aber noch genügend Großaktionäre.«

»Nicht so viele, wie Sie denken«, schaltete sich Sharlett Underhill ein. »Mehr als fünfzig Prozent unserer Aktionäre verfügen nur über geringfügige Anteile, hundert und weniger. Unser größter Aktionär ist eine Treuhandgesellschaft, die die Aktien für ihre Angestellten hält – das sind acht Prozent sämtlicher Anteile. Bei anderen Versorgungskonzernen ist die Situation ähnlich.«

Die Journalistin schien nicht beeindruckt.

»Ich habe Sie nicht mehr gesehen, Nancy, seit Sie damals diesen gemeinen Artikel über Nim Goldman geschrieben haben«, fuhr Teresa Van Buren fort. »War das denn nötig? Nim Goldman ist so ein netter, tüchtiger Mann.«

Nancy Molineaux lächelte. Sie tat überrascht. »Hat es Ihnen nicht gefallen? Mein Chef war begeistert.« Während sie sprach, ließ sie das Foyer nicht aus den Augen. »Golden State Power & Light scheint aber wirklich niemandem etwas recht machen zu können. Eine Menge Leute hier sind genauso unglücklich über ihre Stromrechnungen wie über ihre Dividenden.«

Teresa Van Buren folgte dem Blick der Reporterin zu einer Ansammlung von Leuten, die an einem Tresen stand. Da man bei der GSP&L wußte, daß viele ihrer Aktionäre gleichzeitig

Kunden waren, stellte man zur Jahresversammlung immer einen solchen Tresen auf, damit Beschwerden über Gas- und Stromrechnungen gleich an Ort und Stelle vorgebracht werden konnten. Hinter dem Tresen saßen drei Buchhalter und versuchten die Leute zu beschwichtigen, während die Schlange immer länger wurde. Eine Frau protestierte: »Sie können mir nicht einreden, daß diese Rechnung stimmt. Ich lebe allein, verbrauche nicht mehr Strom als vor zwei Jahren, und die Rechnung ist doppelt so hoch.« Ein junger Buchhalter, der das Sichtgerät eines Rechnungscomputers befragte, erklärte die Einzelposten der Rechnung. Die Frau ließ sich aber nicht beschwichtigen.

»Manchmal«, sagte Teresa Van Buren zu Nancy Molineaux, »wollen dieselben Leute gleichzeitig niedrige Preise und höhere Dividenden. Sie können nicht einsehen, daß man nicht beides haben kann.«

Die Journalistin entfernte sich, ohne auf die Bemerkung einzugehen.

Um ein Uhr vierzig, zwanzig Minuten vor der offiziellen Eröffnung der Hauptversammlung durch Eric Humphrey, gab es nur noch einige Stehplätze im zweiten Saal, und immer noch strömten Menschen ins Hotel.

»Ich mache mir wirklich Sorgen«, bemerkte Harry London zu Nim Goldman. Die beiden standen zwischen den zwei Sälen. Der Lärm erschwerte die Verständigung.

London und einige seiner Leute waren aus »Sicherungsgründen« ausgeliehen worden, um das GSP&L-Dienstpersonal tatkräftig zu unterstützen. Nim war vor wenigen Minuten auf Geheiß von J. Eric Humphrey erschienen, um sich ein Bild von der Lage zu machen.

Der Vorsitzende, der normalerweise vor jeder Hauptversammlung mit den Aktionären zu plaudern pflegte, war diesmal vom Chef der Sicherheitsabteilung wegen der feindseligen Stimmung im Saal daran gehindert worden. Im Moment hielt Humphrey sich mit Angehörigen der Konzernleitung im Hintergrund, um mit ihnen auf den gemeinsamen Auftritt um zwei Uhr zu warten.

»Ich mache mir Sorgen«, sagte London noch einmal. »Es wird bestimmt Krach geben. Warst du schon draußen?«

Nim schüttelte den Kopf und folgte London zunächst in die

Vorhalle und dann durch eine Seitentür auf die Straße. Die beiden Männer gingen zum Haupteingang.

Das St. Charles Hotel hatte eine Auffahrt, auf der sich normalerweise der Hotelverkehr abspielte – Taxis, Privatautos und Busse. Aber jetzt war jeglicher Verkehr durch eine schreiende, Plakate schwingende Menge von einigen hundert Demonstranten blockiert. Ein schmaler Zugang wurde von der Polizei mühsam freigehalten.

Die Fernsehleute, die nicht zur Jahresversammlung zugelassen waren, filmten die Menge vor dem Hotel.

Es wurden Schilder mit Parolen hochgehalten.

Kraft und Licht
fürs Volk

Das Volk fordert
Senkung der Preise
für Strom und Gas

Tod
dem kapitalistischen Ungeheuer
der GSP&L

p&lfp fordert
Verstaatlichung der
GSP&L

Der Gewinn gehört allein
dem Volk

Die neu hinzukommenden GSP&L-Aktionäre, die durch die Polizeiabsperrung zum Hoteleingang strebten, lasen die Schilder mit Entrüstung. Ein kleiner Mann mit schütterem Haar und Hörgerät blieb stehen, um die Demonstranten wütend anzuschreien: »Ich gehöre genauso zum Volk wie ihr, und ich habe mein Lebtag gearbeitet, um ein paar Aktien zu kaufen...«

Ein blasser junger Mann mit Brille, der einen Pullover mit der Aufschrift ›Stanford University‹ trug, spottete: »Laß dich ausstopfen, du Kapitalist!«

Eine Aktionärin – jung und attraktiv – rief den Demonstranten zu: »Wenn ihr ein wenig mehr arbeiten und vielleicht etwas Geld sparen würdet...«

Sie wurde von Sprechchören niedergebrüllt: »Alle Macht dem Volk!« und »Nieder mit den Kapitalisten!«

Die Frau ging mit erhobener Faust auf die Menge zu. »Hört mal, ihr Strohköpfe. Ich bin keine Kapitalistin. Ich bin Arbeiterin, in der Gewerkschaft und...«

»Schieber!« ...»Kapitalistische Blutsauger!«... Eines der Parolenschilder ging neben dem Kopf der Frau nieder. Ein Polizeibeamter sprang hinzu, schob das Schild beiseite und geleitete die Frau und den Mann mit dem Hörgerät ins Hotel. Die Demonstranten beschimpften und verspotteten sie und drängten gegen das Absperrseil. Die Polizeikette aber hielt stand.

Zu den Fernsehleuten draußen stießen nun Reporter anderer Medien – unter ihnen erkannte Nim Nancy Molineaux. Aber er hatte keine Lust, ihr zu begegnen.

Harry London beobachtete die Szene in Ruhe. »Siehst du da drüben deinen Freund Birdsong? Er scheint der Kopf des Ganzen zu sein.«

»Er ist zwar kein Freund von mir«, sagte Nim. »Aber ja, ich sehe ihn.«

Die bärtige Gestalt von Davey Birdsong war hinter den Demonstranten aufgetaucht. Harry London und Nim sahen, daß Birdsong in ein Sprechfunkgerät sprach.

»Vielleicht nimmt er mit jemandem drin im Saal Kontakt auf«, meinte London. »Er ist schon zweimal reingegangen und gleich wieder rausgekommen. Er besitzt nur eine Aktie. Ich habe es nachgeprüft.«

»Das genügt«, erklärte Nim. »Schon als Besitzer einer einzigen Aktie hat man das Recht, an der Jahresversammlung teilzunehmen.«

»Ich weiß. Und vielleicht haben sich noch ein paar von seinen Leuten mit einer Aktie dieses Recht erworben. Ich bin sicher, daß sie etwas im Schilde führen.«

Unbemerkt gingen Nim Goldman und Harry London ins Hotel zurück. Die Demonstranten draußen schienen noch stärker zu lärmen als vorher.

In einem kleinen separaten Raum hinter der Bühne des Ballsaals ging J. Eric Humphrey unruhig auf und ab und memorierte noch einmal die Rede, die er in Kürze halten sollte. In den vergangenen drei Tagen hatte es ein Dutzend Fassungen gegeben, die letzte war erst vor einer Stunde abgetippt worden. Und auch jetzt noch, während er Seite für Seite umblätterte, brachte er hier und da eine Änderung an.

Um den Vorsitzenden nicht zu stören, verhielten sich die anderen Anwesenden im Raum ruhig – Sharlett Underhill, Oscar O'Brien, Stewart Ino, Ray Paulsen sowie einige Mitglieder des Aufsichtsrats. Zwei von ihnen schenkten sich an der provisorisch errichteten fahrbaren Bar Drinks ein.

Als die Tür aufging, drehten sich alle Köpfe in die Richtung. Ein Sicherheitsbeamter hielt die Tür auf, und Nim Goldman kam herein.

Humphrey legte die Manuskriptseiten hin. »Nun?«

»Draußen hat sich der Pöbel versammelt.« Nim beschrieb, was er im Ballsaal, dem zweiten Saal und vor dem Hotel beobachtet hatte.

Ein Mitglied des Aufsichtsrats fragte erregt: »Gibt es keine Möglichkeit, die Versammlung zu verschieben?«

Oscar O'Brien schüttelte den Kopf. »Nein, davon kann keine Rede sein. Die Versammlung ist rechtsgültig einberufen. Wir haben keinen Grund, sie abzusagen.«

»Außerdem gäbe es einen Volksaufstand«, fügte Nim hinzu.

»Dazu wird es sowieso kommen«, erwiderte der Mann, der eine Aufschiebung der Versammlung angeregt hatte.

Der Vorsitzende ging zur Bar und schenkte sich Sodawasser ein. Scotch Whisky wäre ihm lieber gewesen, aber er hielt sich an die von ihm selbst aufgestellte Regel, während der Dienststunden keinen Alkohol zu trinken. »Wir wußten im voraus, daß so etwas geschehen würde«, sagte er gereizt, »deshalb ist eine Verschiebung sinnlos. Wir müssen uns eben, so gut es geht, schlagen.« Er nippte am Sodawasser. »Die Leute da draußen haben allen Grund, wütend zu sein – auf uns und über den Ausfall der Dividenden. Mir würde es genauso gehen. Was sollen wir den Leuten denn sagen, die ihr Geld in eine angeblich sichere Sache gesteckt haben und nun feststellen müssen, daß sie gründlich getäuscht worden sind?«

»Sie können ihnen ja die Wahrheit sagen«, schlug Sharlett Underhill vor. Sie wurde vor Aufregung rot. »Sagen Sie ihnen, daß es hier in diesem Land nichts, aber auch rein gar nichts gibt, wo man sein Geld ohne Verlust anlegen könnte. In Aktien wie den unseren jedenfalls nicht mehr. Aber es lohnt sich auch nicht, das Geld auf die Bank zu tragen, weil die Zinsen nicht mit der von unserer Regierung geförderten Inflation Schritt halten können. Nicht, seitdem Scharlatane und Schwindler in Washington den Dollar immer mehr abwerten und sich dabei noch über unseren Ruin freuen. Sie haben uns eine unehrliche Papierwährung beschert, die durch nichts anderes als die wertlosen Versprechungen von Politikern gedeckt ist. Unsere Geldinstitute sind vom Bankrott bedroht. Die Bankversicherung ist nur Fassade. Die soziale Sicherheit ist nichts weiter als Gaukelei. Würden Privatpersonen auf diese Weise operieren, säßen sie längst im Kittchen. Und gediegene Konzerne wie der unsere werden an die Wand gedrückt, gezwungen, das zu tun, was wir getan haben, um ungerechterweise beschimpft zu werden.«

Es wurde beifällig gemurmelt, jemand klatschte sogar, und der Vorsitzende erwiderte trocken: »Sharlett, wollen Sie an meiner Stelle die Rede halten?« Nachdenklich fügte er hinzu: »Alles, was Sie sagen, stimmt natürlich. Aber unglücklicherweise sind die meisten Bürger nicht bereit, zuzuhören und die Wahrheit anzuerkennen – noch nicht.«

»Darf ich fragen, wo Sie Ihre Ersparnisse aufbewahren?« fragte Ray Paulsen neugierig und grinste.

»In der Schweiz«, erwiderte die Finanzdirektorin ernst. »Die Schweiz ist eines der wenigen Länder mit gesunden Finanzen – und die Bahamas. Goldmünzen und Schweizer Franken sind die einzigen stabilen Zahlungsmittel. Wenn Sie sich bis jetzt noch nicht damit eingedeckt haben, kann ich es Ihnen nur dringend empfehlen.«

Nim blickte auf seine Uhr, dann ging er zur Tür und öffnete sie. »Eine Minute vor zwei. Es ist Zeit zu gehen.«

»Jetzt weiß ich wenigstens, wie sich die Urchristen gefühlt haben, bevor sie den Löwen zum Fraß vorgeworfen wurden«, bemerkte Eric Humphrey, als er mit den anderen das Besprechungszimmer verließ.

Die Vertreter des Vorstands und des Aufsichtsrats betraten mit Humphrey die Plattform; der Vorsitzende steuerte direkt auf das Podium mit dem Rednerpult zu, die anderen nahmen auf den Stühlen zu seiner Rechten Platz. Einen Moment lang wurde es im Saal etwas ruhiger. Dann kamen aus den ersten Reihen einige vereinzelte Buh-Rufe, und plötzlich dröhnte der Saal von der Kakophonie der Buhs und Pfiffe. J. Eric Humphrey stand unbewegt auf der Rednertribüne und wartete, daß das Protestgebrüll aufhörte. Als es sich langsam beruhigte, beugte er sich zum Mikrofon vor.

»Ladies und Gentlemen, ich werde mich kurz fassen, was die Eröffnungsworte für unsere diesjährige Hauptversammlung betrifft, da sicher viele von Ihnen daran interessiert sind, Fragen zu stellen...«

Die folgenden Worte gingen im Gebrüll unter. Hin und wieder konnte man einiges verstehen: »Da haben Sie verdammt recht!«... »Wir wollen sofort fragen!«... »Schluß mit dem Gequassel!«... »Wo sind die Dividenden?«

Schließlich konnte Humphrey sich wieder verständlich machen: »Ich werde ganz bestimmt auf die Dividenden zu sprechen kommen, aber zunächst gibt es einige Punkte, die...«

»Herr Vorsitzender, kommen Sie endlich zur Tagesordnung!«

Das war eine Stimme aus dem anderen Saal. An Humphreys Rednerpult leuchtete ein rotes Licht auf, das anzeigte, daß ein Mikrofon im Nachbarsaal eingeschaltet war.

»Welcher Punkt der Tagesordnung?« fragte Humphrey.

»Ich erhebe Einspruch, Herr Vorsitzender, in welcher Art...«

Humphrey unterbrach den anderen. »Bitte sagen Sie uns zunächst Ihren Namen.«

»Ich heiße Homer F. Ingersoll. Ich bin Rechtsanwalt und vertrete dreihundert eigene Anteile und zweihundert weitere Anteile eines Klienten.«

»Was wollten Sie sagen, Mr. Ingersoll?«

»Ich möchte gegen die Art, wie wir hier gleichsam als Aktionäre zweiter Klasse in einem Nebenraum untergebracht sind und der Versammlung nicht wirklich folgen können, wie wir es uns...«

»Aber Sie beweisen doch gerade, wie gut Sie folgen können, Mr. Ingersoll. Ich bedaure, daß wegen des unerwartet großen Andrangs heute...«

»Ich spreche hier zur Tagesordnung, Herr Vorsitzender, und bin noch nicht fertig.«

Humphrey resignierte. »Ja, sprechen Sie, Mr. Ingersoll, aber fassen Sie sich kurz.«

»Vielleicht wissen Sie nicht, Herr Vorsitzender, daß auch der zweite Saal bereits überfüllt ist und draußen noch viele Aktionäre stehen, die nicht zu ihrem Recht kommen. In deren Namen spreche ich.«

»Nein«, gab Humphrey zu, »das wußte ich nicht. Es tut mir leid. Ich muß zugeben, daß unsere Vorbereitungen unzureichend waren.«

Eine Frau im Ballsaal stand auf und rief: »Sie sollten alle zurücktreten! Sie können nicht einmal eine Hauptversammlung organisieren.«

Andere Stimmen brüllten: »Ja, zurücktreten! Zurücktreten!«

Eric Humphreys Lippen wurden schmal. Einen Moment lang sah er nervös aus. Dann gelang es ihm, sich zu beherrschen. Er versuchte es noch einmal: »Die heutige Teilnehmerzahl ist wirklich unvorhergesehen...«

Eine scharfe Stimme fuhr dazwischen: »Genauso unvorhergesehen wie die Streichung unserer Dividenden!«

»Ich kann Ihnen nur sagen – eigentlich wollte ich zu diesem Punkt erst später kommen –, daß die Streichung der Dividenden ein Schritt war, zu dem sich das Direktorium nur sehr zögernd durchgerungen hat...«

Dieselbe Stimme wieder: »Haben Sie vielleicht auch einmal die Kürzung Ihrer eigenen Bezüge erwogen?«

»Es war uns klar, daß es für viele eine Härte bedeuten würde, die...«

In diesem Augenblick geschahen mehrere Dinge gleichzeitig.

Eine große weiche Tomate traf den Vorsitzenden voll ins Gesicht. Sie platzte, und die rote Soße tropfte ihm vom Gesicht herunter auf Hemd und Anzug.

Als wäre das ein Startzeichen gewesen, folgte ein Tomaten- und Eierregen, der auf die Rednertribüne niederprasselte. Viele der Versammelten sprangen auf; einige lachten, aber die anderen sahen sich nach den Schützen um und schienen schockiert zu sein. Da gab es auch schon die zweite Störung. Laute Rufe drangen von draußen herein.

Nim sprang ebenfalls auf. Er hatte im Ballsaal Platz genommen, als die Konzernleitung auf der Rednertribüne erschienen war. Er wollte sehen, woher der Angriff kam, um eventuell einzugreifen. Im nächsten Moment entdeckte er Davey Birdsong. Wie schon zuvor sprach Birdsong auch jetzt wieder in sein Sprechfunkgerät. Nim vermutete, daß der p&lfp-Führer Anweisungen durchgab. Nim versuchte zu ihm vorzudringen, aber es war unmöglich. Im Ballsaal herrschte ein totales Durcheinander.

Plötzlich stand Nim vor Nancy Molineaux. Einen Augenblick wirkte sie unsicher.

Da flammte sein Zorn auf. »Für Sie muß das hier ja ein wahres Festessen sein. Sie können wieder Gift gegen uns spritzen.«

»Ich bemühe mich um Fakten, Goldman.« Sie hatte ihr Selbstbewußtsein wiedererlangt und lächelte spöttisch. »Ich schreibe meine Reportagen so, wie ich es für richtig halte.«

»Schöne Fakten! Einseitig und voreingenommen!« Erregt zeigte er auf Davey Birdsong und sein Sprechfunkgerät. »Warum nehmen Sie *ihn* nicht einmal unter die Lupe?«

»Nennen Sie mir einen Grund, weshalb ich es tun sollte.«

»Ich glaube, daß er den Aufruhr hier angezettelt hat.«

»Wissen Sie das *genau?*«

»Nein.«

»Dann lassen Sie mich Ihnen mal was sagen. Ob er hier nachgeholfen hat oder nicht, spielt keine Rolle. Der Aufruhr entstand, weil viele Leute der Meinung sind, daß die Golden State Power & Light falsch geleitet wird. Oder wollen Sie der Wirklichkeit nicht ins Auge sehen?«

Sie warf Nim einen verächtlichen Blick zu und ging.

Der Lärm draußen wurde immer stärker, und dann drängten plötzlich mehr und mehr Leute in den überfüllten Ballsaal. Einige von ihnen trugen Schilder und Transparente mit Parolen.

Später erfuhr man, was geschehen war. Die Aktionäre, die man wegen Überfüllung beider Säle nicht mehr hereinlassen wollte, hatten sich zusammengeschlossen und gemeinsam die Absperrungen durchbrochen. Im selben Augenblick hatten die

Demonstranten draußen auf dem Vorplatz die Polizeikette gesprengt und waren den eindringenden Aktionären vor dem Ballsaal zu Hilfe gekommen.

Wie Nim vermutete, aber nicht beweisen konnte, leitete Davey Birdsong das gesamte Störmanöver – von der Tomatenschlacht an – mit Hilfe seines Sprechfunkgeräts. Auch die Demonstration auf dem Vorplatz hatte Birdsong arrangiert, genauso wie er einem Dutzend seiner p&lfp-Leute und sich selbst mit dem Kauf jeweils einer einzigen Aktie zur Veranstaltung Zutritt verschafft hatte. Dieser Aktienkauf hatte in weiser Vorausplanung schon einige Monate zuvor stattgefunden.

In dem Tumult hörten nur wenige, was J. Eric Humphrey über Lautsprecher verkündete: »Die Veranstaltung wird unterbrochen. Sie wird in ungefähr einer halben Stunde fortgesetzt.«

6

Im Wohnzimmer ihres Apartments begrüßte Karen ihren Besucher mit dem gleichen strahlenden Lächeln, das er von ihrer ersten Begegnung noch gut in Erinnerung behalten hatte. Dann sagte sie mitfühlend: »Du hast eine schwere Woche hinter dir, Nimrod. Ich habe über die Hauptversammlung gelesen und einiges darüber im Fernsehen gesehen.«

Nim verzog das Gesicht. Der Fernsehbericht hatte sich nur mit dem Tumult befaßt und nichts darüber gesagt, daß sich an die halbstündige Zwangspause eine fünfstündige Diskussion mit Fragen, Antworten und Abstimmung angeschlossen hatte. (Nim mußte allerdings zugeben, daß das Fernsehen, aus den Sälen verbannt, nur die Geschehnisse vor dem Hotel hatte filmen können; so gesehen wäre es besser gewesen, sie hätten die Leute doch hereingelassen.) In der halbstündigen Pause war es gelungen, die Ordnung wiederherzustellen. Am Ende der Marathonsitzung hatte sich jedoch nichts geändert, außer daß alle müde waren; aber vieles, was hatte gesagt werden müssen, war nun ausgesprochen worden. Zu Nims großer Überraschung war am nächsten Tag im *California Examiner* ein sehr ausgewogener Bericht von Nancy Molincaux über die Vorgänge erschienen.

»Wenn es dir nichts ausmacht«, sagte er zu Karen, »möchte ich unseren Jahreszirkus jetzt für eine Weile vergessen.«
»Deinen Jahres – wie hast du das genannt?«
Er lachte. »Reden wir von deinen Gedichten. Sie haben mir gefallen. Hast du schon einmal etwas veröffentlicht?«
Sie schüttelte den Kopf, und er mußte wieder daran denken, daß es der einzige Teil ihres Körpers war, den sie bewegen konnte.
Er war hergekommen, weil er für kurze Zeit den Ärger und die Aufregung der GSP&L vergessen wollte. Außerdem hatte er Karen Sloan wiedersehen wollen, ein Wunsch, der durch ihren Charme und ihre außergewöhnliche Schönheit verstärkt wurde. Sie war genauso schön, wie er sie in Erinnerung hatte – mit glänzendem, schulterlangem blonden Haar, edlen Zügen, vollen Lippen und einer makellosen, zarten Haut.
Nim mußte sich über sich selber wundern – er überlegte allen Ernstes, ob er im Begriff war, sich zu verlieben. Das wäre das Gegenteil vom Üblichen, dachte er. Sex ohne Liebe hatte er oft erlebt. Mit Karen aber würde es Liebe sein – ohne Sex.
»Gedichte schreibe ich nur zum Vergnügen«, sagte Karen. »Als du hereinkamst, habe ich gerade an einer Rede gearbeitet.«
Nim hatte die elektrische Schreibmaschine, die hinter Karen stand, schon bemerkt. Ein Blatt war eingespannt und zur Hälfte beschrieben. Auf einem Seitentisch lagen weitere Blätter ausgebreitet.
»Eine Rede? Für wen? Und worüber?«
»Es ist ein Beitrag für eine Anwaltstagung. Ein Juristenteam ist im Auftrag der Regierung dabei, einen Bericht über Gesetze für Behinderte auszuarbeiten. Manche Gesetze sind gut, andere wieder nicht. Ich habe sie im einzelnen untersucht.«
»*Du* willst Anwälten etwas übers Recht erzählen?«
»Warum nicht? Fachleute sind oft betriebsblind und verrennen sich in ihre Theorien. Sie brauchen jemanden, der ihnen sagt, was in der Praxis aus ihren Gesetzen wird. Deshalb hat man mich auch in diesem Fall um meine Stellungnahme gebeten. Ich habe auf dem Gebiet bereits Erfahrung. Ich werde oft gefragt, wenn es um Gelähmte geht, und konnte schon viele Mißverständnisse aus dem Weg räumen helfen.«

»Was für Mißverständnisse?«

Aus dem angrenzenden Raum hörten sie Küchengeräusche. Als Nim am Morgen anrief, hatte Karen ihn zum Mittagessen eingeladen. Jetzt war Josie, Karens Pflegerin und Haushälterin, die Nim schon bei seinem ersten Besuch kennengelernt hatte, dabei, die Mahlzeit zu bereiten.

»Gleich«, sagte Karen. »Aber könntest du mir vorher helfen? Mein rechtes Bein liegt unbequem.«

Nim stand auf und ging unsicher zum Rollstuhl. Karens rechtes Bein lag über dem linken.

»Leg die Beine einfach um. Das linke Bein auf das rechte, bitte.« Sie sprach mit erstaunlicher Selbstverständlichkeit. Es waren schlanke, schöne Beine in Nylonstrümpfen, stellte Nim fest. Warm und im Augenblick der Berührung aufregend.

»Danke«, sagte Karen schlicht. »Du hast zärtliche Hände.« Als er sie überrascht ansah, fügte sie hinzu: »Da sind wir schon beim ersten Mißverständnis.«

»Mißverständnis?«

»Ja, nämlich daß gelähmte Leute keine normalen Gefühle haben. Es stimmt, daß es Lähmungen gibt, bei denen der Gelähmte kein Gefühl mehr in den Gliedern hat. Aber bei Poliolähmungen, wie in meinem Fall, können die sensorischen Fähigkeiten völlig intakt geblieben sein. So habe ich in meinen Beinen dieselben Empfindungen wie gesunde Menschen. Deswegen können sich Arme oder Beine unbequem anfühlen oder gar ›einschlafen‹.«

»Das habe ich tatsächlich nicht gewußt.«

»Ich weiß.« Sie lächelte schelmisch. »Aber ich habe deine Hände sehr wohl auf meinen Beinen gefühlt, und wenn du es wissen willst – es hat mir Spaß gemacht.«

Ein verwirrender Gedanke kam ihm, aber er verscheuchte ihn. »Gibt es noch mehr?« fragte er sie. »Ich meine, was man falsch macht oder nicht weiß?«

»Das nächste ist, daß die meisten Leute denken, man dürfe Gelähmte nicht auf ihr Leiden ansprechen. Du würdest dich wundern, wenn ich dir sagte, wie viele Leute in Gegenwart eines Gelähmten gehemmt sind. Manche sind verwirrt, andere fürchten sich gar.«

»Kommt das oft vor?«

»Ständig. Letzte Woche war ich zum Beispiel mit meiner Schwester Cynthia zum Essen in einem Restaurant. Der Kellner kam und notierte Cynthias Bestellung, dann fragte er sie, ohne auch nur zu mir hinzuschauen: ›Und was nimmt sie?‹ Cynthia antwortete gottlob: ›Warum fragen Sie sie nicht selbst?‹ Aber auch als ich meine Wünsche nannte, sah er mich nicht an.«

Nim schwieg, dann nahm er Karens Hand in die seine. »Ich schäme mich für uns Gesunde«, gestand er leise.

»Das brauchst du nicht, Nimrod. Du machst soviel gut für die anderen.«

Er legte ihre Hand wieder zurück und sagte: »Als ich letztes Mal hier war, hast du mir ein wenig von deiner Familie erzählt.«

»Heute brauche ich dir gar nicht viel über sie zu erzählen, weil du sie – zumindest meine Eltern – kennenlernen wirst. Ich hoffe, es macht dir nichts aus, daß sie nach dem Mittagessen kurz vorbeikommen. Meine Mutter hat heute frei, und mein Vater hat zufällig in der Nähe einen Auftrag.«

Ihre Eltern kamen ursprünglich aus Österreich, erklärte Karen. In den dreißiger Jahren waren sie als ganz junge Leute in die Vereinigten Staaten gekommen, als sich in Europa die Kriegswolken zusammenballten. Sie lernten sich in Kalifornien kennen, heirateten und hatten zwei Kinder – Cynthia und Karen. Den ursprünglichen Familiennamen, Schlonhauser, hatten sie im Zuge der Naturalisierung in Sloan anglifiziert. Karen und Cynthia wuchsen wie amerikanische Kinder auf.

»Dann ist also Cynthia älter als du?«

»Ja, sie ist drei Jahre älter und sehr schön. Meine große Schwester. Du mußt sie unbedingt einmal kennenlernen.«

Das Klappern in der Küche hatte jetzt aufgehört, und Josie kam mit einem beladenen Servierwagen herein. Sie stellte einen kleinen zusammenklappbaren Tisch vor Nim auf und befestigte an Karens Rollstuhllehnen ein Tablett. Vom Servierwagen trug sie das Essen auf – kalten Lachs mit Salat und warmes französisches Brot. Josie schenkte den beiden Wein ein – ein gekühlter Louis Martini Pinot Chardonnay. »Ich kann mir nicht jeden Tag Wein leisten«, sagte Karen. »Aber heute ist ein besonderer Tag, weil du wiedergekommen bist.«

»Soll ich dich füttern, oder soll Mr. Goldman es tun?« fragte Josie.

»Möchtest du, Nimrod?« fragte Karen.

»Ja«, antwortete er. »Aber wenn ich etwas falsch mache, mußt du schreien.«

»Es ist wirklich nicht schwer. Wenn ich den Mund öffne, mußt du einfach einen Bissen hineinschieben.«

Mit einem Blick auf Karen und einem wissenden Lächeln zog sich Josie in die Küche zurück.

»Siehst du«, sagte Karen, nachdem sie eine Weile gegessen hatten und Karen gerade einen Schluck Wein bekommen hatte, »du kannst es sehr gut. Würdest du mir bitte den Mund abwischen?« Er tat es mit ihrer Serviette.

Während er Karen weiterfütterte, empfand er eine seltsame Intimität, die in gewisser Weise sinnlich und doch in ihrer Art einzigartig war. Etwas Ähnliches hatte er noch nie erlebt.

Gegen Ende der Mahlzeit sagte sie: »Ich habe dir viel von mir erzählt. Jetzt erzähl du mir etwas von dir.«

Er schilderte mit knappen Worten Kindheit, Familie, Arbeit, seine Ehe mit Ruth, die Kinder Leah und Benjy. Durch Karens Fragen angeregt, sprach er auch über seine gegenwärtigen Zweifel an seinem religiösen Erbe, von dem er nicht wußte, ob er es an seine Kinder weitergeben sollte, und schließlich kam er zur Zukunft seiner Ehe – falls dieser überhaupt eine beschieden war.

»Jetzt ist aber Schluß«, sagte er dann. »Ich bin nicht hergekommen, um dich zu langweilen.«

Lächelnd schüttelte Karen den Kopf. »Ich glaube nicht, daß du mich jemals langweilen könntest, Nimrod. Du bist eine sehr interessante Persönlichkeit. Außerdem mag ich dich mehr als alle anderen Menschen, die mir begegnet sind.«

»Genauso geht es mir mit dir«, gestand Nim.

Karen wurde rot. »Möchtest du mich küssen, Nimrod?«

Während er aufstand, antwortete er leise: »Ja, das möchte ich sehr gerne.«

Ihr Kuß war warm und zärtlich. Nim wollte gerade die Arme um Karen legen, um sie näher an sich heranzuziehen, als ein scharfer Summton und das anschließende Öffnen der Tür sowie Stimmen zu hören waren. Nim trat schnell einen Schritt zurück.

»Zu einem schlechteren Zeitpunkt konnten sie nicht kommen«, flüsterte Karen. Dann rief sie: »Herein!« und einen

Augenblick später: »Nimrod, ich möchte, daß du meine Eltern kennenlernst.«

Ein älterer, würdig aussehender Mann mit angegrautem, lockigem Haar und wettergebräuntem Gesicht streckte ihm die Hand entgegen. Als er sprach, hörte Nim sofort den Akzent des Österreichers heraus. Seine Stimme klang tief. »Ich bin Luther Sloan, Mr. Goldman. Das ist meine Frau Henrietta. Karen hat uns von Ihnen erzählt, und wir haben Sie auch schon im Fernsehen gesehen.« Die Hand, die Nim drückte, war rauh und schwielig.

Auch Karens Mutter schüttelte Nim die Hand. »Es ist nett von Ihnen, daß Sie sich um unsere Tochter kümmern. Sie freut sich sehr über Ihre Besuche, und das tun wir auch.« Sie war eine kleine nette Frau, bescheiden gekleidet, das Haar trug sie in einem altmodischen Knoten. Sie sah älter aus als ihr Mann. Von ihr schien Karen die Schönheit geerbt zu haben, aber jetzt war das Gesicht gealtert, und den Augen sah man die Überanstrengung und Müdigkeit an.

»Ich bin hier, weil ich mich in Karens Gesellschaft sehr wohl fühle«, versicherte Nim.

Als Nim zu seinem Stuhl zurückgegangen war und auch die Sloans Platz genommen hatten, brachte Josie eine Kanne Kaffee und vier Tassen herein. Mrs. Sloan schenkte ein und war Karen beim Trinken behilflich.

»Daddy«, sagte Karen, »was macht das Geschäft?«

»Es könnte besser sein«, seufzte Luther Sloan. »Die Materialkosten steigen fast täglich. Aber das wissen Sie sicherlich auch, Mr. Goldman. Wenn ich nur die Selbstkosten berechne und dann noch meine Arbeitszeit, glauben die Leute, ich will sie betrügen.«

»Das kenne ich«, sagte Nim. »Dieselben Vorwürfe bekommt auch unsere Gesellschaft dauernd zu hören.«

»Aber Sie sind ein großer Konzern mit einem breiten Rücken. Ich beschäftige nur drei Leute, Mr. Goldman. Eines Tages werde ich das Geschäft schließen, weil es sich nicht mehr lohnt. Am schlimmsten ist die Buchführung, jedesmal werden es mehr Formulare, die man ausfüllen muß, ich weiß gar nicht, warum die soviel wissen wollen. Ganze Abende und Wochenenden hat man damit zu tun, aber dafür bezahlt einen kein Mensch.«

»Luther, du mußt doch nicht der ganzen Welt unsere Probleme erzählen«, ermahnte Henrietta Sloan ihren Mann.

»Karen hat gefragt, wie es mit dem Geschäft geht, und da habe ich geantwortet.«

»Auf jeden Fall wirst du bald ein Auto bekommen«, sagte Henrietta. »Wir haben die Anzahlung jetzt fast beisammen, den Rest borgen wir uns.«

»Mutter«, protestierte Karen, »ich habe oft genug gesagt, daß es nicht wichtig ist. Ich komme schon an die Luft. Josie geht doch immer mit mir spazieren.«

»Aber nicht so oft, wie du könntest, und auch längst nicht so weit.« Henrietta preßte die Lippen fest aufeinander. »Du wirst ein Auto bekommen. Das verspreche ich dir, mein Kind. Bald.«

»Ich habe auch schon darüber nachgedacht«, sagte Nim. »Als ich das letzte Mal hier war, erwähnte Karen, daß sie gern einen Kombiwagen hätte, in dem ihr Rollstuhl Platz hätte und den Josie fahren könnte.«

Karen erwiderte entschlossen: »Jetzt hört auf, euch Sorgen zu machen. Bitte!«

»Ich mache mir keine Sorgen. Ich dachte nur daran, daß unsere Gesellschaft kleine Kombiwagen oft schon nach ein, zwei Jahren durch neue ersetzt. Dabei sind viele noch in sehr gutem Zustand. Soll ich mich einmal nach einem günstigen Wagen umhören?«

Luther Sloans Gesicht hellte sich auf. »Das wäre eine große Hilfe. Natürlich werden wir den Wagen noch für den Rollstuhl umrüsten lassen müssen.«

»Vielleicht können wir Ihnen auch dabei behilflich sein«, meinte Nim.

»Wir geben Ihnen am besten unsere Telefonnummer«, schlug Henrietta vor. »Wenn Sie etwas Geeignetes gefunden haben, können Sie uns anrufen.«

»Nimrod, das wäre wundervoll.« Karen strahlte.

Sie unterhielten sich noch eine Weile über dieses und jenes, bis Nim auf die Uhr sah und entsetzt feststellte, wie schnell die Zeit vergangen war. »Ich muß jetzt gehen«, erklärte er.

»Wir ebenfalls«, sagte Luther Sloan. »Ich muß in einem alten Haus hier in der Gegend neue Gasrohre verlegen – für *Ihr* Gas, Mr. Goldman –, und ich muß bis heute abend damit fertig sein.«

»Und wenn ihr denkt, daß ich nichts zu tun habe, so habt ihr euch geirrt«, fiel Karen in den Chor mit ein. »Ich muß eine Rede zu Ende schreiben.«

Ihre Eltern verabschiedeten sich liebevoll. Bevor Nim ging, war er noch einen kurzen Augenblick mit Karen allein. Er küßte sie ein zweites Mal. Eigentlich sollte es nur ein Kuß auf die Wange werden, aber sie drehte den Kopf, und ihre Lippen trafen sich. Sie lächelte ihn glücklich an. »Komm bald wieder«, flüsterte sie.

Die Sloans fuhren mit Nim im Lift hinunter. Alle drei waren zunächst mit ihren eigenen Gedanken beschäftigt. Dann sagte Henrietta mit monotoner Stimme: »Wir bemühen uns, für Karen das Beste zu tun. Manchmal wünschten wir, es wäre mehr.« Sie sah niedergeschlagen aus.

»Ich glaube nicht, daß Karen es so empfindet«, entgegnete Nim ruhig. »Soviel ich gehört habe, ist sie Ihnen sehr dankbar für alles, was Sie für sie getan haben.«

Henrietta schüttelte so heftig den Kopf, daß der Knoten in ihrem Nacken wackelte. »Was wir auch tun, es ist immer nur das *mindeste*, was wir tun können. Es ist nicht mehr als eine dürftige Entschädigung dafür, was wir ihr angetan haben – vor langer, langer Zeit.«

Luther legte ihr liebevoll die Hand auf den Arm. »Liebste, wir haben doch schon so oft darüber gesprochen. So darfst du nicht denken, es schadet dir nur.«

»Du denkst genauso. Das weißt du ganz genau«, entgegnete sie scharf.

Luther seufzte, dann fragte er Nim: »Hat Karen Ihnen erzählt, daß sie Kinderlähmung hatte?«

Er nickte. »Ja.«

»Hat sie Ihnen erzählt, wie es dazu kam?«

»Nein. Jedenfalls nicht genau.«

»Das tut sie für gewöhnlich auch nicht«, sagte Henrietta.

Sie waren unten angekommen, verließen den Aufzug und blieben in der kleinen verlassenen Eingangshalle stehen, während Henrietta Sloan fortfuhr: »Karen war fünfzehn und ging noch zur High School. Sie war ein ehrgeiziges Mädchen und gehörte zur Leichtathletikmannschaft ihrer Schule. Ihre Zukunft sah sehr hoffnungsvoll aus.«

»Worauf meine Frau hinaus will«, sagte Luther, »ist, daß wir zwei in jenem Sommer eine Europareise planten. Es waren noch einige Leute von unserer Lutherischen Gemeinde dabei – es sollte sozusagen eine Wallfahrt zu heiligen Stätten werden. Wir hatten Karen in einem Ferienlager angemeldet und redeten uns ein, daß ihr das Landleben guttun würde. Außerdem war unsere ältere Tochter Cynthia zwei Jahre vorher im selben Camp gewesen.«

»Die Wahrheit ist, daß wir mehr an uns als an Karen dachten«, ergänzte Henrietta.

Ihr Mann fuhr fort, als wäre er nicht unterbrochen worden: »Aber Karen wollte nicht ins Ferienlager. Da gab es einen Jungen, mit dem sie sich öfter traf, und der blieb den Sommer über in der Stadt. Karen wollte in seiner Nähe sein. Aber Cynthia war bereits abgereist; Karen hätte ganz allein zu Hause bleiben müssen.«

»Karen redete auf uns ein«, sagte Henrietta. »Das Alleinsein würde ihr nichts ausmachen, und was den Jungen betraf, könnten wir zu ihr Vertrauen haben. Sie sagte uns sogar, daß sie eine böse Vorahnung habe, daß irgend etwas schiefgehen würde, wenn sie führe. Ich höre noch immer ihre Worte und werde sie wohl nie vergessen.«

Nim konnte sich die Szene gut vorstellen. Die Sloans als junge Eltern, Karen, kaum den Kinderschuhen entwachsen. Drei starke Persönlichkeiten, deren Meinungen in aller Heftigkeit aufeinanderprallten. Alle drei mußten damals völlig andere Menschen als heute gewesen sein.

Als wollte er es endlich hinter sich bringen, erzählte Luther schnell weiter. »Es kam zu einem großen Familienkrach, der damit endete, daß Karen ins Ferienlager fuhr. Während wir in Europa waren, brach dort eine Polio-Epidemie aus.«

»Wenn sie doch nur zu Hause geblieben wäre«, begann Henrietta. »So, wie sie es gewollt hatte ...«

Ihr Mann unterbrach sie: »Das genügt. Ich glaube, Mr. Goldman kann sich ein Bild machen.«

»Ja«, antwortete Nim leise. »Ich denke, ja.« Er erinnerte sich an die Verse, die ihm Karen nach Wally Talbots Unfall geschickt hatte:

> »*Wenn nur*« *an dem verhängnisvollen Tag*
> *Dies oder jenes nicht gewesen wäre,*
> *Dann wäre alles anders,*
> *Als es heute ist.*

Jetzt erst verstand er diese Zeilen, und weil er das Gefühl hatte, er müßte noch etwas sagen, fügte er hinzu: »Ich finde, Sie dürfen sich keine Vorwürfe machen. Für tragische Umstände...«

Ein Blick von Luther Sloan und ein »Bitte, Mr. Goldman« ließen ihn verstummen. Er hätte eigentlich wissen sollen, daß alle Argumente längst erwogen und verworfen worden waren. Es gab nichts auf dieser Welt, das die beiden von ihrer Last erlöst hätte.

»Henrietta hat recht«, sagte Luther. »Ich denke genauso wie sie. Wir beide werden diese Schuld mit ins Grab nehmen.«

Seine Frau fügte hinzu: »Das habe ich vorhin damit gemeint – daß alles, was wir tun, nicht genug ist, auch wenn wir Karen ein Auto besorgen.«

»Das stimmt aber nicht«, versuchte Nim noch einmal die unglücklichen Eltern zu trösten.

Sie verließen das Haus und traten auf die Straße hinaus. Nims Auto stand nur wenige Meter entfernt.

»Vielen Dank, daß Sie mir das alles erzählt haben«, sagte er. »Ich werde mich um einen Kombiwagen bemühen – sobald ich dazu komme.«

Wie Nim erwartet hatte, kamen zwei Tage später neue Verse von Karen.

> Bist nie du als Kind
> Auf dem Gehsteig gehüpft,
> Ohne auf Fugen zu treten?
> Und als du älter warst,
> Sahst du dich nicht im Geiste
> Auf einem Drahtseil
> Über Abgründe turnen
> Und mit dem Unheil scherzen?
>
> Der Fall war tief und schrecklich,

Die Katastrophe groß
Und süß das Selbstmitleid.

Ebenso trifft uns die Liebe –
Auch wenn sie sich heiter gibt.
Kaum fühlen wir des Glückes Höhen,
Schon zieht uns der Schmerz in die Tiefe.

Aber dennoch scheuchen wir von uns
Dieser Gedanken Pein
Und freuen uns über das Jetzt.
Du auch?

7

Es ging um Tunipah.

»Egal, worüber man mit dem Gouverneur dieses Staates spricht«, erklärte J. Eric Humphrey, »es hinterläßt nicht mehr Spuren, als wenn man die Hand in einen Eimer Wasser taucht. Kaum hat man die Hand herausgezogen, ist die Oberfläche wieder glatt wie zuvor.«

»Außer«, betonte Ray Paulsen, »daß die Hand naß wird.«

»Ich habe Sie gewarnt«, sagte Teresa Van Buren. »Gleich nach dem Blackout vor zwei Monaten habe ich Sie gewarnt, daß die Leute – auch die Politiker – ein kurzes Gedächtnis haben. Man hat den Stromausfall und auch seine Gründe längst wieder vergessen.«

»Gedächtnisschwund ist in diesem Fall nicht das Problem«, versicherte Oscar O'Brien. Der Justitiar hatte mit Eric Humphrey zusammen an den letzten Sitzungen des kalifornischen Repräsentantenhauses teilgenommen, als Vorschläge für die Errichtung neuer Kraftwerke – auch für das Projekt von Tunipah – diskutiert wurden. »Unser Gouverneur hat nur ein Problem – er möchte um jeden Preis Präsident der Vereinigten Staaten werden.«

»Wer weiß? Vielleicht wäre er sogar ein guter Präsident«, meinte Nim Goldman.

»Das ist schon möglich«, gab O'Brien zu. »Aber inzwischen

ist Kalifornien mit einem Oberhaupt gestraft, das weder Standpunkte bezieht noch Entscheidungen trifft. Er möchte nicht eine einzige Wählerstimme verlieren.«

»Wenn das vielleicht auch ein wenig übertrieben klingt«, sagte Eric Humphrey, »so trifft es doch den Kern unseres Problems.«

»Dazu kommt«, sagte O'Brien und blies seinen Zigarrenrauch in die Runde, »daß alle anderen Personen, die in Sacramento Rang und Namen haben, aus den gleichen oder ähnlichen Gründen für unsere Sorgen taub sind.«

Mit Eric Humphrey waren es fünf Personen, die sich in den Räumen des Vorsitzenden zu einem Gespräch zusammengefunden und auf der Sitzgruppe zwanglos Platz genommen hatten.

In weniger als zwei Wochen sollten die öffentlichen Hearings über das mit Kohle betriebene Großkraftwerk von Tunipah beginnen. Und obwohl das Projekt für Kalifornien wichtig war – als Privatmann war der Gouverneur eindeutig für den Bau eines solchen Kraftwerks, ebenso seine Berater und engsten Vertrauten –, wollte aus politischen Gründen niemand die Tunipah-Pläne unterstützen. Der Konzern sollte, trotz der starken Opposition, den Kampf allein durchstehen.

Noch etwas anderes hatte der Gouverneur abgelehnt. Die GSP&L hatte beantragt, daß die verschiedenen Gremien, in denen über die Genehmigung zum Bau des Kraftwerks von Tunipah verhandelt werden sollte, sich wegen der Dringlichkeit des Projekts zu gemeinsamen Hearings zusammenfänden. Statt dessen mußten die Dinge ihren langwierigen Gang nehmen. Das bedeutete, die ermüdenden Diskussionen von vier separaten Körperschaften der Regierung abzuwarten, wobei die Aspekte zwar unterschiedlich waren, sich aber auch häufig überschnitten.

Teresa Van Buren fragte: »Hält man es für möglich, daß der Gouverneur oder sonst jemand von der Regierung in Sacramento seine Ansicht ändert?«

»Nur wenn die Schweine für sich selbst einen Vorteil darin sehen«, grollte Ray Paulsen. »Und das wird nicht vorkommen.«

Paulsen war in letzter Zeit besonders schlecht auf die Regierungsstellen zu sprechen, weil jede Genehmigung mit großen Verzögerungen verbunden war. Als der für die Energieversorgung verantwortliche Direktor würde Paulsen die unpopuläre Rolle zufallen, über Stromsperren, wie sie in Zukunft notwendig sein würden, zu entscheiden.

»Ray hat recht«, bestätigte O'Brien. »Wir alle wissen, was aus unseren Plänen zum Bau von Kernkraftwerken wurde. Inoffiziell räumte man ein, daß man Kernkraftwerke benötige, aber es fehlte der Mut, es laut zu sagen.«

»Nun«, ergriff Eric Humphrey wieder das Wort, »ob uns diese Haltung zusagt oder nicht, interessiert niemanden. Aber jetzt zu den Hearings über Tunipah. Ich habe mir einige Gedanken darüber gemacht, die ich Ihnen mitteilen möchte. Ich finde, unsere Beteiligung bei den Hearings sollte so wirkungsvoll wie möglich sein. Vor allem müssen wir sachlich und ruhig bleiben. Und im Kreuzverhör alle das gleiche antworten. Die Taktik der Opposition wird darauf abzielen, uns zu provozieren. So weit dürfen wir es nicht kommen lassen. Ich wünsche, daß sich niemand von uns zu irgend etwas hinreißen läßt.«

»In Ordnung. Wir werden das beherzigen«, sagte Oscar O'Brien.

Ray Paulsen warf Nim Goldman einen finsteren Blick zu. »Denken Sie daran. Das war auf Sie gemünzt.«

Nim verzog das Gesicht. »Ich übe mich bereits in Zurückhaltung, vor allem in diesem Augenblick.«

Keiner von ihnen hatte ihren Zusammenstoß auf der Vorstandssitzung vergessen, auf der Nim Goldman und Teresa Van Buren für einen härteren Kurs in der Öffentlichkeitsarbeit eingetreten waren, von Paulsen und der Mehrheit der Vorstandsmitglieder aber torpediert worden waren. Aus den Worten des Vorsitzenden konnte man schließen, daß die »gemäßigte Linie« immer noch als Richtschnur galt.

»Glauben Sie wirklich, daß ich auf diesen Hearings persönlich auftreten muß?« wandte sich Eric Humphrey an O'Brien.

Dieser nickte. »Auf jeden Fall.«

Hinter Humphreys Frage stand der Wunsch, die Aufmerksamkeit der Öffentlichkeit nicht auf seine Person zu lenken. Während der vergangenen zehn Tage hatte es wieder zwei Bombenanschläge auf Einrichtungen der GSP&L gegeben. Es war zwar kein nennenswerter Schaden entstanden, doch man war daran erinnert worden, daß die Einrichtung und das Personal auch weiterhin gefährdet waren. Erst am Vortag hatte ein anonymer Anrufer bei einer Rundfunkstation verkündet, daß weitere Geschäftsführer der Golden State Power & Light für ihre am Volk begangenen Verbrechen büßen müßten.

O'Brien fügte hinzu: »Sie werden nur ein paar Worte sagen müssen, Eric, die brauchen wir fürs Protokoll.«

Der Vorsitzende stöhnte. »Nun gut.«

Nim dachte mit Bitterkeit daran, daß er die unangenehmen Aufgaben nicht so einfach abschütteln konnte. Bei den kommenden Hearings würde er als wichtigster Zeuge auftreten, während die anderen Vertreter der GSP&L nur über technische Daten befragt werden würden. Nim sollte das gesamte Tunipah-Projekt schildern. Oscar O'Brien würde die entsprechenden Fragen stellen.

Nim und O'Brien hatten schon einige Male geprobt. Ray Paulsen beteiligte sich ebenfalls.

Während ihrer Arbeit mit O'Brien bemühten sich Nim und Ray Paulsen, ihre sonstige Gegnerschaft hintanzustellen, und manchmal kam es beinahe zu freundlichen Tönen zwischen ihnen.

In einer solchen günstigen Situation fragte Nim bei Ray Paulsen wegen eines gebrauchten Kombiwagens für Karen Sloan an, da der Fuhrpark zu einer der Energieversorgung untergeordneten Abteilung gehörte.

Zu Nims Überraschung war Paulsen interessiert und hilfsbereit. Innerhalb von achtundvierzig Stunden hatte er ein Fahrzeug ermittelt, das in Kürze zum Verkauf stehen würde. Darüber hinaus fertigte Paulsen persönlich die Skizzen an, wie man den Wagen umbauen mußte, um einen Rollstuhl aufnehmen zu können und diesen, wenn er erst einmal drin war, festzustellen. Karen rief Nim an und berichtete ihm, daß ein Mechaniker der GSP&L bereits bei ihr gewesen wäre, um den Rollstuhl auszumessen und die Elektroanschlüsse zu prüfen.

»Für mich war es eines der wichtigsten Ereignisse meines Lebens, daß du den roten Kreis auf der Karte gesehen hast und hergekommen bist«, sagte Karen während des Telefongesprächs. »Wann kommst du mal wieder vorbei? Bald, hoffe ich.«

Später rief er dann Luther und Henrietta, Karens Eltern, an. Sie waren überglücklich, daß es mit dem Auto so schnell geklappt hatte, und versprachen, sofort einen Bankkredit aufzunehmen.

Oscar O'Briens Stimme brachte Nim in die Gegenwart zurück: »Ich nehme an, daß Sie sich darüber klar sind, wie lange sich das ganze Tunipah-Verfahren hinziehen kann.«

»Viel zu lange«, erwiderte Paulsen finster.

Teresa Van Buren erkundigte sich: »Was schätzen Sie im günstigsten Fall, Oscar?«

»Vorausgesetzt, wir gehen aus den verschiedenen Hearings siegreich hervor, müssen wir damit rechnen, daß unsere Gegner klagen werden. Wenn wir auch das überstanden haben, sind sechs oder sieben Jahre verstrichen.« Der Justitiar blätterte in seinen Papieren. »Vielleicht interessieren Sie sich auch noch für die Kosten. Meine Abteilung schätzt, daß unsere eigenen Kosten – unabhängig davon, ob wir gewinnen oder verlieren – sich auf etwa fünfeinhalb Millionen Dollar belaufen werden. Umweltstudien werden noch ein paar weitere Millionen kosten, und ehe der Bau nicht genehmigt ist, können wir den ersten Spatenstich nicht vornehmen.«

»Diese Information sollten Sie unter die Leute bringen«, empfahl Eric Humphrey der Pressechefin. »Je weiter sie verbreitet ist, desto besser.«

»Ich werde mich bemühen«, entgegnete Teresa Van Buren. »Allerdings kann ich nicht garantieren, daß es außer uns viele Leute interessiert.«

»Das wird spätestens dann der Fall sein, wenn die Lichter ausgehen«, versicherte Humphrey. »Inzwischen müssen wir unsere anderen Projekte – das Pumpspeicher-Kraftwerk Devil's Gate und die geothermischen Anlagen von Fincastle – nach besten Kräften vorantreiben.«

»›Nach besten Kräften‹, haben Sie ganz richtig eingeschränkt«, bemerkte O'Brien. Er berichtete, daß sie sich erst in bürokratischen Dschungelrandgebieten aufhielten. Unzählige Schwierigkeiten lagen noch vor ihnen. Die Opposition gegen Devil's Gate und Fincastle würde immer stärker ...

Während Nim zuhörte, stieg Zorn über das unzulängliche System und die Halbherzigkeit, mit der man ihm begegnete, in ihm auf. Er wußte, daß er auf dem Tunipah-Hearing mit Problemen rechnen mußte. Vor allem durfte er nicht die Beherrschung verlieren, wenn man ihn angriff. Er mußte sich um Geduld bemühen, selbst wenn ihm die Galle überlief.

8

J. Eric Humphrey saß mit rotem Gesicht und sehr unbehaglich auf dem Zeugenstuhl mit der harten Lehne. Dort saß er schon einen halben Tag – viel länger, als »die paar Worte« gedauert hätten, die Oscar O'Brien ihm versprochen hatte.

Einen Schritt vor ihm stand Davey Birdsong wie in einer echten Gerichtsverhandlung und sah den Zeugen an. Birdsong schwankte ein wenig, als er sein stattliches Gewicht von den Fersen auf die Ballen und wieder zurück verlagerte. »Da Sie schwerhörig zu sein scheinen, wiederhole ich meine Frage: Was verdienen Sie im Jahr?«

Humphrey, der mit der Antwort gezögert hatte, als die Frage zum erstenmal gestellt wurde, sah zum Anwaltstisch hinüber, wo O'Brien saß. Der Rechtsanwalt zuckte kaum merklich die Achseln.

Der Vorsitzende der GSP&L öffnete kaum die Lippen, als er antwortete: »Zweihundertfünfundvierzigtausend Dollar.«

Birdsong wehrte mit einer Handbewegung ab. »Nein, Sie mißverstehen mich. Ich habe nicht nach den Zinserträgen der Golden State Power & Light gefragt. Ich wollte nur wissen, wieviel Sie ganz persönlich verdienen.«

Humphrey konnte über Birdsongs Witzeleien nicht lachen und erwiderte ernst: »Das habe ich Ihnen gerade gesagt.«

»Ist ja unglaublich!« Birdsong schlug sich in theatralischer Geste mit der Hand vor den Kopf. »Ich hätte nicht geglaubt, daß irgend jemand soviel Geld verdienen könnte.« Er gab einen hörbaren Pfiff durch die Zähne von sich. »Junge, Junge!«

Von den Zuschauern des stickig warmen, überfüllten Raumes kam ein lebhaftes Echo auf diesen Pfiff. Einer rief: »Wir Verbraucher müssen dafür zahlen! Das ist, verdammt noch mal, zuviel!«

Der Störer erhielt Beifall.

Der Leiter der Kommission blickte auf den Zeugen, den

Fragesteller und die Zuschauer und griff zum Hammer. Er klopfte kurz auf den Tisch und befahl: »Ruhe, bitte!« Der Leiter der Kommission war ein Mann von Mitte Dreißig mit einem jungenhaften rosigen Gesicht. Er war vor einem Jahr zu diesem Posten gekommen, nach treuen Diensten für die herrschende politische Partei. Eigentlich war er Buchhalter, und es hieß, daß er ein Verwandter des Gouverneurs sei.

Während der Kommissionsleiter sprach, stand O'Brien langsam auf. »Herr Vorsitzender, ist diese Belästigung meines Zeugen wirklich nötig?«

Der Leiter der Kommission betrachtete Birdsong mit seinen schäbigen Jeans, dem bunten Hemd mit offenem Kragen und seinen Tennisschuhen voller Mißbilligung. Humphrey hingegen war in seinem dreiteiligen deLisi-Anzug aus New York tadellos gekleidet.

»Sie haben gefragt und eine Antwort bekommen, Mr. Birdsong«, sagte der Leiter der Kommission. »Wir kommen auch ohne Ihre Theatralik aus. Bitte fahren Sie fort.«

»Gewiß, Herr Vorsitzender.« Birdsong wandte sich wieder Eric Humphrey zu. »Sie sagten also zweihundertfünfundvierzigtausend Dollar?«

»Ja.«

»Gibt es noch andere Vergünstigungen, die Sie als großes Tier...« (Gelächter von seiten der Zuschauer.) »Entschuldigen Sie vielmals, ich meine als Vorsitzender einer öffentlichen Einrichtung genießen? Ein Dienstwagen zu Ihrer persönlichen Verfügung vielleicht?«

»Ja.«

»Mit Chauffeur?«

»Ja.«

»Und ein dickes Spesenkonto?«

Humphrey antwortete beleidigt: »Ich würde es nicht als dick bezeichnen.«

»Also enorm hoch?«

Wieder Gelächter.

J. Eric Humphreys Verärgerung war jetzt deutlich zu merken. Er war ein Mann der Führungsspitze, sehr kultiviert und in keiner Weise gewillt, sich auf Birdsongs Witzeleien einzulassen. Er antwortete kalt: »Mir entstehen durch meinen Dienst gewisse Ausgaben, die ich unserer Gesellschaft in Rechnung stellen darf.«

»Davon bin ich überzeugt.«

O'Brien wollte aufspringen, aber der Leiter der Kommission winkte ab und ermahnte Birdsong: »Beschränken Sie sich auf Fragen.«

Der bärtige Riese grinste breit: »Yessir.«

Nim saß im Zuschauerteil und kochte innerlich. Warum antwortete Humphrey nicht unverblümt und genauso aggressiv, wie die Fragen gestellt waren? *Meine Bezüge, Mr. Birdsong, sind kein Geheimnis. Sie können von jedermann leicht ermittelt werden. Ich bin sicher, daß Sie sie kannten, bevor Sie diese Frage stellten. Ihre Überraschung war nichts weiter als Heuchelei. Im übrigen ist dieses Einkommen für den ersten Mann eines der größten Konzerne der Vereinigten Staaten keineswegs ungewöhnlich; es ist sogar kleiner als bei vergleichbaren Positionen in anderen, etwa ebenso großen Gesellschaften. Einer der Gründe für die Höhe meines Gehaltes ist die Tatsache, daß ein Konzern wie die GSP&L fähige Führungskräfte anwerben und behalten möchte. Um es genauer auszudrücken: Aufgrund meiner Ausbildung und Erfahrung würde ich anderswo sicherlich genausoviel oder mehr verdienen. Sie mögen dieses System ablehnen, aber es ändert nichts daran, daß wir eine freie Marktwirtschaft haben, und in der freien Marktwirtschaft ist es nun einmal so. Mein Dienstwagen mit Chauffeur aber wurde auf derselben Wettbewerbsgrundlage bei meiner Berufung auf den Posten angeboten, weil man davon ausgeht, daß die Zeit und Arbeitskraft des Vorsitzenden mehr wert sind als die Kosten für ein Auto mit Fahrer. Und noch etwas zu dem Wagen: Wie andere vielbeschäftigte Direktoren pflege ich in diesem Fahrzeug, das mich von einer Besprechung zur anderen fährt, zu arbeiten. Nur selten habe ich dabei Gelegenheit zur Entspannung. Wenn aber der Aufsichtsrat und die Aktionäre mit meiner Leistung unzufrieden sind, steht es in ihrer Macht, mich zu entlassen...*

Aber nein! Das durfte man ja nicht sagen, dachte Nim verärgert. Die Strategie der Sanftmut wollte es, daß sie auf Katzenpfoten schlichen und Leuten wie Birdsong nicht mit der nötigen Härte begegneten. Heute nicht, morgen und auch übermorgen nicht.

Es war der zweite Tag der Hearings, die wegen der Baugenehmigung für das Kraftwerk von Tunipah abgehalten wurden. Der Vortag war mit Formalitäten vergangen. So wurde unter anderem ein fünfhundert Seiten starker Bericht über die künftigen Planungen vorgelegt (Auflagenstärke 350 Exemplare), eine von vielen ähnlichen Dokumentationen, die noch erstellt werden würden. O'Brien hatte sarkastisch bemerkt: »Bis wir unser Ziel erreicht haben, wird ein ganzer Wald abgeholzt sein, um das Papier für unsere Schriften zu liefern, die alle zusammen eine eigene Bibliothek füllen oder ein Schiff sinken lassen könnten.«

Heute früh hatte man J. Eric Humphrey als ersten Zeugen vorgeladen.

O'Brien hatte für Humphrey die versprochenen »paar Worte« vorbereitet. In seinem Vortrag betonte Humphrey die Notwendigkeit, ein solches Kraftwerk zu bauen, und hob die Vorzüge der Lage hervor. Daran schlossen sich die Fragen des Rechtsberaters der Kommission und des Generalsekretärs des Sequoia Clubs an. Beide Kreuzverhöre, deren jedes mehr als eine Stunde dauerte, waren konstruktiv und sachlich. Davey Birdsong jedoch, der als nächster an der Reihe war und für den p&lfp auftrat, hatte schon vorher die Stimmung im Zuschauerraum angeheizt.

»Also, Mr. Humphrey«, fuhr Birdsong mit seinem Verhör fort. »Ich nehme an, Sie sind heute morgen mit dem Gefühl aufgewacht, daß Sie *etwas* tun müssen, um Ihr enormes Gehalt zu rechtfertigen. Ist das richtig?«

O'Brien protestierte. »Ich erhebe Einspruch.«

»Stattgegeben«, verkündete der Leiter der Kommission.

Birdsong blieb unbeirrt hartnäckig. »Gut, dann werde ich meine Frage anders formulieren, Eric Baby. Halten Sie es für Ihre Hauptbeschäftigung, Pläne wie Tunipah zu schmieden, damit Ihre Gesellschaft riesige Gewinne erzielt?«

»Einspruch!«

Birdsong wandte sich dem Justitiar der GSP&L zu. »Warum haben Sie kein Tonband mitgebracht? Dann brauchten Sie nur auf einen Knopf zu drücken und müßten nicht den Mund aufmachen.«

Er erntete Gelächter und vereinzelt Beifall. Der junge Leiter der Kommission lehnte sich zu seinem Beisitzer hinüber. Dieser war ein älterer Verwaltungsrichter, der viel Erfahrung in der Leitung von Hearings hatte. Während der jüngere Mann sprach, schüttelte der ältere den Kopf.

»Einspruch abgelehnt«, verkündete der Leiter der Kommission und fügte hinzu: »Wir sind bei diesen Hearings sehr großzügig, Mr. Birdsong, aber ich möchte Sie bitten, den Zeugen gegenüber höflicher zu sein und sie korrekt anzureden, Späße wie« – er bemühte sich, ernst zu bleiben, aber es gelang ihm nicht – »*Eric Baby* haben zu unterbleiben. Und noch etwas: Wir möchten von Ihnen die Versicherung haben, daß Ihre Fragen sachbezogen sein werden.«

»O ja, sie sind durchaus sachbezogen, durchaus.« Birdsong begleitete seine Antwort mit einer großen Geste. Dann schien er seine Taktik zu ändern und schlüpfte in die Rolle des Bittstellers. »Sie müssen bedenken, Herr Vorsitzender, daß ich nur ein einfacher Mann bin und die Interessen bescheidener Leute vertrete, kein bedeutender Staranwalt wie *Old Oscar Baby* hier.« Er zeigte auf O'Brien. »Wenn ich mich linkisch betrage, vielleicht zu freundlich bin und Fehler mache...«

Der Leiter der Kommission stöhnte: »Kommen Sie doch endlich zur Sache, bitte!«

»Yessir. Gewiß, Sir!« Birdsong wandte sich wieder an Humphrey. »Sie haben gehört, was der Mann gesagt hat. Sie verschwenden die Zeit des Kommissionsleiters. Jetzt trödeln Sie also gefälligst nicht mehr herum, sondern beantworten Sie die Frage.«

»Welche Frage?« schaltete sich O'Brien ein. »Ich kann mich an keine Frage erinnern.«

Der Kommissionsleiter sagte: »Der Protokollführer wird die Frage noch einmal verlesen.«

Es trat eine kleine Verhandlungspause ein, während der die Zuschauer auf ihren harten Bänken nach einer bequemeren Position suchten. Der Protokollführer las in seinen Aufzeichnungen. Am hinteren Ende des Raumes schlüpften Neuankömmlinge herein, während einige der Zuschauer den Raum bereits verließen. Allen Teilnehmern war klar, daß Monate und Jahre mit ähnlichen Szenen vergehen würden, bis man zu einer Entscheidung kam.

Der eichengetäfelte Sitzungsraum lag in einem zwölfstöckigen Gebäude in der Nähe des Stadtzentrums. Es gehörte der *California Energy Commission*, die die gegenwärtigen Hearings durchführte. Direkt gegenüber, auf der anderen Straßenseite, lag das Gebäude der *California Public Utilities Commission*, die zu einem späteren Zeitpunkt ihre eigenen Hearings über Tunipah abhalten würde, zum großen Teil mit den gleichen Fragen und Antworten. Zwischen den beiden getrennten Kommissionen herrschten Konkurrenzkampf und Eifersucht, die manchmal zu peinlichen Situationen führten.

Hinzu kamen noch zwei staatliche Kommissionen, die demnächst ebenfalls Hearings abhalten würden; das waren die *California Water Quality Resources Board* und die *Air Resources Board*. Alle vier Körperschaften würden die Protokolle der bereits stattgefundenen Hearings bekommen und trotzdem ein Großteil der bereits beantworteten Fragen nochmals stellen.

Dann mußte noch der *Air Pollution Control District* zufriedengestellt werden. Von dieser Seite war erfahrungsgemäß mit noch mehr Auflagen zu rechnen als von den vier übrigen Körperschaften.

Wie O'Brien es einmal im privaten Kreise formuliert hatte: »Niemand, der nicht selbst betroffen ist, kann sich vorstellen, was dabei an nutzlosen Wiederholungen geboten wird. Wir und diejenigen, die dieses idiotische System erfunden haben, sollten für verrückt erklärt werden. Es wäre für das Staatssäckel günstiger, uns in Heilanstalten einzuweisen.«

Der Protokollführer verlas noch einmal die Frage: »Halten Sie es für Ihre Hauptbeschäftigung, Pläne wie Tunipah zu schmieden, damit Ihre Gesellschaft riesige Gewinne erzielt?«

»Beim Bau von Tunipah«, erwiderte Eric Humphrey, »denken wir in erster Linie an unsere Kunden und an die Allgemeinheit. So haben wir es bisher immer gehalten, indem wir den Mehrbedarf an Elektrizität im voraus berechneten. Der Gewinn ist sekundär.«

Birdsong blieb hartnäckig. »Aber es *wird* Gewinne geben?«

»Selbstverständlich. Wir sind eine Aktiengesellschaft und haben gegenüber den Leuten, die ihr Geld bei uns anlegen, Verpflichtungen...«

»Große Gewinne? Millionengewinne?«

»Wegen der enormen Größe des Projekts wird man riesige

Summen als Anleihen aufnehmen. Die Aktien und Pfandbriefe können nur verkauft werden, wenn man den Leuten Profit ...«

Birdsong unterbrach Humphrey: »Antworten Sie gefälligst mit ›ja‹ oder ›nein‹. Wird es Millionengewinne geben?«

Humphrey wurde rot. »Vielleicht – ja.«

Birdsong wippte wieder von den Fersen auf die Ballen und zurück. »Wir haben also lediglich Ihr Wort, Mr. Humphrey, was für Sie zuerst kommt – das Erzielen von enormen Gewinnen oder der Dienst an der Allgemeinheit. Es ist das Wort eines Mannes, der, falls dieser monströse Tunipah-Betrug gelingt, selbst in jeder Hinsicht profitieren würde.«

»Einspruch«, meldete sich O'Brien müde. »Das ist keine Frage, sondern eine gehässige Feststellung, ein unbegründetes Vorurteil.«

»Wie viele große Worte! Nun gut, ich nehme es zurück«, sagte Birdsong schnell, bevor ihn der Kommissionsleiter maßregeln konnte. Er grinste. »Ich glaube, mit mir ist der heilige Zorn durchgegangen.«

Es sah so aus, als wollte O'Brien wieder Einspruch erheben, aber er unterließ es.

Birdsong und die anderen wußten, daß dieser Wortwechsel trotz der Zurücknahme im Protokoll erscheinen würde. Die Reporter am Pressetisch hatten die Köpfe gesenkt und schrieben emsig, was sie vorher nicht getan hatten.

Nim saß immer noch im Zuschauerraum. Davey Birdsongs Kommentare würden in allen möglichen Berichten nachzulesen sein, dachte er. Der p&lfp-Führer sorgte immer für einprägsame Auftritte.

Unter den Presseleuten konnte Nim auch die Reporterin Nancy Molineaux erkennen. Sie hatte Birdsong die ganze Zeit scharf beobachtet, ohne zu schreiben. Sie saß aufrecht und unbewegt wie eine Statue, eine Pose, die ihre hohen Backenknochen, ihr schönes, unnahbares Gesicht und den schlanken, geschmeidigen Körper besonders zur Geltung brachte. Sie sah nachdenklich aus. Nim vermutete, daß sie sich an Birdsongs Vorstellung ergötzte.

Vor dem Hearing waren sich Nim und Miss Molineaux vor dem Sitzungssaal begegnet. Als er ihr kurz zunickte, hob sie eine Augenbraue und antwortete mit einem spöttischen Lächeln.

Birdsong setzte seine Befragung fort. »Sagen Sie mir, Eric, alter Junge... o pardon – *Mister* Humphrey –, haben Sie schon einmal etwas von Energieerhaltung gehört?«

»Selbstverständlich.«

»Wissen Sie, daß manche meinen, Projekte wie Tunipah seien nicht nötig, wenn Leute wie Sie sich ernsthaft um Energieerhaltung durch Einsparung kümmern würden? Nicht mit halbherzigem Gewäsch, sondern mit demselben Eifer, den Sie für den Bau neuer Kraftwerke an den Tag legen, um immer fettere und fettere Gewinne zu erzielen?«

O'Brien wollte aufspringen, um zu protestieren, doch Humphrey sagte: »Ich werde darauf antworten.« Der Anwalt fügte sich.

»Es stimmt nicht, daß die Golden State Power & Light aus Profitgier versucht, immer mehr Strom zu verkaufen. Das mag vielleicht früher einmal der Fall gewesen sein, inzwischen wird schon längst nicht mehr für Energieverbrauch, sondern für Energieersparnis geworben. Und das keineswegs halbherzig, wie Sie sagen, sondern sehr ernsthaft. Aber mit Sparen allein wird man den ständig wachsenden Bedarf an Elektrizität trotzdem nicht decken können. Deshalb brauchen wir neue Kraftwerke wie Tunipah.«

»Und das ist Ihre Meinung?« erkundigte sich Birdsong.

»Natürlich ist das meine Meinung.«

»Es ist dieselbe Heuchelei, mit der Sie uns weismachen wollten, Ihnen sei der Profit von Tunipah gleichgültig.«

O'Brien protestierte: »Das ist eine Fehlinterpretation. Der Zeuge hat nicht gesagt, daß ihm der Profit gleichgültig sei.«

»Das gebe ich zu.« Birdsong drehte sich brüsk zu O'Brien. Er schien auf einmal noch größer geworden zu sein, als er seine Stimme erhob. »Wir wissen *alle*, wie gierig die Golden State auf Profite aus ist – große, fette Wuchergewinne auf Kosten von kleinen Verbrauchern, der arbeitenden Bevölkerung dieses Landes. Sie zahlen mit ihren Rechnungen die Kosten von Tunipah, wenn...«

Der Rest seiner Worte ging in spontanem Beifall unter. Der Kommissionsleiter klopfte mit dem Hammer und rief zur Ordnung.

Ein Mann, der kräftig Beifall klatschte, saß neben Nim und

beobachtete, daß dieser sich ruhig verhielt. Feindselig fragte er: »Scheint Sie wohl nichts anzugehen, was?«

»Doch«, antwortete Nim. »Es geht mich etwas an.«

Nim dachte daran, daß Birdsong bei einem normalen Gerichtsprozeß längst mit einer Ordnungsstrafe belegt worden wäre. Hier aber konnte er sich seine Frechheiten ungestraft erlauben, weil es sich gerade nicht um eine Gerichtsverhandlung drehte. Diese Art der Hearings war erlaubt. Gelegentliche Entgleisungen wurden geduldet. Oscar O'Brien hatte die Gründe bei einer der Vorbesprechungen erläutert.

»Öffentliche Kommissionen haben heutzutage eine beinahe krankhafte Angst, daß ihnen, wenn sie nicht uneingeschränkt jede Art der Meinungsäußerung zulassen, später bei Gericht vorgeworfen werden könnte, sie hätten wichtiges Beweismaterial unterdrückt. Eine Entscheidung kann verworfen werden und jahrelange Arbeit zunichte machen, nur weil irgendeinem Schwätzer das Wort entzogen oder ein Argument von untergeordneter Bedeutung nicht anerkannt wurde. Das will keiner – wir auch nicht. So ist man sich einig, daß auch Demagogen und Scharlatane ungehindert und beliebig lange agieren dürfen. Das zieht zwar die Hearings enorm in die Länge, ist aber am Ende immer noch der kürzere Weg.«

Aus diesem Grund hatte der erfahrene Verwaltungsrichter wohl auch den Kopf geschüttelt, als ihn der junge Kommissionsleiter offensichtlich um Rat fragte, was er mit Birdsongs umstrittener Frage machen sollte.

Etwas anderes hatte O'Brien ihnen ebenfalls erklärt. Auch die Anwälte erhoben bei diesen Hearings viel seltener Einspruch, als sie es bei Gericht tun würden. »Wir heben uns das für eklatante Unwahrheiten auf, die wir so nicht ins Protokoll aufgenommen haben möchten.« Nim vermutete, daß O'Briens Proteste während Humphreys Kreuzverhör hauptsächlich dazu dienen sollten, Humphrey, seinen Boss, zu besänftigen. Eigentlich hatte der Vorsitzende zu diesem Hearing ja überhaupt nicht erscheinen wollen.

Nim war sicher, daß er im Kreuzverhör ganz allein auf sich gestellt sein würde. Ihm würde O'Brien bestimmt nicht helfen.

»Lassen Sie uns noch einmal auf die Riesengewinne zurückkommen«, fuhr Davey Birdsong fort. »Auf die Gewinne, von denen wir bereits gesprochen haben. Betrachten Sie einmal die Wirkung, die sie auf die monatlichen Rechnungen der Kunden haben...«

Noch eine weitere halbe Stunde setzte der p&lfp-Führer die Befragung fort. Seine Fragen waren alle im Kern falsch gestellt und enthielten stets seine eigenen, die Wahrheit verfälschenden Aussagen. Zwischendurch leistete er sich seine burlesken Späße, wobei er den Zuhörern unaufhörlich die These einhämmerte, in Tunipah sollten enorme Gewinne erzielt werden. Das sei der Hauptgrund für den Bau jenes Kraftwerks. Nim mußte sich heimlich gestehen, daß das, was der Mensch sagte, zwar falsch, die ständige Wiederholung seiner Anklage in Goebbelsscher Art aber wirkungsvoll war. Zweifellos waren die Medien wieder einmal sehr beeindruckt von Birdsong und glaubten ihm auch. Und darauf kam es ihm an.

»Danke, Mr. Humphrey«, sagte der Leiter der Kommission, als der Vorsitzende der GSP&L den Zeugenstand verließ. Eric Humphrey nickte und schien erleichtert zu sein.

Zwei weitere Zeugen der GSP&L folgten, qualifizierte Ingenieure. Ihre Zeugenaussage und das Kreuzverhör verliefen ohne besondere Ereignisse, nahmen aber zwei ganze Tage in Anspruch, nach denen das Hearing bis zum Montag der folgenden Woche vertagt wurde. Nim, dem die Hauptlast aufgebürdet worden war, würde als nächster in den Zeugenstand treten, sobald die Verhandlungen wiederaufgenommen wurden.

9

Als Nim vor drei Wochen durch Ruths Ankündigung erschreckt worden war, sie würde eine Zeitlang nicht zu Hause sein, hatte er es immer noch für möglich gehalten, daß sie ihre Absicht änderte. Sie tat es jedoch nicht. Es war Freitag abend, ein freies Wochenende zwischen den Tunipah-Hearings stand bevor, und Nim war allein im Haus. Ruth hatte Leah und Benjy vor ihrer Abreise zu den Großeltern am anderen Ende der Stadt gebracht. Es war ausgemacht, daß die Kinder bis zu Ruths Rückkehr, wann immer das sein mochte, bei den Neubergers bleiben sollten.

Ruth hatte den Termin ihrer Rückkehr offengelassen, genauso wie sie es abgelehnt hatte zu verraten, wohin sie fuhr und mit wem. »Ich bleibe vermutlich zwei Wochen weg, vielleicht ein paar Tage weniger oder mehr«, hatte sie gesagt.

An ihrer Haltung ihm gegenüber gab es keinen Zweifel mehr; sie war kühl und bestimmt. Es war, dachte er, als hätte sie für sich allein schon eine Entscheidung getroffen, die nur noch der Ausführung bedurfte. Wie diese Entscheidung aussah und was sie für ihn bedeutete, wußte er nicht. Zuerst redete er sich ein, es müßte ihm etwas ausmachen, aber dann stellte er bekümmert fest, daß es nicht so war, daß es ihn zumindest nicht stark berührte. Deshalb hatte er auch nicht protestiert, als Ruth ihm vor kurzem mitgeteilt hatte, daß sie mit ihren Vorbereitungen fertig sei und am Wochenende abreisen werde.

Eigentlich war es gar nicht typisch für ihn, die Dinge einfach treiben zu lassen, überlegte Nim. Er war es von Natur aus gewohnt, schnelle Entscheidungen zu treffen und vorauszuplanen. Diese Fähigkeiten hatten ihm im Beruf zu Erfolg und Ansehen verholfen. Aber in bezug auf seine Ehe zögerte er seltsamerweise eine Entscheidung hinaus, vielleicht aus Angst vor der Wirklichkeit. Er überließ alles Ruth. Wenn sie sich dazu entschloß, ihn für immer zu verlassen und die Scheidung einzureichen, würde er nicht um sie kämpfen, ja nicht einmal versuchen, sie von ihrem Vorhaben abzubringen. Doch würde er selbst diesen Schritt nicht als erster unternehmen. Noch nicht.

Erst gestern hatte er Ruth gefragt, ob sie bereit sei, über ihre Situation zu sprechen. Er konnte sich noch an ihre Worte erinnern: »*Wir wissen beide, daß wir schon lange keine richtige Ehe mehr führen. Wir haben nie darüber gesprochen. Aber ich meine, wir sollten es tun... Vielleicht, wenn ich zurückkomme.*«

Warum damit warten, hatte Nim wissen wollen.

Aber sie hatte kurz angebunden geantwortet: »Ich werde dir Bescheid sagen, wenn ich soweit bin.«

Im Zusammenhang mit der Scheidung mußte Nim an Leah und Benjy denken. Der Gedanke würde für die Kinder schrecklich sein, und er wurde ganz traurig, wenn er an ihren Kummer dachte. Aber es war eine Tatsache, daß Kinder Scheidungen überlebten, und Nim hatte beobachtet, daß die meisten Kinder die Scheidung ihrer Eltern als eine Gegebenheit hinnahmen.

Außerdem würde es bestimmt keine Schwierigkeiten geben, Leah und Benjy regelmäßig zu sehen. Vielleicht würde er sogar öfter mit ihnen zusammen sein als jetzt. So war es jedenfalls schon manchem geschiedenen Vater ergangen.

Aber diese Gedanken mußte er bis zu Ruths Rückkehr vertagen, dachte er, während er am Freitag abend durch das leere Haus geisterte.

Vor einer halben Stunde hatte er mit Leah und Benjy telefoniert. Das war nicht ohne Schwierigkeiten abgegangen, denn er mußte erst den Widerstand von Aaron Neuberger brechen. Sein Schwiegervater liebte es nämlich nicht, wenn am Sabbat, außer im Notfall, telefoniert wurde. Nim hatte das Telefon so lange klingeln lassen, bis sein Schwiegervater abnahm. »Ich möchte mit den Kindern reden«, forderte Nim unverblümt, »und es ist mir völlig gleichgültig, ob heute Mickymaus-Tag oder sonstwas ist.«

Als Leah einige Minuten später ans Telefon kam, sagte sie mit leisem Vorwurf: »Daddy, du hast Großvater schrecklich aufgeregt.«

Am liebsten hätte Nim »*Gut!*« geantwortet, aber er war vernünftig genug, es zu unterlassen. Sie plauderten über die Schule, einen bevorstehenden Schwimmwettbewerb und den Ballettunterricht. Kein Wort über Ruth. Er hatte das Gefühl, Leah wußte, daß irgend etwas nicht stimmte, aber es war ihm peinlich zu fragen – wahrscheinlich wollte er im Grunde gar nichts darüber wissen!

Das anschließende Gespräch mit Benjy ließ den Ärger, den er oft mit seinen Schwiegereltern hatte, erneut aufleben.

»Dad«, sagte Benjy, »werde ich eine Bar-Mizwa haben? Großvater sagt, ich muß. Und Großmutter sagt, ohne Bar-Mizwa würde ich nie ein richtiger jüdischer Mann.«

Zum Teufel mit den Neubergers, die ihre Nase überall hineinstecken müssen! Konnten sie nicht einfach nette Großeltern sein, die Leah und Benjy einige Wochen lang versorgten, ohne sie gleich mit ihrer Propaganda zu überschütten? Es war fast unanständig, mit welcher Eile sie zu Werke gingen und sich überhaupt nicht um Ruths und Nims Rechte als Eltern kümmerten. Nim hatte vorgehabt, mit Benjy selbst einmal über das Thema zu reden, in Ruhe, sozusagen von Mann zu Mann, und nicht in dieser Weise überfallen zu werden. *Nun,* fragte ihn eine innere Stimme, *warum hast du es eigentlich nicht getan? Zeit genug hast du ja gehabt. Wenn du es früher getan hättest, wärst du jetzt nicht um eine Antwort auf Benjys Frage verlegen.*

Nim sagte scharf: »Niemand *muß* eine Bar-Mizwa haben. Ich hatte auch keine. Und was deine Großmutter erzählt, ist Unsinn.«

»Großvater sagt, daß ich eine Menge dafür lernen muß.« Es klang immer noch unsicher. »Er sagt, ich hätte schon viel früher anfangen müssen.«

War das eine Anklage, die Benjy gerade mit fester Stimme vorgetragen hatte? Es war schon möglich, ja sogar wahrscheinlich, daß Benjy mit seinen zehn Jahren mehr verstand, als die Erwachsenen meinten. Sollte die Frage bedeuten, daß Benjy auf der Suche nach einer Identifikation mit seinen Vorfahren war, genauso wie Nim, der die Problematik verdrängt hatte, wenn auch nicht völlig? Er war sich nicht sicher. Nichts konnte jedoch Nims Zorn über die Art, wie er mit der Angelegenheit konfrontiert wurde, mildern; dennoch versagte er sich eine scharfe Entgegnung, da sie mehr Schaden als Nutzen anrichten würde.

»Was du eben gesagt hast, mein Junge, stimmt nicht so ganz. Wir haben noch ausreichend Zeit, zu entscheiden, ob du eine Bar-Mizwa haben sollst oder nicht. Du mußt bedenken, daß deine Großeltern einige Ansichten haben, die deine Mutter und ich nicht teilen.« Nim war nicht sicher, inwieweit das auf Ruth zutraf, aber sie war ja nicht da, um ihm zu widersprechen. Er fuhr fort: »Sobald deine Mutter zurück ist und ihr heimkommt, werden wir uns darüber unterhalten. Okay?«

Benjy hatte »Okay« gesagt, wenn auch etwas zögernd, und Nim hatte das Gefühl, daß er sein Versprechen halten mußte, wenn er bei seinem Sohn nicht an Glaubwürdigkeit einbüßen wollte. Nim erwog, ob er seinen Vater aus New York kommen lassen sollte, um Benjy dem konträren Einfluß auszusetzen. Isaac Goldman war zwar schon über achtzig und etwas klapperig, aber er war noch genauso bissig, zynisch und voller Bitterkeit gegen das Judentum wie früher und freute sich über jede Gelegenheit, mit orthodoxen Juden zu streiten. Aber nein, beschloß Nim. Das wäre genauso unfair wie das Verhalten der Neubergers.

Während er sich nach dem Telefongespräch einen Scotch eingoß, fiel sein Blick auf ein Porträt von Ruth. Es war ein Ölbild, das vor einigen Jahren gemalt worden war. Der Künstler hatte mit bemerkenswertem Talent Ruths zarte Schönheit und heitere Ruhe eingefangen. Er ging zu dem Gemälde hinüber und betrachtete es genau. Das Gesicht, vor allem die hellgrauen Augen, war gut getroffen; ebenso das Haar – schwarzglänzend, wie immer tadellos frisiert. Für die Sitzungen hatte Ruth ein trägerloses Abendkleid getragen; auch die Hautfarbe der anmutigen Schultern war richtig getroffen. Auf der einen Schulter war sogar das kleine dunkle Muttermal zu sehen, das sie kurz nach Beendigung des Bildes von einem Chirurgen hatte entfernen lassen.

Nims Gedanken gingen zurück zu Ruths heiter-ruhigem Gesichtsausdruck; er war das Schönste am ganzen Porträt. *Ich könnte jetzt ein ganz klein wenig von ihrer heiteren Ruhe brauchen*, dachte er und wünschte sich, er könnte mit ihr über Benjy und seine Bar-Mizwa sprechen. *Verdammt! Wo zum Teufel ist sie für zwei Wochen hingefahren, und wer ist der Mann?* Nim war sicher, daß die Neubergers etwas wußten. Zumindest mußten sie eine Kontaktadresse haben. Nim kannte Ruth zu gut, um zu wissen, daß sie sich nie für die Kinder unerreichbar zurückziehen würde. Aber genauso sicher war, daß ihre Eltern über ihren Aufenthaltsort den Mund halten würden. Dieser Gedanke ließ von neuem den Zorn auf seine Schwiegereltern in ihm hochsteigen.

Nach dem zweiten Scotch und unruhigem Herumwandern im Haus ging Nim wieder zum Telefon und wählte Harry Londons Nummer. Sie hatten schon seit einer Woche nicht mehr miteinander gesprochen, was ungewöhnlich war.

Als sich London meldete, fragte Nim: »Willst du auf ein paar Drinks zu mir kommen?«

»Tut mir leid, Nim. Ich bin zum Dinner verabredet und muß bald aufbrechen. Hast du vom letzten Bombenattentat gehört?«

»Nein. Wann war das?«

»Vor einer Stunde.«

»Ist jemand verletzt worden?«

»Diesmal nicht. Aber das ist auch schon das einzig Gute dabei.«

Man hatte zwei größere Bomben in ein vorstädtisches Umspannwerk gelegt, berichtete Harry London. Als Folge der Explosion waren sechstausend Häuser in der Gegend ohne elektrischen Strom. Auf Tiefladern hatte man fahrbare Transformatoren hingebracht, aber es war unwahrscheinlich, daß man vor morgen alle Gebäude wieder mit Strom versorgen konnte.

»Die Verrückten haben dazugelernt«, sagte London. »Sie haben kapiert, wo wir verwundbar sind und wo das Feuerwerk den meisten Schaden anrichtet.«

»Ist denn schon raus, daß es sich wieder um dieselbe Gruppe handelt?«

»Ja. Freunde des Friedens. Sie haben kurz vorher die *Channel 5 News* angerufen und mitgeteilt, wo es passieren würde. Aber es war zu spät, um noch irgend etwas zu unternehmen. Das war der elfte Bombenanschlag in zwei Monaten.«

Nim wußte, daß London mit den Ermittlungen nichts zu tun hatte, aber immer noch über gute Informationsquellen verfügte, deshalb fragte er: »Sind Polizei oder FBI mit ihren Ermittlungen weitergekommen?«

»Nein. Ich sagte ja schon, die Kerle haben dazugelernt. Ich bin sicher, daß sie jeden Anschlag sorgfältig vorbereiten, genau wissen, wie sie unbemerkt hinein- und herauskommen können, und dann dort zuschlagen, wo sie am meisten Schaden anrichten. Diesen so wenig friedlichen Freunden des Friedens ist ebenso wie uns bekannt, daß wir eine ganze Armee nötig hätten, um unsere Einrichtungen zu bewachen.«

»Und es gab nicht einmal Anhaltspunkte?«

»Nichts. Ich habe dir schon gesagt – wenn die Polizei sie schnappt, dann nur durch einen glücklichen Zufall oder weil die Burschen unvorsichtig geworden sind. Es ist nicht wie im Fernsehen oder wie im Krimi. In Wirklichkeit werden viele Verbrechen nie aufgeklärt.«

»Das weiß ich«, entgegnete Nim leicht verstimmt, weil Harry wieder in seinen belehrenden Ton verfallen war.

»Da ist nur eins«, sagte Harry London.

»Und das wäre?«

»Eine Zeitlang sind die Bombenanschläge seltener geworden, haben fast aufgehört. Und nun plötzlich folgen sie wieder Schlag auf Schlag. Es sieht so aus, als hätten die Leute, die dahinterstecken, eine neue Quelle für Sprengstoff oder Geld oder für beides aufgetan.«

Nim überlegte einen Moment und wechselte dann das Thema. »Was gibt es Neues beim Energiediebstahl?«

»Nicht viel. Sicher, wir ziehen hier und da einen kleinen Fisch an Land und haben schon mehrere Dutzend Fälle vor Gericht gebracht. Aber es ist, als stopfte man einige hundert undichte Stellen und wüßte dabei, daß es zehntausend und mehr sein könnten, wenn man nur genug Leute und Zeit hätte, sie zu finden.«

»Was ist mit dem großen Bürohaus? Du hast es doch bewachen lassen?«

»Zaco Properties. Ja, wir lassen es immer noch bewachen. Bis jetzt hat sich nichts getan. Es ist wie verhext.« Ganz gegen seine Gewohnheit klang Harry Londons Stimme deprimiert. Vielleicht war es ansteckend; vielleicht hatte sich seine eigene Niedergeschlagenheit auf Harry übertragen, dachte Nim, als er »Gute Nacht« sagte und einhängte.

Er war immer noch ruhelos und allein in dem stillen Haus. Wen konnte er sonst noch anrufen?

Er dachte an Ardythe, gab den Gedanken aber gleich wieder auf. Er war noch nicht soweit – wenn er es überhaupt jemals sein würde –, mit Ardythe Talbots religiösem Anfall fertig zu werden. Aber der Gedanke an Ardythe erinnerte ihn an Wally, den er erst kürzlich zweimal im Krankenhaus besucht hatte. Wally war jetzt außer Lebensgefahr und brauchte keine Intensivpflege mehr, aber vor ihm lagen noch Monate, wenn nicht Jahre, bis er mit Hilfe der plastischen Chirurgie wieder einigermaßen hergestellt sein würde. Es war nicht überraschend, daß Wally bei Nims Besuchen noch sehr niedergeschlagen war. Über seine sexuellen Probleme sprachen sie nicht.

Als Nim an Wally dachte, erinnerte er sich mit leisen Schuldgefühlen, daß seine eigene Potenz nicht im geringsten nachgelassen hatte. Sollte er eine seiner Freundinnen anrufen? Es gab einige, die er schon seit Monaten nicht gesehen hatte, aber die eine oder andere wäre sicher für einen Drink, ein spätes Dinner irgendwo und was immer folgen mochte aufgelegt. Mit etwas Mühe mußte er die Nacht nicht allein verbringen.

Aus irgendeinem Grund scheute er die Mühe.

Karen Sloan? Nein. Sosehr er ihre Gesellschaft schätzte, an diesem Abend war ihm nicht danach.

Also Arbeit? Auf seinem Schreibtisch im Büro stapelte sie sich. Es wäre nicht die erste Nacht, die er hinter Aktenbergen in seinem Büro verbracht hätte, um in Ruhe zu erledigen, was tagsüber nicht möglich war. Die Idee war vielleicht gar nicht schlecht. Die Tunipah-Hearings nahmen schon jetzt einen Großteil seiner Zeit in Anspruch, und in Zukunft würde es noch mehr werden. Trotzdem mußte die laufende Arbeit erledigt werden.

Aber nein, ins Büro wollte er auch nicht fahren. Keine Schreibtischarbeit in seiner gegenwärtigen Stimmung! Wie wäre es aber mit einer anderen Art Arbeit?

Was konnte er tun, um sich auf sein Debüt im Zeugenstand am Montag vorzubereiten? Er war zwar schon gerüstet, aber es war immer gut, auch für das Unerwartete gewappnet zu sein.

Plötzlich hatte er einen Einfall, der so unerwartet gekommen war wie eine Sternschnuppe.

Kohle!

Tunipah sollte ein Dampfkraftwerk mit Kohle als Primärenergie werden. Kohle, die von Utah nach Kalifornien gebracht werden mußte. Nim war sich bewußt, daß sein theoretisches Wissen über die Kohle zur Energiegewinnung beträchtlich, seine praktische Erfahrung aber begrenzt war. Bis jetzt gab es in ganz Kalifornien nicht ein einziges mit Kohle betriebenes Kraftwerk. Tunipah wäre das erste in seiner Geschichte.

Vor Montag morgen mußte er also ein mit Kohle gefahrenes Kraftwerk besichtigen, um beim Hearing sozusagen noch den Geruch von Kohle in der Nase zu haben. Das würde ihm im Zeugenstand ein Gefühl der Überlegenheit geben, sagte ihm sein Instinkt, der sich oft als richtig erwiesen hatte.

Außerdem würde es das Problem seiner Wochenendunruhe lösen.

Aber wo gab es ein solches Kraftwerk?

Als ihm die Antwort einfiel, genehmigte er sich noch einen Scotch. Dann setzte er sich ans Telefon und wählte eine Nummer in Denver, Colorado.

10

Der Flug 460 der United Airlines startete pünktlich um sieben Uhr fünfzehn an der Westküste. Als die Boeing 727 vom Boden abhob und steil anstieg, tauchte die Morgensonne, die nur Minuten vorher am östlichen Horizont aufgegangen war, die Landschaft unter ihnen in sanftes Rotgold. Die Welt sah um diese Morgenstunde noch blitzsauber aus, eine Illusion, die nie länger als eine halbe Stunde dauerte.

Während die Düsenmaschine gen Osten flog, lehnte sich Nim in seinem bequemen Erster-Klasse-Sessel zurück. Er hegte nicht die geringsten Bedenken, in dieser Weise auf Kosten der Gesellschaft zu reisen, denn er war noch immer von der Richtigkeit seines abendlichen Einfalls überzeugt. Es war ein zweieinhalb Stunden dauernder Nonstopflug nach Denver. Er würde dort einen alten Freund treffen, Thurston Jones.

Eine fröhliche junge Stewardess servierte zum Frühstück Omelette und überredete Nim, einen kalifornischen Wein zu trinken, obwohl es noch früh am Tag war. »Aber, kommen Sie«, drängte sie ihn, als sie ihn zögern sah. »Sie haben die Fesseln der Erde abgestreift, und die Seele ist frei. Genießen Sie!« Er genoß in der Tat – einen Mirassou Riesling, der nicht überragend, aber gut war – und kam in Denver entspannter an, als er es in der vergangenen Nacht gewesen war.

Auf dem Stapleton International Airport, dem Flughafen von Denver, wurde Nim herzlich von Thurston Jones begrüßt. Da Nim nur einen kleinen Handkoffer mithatte, gingen die beiden Männer sofort zu Thurstons Auto.

Thurston und Nim kannten sich seit ihrer Studentenzeit. Sie waren Zimmergenossen und Freunde an der Stanford University gewesen. Damals hatten sie alles miteinander geteilt, auch die Frauen, die sie kannten, und es gab wenig, was sie nicht voneinander wußten. Sie bewahrten ihre Freundschaft seit jenen Tagen, obwohl sie sich nur gelegentlich sahen und sich nur unregelmäßig schrieben.

Äußerlich waren die beiden damals und heute verschieden. Thurston war ein ruhiger, hochbegabter Gelehrtentyp und sah auf eine jungenhafte Art gut aus. Sein Benehmen war zurückhaltend, obwohl er, wenn es nötig war, auch energisch auftreten konnte. Er hatte viel Sinn für Humor. Zufällig hatte Thurston die gleiche Karriere wie Nim gemacht – er war Planungsdirektor bei der Public Service Company von Colorado, einer der seriösesten Versorgungskonzerne für Strom und Gas. Eines hatte Thurston allerdings Nim voraus – praktische Erfahrung in der Stromerzeugung durch Kohle.

»Wie geht's zu Hause?« fragte Nim auf dem Weg zum Parkplatz. Sein Freund war seit acht Jahren mit einer quicklebendigen Engländerin namens Ursula verheiratet. Nim kannte und mochte sie.

»Gut. Bei dir hoffentlich auch?«

»So einigermaßen.«

Nim hoffte, daß er damit, ohne unhöflich zu sein, dem Freund klargemacht hatte, daß er nicht über seine Eheprobleme reden wollte. Offensichtlich hatte Thurston verstanden, denn er fuhr fort, ohne auf seine Antwort einzugehen: »Ursula freut sich schon, dich wiederzusehen. Du wirst selbstverständlich bei uns wohnen.«

Nim bedankte sich, während sie in Thurstons Auto, einen Ford Pinto, stiegen. Sein Freund hatte wie er selbst eine Abneigung gegen Autos mit verschwenderisch hohem Kraftstoffverbrauch.

Es war ein heller, trockener, sonniger Tag. Als sie nach Denver fuhren, sahen sie im Westen die schneebedeckte Gebirgskette der Rocky Mountains klar und schön vor sich liegen.

Etwas schüchtern bemerkte Thurston: »Nach so langer Zeit tut es richtig gut, dich wieder einmal hierzuhaben, Nim.« Und mit einem Lächeln fügte er hinzu: »Auch wenn du mich nur über Kohle aushorchen willst.«

»Hört sich das so verrückt an, Thurs?«

Nim hatte am Telefon über seinen spontanen Wunsch, ein mit Kohle gefahrenes Kraftwerk zu besichtigen, gesprochen und auch die Gründe genannt.

»Wer will darüber entscheiden, was verrückt ist und was nicht? Die endlosen Hearings, die es heutzutage gibt, sind sicherlich verrückt; nicht die Idee, sondern die Art, wie sie gehandhabt werden. In Colorado haben wir dieselben Schwierigkeiten wie ihr in Kalifornien. Kein Mensch will uns neue Kraftwerke bauen lassen, aber in fünf oder sechs Jahren, wenn die regelmäßigen Stromsperren beginnen, wird man uns vorwerfen, wir hätten nicht genügend vorausgeplant.«

»Die Kraftwerke, die ihr bauen wollt, werden mit Kohle gefahren?«

»Und ob! Als Gott die Naturschätze verteilte, hat er es gut mit Colorado gemeint. Er überhäufte dieses Land mit Kohle, wie er den Arabern das Öl schenkte. Und nicht irgendwelche minderwertige Kohle, sondern solche von guter Qualität – mit geringem Schwefelgehalt, sauber brennend und das meiste davon gleich unter der Erdoberfläche und leicht abzubauen. Aber das weißt du ja alles.«

Nim nickte, weil er es in der Tat wußte. Dann sagte er nachdenklich: »Westlich des Mississippi gibt es genügend Kohle, um dieses Land noch dreihundertfünfzig Jahre mit Strom zu versorgen. *Wenn* sie abgebaut werden darf.«

Thurston schlängelte sich mit dem kleinen Wagen mühelos durch den Samstagmorgenverkehr, der nicht besonders stark war. »Wir fahren jetzt direkt zu unserem Kraftwerk Cherokee im Norden der Stadt«, kündigte er an. »Es ist unser größtes Kraftwerk und verschlingt riesige Mengen Kohle, wie ein verhungerter Brontosaurus.«

»Siebeneinhalbtausend Tonnen Kohle verbrennen wir hier im Durchschnitt pro Tag, manchmal mehr, manchmal weniger.« Der Leiter des Kraftwerks Cherokee mußte fast brüllen, um in dem Lärm der Kohlenmühlen, Gebläse und Pumpen gehört zu werden. Er war ein aufmerksamer junger Mann mit sandfarbenem Haar. Sein Familienname – Folger – war in seinen roten Schutzhelm eingestanzt. Nim trug einen weißen Schutzhelm, auf dem »Besucher« zu lesen war. Thurston Jones hatte seinen eigenen mitgebracht.

Sie standen auf einer Stahlplatte in der Nähe eines der Riesenkessel, in dessen Brennkammer enorme Mengen staubfein zerkleinerter Kohle zusammen mit Heißluft hineingeblasen wurden, um dort auf der Stelle weißglühend zu verbrennen. Durch eine Art Bullauge konnte man einen Blick auf das Höllenfeuer werfen. Die in der Brennkammer erzeugte Hitze übertrug sich auf das Kesselrohrsystem, in dem das Wasser sofort zu Dampf wurde und mit einer Temperatur von 530 Grad Celsius und einem Druck von 186 bar den Kessel verließ. Dieser Dampf drehte eine der Turbinen, die zusammen mit den anderen Turbinen des Kraftwerks Cherokee fast 750 000 Kilowatt für das energiehungrige Denver und seine Umgebung lieferte.

Von dort, wo sich die Männer aufhielten, war nur ein Teil des Kessels zu sehen. Die gesamte Kesselhöhe entsprach einem fünfzehnstöckigen Gebäude.

Überall um sie herum war Kohle zu sehen, zu hören, zu riechen und sogar zu schmecken. Unter ihren Füßen lag eine feine schwarze Staubschicht. Sogar zwischen seinen Zähnen und in den Nasenlöchern spürte Nim schon den Kohlenstaub.

»Wir putzen hier, so oft wir können«, erklärte der Kraftwerksleiter. »Aber Kohle ist nun einmal ein schmutziger Brennstoff.«

Thurston fügte lächelnd hinzu: »Unsauberer als Öl oder Wasser.« Er mußte brüllen, damit Nim ihn verstand. »Bist du sicher, daß ihr dieses Dreckszeug in Kalifornien haben wollt?«

Nim nickte bestätigend. Er wollte mit seiner Stimme nicht gegen den Lärm der Luftgebläse und Förderbänder anschreien. Dann überlegte er es sich aber anders und brüllte zurück: »Wir werden uns der ›Rußarbeit‹ anschließen. Haben keine andere Wahl.«

Er war froh, daß er hergekommen war. Es war wirklich wichtig, ein Gefühl für Kohle zu bekommen, Kohle, wie sie für seine Aussage zum Thema Tunipah in der nächsten Woche eine Rolle spielen würde.

König Kohle! Nim hatte vor kurzem gelesen, daß »Old King Coal die Anwärterschaft auf seinen Thron anmeldet«. Es gab keine Alternative. In den letzten Jahrzehnten hatte sich Amerika immer mehr von der Kohle abgewandt, obwohl sie mit ihrer billigen Energie zum Wachstum und Reichtum der Vereinigten Staaten beigetragen hatte. Andere Energiequellen, vor allem das Öl und das Erdgas, hatten die Kohle verdrängt, weil sie sauberer zu lagern, leichter zu handhaben, immer einsatzbereit und eine Zeitlang auch billiger waren. Aber das war vorbei.

Trotz der Nachteile der Kohle – und keiner würde sie bestreiten – könnten die ausgedehnten Lager unter der Erde Amerikas Rettung sein, der letzte und bedeutendste aller seiner Naturschätze, der letzte Trumpf vielleicht.

Thurston gab jetzt ein Zeichen, daß sie weitergehen wollten.

In der nächsten Stunde sahen sie sich das lärmende, staubige Innenleben von Cherokee an. Bei dem riesigen Elektrofilter hielten sie sich besonders lange auf – solche Flugstaubfilter waren aus Gründen des Umweltschutzes vorgeschrieben. Sie waren dazu da, den verbrannten Flugstaub daran zu hindern, durch den Schornstein zu entweichen und die Luft zu verpesten.

In der kathedralenähnlichen Turbinenhalle mit dem vertrauten Summen der Generatoren bemerkte man nicht, daß dieses Kraftwerk mit Kohle gefahren wurde.

Das Trio – Nim, Thurston, Folger – trat schließlich aus dem Innern des Kraftwerks ins Freie hinaus, auf den höchsten Umlaufgang in dreiundsechzig Meter Höhe. Durch steile Metalltreppen war dieser Gang mit den darunterliegenden Gängen verbunden. Die Metallroste ließen den Blick frei. Arbeiter, die auf den unteren Umlaufgängen tätig waren, sahen wie Fliegen aus. Im ersten Moment blickte Nim ängstlich hinunter; nach einigen Minuten aber hatte er sich an den Anblick gewöhnt. Die offenen Roste, erklärte der junge Folger, waren vor allem im Winter wichtig, damit Eis und Schnee hindurchfallen konnten.

Auch hier draußen hörten sie das im Kraftwerk stets gegenwärtige Dröhnen. Jetzt wurden Wasserdampfwolken, die aus den Kühltürmen des Kraftwerks kamen, vom Wind zum Umlaufgang herübergeweht. Einen Moment lang war Nim in eine Wolke gehüllt und kam sich völlig isoliert vor, weil er kaum noch einen halben Meter Sicht hatte. Dann wurde der Wasserdampf weitergewirbelt und gab den Blick frei auf die Vororte von Denver und die Hochhäuser am Horizont in der Ferne. Obwohl es ein sonniger Tag war, war der Wind kalt und scharf. Nim fröstelte. Er fühlte sich einsam, isoliert und bedroht.

»Dort drüben liegt das gelobte Land«, scherzte Thurston. »Wenn du deinen Kopf durchsetzt, wird es in Tunipah genauso aussehen.« Er zeigte auf ein ungefähr fünfzehn Hektar großes Gebiet vor ihnen. Es war eine einzige riesige Kohlenhalde.

»Sie sehen dort unten die Kohlebestände für die nächsten vier Monate. Fast eine Million Tonnen«, erklärte Folger.

»Darunter war einmal eine hübsche Wiese«, fügte Thurston hinzu. »Jetzt ist es ein Schandfleck; das kann niemand bestreiten. Aber wir brauchen ihn. Das ist der Haken.«

Während sie hinunterschauten, zog eine Diesellok einen langen Güterzug mit Kohle hinter sich her. Die Kohlenwaggons wurden entladen, ohne abgekoppelt zu werden. Eine spezielle Führung ließ ihren Aufbau zur Seite kippen, so daß die Kohle auf Eisenroste fiel. Darunter liefen Förderbänder, die die Kohle zum Kraftwerk transportierten.

»Das hört nie auf«, sagte Thurston. »Nie.«

Es würde große Widerstände geben, das wußte Nim bereits, eine solche Szene in die unberührte Wildnis von Tunipah zu verlegen. Wenn er ganz simpel dachte, teilte er die Meinung der Kritiker. Aber er sagte sich: Die Elektrizität, die in Tunipah erzeugt werden würde, war von wesentlicher Bedeutung; daher mußte man eine solche Zerstörung der Landschaft in Kauf nehmen.

Sie stiegen über eine Metalltreppe vom hohen Aussichtsgang hinunter und machten an einem weiter unten gelegenen Umlauf halt. Hier waren sie zwar geschützter vor dem Wind, dafür war der Lärm aber wieder stärker.

»Sie werden noch etwas erleben, wenn Sie mit Kohle arbeiten«, erklärte der Leiter des Kraftwerks. »Es gibt mehr Unfälle als bei den mit Öl oder Gas betriebenen Kraftwerken oder sogar den Kernkraftwerken. Obwohl wir ein Unfallverhütungsprogramm ausgearbeitet haben, kommt es immer wieder...«

Nim hörte nicht zu.

Es war unglaublich, aber im selben Moment ereignete sich vor ihren Augen ein Unfall. Ein Zufall, wie ihn nur das wirkliche Leben hervorbringen kann.

Etwa fünfzig Meter vor Nim und hinter dem Rücken der anderen zwei, die mit dem Gesicht zu ihm standen, lief ein Förderband. Dieses Band, eine Kombination aus biegsamen Gummi- und Stahlteilen, das sich auf zylindrischen Rollen fortbewegte, transportierte Kohle zu einem Mahlwerk, das sie zunächst in kleine Stücke zerhackte. Anschließend wurde die Kohle zu Pulver gemahlen, um so für eine rasche Verbrennung geeignet zu sein. Nun wurde ein Abschnitt des Förderbandes durch einige zu große Kohlebrocken blockiert; die Kohle staute sich. Die Anlage lief indessen weiter. Als mehr Kohle herangeschoben wurde, fiel sie seitlich hinunter. Über dem Band bemühte sich ein einzelner Arbeiter, der sich waghalsig an den

Rand eines Schutzgitters gesetzt hatte, die Verklemmung mit einer Eisenstange zu beheben.

Später erfuhr Nim, daß dies verboten war. Die Sicherheitsbestimmungen sahen vor, das Förderband abzuschalten, bevor man eine Blockade beseitigte. Aber Werksangehörige vergaßen hin und wieder diese Vorschrift, weil sie es als vorrangig ansahen, die Kohlezufuhr in Gang zu halten.

Innerhalb der ein oder zwei Sekunden, die Nim hinsah, glitt der Arbeiter aus, versuchte sich am Rand des Schutzgitters festzuhalten, rutschte wieder ab und fiel auf das unter ihm befindliche Förderband. Nim sah, daß sich der Mund des Mannes schmerzverzerrt öffnete, doch konnte man den Schrei in dem allgemeinen Getöse nicht vernehmen. Er war hart aufgekommen, und sicherlich hatte er sich verletzt. Das Förderband trug ihn schon weiter und näherte sich dem Punkt, wo das Mahlwerk für die Kohle, das in einem kastenförmigen Gehäuse untergebracht war, ihn erfassen würde.

Kein Helfer war in Sicht. Niemand außer Nim hatte den Unfall bemerkt.

Was er noch tun konnte, war loszurennen und dabei zu rufen: »Förderband anhalten!«

Als Nim an ihnen vorbeistürzte, drehten sich Thurston und Folger blitzartig herum. Sie erfaßten die Szene schnell, reagierten sofort und eilten hinter Nim her.

Das Förderband befand sich an der nächstgelegenen Stelle mehrere Meter über dem Umlaufgang und bewegte sich schräg nach oben. Es war nicht einfach, es zu erreichen. Nim nutzte einen günstigen Augenblick und sprang hinauf. Als er ungeschickt mit Händen und Füßen zugleich auf dem Förderband aufkam, verletzte er sich die linke Hand an einem scharfkantigen Kohlenstück. Ohne die Wunde zu beachten, kletterte er über lose rollende Kohle hinauf, um dem Arbeiter näher zu kommen, der benommen dalag und langsam, aber stetig zu dem höchsten Punkt des Förderbandes getragen wurde. Der Mann war jetzt kaum einen Meter von der tödlichen Maschinerie entfernt.

Das nun Folgende ereignete sich in Sekundenschnelle.

Nim erreichte den Arbeiter, ergriff ihn und versuchte ihn zurückzuziehen. Es gelang ihm für kurze Zeit, dann hörte er ein Reißen und fühlte Widerstand. Ein Stück der Kleidung des

Mannes mußte in das Förderband geraten sein. Nim zerrte erneut, jedoch ohne Erfolg. Die rasselnde Maschinerie war nur noch einen Viertelmeter entfernt. Nim kämpfte verzweifelt, aber er konnte nichts ändern. Der rechte Arm des Arbeiters, der auf dem Band vorn lag, geriet in das Mahlwerk. Als das Förderband sich weiterbewegte, spritzte Blut. Nun bemerkte Nim mit Entsetzen, daß sich auch seine Kleidung verfangen hatte und es für ihn zu spät war, sich selbst zu retten.

In diesem Moment wurde das Förderband angehalten.

Nach kurzer Pause bewegte sich die Anlage rückwärts und brachte Nim zu der Stelle zurück, an der er das Band bestiegen hatte. Dann stoppte es erneut.

Unterhalb des Förderbandes war Folger direkt zu einer Kontrollstelle gelaufen, hatte den roten Haltknopf gedrückt und die Anlage zum Stillstand gebracht.

Hände streckten sich Nim entgegen, um ihm wieder auf den Umlaufgang zu helfen. Man hörte Rufe und Füßegetrappel der herbeieilenden Helfer. Sie hoben den halb bewußtlosen Arbeiter herunter, der laut stöhnte und schrecklich blutete. Irgendwo schrillte eine Alarmglocke. Kraftwerksleiter Folger kniete sich neben den Arbeiter hin, schnallte seinen Gürtel ab und benutzte ihn zum Abbinden des Arms. Thurston Jones hatte einen Blechkasten geöffnet und gab telefonische Anweisungen. Nim hörte ihn sagen: »Einen Krankenwagen und einen Arzt – schnell!«

11

»Ich bin zwar kein strahlender Held wie du«, erklärte Thurston fröhlich, »aber ich habe meine Beziehungen.« Er hatte in einem anderen Zimmer telefoniert und war nun ins Wohnzimmer zurückgekommen, wo Nim im geliehenen Bademantel saß, die linke Hand bandagiert, in der rechten einen Scotch mit Wasser.

Thurston fuhr fort: »Dein Anzug wird spezialgereinigt – keine Kleinigkeit am Samstagnachmittag. Er wird später hergebracht.«

»Danke.«

Thurstons Frau Ursula war mit hereingekommen, begleitet

von ihrer Schwester Daphne, die mit ihrem kleinen Sohn aus England zu Besuch gekommen war. Die beiden Frauen sahen sich auffallend ähnlich. Keine war auf herkömmliche Weise hübsch; beide waren grobknochig und groß, mit einer hohen Stirn und einem Mund, der etwas zu breit war, um schön zu sein. Doch ihre persönliche Ausstrahlung ließ diese Mängel vergessen. Nim hatte Daphne auf Anhieb sympathisch gefunden.

»Es gibt noch mehr Neuigkeiten«, berichtete Thurston. »Der Bursche, dessen Leben du gerettet hast, wird seinen Arm nicht verlieren. Die Chirurgen sagen, sie können ihn noch einmal zusammenflicken, und wenn er auch nicht mehr stark genug sein wird zum Kohleschaufeln, so kann er ihn wenigstens um seine Frau und seine drei kleinen Kinder legen. O ja! – und die Frau schickt dir auch eine Nachricht. Sie sagt, daß sie mit ihren Kindern nachher in der Kirche sein wird, um ihrem Schutzheiligen – wie immer er auch heißen mag – zu danken und um für einen gewissen N. Goldman, Esquire, Kerzen anzuzünden. Ich gebe das weiter für den Fall, daß du an so etwas glaubst.«

»Oh, hör auf damit, Thurs«, sagte Ursula. »Mir kommen die Tränen.«

»Wenn ich ehrlich sein soll«, gestand ihr Mann, »bin ich auch ganz gerührt.«

Nim protestierte, wie er es schon vorher versucht hatte. »Ich habe doch wirklich nicht viel getan. Es war Folger, der das Förderband anhielt und...«

»Hör zu«, sagte Thurston. »Du hast als erster von allen gesehen, was geschah, und du hast schnell gehandelt. Das Stück, das du den Mann zurückgerissen hast, war seine Rettung. Außerdem braucht die Welt Helden.«

Die Ereignisse dieser dramatischen Minuten auf dem Laufsteg waren allen noch lebhaft gegenwärtig. Der verletzte Arbeiter, dessen Namen Nim immer noch nicht kannte, war an der Unfallstelle versorgt und auf eine Trage gelegt worden, die zwei Beschäftigte des Kraftwerks auf den Laufsteg hinunterließen. Kurze Zeit nachdem Thurston die Ambulanz angerufen hatte, konnte man schon die Sirene hören, die sich von der Innenstadt näherte, und von diesem hohen Aussichtspunkt auch das rotflackernde Warnlicht des Rettungswagens erkennen, obwohl das Fahrzeug noch einige Meilen entfernt war.

Bis der Rettungswagen im Kraftwerk Cherokee eintraf, hatte man die Trage mit dem Lastenaufzug nach unten gebracht, und der Verletzte wurde auf der Stelle ins Krankenhaus transportiert. Wegen der schweren Blutung und des Schocks hatte man kaum zu hoffen gewagt, daß der Mann durchkommen würde. Die letzten Nachrichten waren deshalb um so erfreulicher.

Erst nachdem der Schwerverletzte versorgt und der Krankenwagen zum Krankenhaus gefahren war, hatte man sich um Nims Hand gekümmert. Es stellte sich heraus, daß es sich um einen tiefen Schnitt in der Handfläche am Daumenansatz handelte. Thurston fuhr Nim zu einer nahe gelegenen Vorstadtambulanz, wo die Wunde mit einigen Stichen genäht wurde.

Nims Gesicht, Hände und Kleidung waren über und über mit schwarzem Kohlenstaub bedeckt, und nachdem seine Hand versorgt worden war, fuhren sie zu Thurston, wo Nim seinen Anzug auszog – den einzigen, den er mitgebracht hatte – und in die Badewanne stieg. Erst nach dem Bad, mit Thurstons Bademantel angetan, lernte er Daphne kennen, die fachgerecht seine Hand neu verband. Daphne war Krankenschwester, wie Nim erfuhr, und außerdem frisch geschieden. Das war auch der Grund für ihren gegenwärtigen Besuch bei ihrer Schwester. Er sollte ihr helfen, über alles hinwegzukommen.

Ursula wischte sich die Augen mit einer Ecke ihres Taschentuchs. Dann sagte sie in ihrer praktischen Art: »Also wirklich, wo wir nun wissen, daß alles gut ausgegangen ist, können wir auch fröhlicher sein.« Sie ging zu Nim hinüber, umarmte ihn impulsiv und gab ihm einen Kuß. »Da! Statt Kerzen.«

»He!« rief Daphne. »Dürfen das alle?«

Nim grinste. »Na klar.«

Sie küßte ihn. Ihre Lippen waren weich und warm; er genoß das Gefühl und den Duft, den er einen Moment lang einsog.

Daphne verkündete: »Das ist der Lohn für den Helden, ob es ihm nun gefällt oder nicht.«

»Dieser Teil des Heldentums gefällt mir gut«, erwiderte Nim.

»Wir können jetzt alle eine Aufheiterung brauchen«, sagte Ursula. »Thurs, was haben wir heute abend vor?«

Er strahlte. »Wir werden essen und tanzen gehen. In weiser Voraussicht habe ich im San Marco Room des Brown Palace einen Tisch für vier Personen reservieren lassen.«

»Hört sich phantastisch an«, meinte Daphne. »Ob wir für Keith einen Babysitter bekommen?«

»Keine Bange«, versicherte Ursula. »Darum kümmere ich mich schon.«

»Und ich *werde* tanzen gehen«, erklärte Nim, »ob mein Anzug nun kommt oder nicht.«

Die Musik, der Wein und das vorzügliche Dinner taten ihre Wirkung. Nims Anzug war rechtzeitig zurückgebracht worden, und man sah ihm den Aufenthalt auf dem Kohlenförderband nicht mehr an. Fast gleichzeitig mit dem Boten der Schnellreinigung waren ein Reporter und ein Fotograf von der *Denver Post* erschienen. Sie baten um ein Interview und ein paar Aufnahmen von Nim. Etwas zögernd fügte er sich ihren Wünschen.

Kurze Zeit später saß er dann neben Daphne auf dem Rücksitz von Thurstons Pinto. Daphne drückte seinen Arm. »Ich finde, du bist große Klasse«, flüsterte sie. »Mir gefällt, wie du Dinge tust und dir zu helfen weißt. Außerdem bist du sympathisch und bescheiden.«

Da er nicht wußte, was er antworten sollte, nahm er ihre Hand und hielt sie fest. Dabei überlegte er bereits, was der Abend wohl noch bringen würde.

Das Dinner war vorüber. Nim und Daphne hatten ein paarmal miteinander getanzt, jedesmal ein wenig enger, und Daphne schien nichts dagegen zu haben.

Einmal, als die beiden allein am Tisch saßen, während Thurston und Ursula tanzten, hatte er gefragt, woran ihre Ehe gescheitert war.

Mit einer Offenheit, die für die beiden Schwestern charakteristisch war, hatte sie geantwortet: »Mein Mann war älter als ich. Er hielt nicht viel von Sex, und meistens klappte es nicht. Natürlich gab es noch andere Gründe, aber das war der Hauptgrund für unsere Trennung.«

»Ich nehme an, daß du auf dem Gebiet keine Probleme hast, stimmt's?«

Sie warf den Kopf zurück und lachte. »Wie kommst du darauf?«

»Aber du hast doch ein Kind.«

»Ja, das war eine der raren Gelegenheiten. Egal, ich bin froh, daß ich Keith habe. Er ist fast zwei, und ich liebe ihn abgöttisch. Übrigens schlafe ich mit Keith in einem Zimmer, aber er hat einen tiefen Schlaf.«

»Trotzdem«, sagte Nim. »Ich würde nicht gern in *sein* Zimmer kommen.«

»Das ist fair. Also laß deine Tür angelehnt. Dein Zimmer liegt am anderen Ende der Halle.«

Als Nim zur Abwechslung einmal mit Ursula tanzte, vertraute sie ihm an: »Ich freue mich, Daphne hierzuhaben; wir haben uns immer gut verstanden. Um eines beneide ich sie aber, und das ist der kleine Keith.«

»Du und Thurs, ihr wolltet keine Kinder?« fragte Nim.

»Doch, wir wollten. Wir wollen immer noch. Aber wir können keine haben.« Es klang, als täte es ihr leid, das Thema angeschnitten zu haben, und Nim drang nicht weiter in sie.

Später, als die beiden Schwestern sich entschuldigten und den Tisch für kurze Zeit verließen, sagte Thurston: »Wie ich hörte, hat dir Ursula erzählt, daß wir keine Kinder haben können.«

»Ja.«

»Hat sie dir auch den Grund genannt?«

Nim schüttelte den Kopf.

»Das Problem liegt bei mir, nicht bei Ursula. Wir haben uns untersuchen lassen, immer wieder. Meine Munition taugt nichts, sagen die Ärzte. Lauter Platzpatronen.«

»Das tut mir leid.«

Thurston zuckte die Achseln. »Man kann nicht alles haben, und ansonsten verstehen wir uns sehr gut.« Er fügte hinzu: »Wir dachten schon daran, ein Kind zu adoptieren, aber keiner von uns konnte sich bisher dazu entschließen.«

Als die Frauen zurückkamen, wurden die Gläser wieder nachgefüllt. Beim Tanzen flüsterte Daphne Nim ins Ohr: »Habe ich dir schon gesagt, daß ich verrückt nach dir bin?«

Statt einer Antwort legte er die Arme noch fester um sie. Hoffentlich würde man bald aufbrechen und nach Hause fahren, dachte er.

Sie waren vor anderthalb Stunden heimgekommen. Thurston hatte den Babysitter nach Hause gebracht, und nun saßen sie alle in der Küche und unterhielten sich, während Ursula einen Tee zubereitete und Daphne ihr dabei half. Dann wurde gute Nacht gesagt, und alle gingen ins Bett. Nim war schon fast eingeschlafen.

Ein Geräusch weckte ihn – ein Knarren, als drücke jemand die Türklinke herunter, obwohl er die Tür, wie versprochen, nur angelehnt hatte. Dann ein Klicken, als die Tür geschlossen wurde. Nim hob den Kopf, aber es war zu dunkel, um etwas zu erkennen.

Er hörte, wie sich leise Schritte näherten, dann das Rascheln eines Kleidungsstücks, das auf den Boden fiel. Darauf wurde die Bettdecke angehoben, und ein warmer, weicher nackter Frauenkörper legte sich neben ihn. Sie umarmten und küßten sich lange und leidenschaftlich. Seine Hände streichelten sie sanft, und er stöhnte vor Zufriedenheit.

Dann flüsterte er: »Daphne, ich hatte so auf dich gewartet.«

Er hörte ein Kichern. Ein Finger legte sich auf seinen Mund, um ihn am Sprechen zu hindern. Eine leise Stimme sagte: »Dummkopf. Ich bin nicht Daphne. Ich bin Ursula.«

Schockiert befreite sich Nim aus der Umarmung und setzte sich aufrecht hin. Er wollte aus dem Bett springen, aber eine Hand hielt ihn zurück.

»Nim«, flüsterte Ursula. »Ich möchte ein Kind. Und da Thurs mir keins geben kann, wärst du der einzige Mann, der dafür in Frage kommt.«

Er wehrte ab. »Ich kann das nicht, Ursula – wegen Thurs.«

»Doch, du kannst es, weil Thurs weiß, daß ich hier bin und warum.«

»Und er hat nichts dagegen?« fragte Nim ungläubig.

»Ich schwöre dir, nein. Wir möchten beide ein Kind haben. Und beide haben wir beschlossen, daß dies der beste Weg ist.« Wieder das leise Kichern. »Nur Daphne hat etwas dagegen. Sie ist fuchsteufelswild. Sie wollte dich für sich haben.«

Nim war völlig durcheinander. Dann übermannte ihn die Situationskomik, und er lachte.

»So ist es schon besser«, sagte Ursula. Sie zog ihn an sich, und er gab den Widerstand auf, als sie sich erneut umarmten.

Sie flüsterte: »Heute ist genau der richtige Tag. Ich weiß, daß es klappen kann. O Nim, ich möchte so gern ein Baby. Hilf mir dabei.«

Nim überlegte, womit er all die verrückten Dinge, die ihm passierten, verdient hatte.

Er flüsterte zurück: »Okay, ich werde mein Bestes tun.« Als sie sich küßten und seine Lust wieder erwachte, fragte er noch einmal: »Und du meinst, es tut nichts, wenn mir die Sache auch Spaß macht?«

Anstelle einer Antwort umarmte sie ihn noch fester. Ihr Atem ging schneller, und sie stöhnte leise vor Lust, als er sie liebkoste und schließlich in sie eindrang.

Sie liebten sich mehrmals im Verlauf der Nacht, wobei Nim feststellte, daß seine bandagierte Hand nicht im geringsten störte. Schließlich schlief er ein. Als er erwachte, dämmerte schon der Tag, und Ursula war fort.

Er wollte wieder einschlafen, als seine Zimmertür ein zweites Mal geöffnet wurde und eine Gestalt im zartrosa Negligé hereinschlüpfte. »Ich denke nicht daran, ganz leer auszugehen«, sagte sie, während sie ihr Negligé fallen ließ. »Mach Platz, Nim; ich hoffe nur, daß du noch etwas Kraft für mich aufgehoben hast.«

Sie stellten beglückt fest, daß es so war.

Nims Rückflug zur Westküste war für den Nachmittag gebucht. Thurston fuhr ihn zum Flughafen; Ursula und Daphne kamen mit, ebenso Daphnes kleiner Sohn Keith. Die Unterhaltung während der Fahrt war freundlich und entspannt, niemand erwähnte die Ereignisse der vergangenen Nacht. Nim gab beiden Schwestern am Auto einen Kuß. Während die Frauen warteten, begleitete Thurston Nim ins Flughafengebäude.

Vor der Fluggastkontrolle blieben sie stehen, um sich zum Abschied die Hände zu schütteln.

»Ich danke dir für alles, Thurs«, sagte Nim.

»Ich dir auch. Und viel Glück für die Hearings.«

»Danke. Können wir brauchen.«

Thurston hielt noch immer Nims Hand fest, er schien zu zögern, dann sagte er: »Für den Fall, daß du dich über irgend etwas wundern solltest, möchte ich dir sagen, daß ein Mann manchmal etwas tut, weil er es tun muß und weil es die beste von seinen begrenzten Möglichkeiten ist. Und noch etwas: Es gibt Freunde und außergewöhnliche Freunde. Du gehörst zur zweiten Kategorie, Nim. Das wird immer so sein.«

Während Nim sich abwandte und zum Vorfeld hinausschaute, stellte er fest, daß seine Augen feucht waren.

Einige Minuten später, als er es sich in seinem Erster-Klasse-Sitz für den Heimflug bequem gemacht hatte, fragte ihn eine freundliche Stewardess: »Was möchten Sie trinken?«

»Champagner«, bestellte er lächelnd. Der paßte am besten zu diesem erfolgreichen Wochenende.

12

Der junge Kommissionsleiter klopfte leicht mit dem Hammer.

»Bevor wir mit der Befragung des Zeugen beginnen, sollten wir ihm für seinen mutigen Einsatz im Kraftwerk eines anderen Staates unsere Hochachtung aussprechen.«

Im Sitzungssaal gab es vereinzelten Beifall.

Nim war verlegen. »Danke, Sir.«

Bis zu diesem Morgen hatte er geglaubt, die Berichte über das Drama auf dem Kohlenförderband würden sich auf Denver beschränken. Deshalb war er überrascht, als er sich auf der Titelseite des *Chronicle-West* wiederfand. Nim war über den Bericht nicht glücklich, weil er seinen Besuch im Kohlekraftwerk unnötig publik machte; er versuchte sich auszumalen, was die Opposition mit diesem Wissen anfangen würde.

Wie an den vorangegangenen Tagen war der eichengetäfelte Sitzungssaal auch heute wieder voller Menschen: die Kommission, die Verteidigung der verschiedenen Parteien, Zeugen, Vertreter von Interessenverbänden, Pressereporter und in angemessenem Rahmen Publikum. Dieses bestand in der Hauptsache aus Gegnern.

Am Richtertisch saß wieder derselbe Kommissionsleiter mit demselben älteren Verwaltungsrichter an seiner Seite.

Im Sitzungssaal erkannte Nim Laura Bo Carmichael und Roderick Pritchett als Vertreter des Sequoia Clubs; Davey Birdsong vom p&lfp, der seine überlange Gestalt wieder in die üblichen schäbigen Jeans und ein offenes Hemd gesteckt hatte; und am Pressetisch Nancy Molineaux, unauffällig elegant gekleidet.

Nim war bereits vereidigt worden, »die Wahrheit zu sagen, die ganze Wahrheit und nichts als die Wahrheit«. Nun sollte ihn der Justitiar des Konzerns, Oscar O'Brien, der mit dem Gesicht zum Richtertisch stand, durch seine Zeugenaussage führen.

»Mr. Goldman«, begann O'Brien, wie sie es vorher geübt hatten, »bitte beschreiben Sie uns die Umstände und Untersuchungen, die zu dem Vorschlag geführt haben, über den die Kommission im öffentlichen Interesse befinden soll.«

Nim nahm auf dem Zeugenstuhl Platz. Er wußte, daß ihm eine lange, beschwerliche Vernehmung bevorstand.

»Die Untersuchungen der Golden State Power & Light«, begann er, »ergänzt durch die Arbeiten von Regierungsstellen, haben ergeben, daß der Staat Kalifornien etwa in der Mitte der nächsten Dekade mit einem überdurchschnittlichen Zuwachs rechnen muß, an Menschen wie an Industriekapazität. Zahlen werde ich später nennen. Parallel zu diesem Wachstum wird der Bedarf an elektrischer Energie steigen, so daß die derzeitigen Mengen nicht mehr ausreichen werden. Um diese Nachfrage zu befriedigen...«

Nim bemühte sich um einen leichten Konversationston, um seine Zuhörer nicht zu langweilen. Alle Tatsachen und Meinungen, die er vortrug, lagen der Kommission bereits seit Wochen schriftlich vor, aber man hielt den mündlichen Vortrag dennoch für wichtig. Vielleicht war es eine Konzession an die Mehrheit, die sich wohl kaum jemals durch die Aktenberge arbeiten würde.

O'Brien sprach seine Sätze wie ein Schauspieler in einem Erfolgsstück.

»Um auf die Auswirkungen auf die Umwelt zurückzukommen, könnten Sie bitte erklären...«

»Könnten Sie bitte noch einmal über jene Kohlelieferungen genauere Angaben machen...«

»Sie behaupteten vorher, daß Flora und Fauna weitestgehend erhalten bleiben würden, Mr. Goldman. Ich kann mir vorstellen, daß die Kommission gerne die Versicherung hätte, daß...«

»Bitte könnten Sie das noch ausführlicher schildern...«

»Würden Sie sagen, daß...«

»Nun lassen Sie uns bedenken, daß...«

Diesen und einen Teil des nächsten Tages, im ganzen ungefähr sieben Stunden, blieb Nim im Zeugenstuhl und im Brennpunkt der Aufmerksamkeit. Am Ende wußte er, daß er das Anliegen der GSP&L fair und gründlich vertreten hatte. Trotzdem war klar, daß ihm die schwerste Prüfung – die Kreuzverhöre – noch bevorstand.

Am Nachmittag des zweiten Tages stand Oscar O'Brien wieder mit dem Gesicht zum Richtertisch. »Danke, Herr Vorsitzender. Ich habe die Vernehmung meines Zeugen abgeschlossen.«

Der Leiter der Kommission nickte. »Ich denke, Mr. Goldman hat eine Pause verdient, und auch wir übrigen würden eine solche begrüßen.« Er klopfte mit seinem Hammer. »Die Sitzung ist auf morgen, zehn Uhr vormittags, vertagt.«

Am nächsten Tag begannen die Kreuzverhöre langsam und vorsichtig, wie ein Auto im niedrigen Gang auf ebener Strecke anfährt. Der Anwalt der Kommission, ein trockener Rechtsanwalt mittleren Alters namens Holyoak, war der erste.

»Mr. Goldman, es gibt eine Anzahl von Punkten, die die Kommission geklärt haben möchte...« Auch in der Folge waren Holyoaks Fragen weder freundlich noch feindlich.

Holyoak brauchte eine Stunde. Roger Pritchett, der Generalsekretär des Sequoia Clubs, war der nächste. Sein Verhör lief auf höheren Touren.

Pritchett war ein dünner Mann, ordentlich gekleidet und von einer gewissen Manieriertheit. Er trug einen dunklen, dreiteiligen maßgeschneiderten Anzug. Sein stahlgraues Haar war sorgfältig gescheitelt; gelegentlich prüfte er mit der Hand, ob die Frisur noch in Ordnung war. Als er sich erhob und zum Zeugenstand hinüberging, schienen seine Augen hinter der randlosen Brille zu funkeln. Kurz vor dem Verhör hatte er sich noch ausführlich mit Laura Bo Carmichael besprochen, die neben ihm an einem der drei Tische saß, die für die Anwälte und ihre Zeugen reserviert waren.

»Mr. Goldman«, begann Pritchett, »ich habe hier ein Foto.« Vom Anwaltstisch nahm er ein Hochglanzfoto im Format achtzehn mal vierundzwanzig und hielt es hoch. »Ich möchte, daß Sie sich das Bild genau ansehen und mir sagen, ob Sie etwas darauf wiedererkennen.«

Nim nahm das Foto. Während er es betrachtete, verteilte ein Angestellter des Sequoia Clubs noch weitere Abzüge an den Leiter der Kommission und seinen Beisitzer, an die Vertreter der Verteidigung der Golden State Power & Light einschließlich Oscar O'Brien, an Davey Birdsong und die Presse. Auch in den Zuschauerreihen wurden Abzüge herumgereicht.

Das Foto war so dunkel, daß Nim kaum etwas darauf erkennen konnte, und doch gab es eine gewisse Ähnlichkeit...

Der Generalsekretär des Sequoia Clubs lächelte. »Nehmen Sie sich ruhig Zeit, Mr. Goldman.«

Nim schüttelte den Kopf. »Ich bin nicht sicher.«

»Vielleicht kann ich helfen.« Pritchetts Stimme klang lauernd wie beim Katz-und-Maus-Spiel. »Wenn ich Zeitungsberichten glauben darf, haben Sie am vergangenen Wochenende Ihr Auge auf einer solchen Szenerie ruhen lassen.«

Jetzt wußte Nim, was auf dem Foto dargestellt war. Es war die Kohlenhalde des Kraftwerks Cherokee in Denver. Das erklärte die Dunkelheit des Bildes. Heimlich fluchte er, daß sein Wochenendausflug mit soviel Publicity verbunden gewesen war.

»Nun«, sagte er. »Ich nehme an, daß es ein Bild der Kohle ist.«

»Werden Sie ruhig etwas ausführlicher, Mr. Goldman. Welche Kohle und wo?«

Zögernd erwiderte Nim: »Es ist die gelagerte Kohle der Public Service Company von Colorado für ihr Kraftwerk bei Denver.«

»Genau.« Pritchett nahm seine Brille ab, putzte die Gläser und setzte sie wieder auf. »Zu Ihrer Information: Das Foto wurde gestern aufgenommen und kam hier heute morgen mit dem Flugzeug an. Es ist kein schönes Bild, nicht wahr?«

»Nein.«

»Häßlich, meinen Sie nicht auch?«

»Ich nehme an, Sie können es so nennen, aber der Punkt ist...«

»Der Punkt ist«, unterbrach ihn Pritchett, »daß Sie bereits meine Frage beantwortet haben: ›Ich nehme an, Sie können es so nennen‹, sagten Sie – was doch bedeutet, daß Sie mir zustimmen, daß das Bild häßlich ist. Mehr wollte ich nicht wissen. Danke.«

Nim war aufgebracht. »Aber es müßte doch auch gesagt werden...«

Pritchett hob warnend den Finger. »Das genügt, Mr. Goldman. Beachten Sie bitte, daß ich die Fragen stelle. Jetzt lassen Sie uns fortfahren. Ich habe ein zweites Foto für Sie und die werten Anwesenden.«

Während Nim innerlich kochte, nahm Pritchett vom Anwaltstisch diesmal ein Farbfoto. Er gab es Nim. Wie vorher reichte der Angestellte des Sequoia Clubs weitere Abzüge herum.

Obwohl Nim nicht erkennen konnte, an welcher bestimmten Stelle dieses Foto aufgenommen war, bestand kein Zweifel, daß es sich um Tunipah handelte, vielleicht sogar um eine Stelle, wo die Landschaft durch den Kraftwerkbau zerstört werden würde. Auf den ersten Blick konnte man erkennen, daß das Bild von einem hervorragenden Fotografen stammen mußte.

Die atemberaubende Schönheit der kalifornischen Wildnis war bei klarem azurblauen Himmel eingefangen. Hinter majestätischen Pinien sah man die felsige Gebirgskette, am Fuße der Bäume dichtes Blattwerk und weiter vorne im Bild einen reißenden, schaumgekrönten Strom. Im Vordergrund eine üppige Fülle wilder Blumen, und aus den Büschen schaute ein junges Reh, das der Fotograf wohl aufgeschreckt hatte.

Pritchett soufflierte: »Eine wahrhaft schöne Szene, nicht wahr, Mr. Goldman?«

»Ja.«

»Können Sie sich denken, wo das Bild aufgenommen wurde?«

»Ich nehme an, daß es sich um Tunipah handelt.« Es brachte nichts, wenn er Versteck spielte, sagte sich Nim. Früher oder später würde Pritchett es sowieso aussprechen.

»Ihre Annahme ist richtig, Sir. Nun habe ich noch eine Frage.« Pritchetts Tonfall war schärfer geworden. »Haben Sie Gewissensbisse, daß das, was Sie in Tunipah vorhaben, diese abscheuliche Häßlichkeit« – er warf das Kohlebild in die Luft – »gegen diese zauberhafte Schönheit einzutauschen« – er hielt das Farbfoto hoch –, »eine Zerstörung der letzten unberührten Natur in unserem Lande und Staate ist?«

Die Frage – mit dramatischer Rhetorik vorgetragen – erntete bei den Zuschauern Beifallsgemurmel. Einige applaudierten.

Nim antwortete ruhig: »Ja, es belastet mein Gewissen. Aber trotzdem halte ich es für einen notwendigen Kompromiß. Außerdem ist das betroffene Gebiet im Verhältnis zum ganzen Tunipah, das erhalten bleibt...«

»Genug, Mr. Goldman. Sie brauchen keine Rede zu halten. Ein einfaches Ja genügt fürs Protokoll.«

Pritchett machte eine kurze Pause, dann ging er wieder zum Angriff über.

»Ist es möglich, daß Sie die Wochenendreise nach Colorado unternommen haben, weil Ihr Gewissen Sie plagte? Wollten Sie sich vielleicht selbst von dem häßlichen Anblick der Kohlenhalden überzeugen, um sich besser vorstellen zu können, was sie aus der schönen Landschaft von Tunipah machen wollen?«

Oscar O'Brien war aufgesprungen. »Einspruch!«

Pritchett blickte ihn an. »Aus welchem Grund?«

Ohne Pritchett zu beachten, wandte sich O'Brien an den Richtertisch. »Mit der Frage wird versucht, dem Zeugen die Worte im Mund umzudrehen. Außerdem unterstellt er dem Zeugen Absichten, die dieser niemals als die seinen bekannt hat.«

Der Leiter der Kommission erklärte in mildem Ton: »Einspruch abgelehnt.« O'Brien fügte sich mit finsterem Blick.

»Nein«, sagte Nim zu Pritchett, »der von Ihnen angeführte Grund hat mich nicht zu der Reise bewogen. Im Vordergrund standen technische Fragen im Zusammenhang mit der Kohlefeuerung in Kraftwerken, Fragen, die ich vor Beginn dieses Hearings gelöst haben wollte.« Selbst Nim erschien seine Antwort nicht überzeugend.

Pritchett bemerkte: »Ich bin sicher, daß es hier einige Leute geben wird, die Ihnen glauben.« Sein Ton verriet: *Ich nicht.*

Pritchett stellte noch einige weitere Fragen, die jedoch nicht mehr von großer Bedeutung waren. Zweifellos hatte die Gegenüberstellung der beiden Fotos zugunsten des Sequoia Clubs gewirkt, mußte sich Nim verärgert eingestehen.

Schließlich nahm der Generalsekretär des Clubs wieder Platz.

Der Leiter der Kommission warf einen Blick auf das vor ihm liegende Papier. »Möchte der Verbraucherverband ›power & light for people‹ den Zeugen befragen?«

Davey Birdsong dröhnte: »Und ob.«

Der Kommissionsleiter nickte. Birdsong erhob sich umständlich.

Er verschwendete keine Zeit auf Vorreden. »Wie sind Sie hergekommen?« herrschte er Nim Goldman an.

Nim fragte erstaunt: »Sie meinen, wen ich hier vertrete...«

Birdsong spottete: »Wir wissen alle, wen Sie vertreten – einen reichen, fetten Konzern, der die Leute ausbeutet.« Der p&lfp-Führer schlug mit seiner fleischigen Hand auf die Lehne eines Zeugenstuhles und fragte noch lauter: »Ich meine wörtlich, wie Sie hergekommen sind.«

»Nun... mit einem Taxi.«

»Sie kamen per *Taxi?* Ein hohes Tier wie Sie? Heißt das, Sie sind diesmal nicht mit Ihrem persönlichen Hubschrauber gekommen?«

Nim lächelte schwach; es war bereits offensichtlich, wie die Befragung laufen würde. »Ich habe keinen persönlichen Hubschrauber und bin auch mit keinem hergekommen.«

»Aber Sie benutzen manchmal einen, nicht wahr?«

»Bei bestimmten Gelegenheiten...«

Birdsong unterbrach ihn: »Das interessiert mich nicht. Sie benutzen manchmal einen, ja oder nein?«

»Ja.«

»Ein Hubschrauber, der mit dem schwerverdienten Geld von Gas- und Stromabnehmern bezahlt werden muß?«

»Nein, jedenfalls nicht direkt.«

»Aber die Verbraucher zahlen indirekt?«

»Das könnten Sie von jedem einzelnen Stuhl und Tisch behaupten...«

»Wir reden nicht von Stühlen und Tischen, sondern von einem Hubschrauber.«

»Unsere Gesellschaft hat mehrere Hubschrauber, die...«

»*Mehrere?* Sie wollen sagen, Sie können auch noch wählen wie zwischen einem Lincoln und einem Cadillac?«

Nim wurde ungeduldig. »Sie dienen hauptsächlich zu Operationsflügen.«

»Was Sie aber nicht daran hindert, zu Ihrem Vergnügen in der Gegend herumzufliegen?« Ohne eine Antwort abzuwarten, griff Birdsong in die Tasche und zog ein Zeitungsblatt hervor, das er in aller Seelenruhe auseinanderfaltete. »Sie erinnern sich daran?«

Es war Nancy Molineaux' Artikel im *California Examiner,* der kurz nach dem Besuch der Presse in Devil's Gate Camp erschienen war.

»Ja, ich erinnere mich«, antwortete Nim resigniert.

Birdsong verlas Name und Datum der Zeitung, und der Protokollführer notierte die Angaben. Dann wandte er sich wieder Nim zu: »Es heißt hier: ›... es scheint, daß Direktor Goldman von der GSP&L zu bedeutend ist, um mit dem Bus zu fahren, auch wenn es ein vom Konzern gecharterter Bus ist, in dem noch viele Sitzplätze frei sind. Statt dessen mußte es neulich ein Hubschrauber sein...‹« Birdsong funkelte Nim böse an. »Entspricht das den Tatsachen?«

»Es lagen bestimmte Umstände vor.«

»Interessiert mich nicht. Ich habe gefragt: Entspricht das den Tatsachen?«

Nim bemerkte, wie Nancy Molineaux ihn vom Pressetisch her ansah. Ein schwaches Lächeln lag auf ihrem Gesicht. Er sagte: »Der Bericht geht von einigen Vorurteilen aus, aber mehr oder weniger entspricht er der Wahrheit.«

Birdsong wandte sich dem Richtertisch zu. »Kann der Vorsitzende bitte den Zeugen anweisen, mit einfachem Ja oder Nein zu antworten.«

Der Leiter der Kommission sagte: »Es könnte uns allen Zeit sparen, wenn Sie sich daran hielten, Mr. Goldman.«

»In Ordnung«, erwiderte Nim mit finsterer Miene.

»Das war aber schwierig«, sagte Birdsong, »fast so schlimm wie Zähneziehen.« Er wandte sich wieder dem Richtertisch zu und tat leutselig.

»Aber jetzt haben wir wenigstens das Geständnis des Zeugen, daß der mutige Zeitungsartikel den Tatsachen entspricht. Herr Vorsitzender, ich beantrage, daß der Artikel als Beweis für die kostspielige und aufwendige Lebensführung von Leuten wie Goldman und seinem Chef, diesem Mr. Dingsbums, herangezogen wird. Auf Kosten der armen Verbraucher wird hier auf großem Fuße gelebt. Es zeigt sich auch, daß teure, unnütze Projekte wie Tunipah nur aus Profitgier und um diesen Lebensstil aufrechtzuerhalten, einem nichtsahnenden Publikum aufgedrängt werden sollen.«

O'Brien war aufgestanden und protestierte müde. »Ich erhebe Einspruch – sowohl gegen die Aufnahme des Zeitungsartikels als Beweisstück, weil er für das Hearing unerheblich ist, als auch gegen die letzten Bemerkungen, die weder bewiesen noch bezeugt sind.«

Der Leiter der Kommission beriet sich kurz mit seinem Beisitzer, dann verkündete er: »Ihr Einspruch kommt ins Protokoll, Mr. O'Brien. Der Zeitungsbericht wird als Beweisstück zugelassen.«

»Danke, Sir«, sagte Birdsong. Er wandte seine Aufmerksamkeit wieder Nim zu.

»Besitzen Sie persönlich Aktien der Golden State Power & Light?«

»Ja«, sagte Nim und war gespannt, was als nächstes kommen würde. Er besaß hundertzwanzig Anteile, die er nach und nach als vermögenswirksame Leistung des Konzerns erworben hatte. Ihr gegenwärtiger Marktwert belief sich auf kaum mehr als zweitausend Dollar – viel weniger, als er dafür bezahlt hatte, weil die GSP&L-Aktien wegen der gestrichenen Dividende im letzten Monat stark gefallen waren. Aber er wollte nicht freiwillig mehr sagen, als er gefragt worden war. Das erwies sich als Fehler.

»Wenn die Tunipah-Pläne durchkommen«, fuhr Birdsong fort, »ist es doch sehr wahrscheinlich, daß der Wert der GSP&L-Aktien steigen wird?«

»Nicht unbedingt. Sie können genausogut fallen.« Nim wußte nicht, ob er ausführlicher schildern sollte, wie durch den Verkauf neuer Aktien der Wert der alten möglicherweise sinken konnte. Eine solche Antwort hätte vieler Erklärungen bedurft, was ihm unter Umständen wieder eine Rüge wegen zu großer Geschwätzigkeit eingebracht hätte. Außerdem war Nim nicht sicher, ob der Finanzabteilung seiner Gesellschaft eine solche Äußerung in der Öffentlichkeit recht wäre. Er beschloß, lieber zu schweigen.

»Nicht unbedingt«, wiederholte Birdsong. »Aber der Marktwert der Aktien *kann* steigen. Erkennen Sie das an?«

Nim sagte kurz: »Auf dem Aktienmarkt ist alles möglich.«

Birdsong wandte sich mit einer theatralischen Geste an die Zuschauer. »Ich glaube, das ist schon das Äußerste, was ich diesem unkooperativen Zeugen abgewinnen kann. Also werde *ich* die Aussage formulieren: Die Aktien werden möglicherweise steigen.« Er drehte sich wieder zu Nim. »Wenn das der Fall ist, müßten Sie nicht ein lebhaftes Interesse am Tunipah-Projekt haben, weil Sie davon profitieren?«

»Schauen Sie«, versuchte Nim zu erklären. »Ich habe nur...«

Vom Richtertisch schaltete sich der Leiter der Kommission ein. »Das ist eine einfache Frage, Mr. Goldman. Antworten Sie bitte mit Ja oder Nein.«

Nim war drauf und dran zu explodieren, als er Oscar O'Brien ansah, der ihm mit leichtem Kopfschütteln zu verstehen gab, daß er Geduld üben und sich nicht provozieren lassen sollte. Er antwortete mit einem kurzen »Ja«.

Birdsong erklärte: »Nun, da wir dieses Geständnis haben, Herr Vorsitzender, möchte ich, daß im Protokoll festgehalten wird, daß der Zeuge ein finanzielles Interesse am Ergebnis dieses Hearings hat und seine Zeugenaussage entsprechend gewertet werden sollte.«

»Sie haben es mit Ihrer Bemerkung bereits zu Protokoll gegeben«, sagte der Kommissionsleiter irritiert. »Warum fahren Sie nicht fort?«

»Sehr wohl, Sir.«

Der p&lfp-Führer fuhr sich mit der Hand durch den Bart, als dächte er nach. »Jetzt habe ich noch einige Fragen, und zwar, wie sich der Bau des Kraftwerks in Tunipah auf die Stromrechnungen des werktätigen Volkes auswirken wird, das...«

Und so ging es weiter. Birdsong konzentrierte sich – wie im Kreuzverhör von J. Eric Humphrey – auf die Behauptung, daß der Konzern sich bei der Planung von Tunipah lediglich von Profitdenken hätte leiten lassen und die Verbraucher dafür die Rechnung zahlen müßten, ohne eine Gegenleistung zu erhalten. Was Nim unter seiner scheinbar unerschütterlichen Oberfläche ärgerte, war, daß die wahren Gründe – der künftige gesteigerte Energiebedarf wegen Bevölkerungszunahme, Ausweitung der Industrie und Erhaltung des Lebensstandards – überhaupt nicht erwähnt wurden. Populärwissenschaftliche Schaumschlägerei wurde vorgeführt, weiter nichts. Aber sie war wirksam. Die rege Tätigkeit am Pressetisch zeigte es deutlich.

Auch Nim mußte zugeben, daß der Doppelangriff vom Sequoia Club aus Gründen des Umweltschutzes und vom p&lfp aus finanziellen Gründen wirkungsvoll war. Ob die beiden Gruppen eine Verbindung zueinander hatten? Nim bezweifelte es. Laura Bo Carmichael und Davey Birdsong operierten intellektuell auf verschiedenen Ebenen. Nim respektierte Laura Bo, trotz ihrer Differenzen, aber Birdsong hielt er für einen Scharlatan.

Während einer kurzen Pause, nachdem Birdsong sein Verhör beendet hatte, nahm Oscar O'Brien Nim beiseite. »Sie haben es noch nicht geschafft. Nach der Vernehmung der anderen Zeugen möchte ich, daß Sie noch einmal in den Zeugenstand gehen, um das eine oder andere zurechtzurücken, und dann darf das Volk noch über Sie herfallen.« Nim verzog das Gesicht. Er hoffte, sein Auftritt würde bald beendet sein.

Laura Bo Carmichael wurde als nächste in den Zeugenstand gerufen.

Die Vorsitzende des Sequoia Clubs war eine stattliche Erscheinung, die heute in der Pose der *grande dame* auftrat. Sie trug ein strenges beigefarbenes Schneiderkostüm und das angegraute Haar wie immer sehr kurz geschnitten. Sie sah ernst aus. Die Fragen, die ihr Roderick Pritchett stellte, beantwortete sie kurz und sachlich.

»Wir haben vom letzten Zeugen gehört, Mrs. Carmichael«, begann Pritchett, »daß der Energieverbrauch im Land weiter ansteigen wird und die GSP&L diesen Bedarf durch den Bau des mit Kohle betriebenen Kraftwerks im Gebiet von Tunipah zu decken gedenkt. Halten Sie das auch für gerechtfertigt?«

»Nein, ganz und gar nicht.«

»Möchten Sie der Kommission Ihre Gründe und die des Sequoia Clubs darlegen? Weshalb sind Sie gegen einen solchen Bau?«

»Tunipah ist eines der wenigen Gebiete Kaliforniens, in denen die natürliche Wildnis erhalten geblieben ist. Es ist überaus reich an Naturschätzen – Bäumen, Gewächsen, Blumen, Wasserläufen, einzigartigen geologischen Formationen, Wildtieren, Vögeln und Insekten –, die andernorts bereits zerstört worden sind. Das Gebiet ist vor allem außerordentlich schön. Es mit einer riesigen Industrieanlage zu verschandeln, die auch noch eine neue Eisenbahnlinie nötig macht, wäre ein Frevel, ein ökologischer Rückfall ins vorige Jahrhundert, eine Blasphemie gegen Gott und die Natur.«

Laura Bo hatte ruhig gesprochen, was ihre Aussage noch wirkungsvoller machte. Pritchett legte vor der nächsten Frage eine kleine Pause ein, um den Zuhörern Gelegenheit zu geben, über ihre Worte nachzudenken.

»Der Sprecher der Golden State Power & Light, Mr. Goldman, hat hier vor der Kommission versichert, daß der Bau nur einen minimalen Eingriff in die Natur von Tunipah bedeuten würde. Möchten Sie dazu etwas sagen?«

»Ich kenne Mr. Goldman seit vielen Jahren«, antwortete Laura Bo. »Er meint es gut. Er mag sogar selbst an das glauben, was er sagt. Aber die Wahrheit ist: Keiner kann in Tunipah ein Kraftwerk bauen, ohne der Umwelt schlimmsten, nie wiedergutzumachenden Schaden zuzufügen.«

Der Generalsekretär des Sequoia Clubs lächelte. »Ist mein Eindruck richtig, Mrs. Carmichael, daß Sie den GSP&L-Versprechungen in bezug auf den ›minimalen Eingriff‹ nicht glauben?«

»Ganz richtig – auch wenn sie sich an ihr Versprechen halten möchten, es ist unmöglich.« Laura Bo drehte den Kopf zur Richterbank und sprach die beiden dort Sitzenden direkt an. »In der Vergangenheit haben die Golden State Power & Light und die meisten anderen Industriekonzerne den Fragen des Umweltschutzes wenig Beachtung geschenkt. Wenn man sie nach Belieben schalten und walten ließe, würden sie unsere Luft und das Wasser vergiften, unsere Wälder plündern, Bodenschätze vergeuden und die Landschaft verhunzen. Wir leben heute in einer Zeit, in der man diese Sünden erkennt, und so versuchen sie uns zu beschwichtigen: *Habt Vertrauen zu uns. Die Vergangenheit wird sich nicht wiederholen.* Aber leider nehme ich ihnen das nicht ab – ich nicht und viele andere auch nicht.«

Das, was Laura Bo da sagte, war zweifellos logisch, dachte Nim. Trotzdem hätte er die Schwächen in ihrem Zukunftsbild aufzeigen können. Nim war der Ansicht, daß die GSP&L wie andere Industriezweige tatsächlich aus früheren Fehlern gelernt hatte und nun verantwortungsvoll und umweltbewußt geworden war, und sei es auch aus keinem anderen Grund, als daß es heute eine Frage der Geschäftspolitik war. Gegen Laura Bos Vorurteile war jedoch kein Kraut gewachsen. Ein fairer Gesprächspartner war sie nicht. Allerdings war es ihr gelungen, das

Niveau der Diskussion nach Davey Birdsongs Possenspielen zu heben.

»Sie sagten, daß es in Tunipah noch Lebewesen und Pflanzen gäbe, die andernorts bereits ausgerottet seien. Können Sie uns darüber Näheres mitteilen?«

Die Vorsitzende des Sequoia Clubs nickte. »Von einer Pflanzen- und einer Tierart weiß ich es genau. Bei der Pflanze handelt es sich um das Furbish-Läusekraut, und das Tier ist die Microdipodops, eine Känguruhmaus.«

Hier gehen unsere Meinungen aber sehr auseinander, überlegte Nim. Er erinnerte sich daran, wie er Laura Bo vor zwei Monaten beim Essen ungläubig gefragt hatte: »*Sie möchten tatsächlich, daß eine Maus oder Mäuse die Verwirklichung eines Projekts verhindern, von dem Millionen Menschen profitieren würden?*«

Roderick Pritchett rechnete anscheinend mit der Möglichkeit eines solchen Einwands, denn seine nächste Frage lautete: »Erwarten Sie Kritik an dieser Begründung? Meinen Sie nicht, die Leute könnten fragen, ob die Belange der Menschen nicht wichtiger seien als die Erhaltung des Furbish-Läusekrauts und der Microdipodops?«

»Ich rechne sogar mit sehr viel Kritik«, antwortete Laura Bo. »Dennoch beharre ich darauf, daß es dumm und kurzsichtig ist, bedrohte Arten auszurotten.«

»Möchten Sie das näher erklären?«

»Ja. Es geht um das Prinzip von Leben und Tod, das hier immer wieder gedankenlos verletzt wird. Mit der Entwicklung der modernen Gesellschaft – Ausdehnung der Großstädte, der Industrie, Autobahnen, Pipelines und all der anderen Errungenschaften der Zivilisation – haben wir das Gleichgewicht der Natur gestört, Pflanzen vernichtet, die auf natürliche Weise den Wasserhaushalt und die Fruchtbarkeit des Bodens regelten, wildlebende Tiere vertrieben oder ausgerottet, die natürlichen Wachstumszyklen unterbrochen und dabei völlig vergessen, daß jedes Leben nur in der Gesamtheit der Natur weiterbestehen kann.«

Vom Richtertisch wendete der Leiter der Kommission ein: »Aber sicherlich gibt es auch in der Natur eine gewisse Flexibilität, Mrs. Carmichael.«

»Gewiß, aber bisher hat man die Grenzen immer gesprengt.« Der Leiter der Kommission nickte höflich. »Bitte fahren Sie fort.«

Mit souveräner Gelassenheit sprach Laura Bo weiter: »Worauf es mir ankommt, ist, darauf hinzuweisen, daß die Entscheidungen der Vergangenheit immer nur von einer kurzfristigen Zweckdienlichkeit geprägt waren und leider nicht von einer die Umwelt berücksichtigenden Gesamtschau getragen wurden. Die moderne Wissenschaft – und ich selbst spreche hier als Wissenschaftlerin zu Ihnen – arbeitete auf ihren speziellen, in sich abgeschlossenen Gebieten, ohne sich darüber Gedanken zu machen, daß der ›Fortschritt‹ auf einem Gebiet dem Leben und der Natur als Ganzem schaden könnte. Die Umweltverschmutzung durch die Automobile, die ja auch ein Produkt der Wissenschaft sind, ist ein Beispiel. Da sie ja so zweckdienlich sind, dürfen sie uns mit ihrem Gift töten. Ein anderes Beispiel ist der übertriebene Einsatz von Pestiziden, der dazu führte, daß manche Lebewesen ausstarben, damit andere besser gedeihen konnten. Dasselbe gilt für den durch Aerosol-Sprays verursachten atmosphärischen Schaden. Es ist eine lange Liste. Wir haben alle durch Umweltsünden unseren Selbstmord besiegelt.«

Während die Vorsitzende des Sequoia Clubs sprach, war es im Sitzungssaal still geworden. Niemand bewegte sich. Alle warteten andächtig auf die nächsten Worte.

»Es ist nichts weiter als *Zweckdienlichkeit*«, nahm sie ihren Gedankengang wieder auf. Sie sprach jetzt lauter. »Wenn dieses monströse Unternehmen in Tunipah genehmigt wird, sprechen wir das Todesurteil für Läusekraut und Microdipodops und noch vieles andere mehr. Und wenn es so weitergeht, werden wir auch noch unsere Zustimmung geben, wenn ein einzelnes Projekt der Industrie – und um ein solches handelt es sich ja beim Kraftwerk Tunipah – eines Tages genau an der Stelle errichtet werden muß, wo der letzte Märzenbecher steht.«

Diese Worte wurden von spontanen Beifallsbezeigungen des Publikums begleitet, und Nim dachte zornig: Laura Bo mißbraucht ihre Stellung als Wissenschaftlerin, um einem unwissenschaftlichen emotionalen Appell mehr Geltung zu verschaffen.

Eine Stunde lang wurden Fragen gestellt und beantwortet.

Als Oscar O'Brien Laura Bo ins Kreuzverhör nahm, konnte er

ihre Position nicht erschüttern; er trug im Gegenteil noch zu deren Stärkung bei. Als der Justitiar der GSP&L sie mit breitem Lächeln fragte, ob sie wirklich daran glaube, »daß ein paar bevölkerte Mauselöcher und eine unscheinbare, wilde Blume – eigentlich ein Unkraut – wichtiger seien als die Bedürfnisse mehrerer Millionen Menschen an elektrischer Energie«, erwiderte sie scharf: »Es ist leicht und billig, Mr. O'Brien, den Gegner lächerlich zu machen. Das ist die älteste, in jedem Lehrbuch nachzulesende Taktik der Rechtsanwälte. Ich habe bereits die Gründe genannt, weshalb der Sequoia Club glaubt, Tunipah sollte eine natürliche Wildnis bleiben. Die beiden Punkte, die Sie sich herauspicken, sind zwei unter vielen. Was aber die ›Bedürfnisse an elektrischer Energie‹ angeht, von denen Sie sprachen, so kann ich Ihnen nur entgegnen, daß viele der Meinung sind, daß wir besser daran täten, sparsamer mit den Rohstoffen umzugehen und weniger Elektrizität zu erzeugen.«

O'Brien wurde rot und entgegnete giftig: »Wenn Sie alles soviel besser wissen als die Experten, die Tunipah als idealen Platz ermittelt haben, verraten Sie uns doch bitte, wo Sie ein Kraftwerk hinstellen würden.«

Laura Bo antwortete ruhig: »Das ist Ihr Problem, nicht meins.«

Davey Birdsong lehnte es ab, Laura Bo Carmichael ins Kreuzverhör zu nehmen. Großzügig bekannte er: »Power & light for people unterstützt die Ansichten des Sequoia Clubs, die Mrs. Carmichael so trefflich vorgetragen hat.«

Am folgenden Tag, als der letzte Zeuge der Gegenpartei vernommen war, flüsterte O'Brien Nim zu: »Jetzt reißen Sie sich zusammen. Sie sind als nächster dran.«

13

Nim fühlte sich matt. Die Aussicht, noch einmal als Zeuge auftreten und weitere Kreuzverhöre durchstehen zu müssen, machte ihn noch mürrischer.

In der vergangenen Nacht hatte er sehr unruhig geschlafen. Er hatte geträumt, daß er in einem zellenähnlichen Raum ohne

Fenster und Türen eingesperrt war. An allen vier Wänden befanden sich Reihen von Schaltern. Nim bemühte sich, sie eingeschaltet zu lassen, damit der Strom fließen konnte. Aber Davey Birdsong, Laura Bo Carmichael und Roderick Pritchett umzingelten ihn und schalteten den Strom immer wieder aus. Nim wollte die anderen anschreien, mit ihnen diskutieren, sie anflehen, aber die Stimme versagte ihm. In seiner Verzweiflung gab er sich Mühe, alle Bewegungen schneller auszuführen. Um gegen ihre sechs Hände anzukommen, versuchte er die Schalter außerdem noch mit den Füßen zu bedienen. Aber seine Glieder verweigerten ihm den Dienst; sie waren wie festgeleimt und ließen sich nur mit äußerster Mühe bewegen. Voller Verzweiflung erkannte Nim, daß er gegen die anderen verlieren mußte. Da erwachte er schweißgebadet, und mit dem Schlaf war es vorbei.

Nun war Nim wieder im Zeugenstand, und der Leiter der Kommission sagte: »Ich möchte den Zeugen daran erinnern, daß er bereits vereidigt ist...«

Als die Vorreden beendet waren, begann Oscar O'Brien: »Mr. Goldman, wie viele Golden State Power & Light-Anteile besitzen Sie?«

»Einhundertzwanzig.«

»Wie hoch ist ihr Marktwert?«

»Nach dem Stand von heute morgen zweitausendeinhundertsechzig Dollar.«

»Könnte man also sagen, daß die Beschuldigung, Sie würden sich an dem Tunipah-Projekt bereichern...«

»... lächerlich und beleidigend ist«, beendete Nim den Satz. Er hatte O'Brien gebeten, diese Frage zu stellen, in der Hoffnung, die Presse würde darüber berichten – genauso wie sie über Birdsongs Anklage, er profitiere am Kraftwerksbau, berichtet hatte. Aber Nim bezweifelte, daß man es tun würde.

»Genau.« O'Brien schien durch Nims Heftigkeit erschreckt. »Nun lassen Sie uns auf Tunipah zurückkommen. Mrs. Carmichael hat in ihrer Zeugenaussage argumentiert...«

Die Absicht war, Irrtümer zu berichten, Vorurteile zu beseitigen und Unvollständiges zu ergänzen. Nim beantwortete O'Briens Fragen, zweifelte aber daran, daß das Ganze überhaupt einen Sinn hatte.

O'Brien schloß seine Befragung in weniger als einer halben Stunde ab. Es folgte Holyoak, der Anwalt der Kommission, und Roderick Pritchett. Beide machten Nim das Leben nicht schwer und faßten sich kurz.

Nun blieb nur noch Davey Birdsong.

Der p&lfp-Führer fuhr sich in einer charakteristischen Geste mit der Hand durch den angegrauten Bart und sah Nim an.

»Ihre Anteile, Goldman, waren wieviel wert« – Birdsong schaute auf ein kleines Stück Papier – »zweitausendeinhundertsechzig Dollar. Richtig?«

Nim antwortete vorsichtig: »Ja.«

»Die Art, wie Sie es sagten – und ich habe genau zugehört –, ließ darauf schließen, daß diese Summe eine lächerliche Kleinigkeit für Sie ist. Sozusagen ›lumpige zweitausend‹. Nun, für jemanden, der in Millionen denkt und mit Hubschraubern herumreist...«

Der Kommissionsleiter unterbrach ihn: »Ist das eine Frage, Mr. Birdsong? Dann kommen Sie bitte zur Sache.«

»Yessir.« Birdsong verbeugte sich vor dem Richtertisch. »Ich habe mich nur so geärgert, weil dieser Goldman mit dem Reichtum protzt und nicht versteht, was diese Summe für arme Leute bedeutet...«

Der Kommissionsleiter klopfte mit dem Hammer. »Kommen Sie zur Sache.«

Birdsong grinste wieder. Er wußte, daß er sich ziemlich alles leisten konnte. Die Gefahr, daß man ihm das Wort entzog, war gering. Er wandte sich wieder an Nim.

»Also gut, hier ist meine Frage. Haben Sie schon einmal daran gedacht, daß die lumpigen zweitausend Dollar für viele Leute, die die Rechnung für Tunipah zahlen müssen, ein Vermögen sind?«

»Erstens habe ich weder lumpige zweitausend Dollar gesagt noch gemeint«, erwiderte Nim. »Und zweitens kann ich es mir vorstellen, weil es auch für mich viel Geld ist.«

»Wenn es Ihnen soviel wert ist, möchten Sie es vielleicht verdoppeln?« fragte Birdsong schnell.

»Vielleicht. Aber was ist daran auszusetzen?«

»Ich bin es, der hier Fragen stellt«, erwiderte Birdsong boshaft lächelnd. »Sie gestehen also, daß Sie Ihr Geld verdoppeln wollen und daß es Ihnen vielleicht gelingt, wenn das Tunipah-Unternehmen durchkommt?« Er hob abwehrend die Hand. »Nein, Sie brauchen nicht zu antworten. Wir ziehen unsere eigenen Schlüsse.«

Nim kochte innerlich. Er warf O'Brien einen Blick zu; der sah ihn fest an, als wollte er sagen: *Sehen Sie sich vor. Bleiben Sie ruhig und gemäßigt.*

»Sie sprachen vorhin über Energieeinsparung«, fuhr Birdsong fort. »Ich habe dazu noch einige Fragen.«

Während der zweiten Befragung durch O'Brien war das Thema kurz erwähnt worden. Deshalb durfte der p&lfp-Führer es jetzt noch einmal anschneiden.

»Wissen Sie, Goldman, daß Unternehmen wie die GSP&L, anstatt Milliarden mit Projekten wie Tunipah zu verpulvern, den Stromverbrauch durch Einsparungen um vierzig Prozent senken könnten?«

»Nein, das weiß ich nicht«, antwortete Nim. »Vierzig Prozent lassen sich nie und nimmer einsparen. Das ist unrealistisch. Sie haben die Zahl aus der Luft gegriffen, wie die übrigen Beschuldigungen. Das einzige, was wir mit Einsparungen erreichen, ist ein kleiner Zeitgewinn, und mit dem arbeiten wir bereits.«

»Zeit wofür?«

»Zeit für die Menschen zu erkennen, daß sie vor einer Energiekrise stehen, die ihr Leben in einer Weise verändern wird – negativ natürlich –, wie sie es sich vorher nie hätten träumen lassen.«

»Ist das tatsächlich wahr?« fragte Birdsong spöttisch. »Oder sieht es nicht in Wirklichkeit so aus, daß die Golden State Power gar keine Einsparung will, weil das den Profit mindert?«

»Nein, das entspricht nicht der Wahrheit. Man muß schon ein so verdrehtes Hirn wie das Ihre haben, wenn man so etwas glauben wollte.« Nim wußte, daß er gerügt werden würde und daß genau das Birdsongs Absicht war: ihn zu solchen Äußerungen zu provozieren. Oscar O'Brien runzelte die Stirn. Nim sah weg.

»Ich will die hämische Bemerkung überhören«, entgegnete Birdsong, »und eine andere Frage stellen. Ist nicht der wahre Grund, warum Leute wie Sie nicht die Nutzung von Sonnenenergie und Windkraft vorantreiben – was beides schon jetzt zu haben wäre –, der, daß es billige Energiequellen sind und Sie nicht den Riesenprofit erzielen, den Sie sich von Tunipah erwarten?«

»Meine Antwort lautet nein. Außerdem enthält Ihre Frage eine Halbwahrheit. Sonnenenergie ist bisher *nicht* in größeren Mengen nutzbar und wird es sicherlich nicht vor Ende des Jahrhunderts sein. Die Kosten dafür sind extrem hoch, viel höher als die Gewinnung von Elektrizität aus Kohle, wie wir es in Tunipah vorhaben. Außerdem wäre ein mit Sonnenenergie betriebenes Kraftwerk die bisher größte Verschwendung. Was den Wind als Stromerzeuger angeht, so können Sie das bis auf unbedeutende Randversuche vergessen.«

Am Richtertisch lehnte sich der Leiter der Kommission vor. »Habe ich richtig gehört, Mr. Goldman, daß Sonnenenergie Verschwendung bedeutet?«

»Ja, Herr Vorsitzender.« Diese Aussage pflegte jene zu überraschen, die sich nicht mit allen Aspekten der Solarenergie befaßt hatten. »Bei den technischen Möglichkeiten von heute würde ein mit Sonnenenergie betriebenes Kraftwerk mit der Leistung, die wir für Tunipah vorschlagen, dreihundertzehn Quadratkilometer Land benötigen, nur um die Kollektoren unterzubringen. Das entspricht einunddreißigtausend Hektar – zwei Drittel vom Lake Tahoe. Dem stehen tausendzweihundertvierzig Hektar eines konventionellen Kraftwerks wie Tunipah gegenüber. Und bedenken Sie, ein Gebiet mit Sonnenkollektoren ist für nichts anderes nutzbar. Wenn das keine Verschwendung ist...«

Er ließ den Satz unvollendet, da der Kommissionsleiter nickte. »Ein interessanter Gesichtspunkt, Mr. Goldman. Ich nehme an, daß viele von uns das nicht gewußt haben.«

Birdsong, der währenddessen ungeduldig gewartet hatte, setzte seine Attacke fort: »Sie erzählen uns, Goldman, daß die Sonnenenergie erst im nächsten Jahrhundert nutzbar sein wird. Warum sollen wir Ihnen glauben?«

»Das müssen Sie nicht.« Nim gab sich keine Mühe, seine Verachtung für Birdsong zu verbergen. »Sie können es glauben oder nicht, ganz nach Belieben. Aber die von Experten angefertigten technischen Gutachten kommen alle zu demselben Ergebnis: Die Gewinnung von Sonnenenergie in großem Maßstab wird noch zwanzig und mehr Jahre auf sich warten lassen; und auch dann werden unsere Erwartungen vielleicht nicht ganz erfüllt werden. Deshalb müssen wir uns in der Zwischenzeit um Kraftwerke wie Tunipah – *und noch an vielen anderen Orten* – kümmern, um der Krise, die auf uns zukommt, zu begegnen.«

Birdsong höhnte: »Also sind wir wieder bei dem Märchen von der Krise.«

»Wenn es soweit ist«, entgegnete Nim empört, »können Sie diese Worte ja noch einmal nachlesen und sie voll Reue wiederkäuen.«

Der Leiter der Kommission streckte die Hand nach dem Hammer aus, zögerte aber. Vielleicht war er neugierig, was als nächstes geschehen würde, er ließ jedenfalls seine Hand wieder sinken. Birdsong war jetzt knallrot im Gesicht, sein Mund zornig verzogen.

»Ich werde gar nichts wiederkäuen. *Ihr* werdet es tun!« schrie er Nim an. »Die ganze Kapitalistenbande der Golden State Power wird an den Worten zu kauen und zu schlucken haben. *Worte, Worte, Worte!* Von diesen Hearings hier, die wir nie enden lassen werden, und von neuen und immer neuen Hearings. Wir werden euch mit eurem Tunipah vor Gericht zerren und euch mit allen Möglichkeiten, die uns das Gesetz bietet, die Hände fesseln. Wenn das nicht reicht, werden wir neue Vorwürfe bringen, und so werden die nächsten zwanzig Jahre ins Land gehen. Das *Volk* wird sich schon gegen eure Profitgier wehren, *und das Volk wird gewinnen!*«

Der p&lfp-Führer hielt inne, dann fügte er schwer atmend hinzu: »Vielleicht wird die Sonnenenergie schließlich doch noch früher nutzbar, als Ihr Bau genehmigt wird, *Mister* Goldman. Denn das eine sage ich Ihnen: Sie werden Ihre Kohlekraftwerke nicht bekommen. Weder Tunipah noch sonst eins. Weder jetzt noch irgendwann.«

Während der Kommissionsleiter, von dem Rededuell fasziniert, wieder zögerte, wurde in den Besucherreihen spontan Beifall geklatscht. In dem Moment explodierte Nim. Er schlug mit der Faust auf die Armlehne des Zeugenstuhls und sprang auf. Mit zornig funkelnden Augen stand er vor Birdsong.

»Vielleicht wird es *tatsächlich* gelingen, den Bau von Tunipah und anderen Kraftwerken in der von Ihnen beschriebenen Weise zu verhindern. Aber *wenn* es so ist, dann nur, weil dieses selbstzerstörerische System krankhaft selbstgefälligen Dummköpfen und Scharlatanen unbegrenzte Macht gegeben hat.«

Im Sitzungssaal war es still geworden. Nim wurde noch lauter, als er weitersprach: »Aber ersparen Sie uns Ihr scheinheiliges Geschwätz, Birdsong, daß Sie angeblich das Volk vertreten. Sie tun nichts dergleichen. *Wir* vertreten das Volk – ordentliche, anständige, normal lebende Leute, die von uns Versorgungskonzernen erwarten, daß wir Strom liefern, damit ihre Häuser hell und warm sind, die möchten, daß die Fabriken arbeiten und sie Millionen anderer Aktivitäten weiter betreiben können, von denen Sie sie auf Ihre selbstsüchtige und kurzsichtige Weise abbringen wollen.«

Nim drehte sich zum Richtertisch. »Was wir hier bei uns und anderswo brauchen, ist ein gesunder Kompromiß. Ein Kompromiß zwischen den strikten Gegnern wie dem Sequoia Club und Birdsong einerseits und denen, die nach Erhöhung der Kapazität ohne Rücksicht auf die Umwelt schreien! Nun, ich persönlich und die Gesellschaft, für die ich arbeite, sind für einen solchen Kompromiß. Wir erkennen an, daß es keine einfache Wahl ist, deshalb versuchen wir den Mittelweg zu gehen und fordern: Gebt uns die Möglichkeit, ein gewisses Wachstum zu verwirklichen.«

Er wandte sich wieder an Birdsong: »Was *Sie* für das Volk tun, wird sich letztlich als großer Schaden erweisen. Das Volk wird unter den Stromsperren zu leiden haben, unter der katastrophalen Arbeitslosigkeit, die es als Folge der Stromausfälle unweigerlich geben wird, und unter den vielen großen und kleinen Verlusten an elektrischen Helfern, die den Alltag bequem machen. Und die Krise ist kein Märchen; sie wird bald über Nordamerika und andere Teile der Welt hereinbrechen. Und wo werden Sie dann sein, Birdsong? Vielleicht in einem sicheren Versteck. Sie werden sich nämlich vor dem *Volk* verstecken müssen, weil es erkennen wird, was Sie in Wirklichkeit sind – ein Betrüger und Schwindler, der das Volk verführt hat.«

Während er sprach, wußte Nim, daß er zu weit ging, daß er sich über die Vorschriften der öffentlichen Hearings hinwegsetzte und die Beschränkungen, die ihm die GSP&L auferlegt hatte, mißachtete. Vielleicht hatte er Birdsong sogar Grund für eine Verleumdungsklage gegeben. Und trotzdem sagte ihm eine innere Stimme, daß das, was er getan hatte, nötig gewesen war, daß auch der Geduld und der sogenannten Vernunft Grenzen gesetzt waren und daß es einmal jemanden geben mußte, der furchtlos die Wahrheit aussprach und die Konsequenzen in Kauf nahm.

Er fuhr fort: »Sie haben etwas von vierzig Prozent Einsparungen getönt, Birdsong. Das ist keine Einsparung mehr, sondern *Notstand*. Es würde ein völlig neues Leben bedeuten, ein Leben in Armseligkeit.

Nun gut, werden einige sagen, unser Lebensstandard ist zu hoch, wir leben alle zu gut, es schadet nichts, wenn wir Entbehrungen auf uns nehmen müssen. Sie mögen recht haben, vielleicht aber auch nicht. Auf jeden Fall ist es nicht Aufgabe der Versorgungskonzerne, über den ethischen Wert solcher Entscheidungen zu grübeln. Unsere Verantwortlichkeit geht nur so weit, als wir den von der Mehrheit des Volkes über ihre gewählte Regierung gewünschten Lebensstandard garantieren. Das werden wir so lange tun, bis wir von offizieller Seite neue Richtlinien bekommen. Von aufgeblasenen Heuchlern wie Ihnen lassen wir uns keine Anweisungen geben.«

Als Nim eine Atempause machte, fragte der Kommissionsleiter kühl: »Sind Sie fertig, Mr. Goldman?«

»Nein, Herr Vorsitzender. Wenn ich schon hier stehe, möchte ich die Gelegenheit nutzen, um noch einiges mehr zu sagen.«

»Herr Vorsitzender, wenn ich vielleicht eine Pause...« Oscar O'Brien versuchte die Aufmerksamkeit auf sich zu lenken.

Nim blieb hart. »Ich will weiterreden, Oscar.« Er hatte bemerkt, daß am Pressetisch eifrig geschrieben wurde und der Protokollführer mitstenografierte.

»Keine Pause«, entschied der Kommissionsleiter, und O'Brien mußte sich fügen. Birdsong stand immer noch schweigend, aber er sah nicht mehr überrascht aus, sondern lächelte zufrieden. Vielleicht malte er sich gerade aus, daß Nims Zornesausbruch der Sache der GSP&L schadete, dem p&lfp aber nützte. Und wenn es so war, dachte Nim, nachdem er schon so weit gegangen war, wollte er nun um keinen Preis zurückstecken. Er sprach jetzt zum Leiter der Kommission und seinem Vertreter.

»Diese ganze Übung hier, Herr Vorsitzender – ich meine

dieses Hearing und die anderen, die genauso verlaufen –, ist eine unnütze, zeitvergeudende, kostspielige Scharade. Sie ist unnütz, weil sie über Jahre hinzieht, was in Wochen entschieden werden müßte, und manchmal überhaupt nichts bewirkt. Sie ist Zeitverschwendung, weil wir, die wir im Gegensatz zu manchen Bürokraten in der Zwischenzeit wirkliche Arbeit versäumen, uns statt dessen an unserem Arbeitsplatz nützlich machen könnten. Und überdies ist es eine sehr kostspielige Angelegenheit, die die Steuerzahler und Stromverbraucher – die Mr. Birdsong zu vertreten vorgibt – bezahlen müssen. Dieses törichte, die Produktion lähmende Pseudosystem verschlingt Millionen. Eine Scharade ist es, weil wir hier alle vorgeben, etwas Vernünftiges zu tun, obwohl jeder weiß, daß das nicht der Fall ist.«

Das Gesicht des Kommissionsleiters färbte sich dunkelrot. Entschlossen griff er zum Hammer und schlug aus Leibeskräften auf den Tisch. Er starrte Nim böse an und rief: »Nun ist es aber genug. Und ich möchte Sie warnen, Mr. Goldman. Ich werde das Protokoll sorgfältig studieren und behalte mir vor, gegen Sie vorzugehen.« Mit der gleichen Kälte wandte er sich an Birdsong: »Sind Sie mit der Befragung des Zeugen fertig?«

»Ja, Sir!« Birdsong grinste breit. »Und wenn Sie mich fragen, der hat gerade in sein eigenes Nest geschissen.«

»Ich frage Sie aber nicht.«

Oscar O'Brien war aufgesprungen. Ungeduldig gab ihm der Kommissionsleiter ein Zeichen, sich zu setzen. »Das Hearing wird vertagt«, rief er.

Während sich der Sitzungssaal langsam leerte, herrschte aufgeregtes Stimmengewirr. Nim sah zu O'Brien hinüber, der seine Papiere in die Tasche steckte, aber der Anwalt schüttelte den Kopf – eine Geste, die Zweifel und Niedergeschlagenheit ausdrückte – und ließ Nim stehen.

Davey Birdsong schloß sich einer Gruppe von Anhängern an, die ihm lautstark gratulierten, während sie lachend hinausgingen.

Laura Bo Carmichael, Roderick Pritchett und einige andere Mitglieder des Sequoia Clubs sahen Nim neugierig an, sagten aber nichts und verließen ebenfalls den Saal.

Am Pressetisch saß nur noch Nancy Molineaux, die ihre

Notizen durchsah und ergänzte. Sie schaute auf, als Nim vorbeiging, und sagte leise: »Mußten Sie sich denn gleich selbst ans Kreuz schlagen?«

»Und wenn schon«, antwortete er unfreundlich, »ich bin sicher, daß Sie das Beste daraus machen werden.«

Sie schüttelte den Kopf und lächelte schwach. »Da brauche ich nicht viel zu tun. Für Ihre Schlagzeile haben Sie selbst gesorgt. Mann, o Mann! Warten Sie nur, bis morgen die Zeitungen erscheinen.«

Er antwortete nicht und ließ Miss Molineaux mit ihren Aufzeichnungen allein. Offensichtlich war sie gerade dabei, ihn mit ihrer scharfen Feder aufzuspießen. Nim war sicher, die Hexe würde ihre Geschichte so schreiben, daß kein gutes Haar mehr an ihm blieb, und es würde ihr bestimmt noch mehr Spaß machen als die Geschichte mit dem Hubschrauber in Devil's Gate.

Er fühlte sich einsam, als er den Sitzungssaal verließ.

Draußen sah er zu seiner Überraschung, daß er von Fernsehreportern mit Minikameras erwartet wurde. Er hatte nicht daran gedacht, wie schnell die Medien in solchen Fällen reagieren.

»Mr. Goldman«, rief einer der Leute vom Fernsehen. »Wir hörten, daß Sie dort drin einiges gesagt haben. Würden Sie es für unsere aktuelle Abendsendung wiederholen?«

Eine Sekunde lang zögerte Nim. Er brauchte es nicht zu tun. Dann stand sein Entschluß fest: Er hatte bereits soviel Ärger, daß ein bißchen mehr oder weniger auch nichts mehr ausmachte. Warum sollte er also ablehnen?

»Okay«, antwortete er. »Meinetwegen.« Er sprach alles noch einmal genauso leidenschaftlich wie vorher. Die Kameras liefen.

14

»Sie sind die längste Zeit Konzernsprecher gewesen«, stellte J. Eric Humphrey mit schneidender Kälte fest. »Sie werden weder im Fernsehen noch im Radio, noch bei Pressekonferenzen etwas sagen. Und selbst wenn ein Reporter Sie nur nach der Uhrzeit fragt, haben Sie zu schweigen. Ist das klar?«

»Ja«, sagte Nim. »Ich habe verstanden.«

Die beiden Männer saßen einander am Tisch des Vorsitzenden gegenüber. Die Sitzordnung war ungewöhnlich förmlich. Wenn Humphrey sonst mit Nim etwas zu besprechen hatte, ließen sie sich in der Konferenzecke auf der gemütlichen Sitzgruppe nieder.

Es war der Tag nach Nims Wutausbruch beim Hearing der California Energy Commission.

»Auch bei öffentlichen Hearings werden Sie nicht mehr auftreten. Das werden wir in Zukunft anders regeln.«

»Wenn ich auch gleich meinen Posten zur Verfügung stellen soll, sagen Sie es ruhig. Ich klebe nicht an meinem Stuhl.«

Nim hatte den ganzen Tag über diese Möglichkeit nachgedacht. Sein Rücktritt könnte der GSP&L einige Unannehmlichkeiten ersparen. Er fühlte sich der Gesellschaft gegenüber zu dieser Loyalität verpflichtet. Außerdem wußte er nicht, ob ihm die Arbeit hier in Zukunft noch Freude machen würde, weil er sich durch die Beschränkung seiner Tätigkeit in seinem Stolz verletzt fühlte.

Eines wußte Nim sicher: Er würde keine Schwierigkeiten haben, anderswo eine leitende Stellung zu finden. Viele Versorgungskonzerne würden sich seiner großen Erfahrung wegen um ihn reißen. Er hatte in der Vergangenheit bereits zahlreiche Angebote bekommen. Andererseits wollte er Kalifornien nicht verlassen, denn Kalifornien war für ihn wie für viele andere zum Leben und zum Arbeiten der angenehmste Ort der Welt. Irgend jemand hatte einmal gesagt: Wenn etwas geschieht – ob gut oder schlecht –, so geschieht es zuerst in Kalifornien. Diese Ansicht teilte Nim voll und ganz.

Dann war da noch das Problem mit Ruth, Leah und Benjy. Würde Ruth in der jetzigen Situation beispielsweise nach Illinois umziehen? Höchstwahrscheinlich nicht.

»Niemand hat etwas von Rücktritt gesagt«, entgegnete Eric Humphrey verstimmt.

Nim widerstand der Versuchung zu lächeln. Das war nicht der Augenblick. Aber er wußte, bei aller Bescheidenheit, wie wertvoll seine Mitarbeit für den Vorsitzenden auch ohne öffentliche Auftritte war. Seine Rolle in der Planung war wichtiger als das Amt des Konzernsprechers, das ursprünglich gar nicht zu seinen Pflichten gehört, sondern sich erst später ergeben hatte. Nun verschlang es immer mehr Zeit. Eigentlich war er ganz froh, daß er diese zuweilen recht unangenehme Pflicht losgeworden war. Vielleicht ließen sich auf diese Weise die Scherben wieder kitten. Auf jeden Fall wollte er im Moment nichts überstürzen.

Teresa Van Buren wartete in Nims Büro.
»Sie sollten wissen, Nim«, sagte die Pressechefin, »daß ich mich heute morgen eine Stunde lang mit Eric gestritten habe, weil er Sie nicht mehr öffentlich auftreten lassen will. Er wurde auf mich fast genauso wütend wie auf Sie.«
»Danke, Tess.« Nim ließ sich erschöpft in einen Stuhl fallen.
»Was unseren werten Vorsitzenden hauptsächlich auf die Palme gebracht hat, war Ihre Sondervorstellung fürs Fernsehen *nach* dem Hearing. Damit hätten Sie sich zu sehr exponiert.«
Teresa Van Buren kicherte. »Wenn Sie die Wahrheit wissen wollen, ich habe gar nichts gegen Ihren Auftritt im Fernsehen. Allerdings hätten Sie ein wenig taktvoller als beim Hearing sein dürfen. Das wichtigste jedoch ist: Ich glaube, daß man Ihnen eines Tages recht geben wird.«
»Bis dahin aber bin ich mundtot.«
»Ja, und das weiß man auch außerhalb unseres Hauses, fürchte ich.« Teresa Van Buren zog eine Nummer des *California Examiner* hervor. »Haben Sie schon die Nachmittagszeitung gelesen?«
»Ich hatte eine Frühausgabe in der Hand.«
Beim Mittagessen hatte Nim den auf der ersten Seite abgedruckten Artikel von Nancy Molineaux gelesen. Die Überschrift lautete:

Redeschwall von Goldman/GSP&L
bewirkt Unterbrechung des Energiehearings

Der Bericht begann:

> Ein ungezügelter Angriff von Nimrod Goldman, einem der leitenden Direktoren der Golden State Power & Light, auf gegnerische Zeugen sowie die Energiekommission selbst führte gestern bei einem öffentlichen Hearing über den geplanten Kraftwerksbau in Tunipah zum Tumult.

Der schockierte Leiter der Kommission, Hugh G. Forbes, bezeichnete Goldmans Bemerkungen später als »beleidigend und unannehmbar« und behielt sich vor, gerichtlich dagegen vorzugehen.

Die spätere Ausgabe des *Examiner,* die die Pressechefin in der Hand hielt, brachte eine neue Schlagzeile und einen neuen Leitartikel.

Die GSP&L rügt Goldman
und distanziert sich von seinen Attacken

Nimrod Goldman, einst »Liebling« der Golden State Power & Light, ist in Ungnade gefallen. Seine Zukunft ist wegen seines gestrigen Zornesausbruchs ungewiß. Inzwischen haben sich die GSP&L-Bosse von Goldmans bissigem Angriff auf...

Und so weiter.
Teresa Van Buren entschuldigte sich. »Ich hatte keine Möglichkeit, die Nachricht, daß Sie nicht mehr Sprecher sind, zurückzuhalten. Ich habe eigentlich nur Fragen beantwortet, aber es wäre wohl auch sonst irgendwie durchgesickert.«
Nim nickte düster. »Ich verstehe.«
»Übrigens brauchen Sie die Drohung der Kommission nicht ernst zu nehmen. Ich habe mit unserer juristischen Abteilung gesprochen. Die können Ihnen überhaupt nichts anhaben.«
»Das habe ich mir schon gedacht.«
»Aber Eric bestand auf einem Widerruf. Er schreibt sogar einen privaten Entschuldigungsbrief an die Kommission.«
Nim seufzte. Er bedauerte nicht ein einziges seiner Worte. Seit gestern hatte er sich ebenfalls über seinen Auftritt beim Hearing Gedanken gemacht. Es war deprimierend, von den Kollegen wie ein Aussätziger behandelt zu werden. Außerdem empfand er es als ungerecht, daß die Zeitungsberichte – die Morgenausgabe des *Chronicle-West* und andere kalifornische Zeitungen – sich nur mit der sensationellen Seite der Angelegenheit befaßten. Kein einziger Bericht erwähnte die ernsten Einwände von Nim. Auch die Possen von Davey Birdsong – die

Beleidigungen und Provokationen – wurden nur kurz und unkritisch erwähnt. Die Presse schien wirklich doppelzüngig zu arbeiten. Aber das war ja nichts Neues.

Teresa Van Buren schaute noch einmal auf den *Examiner*. »Nancy hat die Geschichte am meisten aufgebauscht. Sie geht Ihnen immer gleich an die Gurgel. Sie scheinen sich nicht zu mögen.«

»Ich würde der Hexe am liebsten das Herz herausschneiden, falls sie eins hat«, sagte Nim erzürnt.

Die Pressechefin runzelte die Stirn. »Das ist ganz schön stark, Nim.«

»Vielleicht. Aber es ist mein ehrlicher Wunsch.«

Es war Nancy Molineaux' Ausdrucksweise »*Nimrod Goldman... ist in Ungnade gefallen*«, was ihn wirklich verletzt hatte. Und zwar, wie er sich eingestand, weil es der Wahrheit entsprach.

Dritter Teil

1

»Daddy, wirst du jetzt öfter abends zu Hause sein?« fragte Leah beim Dinner.

Einen Moment lang war es still. Benjy hatte Messer und Gabel hingelegt und sah Nim fragend an.

Ruth, die gerade nach der Pfeffermühle greifen wollte, wartete ebenfalls auf Nims Antwort.

»Schon möglich«, sagte er; die unerwartete Frage und die drei auf ihn gerichteten Augenpaare verwirrten ihn ein wenig. »Das heißt natürlich, wenn mir nicht statt dessen ein Haufen anderer Arbeit aufgebrummt wird.«

Benjy strahlte. »Und an den Wochenenden wirst du auch mehr Zeit für uns haben, Dad?«

»Vielleicht.«

Ruth schaltete sich ein. »Das hört sich ja wie eine Freudenbotschaft an.«

Sie lächelte, was sie in den wenigen Tagen seit ihrer Rückkehr nur selten getan hatte. Sie war ernster als vorher, mußte Nim denken, und häufig zerstreut. Die beiden hatten immer noch keine Gelegenheit für eine Aussprache gefunden. Ruth schien sie vermeiden zu wollen, und Nim, der nach den letzten Ereignissen noch sehr deprimiert war, wollte nicht die Initiative ergreifen.

Er hatte sich vorher Gedanken gemacht: Wie verhielt sich ein Ehepaar nach der Rückkehr der Frau, die mit ziemlicher Sicherheit mit einem anderen Mann fort gewesen war? In ihrem Fall schien die Antwort zu lauten: Ganz genauso wie vorher.

Ruth war ohne großes Aufsehen zurückgekommen, hatte die Kinder bei ihren Eltern abgeholt und getan, als wäre sie niemals fort gewesen. Sie schlief im selben Zimmer wie Nim, wenn auch nicht im selben Bett. Es war schon lange her, daß Nim sie in ihrem Bett besucht hatte. Aber in anderer Hinsicht verlief ihr

Leben völlig normal. Selbstverständlich hatte es in der Vergangenheit ähnliche Situationen gegeben – allerdings umgekehrt, wenn *er* von außerehelichen Abenteuern zurückkehrte. Damals hatte er immer geglaubt, Ruth merke es nicht, aber nun war er nicht mehr so sicher.

Jetzt waren sie alle zu Hause und beim gemeinsamen Dinner versammelt, zum drittenmal in den letzten drei Tagen, was ungewöhnlich war.

»Wie ihr gehört habt«, erklärte Nim, »haben sich in meinem Beruf einige Veränderungen ergeben, aber ich weiß noch nicht, wie alles ausgehen wird.« Er beugte sich vor, um Benjy genauer zu betrachten. »Was ist mit deinem Gesicht los?«

Benjy zögerte. Mit seiner kleinen Hand versuchte er die Schramme an der linken Wange und den Schnitt unter der Unterlippe zu verbergen. »Ach, nur eine kleine Auseinandersetzung in der Schule, Dad.«

»Was für eine Auseinandersetzung? Hast du dich geprügelt?«

Benjy schien das Thema unangenehm zu sein.

»Na, und wie«, antwortete die große Schwester für ihn. »Todd Thornton hat gesagt, du wärst ein Schmutzfink, Daddy, weil du die Umwelt versauen willst. Deshalb hat Benjy ihn geschlagen. Aber Todd ist größer.«

»Es ist egal, wer was zu wem sagt«, erklärte Nim streng. »Auf jeden Fall ist es falsch und dumm, sich mit anderen zu schlagen.«

Benjy ließ den Kopf hängen. »Ja, Dad.«

»Wir haben schon darüber gesprochen«, sagte Ruth. »Benjy weiß das jetzt.«

Nim ließ sich nicht anmerken, wie schockiert er war. Er hätte nicht gedacht, daß die Kritik an ihm auch seine Familie treffen könnte. Er sagte versöhnlich: »Tut mir leid, wenn ihr meinetwegen Ärger habt.«

»Ach, das macht nichts«, versicherte Leah. »Mommy hat es uns erklärt, und jetzt wissen wir, daß alles, was du getan hast, richtig ist.«

Benjy fügte eifrig hinzu: »Mom hat auch gesagt, daß du mehr Mut hast als die anderen alle zusammen, Dad.« Seine Mimik verriet, wie stolz er auf seinen Vater war.

»Das hat euch eure Mutter erzählt?« Nims Augen waren auf Ruth gerichtet.

»Es stimmt doch, nicht wahr?« fragte Benjy.

»Natürlich stimmt es«, sagte Ruth und errötete ein wenig. »Aber euer Vater kann es schließlich nicht von sich selbst sagen, deshalb habe *ich* es getan.«

»Und genau das sagen wir den anderen Kindern«, fügte Leah hinzu.

Einen Augenblick kämpfte Nim mit einer plötzlichen Rührung. Der Gedanke an Benjy, der mit seinen kleinen Fäusten den Ruf seines Vaters verteidigte, dann Ruth, die trotz all ihrer Meinungsverschiedenheiten seine Ehre vor den Kindern in Schutz nahm – er hätte am liebsten geheult. Ruth erlöste ihn aus seiner Verwirrung. »Nun laßt es gut sein und eßt weiter.«

Später, als die Kinder das Eßzimmer verlassen hatten und Nim und Ruth allein beim Kaffee saßen, sagte er zu ihr: »Ich weiß es zu schätzen, was du Leah und Benjy über mich gesagt hast.«

Ruth wehrte ab. »Wenn ich nicht selbst davon überzeugt wäre, könnte ich es auch den Kindern nicht sagen. Es ist ja nicht so, daß ich nicht mehr lesen und objektiv denken kann, nur weil wir beide uns nicht mehr wie Romeo und Julia aufführen.«

»Ich habe meinen Rücktritt angeboten«, berichtete er ihr. »Eric meint, es sei nicht notwendig, aber ich spiele noch mit dem Gedanken.« Er unterbreitete ihr verschiedene Möglichkeiten, unter anderem auch die, sich in einem anderen Bundesstaat zu bewerben, vielleicht bei einem Versorgungskonzern des Mittelwestens. Falls er sich für so etwas entscheiden würde – wie würde Ruth sich verhalten? Würde sie ihm mit den Kindern folgen?

Ihre Antwort kam schnell und klang endgültig. »Nein, bestimmt nicht.«

»Und warum?«

»Das ist sehr einfach. Warum sollen drei Familienmitglieder entwurzelt werden und deinetwegen an einem fremden Ort leben, wenn wir zwei uns noch nicht einmal über unsere Zukunft im klaren sind?«

Nun war also die Gelegenheit für die Aussprache gekommen. Seltsam, daß gerade in einem Moment, da sie sich so nah waren wie schon lange nicht mehr, von Trennung die Rede sein sollte.

Er sagte traurig: »Was zum Teufel ist mit uns geschehen?«

»Das müßtest du ja wohl am besten beantworten können«,

erwiderte Ruth scharf. »Dabei interessiert mich nur eins – wie viele Frauen waren es in unserer fünfzehnjährigen Ehe?« Er merkte jetzt, wie hart Ruth sein konnte. »Vielleicht hast du auch den Überblick verloren. So ist es mir jedenfalls ergangen. Anfangs konnte ich deine Liebschaften noch auseinanderhalten, später wußte ich nicht mehr, ob es zwei oder drei Affären gleichzeitig waren. Habe ich richtig vermutet?«

Nim wich Ruths Blick aus, als er antwortete: »Manchmal.«

»Nun gut. In dem Punkt ist meine Neugierde befriedigt. Aber du hast meine erste Frage nicht beantwortet. Wie viele Frauen waren es?«

Er antwortete unglücklich: »Das weiß ich nicht.«

»Wenn das stimmt«, erklärte Ruth, »so hast du dich allen anderen Frauen gegenüber, wie kurz auch immer die Bekanntschaft gewesen sein mag, genauso schäbig benommen. Sie hätten es wenigstens verdient, nicht völlig vergessen zu werden.«

Er protestierte. »Es war nie etwas Ernstes dabei. Mit keiner.«

»Davon bin ich überzeugt.« Ruth wurde rot vor Zorn. »Und auch mich hast du nie ernsthaft geliebt.«

»Das stimmt nicht.«

»Wie kannst du so etwas behaupten, nachdem du gerade das Gegenteil zugegeben hast? Oh, ich kann verstehen, wenn es einmal, zweimal vorkommt. Jede Frau weiß, daß so was in der besten Ehe passieren kann. Aber nicht dieser Frauenverschleiß wie bei dir – dutzendweise.«

»Jetzt redest du Unsinn. Es waren nicht Dutzende.«

»Aber mindestens zwanzig.«

Nim schwieg.

»Die genaue Zahl spielt auch keine Rolle. Es ist zumindest das, worauf du immer aus bist – mit so vielen Frauen wie möglich zu schlafen.«

»Da mag etwas Wahres dran sein«, gab Nim zu.

»Das *ist* wahr, aber für die betrogene Ehefrau ist es deswegen nicht weniger erniedrigend.«

»Warum hast du nicht schon früher einmal etwas gesagt?« fragte er. »Wir haben bisher nie über dieses Thema gesprochen.«

Ruth schwieg einen Moment, bevor sie antwortete. »Vielleicht hoffte ich, daß du dich eines Tages ändern würdest, daß du aufhören würdest, mit jeder attraktiven Frau, die dir begegnete, gleich ins Bett zu gehen. Ich dachte, daß du es eines Tages überwinden würdest, wie Kinder, die von einem gewissen Alter an nicht mehr auf Süßigkeiten scharf sind. Aber ich habe mich getäuscht. Du hast dich nicht geändert. Und, um ehrlich zu sein, es gab noch einen zweiten Grund. Ich war feige. Ich fürchtete mich vor den Konsequenzen, für mich selbst, für Leah und Benjy. Außerdem war ich zu stolz, um zuzugeben, daß auch meine Ehe gescheitert war.« Ruths Stimme zitterte ein wenig und verriet ihre Erregung. »Jetzt fürchte ich mich nicht mehr, vor nichts, und ich bin auch nicht mehr stolz. Ich möchte nur hier herauskommen.«

»Hast du das wirklich vor?«

Tränen rannen über Ruths Gesicht. »Welche Lösung sollte es denn sonst geben?«

In Nim regte sich Widerspruch. Hatte er die totale Defensive eigentlich nötig? Hatten nicht alle Dinge zwei Seiten?

»Wie steht's denn um deine eigene Affäre?« fragte er. »Wird dein Freund, sobald ich das Feld geräumt habe, hier Einzug halten?«

»Welcher Freund?«

»Der, mit dem du gerade verreist warst.«

Ruth trocknete ihre Tränen. Sie sah ihn teils belustigt, teils besorgt an. »Du glaubst wirklich, daß ich mit einem Mann weg war?«

»Wieso, stimmt das nicht?«

»Nein.« Sie schüttelte den Kopf.

»Aber ich dachte...«

»Das weiß ich. Und ich habe dich auch in dem Glauben gelassen. Vielleicht war es ein Fehler. Trotzdem habe ich mich dafür entschieden, weil ich glaubte, es würde nichts schaden, vielleicht sogar etwas nützen, wenn du auch einmal ein Gefühl dafür bekämst, wie es für den aussieht, der zu Hause wartet.«

»Und was ist mit den anderen Malen? Wo warst du immer?«

Ruth wurde fast zornig. »Es gibt keinen anderen Mann. Kannst du das immer noch nicht begreifen? Es hat für mich nie einen anderen gegeben. Du verwechselst mich wohl mit einer deiner Freundinnen. Du warst der erste Mann für mich, falls du das vergessen haben solltest. Und seitdem gab es niemanden.«

Nim zuckte zusammen, denn er erinnerte sich noch sehr gut.
»Aber wo warst du denn dann?« fragte er hartnäckig.
»Das ist meine Sache. Aber ich sage dir noch einmal: Ich war mit keinem Mann zusammen.«
Er glaubte ihr aufs Wort.
»O Gott!« stöhnte er und dachte: Mußte denn wirklich alles auf einmal kommen? Das meiste, was er in letzter Zeit getan oder gesagt hatte, erwies sich als falsch. Und was seine Ehe betraf, so wußte er nicht einmal, ob er sie weiterführen wollte. Vielleicht hatte Ruth recht, vielleicht war eine Trennung für beide am besten. Der Gedanke, wieder frei zu sein, war verlockend. Andererseits würde er viel aufgeben – die Kinder, ein Zuhause, das Gefühl der Sicherheit und Ruth, auch wenn sie sich auseinandergelebt hatten. Da er sich nicht zu einer Entscheidung drängen lassen wollte und dringend wünschte, das, was geschehen müßte, zu vertagen, fragte er: »Was sollen wir also jetzt tun?«
»Nach dem, was ich von Freunden gehört habe, die das alles schon hinter sich haben« – Ruths Stimme war jetzt wieder eiskalt –, »sollten wir uns jeder einen Rechtsanwalt nehmen, der die Fronten klärt.«
»Muß das jetzt sein?«
»Nenne mir einen Grund, warum wir warten sollten.«
»Ich habe nur einen sehr egoistischen. Ich habe gerade eine schwere Zeit hinter mir...« Er beendete den Satz nicht, weil es sich wie Selbstmitleid anhörte.
»Das weiß ich. Es tut mir auch leid, daß diese beiden Dinge zusammenkommen. Aber was sollte sich nach der langen Zeit noch ändern? Das wissen wir doch beide, nicht wahr?«
Er sagte ehrlich: »Ich nehme es an.« Es hatte keinen Sinn, etwas zu versprechen, was er nicht halten konnte oder vielleicht nicht einmal wollte.
»Nun, dann...«
»Hör zu... Kannst du nicht wenigstens noch einen Monat warten? Vielleicht zwei? Dann hätten wir auch die Möglichkeit, es Leah und Benjy behutsam beizubringen, damit sie Zeit haben, sich daran zu gewöhnen.« Er war nicht sicher, ob Ruth den Grund akzeptieren würde, und es war nicht sehr wahrscheinlich, daß ein Aufschub irgend etwas änderte. Aber sein

Instinkt sagte ihm, daß Ruth ebenfalls zögerte, ihre Ehe so abrupt zu beenden.

»Nun...« Sie hielt inne. Dann räumte sie ein: »Gut, ich werde etwas warten. In Anbetracht dessen, was du gerade durchgemacht hast, will ich warten. Aber ich möchte mich zeitlich nicht festlegen. Vielleicht zwei Monate, vielleicht auch nur einen. Wenn ich mich entscheide, kann es auch früher sein.«

»Danke.« Er fühlte sich erleichtert.

»He!« Benjy erschien an der Eßzimmertür. »Ich habe gerade von den Merediths eine neue Spielfilmkassette bekommen. Wollt ihr sie sehen?«

Die Merediths waren ihre Nachbarn von nebenan. Nim sah Ruth an. »Warum nicht?«

Im Freizeitraum im Keller saßen Ruth und Nim nebeneinander auf einem Sofa. Leah lag auf dem Teppich, während Benjy die Videokassette in das Betamex-Gerät, das an den Farbfernsehapparat angeschlossen war, einlegte. Die Bewohner der Umgegend hatten eine Absprache getroffen, nach der die Familien abwechselnd reklamefreie Programme aufnahmen. Meistens war es Aufgabe der Kinder, die unter Aufsicht eines Babysitters den Aus-Knopf bedienten, sobald das Werbefernsehen einen Film unterbrach. Das Ergebnis waren Filme ohne Werbespots. Sie wurden in der ganzen Nachbarschaft herumgereicht.

Bei dem Zwei-Stunden-Film heute handelte es sich um die tragische Geschichte einer Familie, in der ein Teenager gestorben war. Vielleicht weil Nim sich niemals so viele Gedanken über seine eigene Familie gemacht hatte wie gerade jetzt, da sie auseinanderzubrechen drohte, nahm ihn der Film besonders mit. Er war froh, daß die anderen im Dunkeln seine Tränen nicht bemerkten.

2

Auf einem dunklen, einsamen Hügel oberhalb der Vorstadtgemeinde Millfield kroch Georgos Winslow Archambault auf die Umzäunung eines Umspannwerks der GSP&L zu. Seine Vorsicht war vermutlich unnötig, überlegte er; denn das Umspannwerk war unbewacht, der Mond schien heute auch nicht, und die nächste größere Straße lag eine halbe Meile entfernt. Aber er wußte, daß die Golden State Power & Light kürzlich mehr Sicherheitspersonal eingestellt hatte und Nachtkontrollen durchführte, deren Einsatzort und Zeitpunkt ständig geändert wurden.

Georgos fröstelte. Die Oktobernacht war kalt, und ein kräftiger Wind blies um die Klippen und Felsen auf dem Hügel. Er wünschte, er hätte zwei Pullover statt des einen unter seinem dunkelblauen Overall angezogen. Als er sich umwandte, sah er, daß seine Begleiterin Yvette einige Meter hinter ihm war und das Tempo mithielt. Es war wichtig, daß sie das tat. Einerseits trug sie das Kabel und die Sprengkapseln; zum anderen hatte Georgos seine ursprüngliche Zeitplanung nicht eingehalten, da er bei der zwanzig Meilen langen Fahrt von der Stadt durch den Straßenverkehr aufgehalten worden war. Nun wollte er die Verspätung aufholen, da für diese Nacht die Zerstörung von drei Umspannwerken vorgesehen war. An einem anderen Schauplatz betätigten sich Jute und Felix; an einem dritten machte sich Wayde allein zu schaffen. Ihr Plan sah vor, daß alle drei Explosionen gleichzeitig stattfinden sollten.

Als er den Schutzzaun erreichte, zog er eine Drahtschere aus dem Gürtel und ging ans Werk. Er benötigte ein kleines Loch dicht am Boden. Denn falls eine Patrouille vorbeikäme, könnte der zerschnittene Zaun Verdacht erregen.

Bei seiner Arbeit konnte Georgos die Lichter von Millfield sehen. Nun, bald würden sie alle erloschen sein, ebenso wie eine Menge Lichter weiter südlich. Er kannte Millfield und die anderen benachbarten Ortschaften. Es waren bürgerliche Gemeinden, deren Bewohner hauptsächlich aus Pendlern bestanden – Kapitalisten und Kriecher! –, und er freute sich darauf, ihnen Verdruß zu bereiten.

Das Loch im Zaun war beinahe fertig. In ungefähr einer Minute konnten er und Yvette hindurchschlüpfen. Er sah auf das Leuchtzifferblatt seiner Armbanduhr. Die Zeit war knapp. Sie mußten sich beeilen.

Die Objekte des heutigen Dreierschlags waren sorgfältig ausgewählt worden. Früher hatten die Freunde des Friedens

Gittermasten in die Luft gesprengt, um die Versorgung weiter Gebiete zu unterbrechen, zwei oder drei gleichzeitig bei einem Anschlag. Das sollte nun anders werden. Georgos und die anderen hatten festgestellt, daß die Elektrizitätswerke in solchen Fällen den Strom umleiteten, so daß die Versorgung schnell, oft in Minuten, wiederhergestellt war. Außerdem wurden zerstörte Gittermasten alsbald durch behelfsmäßige Masten ersetzt, so daß sogar die beschädigte Leitung selbst wieder benutzt werden konnte.

Bei großen Umspannwerken war es anders. Sie waren verwundbar, und es konnte Wochen dauern, bis sie repariert oder ganz erneuert sein würden.

Der Schaden, der heute nacht angerichtet werden sollte, würde, wenn alles planmäßig verlief, ein Blackout bewirken, das sich weit über Millfield hinaus erstrecken würde, und es konnten Tage, wenn nicht sogar Wochen vergehen, bis das betroffene Gebiet wieder an die Stromversorgung angeschlossen sein würde. Bei diesem Gedanken war Georgos voller Schadenfreude. Vielleicht würden danach mehr Leute die Freunde des Friedens ernst nehmen.

Georgos ließ die Gedanken wandern: Seine kleine, aber siegreiche Armee hatte seit den ersten Angriffen auf den Feind, die GSP&L, viel dazugelernt. Nun studierten sie vor jeder Aktion die Pläne und Arbeitsmethoden der Elektrizitätsgesellschaft, wobei sie sich besonders verwundbare Punkte aussuchten. In dieser Hinsicht wurden sie seit kurzer Zeit durch einen ehemaligen GSP&L-Ingenieur unterstützt, der wegen Diebstahls entlassen worden war und nun die Gesellschaft haßte. Da er kein aktives Mitglied der Freunde des Friedens war, mußte er mit Hilfe des Geldes, das Birdsong aufgetrieben hatte, angeworben werden. Weitere Mittel aus derselben Quelle waren für den Kauf von Sprengstoff verwendet worden.

Birdsong hatte eines Tages verraten, woher das Geld stammte – vom Sequoia Club, der glaubte, damit den p&lfp zu unterstützen. Es freute Georgos außerordentlich, daß die als Geldgeber fungierende, zum Establishment gehörende Gruppe unwissentlich die Rechnung der Revolution bezahlte. Eigentlich war es schade, daß das dusselige Sequoia-Volk dies nie erfahren würde.

Der letzte Draht war durchgetrennt, und das abgeschnittene

Stück Zaun fiel herunter. Georgos schob es in die Umfriedung der Anlage hinein, damit es nicht so leicht bemerkt werden konnte. Dann kroch er selbst hindurch, wobei er drei Pakete mit Plastiksprengstoff bei sich trug.

Yvette war immer noch direkt hinter ihm. Die Wunde an ihrer Hand war zwar geheilt, aber die Fingerstümpfe waren nicht ordentlich vernäht worden, weil kein Chirurg hinzugezogen werden durfte, und sahen häßlich aus. Doch Georgos hatte sein Bestes getan, um die Wunden wenigstens sauberzuhalten, und so war glücklicherweise eine Infektion vermieden worden.

Verdammt! Sein Overall war an einem Drahtende hängengeblieben. Georgos hörte, wie der Baumwolldrillich riß, und fühlte einen scharfen Schmerz, als der Draht seine Unterhosen durchdrang und den Oberschenkel ritzte. Aus lauter Vorsicht hatte er die Öffnung zu klein ausgeschnitten. Er griff nach hinten, tastete nach dem Draht und zog ihn heraus, dann setzte er seinen Weg ohne weitere Hindernisse fort. Die kleinere Yvette folgte ihm ohne Schwierigkeiten.

Sie brauchten sich nicht mit Worten zu verständigen. Sie hatten vorher geübt und wußten beide genau, was sie zu tun hatten. Georgos vermied sorgfältig eine Berührung mit den Hochspannungsleitungen, als er die Sprengstoffpakete an den drei großen Transformatoren befestigte, die sich in der Umspannstation befanden. Yvette reichte ihm die Zünder und wickelte das Kabel ab, mit dem die Verbindung zu den Zeitzündern hergestellt werden sollte.

Nach zehn Minuten waren alle Sprengladungen an Ort und Stelle. Yvette reichte ihm nach und nach die Zeitzünder mit den daran befestigten Batterien, die er tags zuvor für sich und die beiden anderen Teams zusammengebastelt hatte. Behutsam tastete Georgos die Apparate ab, um sicherzugehen, daß eine vorzeitige Explosion ausgeschlossen war, dann stellte er die Verbindungen zu den Zündmechanismen her. Abermals sah er auf die Uhr. Durch flinkes Arbeiten hatte er einiges von der versäumten Zeit aufgeholt, wenn auch nicht alles.

Die drei Explosionen würden mehr oder weniger gleichzeitig elf Minuten später erfolgen. Diese Zeit reichte für Georgos und seine Begleiterin gerade aus, um zu ihrem Auto, das abseits der Straße in einer Baumreihe parkte, zurückzugelangen. Wenn sie sich jedoch beeilten und den ganzen Weg rannten, würden sie unangefochten auf der Straße in Richtung Stadt sein, bevor eine Reaktion auf den ungeheuren Stromausfall einsetzen würde. »Los jetzt! Beweg dich!« befahl er Yvette. Diesmal schlüpfte sie vor ihm durch den Zaun.

Als Georgos selbst durch das Loch kroch, hörte er das Geräusch eines Wagens, der den Hügel heraufkam. Er hielt inne, um zu lauschen. Unverkennbar befand sich das Auto auf dem privaten Kiesweg, der zum Gelände der GSP&L gehörte und als Zufahrt zum Umspannwerk für den Durchgangsverkehr gesperrt war.

Das konnte nur eine Sicherheitspatrouille sein. So spät in der Nacht würde niemand sonst hierher kommen. Als Georgos sich etwas aufrichtete, konnte er das Licht der Scheinwerfer auf einigen Bäumen unter ihnen erkennen. Da der Weg gewunden war, konnte Georgos das Auto selbst noch nicht sehen.

Yvette hatte es auch gehört. Er bedeutete ihr zu schweigen und knurrte: »Hier herüber!« Er begann zu laufen – erst in Richtung Kiesweg, dann zu einem Gebüsch. Dort ließ er sich flach auf den Boden fallen; Yvette tat es ihm nach. Er fühlte, wie sie zitterte. Es erinnerte ihn daran, was er zuweilen vergaß, daß sie in mancher Beziehung fast noch ein Kind war, auch wenn sie sich, abgesehen von ihrer Ergebenheit ihm gegenüber, seit dem Unfall mit ihrer Hand stark verändert hatte.

Nun kamen die Scheinwerfer in Sicht, und dann das Auto, als es um die letzte Kurve vor dem Umspannwerk bog. Es näherte sich langsam. Bestimmt war der Fahrer vorsichtig, weil der Weg nicht mit reflektierenden Begrenzungspfosten ausgestattet war und die Ränder deshalb kaum zu sehen waren. Als sich die Scheinwerfer näherten, wurde das ganze Gelände in helles Licht getaucht. Georgos preßte sich auf den Boden. Es bestand kaum Gefahr, daß sie entdeckt wurden. Was ihn beunruhigte, war die baldige Explosion. Er sah auf seine Uhr. Noch acht Minuten.

Das Auto hielt nur wenige Meter von Georgos und Yvette entfernt an, und sie sahen jemanden auf der Beifahrerseite aussteigen. Im Scheinwerferkegel konnte Georgos einen Mann in der Uniform des Sicherheitspersonals der GSP&L erkennen. Der Mann hatte eine Stablampe, deren mächtigen Strahl er auf den Schutzzaun des Umspannwerks richtete. Während er den

Strahl hin und her wandern ließ, patrouillierte er am Zaun entlang. Jetzt konnte Georgos die Umrisse des zweiten Mannes erkennen, des Fahrers, der im Wagen geblieben war.

Der erste Mann hatte das Gelände schon fast umrundet, als er anhielt und die Stablampe nach unten richtete. Er hatte die Öffnung im Zaun bemerkt. Er ging näher heran und betrachtete das dahinterliegende Gelände. Der Lichtstrahl streifte die Lichtleitungen, Isolatoren und Transformatoren, hielt an einer Plastiksprengladung inne und folgte dem Verbindungskabel bis zu dem Zeitzünder.

Er drehte sich herum und rief laut: »He, Jake! Gib Alarm! Hier stimmt was nicht.«

Georgos handelte schnell. Er wußte, daß es jetzt auf Sekunden ankam und es keinen anderen Ausweg gab.

Er sprang auf und griff gleichzeitig nach einem Jagdmesser, das er an seinem Gürtel trug. Es war ein langes und scharfes Messer, das für unvorhergesehene Fälle wie diesen gedacht war. Es glitt lautlos heraus. Mit dem ersten Sprung hatte Georgos fast das Auto erreicht. Er machte noch einen Schritt und riß die Fahrertür auf. Der überraschte Insasse, ein älterer Mann mit grauem Haar und ebenfalls in der Uniform des Sicherheitspersonals, drehte den Kopf. Er hatte ein Mikrofon in der Hand und hielt es dicht an seine Lippen.

Georgos reagierte blitzschnell. Mit der linken Hand zerrte er den Wächter aus dem Auto, wirbelte ihn herum und stieß ihm das Messer von unten her in die Brust. Der Überfallene riß den Mund auf, um einen Schrei auszustoßen, der jedoch in ein Gurgeln überging. Dann kippte er vornüber. Georgos zog unter großer Kraftanstrengung das Messer heraus und steckte es wieder in die Scheide. Als der Wächter zu Boden ging, hatte Georgos eine Waffe in einem Pistolenhalfter bei ihm entdeckt. Georgos war in Kuba in Waffenkunde ausgebildet worden und erkannte sofort, daß es sich um einen 38er Smith & Wesson-Revolver handelte. Im Licht der Scheinwerfer prüfte er die Kammern der Trommel. Sie waren alle geladen. Er klinkte die Trommel wieder ein, spannte den Abzug und entsicherte die Waffe.

Der andere Wächter hatte etwas gehört und kehrte zum Wagen zurück. »Jake«, rief er. »Ist alles in Ordnung?« Er hatte seine Waffe gezogen, bekam jedoch keine Gelegenheit mehr, sie zu benutzen.

Georgos war in der Dunkelheit außerhalb des Scheinwerferlichts wie ein Schatten um die Rückseite des Wagens geschlichen. Er kniete sich hin und zielte sorgfältig auf die linke Brustseite des Mannes, den Lauf des Revolvers zur Ruhigstellung auf seinen linken Unterarm gestützt; er legte den rechten Zeigefinger an den Abzug und wartete, bis er sich seines Erfolgs sicher war. Dann feuerte er dreimal. Der zweite und der dritte Schuß wären wahrscheinlich nicht mehr nötig gewesen. Der Wächter sank geräuschlos zusammen.

Georgos hatte nun nicht einmal mehr Zeit, auf die Uhr zu schauen. Er griff Yvette, die bei den Schüssen aufgesprungen war, und zerrte sie mit sich. Gemeinsam rasten sie den Hügel hinunter, wobei sie vorsichtshalber die Zufahrtsstraße mieden. Zweimal stolperte Georgos und richtete sich wieder auf; einmal trat er auf einen losen Stein und verstauchte sich dabei das Fußgelenk, lief aber weiter. Trotz aller Hast achtete er darauf, daß Yvette dicht bei ihm blieb. Er konnte sie keuchen und schluchzen hören.

Sie hatten ein Drittel des Weges hinter sich, als der Sprengstoff explodierte. Zuerst vibrierte der Boden, dann folgte eine Druckwelle – ein laut widerhallendes *Rrrumms*. Sekunden später war eine zweite, dann eine dritte Explosion zu hören. Der Himmel wurde durch einen strahlend hellen gelblich-blauen Blitz erleuchtet. Der Blitz wiederholte sich, und dann war der Himmel vom Widerschein der Flammen des brennenden Transformatorenöls erhellt. Als Georgos die Biegung des Kieswegs erreichte, sah er, daß sein Vorhaben geglückt war: Alle Lichter in Millfield waren erloschen.

Besessen von dem Wunsch, sich in Sicherheit zu bringen – er wußte nicht, ob der Wächter im Auto noch über Funk eine Durchsage hatte machen können –, hastete Georgos weiter den Weg entlang.

Erleichtert und der Erschöpfung nahe, sahen sie ihr Auto dort, wo sie es abgestellt hatten – in der Baumreihe am Fuß des Hügels. Minuten später fuhren sie in Richtung Stadt zurück. Das verdunkelte Millfield ließen sie hinter sich.

»Du hast die Männer getötet! Du hast sie ermordet!«

Yvettes Stimme klang hysterisch und gleichzeitig atemlos.

»Ich mußte es tun.«

Georgos antwortete knapp und ohne den Kopf zu drehen. Er hatte den Blick auf die Autobahn gerichtet, die sie inzwischen erreicht hatten. Er fuhr vorsichtig und hielt sich exakt an die erlaubte Höchstgeschwindigkeit. Das Risiko, in eine Verkehrskontrolle zu geraten, war ihm zu groß. Georgos wußte, daß an seiner Kleidung Blut klebte; auch das Messer war mit Blut befleckt. Er selbst hatte ebenfalls stark geblutet. Der Draht hatte den linken Oberschenkel tiefer geritzt, als Georgos anfangs bemerkt hatte. Und auch das verstauchte Fußgelenk schwoll mehr und mehr an.

Yvette jammerte: »Du hättest sie nicht zu töten brauchen!«

»Halt den Mund! Sonst bringe ich dich auch noch um«, herrschte er sie an.

Er dachte noch einmal über alle Einzelheiten nach und versuchte sich zu erinnern, ob irgendwelche Spuren auf ihn oder Yvette hindeuten konnten. Beide hatten sie Handschuhe getragen, als sie durch den Zaun gekrochen waren und die Ladungen anbrachten. Er hatte die Handschuhe ausgezogen, als er den Zeitzünder anschloß und später, als er die Waffe abfeuerte. Aber er hatte sie angehabt, als er den Mann erstach, deshalb konnte er keine Fingerabdrücke am Türgriff des Wagens hinterlassen haben. Und schließlich hatte er die Geistesgegenwart besessen und die Waffe mitgenommen, um sie später wegzuwerfen.

Yvette wimmerte wieder. »Der im Auto. *Es war ein alter Mann!* Ich habe ihn gesehen.«

»Er war ein dreckiges Faschistenschwein!«

Georgos sagte dies mit Nachdruck, wie um sich selbst zu überzeugen, da der Gedanke an den grauhaarigen Mann ihm ebenfalls zu schaffen machte. Er hatte versucht, die Erinnerung an den entsetzt aufgerissenen Mund und den unterdrückten Schrei zu verdrängen, aber es war ihm nicht gelungen. Während seiner Ausbildung zum Anarchisten und bei früheren Sprengstoffattentaten hatte Georgos niemals zusehen müssen, wie seine Opfer starben. Jetzt war er verstört, würde das aber nie zugeben.

»Du kannst wegen Mord ins Gefängnis kommen!«
Er knurrte sie an: »Du auch.«
Es war zwecklos, ihr klarzumachen, daß er nicht erst jetzt die Voraussetzung für eine Mordanklage geschaffen hatte, dazu hätten die sieben Toten bei dem Attentat auf das Kraftwerk La Mission und die an die GSP&L gesandten Briefbomben bereits genügt. Aber er wollte seine Begleiterin ein für allemal einschüchtern.

»Schreib dir das hinter die Ohren, du Miststück. Du bist ebenso wie ich dabeigewesen. Du warst an allem beteiligt, so als hättest du selbst zum Messer gegriffen oder die Pistole abgedrückt. Was mir blüht, blüht also auch dir. Vergiß das nicht!«
Das schien gewirkt zu haben, denn nun schluchzte sie und murmelte irgend etwas Unzusammenhängendes, daß sie wünschte, sich nie in das alles eingelassen zu haben. Einen Augenblick lang tat sie ihm leid, und er wurde von einer Welle des Mitgefühls durchflutet. Dann kehrte seine Selbstdisziplin zurück; derartige Gedanken waren konterrevolutionär und ein Zeichen von Schwäche.

Nach seiner Schätzung mußten sie nun schon die Hälfte des Weges zurückgelegt und bereits das Stadtgebiet erreicht haben. Sonst waren hier die Straßen strahlend hell erleuchtet, heute herrschte völlige Dunkelheit, obwohl Millfield weit entfernt war. Sogar die Straßenlaternen waren ausgefallen. Mit Genugtuung stellte er fest, daß seine Freunde ebenfalls erfolgreich gearbeitet hatten. *Die ganze Schlacht war unter seiner Führung gewonnen worden!*

Georgos summte vor sich hin, als er im Geiste ein Kommuniqué verfaßte. Die ganze Welt sollte von dem großartigen Sieg der Freunde des Friedens erfahren.

3

»Als der Strom ausfiel«, sagte Karen Sloan vom Rollstuhl aus, »war ich gerade mit Josie und Humperdinck auf dem Heimweg.«
»Humperdinck?« fragte Nim erstaunt.

Karen lächelte strahlend. »Humperdinck ist mein Prachtauto. Ich habe es so gern, daß ich ihm einen Namen gegeben habe.«

Sie saßen im Wohnzimmer von Karens Apartment. Es war ein früher Abend in der ersten Novemberwoche. Nach mehreren Absagen wegen Arbeitsüberlastung hatte er Karens Einladung zum Dinner angenommen. Josie, Karens Pflegerin und Haushälterin, war in der Küche und bereitete das Essen.

Der Raum war in gedämpftes Licht getaucht. Er war warm und gemütlich. Draußen tobte schon drei Tage lang ein Orkan mit Sturmböen und Wolkenbrüchen. Während sie sich unterhielten, prasselte der Regen gegen die Fensterscheiben.

Andere Geräusche mischten sich darein: das regelmäßige Summen von Karens Beatmungsgerät, das leise Zischen beim Ein- und Ausatmen, Geschirrklappern und das Öffnen und Schließen einer Schranktür in der Küche.

»Wir kamen an jenem Abend gerade aus einem Kino, das Spezialvorrichtungen für Rollstühle hat«, erzählte Karen weiter. »Ich kann jetzt vieles unternehmen, was vorher ohne Humperdinck unmöglich gewesen wäre. Während Josie uns also nach Hause kutschierte, gingen plötzlich überall auf der Straße und in den Häusern die Lichter aus.«

Nim seufzte. »Auf fast einhundert Quadratmeilen fiel der gesamte Strom aus.«

»Nun, wir kannten das Ausmaß nicht, aber Josie ist mit mir sofort zum Redwood Grove Hospital gefahren, an das ich mich immer wende, wenn es Probleme gibt. Das Krankenhaus hat ein Notstromaggregat. Ich bin drei Tage dort geblieben, bis meine Wohnung wieder Strom hatte.«

»Das wußte ich bereits«, sagte Nim. »Sobald ich nach den Explosionen und dem folgenden Blackout Zeit fand, habe ich bei dir angerufen. Als sich niemand meldete, versuchte ich es im Krankenhaus, das auf deinem Informationsbogen angegeben ist. Ich erfuhr, daß du dort warst, und beruhigte mich, zumal in jener Nacht noch viel Arbeit auf mich wartete.«

»Es war schrecklich, Nimrod. Nicht nur das Blackout. Daß auch noch zwei Männer sterben mußten...«

»Dabei waren die beiden schon im Ruhestand. Man hatte sie wieder geholt, weil man nicht über genügend Sicherheitspersonal verfügte. Allerdings hatten sie seinerzeit höchstens einmal mit einem Gelegenheitsdieb zu tun gehabt oder mußten gegen unbefugtes Betreten von Betriebsgelände vorgehen. Ein eiskalter Mörder hatte mit ihnen leichtes Spiel.«

»Der Täter ist immer noch nicht gefaßt, nicht wahr?«

Nim schüttelte den Kopf. »Es muß jemand sein, nach dem die Polizei und unsere Leute von der Sicherheit schon seit langem fahnden. Doch keiner hat eine Ahnung, wer er ist und wo er stecken könnte.«

»Aber ist es nicht eine ganze Gruppe – die Freunde des Friedens?«

»Ja, aber die Polizei glaubt, daß es sich um eine kleine Gruppe handelt, nicht mehr als ein halbes Dutzend Mitglieder, und daß es nur einen Anführer gibt. Die einzelnen Anschläge ähneln einander so sehr, daß man fast von einer persönlichen Handschrift sprechen kann. Wer er auch immer sein mag, es handelt sich ganz bestimmt um einen Triebtäter.«

Nim war sehr erregt. Die letzten Sprengstoffanschläge auf Anlagen der GSP&L waren in der Wirkung wesentlich schlimmer gewesen als die vorangegangenen. Ein ungewöhnlich großes Gebiet hatte keinen Strom gehabt, Privathaushalte, Geschäfte, Fabriken – manche drei, vier Tage, andere eine ganze Woche lang. Nim mußte an Harry Londons Worte denken: »*Die Verrückten haben dazugelernt.*«

Nur mit massivem und sehr kostspieligem Einsatz konnte die gesamte Gegend in dieser verhältnismäßig kurzen Zeit wieder mit Strom versorgt werden. Dazu war es nötig gewesen, sämtliche Ersatztransformatoren der GSP&L einzusetzen und noch bei anderen Gesellschaften einige zu leihen. Das gesamte verfügbare Personal war auf den Beinen. Trotzdem wurde die GSP&L heftig kritisiert, weil sie ihre Einrichtungen nur unvollkommen schützte. »Die Öffentlichkeit hat ein Recht zu fragen«, hieß es in einem Leitartikel des *California Examiner,* »ob die GSP&L wirklich alles tut, um eine Wiederholung auszuschließen. Bisher sieht es so aus, als lautete die Antwort ›nein‹.« Allerdings wußte die Zeitung auch kein Rezept, wie man das riesige, weitverzweigte Stromnetz der GSP&L überall und rund um die Uhr schützen sollte.

Ähnlich deprimierend war die Tatsache, daß es immer noch keine brauchbaren Spuren gab. Sicherlich, man hatte wieder eine Stimmprobe auf dem Band, das einen Tag nach den Attentaten bei einer Rundfunkstation eingetroffen war. Außerdem hatten sie einige Fäden eines blauen Drillichstoffes am Zaunloch gefunden, die mit Sicherheit von einem Kleidungsstück des Attentäters stammten. An demselben Zaunstück hatten sie auch getrocknetes Blut entdeckt, das nicht von den beiden Ermordeten stammen konnte, wie die Bestimmung der Blutgruppen ergab. Aber es war tatsächlich so, wie ein älterer Kriminalbeamter Nim eingestand: »Dies alles kann nützlich sein, wenn man einen Verdächtigen hat. Im Moment hilft es uns aber keinen Schritt weiter.«

»Nimrod«, sagte Karen und unterbrach seine Gedanken. »Wir haben uns jetzt fast zwei Monate lang nicht gesehen. Du hast mir gefehlt.«

Nun, da er bei ihr war, konnte er sich gar nicht mehr vorstellen, warum er so lange hatte fortbleiben können. Karen war so schön, wie er sie in Erinnerung hatte, und wie er vor wenigen Minuten beim Küssen feststellen konnte, genauso zärtlich. Es war, als hätten sie mit diesem einen langen Kuß die Zeit seit ihrer letzten Begegnung ausgelöscht.

Und noch etwas wurde Nim bewußt: In Karens Gesellschaft erfüllte ihn ein Frieden, wie er ihn sonst bei keinem Menschen erlebt hatte. Das mochte daran liegen, daß Karen durch die Einschränkungen ihres eigenen Lebens die Erkenntnis vermittelte, daß Probleme zu lösen waren.

»Du hast eine schwere Zeit hinter dir«, sagte Karen voller Anteilnahme. »Ich habe die Zeitungen gelesen und auch die Berichte im Fernsehen verfolgt.«

Nim verzog das Gesicht. »Die Tunipah-Hearings. Man behauptet, ich hätte mich schrecklich blamiert.«

»Das glaubst du genausowenig wie ich. Was du gesagt hast, war vernünftig, nur haben die meisten Berichte diese Seite heruntergespielt.«

»Ich ernenne dich auf der Stelle zu meiner persönlichen Pressesprecherin.«

Nach kurzem Zögern fuhr Karen fort: »Nach dem Hearing habe ich ein Gedicht für dich geschrieben. Erst wollte ich es dir schicken, aber dann dachte ich, du wolltest über dieses Thema vielleicht gar nichts mehr hören – egal was und von wem.«

»Das stimmt nicht. Hast du das Gedicht aufbewahrt?«

»Ja.« Karen wandte den Kopf. »Es ist dort drüben, in der zweiten Schublade.«

Nim stand auf und ging zum Sekretär in der Bücherwand. Er fand das Blatt und las.

>> Der Finger wandert manchmal übers Blatt.
> Er hilft Geschriebenes lesen.
> Und was nur Spott und Hohn einbrachte,
> Ist Weisheit schon,
> Kaum daß vergangen ist ein Mond.
> Die Wahrheit zu bekennen
> Erfordert großen Mut;
> Denn Feinde schmähen mit Erfolg
> Vor johlender Menge
> Den Bekenner.
>
> O liebster Nimrod,
> Denke stets daran,
> Daß der Prophet nichts gilt,
> Solange seine Weissagung
> Nicht einzutreffen droht.
> Erst dann wird Anerkennung
> Dir gewiß sein.
>
> Doch bleib ein Mann von edlem Mut.
> Vergib den blinden Spöttern,
> Die nicht so reich
> Mit Weitsicht, Scharfsinn, Klugheit
> Von der Natur beschenkt sind –
> Dazu mit Fleiß begabt
> Wie du.

Nim las die Worte ein zweites Mal. Schließlich sagte er: »Karen, du überraschst mich immer wieder. Ich weiß gar nicht, was ich sagen soll, außer, daß ich gerührt und dankbar bin.«

In diesem Moment kam Josie mit einem strahlenden Lächeln herein. Sie schob den Servierwagen vor sich her und verkündete: »Lady und Gentleman, das Dinner ist angerichtet.«

Es war ein einfaches, aber schmackhaftes Mahl. Waldorfsalat, geschmortes Huhn und als Nachspeise Zitronensorbett. Nim hatte Wein mitgebracht, einen schwer erhältlichen Heitz Cellar Cabernet Sauvignon – superb! Wie beim letzten Mahl vor zwei Monaten fütterte Nim Karen und empfand dabei wieder diese auf ihre Weise einzigartige Intimität. Zwischendurch erinnerte er sich kurz und ein wenig schuldbewußt an die Ausrede, die er für seine Familie gebraucht hatte – er sei heute abend in einer geschäftlichen Besprechung. Aber ihm wurde allmählich bewußt, daß seine Besuche bei Karen etwas anderes waren als die sonstigen Gelegenheiten, derentwegen er Ruth belogen oder es zumindest versucht hatte. Vielleicht hatte Ruth ihm auch heute nicht geglaubt, aber sie hatte sich jedenfalls beim Abschied nichts anmerken lassen. Zu seinen Gunsten sprach immerhin, daß er während der letzten vier Wochen nur einmal nicht zum gemeinsamen Dinner zu Hause gewesen war, und da hatte er wirklich gearbeitet.

Josie hatte das Geschirr inzwischen abgeräumt und Kaffee gebracht, als das Gespräch ein zweites Mal auf Karens Auto kam, das unter Ray Paulsens Anleitung umgebaut und von Karens Eltern der GSP&L abgekauft worden war.

»Etwas habe ich dir noch nicht gesagt«, berichtete Karen. »Eigentlich gehört mir Humperdinck gar nicht. Ich könnte ihn mir nicht leisten. Er muß auf den Namen meines Vaters zugelassen bleiben, auch wenn ich ihn benutze. Die Versicherungsraten für Behinderte sind nämlich astronomisch hoch, obwohl doch jemand wie ich niemals selbst am Steuer sitzen könnte. Trotzdem sind die Versicherungsbeiträge auf den Namen meines Vaters niedriger, und deshalb darf mir Humperdinck offiziell nicht gehören. Abgesehen davon mache ich mir Sorgen, weil Daddy das Geld für den Wagen bei einem Kreditinstitut aufgenommen hat. Die Bank hatte die Finanzierung abgelehnt. Ich weiß, daß ihm die Abzahlung der Raten schwerfallen wird, weil sein Geschäft nicht gut geht und er und Mutter mich bereits finanziell unterstützen, wenn meine Beihilfe nicht ausreicht. Aber sie bestehen darauf, daß ich mich darum nicht kümmere und es ihre Sorge sein lasse.«

»Vielleicht kann ich helfen«, schlug Nim nachdenklich vor. »Ich könnte selbst etwas Geld geben und versuchen, den Rest von der Gesellschaft ...«

Karen wehrte entschieden ab. »Nein! Das kommt nicht in Frage, Nimrod. Unsere Freundschaft ist etwas Wunderbares. Aber ich möchte von dir kein Geld nehmen – und auch nicht, daß du bei anderen für mich betteln gehst. Wenn meine eigene Familie sich um meine Finanzen kümmert, ist das etwas anderes. Außerdem hast du uns mit Humperdinck schon genug geholfen.« Ihre Stimme wurde leiser. »Ich bin stolz auf meine Unabhängigkeit. Ich hoffe, du verstehst mich.«

»Ja, ich verstehe und achte deine Einstellung.«

»Das ist für mich sehr wichtig, Nimrod. Und ich möchte dir auch zeigen, wie sehr Humperdinck mein Leben verändert hat. Darf ich dich um einen großen Gefallen bitten?«

»Aber natürlich.«

»Ich möchte einmal mit dir ausgehen – vielleicht ins Konzert?«

Nur einen kurzen Augenblick zögerte Nim. Dann sagte er: »Warum nicht?«

Karen war begeistert. »Du mußt mir sagen, wann du frei bist, damit ich die Vorbereitungen treffe. Oh, ich bin ja so glücklich!« Und dann, impulsiv: »Küß mich noch einmal, Nimrod.«

Als er zu ihr ging, hob sie das Gesicht. Ihr Mund suchte ungeduldig den seinen. Er legte seine Hand auf ihren Hinterkopf, und seine Finger spielten leicht mit dem langen, blonden Haar. Sie preßte ihre Lippen auf die seinen, und Nim fühlte Erregung aufsteigen. Wie schön könnten die nächsten Minuten sein, wenn Karen einen gesunden Körper hätte, dachte er, verscheuchte den Gedanken aber wieder. Er richtete sich auf, streichelte noch einmal ihr Haar und ging dann zu seinem Stuhl zurück.

»Wenn ich könnte, würde ich schnurren«, sagte Karen.

Nim hörte ein verlegenes Hüsteln, und als er sich umdrehte, sah er Josie im Türrahmen stehen. Er hätte gern gewußt, wie lange sie schon dort gestanden hatte.

»Oh, Josie«, sagte Karen. »Willst du schon gehen?« Für Nim fügte sie erklärend hinzu: »Josie besucht heute ihre Familie.«

»Ja, ich bin fertig. Aber soll ich dich nicht noch ins Bett bringen, bevor ich gehe?«

»Nun, ich nehme an...« Karen wurde rot. »Vielleicht kann Mr. Goldman nachher...«

»Wenn du mir sagst, was ich tun muß, werde ich gern...«

»Also ist alles geregelt«, sagte Josie. »Ich gehe jetzt und wünsche eine gute Nacht.«

Wenige Minuten später hörten sie, wie die Wohnungstür geschlossen wurde.

Als Karen sprach, klang es ein wenig nervös. »Josie kommt erst morgen früh wieder zurück. Sonst habe ich immer eine Aushilfspflegerin für solche Fälle, aber diesmal kommt sie nicht, sie fühlt sich nicht ganz wohl. Meine Schwester wird deshalb heute nacht hier schlafen.« Sie sah zur Wanduhr hinüber. »Cynthia wird in anderthalb Stunden hier sein. Kannst du solange bleiben?«

»Selbstverständlich.«

»Wenn du keine Zeit hast, wird Jiminy ab und zu nach mir sehen.«

»Zum Teufel mit Jiminy. Ich bin hier, und ich bleibe auch hier.«

»Und ich bin froh«, gestand Karen und lächelte. »Es ist noch etwas Wein in der Flasche. Wollen wir ihn austrinken?«

»Gute Idee.« Nim ging in die Küche. Er holte Gläser und den Cabernet. Als er zurückkam, teilte er den restlichen Wein auf und hielt Karen das Glas, während sie daran nippte.

»Ich habe das Gefühl, daß ich innerlich brenne«, sagte sie. »Und nicht nur vom Wein.«

Nim beugte sich zu ihr hinüber, hob ihr Gesicht an und küßte sie noch einmal. Sie antwortete genauso leidenschaftlich wie zuvor, aber diesmal dauerte der Kuß länger. Nim konnte sich gar nicht losreißen, und als er es schließlich tat, blieben ihre Gesichter nahe beieinander.

»Nimrod«, flüsterte sie.

»Ja, Karen.«

»Ich glaube, ich möchte jetzt ins Bett gehen.«

Er fühlte, wie sein Puls schneller schlug. »Sag mir, was ich tun muß.«

»Zieh zuerst den Stecker vom Rollstuhl heraus.«

Nim trat hinter den Rollstuhl und tat wie geheißen. Die Anschlußschnur wickelte sich automatisch auf eine Spule, während der Betrieb von Rollstuhl und Beatmungsgerät sich auf Batterie umstellte.

Plötzlich lachte Karen schelmisch. »Komm mit!«

Sie legte den Mund an den Plastikschlauch, und der Rollstuhl fuhr mit erstaunlicher Geschwindigkeit zielgerichtet aus dem Wohnzimmer hinaus, über eine kleine Diele ins Schlafzimmer. Darin stand ein Einzelbett, die Bettdecke war schon sorgfältig zurückgeschlagen. Daneben brannte eine Nachttischlampe, die mit ihrem matten Licht den Raum nur spärlich beleuchtete. Karen fuhr zum Fußende des Bettes und drehte den Stuhl so, daß die Lehne am Bett war.

Sie sah Nim erwartungsvoll an.

»Was kommt als nächstes?«

»Du hebst mich aus dem Stuhl und legst mich aufs Bett. Wenn Josie es tut, benutzt sie einen Gurt, der mich wie ein Kran in die Höhe heben hilft. Aber du bist stark, Nimrod. Du kannst mich mit den Armen heben.«

Er tat es sanft, aber mit festem Griff. Dabei spürte er die Wärme ihres Körpers. Dann befolgte er ihre Anweisungen. Er schaltete das kleine Bantam-Beatmungsgerät neben ihrem Bett ein und konnte sofort hören und auf einem Manometer verfolgen, wie es arbeitete. Achtzehn Mal in der Minute wechselte das Gerät den Beatmungsdruck, um sowohl das Ein- als auch das Ausatmen zu gewährleisten. Karen brauchte jetzt nicht mehr den Beatmungsgürtel, den sie unter ihren Kleidern getragen hatte.

»Später legst du bei mir dann den Externrespirator an. Aber jetzt noch nicht.«

Sie lag auf dem Bett, das lange Haar fiel seidig über das Kopfkissen. Ein Anblick, der Botticelli zum Malen inspiriert hätte.

»Was soll ich jetzt tun?«

»Als nächstes...« sagte sie und errötete leicht, »als nächstes, Nimrod, ziehst du mich aus.«

Karen hatte die Augen halb geschlossen. Nims Hände zitterten, und er wußte nicht, ob das, woran er dachte, sich verwirklichen ließ. Noch vor kurzem hatte er geglaubt, daß seine Beziehung zu Karen eine Liebe ohne Sex werden würde – im Gegensatz zu seinen sonstigen Abenteuern ohne Liebe. Sollte er sich geirrt haben? Aber würde er sich nicht, wenn es dazu käme, selbst verachten müssen, weil er ihre Hilflosigkeit ausnutzte?

Konnte er, sollte er es tun? Er steckte in einem moralischen Labyrinth, aus dem es kein Entrinnen zu geben schien.

Nachdem er Karens Bluse aufgeknöpft hatte, zog er sie behutsam aus. Karen trug keinen Büstenhalter. Ihre kleinen Brüste waren wohlgeformt, die winzigen Brustwarzen leicht aufgerichtet.

»Streichel mich, Nimrod.« Es war eine zärtliche Aufforderung. Er berührte mit den Fingerspitzen behutsam ihre Brüste, kniete sich hin und küßte sie. Dabei spürte er, wie die Brustwarzen fest wurden. »Das ist gut«, murmelte sie.

Dann ließ sie sich weiter ausziehen. »Der Rock ist auf der linken Seite zu öffnen.« Vorsichtig knöpfte er ihn auf und zog ihn aus.

Als Karen nackt war, quälten ihn immer noch Angst und Zweifel. Aber er ließ seine Hände spielen, langsam und einfühlsam, da er nun wußte, daß sie es wollte. Sie stöhnte leise vor Lust. Nach einer Weile flüsterte sie: »Ich möchte dir etwas sagen.«

Er flüsterte zurück: »Ich höre.«

»Ich bin keine Jungfrau. Es gab einmal einen Jungen...Ich war fünfzehn, kurz bevor...« Sie sprach nicht weiter, und er sah, daß Tränen über ihr Gesicht liefen.

»Nein, Karen, sprich nicht weiter.«

Sie schüttelte den Kopf. »Ich *will* es dir aber erzählen. Und ich möchte, daß du weißt, daß es in all den Jahren keinen anderen Mann gegeben hat; niemanden zwischen damals und – dir.«

Als er endlich begriffen und sich gefaßt hatte, fragte er: »Du willst sagen, daß...«

»Ich *will*, Nimrod. Jetzt!«

»O Gott!« Nim brachte die Worte kaum heraus. Seine eigenen Wünsche waren nicht schwer zu entfachen und drängten nun ebenfalls auf Erfüllung. Er verscheuchte kurz entschlossen seine Bedenken und zog sich aus.

Nim hatte früher einmal rein theoretisch darüber nachgedacht, wie es wohl mit einer total gelähmten Frau im Bett sein mochte. Würde jemand wie Karen völlig passiv bleiben? Würde der Mann keine Reaktion von seiten der Frau spüren? Würde am Schluß einer, beide oder keiner befriedigt sein?

Jetzt erhielt er die Antworten, die anders ausfielen, als er erwartet hatte.

Karen war voller Begierde und reagierte mit Lust und Befriedigung.

Nur in einer Weise war sie passiv. Ihren Körper konnte sie nicht wie ihren Kopf bewegen. Aber Nim spürte, wie sie ihre Lust durch die Haut, die Vagina und die Brüste mitteilte, erlebte ihre leidenschaftlichen Schreie und Küsse. Es war nicht Sex mit einer Schaufensterpuppe, wie mancher denken mochte, und schon gar kein kurzes Vergnügen. Sie wünschten sich in diesem Moment nichts sehnlicher, als daß es nie enden sollte. Er fühlte sich durch die Lüfte getragen, bis hoch zum Zenit seines Traums, der Wirklichkeit geworden war – für beide. Er wußte jetzt, daß auch die total gelähmte Frau einen Orgasmus erleben kann.

Nim lag still neben Karen, glücklich und erschöpft. Er überlegte, was sie wohl denken mochte und ob sie etwas bedauerte.

Als hätte sie Nims Fragen erraten, sagte Karen schläfrig, aber glücklich: »Nimrod, ein gewaltiger Jäger vor dem Herrn.« Und dann: »Das war der schönste Tag meines Lebens.«

4

»Ich hatte heute einen schweren Tag und könnte einen Drink vertragen«, sagte Cynthia. »Gewöhnlich steht hier doch ein Scotch herum. Wie ist's mit Ihnen?«

»Ich bin immer dabei.« Es war eine Stunde her, seit er und Karen sich geliebt hatten. Jetzt schlief Karen, und Nim hatte ebenfalls einen Drink nötig.

Karens Schwester war vor zwanzig Minuten gekommen. Sie hatte ihren eigenen Schlüssel benutzt. Nim war aber schon eine ganze Weile angezogen gewesen.

Sie hatte sich als Cynthia Woolworth vorgestellt. »Bevor Sie fragen, gleich die Antwort: Nein, mein Mann ist leider nicht mit jener wohlhabenden Familie verwandt. Die Hälfte meines Lebens habe ich mit der Beantwortung dieser Frage zugebracht; jetzt schaffe ich gleich am Anfang klare Verhältnisse. Sloan war in dieser Hinsicht problemloser.«

»Danke«, sagte er. »Ich werde nie wieder darauf zurückkommen.«

Cynthia, fiel Nim auf, war anders als Karen und ihr doch ähnlich.

Während Karen blond und schlank war, war Cynthia ein brünetter, fülligerer Typ und auch lebhafter und attraktiver, obwohl dafür Karens Leiden und der unterschiedliche Lebensstil der beiden Frauen verantwortlich sein mochten. Gemeinsam war beiden eine seltene natürliche Schönheit: die gleichen zarten, ebenmäßigen Gesichtszüge, vollen Lippen, großen blauen Augen, eine makellose Haut und – bei Cynthia besonders ausgeprägt – elegante, schlanke Hände. Nim fiel auf, daß beide Sloan-Mädchen ihren Charme von ihrer Mutter Henrietta geerbt hatten, der man noch heute ansah, daß sie früher einmal sehr hübsch gewesen sein mußte. Nim erinnerte sich, daß Cynthia drei Jahre älter war als Karen, also zweiundvierzig, obwohl sie jünger aussah.

Cynthia fand den Scotch, Eis und Soda und mixte zwei Drinks. Ihre schnellen, sparsamen Handbewegungen zeigten, daß sie gewöhnt war, sich selbst zu bedienen. Das hatte sie gleich vom ersten Moment, da sie zur Wohnungstür hereingekommen war, verdeutlicht. Sie hatte ihren tropfnassen Regenmantel ins Bad gehängt, sich mit Nim bekannt gemacht und gesagt: »Sie setzen sich in den Sessel und entspannen sich – hier, ich habe die Abendzeitung mitgebracht –, und ich werde meine Schwester versorgen.«

Sie war in Karens Schlafzimmer gegangen und hatte die Tür geschlossen, so daß Nim nur leise Stimmen hören, nicht aber verstehen konnte, was gesprochen wurde.

Als Cynthia fünfzehn Minuten später wieder herauskam, teilte sie leise mit, daß Karen eingeschlafen sei.

Jetzt saß sie Nim gegenüber und schwenkte ihr Glas, daß Eis und Whisky durcheinanderwirbelten. Sie sagte: »Ich weiß, was heute nacht vorgefallen ist. Karen hat es mir erzählt.«

Cynthias Direktheit war Nim peinlich. Alles, was er als Antwort hervorbrachte, war ein verlegenes: »Ach so.«

Cynthia warf den Kopf zurück und lachte. Sie hob drohend einen Finger. »Sie glauben, die ältere Schwester wird jetzt nach der Polizei rufen und ›Mädchenschänder‹ schreien?«

»Ich glaube nicht, daß ich mit Ihnen über dieses Thema reden möchte oder muß...« entgegnete er steif.

»Ach, komm!« Cynthia lachte noch immer, aber plötzlich wurde ihr Gesicht ernst. »Hör, Nimrod – wenn ich dich wie meine Schwester so nennen darf –, es tut mir leid, wenn ich dich in Verlegenheit gebracht habe. Du bist für Karen der netteste, liebste und zärtlichste Mann, und was du getan hast, war das Beste, was sie bisher erlebt hat. Das ist auch meine Ansicht.«

Nim starrte sie an. Entgeistert mußte er feststellen, daß er an diesem Abend nun schon zum zweitenmal eine Frau weinen sah.

»Das wollte ich nicht.« Mit einem winzigen Taschentuch wischte sie die Tränen fort. »Aber ich bin heute abend so glücklich und zufrieden wie Karen selbst.« Sie betrachtete Nim anerkennend. »Jedenfalls fast so glücklich.«

Nims Spannung löste sich. Grinsend gestand er: »Was bin ich doch für ein Glückspilz!«

»Und ob!« sagte Cynthia. »Aber bevor wir weitersprechen – was hältst du von einem neuen Drink?«

Ohne die Antwort abzuwarten, nahm sie Nims Glas und füllte es, wie auch das ihre, ein zweites Mal.

»Um deinet- und Karens willen, Nimrod, möchte ich, daß du dir noch etwas klarmachst. Was zwischen dir und meiner Schwester heute abend geschehen ist, ist wunderbar und schön. Vielleicht weißt du nicht und verstehst auch nicht, daß manche Leute gelähmte Menschen wie Aussätzige behandeln. Ich habe es häufig beobachtet, und schon aus dem Grund mag ich dich. Du hast sie nie anders behandelt als wie eine Frau...Gott sei Dank!...Ich muß schon wieder heulen.«

Nim reichte ihr sein Taschentuch, und sie sah ihn dankbar an. »Es sind die kleinen Dinge, die du tust... Karen hat es mir erzählt...«

»Es fing alles ganz zufällig an«, sagte er bescheiden.

»So ist es meistens.«

»Und was heute nacht zwischen uns war...Nun, ich hatte es nie vorgehabt. Ich hätte niemals gedacht...« Er schwieg. »Es ist einfach geschehen.«

»Ich weiß«, sagte Cynthia. »Und wenn wir schon beim Thema sind, möchte ich dich noch etwas fragen. Hast du jetzt irgendwelche Schuldgefühle?«

Er nickte. »Ja.«

»Das solltest du nicht. Ich habe einmal ein Buch gelesen, weil ich wissen wollte, wie ich Karen am besten helfen könnte. Der Autor heißt Milton Diamond. Er ist Medizinprofessor in Hawaii und hat eine Studie über Sex bei Behinderten veröffentlicht. Ich hab es nicht mehr wörtlich im Kopf, aber der Sinn war etwa folgender: *Die Behinderten haben genügend andere Probleme, man muß ihnen nicht auch noch Schuldgefühle beibringen, indem man ihnen konventionelle Normen aufzwingt...Die sexuelle Befriedigung des einzelnen ist vorrangig und bedarf keiner öffentlichen Billigung; daher kann man hier überhaupt nicht von Schuld sprechen...und was die Sexualität angeht, so ist bei Behinderten alles möglich.*« Cynthia wurde fast heftig. »Vergiß deine Schuldgefühle also einfach!«

»Ich glaube, ich könnte heute nacht nicht noch mehr Überraschungen ertragen«, sagte Nim. »Aber ich bin froh, daß wir darüber gesprochen haben.«

»Ich auch. Es ist wichtig, um zu verstehen. Auch ich mußte Karen erst verstehen lernen.« Cynthia nippte wieder an ihrem Scotch. Dann sagte sie nachdenklich: »Kannst du dir vorstellen, daß ich mit einundzwanzig meine damals achtzehnjährige Schwester haßte?«

»Kaum.«

»Aber es ist wahr. Ich habe sie gehaßt, weil sich alles um sie drehte. Manchmal kam ich mir vor, als existierte ich überhaupt nicht. Es hieß immer: *Karen hier und Karen dort! Was können wir nur für die arme kranke Karen tun?* Es hieß nie: *Was können wir für unsere gesunde, normale Cynthia tun?* Es war mein einundzwanzigster Geburtstag. Ich wollte eine große Party geben, aber meine Mutter sagte, das ginge nicht, wegen Karen. Also wurde es eine kleine Feier im Familienkreis – nur meine Eltern und ich; Karen war damals im Krankenhaus. Es gab dünnen Tee und einen trockenen Kuchen. Für Geburtstagsgeschenke war kein Geld da, du kannst dir sicher denken, wo jeder Cent blieb. Ich schäme mich, es zu gestehen, aber in jener Nacht habe ich gebetet, Karen möge sterben.«

In der folgenden Stille hörte Nim den Regen an die Fensterscheiben prasseln. Er hatte verstanden, was Cynthia ihm sagen wollte, und war tief bewegt. Und dennoch nahm er auch den Regen wahr. Wunderbarer Regen, dachte er. Für einen Mann der Stromversorgung bedeutete Regen, Hagel oder Schnee gespeicherte hydroelektrische Kraft für die kommende Trokkenperiode. Er riß sich zusammen und wandte sich wieder Cynthia zu.

»Und wann haben sich deine Gefühle geändert?«

»Erst Jahre später, und das auch nur allmählich. Davor mußte ich erst die Phase der Schuldgefühle durchmachen. Ich fühlte mich schuldig, weil ich gesund war und Karen nicht...Schuldig, weil ich Dinge tun konnte, die sie nicht konnte – Tennis spielen, auf Partys gehen, mit Jungen flirten.« Cynthia seufzte. »Ich war keine gute Schwester.«

»Das ist jetzt aber anders geworden.«

»Doch, das ist es wohl. Nach der Geburt meines ersten Kindes lernte ich meine kleine Schwester langsam verstehen und schätzen. Seitdem kommen wir gut miteinander aus. Inzwischen sind wir zwei echte Freundinnen, die kein Geheimnis voreinander haben. Es gibt nichts, was ich für Karen nicht täte. Und es gibt nichts, was sie mir nicht erzählt.«

»Das kann ich bestätigen«, bemerkte Nim trocken.

Sie plauderten weiter. Cynthia erzählte ihm noch mehr über sich selbst. Sie hatte mit zweiundzwanzig geheiratet; hauptsächlich, um von zu Hause wegzukommen. Ihr Mann hatte seitdem eine ganze Reihe von Berufen ausgeübt; im Moment war er Schuhverkäufer. Nim merkte aus ihren Worten, daß Cynthia mit ihrer Ehe unzufrieden war und die Ehepartner nur aus Mangel an einer Alternative und wegen der drei gemeinsamen Kinder zusammenblieben. Vor ihrer Ehe hatte Cynthia Gesangstunden genommen; nun sang sie viermal in der Woche in einem zweitklassigen Nightclub, um die Haushaltskasse aufzubessern. Heute nacht hatte sie frei und konnte deshalb auf Karen aufpassen, während ihr Mann das jüngste der drei Kinder, das noch zu Hause war, versorgte. Cynthia trank noch zwei Whiskys, während sie sich unterhielten.

Schließlich stand Nim auf. »Es ist spät. Ich muß gehen.«

»Ich hole deinen Regenmantel«, sagte Cynthia. »Du brauchst ihn bis zum Auto.« Und sie fügte hinzu: »Du kannst aber auch hierbleiben, wenn du willst. Die Couch läßt sich in ein Bett verwandeln.«

»Danke, lieber nicht.«

Sie half ihm in den Mantel, und an der Wohnungstür küßte sie ihn auf den Mund. »Das ist zum Teil für Karen«, sagte sie, »und zum Teil für mich.«

Auf dem Heimweg fühlte er sich wie ein zufriedenes Raubtier. Er versuchte diese Assoziation zu verscheuchen, aber sie blieb, und er dachte: *Es gibt so viele attraktive, begehrenswerte Frauen auf der Welt und so viele, die für sexuelle Freuden aufgeschlossen sind.* Seine Erfahrung, sein Instinkt und die unmißverständlichen Zeichen, die sie ihm gegeben hatte, sagten ihm: Auch Cynthia war zu haben.

5

Nim Goldman war unter anderem auch ein Weinkenner. Er hatte eine feine Nase, eine gute Zunge und eine Vorliebe für die Weine des Napa Valley, die besten, die Kalifornien zu bieten hatte. In guten Jahren konnten sie sich mit den Qualitätsweinen Frankreichs messen. Also war Nim ehrlich erfreut, als Eric Humphrey ihn zu einer Reise ins Napa Valley einlud – obwohl es Ende November war und er nicht einmal wußte, weshalb ihn der Vorsitzende aufgefordert hatte.

Der Anlaß war die Feier einer Heimkehr, der Heimkehr eines der angesehensten Söhne Kaliforniens.

Des Ehrenwerten Paul Sherman Yale.

Bis vor zwei Wochen war er Richter am Obersten Gerichtshof der Vereinigten Staaten gewesen.

Wenn es je irgend jemand verdient hatte, zum Mister California gekürt zu werden, so war es Paul Sherman Yale. Alles, was sich ein Bürger Kaliforniens wünschen konnte, war für ihn, dessen Karriere jetzt beendet war, in Erfüllung gegangen.

Seit er mit Anfang Zwanzig – zwei Jahre früher als üblich – an der Stanford Law School sein Studium mit ausgezeichneten Noten beendet hatte, hatte er eine Reihe ehrenvoller Staatsämter bekleidet. Als junger Rechtsanwalt hatte er sich im ganzen Land als Verteidiger der Armen und Machtlosen einen Namen gemacht. Er kandidierte und errang einen Sitz in der California Assembly und wurde nach zwei Amtsperioden jüngstes Mitglied im Senat. Seine Gesetzentwürfe waren in beiden Häusern erfolgreich. Er war der Verfasser der ersten Gesetze zum Schutz von Minderheiten und zum Schutz der Menschen am Arbeitsplatz. Außerdem arbeitete er an Gesetzen zugunsten von kalifornischen Farmern und Fischern.

Als nächstes wurde Paul Sherman Yale zum Justizminister gewählt. Er erklärte dem organisierten Verbrechen den Krieg und brachte einige der größten Ganoven hinter Gitter. Der logische nächste Schritt wäre gewesen, Gouverneur zu werden. Statt dessen nahm er Präsident Trumans Berufung an den Obersten Gerichtshof an. Die zu seiner Bestätigung durch den Senat notwendige Anhörung war kurz, ihr Ergebnis stand von vornherein fest, da sein Name weder damals noch später mit irgendeinem Skandal oder einer Bestechungsaffäre in Verbindung gebracht werden konnte. Man pflegte ihn scherzhaft »Mr. Integrity« zu nennen.

Seine Rechtsgutachten zeugten von großer Menschlichkeit. Von den Jurastudenten wurden sie als Ausdruck vorbildlicher Rechtsauffassung angesehen. Aber trotz seiner großen Erfolge vergaß Richter Yale niemals, daß er und seine Frau Beth Kalifornier waren, und bei jeder passenden Gelegenheit sprach er von seiner Liebe zu dem heimatlichen Bundesstaat.

Als er den Zeitpunkt für gekommen hielt, sein Lebenswerk zu beschließen und sich in den Ruhestand zu begeben, zog er sich in aller Stille zurück; ohne viel Aufhebens verließen die Yales Washington und zogen – wie Paul Yale dem Reporter von *Newsweek* erklärte – heim in den Westen. Er lehnte eine Ehrung durch ein Festbankett in Sacramento ab und stimmte einem bescheidenen Willkommensempfang an seinem Geburtsort, dem Napa Valley, zu, wo die Yales in Zukunft leben wollten.

Unter den Gästen war auf Yales Vorschlag auch der Vorsitzende der Golden State Power & Light. Humphrey erbat und erhielt eine Sondereinladung für seinen Stellvertreter Nim.

Auf dem Weg zum Napa Valley in der vom Chauffeur des Vorsitzenden gelenkten Limousine gab sich Humphrey freundlich. Die beiden Männer hatten, wie sie es auf solchen Reisen immer zu tun pflegten, Akten mitgenommen und besprachen verschiedene Pläne und Probleme. Es schien, als trüge der Vorsitzende Nim nichts mehr nach. Über den Anlaß der Reise wurde nicht gesprochen.

Obwohl der Winter vor der Tür stand und die Ernte schon vor einigen Wochen hereingebracht worden war, zeigte sich das Tal von seiner besten Seite. Es war ein klarer, frischer, sonniger Tag, der erste nach einer Reihe von Regentagen. Die ersten hellgelben Senfkrautsprößlinge wuchsen bereits zwischen den Rebstöcken, die jetzt kahl und unbelaubt waren und bald für die nächste Saison geschnitten werden würden. Noch einige Wochen, und das Senfkraut würde so hoch schießen, daß man es unterpflügen mußte, und manche Leute behaupteten, daß diese Senfdüngung den Trauben und dem Wein ein bestimmtes Aroma gab.

»Beachten Sie den Abstand der Rebstöcke«, sagte Humphrey; er hatte seine Akten beiseite gelegt, als sie das Tal erreicht hatten. »Der Reihenabstand ist weitaus größer als gewöhnlich – wegen der maschinellen Ernte. Auf die Art haben die Winzer auf den Druck der Gewerkschaften reagiert. Die Gewerkschaftsführer haben mit übertriebenen Forderungen ihre eigenen Mitglieder um die Arbeitsplätze gebracht. In Zukunft wird hier sehr vieles maschinell erledigt, wozu früher viele Arbeitskräfte nötig waren.«

Sie fuhren durch das Gebiet von Yountville. Einige Meilen weiter, zwischen Oakville und Rutherford, bogen sie in eine Einfahrt zwischen naturbelassenen Ziegelsteinen ein, die zur Weinkellerei von Robert Mondavi führte. Hier sollte der Empfang stattfinden.

Der Ehrengast und seine Frau waren zeitig angekommen und erwarteten im elegantesten Raum des im spanischen Kolonialstil errichteten Hauses die Gäste. Humphrey, der die Yales von früheren Gelegenheiten kannte, stellte Nim vor.

Paul Sherman Yale war ein kleiner, drahtiger Mann mit gelichtetem weißen Haar, lebhaften grauen Augen, die alles, was sie ansahen, zu durchdringen schienen, und einer Munterkeit, die seine achtzig Jahre Lügen strafte. Zu Nims Überraschung sagte er: »Ich habe mich darauf gefreut, Sie kennenzulernen, junger Mann. Bevor Sie in die Stadt zurückfahren, suchen wir uns eine stille Ecke und reden miteinander.«

Beth Yale, eine warmherzige, gütige Frau, die ihren Mann vor mehr als fünfzig Jahren geheiratet hatte, als er Mitglied einer gesetzgebenden Körperschaft und sie seine Sekretärin gewesen war, sagte zu Nim: »Ich glaube, daß Sie gern mit Paul zusammenarbeiten werden. Den meisten Leuten macht es Spaß.«

Sobald er Gelegenheit dazu fand, nahm Nim Humphrey beiseite. »Eric, was ist los? Was soll das Ganze?«

»Ich habe versprochen, nichts zu sagen. Sie müssen also warten«, erwiderte Humphrey.

Immer neue Gäste kamen und reihten sich in die Schlange ein, um den Yales die Hände zu schütteln. Es schien, als sei das ganze Napa Valley auf den Beinen, um die Yales willkommen zu heißen. Nim erkannte einige Leute, die im kalifornischen Weinhandel einen Namen hatten: Louis Martini, Joe Heitz, Jack Davies of Schramsberg, den Gastgeber Robert Mondavi, Peter Mondavi of Krug, André Tchelistcheff, Bruder Timothy von den Christian Brothers, Don Chappellet und andere. Der Gouverneur, der selbst verhindert war, hatte den Vizegouverneur geschickt. Presse, Funk und Fernsehen waren zahlreich erschienen.

Das Ereignis, wenn auch privat und inoffiziell, würde dennoch in allen kalifornischen Veröffentlichungen des nächsten Tages nachzulesen sein und im Fernsehen ausgestrahlt werden.

Während des Essens – mit kalifornischem Wein selbstverständlich – und nach vielen, zum Glück kurzen Reden wurde ein Toast auf Paul und Beth Yale ausgebracht, von stürmischem Beifall begleitet. Der Ehrengast erhob sich lächelnd, um zu antworten. Er sprach eine halbe Stunde – es waren einfache, von Herzen kommende Worte eines in die Heimat Zurückgekehrten. »Ich bin noch nicht bereit zu sterben«, sagte er. »Wer ist das schon? Doch wenn ich einmal die Reise in die Ewigkeit antreten muß, möchte ich den Bus hier besteigen.«

Die Überraschung hatte er sich für den Schluß aufgehoben:

»Bis dieser Bus mich abholen kommt, möchte ich mich aber beschäftigen und, wie ich hoffe, noch nützlich sein. Mir ist eine Tätigkeit angeboten worden, mit der ich Kalifornien einen Dienst erweisen könnte. Nach reiflicher Überlegung und Rücksprache mit meiner Frau, die mich nicht den ganzen Tag zu Hause haben möchte *(Gelächter),* habe ich zugestimmt, die Mannschaft der Golden State Power & Light zu verstärken. Nicht als Stromableser; dazu taugt meine Sehkraft nicht mehr *(erneutes Gelächter),* sondern als Vorstandsmitglied und Konzernsprecher. In Anbetracht meines reifen Alters darf ich meine Arbeitszeiten selbst festsetzen. Ich werde also an den Tagen, an denen mich die Arbeitswut packt, auf Spesenrechnung essen... *(lautes Gelächter)*. Mein neuer Chef, Mr. Eric Humphrey, ist heute hier erschienen, vielleicht will er meine Sozialversicherungskarte und die Zeugnisse abholen...« *(Gelächter und Prositrufe.)*

Auf diese Weise ging es noch eine Weile weiter.

Später erklärte Humphrey Nim: »Der alte Junge bestand auf dieser Heimlichtuerei, weil er die Nachricht bei diesem Anlaß selbst bekanntgeben wollte. Deshalb durfte ich Ihnen vorher nichts sagen, obwohl Sie derjenige sind, der mit ihm am meisten zusammenarbeiten und ihm auch bei der Einarbeitung helfen wird.«

Als Richter Yale (den Titel durfte er bis an sein Lebensende führen) sich wieder gesetzt hatte, drängten sich die Reporter um Eric Humphrey. »Sein Arbeitsgebiet wird im einzelnen erst noch festgelegt werden«, sagte Humphrey, »aber in der Hauptsache wird er, wie er schon sagte, Sprecher für unseren Konzern sein – vor der Öffentlichkeit, vor Kommissionen und dem Gesetzgeber.«

Humphrey sah zufrieden aus, als er die Fragen der Reporter beantwortete. Und dazu hatte er auch allen Grund, dachte Nim. Paul Sherman Yale für die GSP&L einzufangen war ein geschickter Kunstgriff. Yale war nicht nur beim Volk beliebt, er hatte auch zahlreiche Beziehungen, und die Amtstüren, angefangen von der des Gouverneurs, standen ihm offen. Yale würde für die GSP&L ein hervorragender Lobbyist sein, wenn diese Bezeichnung in seiner Anwesenheit auch sicher nie gebraucht werden würde.

Inzwischen umringten die Fernsehleute den neuen GSP&L-Sprecher, um ihm seine erste Stellungnahme zu entlocken. Während Nim zusah, empfand er Neid und Bedauern zugleich.

6

»In erster Linie«, erklärte Beth Yale in für sie charakteristischer Offenheit, »können wir das Geld brauchen. Niemand kann mit seiner Tätigkeit am Obersten Gerichtshof reich werden, und das Leben in Washington ist so teuer, daß wir kaum etwas gespart haben. Pauls Großvater hatte zwar einen Familienfonds eingerichtet, aber der ist bisher miserabel verwaltet worden ... Könnten Sie bitte noch etwas Holz nachlegen?«

Sie saßen vor dem Kamin eines kleinen gemütlichen, inmitten von Weinbergen gelegenen Hauses, etwa eine Meile von dem Ort entfernt, wo der Empfang stattgefunden hatte. Die Yales hatten das Haus gemietet. Der Besitzer pflegte es selbst nur im Sommer zu bewohnen, und so durften sie den Winter über bleiben, bis sie ein eigenes Haus beziehen konnten.

Nim legte ein Holzscheit aufs Feuer und stocherte in der Glut, daß die Flammen auflodernten.

Vor einer halben Stunde hatte sich Richter Yale entschuldigt, »um seine Batterie aufzuladen«, wie er sich ausdrückte. »Diesen Trick habe ich vor vielen Jahren gelernt«, erklärte er. »Immer wenn meine Aufmerksamkeit nachläßt, erhole ich mich bei einem kleinen Nickerchen. Einige meiner Kollegen tun es sogar auf der Richterbank.«

Vorher aber hatten sich die beiden Männer mehr als zwei Stunden über Angelegenheiten der Golden State Power & Light unterhalten.

Aus dem Gespräch »in einer stillen Ecke«, von dem Yale vor dem Essen gesprochen hatte, war nichts geworden, weil er sich in der Mondavi-Weinkellerei seinen Verehrern nicht entziehen konnte. Daher hatte er Nim ins Landhaus eingeladen. »Wenn ich tätig werden soll, junger Mann, möchte ich auf dem laufenden sein. Eric sagt, Sie könnten mir den besten Einblick in den Konzern verschaffen. Also lassen Sie uns gemeinsam blicken.«

Und das hatten sie getan. Während Nim die Lage der GSP&L mit all ihren Problemen beschrieb, stellte Paul Yale immer wieder scharfsinnige Zwischenfragen. Für Nim war dieses Gespräch anregend wie ein Schachspiel mit einem geschickten Gegner. Vor allem fand er Yales Gedächtnis erstaunlich. Der alte Mann schien nichts von dem, was er in seiner Jugend in

Kalifornien erlebt hatte, vergessen zu haben, und über die Geschichte der GSP&L war er besser informiert als Nim.

Während ihr Mann »seine Batterie auflud«, servierte Beth Yale Tee. Kurze Zeit später kam Paul Yale wieder.

»Ihr habt euch über den Familienfonds unterhalten«, sagte er.

Seine Frau goß frischen Tee auf und stellte eine Tasse vor ihn hin. »Ich habe immer gewußt, daß du um Ecken hören kannst.«

»Das lernt man bei Gericht, um die nuschelnden Anwälte zu verstehen. Sie können sich nicht vorstellen, wie viele es tun«, wandte sich Paul Yale an Nim. »Dieser Vermögensfonds, von dem Beth sprach, ist eine Stiftung meines Großvaters. Er glaubte, damit seine Nachkommen für den öffentlichen Dienst gewinnen zu können. Der Fonds sollte eine Art Familientradition werden, damit keiner, der sich für eine solche Karriere entschied, sich über seine Alterssicherung Sorgen machen müßte. Diese Angst ist heutzutage nicht mehr ganz so begründet, aber ich habe in Washington schon viele Leute in guten Positionen auf der Suche nach Nebenverdiensten gesehen. So etwas führt einen Menschen leicht in Versuchung.«

Der Richter nippte an seinem Tee. »Ein kultivierter Brauch, dieser Nachmittagstee. Das ist unser britisches Erbe; genauso wie unser Recht.« Er stellte seine Tasse hin. »Aber es ist schon so, wie Beth erzählt hat, der Vermögensfonds ist schlecht verwaltet worden. Solange ich am Gericht war, konnte ich nichts dagegen unternehmen, aber nun bin ich dabei, einen Teil des Schadens wiedergutzumachen.« Er schmunzelte. »Das ist genauso wichtig wie meine Arbeit für die GSP&L.«

»Wir tun es nicht für uns selbst«, fügte Beth Yale hinzu. »Aber wir haben Enkel, die ebenfalls in den öffentlichen Dienst gehen möchten. So kann der Fonds ihnen später einmal eine Hilfe sein.«

Nim hatte das Gefühl, daß der Familienfonds für die Yales wirklich ein Problem darstellte. Wie zur Bestätigung murrte Paul Yale: »Zum Fonds gehört ein Weingut, eine Rinderzucht, zwei Wohnhäuser in der Stadt – und Sie werden es nicht für möglich halten: Alle haben bis jetzt mit Verlust gearbeitet, haben Schulden aufgehäuft, so daß das Kapital angegriffen werden mußte. Letzte Woche habe ich mir einmal den Verwalter vorgeknöpft und ihm die Leviten gelesen.« Er hielt abrupt inne.

»Beth, wir langweilen den jungen Mann mit unseren Familienproblemen. Wenden wir uns lieber wieder *God's Power & Love* zu.«

Nim lachte über den Namen, mit dem frühere Generationen scherzhaft die GSP&L belegt hatten.

»Ich bin über die Sabotage und die Mordanschläge der letzten Zeit genauso entsetzt wie Sie«, erklärte Paul Yale. »Die Leute, die dafür verantwortlich zeichnen – wie nennen sie sich?«

»Freunde des Friedens.«

»Ach ja. Klingt ganz logisch: ›Willst du nicht mein Bruder sein, so schlag ich dir den Schädel ein!‹ Ist denn die Polizei in ihren Ermittlungen schon weitergekommen?«

»Offensichtlich nicht.«

»Warum tun diese Leute das nur?« fragte Beth Yale. »Es ist so unverständlich.«

»Wir haben in unserer Gesellschaft im kleinen Kreis darüber diskutiert«, sagte Nim.

»Was kam dabei heraus?« wollte Paul Yale wissen.

Nim zögerte. Er hatte eigentlich nicht darüber sprechen wollen und bereute, es überhaupt erwähnt zu haben. Dennoch beantwortete er die Frage.

Er erklärte zunächst die Theorie der Polizei, daß es sich bei den Freunden des Friedens um eine kleine Gruppe handeln müsse, die von einem einzigen Mann angeführt wird. »Wir haben nun versucht, uns in das Hirn dieses ›Mister X‹ hineinzuversetzen. Mit etwas Glück, meinten wir, könnten wir vielleicht seinen nächsten Schritt erahnen und uns entsprechend verhalten.«

Nim erzählte nicht, daß ihm die Idee, eine solche »Denkgruppe« zu bilden, nach den letzten Bombenanschlägen gekommen war, bei denen die beiden Wächter ermordet wurden. Seitdem hatte er sich mit den Angehörigen der Gruppe – Harry London, Teresa Van Buren und Oscar O'Brien – zu langen Sitzungen getroffen, und obwohl sie noch keine positiven Ergebnisse vorlegen konnten, hatten doch alle vier das Gefühl, die unbekannten Saboteure und ihren »Mister X« besser zu kennen. O'Brien, der wegen der Tunipah-Hearings immer noch mit Nim grollte, war zuerst gegen die Bildung einer solchen Gruppe gewesen, die er als »Zeitverschwendung« ansah. Schließlich gab der Justitiar jedoch nach und machte mit und trug mit seinen scharfsinnigen Überlegungen wesentlich zur Diskussion bei.

»Sie gehen davon aus, daß Ihr ›Mister X‹ auch wirklich ein Mann ist«, wandte Paul Yale ein. »Haben Sie schon einmal die Möglichkeit erwogen, daß es sich um eine Frau handeln könnte?«

»Ja, aber die Umstände deuten auf einen Mann, vor allem, weil die Tonbandinformationen stets von einer Männerstimme übermittelt werden, und es spricht viel dafür, daß er der ›Mister X‹ ist. Außerdem waren fast immer Männer Anführer von Revolutionen, Johanna von Orleans ist da eine Ausnahme.«

Paul Yale lächelte. »Was haben Sie noch für Theorien aufgestellt?«

»Nun, der Führer der Freunde des Friedens ist zwar keine Frau, aber es muß eine Frau dabeisein, die unserem ›Mister X‹ nahesteht.«

»Wie kommen Sie darauf?«

»Es gibt verschiedene Anhaltspunkte dafür. Erstens scheint ›Mister X‹ sehr eitel zu sein, wie wir aus den Tonbandaufzeichnungen schließen können. Wir haben sie mehrfach abgehört. Zweitens ist er sehr männlich. Wir haben versucht herauszufinden, ob irgend etwas auf Homosexualität schließen lassen könnte, sei es im Tonfall oder in der Wortwahl. Wir haben nichts finden können. Im Gegenteil. Alles scheint darauf hinzudeuten, daß wir es mit einem jungen, robusten Mann zu tun haben.«

Beth Yale hatte das Gespräch mit verfolgt. Jetzt sagte sie: »Also ist Ihr gesuchter ›X‹ ein *macho*. Ein Kerl von einem Mann. Aber wie hilft Ihnen das weiter?«

»Vielleicht läßt sich die Frau finden«, antwortete Nim. »Unsere Überlegung war, daß ein Mann wie ›X‹ eine Frau in seiner Nähe haben muß. Eine Vertraute, die alles miterleben muß, wie es seine Eitelkeit erfordert. Bedenken Sie folgendes: ›X‹ kommt sich wie ein Held vor, das zeigen die Tonbänder ganz deutlich. Also möchte er auch, daß seine Frau ihn in Aktion bewundert und möglicherweise mitmacht.«

»Nun«, sagte Paul Yale, »Sie entwickeln ja wirklich eine Fülle von Theorien.« Es klang amüsiert und skeptisch. »Sie gehen mit Ihren Mutmaßungen ziemlich weit. Schließlich haben Sie keinerlei Anhaltspunkte, die Ihre Behauptungen stützen.«

»Da haben Sie recht«, gestand Nim. Für einen ehemaligen Richter am Obersten Gerichtshof mußte das, was er gesagt hatte, nicht sehr überzeugend, ja fast absurd klingen. Er beschloß, von dem, was die »Denkgruppe« erarbeitet hatte, Yale nichts weiter zu enthüllen, obwohl er selbst von der Richtigkeit der Ergebnisse überzeugt war.

Dennoch war Paul Yales Einschätzung der Lage vielleicht die kalte Dusche, die sie alle brauchten. Er würde morgen darüber nachdenken, ob man nicht besser die Detektivarbeit den Leuten überließ, die sich berufsmäßig damit befassen mußten – der Polizei, dem FBI und den verschiedenen Abteilungen des Sheriffs. Sie alle arbeiteten ja bereits an dem Fall.

Seine Gedanken wurden unterbrochen. Die Haushälterin der Yales meldete: »Der Wagen für Mr. Goldman ist da.«

»Danke«, sagte Nim. Er erhob sich. Man hatte für ihn einen zweiten Firmenwagen aus der Stadt anfordern müssen, weil Eric Humphrey, der noch am selben Tag eine andere Verabredung hatte, gleich nach dem Mittagessen aufgebrochen war.

»Es war mir eine große Ehre, Sie beide kennenzulernen«, sagte Nim zum Abschied. »Und falls Sie mich wieder brauchen – ich stehe Ihnen gern zur Verfügung.«

»Das wird sicherlich schon bald der Fall sein«, sagte Paul Yale. »Unser Gespräch hat mir gefallen.« Er zwinkerte vergnügt. »Zumindest der realistische Teil.«

Nim beschloß, sich in Zukunft bei Leuten von Paul Sherman Yales Kaliber an Tatsachen zu halten.

7

Der Erfolg kam für Harry London völlig unerwartet.

Der Chef der Abteilung für Eigentumsschutz saß in seinem kleinen Glaskasten – die Abteilung war immer noch in behelfsmäßigen Räumen untergebracht –, als er das Telefon seiner Sekretärin läuten hörte. Kurze Zeit später summte sein eigener Anschluß.

Unlustig und müde griff er zum Hörer. In den letzten zwei Monaten hatte sich kaum Nennenswertes zum Thema Energiediebstahl ereignet. Im Spätsommer hatte der Computer auf Anfrage dreißigtausend mögliche Energiediebstahlsfälle ausgespuckt, und seitdem waren London, sein Vertreter Art Romeo und ihre Leute dabei, Fall für Fall in mühseliger Kleinarbeit zu untersuchen. Wie Harry London noch aus seiner Tätigkeit für die Polizei von Los Angeles wußte, war Detektivarbeit langweilig und ermüdend und von unterschiedlichem Erfolg gekrönt.

Ungefähr zehn Prozent der Untersuchungen hatten ausreichende Beweise für betrügerisches Verhalten von GSP&L-Kunden erbracht. In diesen Fällen konnte die Bezahlung der geschätzten Schuldsumme gefordert werden. Zehn Prozent der Verdächtigen erwiesen sich als unschuldig, da sie nachweisen konnten, daß ihre niedrigeren Rechnungen auf bewußtes Energiesparen zurückzuführen waren. Der Rest der Fälle aber war noch ungeklärt.

Von den Betrugsfällen waren nur wenige von der Größenordnung, daß sich eine Strafverfolgung lohnte.

Die Ermittlungen zogen sich endlos in die Länge. Das war auch der Grund, warum sich Harry London an jenem Nachmittag im Dezember so entsetzlich langweilte. Er hatte die Beine auf seinen Schreibtisch gelegt, als das Telefon läutete.

»Ja?« meldete er sich.

Eine kaum verständliche Stimme flüsterte: »Ist dort Mr. London?«

»Ja, höchstpersönlich.«

»Hier spricht Ernie, der Hausmeister im Zaco-Haus. Mr. Romeo hat mich gebeten, ihn oder Sie anzurufen, wenn die Kerle wiederkommen. Sie sind jetzt hier.«

Harry London nahm die Füße vom Tisch und setzte sich kerzengerade hin. »Sie meinen die Halunken, die die Stromzähler außer Gefecht gesetzt haben?«

»Ja, dieselbe Mannschaft. Auch das Auto. Sie sind gerade bei der Arbeit. Ich kann nicht länger als eine Minute hier reden.«

»Das brauchen Sie auch nicht. Notieren Sie sich aber unbedingt die Nummer von dem Lieferwagen.«

»Habe ich schon.«

»Großartig! Wir werden so schnell wie möglich bei Ihnen sein. Bis dahin vermeiden Sie alles, was die Männer mißtrauisch machen könnte, aber wenn sie aufbrechen wollen, bevor wir da sind, verwickeln Sie sie in ein Gespräch.« Während London sprach, drückte er auf einen Knopf, um seine Sekretärin zu rufen.

Die Stimme des Mannes klang immer noch unschlüssig. »Das werde ich tun, wenn sich eine Gelegenheit bietet. Was anderes, Art Romeo sprach von Bezahlung, falls...«

»Die bekommen Sie, mein Freund. Das verspreche ich Ihnen. Und nun tun Sie, was ich gesagt habe. Ich muß jetzt Schluß machen.« London ließ den Hörer auf die Gabel fallen.

Seine Sekretärin, eine junge Amerikanerin chinesischer Herkunft namens Suzy, stand in der Tür. »Ich brauche Hilfe von der Stadtpolizei«, informierte er sie. »Rufen Sie Lieutenant Wineski an; Sie wissen, wo Sie ihn finden können. Falls Wineski nicht zu erreichen ist, veranlassen Sie, daß ein anderer Kriminalbeamter zum Zaco-Haus geschickt wird. Ich werde ihn dort treffen. Sagen Sie, daß es um den Fall geht, über den ich bereits mit Wineski gesprochen habe. Dann versuchen Sie Art Romeo zu erwischen. Sagen Sie ihm, er soll in Windeseile zum Zaco-Haus kommen. Verstanden?«

»Ja, Mr. London«, sagte Suzy.

London rannte zum Aufzug, um in die Tiefgarage zu fahren. Mit einigem Glück konnte er in zehn Minuten im Zaco-Gebäude sein.

Harry London hatte sich gründlich verschätzt. Die Straßen der Innenstadt waren durch den Feierabendverkehr und die Weihnachtseinkäufer verstopft. Er brauchte zwanzig frustrierende Minuten, um das Zaco-Gebäude am anderen Ende der City zu erreichen.

Als er vorfuhr, erkannte er einen neutralen Wagen der Polizei, der nur Sekunden vor ihm angekommen sein mußte.

Zwei Kriminalbeamte stiegen aus. Einer von ihnen war Lieutenant Wineski, wie London erfreut feststellte. Er schätzte Wineski als Freund und als Kriminalbeamten. Außerdem konnte er sich bei ihm zeitraubende Erklärungen sparen.

Lieutenant Wineski hatte London gesehen, und er und sein Begleiter, ein Kriminalbeamter namens Brown, den London flüchtig kannte, warteten auf ihn.

»Was gibt es, Harry?« Wineski war jung und ehrgeizig; im

Gegensatz zu seinen Kollegen bei der Kriminalpolizei legte er Wert auf ein gepflegtes Äußeres. Außerdem liebte er ungewöhnliche Fälle, weil sie mehr Erfolg versprachen. In Polizeikreisen munkelte man, daß Boris Wineski Karriere machen und womöglich zur Führungsspitze aufsteigen würde.

»Ein heißer Tip, Boris«, antwortete London. »Gehen wir an die Arbeit!« Die drei eilten auf das Gebäude zu.

Vor zwanzig Jahren war das dreiundzwanzigstöckige Stahlbetonhaus schick und modern gewesen, ein Gebäude, in dem ein Immobilienbüro oder eine Werbeagentur angemessen untergebracht gewesen wären. Jetzt war das Bauwerk, wie so manche seiner Art, ein wenig heruntergekommen, und die erstklassigen Mieter waren in neuere Stahl-Glas-Konstruktionen umgezogen. Die meisten Räume waren zwar noch vermietet, aber an weniger illustre Mieter und zu einem niedrigeren Preis. Auf jeden Fall warf das Haus heute weniger Gewinn ab als in früheren Zeiten.

Diese Tatsache war Harry London bekannt.

Sie betraten die mit künstlichem Marmor verkleidete Halle. Gleich gegenüber dem Eingang gab es eine Reihe von Aufzügen, aus denen jetzt zur Büroschlußzeit die Angestellten der in den oberen Stockwerken untergebrachten Firmen quollen. London steuerte auf eine unscheinbare Metalltür zu, die er von einem früheren Besuch her kannte. Über diesen Zugang erreichten sie eine Treppe, die in drei Tiefgeschosse hinunterführte.

Auf dem Weg setzte London die beiden Kriminalbeamten über den Telefonanruf in Kenntnis. Während sie nun die Betontreppen hinuntereilten, betete er, daß die Männer, die er suchte, noch nicht verschwunden wären.

London wußte, daß sich die Zähler für Strom und Gas im untersten Tiefgeschoß befanden. Hier wurde der gesamte Energiebedarf des Gebäudes registriert, der für Heizung, Aufzüge, Klimaanlage und Beleuchtung aufgewendet wurde.

Am Treppenabsatz zum letzten Tiefgeschoß stand ein schmächtiger Mann im Overall, mit unordentlichem rotblonden Haar und unrasiert. Er schien sich an den Mülltonnen zu schaffen zu machen. Er sah auf und kam Harry London und den beiden Kriminalbeamten entgegen.

»Mr. London?« Unverkennbar war das die gleiche dünne Stimme, die er am Telefon gehört hatte.

»Ja, und Sie sind Ernie, der Hausmeister?«

Der Mann im Overall nickte. »Ich habe Sie angerufen.«

»Ja. Sind die Männer noch da?«

»Hier drin.« Der Hausmeister zeigte auf eine Metalltür, die sich in nichts von den Türen in den anderen Etagen unterschied.

»Wie viele?«

»Drei. Aber was ist mit meinem Geld?«

»Keine Bange, das bekommen Sie noch«, antwortete London ungeduldig.

Wineski schaltete sich ein. »Ist sonst noch jemand drin?«

Der Hausmeister war seiner Sache sicher und schüttelte den Kopf. »Niemand.«

»In Ordnung.« Wineski übernahm nun die Führung. Er informierte seine Begleiter: »Wir machen einen Überraschungsangriff. Wir gehen jetzt hinein – du, Harry, als letzter. Wenn wir drin sind, bleib an der Tür stehen, bis ich dir etwas anderes sage.« Dem Hausmeister befahl er: »Warten Sie hier draußen.« Wineski legte die Hand auf die Klinke der Metalltür und gab dann den Befehl: »Jetzt!«

Als die Tür aufflog, stürmte das Trio hinein.

Drinnen arbeiteten die drei Männer an einer etwa sieben Meter entfernten Wand. Später berichtete Harry London mit Genuß: »Wenn wir sie gebeten hätten, das Beweismaterial auszubreiten – sie hätten es nicht besser machen können.«

Ein Transformatorenschrank – von der GSP&L montiert und verplombt – stand offen. Einige Schaltelemente waren, wie man später feststellte, geöffnet, mit Isolierband umwickelt und wieder verschlossen worden. Diese Maßnahme bewirkte eine Verringerung der angezeigten Elektrizität um ein Drittel. Ein paar Meter weiter war eine illegale Gasleitung zum Teil freigelegt. Die für die Arbeit benötigten Materialien und Werkzeuge lagen herum – Isolierzangen, Steckschlüssel, Siegelblei und eine mechanische Plombenpresse (beides bei der GSP&L gestohlen). Im Transformatorenschrank steckte der Schlüssel, der ebenfalls gestohlen war, im Schloß.

Wineski verkündete mit lauter, durchdringender Stimme: »Polizei! Keine Bewegung! Alles bleibt, wie es ist.«

Zwei der Männer waren beim geräuschvollen Eintritt von Wineski, Brown und London erschrocken herumgefahren. Der dritte Mann, der auf dem Boden gelegen und an der Gasleitung gearbeitet hatte, rollte sich auf die Seite und richtete sich rasch zur Hocke auf. Alle drei trugen saubere uniformähnliche Overalls mit Achselklappen, auf denen die Initialen Q.E.G.C. eingestickt waren. Spätere Ermittlungen ergaben, daß es sich dabei um die Abkürzung für Quayle Electrical & Gas Contracting handelte.

Von den beiden Männern, die näher zum Eingang standen, war einer ein bärtiger Riese mit der Statur eines Ringers. Er hatte die Hemdsärmel hochgekrempelt, und die Unterarme, die herausschauten, sahen sehr muskulös aus. Der zweite war noch ganz jung. Er hatte ein schmales, scharfgeschnittenes, jetzt von Furcht gezeichnetes Gesicht.

Der große bärtige Mann ließ sich nicht einschüchtern. Er griff trotz des Befehls, sich nicht zu bewegen, zu einem schweren Schraubenschlüssel, hob ihn hoch und sprang nach vorn.

Harry London, der sich wie verabredet im Hintergrund hielt, sah, wie Wineski unter seine Jacke griff und einen Moment später eine Waffe in der Hand hatte. »Ich bin ein guter Schütze«, warnte er. »Ein Schritt weiter, und Sie haben eine Kugel im Bein.« Und als der bärtige Riese zögerte: »Lassen Sie das Ding fallen – auf der Stelle!«

Der zweite Beamte, Brown, hatte ebenfalls seine Waffe gezogen. Widerstrebend ergab sich der angriffslustige Hüne.

»An die Wand!« herrschte Wineski die Männer an. Der dritte Mann war älter als die beiden anderen. Er hatte sich jetzt ebenfalls erhoben und sah aus, als wollte er sich davonmachen. »Umdrehen – Gesicht zur Wand!« befahl Wineski. »Und die zwei Kollegen machen dasselbe.«

Der Bärtige fügte sich murrend und mit haßerfülltem Blick. Der junge Mann war kreidebleich geworden und der Aufforderung sofort nachgekommen.

Dann hörte man das Klicken von drei Paar Handschellen.

»In Ordnung, Harry«, rief Wineski. »Und jetzt klär uns erst mal über den Kram hier auf.«

»Das hier ist der Beweis, auf den wir schon lange gewartet haben«, versicherte der Chef der Abteilung für Eigentumsschutz. »Der Beweis für einen Strom- und Gasdiebstahl von enormem Ausmaß.«

»Das kannst du vor Gericht beschwören?«

»Und ob! Außerdem können wir jede Menge Expertengutachten beibringen.«

»Das reicht schon.«

Wineski wandte sich an die drei Männer in Handschellen. »Bleiben Sie mit dem Gesicht zur Wand stehen, aber hören Sie gut zu. Sie sind alle verhaftet, und ich muß Sie auf Ihre Rechte hinweisen. Sie brauchen nicht auszusagen. Wenn Sie jedoch ...«

Als er die vorgeschriebenen Worte beendet hatte, gab er Brown und London einen Wink, ihm zur Tür zu folgen. Leise sagte er: »Ich möchte diese Vögel trennen. Der Kleine sieht aus, als wollte er plaudern. Lauf zum Telefon, Brownie, und fordere einen zweiten Wagen an.«

»In Ordnung.« Brown verließ den Kellerraum.

Die Tür zum Treppenhaus stand jetzt offen, und sie hörten eilige Schritte von oben herunterkommen. London und Wineski stürzten zur Tür, in der jetzt Art Romeo erschien. Erleichtert atmeten die beiden auf.

Harry London zeigte seinem Vertreter, was sie gefunden hatten. »Ordentliche Arbeit. Sieh dir das an.«

Der kleine Mann, der selbst wie ein Ganove aussah, warf einen Blick auf die Szenerie und pfiff leise durch die Zähne.

Lieutenant Wineski, der Romeo ebenfalls seit langem kannte, sagte: »Wenn das eine Fotoausrüstung ist, was Sie da haben, schießen Sie schnell ein paar Aufnahmen.«

»Mach ich, Lieutenant.« Romeo ließ den schwarzen Lederkoffer von der Schulter gleiten und holte Kamera und Blitzgerät heraus.

Während er Dutzende von Fotos machte, traf die Polizeiverstärkung ein – zwei uniformierte Polizisten in Begleitung des Kriminalbeamten Brown.

Wenige Minuten später führten sie die verhafteten Männer getrennt hinaus – den jüngsten, der immer noch sehr ängstlich aussah, zuerst... Einer der uniformierten Polizisten blieb zur Bewachung des Tatorts zurück. Wineski zwinkerte Harry London zu. »Das Bürschlein möchte ich mir selbst vornehmen. Ich halte dich auf dem laufenden, Harry.«

8

»Wineski hat goldrichtig vermutet«, berichtete Harry London. »Der Junge ist achtzehn und hat erst vor kurzem die Berufsschule abgeschlossen. Er hat alles, was er wußte, ausgeplaudert. Mit diesen Informationen war es für Wineski und Brown nicht schwer, die beiden anderen Galgenvögel auch noch zum Singen zu bringen.«

Vier Tage waren seit den Verhaftungen im Zaco-Haus vergangen. London hatte Nim sofort von den Ereignissen unterrichtet. Jetzt war er Nims Gast im Speisesaal der Konzernleitung auf der Direktionsetage der GSP&L und erzählte die Ereignisse noch einmal ausführlich. Dabei ließen sie sich das vorzügliche Lammstew, vom Küchenchef persönlich empfohlen, schmecken.

»Wie Boris Wineski sagt, haben sie aus dem großen Dicken mit dem Bart – er heißt Kasner – nicht viel herausbekommen. Er ist kein unbeschriebenes Blatt, war bereits einmal verhaftet, nur ist es nicht zu einer Verurteilung gekommen. Der ältere von den beiden, der an der Gasleitung gearbeitet hatte, hat ein paar Informationen ausgespuckt, bevor er ebenfalls die Klappe zumachte. Inzwischen wußten wir aber genug und hatten auch ihren Lieferwagen.«

»Hat die Polizei ihn beschlagnahmt?«

»Na klar.« London war so gut gelaunt wie schon lange nicht mehr. »Der Lieferwagen war voll von Beweisen, mehr noch, als die Strolche im Zaco-Haus hinterlassen haben. Wir fanden Zähler, Plomben, Sicherungsringe und Schlüssel, Verbindungskabel für Zähler und vieles andere. Fast das gesamte Zeug war gestohlen – versteht sich. Man kann diese Dinge schließlich nicht so ohne weiteres kaufen. Eines scheint jedenfalls festzustehen: Die Quayle-Leute müssen hier bei unserer Gesellschaft einen Lieferanten haben, der für sie klaut. Wir versuchen gerade den Kerl zu finden.«

»Was hat man über die Quayle-Firma rausgekriegt?« fragte Nim.

»Eine Menge. Erstens war der Inhalt des Lieferwagens sehr ergiebig, und der Tatbestand im Zaco-Haus reichte ebenfalls aus, so daß Wineski sofort einen Durchsuchungsbefehl für die

Büroräume und das Gelände der Firma bekam. Es ging so schnell, daß die Polizei schon da war, ehe jemand von denen ahnte, daß ihre Männer verhaftet waren.«

»Laß das Essen nicht kalt werden«, mahnte Nim. »Wäre schade drum.«

»Das kann man wohl sagen. Du solltest mich öfter hier oben zum Essen einladen.«

»Wenn du weiter soviel Erfolg hast wie in der letzten Woche, landest du eher in unserer Etage, als du denkst. Dann kannst du jeden Tag hier essen.«

Der Speisesaal der GSP&L-Konzernleitung, in dem die Direktoren, die Aufsichtsratsmitglieder und ihre Gäste aßen, war absichtlich bescheiden gehalten, um nicht bei Außenstehenden den Eindruck zu erwecken, hier würde Geld verschwendet. Das Essen aber war außergewöhnlich gut, verglichen mit der Kantine auf einem der unteren Stockwerke.

»Zurück zu Quayle Electrical & Gas«, sagte London. »Es ist eine eingetragene Firma von mittlerer Größe, die fünfundzwanzig Lieferwagen unterhält und legale Aufträge ausführt. Darüber hinaus beschäftigt sie eine Reihe von kleineren Vertragsfirmen. Wie Wineskis Ermittlungen bisher ergeben haben, hat Quayle den legitimen Teil seiner Firma als Deckmantel für den Energiediebstahl benutzt, der von ihnen im großen Stil betrieben wurde. Wir haben auf dem Firmengelände weiteres belastendes Material gefunden.«

»Aber warum befaßt sich eine große, eingetragene Firma mit Energiediebstahl, kannst du mir das verraten?«

London zuckte die Achseln. »Der übliche Grund: Geld. Natürlich ist das nur eine Vermutung, aber so, wie es bisher aussieht, schien Quayle wegen der allgemeinen gestiegenen Kosten keinen Gewinn mehr erwirtschaften zu können. So geht es heutzutage schließlich vielen Firmen. Die illegalen Arbeiten aber brachten großen Profit. Warum? Weil man für einen solchen Auftrag das Fünf- bis Siebenfache in Rechnung stellen kann. Die Hauseigentümer aber zahlten die hohen Rechnungen bereitwillig, weil die Aussicht, die Betriebskosten drastisch zu senken, sehr verlockend war. Außerdem mußt du bedenken, daß sie nicht damit gerechnet haben, jemals entdeckt zu werden.«

»Das hört sich ja an, als könnten wir noch einige Überraschungen erleben.«

»Ja, ein ganzes Knäuel voll Überraschungen wartet darauf, daß wir es aufwickeln«, bestätigte London. »Es kann Monate dauern, bis wir uns ein klares Bild machen können. Zwei Umstände werden uns dabei behilflich sein. Erstens interessiert sich die Staatsanwaltschaft für den Fall und arbeitet mit Wineski zusammen. Zweitens hatte Quayle eine ordentliche Buchhaltung, welche die Arbeiten ihrer Leute und die an kleinere Firmen vergebenen Aufträge registriert hat.«

»Und die Aufzeichnungen liegen bei der Polizei?«

»Ja, es sei denn, die Staatsanwaltschaft hat sie sich inzwischen kommen lassen. Das einzige Problem ist, daß aus der Buchführung nicht hervorgeht, welche Aufträge legal und welche illegal waren. Hier müssen die Leute meiner Abteilung einspringen.«

»In welcher Beziehung?«

»Wir untersuchen jeden Auftrag, den die Firma Quayle im vergangenen Jahr ausgeführt hat. Zum Teil läßt sich anhand des verwendeten Materials feststellen, ob die Arbeit einem legalen oder einem illegalen Zweck diente. Auf jeden Fall sieht es nach einem fetten Brocken für den Staatsanwalt aus.«

Nim dachte nach. »Was ist mit der Gesellschaft, der das Zaco-Gebäude gehört? Wie steht's um die anderen Kunden von Quayle? Vermutlich werden wir doch gegen sie ebenfalls vorgehen?«

»Und ob! Wir werden uns aus den Büchern von Quayle Electrical die Namen heraussuchen und die Herrschaften ebenfalls zur Kasse bitten.« London strahlte vor Begeisterung. »Ich sage dir, Nim, wir haben da einen fetten Fang gemacht, und ich bin überzeugt, daß am Ende einige angesehene Leute dieser Stadt ganz schön dumm dastehen werden.«

»Der Vorsitzende wird einen ausführlichen Bericht haben wollen«, sagte Nim. »Außerdem wirst du ihn auch künftig auf dem laufenden halten müssen.«

»Wird erledigt.«

»Wie sieht es mit deinen Leuten aus? Hast du genügend, oder brauchst du Verstärkung?«

»Möglicherweise brauche ich Hilfe. Das kann ich aber erst nächste Woche sagen.«

»Was ist aus den drei verhafteten Männern geworden?«

»Die sitzen hinter Schloß und Riegel. Auf den Kleinen paßt die Polizei besonders gut auf. Er soll als Zeuge der Anklage aussagen. Übrigens sollen nicht alle Leute bei Quayle mit illegalen Arbeiten betraut gewesen sein. Es waren nur einige wenige ›besonders vertrauenswürdige‹ Teams. Wenn man nur wüßte, welche. Dann hätten wir es mit der Untersuchung leichter.«

»Etwas verstehe ich aber immer noch nicht«, sagte Nim. »Die Arbeit im Zaco-Haus war getan, was hatten die Quayle-Leute da überhaupt noch zu suchen?«

»Hier können wir nur schadenfroh lachen«, antwortete London. »Den Aussagen des Jungen zufolge soll irgend jemand von den Verantwortlichen des Zaco-Gebäudes ein Gerücht gehört haben, daß wir – Art Romeo und ich – in Sachen Energiediebstahl herumschnüffeln. Deshalb sollten die drei Männer ihre Arbeit noch einmal korrigieren und nicht *so viel* stehlen. Wenn sie nicht gekommen wären, hätten wir ewig warten und schmoren können.«

»A propos schmoren«, scherzte Nim, »hier, nimm noch etwas von dem geschmorten Lamm.«

Später, am Nachmittag desselben Tages, saß Nim bei Eric Humphrey und erstattete Bericht über das, was er von Harry London erfahren hatte. »Es ist wie ein verfrühtes Weihnachtsgeschenk.«

Humphrey nickte zustimmend und lächelte in Gedanken an das in fünf Tagen bevorstehende Weihnachtsfest. Dann ließ er das Thema wieder fallen. Nim wußte, daß der Vorsitzende im Moment mit anderen Problemen beschäftigt war.

Eins war Tunipah. Ein anderes Wasser. Ein drittes Öl.

Die Hearings vor der California Energy Commission gingen noch langsamer voran, als sie befürchtet hatten. Oscar O'Brien bemerkte trocken: »Damit verglichen bewegt sich eine Schnecke mit Schallgeschwindigkeit.« Es würde auf jeden Fall Monate dauern, bis die erste Etappe der Hearings abgeschlossen war, und die nachfolgenden würden sich noch über Jahre hinziehen. Dabei hatten die Hearings vor der Public Utilities Commission, dem Water Quality Resources Board und dem Air Resources Board noch nicht einmal begonnen.

Unter diesen Umständen hatte O'Brien, der mit einer Genehmigung in sechs bis sieben Jahren gerechnet hatte, seine ursprüngliche Schätzung revidiert. »Wie es jetzt aussieht«, berichtete er, »kann es acht bis zehn Jahre dauern, bevor wir, falls überhaupt, die Baugenehmigung bekommen.«

Aber auch die anderen Vorhaben wie das Pumpspeicher-Kraftwerk in Devil's Gate und die geothermischen Anlagen in Fincastle waren nicht schneller zu verwirklichen. Es war entmutigend.

Und dabei rückte der Tag, an dem die Kapazität der GSP&L-Anlagen nicht mehr ausreichen würde, immer näher, das wußten Eric Humphrey, Nim Goldman und noch einige andere von der Konzernleitung, sonst schien es aber niemanden zu bekümmern. War jener Tag erst einmal da, würden sich alle wünschen, rechtzeitig an den Bau von Tunipah, Fincastle, Devil's Gate und weiteren Kraftwerken gedacht zu haben.

Wasser war das zweite Problem des Vorsitzenden.

Obwohl es im Winter zwei Stürme mit heftigen Regenfällen gegeben hatte, reichten die Niederschläge nicht aus. Die Reservoirs, die durch die lange Trockenheit stark beansprucht worden waren, enthielten für die dritte Dezemberwoche viel zuwenig Wasser. Auch hatte es in diesem Winter bisher wenig Schnee gegeben, was selten vorkam.

In einem Jahr mit ausreichenden Niederschlägen war Schnee für einen Energieversorgungskonzern wie die GSP&L gleichbedeutend mit Geld. Wenn der Schnee im Frühjahr schmolz, schwollen Flüsse und Ströme an, füllten die Wasserreservoirs, was für den Sommer gespeicherte Energie bedeutete, und fielen als energiespendende Wasserfälle herab.

Beim derzeitigen Stand der Dinge würden sie im nächsten Jahr fünfundzwanzig Prozent weniger hydroelektrische Energie erzeugen können, schätzte Eric Humphrey, weil es an fließendem Wasser fehlte.

Und dann das Öl.

Für die Golden State Power & Light wie für alle Energieversorgungskonzerne von der Ost- bis zur Westküste war Öl das größte Problem. Erst an diesem Morgen hatte einer der Wirtschaftskolumnisten im *Chronicle-West* die Situation folgendermaßen beschrieben:

Die Ölkrise kam herangeschlichen wie ein Tiger im Gras, ohne daß wir etwas merkten oder merken wollten.

Es begann mit dem Verfall des US-Dollars vor einigen Jahren, als unser ehrwürdiger »Greenback« nicht mehr »Gold wert« war, weil seine Golddeckung während der Präsidentschaft Nixons aufgehoben worden war.

Während es mit dem Dollar aufgrund von Unfähigkeit und falscher Politik in Washington immer weiter bergab ging, erhöhten die ölexportierenden Staaten des Mittleren Orients, von Nord- und Westafrika, Indonesien und Venezuela den Dollarpreis für das Öl, um den Kursverlust wettzumachen.

Das konnte nicht gutgehen. Die Kaufkraft des Dollars wurde immer geringer, da die USA mehr für das importierte Öl zahlen mußte und muß, als sie mit ihren Ausfuhren verdient. Und je mehr Dollarnoten nach Saudi-Arabien, dem Iran und sonstwohin gingen, desto mehr ließ das US-Schatzamt drucken und senkte damit den Wert des Dollars weiter.

Danach erlebten wir verschiedene Experimente. Eines war die Bezahlung des Öls mittels eines »Währungskorbes«, bei dem mehrere Währungen wie die Deutsche Mark, der Gulden, der französische Franc, der Schweizer Franken, das Pfund, der Yen und der Dollar in einen Topf geworfen werden sollten. Aber das war ebenfalls keine gute Lösung, denn der Dollar und das Pfund erwiesen sich auch hierbei als eine Belastung.

Schließlich forderten die Ölstaaten nur noch die eine Währung, die in der Weltgeschichte nie ihren Wert eingebüßt hat – sie wollten Gold.

Die Vereinigten Staaten weigerten sich, mit Gold zu bezahlen. Und das tun sie noch heute. (Der Standpunkt des Schatzamts ist verständlich. Die USA haben nicht mehr genügend Gold, nachdem sie enorme Mengen verschwendet haben. Das, was jetzt noch in Fort Knox und den Fed Reserve Banks liegt, reicht gerade aus, um die Ölrechnungen für ein Jahr zu bezahlen und dann noch eine kleine Reserve zu behalten.)

Das US-Schatzamt, das sich mehr als ein Jahrzehnt auf

seine Druckerpressen verlassen hatte, ohne sich um eine Golddeckung zu kümmern, wußte nun keine bessere Lösung anzubieten, als die Maschinen schneller laufen zu lassen, um noch mehr Papierdollars zu produzieren.

Diesmal aber blieben die Ölstaaten hart. Sie argumentierten: »Wenn wir Papiergeld wollen, können wir es selbst drucken – ohne dafür unser Öl hergeben zu müssen.« Und wie der legendäre chinesische Wäschereibesitzer – »No tickee, no washee« – drohen sie: »Ohne Gold kein Öl.«

Also scheint eine Versorgungskrise unvermeidlich.

Das Öl fließt zwar noch – aber wie lange? Vielleicht ein Jahr, vielleicht länger?

Inzwischen werden die Verhandlungen der Regierungsvertreter fortgesetzt. Solange ist ein Kompromiß möglich.

Wir werden abwarten und weitersehen.

Die auf der Ölkrise beruhende allgemeine Unsicherheit hing wie eine schwarze Wolke über der GSP&L, weil fast die Hälfte ihrer Kapazität vom Öl abhing. Das meiste davon mußte importiert werden.

Erdgas, das ebenfalls für die Gewinnung elektrischer Energie genutzt wurde, war auch nicht mehr ausreichend vorhanden.

Die Aussicht also, demnächst gleichzeitig eine Öl-, Erdgas- und Wasserknappheit zu erleben, war so schrecklich, daß Eric Humphrey, Nim und die übrigen Direktoren der GSP&L am liebsten nicht darüber nachdachten. Taten sie es doch, lief ihnen ein Schauer über den Rücken.

»Meinen Sie, es besteht die Chance, daß die Regierung umschwenkt und doch noch unsere Tunipah-Pläne unterstützt?« erkundigte sich Eric Humphrey bei Paul Sherman Yale. »Da die Ölkrise andauert, die Erdgasversorgung immer schwieriger wird und an den Bau von Kernkraftwerken nicht zu denken ist – was wäre vernünftiger, als ein Kraftwerk zu bauen, das mit Kohle gefahren wird?«

»Mr. Justice« Yale war kurz nach der Aufdeckung des Energiediebstahls zu Humphrey und Nim gestoßen. Am Tag zuvor war der neue Sprecher in Sacramento gewesen und hatte im kalifornischen Kapitol vorgesprochen.

»Der Gouverneur sieht dieses Argument ein«, sagte Yale. »Aber er hat sich noch nicht entschieden. Ich war gestern bei ihm und drängte ihn, sich für unser Tunipah-Projekt auszusprechen. Ich meine, die Chancen stehen sechzig zu vierzig, daß er es tut.«

»Das höre ich gern.« Humphreys düstere Miene hellte sich auf, und Nim dachte: Wieder ein Beweis für die Richtigkeit der Entscheidung, einen Mann wie Paul Yale für die Gesellschaft gewonnen zu haben. Yale konnte offensichtlich ohne Voranmeldung im Büro des Gouverneurs und anderer hoher Persönlichkeiten in Sacramento ein und aus gehen.

»Ich kann Ihnen versichern, Gentlemen«, sagte Yale, »daß man sich in Sacramento große Sorgen über die Ölkrise macht. Die Leute, mit denen ich gesprochen habe, waren alle der Überzeugung, daß man demnächst das Benzin wird rationieren müssen, ganz gleich, ob die gegenwärtige Krise beigelegt wird.«

»Das halte ich persönlich für eine gute Lösung«, meinte Humphrey. »Die Art und Weise, wie wir Nordamerikaner ohne Überlegung Benzin verschwendet haben, ist ungeheuerlich und empörend. Die Europäer halten uns mit Recht für verantwortungslos.«

Nim hielt sich zurück und vermied es, den Vorsitzenden an sein eigenes großes Auto zu erinnern. Statt dessen sagte er: »Ich hoffe, daß man sich in Sacramento darüber klar ist, daß Öl für die Stromerzeugung viel wichtiger ist als für die Autos.«

Paul Sherman Yale lächelte. »Ich versichere Ihnen, daß ich keine Gelegenheit auslassen werde, um das im öffentlichen und privaten Rahmen immer wieder hervorzuheben.«

Nim erinnerte sich, daß Yale vor einer Woche in der Öffentlichkeit über diesen Punkt gesprochen hatte. Es geschah in der Fernsehsendung *Meet the State Press*, in der sich der ehemalige Richter über die Angelegenheiten der GSP&L recht gut informiert gezeigt hatte, wenn man in Betracht zog, wie kurz er erst für den Konzern tätig war. Als er die Sendung am Fernsehapparat zu Hause verfolgte, bedauerte Nim, daß er selbst nicht mehr Sprecher der GSP&L war. Aber ehrlich, wie er war, mußte er sich eingestehen, daß Yale die Aufgabe hervorragend meisterte.

Eric Humphreys Gedanken wanderten wieder zurück zum Öl. »Manchmal denke ich, ich würde genauso wie die Araber reagieren und ebenfalls die Papierdollars ablehnen und Gold verlangen oder zumindest eine Währung, die wirklich gedeckt ist. Ich frage mich, ob die Vereinigten Staaten nachgeben und tatsächlich unsere Goldbestände angreifen werden.«

»Haben wir denn überhaupt soviel Gold?« fragte Nim. »Manche Leute bezweifeln das nämlich.«

Humphrey sah überrascht aus. Richter Yale keineswegs; um seine Lippen spielte ein leichtes Lächeln.

»Ich habe die Anlage- und Finanzierungsbroschüre von Harry Schultz abonniert«, sagte Nim. »In diesem Heft finde ich häufig Dinge, die sich im nachhinein als zutreffend erweisen. Die Zeitungen scheinen sie aber trotzdem nicht veröffentlichen zu wollen. In einem der Hefte wurde über zwei Männer berichtet – einen Anwalt aus Washington, Dr. Peter Beter, Justitiar der United States Export-Import Bank, und Edward Durell, einen amerikanischen Industriellen. Beide behaupten, es gäbe in Fort Knox viel weniger Gold, als die Welt glaube.«

Paul Sherman nickte. »In Washington hat man auch schon von den beiden gehört, aber kaum einer will zugeben, daß sie recht haben. Ich lese übrigens ebenfalls die Schultz-Broschüre.«

»Beter und Durell weisen darauf hin«, erklärte Nim, zu Eric Humphrey gewendet, »daß der Goldvorrat in Fort Knox seit 1953 nicht mehr geprüft wurde. Außerdem behaupten sie, daß das meiste Gold nicht rein ist, weil es aus Münzen zusammengeschmolzen wurde, die Silber, Kupfer und Antimon enthielten. Präsident Roosevelt hatte seinerzeit den Goldbesitz für illegal erklärt und die Münzen eingefordert. Das allein würde die Goldbestände um zwanzig Prozent reduzieren, wenn nicht um mehr.«

»Das habe ich noch nie gehört«, sagte Humphrey. »Interessant.«

»Es kommt noch etwas hinzu«, fuhr Nim fort. »Während der Dollarkrise von 1960 soll eine Menge US-Gold zur Stützung des Dollars eingesetzt worden sein. Man hatte die Absicht, es zu ersetzen; dazu ist es aber nie gekommen.«

»Warum macht man daraus ein solches Geheimnis?« fragte Humphrey.

Paul Yale beantwortete die Frage. »Das ist ganz einfach. Wenn die Welt erfährt, daß die Vereinigten Staaten gar nicht soviel Gold haben, wie sie vorgeben, würde es zu Panikverkäufen kommen.« Nachdenklich fügte er hinzu: »Ich habe in Washington Gerüchte über das fehlende Gold gehört. Man sagt, daß jeder neue Finanzminister zur Geheimhaltung verpflichtet wird. Eines steht jedenfalls fest: Die Regierung wird keinerlei Prüfung des Goldes von Fort Knox durch unabhängige Sachverständige vornehmen lassen.« Er zuckte die Achseln. »Ich weiß natürlich nicht, ob das stimmt, was Beter und Durell behaupten. Aber ich habe schon seltsamere Dinge erlebt, vor allem in Washington.«

Eric Humphrey seufzte. »Es gibt Tage«, sagte er zu Yale, »da wünschte ich mir, mein Stellvertreter wäre weniger gut informiert, würde weniger lesen und seinen Forschergeist im Zaum halten. Als hätte ich nicht schon genug Sorgen mit Tunipah, Kohle, Wasser, Gas und Öl – jetzt muß er auch noch mit Gold kommen!«

9

Im vornehmen, mahagonigetäfelten Büro der Vorsitzenden des Sequoia Clubs saß Laura Bo Carmichael an ihrem Schreibtisch und zögerte, ihren Namenszug unter den Scheck zu setzen, der vor ihr lag. Es war ein Scheck über fünfundzwanzigtausend Dollar. Er war auf das Konto »Sonderausgaben für besondere Projekte« ausgestellt worden. Der Empfänger: power & light for people.

Es handelte sich um die zweite Rate der Gesamtsumme von fünfzigtausend Dollar, die sie Davey Birdsongs Organisation im August letzten Jahres zugesagt hatten. Das war vor fünf Monaten gewesen. Die erste Zahlung war unmittelbar nach der geheimen Abmachung zwischen dem Sequoia Club und dem p&lfp erfolgt.

Nun war der Rest fällig.

Die Unterschrift von Roderick Pritchett, dem Generalsekretär des Sequoia Clubs, stand bereits auf dem Scheck. Mit einem Schnörkel aus ihrer Feder – ihre Unterschrift war meistens unleserlich – konnte Laura Bo ihn gültig machen. Aber sie zögerte noch.

Ihre Entscheidung, sich mit dem p&lfp zu verbünden, hatte sie von Anfang an mit Zweifeln erfüllt.

Diese Zweifel hatten sich nach den Tunipah-Hearings, bei denen sich Davey Birdsong in ihren Augen unmöglich benommen hatte, noch verstärkt. Ihr Intellekt lehnte sich gegen diesen Menschen auf, der mit billiger, reißerischer Taktik, mit Clownsgehabe und Zynismus an die primitivsten Instinkte appellierte.

Nun fragte sie sich wieder, ob ihre damalige Entscheidung, die bei der Abstimmung den Ausschlag gegeben hatte, richtig gewesen war. Würde man sie, Laura Bo Carmichael, nicht als Vorsitzende zur Verantwortung ziehen, wenn eines Tages die Wahrheit bekanntwerden sollte?

Hätte sie nicht doch Priscilla Quinn, die aus ihrer Meinung über Birdsong keinen Hehl gemacht hatte, unterstützen sollen? Laura Bo konnte sich noch sehr gut an Priscillas Worte erinnern und fühlte sich nicht sehr wohl in ihrer Haut: »*Ich kann den Mann nicht ausstehen, und mein Gefühl sagt mir, daß man ihm nicht trauen kann. Ich bin strikt dagegen, auch nur die loseste Verbindung mit seiner Gruppe einzugehen...Ich habe wenigstens Prinzipien, die diesem gräßlichen Mann zu fehlen scheinen.*« Und zum Schluß: »*Ich glaube, Sie werden Ihre Entscheidung noch bereuen. Ich wünsche, daß meine Ablehnung im Protokoll festgehalten wird.*«

Laura Bo Carmichael bereute ihre Entscheidung bereits.

Sie legte ihren Füllfederhalter hin und bediente die Gegensprechanlage. Als sich der Generalsekretär meldete, bat sie: »Könnten Sie bitte zu mir kommen, Roderick?«

»Ich bin der Ansicht, wir sollten über unsere zweite Zahlung noch einmal gründlich nachdenken«, sagte sie wenige Minuten später zu ihm. »Wenn unsere erste Zahlung schon ein Fehler war, müssen wir ihn ja nicht mit einer zweiten Überweisung noch besiegeln.«

Pritchett, heiter und gut gelaunt wie immer, schien überrascht. Er nahm seine Brille ab und polierte die randlosen Gläser mit einem Taschentuch, was ihm Zeit zum Überlegen gab.

»Haben Sie schon einmal darüber nachgedacht, verehrte Frau Vorsitzende«, sagte er, als er seine Brille wieder aufsetzte, »daß wir damit eine Vereinbarung brechen würden, die von der anderen Seite voll erfüllt wurde?«

»Aber ist die Vereinbarung von der anderen Seite wirklich erfüllt worden? Was haben wir denn für die ersten fünfundzwanzigtausend Dollar bekommen? Birdsongs Affentheater bei den Tunipah-Hearings. Sonst nichts.«

»Ich möchte meinen«, begann Pritchett vorsichtig, als müßte er sich jedes Wort genau überlegen, »daß Birdsong sehr viel mehr auf den Tunipah-Hearings geleistet hat. Seine Taktik mag grobschlächtig sein – etwas in der Art könnten wir uns nie leisten –, aber sie war erfolgreich. Die Medien haben ausschließlich über Birdsong und seine Opposition gegen den Bau von Tunipah berichtet; die Argumente der GSP&L wurden so gut wie nicht beachtet. Außerdem ist es ihm gelungen, den Hauptzeugen der GSP&L, Nim Goldman, außer Gefecht zu setzen. Das hat er sehr geschickt gemacht. Erst hat er den Zeugen provoziert, und als Goldman der Kragen platzte und er alle, sogar die eigene Gesellschaft, vor den Kopf stieß, ist er diskret in den Hintergrund getreten.«

»Mir hat Goldman leid getan«, sagte Laura Bo. »Ich kenne ihn seit langem, und wenn er auch im Moment eine andere Meinung vertritt, so ist er doch ehrlich und aufrichtig. Eine derartige Behandlung hat er nicht verdient.«

»In solchen Situationen kann es schon einmal vorkommen, daß der eine oder andere Federn lassen muß«, sagte Pritchett steif. »Für den Sequoia Club aber gibt es nur einen Gesichtspunkt, und der heißt gewinnen. Was Tunipah anlangt, so glaube ich, daß wir gewinnen werden.«

»Ich habe aber nie die Meinung vertreten, daß wir *um jeden Preis* gewinnen müssen«, antwortete Laura Bo. »Dieses Argument habe ich vor vielen Jahren schon einmal gehört, und bis zu meinem Lebensende werde ich es bereuen, daß ich nicht dagegen gestimmt habe.«

Der Generalsekretär hätte am liebsten geseufzt, beherrschte sich aber. Er hatte sich schon so oft mit dem Schuldkomplex der Vorsitzenden befassen müssen, daß er gelernt hatte, damit fertig zu werden. »Ich habe mich unglücklich ausgedrückt«, beschwichtigte er sie. »Ich hätte besser sagen sollen, daß unser Bündnis mit Birdsong dazu beiträgt, die großen Ziele unseres Clubs zu verwirklichen.«

»Aber wohin fließt das ganze Geld?«

»Ein Teil natürlich in Birdsongs eigene Tasche. Schließlich hat er viel Zeit für die Hearings geopfert – er ist ständig anwesend und nimmt immer wieder neue Zeugen ins Kreuzverhör, um sich und seine Opposition gegen das Tunipah-Projekt im Interesse der Öffentlichkeit wachzuhalten. Dann muß er seine Helfer bezahlen, muß den Sitzungssaal mit seinen Leuten füllen. Das allein erweckt schon den Eindruck, daß das Volk spontan gegen Tunipah protestiert.«

»Wollen Sie damit sagen, daß das kein spontaner Protest ist? Daß Birdsong die Leute dafür bezahlt?«

»Nun, ganz so ist es nicht.« Wieder war Pritchett unvorsichtig gewesen und hatte zuviel von dem, was Birdsong ihm anvertraut hatte, verraten. Für Laura Bos Ohren waren diese Einzelheiten nicht geeignet. »Drücken wir es einmal anders aus. Die Leute, die zu den Hearings kommen, um ihren ehrlichen Protest auszudrücken, haben schließlich Auslagen, zum Beispiel Verdienstausfall, und den möchte Birdsong mit seinen Zahlungen ausgleichen. Dieselben Leute waren übrigens auch auf der Hauptversammlung der GSP&L, um dort zu demonstrieren. Aber Sie kennen ja seine Pläne. Er hat uns davon unterrichtet.«

Laura Bo Carmichael war schockiert. »*Bezahlte* Demonstranten! Eine von *bezahlten* Leuten gesprengte Hauptversammlung! Und das alles mit *unserem* Geld. Das gefällt mir nicht.«

»Darf ich Sie an etwas erinnern, Frau Vorsitzende«, entgegnete Pritchett. »Wir haben das Bündnis mit dem p&lfp in diesem Bewußtsein geschlossen. Als sich unser Vorstand traf – Mr. Irwin Saunders, Mrs. Quinn, Sie und ich –, war uns allen klar, daß Birdsongs Methoden, verglichen mit unseren eigenen, nun ... ein wenig unorthodox sein würden. Vor einigen Tagen habe ich mir noch einmal meine damaligen Notizen durchgelesen. Wir waren uns einig, daß es gewisse Dinge geben könnte, bei denen es besser wäre, ›nicht allzuviel zu wissen‹, wie Irwin Saunders es formulierte.«

»Aber wußte Irwin damals schon etwas über Birdsongs schmutzige Methoden?«

»Ich nehme an, daß er als Anwalt eine ziemlich gute Vorstellung davon hatte.«

Das stimmte zweifellos. Irwin Saunders war als harter Kämpfer im Gerichtssaal bekannt; viel Feingefühl konnte man ihm nicht nachsagen. Er hatte Birdsongs Arbeitsmethoden sicherlich am besten von allen einzuschätzen gewußt.

Der Generalsekretär war Saunders gegenüber in gewisser Weise befangen, doch erwähnte er das nicht.

Roderick Pritchett stand kurz vor der Pensionierung. Saunders war Vorsitzender des Finanzausschusses des Sequoia Clubs und hatte in dieser Eigenschaft einen großen Einfluß auf die Höhe von Roderick Pritchetts Pension.

Diese Altersgelder gab es weder automatisch, noch waren sie in ihrer Höhe festgesetzt. Sie wurden je nach der Dauer der Tätigkeit für den Club und nach dem persönlichen Einsatz vom Ausschuß bestimmt. Roderick Pritchett, der im Laufe der Jahre im Club immer wieder der Kritik ausgesetzt gewesen war, wollte in diesen letzten Monaten bei Saunders einen guten Eindruck hinterlassen. Die Hearings über Tunipah und Davey Birdsong aber konnten kritische Themen sein.

»Mr. Saunders ist ganz begeistert von Birdsongs Erfolgen bei seiner Tunipah-Opposition. Er rief mich extra an, um mir das zu sagen. Birdsong hat versprochen, keine Gelegenheit auszulassen, gegen die GSP&L zu kämpfen. Der p&lfp hat dieses Versprechen bisher eingelöst. Und noch etwas anderes: Es wurde Gewaltlosigkeit vereinbart. Darauf habe gerade *ich* besonderen Wert gelegt. Auch daran hat sich Birdsong gehalten.«

»Haben Sie etwas von Priscilla Quinn gehört?« fragte Laura Bo.

»Nein.« Roderick Pritchett lächelte. »Aber natürlich wird Mrs. Quinn triumphieren, wenn Sie jetzt die zweite Zahlung verweigern. Ich kann mir vorstellen, daß sie überall herumlaufen und erzählen wird, sie hätte recht gehabt und Sie unrecht.«

Diese Bemerkung traf ins Schwarze. Das wußten beide.

Wenn sie ihre Entscheidung jetzt rückgängig machten, würde sich jeder daran erinnern, daß es Laura Bos Stimme gewesen war, die damals den Ausschlag gegeben hatte. Außerdem müßten sie mit Vorwürfen rechnen, daß die ersten fünfundzwanzigtausend Dollar verschleudert worden waren. Und Priscilla Quinn würde ihre scharfe Zunge gewiß nicht im Zaum halten.

Bei aller Verachtung für Entscheidungen, die vom Geschlecht beeinflußt wurden, war es schließlich ihr Stolz als Frau, der den Ausschlag gab.

Sie nahm den Füllfederhalter, kritzelte ihre Unterschrift auf den p&lfp-Scheck und gab ihn Roderick Pritchett, der ihn lächelnd in Empfang nahm.

Noch am selben Tag wurde der Scheck an Birdsong geschickt.

10

»Wir brauchen noch mehr Gewalt! Mehr, *mehr!*« Davey Birdsong ballte wütend die Faust. Seine Stimme wurde lauter. »Und einen Haufen mehr Tote. Das ist die einzige Möglichkeit, das müde Volk mit seinen trägen Ärschen in Bewegung zu bringen. Das scheinst du noch nicht begriffen zu haben.«

Auf der anderen Seite des rauhen Holztisches saß Georgos Winslow Archambault. Sein schmales, asketisches Gesicht lief beim letzten Satz rot an. Er beugte sich vor. »Ich habe es durchaus begriffen. Aber was du verlangst, erfordert Organisation und Zeit. Ich gebe mein Bestes, aber *jede* Nacht einen Anschlag – das ist unmöglich.«

»Warum, zum Teufel?« Birdsong funkelte Georgos böse an. »Was machst du schon groß? Ab und zu läßt du ein lumpiges Feuerwerk los, und dann hockst du hier wieder einen Monat lang faul herum.«

Ihre Unterhaltung, die sehr bald in einen Streit ausgeartet war, wurde im Kellerraum jenes Mietshauses im Osten der Stadt geführt, wo die Freunde des Friedens untergekommen waren. Wie immer war der Raum vollgestopft mit Werkzeugen und Material, das der Zerstörung diente – Drähte, Metallteile, Chemikalien, Zeitzünder und Explosionsstoffe. Birdsong war vor zehn Minuten angekommen, nachdem er sich wie üblich vergewissert hatte, daß er nicht verfolgt wurde.

»Ich habe dir schon oft genug gesagt, daß ausreichend Moneten da sind, um alles, was du brauchst, zu kaufen«, fuhr der p&lfp-Führer fort. Die Spur eines Lächelns hellte sein düsteres Gesicht auf. »Und ich habe gerade noch mehr bekommen.«

»Geld ist wichtig«, gab Georgos zu. »Aber wir tragen das Risiko, nicht du.«

»Verdammt, schreckst du etwa vor dem Risiko zurück? Du

bist ein Soldat der Revolution, oder? Für mich ist die Sache genauso gefährlich – auf andere Art.«

Georgos fühlte sich nicht wohl in seiner Haut. Ihm gefiel dieses Gespräch ebensowenig wie die immer stärker werdende Machtstellung von Birdsong, zu der es nur hatte kommen können, weil Georgos' eigene Geldquelle, die Überweisungen seiner Mutter, versiegt und Birdsong mit der seinen eingesprungen war. Mehr denn je haßte Georgos seine Mutter. Vor kurzem hatte er in der Zeitung gelesen, daß sie ernstlich erkrankt war. Er wünschte ihr ein unheilbares Leiden.

»Der letzte Angriff war der wirkungsvollste«, erklärte Georgos steif. »Wir haben einen Stromausfall auf einer Fläche von über hundert Quadratmeilen bewirkt.«

»Ja, ja. Und was hat das gebracht?« Voller Verachtung beantwortete Birdsong die Frage selbst. »Nichts. Ist auch nur eine einzige unserer Forderungen dadurch erfüllt worden? Nein! Du hast zwei lumpige Wächter getötet. Wen interessiert das? Niemanden!«

»Ich gebe zu, daß ich über die Resonanz auch enttäuscht war ...«

Birdsong schnitt ihm das Wort ab. »Unsere Forderungen werden nicht erfüllt werden, bevor nicht die Toten haufenweise auf der Straße herumliegen. Blutgetränkte, verwesende Leichen. Die Lebenden müssen vor dem Tod zittern. Das ist die erste Lektion *jeder Revolution!* Das ist die einzige Botschaft, die das stupide Bürgertum überhaupt begreift.«

»Das weiß ich selbst.« Dann sarkastisch: »Vielleicht hast du einen besseren Vorschlag ...«

»Den habe ich, weiß Gott. Hör zu.«

Birdsong sprach jetzt leiser. Zorn und Verachtung schienen sich gelegt zu haben. Er kam sich vor wie ein Lehrer, der seinen begriffsstutzigen Schüler hatte zurechtweisen müssen, damit er nun um so aufmerksamer seine Lektion lernte.

»Zuerst müssen wir ein paar Glaubensartikel aufstellen«, sagte er. »Wir müssen uns fragen: Warum tun wir das alles? Und unsere Antwort lautet: Weil das herrschende System in diesem Land faul ist, korrupt, tyrannisch und geistig bankrott. Hinzu kommt, daß man dieses System aus sich heraus nicht ändern kann; man hat es versucht – ohne Erfolg. Darum muß das gesamte kapitalistische System, das den Reichen alles gibt und den Armen nichts, zerstört werden, damit *wir,* die wahren Gläubigen, die ihre Mitmenschen wirklich lieben, ein neues, besseres System schaffen können. Nur der Revolutionär kann diese Zusammenhänge durchschauen. Und wir, die Freunde des Friedens, werden mit anderen, Gleichgesinnten, die Zerstörung vorantreiben.«

Während seines Vortrags wechselte Davey Birdsong den Ausdruck. Einerseits war er der Universitätsdozent – überzeugend und beredt. Andererseits ein Mystiker, der ebensosehr zu sich selbst wie zu Georgos sprach.

Er fuhr fort: »Wo soll also die Zerstörung beginnen? Am besten überall. Aber weil wir nur sehr wenige sind, müssen wir uns ein gemeinsames Ziel suchen – und das ist die Elektrizität. Sie trifft alle. Die Elektrizität schmiert die Räder des Kapitalismus. Sie macht die aufgeblasenen Reichen noch aufgeblasener. Und sie gaukelt auch den Armen vor, sie seien frei. Es ist die Waffe, das Opium des Kapitalismus. Schneide ihnen die Elektrizität ab, und du triffst den Kern des Systems. Es ist wie ein Dolchstoß ins Herz des Kapitalismus.«

Georgos' Miene hellte sich auf. »Lenin sagte, der Kommunismus ist die Elektrisierung...«

»Unterbrich mich nicht! Ich weiß, was Lenin gesagt hat, und auch, daß er es in einem völlig anderen Zusammenhang gemeint hat.«

Georgos resignierte. Das war ein neuer Birdsong, ein anderer als der, den er bisher kennengelernt hatte. Dieser hier ließ keinen Zweifel daran, wer in Zukunft das Kommando haben würde.

»Aber wir müssen noch viel mehr tun als nur den Leuten den Strom abdrehen«, fuhr Birdsong fort. Er war aufgestanden und ging nun auf und ab. »Wir müssen die Aufmerksamkeit auf die Freunde des Friedens und ihre Ziele lenken, indem wir die für die Energieversorgung verantwortlichen *Menschen* vernichten.«

»Das haben wir ja bereits getan«, sagte Georgos. »Als wir La Mission angriffen. Und dann die Briefbomben. Wir haben ihren Chefingenieur getötet, einen ihrer leitenden Direktoren...«

»Das war alles nur Kleinkram! Pennywirtschaft. Ich meine

eine große Sache, wobei nicht nur zwei, drei Leute dran glauben müssen, sondern Hunderte. Zaungäste werden nicht geschont, denn auch am Rande der Revolution gibt es keine ruhigen Plätze. Erst dann werden unsere Forderungen Beachtung finden. Furcht wird in blinde Panik umschlagen, und alle Menschen, von der Regierung angefangen, einfach *alle* werden tun, was wir wollen.«

Davey Birdsongs Augen waren auf ein imaginäres fernes Ziel gerichtet, das weit außerhalb dieses düsteren, unordentlichen Kellerraumes lag. Als hätte er eine Vision, dachte Georgos – und fand das Erlebnis berauschend.

Die Aussicht auf weiteres Töten erregte ihn. In der Nacht ihres Bombenanschlags in Millfield hatte er sich zunächst sehr elend gefühlt. Immerhin war es das erste Mal, daß er einen anderen Menschen mit eigener Hand getötet hatte. Aber die Niedergeschlagenheit ging schnell vorüber und wich einer freudigen Erregung, die seltsamerweise – wie er erstaunt feststellte – in eine sexuelle Erregung umschlug. Er war in dieser Nacht wie ein Wilder über Yvette hergefallen, wobei er ständig an das erhobene Messer denken mußte, mit dem er den ersten Wächter getötet hatte. Und während Birdsong jetzt vom Töten sprach, fühlte Georgos dieselbe Erregung aufsteigen.

Birdsong sagte ruhig: »Die Gelegenheit, die wir brauchen, wird nicht lange auf sich warten lassen.«

Er holte eine gefaltete Zeitungsseite hervor. Sie stammte aus dem *California Examiner* von vor zwei Tagen. Ein Artikel war rot angestrichen.

Energietagung

Auf einer viertägigen Tagung des National Electric Institute im Christopher Columbus Hotel soll über mögliche Stromausfälle in nicht zu ferner Zukunft diskutiert werden. Es wird mit etwa tausend Teilnehmern gerechnet.

»Ich habe mir die Hacken abgelaufen, um Einzelheiten zu erfahren«, sagte Birdsong. »Hier hast du alle Angaben und den vorläufigen Tagungsplan.« Er schob zwei Blätter über den Tisch. »Das endgültige Programm wird nicht schwer zu beschaffen sein. Auf diese Weise werden wir wissen, wer wann wo ist.«

Georgos' Augen leuchteten vor Begeisterung, die Verstimmung von vorhin war vergessen. Er lachte hämisch. »Alle hohen Tiere sämtlicher Energieversorgungsbetriebe auf einem Haufen – das wird ein Schlachtfest! Wir könnten Briefbomben verschicken. Wenn ich mich gleich an die Arbeit mache...«

»Nein! Auf diese Weise erwischst du bestenfalls ein halbes Dutzend – vielleicht nicht einmal so viele, weil sie vermutlich schon nach der ersten Explosion gewarnt sein werden.«

»Was schlägst du also vor?«

»Ich habe eine viel bessere Idee.« Birdsong gestattete sich ein grimmiges Lächeln. »Am zweiten Tag der Versammlung, wenn wirklich alle eingetroffen sind, wirst du mit deinen Leuten einige Bombenserien im Christopher Columbus Hotel deponieren. Die erste Serie wird, sagen wir, um drei Uhr früh explodieren. Sie wird die Hauptetage, wo die Tagung stattfindet, und das Zwischengeschoß demolieren. Das Ziel wird sein, Ausgänge, Treppen und Aufzüge auf einen Schlag zu blockieren. Niemand darf aus den oberen Stockwerken entfliehen können, wenn die zweite Serie hochgeht.«

Georgos nickte. Er hatte verstanden und hörte gespannt weiter zu.

»Wenige Minuten nach der ersten Explosion werden die Bomben in den oberen Stockwerken zünden. Am besten Brandsätze – so viele du legen kannst, und alle werden Benzin enthalten, damit das Hotel auch tüchtig brennt.«

Ein zufriedenes Lächeln breitete sich über Georgos' Gesicht. »Das ist genial. Großartig. Ein Plan, der sich auch ausführen läßt.«

»Wenn du es richtig anstellst«, sagte Birdsong, »kann in den oberen Stockwerken niemand überleben. Und um drei Uhr morgens dürften auch die Nachtschwärmer schon in den Betten liegen. Alle werden hingerichtet. Tagungsteilnehmer, ihre Frauen und Kinder und die anderen Hotelgäste, die so dumm sind, sich der gerechten Sache in den Weg zu stellen.«

»Ich werde eine Menge Sprengstoff brauchen.« Georgos' Hirn arbeitete fieberhaft. »Ich weiß, wie und wo ich ihn beschaffen kann, aber das wird etwas kosten.«

»Ich hab dir schon gesagt, daß wir im Geld schwimmen. Es reicht für dieses und noch einige andere Unternehmungen.«

»Das Benzin ist kein Problem. Aber die Uhrwerksmechanismen – die müssen wir woanders besorgen. In kleinen Mengen und immer in verschiedenen Läden, damit wir nicht auffallen.«

»Das erledige ich«, erbot sich Birdsong. »Ich werde nach Chicago fahren. Das ist weit genug entfernt. Stell mir eine Liste mit deinen Wünschen zusammen.«

Georgos nickte. »Ich brauche Grundrisse von den Stockwerken, zumindest vom Erd- und vom Zwischengeschoß, wo die erste Serie hochgehen soll.«

»Müssen die sehr genau sein?«

»Nein. Nur in groben Zügen.«

»Das kann ich selber erledigen. Das Hotel ist schließlich jedem zugänglich.«

»Noch etwas anderes werden wir besorgen müssen«, sagte Georgos. »Mehrere Dutzend Feuerlöscher – die roten tragbaren Geräte.«

»*Feuerlöscher?* Was soll der Unsinn? Wir wollen doch Feuer legen und nicht löschen.«

Georgos lächelte, diesmal war er der Überlegene. »Die Feuerlöscher werden geleert und unsere Zeitbomben in das Gehäuse gepackt. So etwas hat mir schon immer vorgeschwebt. Einen Feuerlöscher kann man problemlos überall deponieren – besonders in einem Hotel –, ohne daß jemand mißtrauisch wird. Sollte es aber doch jemandem auffallen, so wird er gewiß denken, die Hotelleitung sei eben besonders umsichtig und auf Sicherheit bedacht.«

Birdsong grinste breit, lehnte sich nach vorn und schlug Georgos auf die Schulter. »Das ist wahrhaft teuflisch.«

»Wir können uns später überlegen, wie wir die Feuerlöscher ins Hotel schaffen.« Georgos dachte immer noch laut. »Das dürfte nicht schwer sein. Wir könnten einen Lieferwagen mieten oder kaufen und einen Phantasiefirmennamen draufmalen, damit er möglichst echt aussieht. Wir stellen uns eine Art Legitimation aus – vielleicht einen Hotelbestellschein, den wir für alle unsere Leute kopieren, falls jemand sie ansprechen sollte. Und außerdem brauchen wir Uniformen – für mich und die anderen...«

»Lieferwagen und Uniformen sind kein Problem«, sagte Birdsong. »Und Bestellscheine lassen sich auch fälschen.« Er grübelte. »Es wird gelingen. Das fühle ich. Und wenn alles vorüber ist, werden die Leute begriffen haben, wie stark wir sind, und sich überschlagen, um unseren Befehlen gehorchen zu dürfen.«

»Für den Sprengstoff brauche ich zehntausend Dollar in kleinen Scheinen«, sagte Georgos. »In den nächsten Tagen müßte ich sie haben, und dann ...«

Mit wachsendem Enthusiasmus planten sie weiter.

11

»Falls es irgendeinen unbekannten jüdischen Feiertag geben sollte, von dem bisher kein Mensch etwas gehört hat«, sagte Nim zu Ruth, die neben ihm auf dem Beifahrersitz saß, »so kannst du sicher sein, daß deine Eltern ihn zu neuem Leben erwecken werden.«

Ruth lachte. Schon als er vom Büro heimgekommen war und sie sich zum Ausgehen fertig machten, hatte er bemerkt, daß sie gut gelaunt war. Nim fiel es besonders auf, weil sie in den letzten Wochen oft niedergeschlagen und deprimiert gewesen war.

Seit ihrem Gespräch über eine mögliche Scheidung waren drei Monate vergangen. Obwohl Ruth nur von einer kurzen Wartezeit gesprochen hatte, hatte keiner von beiden das Thema noch einmal berührt. Aber jetzt würde es wohl bald zu einer Aussprache kommen.

Im Grunde hatte sich an ihrer Beziehung – einer Art Stillhaltezustand – nichts geändert. Nim hatte sich aber bewußt mehr Mühe gegeben, war öfter und länger zu Hause, und vielleicht war Leahs und Benjys Freude darüber der Grund, warum Ruth vor dem letzten Schritt noch zögerte. Andererseits hätte Nim auch nicht sagen können, was für einen Ausweg es aus diesem Dilemma geben sollte. Inzwischen hatten ihn die Probleme der GSP&L so mit Beschlag belegt, daß er für persönliche Schwierigkeiten gar keine Zeit mehr hatte.

»Ich kann mir diese vielen jüdischen Feiertage auch nicht merken«, erklärte Ruth. »Was sagte Vater, was haben wir heute für einen?«

»Rosh Hashanah L'Elanoth – oder jüdisches Baumfest. Ich habe in unserer Bibliothek nachgeschlagen. Wörtlich heißt es ›Neujahrsfest für die Bäume‹.«

»Nur für jüdische Bäume oder für alle?«

Er grinste. »Danach frag lieber deinen alten Herrn.«

Sie durchquerten die Stadt in Richtung Westen.

Vor einer Woche hatte Aaron Neuberger Nim im Dienst angerufen und ihn mit Ruth zur Tu B'Shvat-Party – das war der gebräuchlichere Name für dieses Fest – eingeladen. Nim hatte sofort zugesagt, teils weil sein Schwiegervater am Telefon ungewöhnlich freundlich gewesen war, teils weil Nim wegen seines Benehmens den Neubergers gegenüber leichte Schuldgefühle hatte und die Gelegenheit nutzen wollte, die Schwiegereltern zu versöhnen. An seinem Skeptizismus gegenüber ihrem fast fanatischen Judentum hatte sich nichts geändert.

Vor dem Haus der Neubergers parkten schon mehrere Wagen, und als sie näher kamen, hörten sie Stimmen aus dem oberen Stockwerk. Nim war erleichtert, daß noch andere Gäste da waren. Die Anwesenheit von Fremden würde vielleicht verhindern, daß persönliche Fragen gestellt wurden, zum Beispiel die nach Benjys Bar-Mizwa.

Beim Hineingehen berührte Ruth das *Mezuzah* am Türeingang und küßte dann die Hand, mit der sie es berührt hatte. Nim, der sich über diesen Brauch wie über manches andere lustig gemacht und ihn als puren Aberglauben verspottet hatte, tat es ihr unwillkürlich nach.

Drinnen wurden sie aufs herzlichste willkommen geheißen.

Aaron Neuberger, mit runden Apfelbäckchen, untersetzt und kahlköpfig, hatte Nim früher oft mit unverhohlenem Mißtrauen betrachtet. Heute aber lachten seine Augen freundlich hinter dicken Brillengläsern, als er seinem Schwiegersohn die Hand schüttelte. Ruths Mutter, eine stattliche Matrone, die für sich und andere Hungerkuren ablehnte, schloß Nim in die Arme und hielt ihn einen Moment fest: »Gibt dir meine Tochter nichts zu essen? Du bist ja nur noch Haut und Knochen. Aber heute wird ein wenig Fleisch auf das Gerippe kommen.«

Nim freute sich über den herzlichen Empfang und war gerührt. Mit Sicherheit hatten die Neubergers gehört, daß Ruth und er an Scheidung dachten; daher waren die alten Leute über ihren Schatten gesprungen, um die Ehe ihrer Tochter zu retten und die Familie zusammenzuhalten. Nim sah Ruth an, die neben ihm stand und über die ungewöhnliche Empfangszeremonie lächelte.

Sie trug ein weich fallendes blaugraues Seidenkleid und Perlenohrringe in derselben Farbe. Wie immer war ihr schwarzes Haar einfach, aber elegant frisiert, ihre Haut zart und makellos, wenn auch ein wenig blasser als sonst, wie Nim bemerkte.

Als Nim und Ruth weitergingen, um die bereits anwesenden Gäste zu begrüßen, flüsterte er ihr zu: »Du siehst heute wunderschön aus.«

Sie warf ihm einen kurzen Blick zu und entgegnete leise: »Weißt du eigentlich, wann du mir das zum letztenmal gesagt hast?«

Er hatte keine Zeit zu antworten. Sie wurden von den anderen Gästen umringt, machten sich mit Fremden bekannt, schüttelten Hände. Unter den etwa zwei Dutzend Gästen waren nur wenige, die Nim kannte. Die meisten hatten bereits einen mit Delikatessen gefüllten Teller in der Hand.

»Komm mit, Nimrod.« Ruths Mutter packte ihn am Arm und zog ihn vom Wohnzimmer ins Eßzimmer, wo das Buffet aufgebaut war. »Die übrigen kannst du auch noch später kennenlernen«, erklärte sie. »Zuerst mußt du dich stärken, damit du uns nicht vor Hunger umkippst.« Sie nahm einen Teller und häufte Leckerbissen darauf, als wäre es ein Tag vor »Klein-Jom-Kippur«. Nim sah eine Anzahl Pasteten – *Knyschys* –, *Kiszka in Tscholent, Lokschenkugel,* gefüllten Kohl und *Ptschä.* Zum Nachtisch gab es Honigkuchen, Strudel und Apfel-*Piruschkes.*

Nim schenkte sich ein Glas israelischen Carmelwein ein.

Als er ins Wohnzimmer zurückkam, wurde gerade der Anlaß der Feier erklärt. Rosh Hashanah L'Elanoth, erläuterte der Gastgeber, werde in Israel durch das Pflanzen von Bäumen gefeiert, in Nordamerika durch den Verzehr von Früchten, die um die Jahreszeit nicht alltäglich seien, wie zum Beispiel Feigen, die in Schüsseln herumstanden.

Und noch etwas anderes erklärten die Neubergers: Sie erwarteten von ihren Gästen Geldspenden, die nach Israel überwiesen und dort zur Anpflanzung von Bäumen verwendet werden sollten. Auf einem silbernen Tablett lagen bereits einige Fünfzig- und Zwanzig-Dollar-Noten. Nim legte ebenfalls zwanzig Dollar auf das Tablett und griff zu den Feigen.

Neben ihm tauchte ein älterer, gnomenhafter Mann auf mit einem fröhlichen Cherubimgesicht, umrahmt von weißem Haar. Nim kannte ihn – es war ein Internist, der die Neubergers manchmal behandelte. Er konnte sich sogar an seinen Namen erinnern.

»Guten Abend, Dr. Levin.« Er hob sein Weinglas und prostete dem Arzt zu. »*L'Chaim.*«

»*L'Chaim*... Wie geht es Ihnen, Nim? Man sieht Sie ja sonst nicht oft bei jüdischen Festen. Haben Sie plötzlich Ihre Liebe zum Heiligen Land entdeckt?«

»Ich bin kein religiöser Mensch, Doktor.«

»Ich auch nicht. Das war ich nie. Kenne mich im Krankenhaus besser aus als in der Synagoge.« Der Arzt griff nach einer Feige. »Aber ich liebe die alten Bräuche, die Zeremonien, all das, was mit der Geschichte unseres Volkes zu tun hat. Das Gefühl der Zusammengehörigkeit der jüdischen Menschen – und das schon seit fünftausend Jahren. Eine lange, lange Zeit. Haben Sie schon einmal darüber nachgedacht, Nim?«

»Ja. Ich habe sogar sehr viel daran gedacht.«

Der alte Mann musterte ihn und lächelte verschmitzt.

»Hat Ihnen schon oft genug Kopfzerbrechen bereitet, nicht wahr? Sie haben sich bestimmt überlegt, wie Sie Jude sein können, ohne sich um Aarons Ritenlabyrinth kümmern zu müssen, stimmt's?«

Nim lächelte bei der Erwähnung seines Schwiegervaters, der gerade einen Gast beiseite nahm, um ihm den Anlaß der Feier zu erklären: »... ist im Talmud begründet...«

»Ja, in gewisser Weise«, antwortete Nim.

»Dann möchte ich Ihnen einen Rat geben, mein Sohn. Seien Sie unbesorgt und leben Sie wie ich. Freuen Sie sich, ein Jude zu sein, seien Sie stolz auf die Leistungen unseres Volkes, aber picken Sie sich ansonsten heraus, was Ihnen gefällt. Wenn Sie wollen, können Sie die hohen Feiertage beachten, ich persönlich gehe lieber angeln, in meinem Katechismus ist auch das erlaubt.«

Nim gefiel der fröhliche kleine Doktor. »Mein Großvater war

Rabbi«, erzählte er ihm. »Er war ein netter alter Mann, erinnere ich mich. Mein Vater brach mit der Religion.«

»Und Sie überlegen, ob es für Sie einen Rückweg gibt?«

»Gelegentlich schon, aber nicht ernsthaft.«

»Dann vergessen Sie es. Es ist unmöglich für jemanden wie Sie oder mich, noch praktizierender Jude zu werden. Gehen Sie zur Synagoge, und Sie finden es in den ersten fünf Minuten selbst heraus. Ihr Gefühl, Nim, ist nostalgisch: Freude an Dingen der Vergangenheit. Das ist nichts Schlechtes, aber man muß es auch so einordnen.«

»Da mögen Sie recht haben«, sagte Nim nachdenklich.

»Und lassen Sie mich Ihnen noch etwas sagen. Leute wie Sie und ich haben zum Judentum die gleiche Beziehung wie zu alten Freunden – ein gelegentliches Schuldgefühl, daß man sie nicht öfter sieht, und eine gewisse Gefühlsbindung. Ich empfand es jedenfalls so, als ich mit einer Gruppe Israel besuchte.«

»Eine religiöse Gruppe?«

»Ganz und gar nicht. Vorwiegend Geschäftsleute und einige Ärzte und Rechtsanwälte.« Dr. Levin lachte in sich hinein. »Kaum einer hatte eine Jarmulke mitgebracht. Ich auch nicht. Als wir in Jerusalem zur Klagemauer gingen, mußte ich mir eine leihen. Trotzdem war es ein Erlebnis, das ich nie vergessen werde. Ich fühlte mich dazugehörig und war stolz, Jude zu sein. Und dieses Gefühl werde ich immer haben.«

»Haben Sie Kinder, Doktor?« fragte Nim.

Der andere schüttelte den Kopf. »Nein, leider nicht. Meine verstorbene Frau und ich haben es immer bedauert. Eines der wenigen Dinge, die mir wirklich leid tun.«

»Wir haben zwei«, sagte Nim. »Ein Mädchen und einen Jungen.«

»Ja, ich weiß. Und wegen der Kinder haben Sie angefangen, über unsere Religion nachzudenken?«

Nim lächelte. »Sie fragen und scheinen die Antworten schon zu wissen.«

»Vermutlich habe ich sie vorher schon gehört. Außerdem verkehre ich schon lange hier im Haus. Seien Sie um Ihre Kinder unbesorgt, Nim. Erziehen Sie sie zur Menschlichkeit – ich bin sicher, daß Ihnen das gelingt. Darüber hinaus lassen Sie sie ihren eigenen Weg finden.«

Nim zögerte, bevor er die nächste Frage stellte. »Würde eine Bar-Mizwa meinem Sohn auf der Suche nach dem rechten Weg helfen?«

»Es würde ihm bestimmt nicht schaden, meine ich. Eine Katastrophe ist es jedenfalls nicht, Hebräisch zu lernen. Und außerdem folgt auf eine Bar-Mizwa immer eine verflixt gute Party. Man trifft alte Freunde, ißt und trinkt mehr, als man sollte, aber jedermann ist fröhlich.«

Nim grinste. »Das ist der vernünftigste Gesichtspunkt, den ich bisher zu diesem Thema gehört habe.«

Dr. Levin nickte weise. »Außerdem hat Ihr Sohn ein Recht darauf, daß Sie ihm dieses Angebot machen. Indem er für die Bar-Mizwa lernt, tritt er gewissermaßen ein Erbe an. Es ist, als öffneten Sie ihm damit eine Tür; lassen Sie ihn doch selbst entscheiden, ob er hindurchgehen will. Später wird er entweder Aarons Weg einschlagen oder Ihren und meinen oder einen, der etwa in der Mitte liegt. Wie auch immer er sich entscheidet – das soll dann nicht mehr unsere Sorge sein.«

»Ich bin Ihnen dankbar«, sagte Nim. »Sie haben mir sehr geholfen.«

»Das freut mich. Nachdenken kostet nichts.«

Während sie sich unterhielten, waren noch mehr Gäste eingetroffen, und das Stimmengewirr hatte sich verstärkt. Nims Begleiter schaute sich um, nickte und lächelte; offensichtlich kannte er fast alle Anwesenden. Seine Augen wanderten hierhin und dorthin, bis sie Ruth Goldman gefunden hatten. Ruth sprach mit einer anderen Frau, einer Konzertpianistin, die oft Wohltätigkeitskonzerte zugunsten Israels gab.

»Ihre Frau sieht heute abend wieder so schön aus«, bemerkte Dr. Levin und nickte. »Sie verbirgt ihr Problem und ihre Angst gut.« Nach einer kurzen Pause fügte er hinzu: »Und meine auch.«

Nim sah ihn erstaunt an. »Sprechen Sie von Ruth?«

»Allerdings.« Levin seufzte. »Manchmal wünschte ich, ich müßte keine Patienten behandeln, die mir so am Herzen liegen wie Ihre Frau. Ich kenne sie, seit sie ein kleines Mädchen war, Nim. Ich hoffe, Sie glauben mir, daß alles Menschenmögliche getan wird. Alles.«

»Doktor«, sagte Nim, er verspürte eine plötzliche Panik; sein

Magen schien sich zusammenzuziehen. »Doktor, ich habe nicht die leiseste Ahnung, wovon Sie sprechen.«

»Sie wissen es nicht?« Jetzt sah der alte Mann verwirrt und schuldbewußt aus. »Hat Ihnen Ruth denn nichts erzählt?«

»Was soll sie mir erzählt haben?«

»Mein Freund«, sagte Dr. Levin und legte eine Hand auf Nims Arm. »Ich habe gerade einen großen Fehler gemacht. Ein Patient, jeder Patient hat ein Recht auf Diskretion und muß vor geschwätzigen Ärzten sicher sein. Aber Sie sind Ruths Ehemann. Ich nahm an...«

Nim protestierte: »Um Gottes willen, worüber sprechen Sie überhaupt? Was gibt es Geheimnisvolles?«

»Tut mir leid. Ich kann es Ihnen nicht sagen.« Dr. Levin schüttelte den Kopf. »Da müssen Sie Ruth fragen. Und sagen Sie ihr, daß mir meine Indiskretion leid tut, aber auch, daß ich meine, daß Sie es wissen sollten.«

Immer noch ein wenig verlegen zog sich der Arzt zurück.

Für Nim waren die nächsten zwei Stunden eine Qual. Er unterhielt sich mit den anderen Gästen, beteiligte sich an Diskussionen und beantwortete Fragen von Leuten, die seine Rolle bei der GSP&L kannten. Aber die ganze Zeit waren seine Gedanken bei Ruth. Was meinte Dr. Levin mit den Worten: *»Sie verbirgt ihr Problem und ihre Angst gut«* und *»Alles Menschenmögliche wird getan«*?

Zweimal gelang es ihm, sich durch die vielen Grüppchen hindurch einen Weg zu Ruth zu bahnen und neben ihr zu stehen, aber für ein persönliches Gespräch war hier keine Gelegenheit. Einmal sagte er: »Ich möchte mit dir sprechen«, aber mehr war nicht möglich. Nim mußte warten, bis sie heimfuhren.

Endlich neigte sich die Party dem Ende zu, die Besucher verabschiedeten sich; auf den Silbertabletts häufte sich Geld für Bäume in Israel. Aaron und Rachel Neuberger begleiteten die Gäste bis zur Haustür.

»Laß uns auch gehen«, sagte Nim zu Ruth. Sie holte ihren Mantel aus einem der Schlafzimmer.

Da sie fast als letzte aufbrachen, waren die vier zum erstenmal an diesem Abend ungestört.

Als Ruth ihre Eltern küßte, fragte ihre Mutter: »Wollt ihr nicht noch etwas bleiben?«

Ruth schüttelte den Kopf. »Es ist spät, Mutter; wir sind müde.« Sie fügte hinzu: »Nim hat schwer gearbeitet.«

»Wenn er soviel arbeitet«, erwiderte Rachel, »mußt du ihm mehr zu essen geben.«

Nim grinste. »Was ich heute abend gegessen habe, reicht für eine ganze Woche.« Er streckte seinem Schwiegervater die Hand hin. »Bevor wir gehen, wollte ich dir noch etwas sagen, was dich vielleicht freuen wird. Ich habe beschlossen, Benjy in die Hebräischschule zu schicken, damit er eine Bar-Mizwa haben kann.«

Für einige Sekunden herrschte Stille. Dann hob Aaron Neuberger die Hände in Kopfhöhe, die Handflächen nach außen, wie zum Gebet. »Gott, du Herr der Welt, sei gepriesen! Daß wir diesen glorreichen Tag alle gesund erleben mögen.« Hinter den dicken Brillengläsern waren seine Augen feucht geworden.

»Über die Einzelheiten sprechen wir...« wollte Nim sagen, aber er kam nicht dazu, weil Ruths Eltern ihn umarmten.

Ruth sagte nichts. Aber einige Minuten später, als sie im Auto saßen, bemerkte sie: »Da hast du etwas sehr Schönes getan, obwohl es gegen deine Überzeugung ist. Warum?«

Er zuckte die Achseln. »Manchmal weiß ich selbst nicht, woran ich glaube. Außerdem hat mir euer Freund, Dr. Levin, ein wenig beim Nachdenken geholfen.«

»Ach so«, sagte Ruth leise. »Ich habe gesehen, daß du mit ihm gesprochen hast.«

Nims Hände klammerten sich fester um das Lenkrad. »Gibt es irgend etwas, was du mir erzählen möchtest?«

»Zum Beispiel?«

Er konnte sich nicht länger beherrschen. »Warum du zu Dr. Levin gegangen bist, worüber du dir Sorgen machst und warum du das Ganze vor mir geheimhältst. Ach ja, und er sagte mir, ich solle dir ausrichten, daß ihm die Indiskretion zwar leid tue, er aber trotzdem überzeugt sei, daß ich es wissen müsse – was immer das zu bedeuten hat.«

»Ja«, sagte Ruth, »ich glaube, es ist Zeit, daß du es erfährst.« Ihre Stimme klang flach; die frühere Fröhlichkeit war verschwunden. »Aber du kannst sicherlich warten, bis wir zu Hause sind. Ich erzähle es dir dann.«

Den Rest des Weges schwiegen sie.

»Ich hätte gern einen Bourbon mit Soda«, sagte Ruth. »Machst du mir einen zurecht?«

Sie saßen in ihrem kleinen gemütlichen Wohnzimmer. Inzwischen war es fast ein Uhr nachts. Leah und Benjy schliefen seit mehreren Stunden.

»Klar.« Nim fand es ungewöhnlich, daß Ruth, die selten etwas Hochprozentigeres als Wein trank, um einen harten Drink bat. Er ging zur Bar im Wandschrank, mixte einen Bourbon mit Soda und goß sich selbst einen Cognac ein. Als er sich seiner Frau gegenüber hinsetzte, nahm sie einen kräftigen Schluck, verzog das Gesicht und stellte das Glas hin.

»Also gut«, sagte er. »Raus mit der Sprache.«

Ruth atmete tief ein, dann begann sie: »Du erinnerst dich vielleicht an das Muttermal, das ich vor sechs Jahren habe entfernen lassen?«

»Ja, ich erinnere mich noch gut.« Seltsamerweise hatte er erst neulich daran gedacht – in der Nacht, in der er beschlossen hatte, nach Denver zu fliegen. Er hatte das Muttermal auf dem Ölgemälde im Wohnzimmer gesehen. Auch jetzt konnte er das Gemälde von seinem Platz aus betrachten. Da war das Muttermal, wie er es noch in Erinnerung hatte: klein und dunkel, auf der linken Schulter. Er fragte: »Was ist mit dem Muttermal?«

»Es war ein Melanom.«

»Ein was?«

»Ein Melanom sieht aus wie ein Muttermal, ist aber tatsächlich eine bösartige Geschwulst. Das war der Grund, weshalb Dr. Mittelman – du erinnerst dich vielleicht an ihn, er hat mich damals behandelt – mir seinerzeit zu dem Eingriff riet. Ich stimmte zu und ließ es von einem Chirurgen entfernen. Es war keine große Sache, und beide Ärzte bestätigten, daß damit alles erledigt wäre.«

»Ja, ich erinnere mich, daß Mittelman so etwas gesagt hat.« Nim hatte sich damals ziemlich aufgeregt, aber der Arzt hatte ihn beruhigt und erklärt, daß es sich um eine reine Vorsichtsmaßnahme gehandelt habe. Wie Ruth gesagt hatte, das Ganze lag etwa sechs Jahre zurück, und Nim hatte die Einzelheiten vergessen.

»Beide Ärzte haben sich geirrt« sagte Ruth leise; es war kaum mehr als ein Flüstern. »Es *waren* Melanomzellen – Krebszellen.

Sie haben sich vermehrt und vermehren sich weiter – über meinen ganzen Körper.«

Die letzten Worte brachte sie kaum noch heraus. Dann verlor sie die seit langem so mühsam geübte Selbstbeherrschung. Sie schluchzte auf, und ihr Körper wurde von einem Weinkrampf geschüttelt.

Eine Zeitlang saß Nim hilflos da, unfähig zu verstehen oder zu glauben, was er gerade gehört hatte. Dann überkam ihn Schrecken, Schuld, Angst, Mitleid und Liebe gleichzeitig. Er ging zu Ruth und nahm sie in die Arme.

Er versuchte sie zu trösten, preßte sie an sich, drückte ihr Gesicht gegen das seine. »Mein armer Liebling, warum hast du mir nichts davon gesagt? Warum nur?«

Mit tränenerstickter Stimme brachte sie stockend hervor: »Wir hatten uns auseinandergelebt... Wir liebten uns nicht mehr wie früher... Ich wollte kein Mitleid... Du hattest andere Interessen... andere Frauen.«

Scham und Reue zwangen ihn, vor ihr niederzuknien. Er hielt ihre Hände fest in den seinen und bettelte: »Es ist spät, ich weiß, aber ich bitte dich um Verzeihung. Ich war ein verdammter Narr, blind, selbstsüchtig...«

Ruth schüttelte den Kopf; langsam faßte sie sich wieder. »Das mußt du nicht sagen.«

»Es stimmt aber. Das erkenne ich erst jetzt.«

»Ich habe gerade eben gesagt – Mitleid möchte ich nicht.«

»Sieh mich an«, bat er. Als sie ihren Kopf hob, sagte er sanft: »Ich liebe dich.«

»Das sagst du nur...«

»*Ich liebe dich*, und ich meine es ehrlich. Ich glaube, ich habe dich immer geliebt, ich war nur schrecklich dumm. Irgend etwas mußte geschehen, damit es mir endlich aufging...« Er hielt inne und fragte ängstlich: »Ist es zu spät?«

»Nein.« Ein schattenhaftes Lächeln huschte über ihr Gesicht. »Ich habe nie aufgehört, dich zu lieben, obwohl du ein ziemliches Ekel warst.«

»Das gebe ich zu.«

»Nun, wir schulden wohl Dr. Levin großen Dank.«

»Hör zu, Liebste.« Er suchte nach Worten, um seine Frau zu beruhigen. »Wir stehen das gemeinsam durch. Wir werden alles tun, was medizinisch möglich ist. Und von Trennung oder Scheidung wird nicht mehr geredet.«

»Ich habe die Trennung nie ernsthaft gewollt«, beteuerte sie. »Oh, Nim, Liebling, halt mich fest, küß mich.«

Und als hätte es nie eine Kluft zwischen ihnen gegeben, war plötzlich alles wie früher.

»Bist du zu müde, oder magst du mir alles jetzt noch erzählen?«

Ruth schüttelte den Kopf. »Ich bin nicht müde, ich erzähle dir alles.«

Sie redete eine Stunde, und Nim hörte zu. Nur gelegentlich warf er eine Frage ein.

Vor etwa acht Monaten, erfuhr Nim, hatte Ruth auf der linken Halsseite einen kleinen Knoten bemerkt. Dr. Mittelman hatte sich schon im Jahr zuvor zur Ruhe gesetzt, und so war sie zu Dr. Levin gegangen.

Der sah sich den Knoten mißtrauisch an und veranlaßte sofort mehrere Untersuchungen, ließ unter anderem den Brustkorb röntgen und eine Punktion von Leber und Knochenmark vornehmen. Diese zeitraubenden Untersuchungen erklärten Ruths häufige Abwesenheit von zu Hause. Die Ergebnisse der histologischen Tests zeigten, daß sich die Melanomzellen nach sechsjähriger Ruhe plötzlich über Ruths ganzen Körper verbreitet hatten.

»An dem Tag, an dem ich es erfuhr«, sagte Ruth, »wußte ich nicht, was ich machen oder denken sollte.«

»Was auch immer zwischen uns stand«, sagte Nim vorwurfsvoll, »du hättest es mir sagen sollen.«

»Du hattest damals genug eigene Sorgen. Es war zu der Zeit, als Walter bei der Explosion in La Mission ums Leben kam. So beschloß ich, es für mich zu behalten, und kümmerte mich allein um den Papierkrieg mit der Versicherung und was sonst noch alles in so einem Fall nötig ist.«

»Deine Eltern wissen nichts?«

»Nein.«

Nach Beendigung der Untersuchungen, erklärte Ruth, mußte sie regelmäßig zu chemotherapeutischen und immunotherapeutischen Behandlungen. Das erklärte ebenfalls, weshalb Ruth so viel von zu Hause abwesend war.

Gelegentliche Übelkeit und einen gewissen Gewichtsverlust als Folgen der Behandlungen konnte sie vor Nim problemlos verbergen, weil er selten zu Hause war.

Nim stützte den Kopf in die Hände und schämte sich. Die ganze Zeit hatte er geglaubt, daß Ruth sich mit einem anderen Mann traf, und dabei...

Später, berichtete Ruth weiter, habe ihr Dr. Levin von einer neuen Heilmethode am Sloan-Kettering Institute in New York erzählt. Er empfahl ihr, sich an das Institut zu wenden. Sie flog für zwei Wochen nach New York und ließ dort unzählige Tests über sich ergehen.

Das war die Zeit ihrer längeren Abwesenheit von zu Hause gewesen, die Nim ziemlich gleichgültig und in erster Linie als persönliche Unbequemlichkeit hingenommen hatte.

Er fand keine Worte.

»Was geschehen ist, ist geschehen«, sagte Ruth. »Du konntest es ja nicht wissen.«

Nim stellte die Frage, vor der er sich die ganze Zeit gefürchtet hatte: »Was hat man über den Verlauf gesagt – wie lautet die Prognose?«

»Es gibt keine Heilung, und für eine Operation ist es zu spät.« Ruth war ganz ruhig, als sie das sagte. »Aber es ist möglich, daß ich noch viele Jahre leben werde, wenn auch niemand sagen kann, wann es zu Ende geht. Ich weiß ebenfalls nicht, ob es für mich besser ist, mich im Sloan-Kettering Institute behandeln zu lassen. Die Ärzte arbeiten dort an einer Methode, bei der mittels Mikrowellen die Temperatur in einem Tumor erhöht und bei der anschließenden Bestrahlung das Tumorgewebe zerstört werden soll.« Sie lächelte traurig. »Du kannst dir vorstellen, daß ich mich mit diesem Problem so ausführlich wie möglich befaßt habe.«

»Ich möchte morgen mit Dr. Levin sprechen«, sagte Nim. Dann verbesserte er sich: »Vielmehr heute. Hast du etwas dagegen?«

Ruth seufzte. »Nein, ich habe bestimmt nichts dagegen. Es ist so wundervoll, daß ich nicht allein bin. Oh, Nim, du hast mir so gefehlt.«

Er hielt sie fest in seinen Armen. Kurze Zeit später löschte er das Licht und führte sie hinauf.

Zum erstenmal nach vielen Monaten schliefen Ruth und Nim wieder in einem Bett, und während der Morgen schon graute, liebten sie sich.

12

Eine Messerklinge blitzte. Blut spritzte. Als Nim bei der Kastration zusah, wurde ihm fast schlecht.

Richter Yale, der neben ihm stand, lachte. »Seien Sie froh, daß Sie kein Stier sind.«

Die beiden Männer standen auf einem schmalen Laufsteg über dem Tierpferch einer Rinderzuchtfarm im Herzen von Kaliforniens Agrarland – dem San Joaquin Valley. Die Farm gehörte zu den Besitzungen von Yales Vermögensfonds.

»Der Gedanke, einem männlichen Lebewesen die Fortpflanzungsmöglichkeit zu nehmen, deprimiert mich«, sagte Nim.

Er war am frühen Morgen hierhergeflogen, um Paul Yale über die Rolle der Elektrizität in der Landwirtschaft zu informieren. Kaliforniens Farmer gehörten zu den Großabnehmern; die Landwirtschaft und ihre Industrie verbrauchten ein Zehntel der von der GSP&L produzierten Energie. Ohne Elektrizität wäre die gesamte Landwirtschaft, die für den Wohlstand des Landes unentbehrlich war, lahmgelegt.

Später an diesem Tag sollte der ehemalige Richter am Obersten Gerichtshof bei einem regionalen Hearing über die Pläne des Konzerns in Tunipah als Sprecher der GSP&L auftreten. Es war eine Veranstaltung der Energiekommission, bei der auch die Landbevölkerung über den Energiebedarf gehört werden sollte. Die Farmer des San Joaquin Valley, die durch die angekündigten Kürzungen in ihrer Existenz bedroht waren, gehörten bereits zu den eifrigsten Befürwortern des Tunipah-Projekts.

Natürlich würde es aber auch dort eine Opposition geben.

Während sie noch bei weiteren Kastrationen zuschauten, sagte Yale: »Ich weiß, was Sie damit meinen, wenn Sie die Entfernung der Männlichkeit – auch beim Tier – beklagen. In gewisser Weise ist es schade; trotzdem ist es notwendig. Als Farmer denkt man über so etwas nicht einmal nach.«

»Sind Sie gern Farmer?«

»Eigentlich nicht.« Der alte Mann runzelte die Stirn. »Die meiste Zeit muß ich mich mit Papierkram herumärgern, um herauszufinden, warum unser Familienfonds nicht mit Profit arbeiten kann.«

»Diese Farm hier scheint doch aber sehr gut geführt zu sein.«

»Ja, aber ihr Betrieb ist verdammt kostspielig.«

Was sie gerade beobachteten, war ein »Check in«. Kälber, die auf einer Ranch geboren und sechs Monate lang dort aufgezogen worden waren, kamen jetzt auf die Farm, um als »Fleischkälber« gemästet zu werden.

Fünf Cowboys mittleren Alters in groben Drillichanzügen überwachten die Aktion.

Jeweils sechs Kälber wurden in einen runden Verschlag gepfercht und von dort mit Hilfe elektrischer Rinderstachelstöcke in einen schmalen, oben offenen Betongang getrieben, wo sie ausgiebig mit der Lösung eines Schädlingsbekämpfungsmittels behandelt wurden.

Der Gang führte – mit schrecklicher Unausweichlichkeit, dachte Nim – zu einem hydraulischen Fanggerät. Es sah aus wie ein Käfig. Sobald ein Kalb drin war, zogen sich die Gitterstäbe so weit zusammen, daß das Kalb festgehalten wurde. Der Kopf war vorgestreckt, der Körper vom Boden abgehoben. Das erschreckte Tier brüllte kräftig – und das mit gutem Grund, wie die nächsten Minuten zeigten.

Zuerst wurde in jedes Ohr Motorenöl geträufelt, damit sich Zecken problemlos entfernen ließen. Als nächstes wurde eine Riesenspritze mit Wurmbekämpfungsmittel in das brüllende Maul entleert, danach die beiden scharfen Hornenden mit einem Schneidegerät entfernt, so daß das weiche, blutige Innere zu sehen war. Gleichzeitig roch es nach verbranntem Haar und Fleisch, weil ein rotglühendes Brandeisen gegen die Flanke des Tieres gedrückt wurde.

Ein Hebelgriff, und unter leichtem Zischen wurde der Käfig um neunzig Grad gekippt. An der Seite öffnete nun ein Cowboy eine kleine Tür. Mit Desinfektionsspray besprühte der Mann die Genitalien des Kalbes und ergriff dann ein Messer. Er schlitzte den Hodensack auf, ertastete mit den Fingern die Hoden, schnitt sie heraus und warf sie in einen neben ihm stehenden Behälter.

Nach einer zweiten Anwendung des Desinfektionssprays auf die nun blutende, klaffende Wunde war die Operation beendet.

Das Stierkalb, dem außer dem Verlangen nach Nahrung alle anderen Begierden genommen waren, würde nun rasch fett werden.

Das hydraulische Fanggerät öffnete sich. Das brüllende Tier rannte hinaus, landete aber wieder in einem Tierpferch.

Die ganze Prozedur hatte weniger als vier Minuten gedauert.

»Das geht heute alles viel schneller und einfacher als früher«, erklärte Yale. »Bis vor kurzem noch wurden die Kälber mit Lassos eingefangen und mit Seilen gefesselt, bevor das, was Sie gerade gesehen haben, gemacht werden konnte. Heute reiten unsere Cowboys kaum noch, manche können es nicht einmal.«

»Ist die moderne Methode billiger?« wollte Nim wissen.

»Sie sollte es sein, ist es aber nicht. Alles ist teurer geworden: Arbeitslöhne, Material, Futter, Elektrizität – *vor allem* Elektrizität. Diese ganze Farm hier funktioniert nur mit Hilfe von Elektrizität. Wir brauchen Strom für die Mühle, in der das Futter für vierzigtausend Rinder gehäckselt wird. Und wußten Sie, daß wir die Ställe die ganze Nacht über hell beleuchten?«

»Ich nehme an«, sagte Nim, »es geschieht, damit die Rinder ihr Fressen sehen.«

»Richtig. Sie schlafen weniger, fressen mehr und wachsen dadurch schneller. Aber unsere Stromrechnungen sind astronomisch hoch.«

Nim summte: »*It seems to me I've heard that song before.*«

Yale lachte. »Ich rede wie ein unzufriedener Verbraucher, nicht wahr? Nun, heute bin ich wirklich einer. Ich habe meinem Verwalter, Ian Norris, gesagt, daß wir sparen müssen.«

Nim hatte Norris an diesem Morgen kurz kennengelernt, einen ernsten, humorlosen Mann von Ende Fünfzig. Er hatte ein Büro in der Stadt und verwaltete außer dem Yaleschen Familienvermögensfonds auch noch andere Anwesen. Nim vermutete, daß Norris sich wohler gefühlt hatte, als Paul Sherman Yale noch Richter in Washington gewesen war und sich nicht um den Fonds kümmerte.

»Am liebsten würde ich diese Farm und noch einige andere Besitztümer, die mein Großvater hinterlassen hat, verkaufen«, erklärte Yale. »Aber im Moment ist dafür eine schlechte Zeit.«

Während ihrer Unterhaltung hatte Nim weiterhin die Vorgänge in dem Gang unter ihnen beobachtet. Etwas erstaunte ihn.
»Das vorletzte und das letzte Kalb wurden nicht kastriert. Warum?«

Ein Cowboy, der in der Nähe stand und Nims Frage gehört hatte, drehte sich um und verzog sein dunkles mexikanisches Gesicht zu einem breiten Grinsen. Richter Yale lachte.

»Nim, mein Junge«, erklärte der alte Mann und beugte sich vertrauensvoll zu Nim hinüber. »Die letzten beiden Kälber waren Mädchen.«

Das Mittagessen nahmen sie in Fresno, im Windsor-Zimmer des Hilton Hotels ein. Während des Essens referierte Nim weiter über die Energiebedürfnisse auf dem Lande. Der alte Mann war ein aufmerksamer Zuhörer und begriff schnell. Er behielt auf Anhieb die von Nim angeführten Fakten und statistischen Angaben und bat selten um eine Wiederholung. Seine scharfsinnigen Zwischenfragen bewiesen, daß er in der Lage war, sich binnen kurzem einen brauchbaren Überblick zu verschaffen. Nim hoffte, seine eigenen geistigen Kräfte würden, falls er achtzig werden sollte, genauso unvermindert gut sein.

Sie sprachen vor allem über Wasser. Neunzig Prozent der im üppigen San Joaquin Valley benötigten Elektrizität wurde von den Farmern dazu verwendet, Wasser aus Brunnen heraufzupumpen. Eine Unterbrechung der Stromversorgung in diesem Gebiet konnte verheerende Folgen haben.

»Ich kann mich noch an dieses Tal erinnern, als es zum größten Teil Wüste war«, erzählte Paul Yale. »Das war um neunzehnhundertzwanzig. Damals glaubte niemand daran, daß hier einmal etwas wachsen würde. Die Indianer nannten es das ›leere Tal‹.«

»Sie hatten noch nichts von Strom in der Landwirtschaft gehört.«

»Ja, es grenzt an Wunder. Wie heißt es doch bei Jesaja? ›*Aber die Wüste und Einöde wird lustig sein, und das dürre Land wird fröhlich stehen und wird blühen wie die Lilien.*‹« Yale lachte stillvergnügt. »Vielleicht kann ich das in meiner Zeugenaussage bringen. Bibelsprüche kommen immer an, meinen Sie nicht auch?«

Bevor Nim antworten konnte, trat der Kellner an ihren Tisch. »Mr. Yale, ein Telefongespräch für Sie. Sie können es am Empfang entgegennehmen, wenn es Ihnen recht ist.«

Der alte Mann blieb nur wenige Minuten fort. Nim sah, daß er sich beim Telefonieren Notizen machte. Als er zum Tisch zurückkam, strahlte er. Sein Notizbuch war noch aufgeschlagen.

»Gute Nachrichten aus Sacramento, Nim. Ausgezeichnete Nachrichten sogar. Ein Abgesandter des Gouverneurs wird heute nachmittag auf dem Hearing erscheinen und eine Erklärung des Gouverneurs verlesen, daß dieser die Tunipah-Pläne stark unterstützt. Eine entsprechende Pressemitteilung wird vom Büro des Gouverneurs gerade herausgegeben.« Yale warf einen Blick auf seine Notizen. »In dem Kommuniqué heißt es, der Gouverneur sei nach eingehender Prüfung persönlich von der Wichtigkeit dieses Projekts für das Wachstum und den Wohlstand Kaliforniens überzeugt.«

»Herzlichen Glückwunsch. Da haben Sie wirklich einen Erfolg errungen.«

»Ich gebe zu, daß ich mich riesig freue.« Yale steckte das Notizbuch ein und sah auf die Uhr. »Was meinen Sie, wollen wir zu Fuß zum Hearing hinübergehen?«

»Ich begleite Sie, komme aber nicht mit hinein.« Nim grinste. »Vielleicht erinnern Sie sich – bei der Energiekommission bin ich noch immer *persona non grata*.«

Ihr Ziel war das State Building, etwa zehn Minuten entfernt.

Es war ein angenehm sonniger Tag, und Paul Yale, der gut zu Fuß war, schritt kräftig aus. Beide Männer schwiegen jetzt und hingen ihren Gedanken nach.

Nim dachte wie so oft in letzter Zeit an Ruth. Anderthalb Wochen waren seit jener Nacht vergangen, in der Nim die Wahrheit über Ruths Zustand erfahren hatte. Mit Ausnahme des Gesprächs mit Dr. Levin behielt er sein Wissen für sich. Er wollte nicht, daß Ruth – wie er es in anderen Familien erlebt hatte – zum Objekt von Klatsch und Spekulation wurde.

Dr. Levins Haltung war weder pessimistisch noch betont optimistisch. »Ihre Frau kann noch viele Jahre eines normalen Lebens vor sich haben«, hatte er gesagt. »Aber Sie müssen auch wissen, daß sich ihr Zustand ganz plötzlich verschlechtern kann.

Eine Behandlung – ob sie nun chemotherapeutisch oder immunotherapeutisch ist – wird sich aber auf jeden Fall günstig auswirken.«

Wegen einer möglichen Zusatzbehandlung sollte Ruth in Kürze wieder nach New York fliegen; dabei würde sich entscheiden, ob die neuere, zum Teil noch im Versuchsstadium befindliche Methode am Sloan-Kettering Institute ihr helfen konnte.

»Der einzige Rat, den ich Ihnen geben kann«, hatte Dr. Levin hinzugefügt, »ist folgender, und ich habe ihn auch schon Ihrer Frau ans Herz gelegt: Leben Sie jeden Tag, als wäre es der letzte, und kosten Sie ihn voll aus. Sie soll tun, was ihr Spaß macht, und es nicht aufschieben, soweit das möglich ist. Wenn Sie einmal genauer darüber nachdenken, werden Sie zu der Überzeugung kommen, daß dieser Rat für uns alle gilt. Denken Sie auch daran, daß jeder von uns auf der Stelle einen Herzschlag bekommen und tot umfallen oder morgen bei einem Verkehrsunfall getötet werden könnte, während Ihre Frau noch viele Jahre leben kann.« Der Arzt seufzte. »Es tut mir leid, Nim; es ist nicht viel, was ich Ihnen sagen kann. Ich weiß, jeder möchte etwas Definitives wissen. Aber der Rat, den ich Ihnen gab, ist das Beste, was ich habe.«

Nim hatte sich Dr. Levins Rat zu Herzen genommen und soviel Zeit wie möglich mit Ruth verbracht. Heute hätte er zum Beispiel über Nacht in Fresno bleiben können; es gab dort gewisse lokale Entwicklungen, über die er sich gern informiert hätte. Statt dessen hatte er für den Nachmittag einen Rückflug gebucht, um zum Dinner zu Hause zu sein.

Seine Gedanken wurden in die Gegenwart zurückgeholt, als Richter Yale bemerkte: »Hier scheinen aber erstaunlich viele Leute auf den Beinen zu sein.«

Nim hatte nicht darauf geachtet; jetzt sah er sich um. »Sie haben recht. Es ist wirklich allerhand los.«

Auf den Straßen gab es ungewöhnlich viele Fußgänger, die alle in dieselbe Richtung strebten – zum State Building. Manche liefen, als wollten sie vor den anderen da sein. Auch der Autoverkehr bewegte sich nur zähflüssig voran, und eine Verkehrsstauung war vorauszusehen. Nim fiel auf, daß die Autos meistens von Frauen gelenkt wurden und es sich bei den Passanten ebenfalls vorwiegend um Frauen und Teenager handelte.

»Vielleicht hat es sich herumgesprochen, daß Sie hier sein werden«, meinte Nim.

Der alte Mann war belustigt. »Nun, ich stehe keineswegs in dem Ruf, solche Menschenmassen anzuziehen.«

Sie erreichten die grüne Promenade gegenüber dem State Building – sie war voller Menschen.

»Wenn man etwas herausfinden will, muß man fragen«, sagte Yale. Er hielt einen Mann mittleren Alters in Arbeitskleidung am Ärmel fest. »Entschuldigen Sie, wir wüßten gern, was die vielen Leute hier tun.«

Der Mann blickte Yale ungläubig an. »Das wissen Sie nicht?«

Yale lächelte. »Deshalb frage ich ja.«

»Es geht um Cameron Clarke. Er kommt her.«

»Der Filmschauspieler?«

»Wer denn sonst. Tritt bei irgendeinem dusseligen Hearing auf. Das wurde heute morgen im Radio und im Fernsehen durchgegeben, sagte meine Frau.«

»Was für ein Hearing?«

»Wie soll ich das wissen? Wen geht's was an? Will den Burschen nur mal sehen, das ist alles.«

Paul Yale und Nim sahen sich an.

»Wir werden's ja erleben«, meinte Yale.

Sie versuchten näher an das State Building und an die Treppe an der Vorderseite heranzukommen, als eine schwarze Limousine mit einer Polizeieskorte auf Motorrädern sich aus der anderen Richtung näherte. Ein vielstimmiger Schrei ertönte: »Da ist er!« Die Menge drängte vor.

Noch mehr Polizei erschien und räumte die Auffahrt vor der Freitreppe. Als das Auto hielt, sprang ein livrierter Chauffeur heraus und öffnete die Tür zum Wagenfond. Ein schlanker junger Mann stieg aus. Er hatte einen blonden Haarschopf und trug einen leichten beigefarbenen Anzug.

»Cameron! Willkommen, Cameron!« jubelte die Menge.

Cameron Clarke winkte huldvoll.

Er war zur Zeit Hollywoods größter Kassenmagnet. Sein sympathisches, jungenhaftes Gesicht war bei fünfzig Millionen begeisterten Fans von Cleveland bis Calcutta, von Seattle bis zur Sierra Leone, von Brooklyn bis Bagdad bekannt. Sogar ehrwürdige Richter wie Paul Yale hatten von Cameron Clarke gehört. Seine bloße Anwesenheit entfesselte überall einen Sturm der Begeisterung. Die Polizei von Fresno war sich dessen bewußt und tat ihr Bestes, um die Menge unter Kontrolle zu halten.

Ein Fernsehteam näherte sich dem Filmstar.

Fernsehreporter: »Mr. Clarke, aus welchem Anlaß sind Sie hier?«

Cameron Clarke: »Ich bin als gewöhnlicher Bürger hergekommen, um gegen einen Plan zu protestieren, der schlecht konzipiert, eigennützig und völlig unnötig ist. Die Verwirklichung dieses Projekts würde die großartige Landschaft von Tunipah verschandeln.«

Fernsehreporter: »Das sind starke Worte, Mr. Clarke. Könnten Sie Ihre Ansicht näher erläutern?«

Cameron Clarke: »Gewiß. Ich halte die Idee, in Tunipah ein Kraftwerk zu errichten, für eine glatte Fehlplanung, weil hier die Umwelt völlig außer acht gelassen wird. Der Plan ist eigennützig, weil er nur auf den Profit abzielt – Profit für die Golden State Power & Light. Er ist unnötig, weil es längst eine andere Energiequelle gibt. Außerdem könnte man, wenn alle ihre Bedürfnisse etwas zurückschraubten, mehr Strom sparen, als Tunipah erzeugen soll.«

Nim und Yale standen in Hörweite. »Er plappert Auswendiggelerntes«, zischte Nim wütend. »Ich wüßte gern, wer das für ihn geschrieben hat.«

Fernsehreporter: »Was meinen Sie mit einer anderen Energiequelle, Mr. Clarke?«

Cameron Clarke: »Die Sonnenenergie.«

Fernsehreporter: »Glauben Sie, daß sie als Stromquelle für uns heute bereits zur Verfügung steht?«

Cameron Clarke: »Auf jeden Fall. Allerdings besteht noch gar kein Grund zur Eile. Das ganze Gerede über Stromsperren ist nichts weiter als eine Panikmache der Energieversorgungskonzerne.«

Ein Zuhörer rief: »Richtig, Cameron. Sag den Kerlen tüchtig Bescheid.«

Der Schauspieler winkte dem Zwischenrufer zu und lächelte in die Kamera.

Nim wandte sich an Yale: »Ich habe genug gehört. Wenn Sie

nichts dagegen haben, möchte ich jetzt die Heimreise antreten und Sie dem Hearing überlassen. Da wird sicher was geboten.«

»Ich weiß auch schon, wer der Star sein wird«, meinte Yale sarkastisch. »In Ordnung, Nim. Gehen Sie. Und vielen Dank für Ihre Hilfe.«

Während sich Nim einen Weg durch die Menge bahnte, wandte sich Yale an einen Polizisten und wurde unauffällig ins State Building geleitet.

»Wenn Sie Cameron Clarke persönlich kennenlernen«, sagte Oscar O'Brien am nächsten Tag, »werden Sie feststellen, daß er ein sympathischer, netter Kerl ist. Ich habe mich schon mehrfach mit ihm unterhalten und kenne eine ganze Reihe seiner Freunde. Er ist glücklich verheiratet und hat drei Kinder. Das Problem ist nur, daß alles, was aus seinem Munde kommt, für der Weisheit letzten Schluß gehalten wird.«

Der Justitiar, der das Hearing in Fresno miterlebt hatte, erstattete J. Eric Humphrey, Teresa Van Buren und Nim Bericht.

»Wie sich herausstellte«, sagte O'Brien, »ist Clarke hauptsächlich deshalb gegen Tunipah zu Felde gezogen, weil er ganz in der Nähe des geplanten Kraftwerks einen Landsitz hat, wo er mit seiner Familie ungestört den Sommer verbringt. Sie reiten, angeln und machen Campingtouren. Er fürchtet nun, daß unser Vorhaben ihm alles verderben könnte, und ganz so unrecht dürfte er nicht haben.«

»Hat denn keiner darauf hingewiesen, daß das Wohl von Millionen wichtiger ist als das Ferienvergnügen eines einzelnen?« fragte Humphrey.

»Selbstverständlich habe ich es versucht«, antwortete O'Brien. »Gott weiß, daß ich mir beim Kreuzverhör den Mund fusselig geredet habe. Aber meinen Sie, das hätte irgend jemanden interessiert? Cameron Clarke war gegen Tunipah – der Gott der Leinwand hatte gesprochen. Das war alles, was zählte.«

Der Rechtsanwalt machte eine Pause und fuhr dann fort: »Als Clarke über die Verschandelung der Natur sprach – und ich muß gestehen, das war gekonnt, als rezitierte er die Verse Marc Antons an Cäsars Leiche –, da gab es Zuschauer, die weinten. Glauben Sie mir – sie weinten wirklich.«

»Ich könnte mir vorstellen, daß ihm jemand den Text geschrieben hat«, erklärte Nim. »Soviel ich gehört habe, hat er von alledem nicht die leiseste Ahnung.«

O'Brien zuckte die Achseln. »Das bringt uns auch nicht weiter.«

Er fügte hinzu: »Ich kann Ihnen noch etwas erzählen. Als Clarke mit seiner Aussage fertig war und aufbrechen wollte, bat ihn der Vorsitzende der Kommission um ein Autogramm. Für seine Nichte, sagte er. Aber er wollte es ganz bestimmt für sich selbst.«

»Wie auch immer wir die Angelegenheit betrachten«, stellte Teresa Van Buren fest, »Cameron Clarke hat unserer Sache sehr geschadet.«

Das war nur zu wahr; denn Fernsehen, Rundfunk und Presse beschäftigten sich ausschließlich mit dem kurzen Auftritt des Filmschauspielers. Im *Chronicle-West* und im *California Examiner* wurde die Erklärung des Gouverneurs von Kalifornien in einem kurzen Absatz am Ende des Berichts erwähnt, im Fernsehen überhaupt nicht. Paul Sherman Yales Erscheinen aber wurde vollkommen ignoriert.

13

Nancy Molineaux hatte das Gefühl, einer heißen Sache auf der Spur zu sein. Es gab allerdings Probleme. Eines davon war, daß sie nicht einmal genau wußte, wonach sie eigentlich suchte. Das andere war die Notwendigkeit, ihrer normalen Reportertätigkeit für den *California Examiner* nachzugehen, so daß ihr nur wenig Zeit für die Ermittlungen blieb. Hinzu kam, daß sie sich bis jetzt niemandem anvertraut hatte, und schon gar nicht dem Lokalredakteur, der immer schnelle Erfolge sehen wollte und nicht verstand, daß ein guter Reporter mit Geschick und Geduld vorgehen mußte. Nancy besaß beides.

Und beides hatte sie seit jener turbulenten Hauptversammlung der Aktionäre der Golden State Power & Light eingesetzt, nachdem ihr Nim Goldman im Zorn vorgeschlagen hatte: »*Warum nehmen Sie ihn nicht einmal unter die Lupe?*«

Mit »ihn« war Davey Birdsong gemeint.

Goldman hatte natürlich nicht damit gerechnet, daß sie den Vorschlag ernst nehmen würde. Aber nachdem sie darüber nachgedacht hatte, fand sie die Idee gar nicht so abwegig.

Birdsong hatte schon vorher ihre Neugierde erregt. Nancy mißtraute Leuten wie ihm, die so betont ihre Rechtschaffenheit zur Schau stellten, für die Unterdrückten auftraten und einen glauben machen wollten, es sei ihre Überzeugung. Nancys bisherige Erfahrung hatte sie gelehrt, daß diese Art von Menschenfreunden sich meistens nur selber in den Vordergrund schieben wollten. Sie hatte so etwas zur Genüge miterlebt – bei der schwarzen Bevölkerung wie bei der weißen.

Mr. Milo Molineaux, Nancys Vater, gehörte nicht zu diesen Menschenfreunden und Volksbeglückern. Er war Bauunternehmer, der sein Lebtag ein ehrliches Ziel verfolgt hatte: trotz seiner armseligen Herkunft ein reicher Mann zu werden.

Dabei hatte ihr Vater, wie Nancy beobachtete, für die Leute ihrer eigenen Rasse – indem er ihnen feste Arbeitsplätze, angemessene Löhne und eine menschenwürdige Behandlung bot – mehr getan als tausend politische Aktivisten, die nie im Leben selbst Arbeitgeber gewesen waren.

Sie konnte diese geschwätzigen Liberalen nicht leiden, auch weiße nicht, die sich aufführten, als könnten sie persönlich für die dreihundertjährige Sklaverei der Schwarzen Wiedergutmachung leisten. Diese Idioten taten so, als ob jemand, nur weil er schwarz war, niemals etwas falsch machen könnte. Nancy benahm sich solchen Leuten gegenüber mit Absicht grob und unfreundlich und beobachtete, wie sie sich ihr Benehmen gefallen ließen, nur weil sie schwarz war. Dafür verachtete sie sie um so mehr.

Nim Goldman verachtete sie nicht. Tatsächlich – und das hätte Nim sicherlich überrascht – mochte sie ihn, ja bewunderte ihn sogar.

Goldman konnte sie nicht ausstehen, das wußte Nancy. Er lehnte sie offensichtlich und rundheraus ab und tat nichts, um seine Abneigung zu verbergen. Er mochte sie weder als Reporterin noch als Frau. Nancy war überzeugt, daß ihre Hautfarbe dabei keine Rolle spielte, Goldman hätte sie genauso gehaßt, wenn sie weiß, gelb oder rot gewesen wäre.

Und dafür respektierte sie ihn.

In gewisser Weise, die sie selbst als widersprüchlich empfand, machte es ihr Spaß, seinen Zorn anzustacheln. Trotzdem hatte sie jetzt das Gefühl, daß es genug war. Zweimal hatte sie ihm gehörig zugesetzt, aber nun schien es nicht mehr fair, in diesem Sinne fortzufahren. Außerdem hatte der Mann Mut und war ehrlich, und das war mehr wert als die unerträgliche Selbstherrlichkeit der anderen Zeugen beim Hearing, bei dem Goldman der Kragen geplatzt war, wofür man ihn dann mundtot gemacht hatte.

Den Artikel, den sie über das Hearing geschrieben hatte, war sie ihrem Journalistenstolz schuldig gewesen. Ein guter Journalist zu sein bedeutete schließlich, rücksichtslos die eigenen Gefühle hintanzustellen. Denn schon damals hatte Goldman ihr leid getan.

Falls sie ihn jemals näher kennenlernen sollte – was sie für sehr unwahrscheinlich hielt –, würde sie es ihm sagen.

Nun, da Goldman nicht mehr Zielscheibe ihrer Angriffe war, wandte sie ihre Aufmerksamkeit Davey Birdsong zu.

Birdsong bewunderte sie jedenfalls bestimmt *nicht*. Von Anfang an hatte sie ihn für einen Schwätzer, wenn nicht für einen Hochstapler gehalten.

Kurz nach der Hauptversammlung der GSP&L-Aktionäre hatte sie unauffällig begonnen, Nachforschungen über Birdsongs p&lfp anzustellen. Das hatte einige Monate in Anspruch genommen, weil sie es nur in ihrer sehr beschränkten Freizeit tun konnte. Aber die Ergebnisse waren interessant.

Birdsong, so erfuhr Nancy, hatte den Verbraucherverband vor vier Jahren gegründet, als durch die schleichende Inflation und die Erhöhung der Ölpreise die Strom- und Gasrechnungen drastisch anstiegen. Für die unteren und mittleren Einkommensschichten war das gewiß eine Härte. Birdsong hatte sich damals selbst zum Freund des Volkes gekürt.

Sein marktschreierischer Stil sicherte ihm die Aufmerksamkeit der Medien, und er schlug geschickt Kapital daraus und gewann Tausende von Mitgliedern. Eine kleine Armee von Studenten wurde für die Mitgliederwerbung eingesetzt. Nancy war es gelungen, einige dieser Ex-Studenten ausfindig zu machen. Alle waren auf das Experiment schlecht zu sprechen.

»Wir dachten zuerst, etwas Gutes zu tun, indem wir den armen Leuten zu ihrem Recht verhalfen«, erklärte einer der ehemaligen Studenten, inzwischen Architekt. »Doch dann stellten wir fest, daß unsere Hilfe in erster Linie Davey Birdsong zugute kam.

Wenn wir auf Mitgliederfang geschickt wurden, nahmen wir Petitionsschreiben mit, die Birdsong hatte drucken lassen. Sie waren an den Gouverneur, an den Senat, an das Repräsentantenhaus, an die Public Utilities Commission und so weiter gerichtet und forderten ›Preisermäßigung für Privathaushalte‹. Damit gingen wir von Tür zu Tür. Natürlich unterschrieb fast jeder.«

Eine junge Frau, die ebenfalls für Birdsong geworben hatte und bei dem Gespräch dabei war, ergänzte:

»Sobald wir die Unterschrift ergattert hatten, mußten wir den Leuten erklären, daß solche Petitionen der Organisation Kosten verursachten. Mit einer Spende von drei Dollar würde man dem Verband helfen und außerdem für ein Jahr Mitglied des p&lfp werden. Nachdem wir uns mit den Leuten so lange befaßt hatten, meinten sie, sie schuldeten uns etwas für unsere Mühe – von Psychologie versteht Birdsong einiges –, und so gab es nur wenige, die nicht die drei Dollar herausrückten.«

»Ein Betrug ist ihm in dieser Angelegenheit nicht nachzuweisen, nehme ich an«, sagte der junge Architekt, »es sei denn, Sie bezeichnen das Sammeln von mehr Geld als für die Organisation eines Verbandes wie des p&lfp nötig als betrügerisch. Betrogen aber waren auf jeden Fall die Studenten, die für ihn arbeiteten.«

»Birdsong versprach uns ein Entgelt für unsere Arbeit«, erklärte die junge Frau, »und zwar ein Drittel der Einnahmen. Aber er bestand darauf, daß das Geld erst bei ihm abgeliefert wurde, damit es verbucht werden konnte. Wir sollten später bezahlt werden. Es war wirklich später, viel später, und dann bekamen wir nur ein Viertel von dem, was jeder kassiert hatte. Wir nahmen das nicht widerspruchslos hin, aber er behauptete, wir hätten ihn mißverstanden. Von einem Drittel sei nie die Rede gewesen.«

»Hatten Sie denn nichts Schriftliches in der Hand?« fragte Nancy.

»Nichts. Wir vertrauten ihm. Schließlich stand er auf der Seite der Armen gegen den geldgierigen Konzernriesen – so glaubten wir jedenfalls.«

»Außerdem«, fügte der Architekt hinzu, »war Birdsong sehr geschickt. Er sprach mit jedem von uns allein. Auf diese Weise hatte niemand einen Zeugen. Aber wenn es sich um ein Mißverständnis gehandelt haben sollte, hätten wir die Angelegenheit zufällig alle in derselben Weise mißverstanden haben müssen.«

»Es war kein Mißverständnis«, sagte die junge Frau. »Birdsong hat uns ganz schlicht übers Ohr gehauen.«

Nancy Molineaux fragte die beiden und andere ehemalige Sammler, wieviel Geld sie ihrer Meinung nach kassiert hatten. In seinen öffentlichen Stellungnahmen hatte Birdsong behauptet, der p&lfp verfüge über fünfundzwanzigtausend Mitglieder. Die meisten Leute, mit denen Nancy sprach, schätzten die wirkliche Zahl aber beträchtlich höher ein – um die fünfunddreißigtausend. Wenn das stimmte, hatte der p&lfp unter Abzug der an die Sammler gezahlten Gelder im ersten Jahr fast hunderttausend Dollar eingenommen.

»Sie haben sicherlich nicht unrecht«, sagte der Architekt, als er von Nancys Schätzung hörte. »Birdsong hat ein stattliches Einkommen.« Mit Bedauern fügte er hinzu: »Ich habe wohl den falschen Beruf.«

Außerdem hatte Nancy noch herausgefunden, daß die Geldsammlungen für den p&lfp weitergingen.

Davey Birdsong beschäftigte auch weiterhin Studenten der Universität mit dem Ziel, neue Mitglieder zu werben und die Mitgliedschaft der alten zu erneuern. Offensichtlich übervorteilte Birdsong die Studenten nicht mehr; er hatte wohl gemerkt, daß er damit auf die Dauer nicht durchkommen würde. Aber der Gewinn mußte trotzdem noch beträchtlich sein.

Was machte Birdsong mit dem vielen Geld? Die Antwort war nicht leicht zu finden. Richtig war, daß er die Golden State Power & Light tatkräftig bekämpfte – zum Teil mit Erfolg, und viele Anhänger des p&lfp glaubten, daß ihr Geld einem nützlichen Zweck diente und gut angelegt sei. Aber Nancy bezweifelte das.

Mit Hilfe eines Wirtschaftsprüfers stellte sie Berechnungen an und kam zu dem Ergebnis, daß auch bei großzügigen Ausgaben und einem reichlich bemessenen Honorar für Birdsong selbst nicht einmal die Hälfte der Einkünfte verbraucht werden konnte. Was aber geschah mit dem Rest? Vermutlich sahnte Birdsong ab, der den p&lfp vollkommen in der Hand hatte.

Das konnte ihm Nancy aber nicht beweisen. Zumindest jetzt noch nicht.

Der Wirtschaftsprüfer meinte, daß das Finanzamt vom p&lfp und von Birdsong Rechenschaft verlangen könnte. Aber da es ständig unterbesetzt war, konnten viele Gaunereien sogenannter Wohltätigkeitsorganisationen niemals aufgedeckt werden.

Der Wirtschaftsprüfer fragte Nancy, ob er dem Amt einen Wink geben sollte. Sie antwortete mit einem entschiedenen Nein. Noch war sie mit ihren Ermittlungen nicht soweit.

Nancy kannte den Wirtschaftsprüfer aufgrund der Geschäftsverbindungen ihres Vaters. Dasselbe traf auf einen Anwalt zu, der öfter für die Milo Molineaux Inc. tätig war. Nancy suchte ihn zusammen mit den ehemaligen, von Birdsong geschädigten Studenten auf, und er nahm deren eidesstattliche Erklärungen zu Protokoll. Alle bemühten sich, Nancy bei ihren Ermittlungen zu helfen.

Bei einer Cocktailparty hörte sie das Gerücht, daß Birdsong und der p&lfp den Sequoia Club um finanzielle Unterstützung gebeten haben sollte. Nancy hielt das für unwahrscheinlich und war sicher, daß der wohlhabende und angesehene Sequoia Club sich niemals mit Leuten wie Davey Birdsong zusammentun würde. Wenn sie sich auch wenig davon versprach, verfolgte sie den Hinweis dennoch weiter. Bis jetzt allerdings ohne Erfolg.

Am meisten aber wurde Nancys Spürsinn angestachelt, als sie an einem Tag im Januar mit ihrem Mercedes 450 SL durch die Innenstadt fuhr und zwischen den Fußgängern Davey Birdsong entdeckte. Ohne sich über ihre Beweggründe Rechenschaft abzulegen, beschloß sie, ihm nachzugehen. Sie fand eine Parklücke, stellte den Wagen ab und folgte Birdsong in angemessener Entfernung.

Obwohl sie ganz sicher war, daß Birdsong sie nicht gesehen haben konnte, benahm er sich merkwürdigerweise, als rechnete er mit einer Verfolgung. Zuerst betrat er eine stark besuchte Hotelhalle. Nachdem er sich dort eine Zeitlang umgesehen hatte, suchte er eine Herrentoilette auf, aus der er nach einigen Minuten wieder herauskam. Er trug nun eine Brille mit dunklen

Gläsern und einen weichen Filzhut. Nancy konnte er damit nicht täuschen. Allerdings hatte sich sein Aussehen so verändert, daß sie ihn in dieser Kostümierung auf der Straße normalerweise nicht erkannt hätte. Er verließ das Hotel durch einen Seiteneingang. Nancy wartete einen Augenblick und folgte ihm dann.

Beinahe hätte sie ihn aus den Augen verloren, als er plötzlich einen Bus bestieg und sich hinter ihm die Türen schlossen.

Es war keine Zeit mehr, zum Auto zurückzukehren, aber zum Glück kam gerade ein Taxi vorbei. Nancy hielt es an, zückte eine Zwanzig-Dollar-Note und sagte zu dem Fahrer, einem jungen Schwarzen: »Folgen Sie dem Bus da, aber nicht zu auffällig. Ich muß an jeder Haltestelle sehen können, wer aussteigt.«

»Abgemacht, Lady. Bleiben Sie ganz ruhig sitzen und überlassen Sie alles Weitere mir«, sagte der Taxifahrer augenzwinkernd.

Er fuhr sehr geschickt. Zweimal überholte er den Bus, ordnete sich dann aber gleich wieder in die rechte Fahrspur ein. An den Haltestellen hielt er rechtzeitig hinter dem Bus, damit Nancy genau beobachten konnte, wer ausstieg. Sie fuhren eine ganze Weile, ohne daß sich Birdsong blicken ließ. Nancy überlegte schon, ob er ihr entwischt sein konnte, da verließ er nach einer Fahrt von etwa vier Meilen den Bus.

Sie beobachtete, wie er sich nach allen Seiten umsah.

»Der da – mit dem Bart«, informierte sie den Taxifahrer; der nickte und hielt ein Stückchen weiter am Straßenrand an. »Nicht umdrehen, Lady«, sagte er. »Ich habe ihn im Rückspiegel. Er geht jetzt über die Straße.« Und einen Moment später: »Nanu, jetzt steigt er wieder in einen Bus!«

Sie verfolgten auch den zweiten Bus, der in die entgegengesetzte Richtung und zum Teil denselben Weg fuhr, den sie gekommen waren. Diesmal stieg Birdsong aber schon nach wenigen Haltestellen wieder aus, wobei er sich erneut mißtrauisch umsah. In der Nähe war ein Taxistand. Birdsong nahm gleich das erste Taxi, und während es anfuhr, sah Nancy sein Gesicht in der Heckscheibe.

Sie änderte nun ihren Plan. »Lassen Sie ihn fahren, und bringen Sie mich in die Stadt zurück«, sagte sie.

Nancy hatte sich überlegt, daß es unklug war, das Glück derart herauszufordern. Sie hoffte, daß Birdsong sie nicht gesehen hatte, aber wenn sie ihn jetzt noch weiter verfolgte, bestand die Gefahr, daß er sie entdeckte. Das Rätsel seiner Heimlichtuerei mußte sie auf andere Weise lösen.

»Sie sind aber komisch«, murrte der Taxifahrer. »Erst soll ich dem Kerl auf den Fersen bleiben und dann plötzlich nicht mehr. Ich war nicht mal nah genug dran, um die Taxinummer erkennen zu können.«

Weil er sich soviel Mühe gegeben hatte, beschloß Nancy, dem Mann zu erklären, weshalb sie nicht gesehen werden wollte. Er hörte zu und nickte. »Schon kapiert.«

Einige Minuten später drehte er sich zu Nancy um. »Wollen Sie immer noch rauskriegen, wo das Bartgesicht hinläuft?«

»Ja«, sagte Nancy. Je länger sie über Birdsongs Vorsichtsmaßnahmen nachdachte, desto mehr verstärkte sich ihre Überzeugung, daß er etwas zu verbergen hatte.

»Wissen Sie, wo der Bursche die meiste Zeit rumhängt?« fragte der Taxifahrer.

»Seine Adresse kenne ich nicht. Die müßte sich aber ermitteln lassen.«

»Vielleicht können wir zusammenarbeiten«, schlug der Fahrer vor. »Ich habe zwei Kumpel, zur Zeit arbeitslos, die ebenfalls Funk im Auto haben. Wir drei könnten das Bartgesicht abwechselnd verfolgen, damit er nicht immer dieselbe Kutsche hinter sich sieht. Über Sprechfunk verständigen wir uns, wer jeweils übernimmt.«

»Aber da müßten Sie ihn ja tagelang beschatten«, gab Nancy zu bedenken.

»Das ginge. Ich sagte ja, meine Freunde sind im Moment ohne Job.«

Die Idee war nicht schlecht. »Was würde das denn kosten?« erkundigte sich Nancy.

»Das muß ich mir mal ausrechnen. Aber bestimmt nicht so viel, wie Sie denken.«

»Wenn Sie es ausgerechnet haben, können Sie mich anrufen.« Sie kritzelte ihre Telefonnummer auf eine Visitenkarte.

Er rief noch am selben Abend an. Inzwischen hatte sie Birdsongs Adresse aus dem Telefonbuch herausgesucht.

»Zweihundertfünfzig die Woche«, sagte der Taxifahrer. »Für uns alle drei.«

Sie zögerte. War die Angelegenheit wirklich so wichtig? Ihr Gefühl sagte ihr ja.

Sollte sie den *Examiner* um das Geld bitten? Wenn sie das tat, würde sie ihre Karten aufdecken müssen, und die Zeitung würde vermutlich ihr Material über Birdsong und den p&lfp sofort veröffentlichen wollen. Das aber wäre nach ihrer Meinung verfrüht; sie glaubte felsenfest, daß in der Geschichte noch mehr drinsteckte und daß es sich lohnte zu warten. Außerdem kannte sie die Sparsamkeit der Zeitung und wußte, daß man nicht gern Geld ausgab, wenn es nicht unbedingt sein mußte.

Sie beschloß also, auch weiterhin allein zu ermitteln. Das Geld würde sie erst einmal auslegen.

Nancy Molineaux war von Hause aus wohlhabend. Vor einigen Jahren hatte ihr Vater einen Vermögensfonds für sie eingerichtet, der ihr ein regelmäßiges stattliches Einkommen sicherte. Aber aus persönlichem Stolz hielt sie ihr Privatvermögen und ihre beruflichen Einkünfte streng auseinander.

Dieses eine Mal würde sie ihren Stolz zurückstellen müssen.

Der Taxifahrer verlangte eine Anzahlung. Nancy bat ihn, vorbeizukommen und sich das Geld abzuholen.

Danach hörte sie sechs Tage lang nichts. Am siebten Tag brachte ihr der junge Mann, der Vickery hieß, einen schriftlichen Bericht. Zu Nancys Überraschung war er sehr ausführlich und sauber geschrieben. Birdsongs Wege waren im einzelnen aufgeführt, ließen aber nichts Ungewöhnliches erkennen. Er schien auch nicht bemerkt zu haben, daß er verfolgt wurde. Und, was noch auffälliger war: Er hatte überhaupt keinen Versuch unternommen, irgendwelche Verfolger abzuschütteln.

»Eine Woche war nicht genug«, sagte Vickery. »Wollen Sie es noch eine zweite probieren?«

Warum zum Teufel nicht? dachte Nancy.

Nach weiteren sieben Tagen kam Vickery wieder. Er brachte einen ähnlich ausführlichen Bericht mit ebenfalls negativen Resultaten. Enttäuscht sagte sie: »Das war's. Vergessen Sie die Sache.«

Der junge Mann betrachtete sie mit unverhohlener Verachtung. »Jetzt wollen Sie aufgeben? Nachdem Sie soviel investiert haben?« Als er merkte, daß sie schwankte, drängte er: »Probieren Sie es doch noch eine Woche.«

»Sie sollten Staubsaugervertreter werden«, meinte Nancy. »Also gut, Sie haben mich überredet«, entschied sie. »Noch eine Woche. Aber dann ist Schluß.«

Am vierten Tag fanden sie, wonach sie suchten.

Vickery rief an und kam abends wieder in Nancys Wohnung. »Stellen Sie sich vor. Das Bartgesicht hat das gleiche Umsteigespiel praktiziert wie neulich, als Sie dabei waren.« Stolz fügte er hinzu: »Aber wir haben uns nicht von dem Stümper abhängen lassen.«

»Welch ein Glück – bei dem Honorar, das Sie kassieren.«

Der junge Mann grinste, als er ihr wie immer den schriftlichen Bericht übergab. Aus den Aufzeichnungen ging hervor, daß Davey Birdsong mit seinem eigenen Auto von zu Hause bis ans andere Ende der Stadt gefahren war. Bevor er den Wagen dort abstellte, hatte er wieder eine Brille mit dunklen Gläsern und einen Hut aufgesetzt. Dann war er mit einem Taxi in die Stadt zurückgefahren, hatte nacheinander zwei Busse in verschiedene Richtungen genommen und war schließlich zu Fuß zu einem kleinen Haus im Osten der Stadt gegangen.

Vickery gab Nancy die Adresse.

»Zwei Stunden blieb das Bartgesicht drin«, sagte Vickery.

Danach, fuhr er in seinem Bericht fort, hatte Birdsong ein Taxi bis in die Gegend genommen, wo er seinen Wagen abgestellt hatte, war ein paar Blocks zu Fuß gegangen, in sein Auto gestiegen und nach Hause gefahren.

»Sollen wir das Bartgesicht noch ein wenig beschatten?« fragte Vickery erwartungsvoll und fügte hinzu: »Meine beiden Freunde haben immer noch keine Arbeit.«

»Solange sie mit Ihnen befreundet sind«, sagte Nancy, »brauchen sie sich keine Sorgen zu machen.« Sie schüttelte den Kopf. »Nein, danke.«

Jetzt, zwei Tage später, saß Nancy in ihrem Auto und beobachtete das Haus, das Davey Birdsong unter so vielen Vorsichtsmaßnahmen aufgesucht hatte. Sie wartete nun schon seit zwei Stunden. Es war bald Mittag.

Gestern, einen Tag nach Vickerys Abschlußbericht, hatte sie an einer Reportage für den *Examiner* gearbeitet, die sie erst morgen beim Lokalredakteur abgeben mußte. Bis dahin hatte sie also Zeit.

Das Haus Nummer 117 in der Crocker Street gehörte zu einem Dutzend Reihenhäuser aus den zwanziger Jahren. Vor einem Jahrzehnt waren sie von einer geschäftstüchtigen Immobilienfirma renoviert worden, weil die Gegend Zukunft zu haben schien. Aber die Spekulation erwies sich als Fehlschlag. Crocker Street blieb, was sie gewesen war – eine unbedeutende, langweilige Durchgangsstraße, in der Leute wohnten, die sich nichts Besseres leisten konnten. Die renovierten Häuser sahen bald genauso heruntergekommen wie früher aus, mit abbröckelndem Putz, gesprungenen Fensterscheiben und abblätternder Farbe.

Nummer 117 unterschied sich in nichts von den anderen Häusern.

Nancy hatte ihren Mercedes anderthalb Block entfernt geparkt, von wo aus sie einen guten Blick auf das Haus hatte, ohne selbst gesehen zu werden. Sie hatte einen Feldstecher mitgenommen, ihn aber aus Furcht, die Neugierde von Passanten zu erregen, bis jetzt nicht benutzt.

Sie hatte weder einen Plan, noch wußte sie eigentlich, worauf sie wartete. Während der Vormittag verging, hoffte sie, jemanden aus dem Haus 117 herauskommen zu sehen. Aber ihr Wunsch ging nicht in Erfüllung. Sie überlegte schon, ob sie für heute Schluß machen und es ein anderes Mal wieder versuchen sollte, als ein Fahrzeug an ihr vorbeifuhr. Es handelte sich um einen braungestrichenen, alten Volkswagenbus mit einer zerbrochenen Seitenscheibe, die durch Karton und Klebeband notdürftig ersetzt worden war.

Plötzlich war Nancy hellwach. Der VW-Bus wendete auf der Straße und hielt vor der Nummer 117.

Ein Mann stieg aus. Nancy riskierte einen Blick durch den Feldstecher und sah einen mageren Mann mit kurzgeschorenem Haar und einem buschigen Schnurrbart. Sie schätzte ihn auf Ende Zwanzig. Im Gegensatz zu seinem Auto sah er sehr adrett aus; er hatte einen dunkelblauen Anzug an und trug eine Krawatte. Er ging zum Heck seines Fahrzeugs und öffnete die Tür. Der Feldstecher war sehr gut, und so konnte Nancy einen Moment lang sogar die Hände des Mannes sehen. Sie schienen stark vernarbt zu sein.

Jetzt holte er aus dem Innern des Fahrzeugs einen großen

roten Zylinder, der schwer zu sein schien. Er setzte ihn auf dem Gehsteig ab, holte noch einen zweiten roten Zylinder heraus und trug dann die beiden Gegenstände zum Haus. Dabei erkannte Nancy, daß es Feuerlöscher waren.

Der Mann ging noch zwei weitere Male zwischen VW-Bus und Haus hin und her. Jedesmal schleppte er zwei Feuerlöscher hinein. Zusammen waren es sechs. Er blieb etwa fünf Minuten im Haus, dann kam er wieder heraus und fuhr davon.

Nancy überlegte, ob sie ihm folgen sollte, entschied sich aber dagegen. Sie blieb in ihrem Auto sitzen und dachte nach: Warum wollte sich ein so kleines Haus so stark gegen Feuer absichern? »Verdammt!« entfuhr es ihr. Sie hatte versäumt, die Autonummer von dem VW-Bus zu notieren. Jetzt war es zu spät. Sie schalt sich selbst und bereute, daß sie den Wagen nicht verfolgt hatte.

Für heute konnte sie vermutlich Feierabend machen. Sie hatte die Hand schon fast am Zündschlüssel, als bei Nummer 117 wieder etwas Interessantes geschah. Sie griff erneut zum Feldstecher.

Eine Frau war aus dem Haus getreten; sie war jung und zierlich, mit ausgeblichenen Jeans und einer Seemannsjacke bekleidet. Sie sah sich einen Moment lang um und ging dann in entgegengesetzter Richtung davon.

Diesmal zögerte Nancy nicht. Sie ließ den Motor an und fuhr aus der Parklücke heraus. Sie behielt die Frau im Auge, folgte ihr langsam und blieb zuweilen am Straßenrand stehen, um sie nicht zu überholen.

Die Frau blickte sich nicht um. Als sie um eine Ecke bog, wartete Nancy eine Weile und kam dann gerade noch rechtzeitig, um zu sehen, wie die andere einen Supermarkt betrat. Nancy stellte ihr Auto auf dem Firmenparkplatz ab und ging ebenfalls in das Geschäft.

Im Supermarkt waren nicht mehr als zwanzig Kunden. Nancy beobachtete die junge Frau, wie sie am anderen Ende des Ganges Konservendosen in ihren Einkaufswagen packte. Nancy hatte sich ebenfalls einen Wagen genommen und näherte sich nun langsam der anderen Frau.

Aus der Nähe sah sie noch jünger aus. Sie war blaß, hatte ungepflegtes blondes Haar und kein Make-up. An ihrer rechten Hand trug sie etwas, das wie ein behelfsmäßiger Handschuh aussah. Offensichtlich verbarg sie darunter eine deformierte Hand oder eine Verletzung, denn sie benutzte nur ihre linke Hand, mit der sie jetzt gerade eine Flasche Mazola-Öl aus einem Regal nahm.

Nancy Molineaux schob ihren Wagen an ihr vorbei, drehte sich dann aber abrupt um, als hätte sie etwas vergessen. Ihre Augen und die der anderen Frau trafen sich. Nancy lächelte und sagte freundlich: »Hallo! Wir kennen uns doch, nicht wahr?« Sie fügte wie beiläufig hinzu: »Ich meine, wir haben einen gemeinsamen Bekannten, Davey Birdsong.«

Das Gesicht der jungen Frau wurde aschfahl, sie zitterte und ließ die Flasche fallen, die klirrend auf dem Boden zerbrach.

Kurze Zeit herrschte Stille, während sich eine dickflüssige Ölpfütze auf dem Fußboden ausbreitete. Im Nu kam der Filialleiter wie ein aufgescheuchtes Huhn herbeigelaufen. »Du meine Güte! Was ist geschehen?«

»Meine Schuld«, sagte Nancy schnell. »Es tut mir leid, ich komme natürlich für den Schaden auf.« Sie nahm die andere Frau am Arm, die immer noch völlig verdattert dastand.

»Lassen Sie uns gehen«, schlug Nancy vor. Das Mädchen mit den ausgeblichenen Jeans wehrte sich nicht, ließ ihren Einkaufswagen stehen und folgte Nancy.

Als sie draußen waren, drängte Nancy das Mädchen zum Parkplatz, wo der Mercedes stand. Während Nancy die Beifahrertür öffnete, schien die andere plötzlich aufzuwachen.

»Ich kann nicht. Ich kann wirklich nicht. Ich muß zurück.«

Ihre Stimme klang nervös, und sie zitterte wieder. Als sie den Supermarkt verlassen hatten, hatte das Zittern aufgehört. Sie sah Nancy verstört an: »Wer sind Sie?«

»Eine Freundin. Hören Sie, am anderen Ende des Blocks ist eine Bar. Wir fahren auf einen Drink hin. Sie sehen aus, als könnten Sie einen vertragen.«

»Ich sage Ihnen doch, ich habe keine Zeit.«

»Sie werden sich die Zeit nehmen«, sagte Nancy entschieden. »Wenn nicht, werde ich Ihren Freund Davey Birdsong anrufen und ihm erzählen...«

Nancy wußte nicht, wie sie den Satz beenden sollte, aber der Erfolg war frappierend. Das Mädchen stieg widerstandslos ein.

Die Fahrt dauerte nur wenige Minuten, und es gab dort

genügend Parkplätze. Sie stellten das Auto ab und betraten die Bar. Das Innere war dunkel und roch schimmelig.

»O Gott«, entfuhr es Nancy. »Hier brauchen wir ja einen Blindenhund.« Sie ging mutig zu einem etwas abseits stehenden Ecktisch. Das Mädchen folgte ihr.

Als sie sich hinsetzten, sagte Nancy: »Wie heißen Sie?«

»Yvette.«

Ein Kellner erschien, und Yvette bestellte ein Bier, Nancy einen Daiquiri. Sie schwiegen, bis ihre Drinks serviert wurden.

Jetzt sprach das Mädchen. »Sie haben mir immer noch nicht gesagt, wer *Sie* sind.«

Es gab keinen Grund, ihr nicht die Wahrheit zu sagen. »Mein Name ist Nancy Molineaux. Ich bin Zeitungsreporterin.«

Zweimal war Yvette bereits schockiert gewesen, aber jetzt blieb ihr der Mund offenstehen, das Bierglas entglitt ihrer Hand, und wenn Nancy nicht zugegriffen hätte, wäre es hinuntergefallen und zerschellt.

»Beruhigen Sie sich«, bat Nancy. »Reporter fressen die Leute nur, wenn sie hungrig sind. Ich bin es nicht.«

Das Mädchen flüsterte mit versagender Stimme: »Was wollen Sie von mir?«

»Ein paar Informationen.«

Yvette feuchtete die Lippen an. »Zum Beispiel?«

»Zum Beispiel, wer mit Ihnen in dem Haus wohnt und was Birdsong dort zu suchen hatte. Das reicht für den Anfang.«

»Das geht Sie nichts an.«

Nancys Augen hatten sich inzwischen an die Dunkelheit gewöhnt, und so konnte sie sehen, daß die andere Frau, obwohl sie sich im Moment ganz forsch gab, wie im Fieber zitterte. Nancy tat, als sei das Gespräch für sie beendet. »Okay, ich hätte doch gleich zur Polizei gehen sollen und ...«

»Nein.« Yvette verbarg ihr Gesicht in den Händen und brach in Tränen aus.

Nancy versuchte sie zu trösten. »Ich weiß, daß Sie Probleme haben. Wenn Sie möchten, will ich Ihnen gern helfen.«

»Keiner kann mir helfen«, brachte Yvette unter Schluchzen hervor. Im nächsten Moment nahm sie ihren ganzen Mut zusammen und stand auf. »Ich gehe jetzt.« Auch in ihrer Verzweiflung besaß sie eine gewisse Würde.

»Hören Sie«, bat Nancy. »Ich schlage Ihnen einen Tauschhandel vor. Wenn Sie mir versprechen wiederzukommen, werde ich in der Zwischenzeit nichts sagen oder tun.«

Das Mädchen zögerte. »Wann?«

»Heute in drei Tagen.«

»Das geht nicht.« Wieder eine Mischung aus Zweifel und Furcht. »Vielleicht in einer Woche.«

Damit mußte Nancy sich zufriedengeben. »In Ordnung. Heute in einer Woche, am Mittwoch – gleiche Zeit, gleiche Stelle.«

Yvette nickte und verließ die Bar.

Auf dem Heimweg war sich Nancy nicht darüber klar, ob sie sich richtig oder falsch verhalten hatte.

Was zum Teufel hatte das Ganze zu bedeuten? Was hatten Davey Birdsong und Yvette miteinander zu tun? Als Nancy mit der Polizei drohte, hatte Yvette besonders ängstlich, ja fast hysterisch reagiert, woraus Nancy schließen konnte, daß hier etwas Ungesetzliches geschah. Aber was konnte es sein? Es gab viel zu viele Fragen und zu wenige Antworten – wie wenn man ein Puzzle zusammensetzen wollte, ohne zu ahnen, was für ein Bild dabei herauskommen sollte.

14

Am nächsten Tag fand Nancy Molineaux ein weiteres Teilchen für ihr Puzzlespiel. Es betraf das Gerücht, das Nancy nicht hatte glauben wollen: daß Birdsong sich an den Sequoia Club um finanzielle Unterstützung für seinen Verbraucherverband gewendet hatte.

Trotz ihrer Skepsis war sie der Sache nachgegangen und hatte Erfolg.

Die Post des Sequoia Clubs wurde von einer älteren Schwarzen namens Grace verteilt, der Nancy einmal bei der Suche nach einer Sozialbauwohnung geholfen hatte. Ein Telefongespräch und Nancys Hinweis auf den Einfluß des *Examiner* hatten genügt, um die Frau auf einen der vorderen Plätze der offiziellen Warteliste zu bringen. Grace war ihr dafür sehr dankbar gewesen und hatte ihr versichert, daß sie sich gern auf irgendeine Weise revanchieren würde.

Vor einigen Wochen nun hatte Nancy Grace zu Hause angerufen, ihr von dem Gerücht erzählt und sie gebeten herauszufinden, ob etwas Wahres daran sei, und wenn ja, wie der Sequoia Club auf Birdsongs Anfrage reagiert habe.

Einige Tage später hatte Grace berichtet, daß es sich, soweit sie bisher feststellen konnte, wirklich nur um ein Gerücht handelte. »Die einzige Möglichkeit wäre die«, hatte sie hinzugefügt, »daß die Gespräche heimlich geführt wurden und es nur zwei oder drei Mitwisser gibt. Dann weiß vermutlich Prissy Pritchy (so wurde Roderick Pritchett von den Angestellten des Sequoia Clubs genannt) etwas davon, vielleicht auch die übrige Clubleitung.«

Heute hatte Grace ihre Mittagspause dazu benutzt, zum Verlagsgebäude des *California Examiner* zu gehen. Sie traf Nancy in der Nachrichtenredaktion. Die beiden Frauen zogen sich in ein schallgedämpftes, mit Glaswänden von der übrigen Redaktion abgetrenntes Abteil zurück, wo sie sich ungestört unterhalten konnten. Grace holte etwas aus ihrer geflochtenen Einkaufstasche.

»Hab was rausgefunden, Miss Molineaux. Weiß aber nicht, ob das mit dem Gewünschten zu tun hat. Na, Sie können ja selbst sehen. Hier.«

Sie gab Nancy die Kopie einer Aktennotiz.

Wie Grace erklärte, waren drei Briefumschläge mit der Aufschrift *Persönlich und streng vertraulich* im Postzimmer gelandet. Das war nicht ungewöhnlich. Das Ungewöhnliche daran war die Tatsache, daß einer der Umschläge – vermutlich durch die Nachlässigkeit einer Sekretärin – nicht versiegelt worden war. Grace hatte den Brief beiseite geschafft und ihn später, in einem unbeobachteten Moment, gelesen. Nancy lächelte amüsiert. Wer weiß, wie viele Briefe auf diese Weise die falschen Leser fanden.

Grace hatte das Schreiben fotokopiert, und Nancy studierte nun sorgfältig die vertrauliche Mitteilung.

Von: Generalsekretär
An: Mitglieder des Sonderausschusses

Zu Ihrer Information: Die zweite Zahlung an B's Organisation ist – gemäß Ihrer Zustimmung auf der Sitzung vom 22. August – geleistet worden.

Unterzeichnet war das Schreiben mit den Initialen »R. P.«.
»An wen war der Umschlag adressiert?« fragte Nancy.
»An Mr. Saunders. Er ist Mitglied...«
»Ich weiß. Und die beiden anderen Briefumschläge?«
»Einer ging an Mrs. Carmichael, unsere Vorsitzende, der andere an Mrs. Quinn.«
Das mußte Priscilla Quinn sein. Nancy kannte sie flüchtig. Eine Dame der Gesellschaft, sehr snobistisch.
»War es das, wonach Sie gesucht haben?« fragte Grace gespannt.
»Ich weiß es nicht.« Nancy las die Notiz ein zweites Mal. »B« konnte natürlich Birdsong heißen, aber es konnte auch etwas ganz anderes bedeuten. Der Organisator der Bewegung »Rettet die alten Gebäude« hatte einen Familiennamen, der ebenfalls mit »B« anfing, und es war bekannt, daß der Sequoia Club Aktivitäten zur Bausanierung tatkräftig unterstützte. Aber mußte eine derartige Mitteilung »persönlich und streng vertraulich« behandelt werden? Möglich wäre es – die Leute vom Sequoia Club waren in Geldsachen schon immer sehr verschwiegen gewesen.
»Was Sie auch unternehmen«, bat Grace, »bitte verraten Sie mich nicht.«
»Aber ich kenne Sie doch gar nicht«, versicherte Nancy, » und Sie sind auch nie hier gewesen.«
Die ältere Frau lächelte und nickte. »Ich brauche meinen Job nämlich, auch wenn er nicht gut bezahlt wird.« Sie stand auf. »Ich muß jetzt wieder gehen.«
»Danke«, sagte Nancy. »Ich werde mich gern erkenntlich zeigen.«
Eine Hand wäscht die andere – eine Erfahrung, die Nancy als Journalistin gemacht hatte.
Auf dem Weg zu ihrem Schreibtisch dachte Nancy noch über die Aktennotiz nach und darüber, ob sie etwas mit Birdsong und dem p&lfp zu tun haben konnte, als sie ihren Ressortleiter traf.
»Wer war die Frau, Nancy?«

»Eine Freundin.«
»Brütest du wieder etwas aus?«
»Vielleicht.«
»Erzähle.«
Sie schüttelte den Kopf. »Noch nicht.«
Der Lokalredakteur sah sie fragend an. Er war ein alter Zeitungshase, der etwas von seinem Handwerk verstand. Man merkte ihm an, wie stolz er war, daß er den Gipfel seiner Laufbahn erreicht hatte. »Du gehörst zu einem Team, Nancy, und ich bin es, der die Anweisungen gibt. Ich weiß, daß du gern auf eigene Faust vorgehst, und bis jetzt bist du damit durchgekommen, weil du Erfolg hattest. Aber man kann das Spiel auch zu weit treiben.«
Sie zuckte die Achseln. »Du kannst mich ja feuern.«
Das würde er bestimmt nicht tun; sie wußten es beide. Sie ließ ihn – wie schon viele Männer zuvor – frustriert stehen, ging zu ihrem Schreibtisch zurück und griff zum Telefon.
Zuerst versuchte sie ihr Glück bei Irwin Saunders.
Eine Sekretärin erklärte, er hätte keine Zeit, aber als Nancy erwähnte, sie sei vom *California Examiner*, nahm er das Gespräch an und gab sich sehr freundlich.
»Was kann ich für Sie tun, Miss Molineaux?«
»Ich würde mich gern mit Ihnen über die Finanzhilfe des Sequoia Clubs für Mr. Birdsongs power & light for people unterhalten.«
Eine Sekunde lang war es am anderen Ende der Leitung still. Dann fragte Saunders: »Welche Finanzhilfe? Ich weiß nicht, wovon Sie sprechen.«
»Wie wir gehört haben...«
Saunders lachte laut. »Aber, Nancy... Ich darf Sie doch so nennen?«
»Gewiß.«
»Nancy, dies ›Ich-weiß-bereits-aber-hätte-gern-die-Bestätigung‹ steht auf Seite eins in eurem Lehrbuch. Mich können Sie mit einem solchen Trick nicht aufs Kreuz legen.«
»Ich habe schon viel über Ihren Scharfsinn gehört, Mr. Saunders.« Nancy lachte ebenfalls.
»Na, dann wissen Sie ja Bescheid, Mädchen.«
Nancy gab noch nicht auf. »Aber wie steht es mit einer losen

Verbindung zwischen dem Sequoia Club und dem Verbraucherverband p&lfp?«

»Das ist ein Thema, zu dem ich wohl am wenigsten beisteuern könnte.«

Ein Punkt für mich, dachte Nancy. Er hatte nicht gesagt, daß es eine solche Verbindung nicht gäbe, sondern nur, daß dies außerhalb seines Kompetenzbereichs lag. Später würde er sich im Bedarfsfall darauf berufen und sagen, er habe nicht gelogen. Vielleicht ließ er sogar in diesem Moment sicherheitshalber ein Band mitlaufen.

»Meiner Information nach«, sagte Nancy, »soll ein Ausschuß des Sequoia Clubs...«

»Was soll das für ein Ausschuß sein, Nancy? Nennen Sie ein paar Namen.«

Sie überlegte blitzschnell. Wenn sie die Namen aufzählte, die sie kannte – Laura Bo Carmichael, Priscilla Quinn –, würde Saunders sofort die beiden anderen anrufen und sie warnen. Diesen Vorsprung durfte sie ihm nicht lassen. Deshalb log sie. »Ich kenne keine Namen.«

»Mit anderen Worten, Sie wissen überhaupt nichts.« Er war plötzlich gar nicht mehr freundlich. »Ich bin ein sehr beschäftigter Mann, Miss Molineaux, und vertrete viele komplizierte Fälle. Meine Klienten bezahlen mich für die Zeit, die Sie mir stehlen.«

»Dann entschuldigen Sie bitte vielmals den Diebstahl.«

Er hatte aufgelegt, ohne Antwort, ohne Gruß.

Während sich Nancy mit Mr. Saunders unterhielt, hatte sie im Telefonbuch die Seite mit den Quinns aufgeschlagen. Nun hatte sie den richtigen gefunden: *Quinn, Dempster W. R.* Nancy wählte, und nach dem zweiten Freizeichen sagte eine männliche Stimme: »Dempster Quinn *residence.*« Es hörte sich sehr vornehm an.

»Ich hätte gern Mrs. Quinn gesprochen.«

»Tut mir leid, Madam ist gerade beim Mittagessen und möchte nicht gestört werden.«

»Stören Sie sie ruhig«, sagte Nancy entschlossen. »Der *California Examiner* hat nämlich vor, ihren Namen zu erwähnen. Fragen Sie sie bitte, ob sie uns einige Tatsachen bestätigen möchte.«

»Einen Moment, bitte.«

Es vergingen einige Minuten. Schließlich meldete sich eine kühle Frauenstimme: »Ja?«

Nancy stellte sich vor.

»Sie wünschen?«

»Mrs. Quinn, als der Sonderausschuß des Sequoia Clubs, dem Sie angehören, sich im August letzten Jahres traf, um seine Zusammenarbeit mit Davey Birdsongs power & light for people zu beschließen...«

Priscilla Quinn schnitt ihr das Wort ab und sagte scharf: »Diese Ausschußsitzung und die gesamte Abmachung sind streng vertraulich.«

Glück mußte der Mensch haben! Im Gegensatz zu Rechtsanwalt Saunders fiel Mrs. Quinn auf diesen uralten Trick herein. Nancy hatte nun die Bestätigung, nach der sie gesucht hatte, eine Bestätigung, die sie auf eine direkte Anfrage nie bekommen hätte.

»Nun«, sagte Nancy. »Es wird eben darüber geredet. Vielleicht war es Birdsong selbst, der geplaudert hat.«

Nancy hörte ein verächtliches Schnauben. »Das sieht ihm ähnlich. Ich hatte nie Vertrauen zu diesem Menschen.«

»Darf ich dann fragen, warum Sie zugestimmt haben, daß...«

»Habe ich nicht. Ich war diejenige, die als einzige gegen das Vorhaben gestimmt hat. Die anderen aber haben mich überstimmt.« Plötzlich wurde Priscilla Quinn mißtrauisch. »Wollen Sie das etwa alles in Ihrem Blatt bringen?«

»Natürlich.«

»O Gott. Ich möchte aber nicht genannt werden.«

»Mrs. Quinn«, sagte Nancy mit Nachdruck, »als Sie an den Apparat kamen, habe ich mich vorgestellt, und Sie haben nichts davon gesagt, daß Sie unser Gespräch vertraulich behandelt wissen wollten.«

»Nun, dann sage ich es eben jetzt.«

»Das ist zu spät.«

Priscilla Quinn wurde zornig. »Ich werde Ihren Verleger anrufen.«

»Das wird Ihnen nicht viel nützen. Er wird nichts dagegen haben, wenn ich die Geschichte trotzdem schreibe. Wir könnten uns allerdings auf einen Handel einigen.«

»Was für einen Handel?«

»Ich werde Sie lediglich als Ausschußmitglied des Sequoia Clubs erwähnen – das läßt sich nicht vermeiden –, aber nicht, daß wir miteinander gesprochen haben, wenn Sie mir verraten, wieviel der Sequoia Club an den p&lfp gezahlt hat.«

»Das ist ja Erpressung.«

»Oder ein faires Tauschgeschäft.«

Es folgte ein kurzes Schweigen, dann: »Wie soll ich wissen, daß ich Ihnen trauen kann?«

»Das können Sie unbedingt. Also nehmen Sie Ihre einzige Chance wahr.«

Wieder eine Pause. Schließlich, sehr leise: »Fünfzigtausend Dollar.«

Nancy formte die Lippen zu einem lautlosen Pfiff.

Als sie den Telefonhörer auflegte, hatte sie das Gefühl, Mrs. Dempster W. R. Quinn den Appetit verdorben zu haben.

Ein, zwei Stunden später, nachdem sie noch einige Routinearbeiten erledigt hatte, saß Nancy an ihrem Tisch und dachte nach. Wie weit war sie mit ihren bisherigen Nachforschungen gekommen?

Tatsache eins: Davey Birdsong hatte Studenten betrogen und mehr Geld gesammelt, als er für seinen Verbraucherverband nötig hatte.

Tatsache zwei: Der Sequoia Club unterstützte Birdsong mit Geld – viel Geld. Das allein war schon ein Knüller, der Aufsehen erregen würde. Der Ruf des Sequoia Clubs wäre zweifellos ruiniert.

Tatsache drei: Birdsong hatte noch ein anderes Eisen im Feuer, das er in aller Heimlichkeit schmiedete; daher die ausgeklügelten Vorsichtsmaßnahmen, wenn er jenes Reihenhaus im Osten der Stadt besuchte.

Frage eins: Was tat er dort; hatte sein Besuch mit den Geldsummen zu tun, die er angehäuft hatte; und was geschah in Nummer 117? Nancy hatte noch immer nicht die leiseste Ahnung.

Tatsache vier: Das Mädchen vom Haus, Yvette, hatte vor irgend etwas schreckliche Angst.

Frage zwei: Wovor? Die gleiche Antwort wie auf Frage eins.

Tatsache fünf: Das Haus in der Crocker Street gehörte der

Redwood Realty Corporation. Nancy hatte heute vormittag die amtliche Auskunft der Steuerbehörde bekommen. Daraufhin hatte sie Redwood angerufen, sich als Sachbearbeiterin eines Kreditbüros vorgestellt und erfahren, daß das Haus an einen Mr. G. Archambault vermietet war, von dem man nichts weiter wußte, als daß er seine Miete pünktlich zahlte.

Frage drei: Wer und was war Archambault? Ebenfalls die gleiche Antwort wie auf Frage eins.

Schlußfolgerung: Das Puzzlespiel war noch unvollständig, die Story noch nicht reif zur Veröffentlichung.

Nancy überlegte: Sie mußte noch sechs Tage bis zum Treffen mit Yvette warten. Obwohl sie bereute, sich auf diese lange Wartezeit eingelassen zu haben, wollte sie sich doch an das dem Mädchen gegebene Versprechen halten.

Konnte dieses Treffen mit Yvette gefährlich werden, nachdem sie ihr von ihrem speziellen Interesse erzählt hatte? Sollte sie noch einmal in die Bar gehen? Warum nicht? Es kam nur selten vor, daß sich Nancy vor den Konsequenzen ihrer oft eigenwilligen Handlungen fürchtete.

Und trotzdem... Nancy hatte das Gefühl, daß es besser wäre, wenn sie ihr Wissen jemandem anvertraute und mit ihm auch die nächsten Schritte besprach. Am vernünftigsten wäre es gewesen, sie hätte den Fall mit dem Lokalredakteur besprochen. Vielleicht hätte sie es sogar getan, wenn dieser sie nicht mittags mit seinem albernen Geschwätz von Teamarbeit und seiner Führungsrolle geärgert hätte. Jetzt würde es so aussehen, als hätte sie sich den Verweis zu Herzen genommen. Zum Teufel mit dem aufgeblasenen Typ!

So, wie die Dinge lagen, mußte sie die Sache wohl im Alleingang angehen.

Eine Entscheidung, die Nancy bitter bereuen sollte.

15

Nim sah in seinem Büro die morgendliche Post durch. Seine Sekretärin, Victoria Davis, hatte bereits die meisten Briefe und Aktennotizen geöffnet und in zwei Mappen, eine grüne und eine rote – für dringende Sachen –, verteilt. Heute war die rote Mappe besonders voll. Separat lagen noch einige ungeöffnete Briefe mit der Aufschrift »persönlich«. Unter diesen entdeckte Nim einen vertrauten blauen Briefumschlag mit getippter Adresse. Karen Sloans Briefpapier.

In letzter Zeit hatte Nim Karens wegen öfter Gewissensbisse – und das in doppelter Hinsicht. Einerseits hing er sehr an ihr und fühlte sich schuldig, daß er sie seit jenem Abend, an dem sie sich geliebt hatten, nicht mehr besucht hatte, obwohl er einige Male mit ihr telefoniert hatte. Und andererseits: Wie paßte seine Liebesaffäre zu seiner Versöhnung mit Ruth? Die Wahrheit war: überhaupt nicht. Trotzdem konnte er Karen nicht wie ein benutztes Papiertaschentuch wegwerfen. Mit einer anderen Frau hätte er es sofort getan. Aber Karen war etwas Besonderes.

Er hatte erwogen, Ruth von Karen zu erzählen, sich dann aber dagegen entschieden. Ruth hatte ohnedies schon genügend Sorgen, und die Entscheidung, was aus seinem Verhältnis mit Karen werden sollte, lag allein bei ihm.

Er schämte sich vor sich selbst, daß er das Problem bisher verdrängt hatte, und zögerte deshalb jetzt auch, den Brief zu öffnen.

Der Gedanke an Ruth hatte ihn aber an etwas anderes erinnert.

»Vicki«, rief er durch die offene Tür. »Haben Sie an die Hotelreservierung gedacht?«

»Ja, habe ich gestern erledigt.« Sie kam herein und zeigte auf die grüne Mappe. »Hier drin liegt meine Notiz. Das Columbus hatte eine Absage, deshalb bekommen Sie noch eine Drei-Zimmer-Suite. Sie haben mir eine ganz oben mit schöner Aussicht zugesagt.«

»Gut. Was macht die letzte Fassung meiner Rede?«

»Wenn ich nicht ständig mit überflüssigen Fragen gestört würde, könnte ich sie heute nachmittag fertig haben.«

Er grinste. »Also, dann raus mit Ihnen!«

In einer Woche sollte er auf der Jahrestagung des National Electric Institute (NEI) eine Rede halten. Er hatte sie bereits mehrmals überarbeitet und ließ jetzt die endgültige Fassung schreiben, die den Titel »Überbelastung« tragen sollte und die künftigen Energiebedürfnisse behandelte.

Die große NEI-Jahrestagung war für alle, die sich mit der Energiewirtschaft und der Industrie beschäftigten, ein wichtiges Ereignis, das diesmal hier am Ort im Christopher Columbus Hotel stattfinden und vier Tage dauern würde. Weil es am Rande zahlreiche recht interessante Veranstaltungen gab, war Nim auf die Idee gekommen, seine Familie für die Dauer der Tagung im Hotel mit einzuquartieren. Er hatte dies Ruth und den Kindern vorgeschlagen, die begeistert zugestimmt hatten.

Die Idee, ganz oben zu wohnen, mit einer guten Aussicht, stammte von Nim. Er wollte den Kindern damit eine Freude machen.

Die Zusage, ein Referat auf der NEI-Tagung zu halten, hatte er schon vor fast einem Jahr gegeben, lange, bevor er als Sprecher des Konzerns abgelöst worden war. Als Nim kürzlich mit Eric Humphrey über die Verpflichtung sprach, hatte dieser ihm geraten: »Halten Sie Ihre Rede, aber halten Sie sich aus der Diskussion heraus.« Und in der Tat hatte Nims Referat überwiegend technischen Charakter und war als Anregung für die Planungsleiter anderer Energieversorgungskonzerne gedacht. Ob er es – trotz der Warnung des Vorsitzenden – mit etwas Zündstoff anreichern würde, hatte er noch nicht entschieden.

Als Vicki sein Büro verlassen hatte, wandte sich Nim wieder der roten Mappe zu, beschloß aber, Karens Brief zu lesen, bevor er mit der Arbeit begann.

Er war sicher, daß Karen ihm wieder ein Gedicht geschickt hatte, und wie immer war er bei dem Gedanken, wieviel Mühe und Geduld sie auf die Niederschrift verwendet haben mußte, tief gerührt.

Er hatte recht.

STRENG GEHEIM –
Pflegen die Militärs zu sagen.
Und ich verfüge, daß
Für des Liebsten Augen nur
Die Botschaft ist bestimmt.

Die Sinne sind in Aufruhr.
Ein Rausch, der Leib und Seele
Wie schwerer Wein betört.
O süße Lust!

> Noch fühle ich in meinem Fleisch
> Das Schwert der Liebe.
> Du edler Ritter mein,
> Im Glanze deiner Rüstung
> Laß leuchten stets mein Angesicht.

Karen, dachte er, als er zu Ende gelesen hatte, *du verführst mich! Du verführst mich wieder!*

Seine besten Vorsätze begannen dahinzuschmelzen. Er würde Karen auf jeden Fall wiedersehen. Und zwar bald.

Im Moment allerdings mußte er noch ein hartes Arbeitspensum absolvieren und die Rede bei der Tagung hinter sich bringen. Er wandte sich wieder der Geschäftspost zu.

Wenige Augenblicke später surrte das Telefon. Als Nim unmutig abhob, informierte ihn Vicki: »Mr. London. Er hätte Sie gern gesprochen.«

Er warf einen Blick auf die dicke rote Mappe. »Fragen Sie, ob es wichtig ist.«

»Hab ich schon. Er sagt, es sei sehr wichtig.«

»Dann stellen Sie durch.« Es klickte, und dann hörte er Harrys Stimme: »Nim?«

»Harry, diese Woche ist bei mir der Teufel los. Handelt es sich um etwas, das sich aufschieben läßt?«

»Ich glaube nicht. Es hat sich etwas Heikles ergeben, das du unbedingt wissen solltest.«

»Also gut. Leg los.«

»Nicht am Telefon. Ich muß es dir unter vier Augen sagen.«

Nim seufzte. Manchmal tat Harry, als sei seine Abteilung die wichtigste der gesamten Golden State Power & Light. »Na schön, komm rauf.«

Harry London erschien fünf Minuten später.

Nim rückte seinen Sessel vom Schreibtisch ab. »Ich höre, Harry. Aber mach es kurz.«

»Ich werde mir Mühe geben.« Harry London setzte sich Nim gegenüber. Sein Gesicht wirkte zerfurchter, als es noch vor wenigen Monaten gewesen war.

»Du wirst dich erinnern, daß ich im Zusammenhang mit der Verhaftung bei Quayle von einem fetten Fang sprach. Ich sagte damals voraus, daß wir noch mehr Betrugsfälle aufdecken und daß möglicherweise einige große Namen darin verwickelt sein würden.«

Nim nickte.

»Was würdest du sagen, wenn einer dieser Namen Paul Sherman Yale lautet?«

Nim schoß in die Höhe. »Das soll wohl ein Witz sein!«

»Ich wünschte, es wäre einer.« Harry London sah niedergeschlagen aus.

Plötzlich war Nims Ungeduld wie weggeblasen. »Sag mir alles, was du weißt. Alles.«

»An dem Tag, an dem wir zusammen aßen«, begann Harry, »habe ich dir doch erzählt, daß mein Büro in Zusammenarbeit mit dem Büro der Staatsanwaltschaft die Buchhaltung der Quayle Electrical & Gas Contracting filzt und alle Aufträge des letzten Jahres überprüft. Wir wollten herausfinden, wie viele Aufträge einem illegalen Zweck dienten.«

»Ich erinnere mich.«

»Das haben wir also getan. Meine Leute haben wie die Teufel gearbeitet und eine Menge entdeckt. Die Einzelheiten kannst du dem Bericht entnehmen. Der Staatsanwalt bekommt jedenfalls ausreichend zu tun, und das wird uns eine hübsche Summe einbringen.«

»Und was hat Yale damit zu tun?« fragte Nim ungeduldig.

»Darauf komme ich noch.«

Unter den Auftraggebern für die Quayle Company, berichtete Harry London weiter, tauchte ein Name besonders häufig auf – ein gewisser Ian Norris.

Obwohl Nim der Name bekannt vorkam, wußte er im Moment nichts damit anzufangen.

»Norris«, sagte London, »ist Rechtsanwalt und vor allem als Verwalter und Finanzberater tätig. Er hat ein Büro in der Stadt – im Zaco-Haus, hättest du das gedacht? – und kümmert sich um Fonds und Besitztümer. Unter anderem auch um den Vermögensfonds von Yale.«

»Von diesem Fonds habe ich schon gehört.« Jetzt erinnerte sich Nim auch an Norris. Sie waren sich auf der Rinderfarm bei Fresno begegnet.

»Wir haben Beweise dafür, daß Norris einer der schlimmsten Energiediebe ist«, fuhr Harry fort. »Er verwaltet eine Reihe

Immobilien – Verwaltungs- und Industriegebäude, Wohnhäuser, Läden und dergleichen. Offensichtlich hatte Norris schon vor einiger Zeit entdeckt, daß er und seine Klienten einen noch größeren Profit aus ihren Objekten erzielen konnten, wenn sie die Strom- und Gasrechnungen reduzierten. Er muß geglaubt haben, daß es die einfachste Sache der Welt sei und es nie herauskommen würde – also verlegte er sich mit Hilfe der Firma Quayle Electrical & Gas Contracting auf den Energiediebstahl in großem Rahmen.«

»Aber das muß doch nicht heißen«, wandte Nim ein, »daß die Leute, deren Vermögen Norris verwaltete, über seine Machenschaften Bescheid wußten.« Er fühlte sich jetzt ein wenig erleichtert. Mochte der Yalesche Familienvermögensfonds auch in die Angelegenheit verwickelt sein, er war überzeugt, daß Paul Sherman Yale persönlich niemals etwas Unehrenhaftes tun würde.

»Das stimmt«, räumte London ein, »und wenn irgendeiner von Norris' Klienten auch davon gewußt hat, wir werden es ihm kaum nachweisen können. Aber der Staatsanwalt wird gegen Norris Anklage erheben, und der Name Yale wird ins Gerede kommen. Deshalb wollte ich dich rechtzeitig informieren. Es wird weder für ihn noch für uns gut aussehen.«

Harry hatte recht, dachte Nim. Der Name Yale war jetzt eng mit der Golden State Power & Light verbunden, und es gab bestimmt Leute, die eine Art Verschwörung vermuten würden, auch wenn das Gegenteil bewiesen werden konnte. Es würde Gerüchte geben, die viel Unheil anrichten konnten.

»Ich bin noch nicht fertig«, sagte Harry London. »Das Wichtigste kommt noch.«

Nim hörte gespannt zu.

»Die Quayle-Leute haben vor einem Jahr mit der Arbeit für Norris begonnen. Für den Yaleschen Vermögensfonds wurden die Arbeiten allerdings erst vor drei Monaten ausgeführt – dazu gehörte der illegale Anschluß zweier Wohnhäuser in der Stadt, in einem Weingut im Napa Valley und in einer Rinderzuchtfarm bei Fresno –, in der Zeit also, in der Yale nicht mehr am Obersten Gerichtshof, sondern schon bei uns war.«

»Laß mich nachdenken«, bat Nim. Er war schockiert und verwirrt. »Das muß ich erst verdauen.«

»Nimm dir nur Zeit«, sagte London. »Ich habe mir darüber schließlich auch meine Gedanken gemacht.«

Nim konnte es nicht fassen. Er konnte es einfach nicht glauben, daß Paul Sherman Yale mit dem Energiediebstahl etwas zu tun haben sollte, nicht einmal als stummer Zuschauer. Und trotzdem... Nim erinnerte sich an das Gespräch auf der Rinderfarm. Was hatte Paul Yale gesagt? *Alles ist teurer geworden... vor allem Elektrizität. Diese ganze Farm hier funktioniert nur mit Hilfe von Elektrizität. Wir brauchen Strom für die Mühle, in der das Futter für vierzigtausend Rinder gehäckselt wird. Und wußten Sie, daß wir die Ställe die ganze Nacht über hell beleuchten?... unsere Stromrechnungen sind astronomisch hoch.«* Und später: *»Ich habe meinem Verwalter, Ian Norris, gesagt, daß wir sparen müssen.«*

Auch davor schon, an jenem ersten Tag im Napa Valley, als Nim die Yales kennengelernt hatte, hatte Beth Yale von ihrer und ihres Mannes Erbitterung über den schlecht verwalteten Familienvermögensfonds und die Geldverluste gesprochen.

Nim wandte sich wieder an Harry London: »Noch eine Frage. Weißt du, ob schon irgend jemand – von deiner Abteilung, der Polizei oder der Staatsanwaltschaft – mit Mr. Yale darüber gesprochen hat?«

»Bis jetzt noch niemand.«

Nim überdachte alles noch einmal. Dann erklärte er: »Harry, die Angelegenheit ist mir zu heikel. Ich überlasse sie lieber dem Vorsitzenden.«

Harry London nickte zustimmend. »Das habe ich mir gedacht.«

Am nächsten Vormittag um elf Uhr waren sie alle in den Räumen des Vorsitzenden versammelt: J. Eric Humphrey, Nim, Harry London und Paul Sherman Yale.

Richter Yale, der von einem Wagen der GSP&L vom Napa Valley hergebracht worden war, gab sich besonders leutselig. Sein faltiges Gesicht strahlte, als er den anderen erklärte: »Seitdem ich wieder zu Hause in Kalifornien bin, fühle ich mich um Jahre verjüngt. Ich hätte es schon viel früher tun sollen.« Als er merkte, daß außer ihm niemand lächelte, fragte er: »Ist irgendwas los?«

Humphrey, der nach außen genauso ruhig und gefaßt wie immer wirkte, fühlte sich höchst ungemütlich in seiner Haut. Nim wußte, wie ungern der Vorsitzende dieses Treffen arrangiert hatte.

»Das kann ich nicht genau beurteilen«, erwiderte Humphrey. »Aber ich habe einige Informationen erhalten, von denen Sie, wie ich meine, in Kenntnis gesetzt werden sollten. Nim, erklären Sie doch bitte Mr. Yale die Einzelheiten.«

In wenigen Sätzen faßte Nim die Problematik der Energiediebstähle zusammen und stellte Harry London, den Richter Yale vorher noch nicht kennengelernt hatte, vor.

Während Nim sprach, runzelte der alte Mann die Stirn. Er sah erstaunt aus und fragte in einer Pause: »Was hat meine Arbeit damit zu tun?«

»Unglücklicherweise«, ergänzte Humphrey, »sprechen wir hier nicht über Ihre Arbeit. Es scheint ... hm, nun ja, es gibt vielleicht einige persönliche Aspekte.«

Yale schüttelte noch erstaunter den Kopf. »Nun verstehe ich überhaupt nichts mehr. Kann mir das vielleicht jemand erklären?«

»Harry«, sagte Nim, »jetzt bist du an der Reihe.«

»Sir«, wandte sich London an Yale, »ich nehme an, Sie kennen einen gewissen Ian Norris.«

War es Einbildung, oder sah das Gesicht von Richter Yale einen Moment besorgt aus? Sicherlich nicht. Nim ermahnte sich, keine Gespenster zu sehen, wo es keine gab.

»Selbstverständlich kenne ich Norris«, bestätigte Yale. »Wir stehen in Geschäftsverbindung. Aber ich begreife nicht, warum Sie das wissen wollen.«

»Ich muß das wissen, Sir, weil Norris in die Energiediebstähle verwickelt ist. Wir haben ausreichende Beweise.« Harry London wiederholte das, was er am Tag zuvor Nim berichtet hatte.

Diesmal war die Reaktion von Paul Sherman Yale unmißverständlich: Ungläubigkeit, Schock und Zorn folgten aufeinander.

Als London geendet hatte, ergänzte Eric Humphrey: »Ich hoffe, Sie verstehen, Paul, warum wir diese Angelegenheit – wie peinlich sie auch sein mag – mit Ihnen besprechen wollten.«

Yale nickte, sein Gesicht war hochrot und verriet seine Erregung. »Ja, diesen Teil der Angelegenheit verstehe ich sehr gut.

Aber was den Rest angeht...« Er sah Harry London streng an. »Das ist eine ernste Anklage. Sind Sie sicher, daß Sie genügend Beweise haben?«

»Ja, Sir, absolut sicher.« London hielt dem Blick des alten Mannes stand. »Der Staatsanwalt ist ebenfalls überzeugt, daß das Belastungsmaterial ausreicht.«

Eric Humphrey schaltete sich ein. »Sie müssen wissen, Paul, daß sich Mr. London mit Haut und Haar dieser Ermittlungssache verschrieben und sie mit äußerster Genauigkeit betrieben hat. Wenn er jemanden beschuldigt, weiß er, was er tut.«

Nim fügte hinzu: »Vor allem, wenn es um einen so ernsten Fall geht.«

»Gewiß ist es ein ernster Fall.« Richter Yale hatte sich gefaßt und sprach jetzt in einem Ton, als säße er wieder auf der Bank des höchsten Gerichts. »Im Moment nehme ich diese Erklärung an, obwohl ich später darauf bestehen muß, die Beweise zu sehen.«

»Natürlich«, sagte Eric Humphrey.

»Inzwischen möchte ich betonen«, fuhr Yale fort, »daß ich bis zu diesem Augenblick nichts von alledem gewußt habe.«

Humphrey versicherte: »Das versteht sich von selbst. Daran hat niemand von uns gezweifelt. Unser Hauptanliegen war, Sie vor Unannehmlichkeiten zu bewahren.«

»Sie und die Golden State Power & Light«, ergänzte Nim.

Yale warf ihm einen kurzen, bösen Blick zu. »Ja, das muß auch bedacht werden.« Er gestattete sich ein flüchtiges Lächeln. »Nun, ich danke Ihnen für Ihr Vertrauen.«

»Es war nie erschüttert«, behauptete Humphrey.

Übertrieb der Vorsitzende hier nicht ein wenig? Nim verscheuchte den Gedanken gleich wieder.

Paul Yale fuhr fort: »Abgesehen von dem unglücklichen Vorfall finde ich das Thema des Energiediebstahls höchst interessant. Um offen zu sein, ich hatte nicht die leiseste Ahnung, daß so etwas vorkommt. Ich wußte auch nicht, daß es in unserem Konzern Leute wie Mr. London gibt.« Er wandte sich an Harry London. »Bei anderer Gelegenheit müssen Sie mir mehr über Ihre Arbeit erzählen.«

»Stehe Ihnen jederzeit gern zur Verfügung, Sir.«

Sie sprachen jetzt gelöster, nachdem sich die anfängliche

Spannung gelegt hatte. Es wurde vereinbart, daß Harry London im weiteren Tagesverlauf Richter Yale die ausführlichen Beweise gegen Ian Norris und den Familienvermögensfonds vorlegen sollte. Yale erklärte, er werde sich einen Rechtsanwalt nehmen, um seine eigenen Interessen Norris gegenüber zu vertreten. »Die Nachfolge wird ein Problem sein. Mein Großvater hat Klauseln eingebaut, die sich im Laufe der Zeit als zu starr erwiesen haben. Wir werden einen Gerichtsbeschluß brauchen, um Norris an die Luft zu setzen. Aber unter den gegebenen Umständen werde ich natürlich diese Lösung anstreben.«

Zwei Tage später kam Harry London wieder zu Nim.

»Ich habe etwas Neues im Fall Norris.«

Nim schaute von der Endfassung seiner Rede für die NEI-Tagung auf. »Und das wäre?«

»Ian Norris hat eine Erklärung abgegeben. Er hat geschworen, daß euer Freund Paul Sherman Yale nichts von alledem wußte, was vorging. Er hat also die Behauptung des alten Knaben bestätigt.«

»Wie kam Norris darauf, eine Erklärung abzugeben?« fragte Nim neugierig.

»Das ist so ausgehandelt worden. Norris' Anwalt hat zuerst mit dem Staatsanwalt gesprochen. Man stimmte zu, daß die GSP&L alles bekommen sollte, was sie ihr schuldeten – zumindest, was sie nach unserer Schätzung schuldig waren. Ansonsten wollte Norris keinen Einspruch einlegen gegen eine Anklage nach Paragraph 591.«

»Was besagt der?«

»Es ist ein Paragraph des kalifornischen Strafgesetzes. Er befaßt sich mit dem Diebstahl an öffentlichen Einrichtungen und Telefongesellschaften und sieht eine Geldbuße und Freiheitsentzug bis zu fünf Jahren vor. Der Staatsanwalt will das Höchstmaß an Geldbuße fordern, aber nicht auf Freiheitsentzug plädieren. Wenn man eins und eins zusammenzählt, wird bei Gericht nicht mehr viel zu verhandeln bleiben, und der Name des Yaleschen Familienvermögensfonds kommt nicht ins Protokoll.«

Harry London machte eine Pause.

»Dir eine vollständige Information zu entlocken«, beklagte

sich Nim, »ist schlimmer, als Flaschen zu entkorken. Erzähl mir schon den Rest des Kuhhandels.«

»Alles weiß ich selbst nicht und werde es wohl auch nie erfahren. Eines steht jedenfalls fest: Unser Mr. Yale hat einflußreiche, mächtige Freunde. Der Staatsanwalt hat den Fall unter Druck auf diese für den Namen Yale so günstige Art gelöst.« London zuckte resigniert die Achseln. »Ich nehme an, daß das auch für unsere Golden State Power & Light das beste ist.«

»Ja«, stimmte Nim zu. »Es ist das beste.«

Später, als London gegangen war, saß Nim ganz still da und dachte nach. Es stimmte: Es wäre sicherlich sehr schädlich für die Gesellschaft gewesen, falls einer ihrer Direktoren und Konzernsprecher, wenn auch schuldlos, in einen Fall von Energiediebstahl verwickelt worden wäre. Nim hatte das Gefühl, er müßte erleichtert sein. Trotzdem nagte in seinem Unterbewußtsein etwas an ihm, die Überzeugung, daß er etwas Wichtiges wußte. Wenn er sich nur erinnern konnte, was...

Warum hatte Richter Yale so übertrieben lange und ausführlich darüber gesprochen, daß er noch nie etwas von Energiediebstahl gehört hätte? Selbstverständlich bestand die Möglichkeit, daß das der Wahrheit entsprach. Es gab zwar Berichte in der Presse und im Fernsehen, aber nicht jedermann mußte sich damit befassen, schon gar nicht, wenn man Richter am Obersten Gerichtshof war. Trotzdem schien ihm die Art, wie Yale seine Unwissenheit herausstrich, übertrieben.

Er kam auf seinen nagenden Zweifel zurück: *Was zum Teufel war es nur, das er wußte?* Vielleicht würde es ihm einfallen, wenn er sich nicht mehr so krampfhaft darum bemühte.

Er arbeitete weiter an seiner Rede für die Jahrestagung des National Electric Institute, die in vier Tagen stattfinden sollte.

16

Der glorreiche Tag ist nahe!
Die tapfere Volksarmee der Freunde des Friedens wird im Kampf gegen die niederträchtigen Kapitalisten, die Ame-

rika in Ketten halten, einen Schlag ausführen, der in die Geschichte eingehen wird.
Alles ist bereit für den Countdown.

Georgos Winslow Archambault zögerte bei der Eintragung ins Tagebuch. Dann nahm er seinen Bleistiftstummel (er wurde allmählich unbequem kurz, bald würde er ihn, Gandhis Vorschriften zum Trotz, wegwerfen müssen) und strich die letzten Worte aus. Sie waren kapitalistisches Vokabular und mußten ersetzt werden:

Alles ist von den Freunden des Friedens aufs beste vorbereitet worden.
Die Feinde des Volkes werden sich in zwei Tagen unter dem faschistischen Banner des National Electric Institute versammeln.
Sie werden eine große Überraschung und eine verdiente Strafe erleben.

Georgos lächelte, als er den Bleistiftstummel hinlegte und sich vom Schreiben erholte, das ihn geistig immer sehr anstrengte. Im Stehen hatte er einen guten Überblick über seine Kellerwerkstatt, die jetzt noch mit weiterem Material vollgestopft war. Er reckte seinen mageren, geschmeidigen Körper, warf sich auf den Boden und machte schnell hintereinander vierzig Liegestütze. Georgos konnte mit seiner Kondition zufrieden sein. Die Übung schaffte er mühelos. Genau in drei Tagen würde er seine körperliche Fitness gut gebrauchen können.

Alles war für die bevorstehende Operation vorbereitet – wie sie Sprengstoff und Brandbomben ins Christopher Columbus Hotel hineinmanövrieren könnten, war bis ins kleinste Detail durchdacht. Die erste Bombenserie würde in der zweiten Nacht der NEI-Tagung um drei Uhr früh hochgehen, die Feuerbomben ungefähr drei bis fünf Minuten später. Beide Bombenserien würden als Feuerlöscher getarnt am Tag vorher an Ort und Stelle gebracht werden – rund sechzehn Stunden vor ihrer Detonation.

Dank Georgos' einfallsreicher Führung funktionierte alles wie die ausgezeichneten Uhrwerkmechanismen, die Davey Birdsong von Chicago mitgebracht hatte.

Georgos hatte seine frühere Meinung über Birdsong längst geändert. Inzwischen empfand er Bewunderung für den großen bärtigen Mann.

Nicht nur, daß Birdsongs Idee schlechterdings genial war, er selbst ging bei ihrer Ausführung ebenfalls Risiken ein. Abgesehen von seiner Einkaufsreise nach Chicago, hatte er auch bei der Beschaffung von Feuerlöschern hier am Ort geholfen – jedesmal wenige aus verschiedenen Quellen. In der Kellerwerkstatt standen jetzt fast drei Dutzend – genug, um den Plan der Freunde des Friedens zu verwirklichen. Georgos hatte sie sehr vorsichtig ins Haus geschafft, damit es nicht auffiel. Die meisten erst nach Einbruch der Dunkelheit. Ein einziges Mal hatte er es tagsüber gewagt – sechs Feuerlöscher waren es –, weil er an dem Tag dringend den Platz in seinem VW-Bus gebraucht hatte. Dabei war er aber sehr vorsichtig zu Werke gegangen, hatte sich vorher vergewissert, daß die Straße frei war, hatte flink gearbeitet und war der festen Überzeugung, daß ihn niemand beobachtet hatte.

Georgos hatte nicht nur die über dreißig Feuerlöscher eingesammelt, er hatte auch bereits die Hälfte von ihnen in der vorgesehenen Weise präpariert. Zunächst hatte er sie von ihrem ursprünglichen Inhalt befreit und dann die Ummantelung von innen maschinell bearbeitet, um ihre Stabilität zu verringern. In die entleerten Gehäuse, die Feuerbomben werden sollten, kamen Plastikflaschen mit Benzin, explosive Ladungen mit Sprengkapseln und Zeitmechanismen. Die hochexplosiven Bomben, mit deren Hilfe zunächst die Hotelausgänge blockiert werden sollten, enthielten statt des Benzins vier Pfund Dynamit.

Sobald er mit dem Schreiben fertig wäre, würde er an den restlichen Feuerlöschern weiterarbeiten. In den nächsten achtundvierzig Stunden wartete noch viel Arbeit auf ihn, Arbeit, die er mit größter Sorgfalt erledigen mußte, denn der Sprengstoff, der hier im Keller lag, würde ausreichen, das ganze Viertel in die Luft zu jagen. Aber Georgos hatte großes Vertrauen zu seinen eigenen Fähigkeiten, und er war auch sicher, daß er rechtzeitig fertig sein würde.

Sein schmales, asketisches Gesicht leuchtete verklärt, als er an Birdsongs Worte über die Blockade der Ausgänge dachte: »*Wenn du es richtig anstellst, kann in den oberen Stockwerken niemand überleben.*«

Ein weiteres Plus für Birdsong: Er hatte alles Geld beschafft, das Georgos verlangt hatte, obwohl das Unternehmen diesmal viel teurer war, als sie erwartet hatten.

Hinzu kam Birdsongs geplantes Ablenkungsmanöver. Es würde Georgos und seinen Helfern ermöglichen, die Bomben unentdeckt ins Hotel einzuschleusen.

Von Birdsongs Geld hatte Georgos einen offenen Dodge-Transporter gekauft – gebraucht zwar, aber in gutem Zustand und zufällig knallrot. Er hatte den Kaufpreis bar bezahlt und gefälschte Ausweispapiere vorgelegt, damit man später seine wirkliche Identität nicht mehr feststellen konnte.

Der Transporter stand jetzt in einer abschließbaren Garage, die zu einem zweiten Versteck der Freunde des Friedens gehörte – einer erst kürzlich von Georgos gemieteten Wohnung im Norden der Stadt, von der die anderen noch nichts wußten. Die Wohnung sollte als Notunterschlupf dienen, falls das Haus in der Crocker Street einmal unbenutzbar sein würde.

Der rote Transporter war bereits auf beiden Seiten sauber beschriftet: FIRE PROTECTION SERVICE, INC. Genial war auch Georgos' Einfall, einen offenen Transporter für diesen Zweck zu wählen und keinen geschlossenen Lieferwagen. Die Ladung des Wagens wurde vor niemandem verborgen und würde daher noch weniger Aufsehen erregen.

Georgos' übliches Transportfahrzeug – sein alter VW-Bus – stand in einem privaten Parkhaus, nicht weit von der Crocker Street entfernt, und würde beim Angriff auf das Hotel nicht eingesetzt werden.

Nun zu Birdsongs geplantem Ablenkungsmanöver: Vorgesehen war, daß etwa hundert p&lfp-Leute vor dem Hotel eine Demonstration gegen die GSP&L inszenierten, während der Transporter mit den explosiven Feuerlöschern am Lieferanteneingang vorfuhr und ablud. Die Demonstranten würden die Polizei und die Sicherheitsbeamten so beschäftigen, daß sich niemand um den roten Dodge kümmerte.

Birdsong hatte auch, wie versprochen, die Grundrisse von Erdgeschoß und Hochparterre des Christopher Columbus Hotels besorgt. Nachdem er sie gründlich studiert hatte, war Georgos dreimal selbst ins Hotel gegangen, um die Plätze für die Aufstellung der hochexplosiven Bomben genau festzulegen.

Bei seinen Besuchen hatte Georgos bemerkt, daß hinter den Kulissen ein derartiger Betrieb herrschte, daß jeder, dessen Anwesenheit einem sinnvollen Zweck zu dienen schien, sich ungehindert auch im Wirtschaftsbereich bewegen konnte. Um das zu testen, hatte er bei seinem dritten Besuch im Christopher Columbus einen blaugrauen Overall getragen, auf dem der Firmenname FIRE PROTECTION SERVICE, INC. eingestickt war. Eine solche Uniform würden er und die anderen Kämpfer in drei Tagen tragen.

Kein Angstschweiß. Keine Probleme. Einige Angehörige des Hotelpersonals, die seine Anwesenheit nicht weiter verwunderlich fanden, hatten ihm sogar freundlich zugenickt, und Georgos hatte Gelegenheit gehabt, seine Rolle, die er in drei Tagen spielen mußte, zu üben. Er und die anderen Kämpfer würden sich wie unterwürfige Kriecher benehmen müssen – so wie es die Kapitalisten von ihren Dienern erwarteten. Sie würden freundlich lächeln und Albernheiten von sich geben müssen wie: »Entschuldigen Sie bitte«, »Sehr wohl, Sir«, »Nein, Madam«, »Bitte« – eine demütigende Erniedrigung zwar, aber ein Opfer, das sie für die Revolution bringen mußten.

Dafür wäre der Erfolg ihnen sicher.

Für den Fall, daß einer der Kämpfer trotzdem angehalten werden sollte, hatte Birdsong Auftragsformulare mit dem Briefkopf der FIRE PROTECTION SERVICE, INC. drucken lassen. Diese hatten sie selbst ausgefüllt, damit sie im Bedarfsfall ihre Anwesenheit im Hotel jederzeit rechtfertigen konnten. Aus der Auftragsbestätigung ging hervor, daß zusätzliche Feuerlöscher für das Christopher Columbus Hotel geliefert und in den einzelnen Etagen vom Personal der Firma FIRE PROTECTION SERVICE, INC. aufgestellt werden sollten. Birdsong hatte noch ein übriges getan und auf Hotelbriefpapier eine entsprechende Bescheinigung für jeden Kämpfer ausgestellt. Das Briefpapier hatte er bei einem seiner Besuche aus dem Hotel mitgenommen, wo es auf den Tischen des Hochparterres für die Gäste zur Selbstbedienung auslag.

Die beiden Dokumente waren nur ein Ersatz für Georgos' ursprüngliche Idee von einem echten Hotelbestellschein. Den zu beschaffen wäre allerdings zu schwierig gewesen, deshalb begnügten sie sich mit den anderen beiden Fälschungen, die zwar einer genauen Nachprüfung nicht standhalten würden, wie Georgos und Birdsong zugeben mußten, aber durchaus geeignet waren, ihnen notfalls schnell aus der Klemme zu helfen.

Soweit Georgos beurteilen konnte, hatten sie an alles gedacht.

Jetzt hatte er nur noch ein Problem, mit dem er irgendwann fertig werden mußte: sein Mädchen Yvette. Nach jener Nacht vor vier Monaten, in der er auf dem Hügel über Millfield die beiden Sicherheitsschweine hingerichtet hatte, hatte er kein rechtes Vertrauen mehr zu ihr. Kurz, er hatte in der Zeit nach Millfield mehrfach darüber nachgedacht, daß er sie eines Tages würde beseitigen müssen. Schwierigkeiten würde es nicht geben, wie Birdsong bereits einmal erwähnt hatte, aber Georgos hatte die Tat trotzdem noch immer verschoben. Die Frau war nützlich. Sie kochte gut; außerdem war sie ganz brauchbar, wenn er sich sexuell abreagieren mußte. Die Aussicht, noch mehr Feinde des Volkes zu töten, erregte ihn sexuell immer häufiger, je näher der große Tag heranrückte.

Aber Georgos war vorsichtig geworden und hatte vor Yvette den Plan, das Christopher Columbus Hotel in die Luft zu sprengen, geheimgehalten. Trotzdem mußte sie gemerkt haben, daß sie etwas Großes vorhatten. Vielleicht war die Tatsache, daß sie sich ausgeschlossen fühlte, der Grund für ihr düsteres Schweigen in den letzten Wochen. Nun, das sollte ihm nichts ausmachen! Im Moment hatte er noch Wichtigeres zu erledigen, aber bald würde er sich für immer von Yvette trennen, auch wenn es für ihn eine Unannehmlichkeit bedeutete.

Bemerkenswert: Sogar der bloße Gedanke, sein Mädchen zu töten, verschaffte ihm bereits eine Erektion.

Mit zunehmender Erregung nahm Georgos die Arbeit an seinem Tagebuch wieder auf.

Vierter Teil

1

In der Suite im fünfundzwanzigsten Stock des Christopher Columbus Hotels sah Leah von ihrem Schulheft auf.

»Daddy, darf ich dich mal was Persönliches fragen?«

»Ja, selbstverständlich«, antwortete Nim.

»Ist jetzt zwischen dir und Mommy alles wieder in Ordnung?«

Nim brauchte ein, zwei Sekunden, um die Bedeutung der Frage seiner Tochter zu erfassen. Dann antwortete er ruhig: »Ja, es ist alles in Ordnung.«

»Und du wirst nicht...« Leah stotterte ein wenig, »du wirst uns nicht verlassen, bestimmt nicht?«

»Wenn du dir darüber Sorgen machst, so kann ich dich beruhigen«, sagte er. »Das wird nie geschehen.«

»Oh, Daddy!« Leah lief mit ausgebreiteten Armen auf ihn zu und umarmte ihn stürmisch. »Oh, Daddy, ich bin ja so glücklich!« Er fühlte ihre junge, zarte Haut und die Tränen, die ihr über das Gesicht liefen. Er hielt sie fest in seinen Armen und streichelte liebevoll ihr Haar.

Die beiden waren allein. Ruth und Benjy waren vor einigen Minuten ins Erdgeschoß hinuntergefahren, wo es eine Eisdiele gab, für die das Hotel berühmt war. Leah hatte lieber bei Nim bleiben und ihre Hausaufgaben erledigen wollen, die sie mitgebracht hatte. Oder war es in Wirklichkeit, weil sie diese heikle Frage stellen wollte?

Was wußten Eltern schon davon, was in den Köpfen ihrer Kinder vorging und was die Kinder wegen der Selbstsucht und Gedankenlosigkeit ihrer Eltern leiden mußten? Er erinnerte sich, wie Leah, als sie mit Benjy bei den Großeltern untergebracht war, das Thema Ruth am Telefon bewußt vermieden hatte. Was hatte sie – ein sensibles, aufgewecktes vierzehnjähriges Mädchen – seitdem durchmachen müssen? Er schämte sich, wenn er daran dachte.

Es gab aber noch eine andere Frage: Wann sollten die beiden Kinder die Wahrheit über Ruths Zustand erfahren? Am besten möglichst bald. Sie würden – wie Nim – mit Angst und Kummer reagieren, aber sie sollten lieber Bescheid wissen, als plötzlich und unvorbereitet in eine Krise zu geraten. Nim beschloß, die Angelegenheit in den nächsten Tagen mit Ruth zu besprechen.

Als hätte Leah etwas von seinen Gedanken erraten, sagte sie jetzt: »Es ist schon gut, Daddy. Alles in Ordnung.« Dann löste sie sich von ihm und setzte sich wieder an ihre Schularbeiten.

Nim ging zum Wohnzimmerfenster der Suite und beobachtete das Postkartenpanorama: den historischen Teil der Stadt, den Hafen mit den vielen Schiffen und die zwei weltberühmten Brücken, alles vom Sonnenschein des späten Nachmittags vergoldet. »He«, rief er seiner Tochter über die Schulter zu, »schau mal, wir haben eine phantastische Aussicht.«

Leah blickte lächelnd von ihrem Heft auf. »Ich weiß.«

Eines stand schon jetzt fest: Es war ein großartiger Einfall gewesen, seine Familie zur NEI-Tagung mitzubringen. Beide Kinder waren sehr aufgeregt gewesen, als die Familie sich an diesem Morgen im Hotel eingemietet hatte. Leah und Benjy waren für vier Tage vom Unterricht beurlaubt, mußten aber einige Aufgaben erledigen, unter anderem einen Aufsatz über die Tagung schreiben; Benjy wollte sich zu diesem Zweck am nächsten Tag die Rede seines Vaters anhören. Es war nicht üblich, daß Kinder zu einer NEI-Sitzung zugelassen wurden, aber Nim erwirkte eine Sonderregelung. Es gab andere Veranstaltungen für die Familienangehörigen – eine Hafenrundfahrt, Museumsbesuche, Filmvorführungen –, an denen Ruth und die Kinder teilnehmen würden.

Nach einer Weile kamen Ruth und Benjy zurück. Sie lachten fröhlich und berichteten, daß sie jeder erst zwei Becher Eis vertilgen mußten, bevor sie der Eisdiele die drei Qualitätssterne zuerkennen konnten.

Der Himmel war hell und wolkenlos, die Sonnenstrahlen fluteten durch die Fenster herein, als Nim, Ruth und die Kinder in ihrer Suite frühstückten. Es war der zweite Tagungstag.

Nach dem Frühstück ging Nim zum letztenmal seine Rede durch. Sie stand für zehn Uhr vormittags auf dem Programm.

Einige Minuten nach neun fuhr er mit dem Lift in die Hotelhalle hinunter.

Vom Fenster der Suite aus hatte er beobachtet, daß sich Demonstranten vor dem Hotel sammelten, und er war neugierig, wer da demonstrierte und warum.

Als Nim durch das Hauptportal hinaustrat, erkannte er mit einem Blick, daß es dieselbe alte Garde war – power & light for people. Etwa hundert Leute unterschiedlichen Alters waren vor dem Hotel aufmarschiert und riefen ihre Slogans. Wurden sie denn niemals müde, dachte Nim. Würden sie jemals dazulernen und über ihren engen Horizont hinaussehen?

Die üblichen Plakate wurden geschwenkt:

GSP&L
betrügt
Verbraucher

Vertreibt die
fetten Kapitalisten
Die GSP&L
gehört dem Volk

p&lfp fordert:
Verstaatlichung
öffentlicher Einrichtungen

Einzige Gewähr
für niedrige Stromrechnungen:
Der Staat als Eigentümer

Was erhoffte sich der p&lfp, überlegte Nim. Glaubte er das National Electric Institute beeinflussen zu können? Es ging wohl wie immer mehr um die Aufmerksamkeit, die sie in der Öffentlichkeit erringen wollten. Nim sah die allgegenwärtigen Fernsehkameras. O ja, und da war auch schon Davey Birdsong, der mit fröhlicher Miene das Ganze dirigierte.

Es sah jetzt so aus, als wollten die Demonstranten den Verkehr vor dem Hotel behindern. Die vordere Auffahrt wurde von p&lfp-Leuten, die sich untergehakt hatten, blockiert. Mehrere

Autos und Taxis, die vorfahren wollten, wurden daran gehindert. Eine weitere Demonstrantengruppe versperrte den Lieferanteneingang. Zwei Lastwagen warteten dort auf die Einfahrt. Einer war ein Molkereiwagen, der zweite ein offener Transporter mit Feuerlöschern. Beide Fahrer waren ausgestiegen und erhoben lauten Protest wegen der Verzögerung.

Mehrere Polizisten erschienen. Sie mischten sich unter die Demonstranten und ermahnten sie zur Ordnung. Es kam zu einer Auseinandersetzung. Birdsong griff ein und sprach mit den Beamten. Dann zuckte der große bärtige Mann die Achseln und trieb seine Leute von beiden Einfahrten weg, während die Polizisten, um die Angelegenheit zu beschleunigen, die beiden Lieferfahrzeuge, die Privatwagen und die Taxis einwiesen.

»Können Sie soviel Unverantwortlichkeit verstehen?« Der Sprecher, ebenfalls ein Tagungsteilnehmer, durch sein NEI-Abzeichen am Rockaufschlag ausgewiesen, stand neben Nim. »Dieser Pöbel will doch glatt die Feuerschutzmaßnahmen und die Milchversorgung des Hotels boykottieren. Warum, in Gottes Namen?«

Nim nickte. »Sieht nicht sehr sinnvoll aus.«

Vielleicht dachten die Demonstranten das auch, denn sie verliefen sich allmählich.

Nim ging wieder ins Hotel zurück und fuhr mit dem Aufzug zum Hochparterre, in dem die Hauptveranstaltungen der Tagung stattfanden.

Mehrere hundert Geschäftsleute, Ingenieure und Wissenschaftler hatten sich versammelt. Das Ziel war, gemeinsame Probleme zu besprechen, Erfahrungen über neue Entwicklungen auszutauschen und sich gegenseitig kennenzulernen. Es war schwer, den Wert solcher Tagungen zu ermessen. Obwohl die Teilnahme der Führungskräfte sich für den Betrieb sicherlich bezahlt machte.

Im Vorraum des großen Vortragssaales trafen die Teilnehmer wie jeden Tag vor dem Hauptreferat ganz zwanglos zusammen. Nim trat zu einer Gruppe, zu der auch Abgesandte anderer Energieversorgungskonzerne gehörten. Einige kannte er, andere nicht.

Ein Großteil der Unterhaltung betraf das Öl. In einer Meldung der letzten Nacht hieß es, daß die OPEC-Staaten auf einer

Bezahlung ihres Öls in Gold bestanden, da die Papierwährungen – besonders der Dollar – fast täglich an Wert verlören. Die Verhandlungen zwischen den Vereinigten Staaten und den OPEC-Ländern waren festgefahren, und die Gefahr, daß es zu einem neuen Ölembargo kommen könnte, war wieder beängstigend nahe gerückt.

Ein solcher Schritt würde verheerende Folgen für die Energieversorgungskonzerne haben.

Nim hatte sich einige Minuten an der Diskussion beteiligt, als er spürte, wie jemand seinen Arm berührte. Er drehte sich um und sah Thurston Jones, seinen Freund aus Denver. Sie schüttelten sich herzlich die Hände.

»Was gibt es Neues über Tunipah?« fragte Thurston.

Nim schnitt eine Grimasse. »Der Bau der Pyramiden ging schneller voran.«

»Und die Pharaonen brauchten keine Genehmigung, nicht wahr?«

»Richtig. Wie geht es Ursula?«

»Großartig.« Thurston strahlte. »Wir bekommen ein Baby.«

»Das ist ja wundervoll! Herzlichen Glückwunsch! Wann ist der große Tag?« Er plauderte scheinbar unbefangen, während er versuchte, seine Gedanken zu ordnen. Er erinnerte sich noch lebhaft an sein Wochenende in Denver und Ursulas Besuch in seinem Bett. An Ursula, die ihm anvertraut hatte, daß sie und ihr Mann sich Kinder wünschten, aber keine bekämen, und an Thurstons Bestätigung: »*Wir haben uns untersuchen lassen, immer wieder. Meine Munition taugt nichts, sagen die Ärzte. Lauter Platzpatronen.*«

»Der Arzt meint, Ende Juni.«

O Gott! Nim brauchte keine Rechenmaschine, um zu wissen, daß es *sein* Kind war. Er wußte nicht, was er sagen sollte.

Sein Freund enthob ihn der Antwort, indem er den Arm um seine Schultern legte. »Ursula und ich haben eine Bitte an dich, Nim. Wenn es soweit ist, möchten wir, daß du Pate wirst.«

Nim versuchte etwas zu sagen, brachte aber kein Wort heraus. Statt dessen ergriff er wieder Thurstons Hand, drückte sie fest und nickte zustimmend.

Das Kind würde den besten, gewissenhaftesten Paten haben, den es je gegeben hatte.

Sie verabredeten, sich vor Beendigung der Tagung noch einmal zu treffen.

Nim wandte sich anderen Leuten aus der Branche zu: Kollegen von New Yorks Con Edison – in Nims Augen einer der bestgeleiteten Versorgungskonzerne in Nordamerika –, von Florida Power & Light, von Chicagos Commonwealth Edison, von Houston Lighting & Power, von Southern California Edison, von Arizona Public Service und anderen Konzernen.

Die Golden State Power & Light hatte als Gastgeberin zwölf Delegierte geschickt, die sich um die Gäste kümmerten. Unter ihnen war auch Ray Paulsen; er und Nim begrüßten sich wie immer ohne große Herzlichkeit. J. Eric Humphrey war bis jetzt noch nicht da, wollte aber später kommen.

Als er gerade ein Gespräch beendet hatte, sah Nim jemanden, den er gut kannte, durch das Gedränge der Delegierten näher kommen. Es war die Reporterin des *California Examiner*, Nancy Molineaux. Zu seiner Überraschung kam sie direkt auf ihn zu.

»Hallo«, grüßte sie ihn mit einem fröhlichen Lächeln, das Nim nicht erwiderte, weil ihre Reportagen ihm noch zu frisch in Erinnerung waren. Allerdings mußte er zugeben, daß die Frau attraktiv war und sich vorteilhaft zu kleiden verstand.

»Guten Morgen«, gab er kühl zurück.

»Ich habe mir gerade aus dem Pressezimmer Ihre Rede geholt«, sagte Miss Molineaux; sie hatte eine Textzusammenfassung und einen Abzug der Rede im Wortlaut in der Hand. »Eine ziemlich langweilige Materie. Haben Sie vor, etwas zu sagen, was hier nicht geschrieben steht?«

»Und wenn, würde ich mir eher die Zunge abbeißen, als Ihnen das zu verraten.«

Die Antwort schien ihr zu gefallen, denn sie lachte.

»Dad«, unterbrach eine Kinderstimme, »wir gehen jetzt auf unseren Platz.«

Es war Benjy, der sich seinen Weg zur Besuchergalerie bahnte, die so klein war, daß nur wenige Hörer dort Platz fanden. Oben an der Treppe sah er Ruth und Leah, die beide winkten. Er winkte zurück.

»Okay«, sagte er zu Benjy. »Ihr solltet jetzt tatsächlich auf eure Plätze gehen.«

Nancy Molineaux hatte mit offensichtlichem Vergnügen zugehört. Sie fragte: »Sie haben Ihre Familie zu der Tagung mitgebracht?«

»Ja«, antwortete er kurz, dann fügte er hinzu: »Meine Frau und meine Kinder wohnen mit mir im Hotel. Und für den Fall, daß Sie das ausschlachten möchten: Ich bezahle die Rechnung aus eigener Tasche.«

»Na, na«, scherzte sie, »was muß ich doch für einen schlechten Ruf haben.«

»In der Tat. Er kann sich mit dem einer Kobra messen.«

Dieser Goldman, dachte Nancy, als sie weiterging, war wirklich ein ganzer Kerl.

Sie hatte eigentlich gar nicht vorgehabt, hier zu erscheinen. Aber der Lokalredakteur hatte Goldmans Namen im Programm gelesen und Nancy zu der Veranstaltung geschickt, weil er hoffte, sie würde wieder eine gute Story mitbringen. Nun, diesmal irrte sich Mr. Teamleiter. Sie würde Goldmans Rede ohne jede Bosheit kommentieren, ja, wenn möglich, sogar positiv hervorheben, wenn sie es wert war. Ansonsten wollte Nancy so schnell wie möglich hier herauskommen. Denn heute war der Tag, an dem sie das Mädchen Yvette wiedertreffen sollte. Nancy konnte es gerade noch schaffen – sie hatte ihr Auto in der Tiefgarage des Hotels abgestellt –, auch wenn die Zeit sehr knapp werden würde. Hoffentlich hielt sich auch das Mädchen an die Verabredung und beantwortete ihr wenigstens einige der Fragen.

Bis dahin aber mußte sie sich mit Goldman befassen. Sie ging in den Vortragssaal und nahm am Pressetisch Platz.

Während Nim sprach, stellte er fest, daß er Nancy Molineaux recht geben mußte: Eine Rede, die soviel technisches Fachvokabular enthielt, konnte für eine Reporterin nicht sehr aufregend sein. Aber während er die derzeitigen und zukünftigen Last- und Kapazitätsprobleme der Golden State Power & Light darstellte, merkte er an der gebannten Aufmerksamkeit, daß viele seiner Zuhörer die Fragen, Enttäuschungen und Ängste, die er unter dem Thema »Überbelastung« vortrug, teilten. Es waren ebenfalls Leute der Praxis, die für die Energieversorgung in ihren

Städten verantwortlich waren. Auch ihre Redlichkeit wurde fast täglich in Frage gestellt, ihre Warnungen wurden nicht beachtet und ihre düsteren Statistiken verspottet.

Als er mit seiner Rede fast fertig war, griff er in die Tasche und zog ein Blatt mit Notizen hervor, die er sich erst gestern gemacht hatte und die er als Schlußbetrachtung vortragen wollte.

»Die meisten von uns – vielleicht sogar alle«, sagte er, »stimmen in zwei wichtigen Punkten überein. Der eine betrifft unsere Einstellung zur Umwelt.

Die Umwelt, in der wir leben, sollte sauberer sein, als sie ist. Deshalb werden wir alle, die sich verantwortungsbewußt mit diesem Ziel befassen, tatkräftig unterstützen.

Der zweite bezieht sich auf die Arbeitsmethode der Demokratie. Ich glaube an die Demokratie, das habe ich immer getan, wenn auch in letzter Zeit mit einigen Vorbehalten. Und das bringt mich wieder zum Thema Umwelt zurück.

Einige von denen, die sich Umweltschützer nennen, sind keineswegs mehr Anhänger einer vernünftigen Sache, sondern zu blinden Fanatikern geworden. Sie sind zwar nur eine Minderheit, aber eine lautstarke. Mit ihrem starren, kompromißlosen, oft an der Wirklichkeit vorbeiargumentierenden Fanatismus bringen sie es fertig, der Mehrheit ihren Willen aufzuzwingen. Dabei haben sie den Sinn der Demokratie pervertiert, indem sie alles ihren kleinlichen Zielen unterordnen und jede vernünftige Entwicklung verhindern. Aus Mangel an Argumenten kämpfen sie mit Verzögerung und legalistischem Betrug. Solche Fanatiker geben nicht einmal vor, die von der Mehrheit aufgestellten Normen anzuerkennen, weil sie überzeugt sind, daß sie alles besser wissen als die anderen. Hinzu kommt, daß sie eigentlich nur die Aspekte der Demokratie anerkennen, die sich zu ihrem Vorteil ausschlachten lassen.«

Die letzten Worte wurden von spontanem Beifall begleitet. Nim hob um Ruhe bittend eine Hand und sprach weiter.

»Diese Umweltschützerbrut ist schlechterdings gegen alles. Es gibt nichts, absolut nichts, was die Energieindustrie vorschlagen kann, ohne ihren Zorn, ihre Verurteilung, ihren leidenschaftlichen und selbstgerechten Widerstand herauszufordern. Aber die Fanatiker unter den Umweltschützern stehen nicht allein. Sie haben Verbündete.«

Nim ließ eine kurze Pause eintreten, weil er plötzlich Bedenken hatte. Das, was er jetzt sagen wollte, konnte ihm die gleichen Schwierigkeiten einbringen wie damals beim Hearing vor der Energiekommission für Tunipah. Es war auch gegen J. Eric Humphreys Rat: »*Halten Sie Ihre Rede, aber halten Sie sich aus der Diskussion heraus.*« Egal, mehr als hinauswerfen konnten sie ihn schließlich nicht.

»Die Verbündeten, die ich meine«, fuhr Nim fort, »sind die vielen Leute, die ohne die geringste Sachkenntnis, nur aus politischen Gründen in Sonderausschüssen sitzen.«

Nim spürte das gespannte Interesse des Publikums.

»Es gab eine Zeit in diesem Bundesstaat und auch anderswo, da die Zahl der Ausschüsse und Kommissionen begrenzt war, die Arbeit, die von ihnen geleistet wurde, auf vernünftigen Grundsätzen basierte und die getroffenen Entscheidungen unparteiisch waren. Das ist heute nicht mehr so. Nicht nur, daß es inzwischen so viele Ausschüsse gibt, daß sich ihre Kompetenzen überschneiden und sie sich gegenseitig Machtkämpfe liefern, auch die Zahl der Ämter hat sich erhöht, und diese werden in der Hauptsache mit Leuten besetzt, die damit für ihre politische Tätigkeit belohnt werden. Selten bekommt jemand seinen Posten, weil er über einschlägige Erfahrung verfügt. Kaum ein Mitglied derartiger Ausschüsse bringt solides Fachwissen mit – ja manche brüsten sich sogar mit ihrer Unkenntnis. Die Handlungen und Entscheidungen dieser Personen entspringen lediglich ihrem politischen Ehrgeiz.

Das ist auch der Grund, weshalb unsere extremistischen Gegner in diesen politischen Kommissionsmitgliedern so schnell Verbündete gefunden haben. Denn eine ablehnende Haltung gegen die Energieversorgungskonzerne trägt dem Politiker billigen und raschen Ruhm ein. Kaum ein Kommissionsmitglied bringt noch die Ruhe und das Verantwortungsbewußtsein mit, objektive Entscheidungen zu treffen.

Oder anders ausgedrückt: Ursprünglich unparteiische Positionen zum Nutzen der Öffentlichkeit sind in ihr Gegenteil verkehrt und mißbraucht worden.

Ich kenne kein schnelles Heilmittel gegen die beiden aufgezeigten Krankheiten – und Sie vermutlich auch nicht. Das Beste, was wir tun können, ist, die Öffentlichkeit zu warnen, wann immer sich die Möglichkeit dazu bietet – zu warnen, daß ihre vernünftigen Interessen von einer Minderheit bedroht werden, durch ein hinterhältiges Bündnis von Fanatikern und selbstsüchtigen Politikern.«

Mit dieser Warnung beendete Nim sein Referat.

Er überlegte, wie seine Worte bei Eric Humphrey und den Kollegen von der GSP&L angekommen sein konnten, als er zu seiner großen Überraschung enthusiastischen Beifall erhielt.

»Herzlichen Glückwunsch!«... »Es gehört Mut dazu, so etwas zu sagen. Dabei ist es so wahr«... »Hoffentlich sprechen sich Ihre Ansichten herum«... »Hätte gern eine Abschrift, um sie herumzureichen«... »Die Industrie braucht mutige Leute wie Sie«... »Wenn Sie keine Lust mehr haben, bei der Golden State Power zu arbeiten, lassen Sie es uns nur wissen«.

Einen solchen Erfolg hatte Nim nicht erwartet. Als sich die Delegierten um ihn drängten, kam er sich wie ein Held vor. Der Präsident eines riesigen Konzerns im Mittelwesten versicherte ihm: »Ich hoffe, daß Ihre Gesellschaft weiß, was sie an Ihnen hat. Ich werde Eric Humphrey sagen, wie gut mir Ihr Referat gefallen hat.«

Noch mehr Händeschütteln und Glückwünsche, bis es Nim gelang, sich zu entziehen.

Nur Ray Paulsen sah ihn böse an.

Ohne ein Wort mit ihm zu wechseln, wandte sich Nim ab und verließ den Vortragssaal.

Er hatte gerade die Außentür des Hochparterres erreicht, als eine ruhige Stimme hinter ihm sagte: »Ich bin extra deinetwegen hergekommen. Und es hat sich gelohnt.«

Nim drehte sich um. Der Sprecher war Wally Talbot. Er hatte noch einen Kopfverband und ging an Krücken. Aber er lachte fröhlich.

»Wally«, begrüßte ihn Nim. »Wie schön, daß du da bist. Ich wußte gar nicht, daß sie dich schon aus dem Krankenhaus entlassen haben.«

»Ich bin bereits seit ein paar Wochen zu Hause. Allerdings stehen mir noch einige Operationen bevor. Hast du einen Moment Zeit?«

»Natürlich. Suchen wir uns einen ruhigen Platz.« Eigentlich

hatte sich Nim mit Ruth und den Kindern treffen wollen, aber das eilte nicht. Sie würden sich später alle in der Suite sehen.

Nim und Wally fuhren mit dem Lift ins Erdgeschoß. In einer Nische in der Nähe der Treppe waren zwei Sessel frei, und Nim und Wally steuerten darauf zu – Wally mit seinen Krücken ein wenig ungeschickt, aber offensichtlich froh, daß er es allein schaffte.

»Vorsicht, bitte!« Ein Mann in einem schicken blaugrauen Overall schob eine zweirädrige Karre mit drei roten Feuerlöschern an ihnen vorbei. »Nur einen Moment bitte, Gentlemen. Ich muß hier einen davon aufstellen.« Der junge Mann schob einen der beiden Sessel beiseite, stellte einen Feuerlöscher in die Nische und rückte den Sessel wieder an seinen alten Platz. Er lächelte Nim an. »Das ist alles, Sir. Tut mir leid, daß ich Sie aufgehalten habe.«

»Macht nichts.« Nim erinnerte sich, daß er den Mann an diesem Morgen schon einmal gesehen hatte. Es war der Fahrer eines der beiden von den Demonstranten aufgehaltenen Lieferwagen, denen die Polizei die Einfahrt ins Hotel ermöglicht hatte.

Nim wunderte sich zwar über die Aufstellung eines Feuerlöschers hinter einem Sessel, aber das ging ihn schließlich nichts an. Vermutlich wußte der Mann, was er tat. Auf dem Overall hatte er gelesen: FIRE PROTECTION SERVICE, INC.

Nim und Wally setzten sich.

»Hast du die Hände von dem Burschen gesehen?« fragte Wally.

»Ja.« Nim hatte ebenfalls bemerkt, daß die Hände des jungen Mannes stark vernarbt waren, vielleicht durch unvorsichtigen Umgang mit Chemikalien.

»Mit einer Hauttransplantation könnte sich da etwas machen lassen.« Wally verzog das Gesicht zu einem schmerzlichen Lächeln. »Ich bin auf diesem Gebiet inzwischen Experte.«

»Sag mir lieber, wie es dir geht«, bat Nim.

»Hm, wie gesagt, mir stehen noch einige Operationen bevor. Die Hauttransplantationen nehmen viel Zeit in Anspruch. Man kann immer nur kleine Flächen verpflanzen.«

Nim nickte. »Ja, ich weiß.«

»Aber ich habe auch eine gute Nachricht. Ich laß mir einen neuen Pimmel machen.«

»Einen was?«

»Du hast richtig gehört. Du weißt sicher, daß mein alter verbrannt ist.«

»Ja.« Nim würde die Worte des Arztes, einen Tag nach Wallys Unfall, nie vergessen: »*Im Fall von Mr. Talbot blieb der Strom an der Körperoberfläche und verließ ... den Körper über den Penis ... Der Penis wurde zerstört. Verbrannt. Völlig.*«

»Aber ich habe noch immer sexuelle Gefühle«, sagte Wally. »Das ist eine gute Voraussetzung. Deshalb wurde ich letzte Woche nach Houston geschickt – zum Texas Medical Center. Sie vollbringen dort wahre Wunder, besonders für Leute wie mich. Es gibt dort den Dr. Brantley Scott, eine Kapazität auf dem Gebiet; er ist dabei, mir einen neuen Penis anzufertigen, und er verspricht, daß er funktionieren wird.«

»Wally«, sagte Nim, »ich würde mich ehrlich für dich freuen, aber wie zum Teufel ist so etwas möglich?«

»Mittels spezieller Hauttransplantate und durch eine sogenannte Penis-Prothese. Es handelt sich dabei um eine kleine Pumpe, einige Röhren und ein kleines Reservoir, die miteinander verbunden und durch einen chirurgischen Eingriff in den Körper eingepflanzt werden. Das ganze Ding ist aus Silikon-Kautschuk hergestellt, derselbe Stoff, aus dem Herzschrittmacher angefertigt werden.«

»Und du meinst wirklich, daß das Ding funktioniert?« fragte Nim erstaunt.

»Und wie es funktioniert!« Wally war ganz aufgeregt. »Ich habe es gesehen. Außerdem habe ich erfahren, daß inzwischen bereits Hunderte von Männern damit leben. Und, Nim, ich will dir was sagen.«

»Was denn?«

»Daß die Penis-Prothese nicht nur etwas für Leute ist, die wie ich eine Verletzung erlitten haben. Es ist zum Beispiel auch etwas für ältere Männer, denen der Dampf ausgegangen ist. Wie steht's mit dir, Nim? Brauchst du Hilfe?«

»In dieser Hinsicht noch nicht, gottlob!«

»Aber falls es bei dir eines Tages aktuell werden sollte, denk an meinen Rat. Kein sexuelles Versagen mehr – nie. Du kannst mit einer Erektion ins Grab gehen.«

Nim grinste. »Und was soll ich dort damit?«

»He, da kommt ja Mary!« rief Wally. »Sie holt mich ab. Ich kann noch nicht selbst Auto fahren.«

Jetzt sah auch Nim am anderen Ende der Empfangshalle Mary Talbot, Wallys Frau. Sie hatte die beiden Männer ebenfalls entdeckt und kam auf sie zu. Neben ihr ging Ardythe Talbot, wie Nim einigermaßen entsetzt feststellte. Er hatte sie seit jenem Treffen im Krankenhaus weder gesehen noch etwas von ihr gehört. Nim fragte sich, ob sich ihr religiöser Eifer inzwischen ein wenig gelegt hatte.

Beiden Frauen sah man an, was sie in den letzten Monaten seit Walter Talbots tragischem Tod bei der Explosion im Kraftwerk La Mission und Wallys Unfall, der sich nur wenige Wochen später ereignet hatte, hatten durchmachen müssen. Mary, die, solange Nim sie gekannt hatte, schlank gewesen war, hatte sichtlich zugenommen; Kummer und Leid mochten der Grund dafür sein. Der Verlust ihrer knabenhaften Figur aber ließ sie älter erscheinen. Nim hoffte für sie, daß das, was Wally ihm gerade beschrieben hatte, tatsächlich funktionierte. Es würde sicherlich beiden helfen.

Ardythe sah ein wenig besser aus als bei ihrer letzten Begegnung, aber im Gegensatz zu der Zeit vor Walters Tod wirkte sie wie eine alte Frau. Zu Nims Erleichterung lächelte sie ihn an und begrüßte ihn freundlich.

Nim erwähnte noch einmal, wie sehr er sich freute, Wally wieder auf den Beinen zu sehen. Mary erzählte, daß sie von Nims erfolgreicher Rede gehört hätte, und beglückwünschte ihn dazu. Ardythe berichtete, daß sie noch einige weitere Akten von Walter gefunden habe, die sie der GSP&L wiedergeben wollte. Nim bot an, sie abzuholen, wenn Ardythe es wünschte.

»Nicht nötig«, sagte Ardythe hastig. »Ich kann sie dir schikken. Es sind nicht so viele wie das letzte Mal und...«

Sie hielt inne. »Nim, was ist? Was hast du denn?«

Er starrte sie an, entsetzt, mit offenem Mund.

Das letzte Mal...« Walter Talbots Akten!

»Nim«, wiederholte Ardythe. »Ist irgend etwas?« Mary und Wally sahen ihn ebenfalls besorgt an.

»Nein«, sagte er schließlich. »Nein, mir ist nur etwas eingefallen.«

Jetzt wußte er es. Er wußte, was ihn seit jenem Tag in Eric

Humphreys Büro, wo sie sich mit Harry London und Richter Yale getroffen hatten, unbewußt immer beschäftigt hatte. Es war etwas, das er in Walter Talbots Akten gelesen hatte, die Ardythe ihm kurz nach Walters Tod in mehreren Kartons mitgegeben hatte. Damals hatte Nim sie nur kurz durchgesehen; jetzt befanden sie sich in der Ablage der GSP&L.

»Wir sollten jetzt gehen«, sagte Wally. »Ich habe mich gefreut, dich wiederzusehen, Nim.«

»Ich mich auch«, antwortete Nim. »Und, Wally, viel Glück – in jeder Hinsicht.«

Als die drei gegangen waren, blieb Nim nachdenklich stehen. Er wußte jetzt, was in jenen Akten stand. Er wußte auch, was zu tun war. Aber zunächst mußte er noch einmal alles durchlesen.

In drei Tagen. Sofort nach Beendigung der Tagung.

2

Immer in Eile. So war es stets, dachte Nancy Molineaux, als sie mit ihrem Mercedes schneller fuhr als erlaubt und in den Rückspiegel blickte, ob eine Polizeistreife in Sicht war.

Die Hektik des Alltags ließ sie nicht zur Ruhe kommen.

Sie hatte ihren Artikel über Goldman für die Nachmittagsausgabe durchtelefoniert und war nun – bereits zehn Minuten zu spät – unterwegs, um Yvette zu treffen. Nancy hoffte, daß das Mädchen vernünftig war und wartete.

An diesem Nachmittag würde Nancy noch einiges zu erledigen haben. Sie mußte noch einmal dringend in die Redaktion und dann zur Bank, weil sie Geld brauchte. Für vier Uhr war sie beim Zahnarzt angemeldet, und für den Abend hatte sie zwei Partyeinladungen; bei der ersten genügte ein kurzer Besuch, auf der zweiten würde sie bestimmt bis nach Mitternacht aufgehalten werden.

Aber sie liebte ein gewisses Tempo in der Arbeit und in der Freizeit, auch wenn es Tage gab wie diesen, an denen ein wenig zu viel los war.

Sie dachte an ihren Bericht über Goldmans Rede und lächelte. Sicherlich würde er sehr überrascht sein, wenn er ihn las, so tadellos hatte sie referiert, ohne die geringste böse Absicht. Genauso, wie sie es sich vorgenommen hatte.

> Mehrere hundert Führungskräfte der amerikanischen Energieversorgung spendeten heute auf einer Tagung des National Electric Institute, die derzeit in unserer Stadt veranstaltet wird, Nimrod Goldman, einem der Golden State Power & Light-Direktoren, begeistert Beifall. Goldman hatte in seiner Rede erklärt, daß politisch orientierte Kommissionen Mißbrauch mit dem Vertrauen der Öffentlichkeit trieben und sich untereinander infolge von Interessenkollisionen Machtkämpfe lieferten.
> Vorher hatte Goldman die Haltung einiger Umweltschützer kritisiert. »Es gibt nichts, absolut nichts, was die Energieindustrie vorschlagen kann, ohne ihren Zorn, ihre Verurteilung, ihren leidenschaftlichen und selbstgerechten Widerstand herauszufordern...«

Et cetera, et cetera.

Sie hatte auch einiges über die bevorstehende Notstandssituation in der Energieversorgung zitiert; wenn Goldman diesmal Schwierigkeiten bekam, hatte er es seinen eigenen Ausführungen, nicht aber ihrer Art der Reportage zuzuschreiben.

Einige Minuten später erreichte sie die schäbige Bar, in der sie letzte Woche gewesen war. Sie sah auf ihre Piaget-Uhr: Achtzehn Minuten zu spät, und vor der Bar war kein Parkplatz frei. Erst zwei Blocks weiter konnte sie ihr Auto abstellen, sie schloß es ab und lief zurück.

Im Innern der Bar war es dunkel und muffig wie beim letzten Mal. Nancy blieb einen Moment stehen, um sich an die Dunkelheit zu gewöhnen, dabei hatte sie den Eindruck, daß sich in der einen Woche nichts verändert hatte, nicht einmal die Gäste.

Yvette hatte gewartet. Sie saß an demselben Tisch wie vor einer Woche. Vor ihr stand ein Bier. Sie schaute auf, als Nancy näher kam, gab aber kein Zeichen des Erkennens.

»Hallo«, grüßte Nancy. »Es tut mir schrecklich leid, daß ich zu spät komme.«

Yvette zuckte leicht die Achseln, sagte aber nichts.

Nancy gab dem Kellner ein Zeichen. »Noch ein Bier.« Sie

wartete, bis es gebracht wurde, und betrachtete indessen das Mädchen, das bisher kein Wort gesagt hatte und in noch schlimmerer Verfassung war als bei ihrer ersten Begegnung vor einer Woche – die Haut fleckig, das Haar in trostlosem Zustand. Sie steckte in derselben Kleidung wie beim letzten Mal, die aussah, als hätte sie schon seit einem Monat darin geschlafen. An der rechten Hand trug sie den selbstgebastelten Handschuh, mit dem sie vermutlich eine Mißgestaltung verbergen wollte und der Nancy schon bei der ersten Begegnung aufgefallen war.

Nancy trank einen Schluck Bier und beschloß, zur Sache zu kommen. »Sie sagten letzte Woche, Sie wollten mir heute erzählen, was in dem Haus in der Crocker Street los ist und was Davey Birdsong dort treibt.«

Yvette sah von ihrem Bierkrug auf. »Nein, das stimmt nicht. Sie hofften nur, ich würde es tun.«

»Nun gut, ich hoffe also immer noch. Warum erzählen Sie mir nicht, wovor Sie sich fürchten?«

»Ich fürchte mich nicht mehr.« Das Mädchen sagte es ganz ruhig, ihr Gesicht blieb ausdruckslos.

Nancy dachte: So kommen wir nicht weiter. Vielleicht vergeude ich hier nur meine Zeit. Sie versuchte es aber noch einmal und fragte: »Was ist in der letzten Woche vorgefallen, daß sich Ihre Gefühle geändert haben?«

Yvette antwortete nicht. Sie schien über etwas nachzudenken. So konzentriert, daß sie gar nicht bemerkte, was sie tat: Mit der linken Hand kratzte sie die rechte und zog schließlich den Handschuh ab.

Schockiert und entsetzt starrte Nancy auf die Hand: ein häßliches rot-weißes Durcheinander von Wülsten und Narben. Zwei Finger fehlten, die Stümpfe waren nicht sauber vernäht, das Fleisch hing lose herab. Auch die anderen Finger waren nicht mehr ganz vollständig. Ein Finger war grotesk verbogen, ein vertrocknetes gelbes Stück Knochen freigelegt.

Nancy war übel, als sie sagte: »Um Gottes willen, was ist mit Ihrer Hand geschehen?«

Yvette erkannte, was sie getan hatte, und deckte schnell die gesunde Hand darüber.

»Was ist geschehen?« fragte Nancy noch einmal.

»Es war ... Ich hatte einen Unfall.«

»Aber warum ist die Hand nicht besser versorgt worden?«

»Ich war bei keinem Arzt«, sagte Yvette und kämpfte mit den Tränen. »Sie haben es nicht erlaubt.«

»Wer hat es nicht erlaubt?« Nancy fühlte, wie Zorn in ihr aufstieg. »Birdsong?«

Das Mädchen nickte. »Und Georgos.«

»Wer ist denn Georgos? Und warum haben sie Sie nicht zu einem Arzt gebracht?« Nancy ergriff Yvettes gesunde Hand. »Lassen Sie mich Ihnen helfen, bitte. Ich habe die Möglichkeit. Und wir können die Hand noch behandeln lassen. Es ist nicht zu spät.«

Das Mädchen schüttelte den Kopf. Ihr Gesicht und ihre Augen waren jetzt wieder wie vorher – leer, stumpf, resigniert.

»Sagen Sie mir doch, was los ist«, bat Nancy, »was das alles zu bedeuten hat.«

Yvette atmete schwer, dann bückte sie sich und holte unter dem Tisch eine schäbige braune Damenhandtasche hervor. Sie nahm zwei Kassetten heraus, die sie auf den Tisch legte und zu Nancy hinüberschob.

»Es ist alles drauf«, sagte Yvette. Dann trank sie mit einem Zug ihr Bier aus und stand auf.

»He«, protestierte Nancy. »Gehen Sie noch nicht. Wir haben doch gerade erst angefangen, uns zu unterhalten. Warum erzählen Sie mir nicht, was auf diesen Bändern drauf ist, damit wir darüber reden können?«

»Es ist alles drauf«, wiederholte das Mädchen.

»Ja, aber ...« Nancy stellte fest, daß sie allein war; Yvette war verschwunden.

Es würde wohl wenig Sinn haben, ihr zu folgen.

Neugierig wendete Nancy die Kassetten in der Hand. Es handelte sich um ein billiges Fabrikat. Keine von beiden war beschriftet; nur die Seiten waren mit 1, 2, 3, 4 gekennzeichnet. Na gut, sie würde sie heute nacht abspielen. Hoffentlich war es überhaupt der Mühe wert. Sie war enttäuscht, daß sie keine brauchbare Information von Yvette bekommen hatte.

Sie trank ebenfalls ihr Bier aus und verließ die Bar. Eine halbe Stunde später war sie in der Redaktion des *Examiner* mit anderen Arbeiten beschäftigt.

3

Als Yvette zu Nancy Molineaux sagte: »Ich fürchte mich nicht mehr«, so stimmte das. Gestern hatte Yvette eine Entscheidung getroffen, die sie aller Sorgen enthob, sie von ihren Zweifeln, ihrer Angst und ihrem Schmerz befreite, ihr die übermächtige Furcht nahm, mit der sie die letzten Monate gelebt hatte, die Furcht vor der Festnahme und lebenslänglicher Haft.

Ihre Entscheidung von gestern lautete: Sobald sie die Tonbandkassetten jener schwarzen Dame, die für eine Zeitung arbeitete und einen Verwendungszweck dafür zu haben schien, übergeben hatte, wollte sie sich umbringen. Als sie das Haus in der Crocker Street an diesem Morgen verlassen hatte – zum letztenmal –, hatte sie schon alles, was sie dazu brauchte, mitgenommen.

Und nun hatte sie die Kassetten abgegeben, jene mit Sorgfalt und Geduld aufgenommenen Tonbandkassetten, die Georgos und Davey belasteten, die enthüllten, was sie getan und was sie noch zu tun vorhatten: die ausführliche Darstellung von Zerstörung und Mord im Christopher Columbus Hotel heute nacht – oder vielmehr morgen früh um drei. Georgos ahnte bisher nicht, daß sie Bescheid wußte, von Anfang an Bescheid gewußt hatte.

Während Yvette die Bar verließ, fühlte sie, wie sich ihre Seele beruhigte und Frieden einkehrte.

Endlich Frieden.

Lange Zeit hatte sie diesen Frieden nicht mehr gekannt. An Georgos' Seite nie. Anfangs war es für sie sehr aufregend gewesen, mit Georgos zusammen zu leben, an seinen klugen Gedanken und bedeutenden Taten Anteil zu haben; alles andere schien ihr damals nichts ausgemacht zu haben. Erst später, viel später, als es schon zu spät war, um sich gefahrlos zurückzuziehen, kam ihr der Gedanke, daß Georgos krank sein könnte und daß seine ganze Klugheit und sein Collegewissen... wie hieß doch nur das Wort?... pervertiert war.

Jetzt war sie überzeugt, daß Georgos krank war, vielleicht sogar wirklich verrückt.

Trotzdem hing Yvette immer noch an ihm; auch jetzt, nachdem sie getan hatte, was sie hatte tun müssen. Aber was immer mit ihm geschah, sie hoffte, daß er nicht ernstlich verletzt würde und zuviel leiden müßte, obwohl sie wußte, daß beides geschehen konnte, wenn die schwarze Dame die Kassetten heute noch abspielte und – was anzunehmen war – die Polizei informierte.

Das Schicksal von Davey Birdsong hingegen ließ sie kalt. Sie mochte ihn nicht, hatte ihn nie gemocht. Er war kleinlich und hartherzig; er zeigte sich niemals von einer netten Seite, wie es Georgos manchmal getan hatte, obwohl er Revolutionär war. Ihretwegen konnte Birdsong noch heute getötet oder lebenslang eingesperrt werden, das war ihr gleichgültig. Sie hoffte sogar, daß eines von beidem eintreffen würde. Yvette gab Birdsong an den vielen schlimmen Szenen, die es zwischen ihr und Georgos gegeben hatte, die Schuld. Der Anschlag auf das Christopher Columbus Hotel war Birdsongs Idee, auch das ging aus den Kassetten hervor. Dann wurde ihr bewußt, daß sie nicht mehr erfahren würde, was mit Birdsong oder Georgos geschah.

O Gott – sie war erst einundzwanzig! Sie hatte kaum gelebt und wollte nicht sterben. Aber sie wollte auch nicht den Rest ihres Lebens im Gefängnis verbringen, deshalb entschied sie sich für den Tod.

Yvette schritt mutig weiter. Sie wußte, wohin sie gehen wollte. Etwa eine halbe Stunde würde sie dafür brauchen. Auch das war etwas, was sie gestern entschieden hatte.

Es war jetzt nicht einmal vier Monate her – eine Woche nach jenem Anschlag auf dem Hügel bei Millfield, bei dem Georgos zwei Wächter getötet hatte –, daß sie erkannt hatte, wie schlimm ihre Situation war. Mord. Sie war genauso schuldig wie Georgos.

Anfangs hatte sie es nicht glauben wollen. Sie hatte gedacht, er wollte sie nur erschrecken, als er auf dem Rückweg in die Stadt gewarnt hatte: »*Du bist ebenso wie ich dabeigewesen. Du warst an allem beteiligt, so als hättest du selbst zum Messer gegriffen oder die Pistole abgedrückt. Was mir blüht, blüht also auch dir.*«

Aber einige Tage später las sie in der Zeitung über einen Prozeß, bei dem drei Männer in Kalifornien des Mordes angeklagt worden waren. Die drei waren in ein Gebäude eingedrungen, und ihr Anführer hatte geschossen und den Nachtwächter getötet. Obwohl die beiden anderen unbewaffnet und am Mord nicht aktiv beteiligt waren, hatte man alle drei für schuldig befunden und sie zu ›lebenslänglich ohne Bewährung‹ verurteilt. Erst von diesem Moment an wußte Yvette, daß Georgos die

Wahrheit gesagt hatte, und ihre Verzweiflung wuchs von Tag zu Tag.

Sie wußte, daß es kein Entrinnen mehr gab, daß sie nichts ungeschehen machen konnte, nicht mehr das werden konnte, was sie einmal gewesen war. Sich damit abzufinden war für sie am schwersten.

Manchmal hatte sie nachts neben Geórgos in jenem scheußlichen Haus an der Crocker Street wachgelegen und geträumt, sie könnte zurückkehren auf die Farm, wo sie geboren war und als Kind gelebt hatte. Mit dem Leben in diesem Loch verglichen, waren jene Tage heiter und sorgenfrei gewesen.

Selbstverständlich war das Unsinn.

Die Farm bestand aus zwanzig Morgen felsigen Landes, aus dem ihr Vater, ein verbitterter, rechthaberischer, streitsüchtiger Mann, kaum genug herausholte, um die sechsköpfige Familie zu ernähren, abgesehen von den Hypothekenzahlungen. Sie hatte zu Hause niemals Wärme und Liebe erlebt. Die Eltern stritten sich ständig, und die Kinder lernten von ihren Eltern. Yvettes Mutter, eine chronische Nörglerin, ließ Yvette – die jüngste – immer wieder wissen, daß sie nicht erwünscht gewesen war und eine Abtreibung besser gewesen wäre.

Yvette folgte dem Beispiel ihrer beiden älteren Brüder und ihrer Schwester; sie verließ, so bald sie konnte, das Haus und kehrte nie wieder zurück. Sie wußte nicht einmal, wo die anderen Familienmitglieder waren und ob ihre Eltern noch lebten, aber das interessierte sie auch nicht, wie sie sich einredete. Sie hätte indessen gern gewußt, ob ihre Eltern, Brüder und ihre Schwester von ihrem Tod hören oder lesen würden und ob sie in irgendeiner Weise betroffen wären.

Sicherlich wäre es einfach, jenen ersten Jahren die Schuld an ihrem späteren Schicksal zu geben, dachte sie, aber es wäre weder wahr noch fair. Nachdem sie in den Westen gekommen war, hatte sie trotz ihrer dürftigen Schulausbildung einen Job als Verkäuferin im Kaufhaus bekommen – in der Abteilung für Kinderbekleidung, wo es ihr gut gefiel. Die Arbeit machte ihr Freude, und sie glaubte damals noch, daß sie eines Tages selber Kinder haben würde, die sie aber nicht so behandeln wollte, wie sie selbst zu Hause behandelt worden war.

Auf den Weg, der sie letztlich in Georgos' Arme führte,

brachte sie ein anderes Mädchen, mit dem Yvette zusammen arbeitete und das sie zu linken politischen Veranstaltungen mitgenommen hatte. Eins kam zum anderen, später traf sie Georgos... Ach, was hatte es für einen Sinn, alles noch einmal durchzugehen.

Yvette wußte, daß sie nicht zu den Klügsten gehörte. Geistige Höhenflüge waren ihr fremd, und in der kleinen Schule auf dem Lande, die sie bis zum sechzehnten Lebensjahr besucht hatte, wurde ihr von den Lehrern bescheinigt, daß sie keine Leuchte war. Das war vielleicht der Grund, weshalb sie auch gar nicht so recht wußte, worauf sie sich einließ, als Georgos sie überredete, ihren Beruf aufzugeben und in den Untergrund zu gehen, um die Bewegung der Freunde des Friedens zu gründen. Damals hörte es sich nach Spaß und Abenteuer an und nicht – wie es sich herausstellen sollte – nach dem schlimmsten Fehler ihres Lebens.

Die Erkenntnis, daß sie – wie Georgos, Wayde, Jute und Felix – zu gesuchten Verbrechern gehörte, kam Yvette erst allmählich. Sobald sie es aber begriffen hatte, war sie entsetzt. Was würden sie mit ihr tun, wenn man sie fing? Yvette dachte an Patty Hearst, die, obwohl sie Opfer war, soviel leiden mußte. Wieviel schlimmer würde es für Yvette sein, die durchaus schuldig war?

(Yvette konnte sich noch gut erinnern, wie Georgos und die anderen drei Revolutionäre über den Patty Hearst-Prozeß gelacht hatten, daß hier die Etablierten über ihre eigenen Leute herfielen. Wenn Patty Hearst wenigstens arm oder schwarz wie Angela Davis gewesen wäre, hätte sie mit einer schonenderen Behandlung rechnen können. Patty Hearst hatte Pech, daß ihr Vater Geld hatte. Das war ein vergnüglicher Gedanke! Yvette konnte sich noch gut erinnern, wie sie jedesmal, wenn sie im Fernsehen die Berichte über den Hearst-Prozeß sahen, gefeixt hatten.)

Aber jetzt, nachdem sie wußte, welcher Verbrechen sie schuldig geworden war, überfiel sie Furcht, eine Furcht, die wie ein Krebsgeschwür wuchs und schließlich ganz von ihr Besitz ergriff.

Immer häufiger stellte sie fest, daß Georgos ihr offensichtlich nicht mehr traute.

Sie ertappte ihn dabei, wie er ihr seltsame Blicke zuwarf. Er wurde schweigsam und weihte sie nicht mehr in seine neuen

Pläne ein. Yvette fühlte ganz deutlich, daß, was auch sonst noch alles geschehen mochte, ihre Tage an Georgos' Seite gezählt waren.

Sie begann Georgos zu belauschen und seine Gespräche aufzuzeichnen. Das war nicht schwierig. Die Ausrüstung war vorhanden, und Georgos hatte ihr ja beigebracht, wie sie zu bedienen war. Mit einem versteckten Mikrofon und dem Recorder in einem anderen Raum nahm sie seine Gespräche mit Birdsong auf. Auf diesem Wege erfuhr sie von dem Anschlag auf das Christopher Columbus Hotel.

Jene Gesprächsaufzeichnungen hatte sie der schwarzen Dame übergeben, mit einem langen, zusammenfassenden Bericht.

Warum sie das getan hatte?

Sogar jetzt wußte sie es nicht genau. Ihr Gewissen hatte sie sicher nicht dazu getrieben, das wollte sie sich nicht einreden. Auch waren es nicht die Leute im Hotel, die ihr leid getan hätten. Möglicherweise wollte sie Georgos an einer so grauenhaften Tat hindern, um seine Seele (falls er eine hatte) zu retten.

Yvette wurde müde, wie immer, wenn sie zuviel nachdachte.

Eigentlich wollte sie noch nicht sterben!

Aber sie wußte, daß es keinen Ausweg gab. Sie sah sich um und stellte fest, daß sie, in ihre Gedanken vertieft, schneller ans Ziel gekommen war, als sie gedacht hatte.

Vor ihr lag der kleine grasbewachsene Hügel, höher als die Stadt gelegen und als Gemeindeland unbebaut geblieben. »Lonely Hill« – einsamer Hügel – hieß er im Volksmund, weil hier nicht viele Menschen hinkamen. Das war der Grund, weshalb Yvette diesen Ort gewählt hatte. Noch zweihundert Meter – die letzten Straßen und Häuser lagen schon hinter ihr – ging es einen steilen, engen Pfad hinauf. Sie schritt jetzt ganz langsam. Trotzdem war sie viel zu schnell oben.

Vorher war der Tag hell und klar gewesen; jetzt war der Himmel bedeckt, und ein scharfer Wind blies über den freiliegenden Hügel. Yvette fröstelte. In der Ferne, jenseits der Stadt, konnte sie das Meer sehen, grau und trübe.

Yvette setzte sich ins Gras und öffnete die Handtasche.

Sie holte einen Sprengkörper heraus, den sie vor einigen Tagen aus Georgos' Arbeitsraum entwendet und bis heute früh versteckt hatte. Diese Rohrsprengladung war einfach, aber tödlich – ein Stück Rohr mit Dynamit vollgestopft, an beiden Enden versiegelt, bis auf ein kleines Loch an einem Ende für die Sprengkapsel. Yvette hatte die Kapsel bereits selbst eingeführt – das hatte sie von Georgos gelernt –, nachdem sie an ihr eine kurze Lunte angebracht hatte, die jetzt an einem Ende aus dem Rohr herausschaute. Es war eine Fünf-Sekunden-Lunte. Das reichte.

Yvette griff wieder in die Handtasche und hatte jetzt ein Feuerzeug in ihrer zitternden Hand.

Der Wind blies stark, und es gelang ihr nicht, das Feuerzeug in Gang zu bringen. Sie legte den Sprengkörper noch einmal auf den Boden und schützte mit der einen Hand das Feuerzeug. Erst sprühte es Funken, endlich brannte es.

Nun nahm sie die Bombe wieder auf, was schwierig war, weil ihre Hände noch mehr zitterten, aber es gelang ihr, die Flamme an die Lunte zu bringen. Die Lunte brannte sofort. Sie ließ das Feuerzeug fallen und hielt die Bombe an die Brust; sie schloß die Augen und hoffte, es würde nicht ...

4

Der offizielle Teil des zweiten Tages der National Electric Institute-Tagung war zu Ende.

Die Vortragssäle des Christopher Columbus Hotels lagen verlassen da. Die meisten Delegierten hatten sich mit ihren Frauen oder Familien in ihre Zimmer und Suiten zurückgezogen. Manche unterhielten sich noch, andere schliefen schon.

Einige jüngere Delegierte und ältere Draufgänger waren noch in der Stadt – in Bars, Restaurants, Diskotheken und Sex-Bars. Aber auch diese Nachtschwärmer kehrten nun nach und nach ins Hotel zurück, schließlich auch diejenigen, die bis zum Lokalschluß um zwei Uhr ausgeharrt hatten.

»Gute Nacht, ihr beiden Schlingel.« Nim küßte Leah und Benjy und schaltete das Licht im Schlafzimmer der Kinder aus.

Leah, die schon fast schlief, murmelte etwas Unverständliches. Benjy war noch munter, obwohl es schon nach Mitternacht war. »Das Leben im Hotel ist ehrlich toll, Dad«, sagte er begeistert.

»Aber auf die Dauer ziemlich teuer«, meinte Nim. »Besonders wenn ein junger Mann wie Benjamin Goldman Zimmerservicechecks unterschreibt.«

Benjy kicherte. »Das macht Spaß.«

Nim hatte am Morgen die Rechnung fürs Frühstück von Benjy unterschreiben lassen, und dasselbe durfte er am Abend tun, als Benjy und Leah sich Steaks in der Suite servieren ließen, weil Nim und Ruth zu einem NEI-Empfang gegangen waren. Später war die Familie gemeinsam im Kino gewesen.

»Du mußt jetzt schlafen, Benjy«, sagte Nim, »sonst ist deine Hand zum Unterschreiben morgen früh zu müde.«

Im Wohnzimmer hatte Ruth die Unterhaltung durch die offene Kinderschlafzimmertür gehört und lächelte, als Nim zurückkam. »Weißt du, daß die Kinder dich vergöttern?«

Nim schmunzelte. »Tun das nicht alle?«

»Nun...« Ruth überlegte, »ich glaube, es gibt da ein oder zwei Ausnahmen. Zum Beispiel Ray Paulsen.«

Nim lachte herzhaft. »O Mann! Du hättest Paulsens Gesicht sehen sollen, als er mit Eric Humphrey zur Tagung zurückkam. Offensichtlich hatte er erwartet, daß der Vorsitzende mir den Kopf abreißen würde – wegen meiner Rede von heute vormittag. Aber das Gegenteil war der Fall.«

»Was hat Humphrey gesagt?«

»Den ganzen Tag sei er mit Komplimenten wegen meiner Rede überschüttet worden; wie könnte er dann gegen eine so begeisterte Mehrheit ankommen? Also gratulierte er mir ebenfalls.«

»Wenn Eric Humphrey dir schon so weit entgegenkommt, meinst du, daß er jetzt seine Politik ändern und auch für mehr Offenheit eintreten wird, wie du es immer gewünscht hast?«

Nim schüttelte den Kopf. »Ich bin nicht sicher. Diese Haltung – nur keine Änderungen –, wie Ray sie vertritt, ist noch sehr verbreitet. Außerdem wissen nur einige wenige in unserem Konzern, daß die nächste Energiekrise mit Gewißheit kommt.« Er streckte sich und gähnte. »Aber das soll uns heute nacht nicht mehr bekümmern.«

»Es ist bereits früher Morgen«, berichtigte ihn Ruth. »Fast ein Uhr. Auf jeden Fall war gestern ein erfolgreicher Tag für dich, und ich freue mich, daß die Presse diesmal fair reagiert hat.« Sie zeigte auf eine Ausgabe des *California Examiner* vom späten Nachmittag.

»Das war vielleicht eine Überraschung.« Nim hatte den Bericht im *Examiner* schon vor einigen Stunden gelesen. »Ich verstehe diese Dame Molineaux jetzt überhaupt nicht mehr. Eigentlich war ich sicher, daß sie wieder zustechen und das Messer mit Genuß herumdrehen würde.«

»Weißt du denn immer noch nicht, daß wir Frauen unberechenbar sind?« fragte Ruth und fügte etwas spitz hinzu: »Deine ausgiebigen Forschungen auf diesem Gebiet hätten dich das weiß Gott lehren können.«

»Vielleicht habe ich es nur vergessen. Schließlich mußt du bemerkt haben, daß sich mein Forscherdrang in dieser Hinsicht in letzter Zeit gelegt hat.« Er beugte sich vor und küßte sie leicht auf den Nacken, dann setzte er sich auf einen Sessel ihr gegenüber. »Wie fühlst du dich?«

»Die meiste Zeit völlig normal. Obwohl ich leichter müde werde als früher.«

»Ich habe eine Bitte.« Nim erzählte von seinem Gespräch mit Leah und erklärte Ruth, daß er es für richtig halte, die Kinder über Ruths Gesundheitszustand aufzuklären, für den Fall, daß sich dieser plötzlich verschlechtern sollte, damit sie in einer solchen Situation nicht unvorbereitet seien. »Ich hoffe, daß dieser Fall nicht eintritt, aber es ist etwas, das wir berücksichtigen müssen.«

»Ich habe auch schon darüber nachgedacht«, sagte sie. »Überlaß das nur mir. In den nächsten Tagen werde ich eine Gelegenheit suchen und es ihnen sagen.«

Das hätte er sich eigentlich denken können. Ruth mit ihrem klaren Verstand, ihrer Fähigkeit, Schwierigkeiten zu meistern, würde selbstverständlich immer das tun, was für die Familie am besten war.

»Danke«, sagte er schlicht.

Sie unterhielten sich noch eine Weile ruhig und unbeschwert, bis Nim Ruths Hände nahm und sagte: »Du bist müde. Ich auch. Laß uns zu Bett gehen.«

Hand in Hand gingen sie in ihr Schlafzimmer. Bevor er das Licht löschte, schaute er auf die Uhr. Es war halb zwei.
Sie umarmten sich und schliefen sofort ein.

Eine viertel Meile vom Hotel entfernt saß Georgos Winslow Archambault allein in seinem roten FIRE PROTECTION SERVICE, INC.-Laster. Er konnte kaum erwarten, daß es drei Uhr wurde, und war sexuell so erregt, daß er sich vor einigen Minuten hatte befriedigen müssen.

Es war fast unglaublich, wie gut alles geklappt hatte. Von dem Moment, da die Polizei dem Feuerlöscher-Laster freie Fahrt verschafft hatte – das war der beste Witz aller Zeiten! –, bis jetzt waren die Freunde des Friedens nur zweimal während ihrer Tätigkeit im Hotel aufgefallen. Jute war von einem Geheimpolizisten kurz angehalten worden, Georgos von einem stellvertretenden Direktor, dem er im Personallift begegnet war. Beide Zwischenfälle hatten Jute und Georgos für einige Augenblicke in Nervosität versetzt, aber die schriftliche Auftragsbestätigung, die sie bei sich hatten, wurde nur flüchtig angesehen und ohne weitere Fragen zurückgegeben.

Wer wollte schließlich verhindern, daß etwas so Wichtiges wie Feuerlöscher aufgestellt würde? Die wenigen, die darüber überhaupt nachdachten, nahmen an, daß ein anderer diese zusätzliche Vorsichtsmaßnahme getroffen und die Genehmigung abgezeichnet hatte.

Nun hieß es nur noch warten – das war der schlimmste Teil des ganzen Unternehmens. Georgos hatte absichtlich in einiger Entfernung vom Hotel geparkt, teils um nicht gesehen zu werden, teils um schnell wegzukommen, falls es nötig werden sollte. Kurz bevor das Feuerwerk begann, wollte er zu Fuß noch ein wenig dichter herangehen.

Sobald das Hotel in Flammen stand, wollte Georgos eine Rundfunkstation anrufen und sein Kommuniqué durchgeben. Es enthielt seine bekannten Forderungen, die diesmal allerdings durch neue ergänzt wurden. Seine Befehle würden selbstverständlich sofort befolgt werden, nachdem die faschistischen Machthaber die Kraft und die Fähigkeiten der Freunde des Friedens begriffen hatten. Er sah sie im Geiste schon vor sich im Staub liegen...

Nur etwas beunruhigte ihn: das plötzliche Verschwinden von Yvette. Er war sich dessen bewußt, daß er im Fall von Yvette Schwäche gezeigt hatte, und fühlte sich schuldig. Er hätte sie Wochen vorher beseitigen müssen. Sobald sie wiederkam, und er war sicher, daß sie käme, würde er es sofort tun. Er war froh, daß er wenigstens die Pläne für diese große Schlacht vor ihr verborgen gehalten hatte.
Das würde ein historischer Tag werden!
Ungefähr zum zwanzigsten Male, seitdem er hier parkte, sah Georgos auf seine Armbanduhr: ein Uhr vierzig. Noch eine Stunde und zwanzig Minuten.

Nur aus Vorsicht, obwohl er überzeugt war, daß er es ernsthaft nie brauchen würde, verschaffte sich Davey Birdsong ein Alibi.
Er befand sich ungefähr zwanzig Meilen vom Christopher Columbus Hotel entfernt, und er hatte vor, diese Entfernung beizubehalten, bis die ganze Aktion vorüber war.
Vor einigen Stunden hatte er (gegen Honorar) eine einstündige Vorlesung über »Das sozialistische Ideal« vor einer Erwachsenen-Studiengruppe gehalten. Die anschließende Diskussion dauerte weitere neunzig Minuten. Nun war er mit etwa einem Dutzend dieser entsetzlich langweiligen Leute bei einem der Hörer zu Hause und redete mit ihnen über internationale Politik. Während sie sprachen, viel Bier und Kaffee tranken, dachte Birdsong, daß man diese Zusammenkunft bis in die Morgenstunden fortsetzen könnte. Gut so! Er lieferte hier und da einen Gesprächsbeitrag, damit alle bemerkten, daß er noch da war.
Davey Birdsong hatte außerdem eine schriftliche Erklärung vorbereitet. Die wollte er der Presse zukommen lassen. Eine Abschrift steckte in seiner Tasche. Sie begann folgendermaßen:

Der Verbraucherverband power & light for people ist gegen jegliche Anwendung von Gewalt.
»Wir sind immer gegen die Gewalt gewesen und bedauern besonders, daß es letzte Nacht zu einem so schlimmen Anschlag auf das Christopher Columbus Hotel gekommen ist«, erklärte sein Führer Davey Birdsong. »Der p&lfp wird auch weiterhin mit friedlichen Mitteln...«

Birdsong lächelte in sich hinein, als er an das Schreiben dachte. Verstohlen schaute er auf seine Armbanduhr: Es war ein Uhr fünfundvierzig.

Nancy Molineaux war noch auf der Party. Es war nett gewesen, aber nun wollte sie aufbrechen. Erstens war sie müde – kein Wunder nach einem so reichhaltigen Tagesprogramm, das ihr nicht einmal Zeit gelassen hatte, zu sich selbst zu kommen. Außerdem schmerzte ihr Kiefer. Der elende Zahnarzt hatte gebohrt, als wollte er einen Tunnel für die neue U-Bahn-Linie schaffen, und als sie ihm das gesagt hatte, hatte er nur gelacht.

Trotz der Zahnschmerzen aber würde sie heute nacht gut schlafen, und Nancy freute sich schon auf ihr schönes Bett mit der Seidenbettwäsche.

Nachdem sie sich bei ihren Gastgebern bedankt und eine gute Nacht gewünscht hatte, fuhr Nancy mit dem Lift hinunter und nahm ihr Auto beim Portier in Empfang. Sie sah auf die Uhr: Es war ein Uhr fünfzig. Bis zu ihrem eigenen Apartmenthaus würde sie nur zehn Minuten brauchen. Wenn sie Glück hatte, konnte sie kurz nach zwei im Bett sein.

Sie erinnerte sich, daß sie eigentlich noch die Kassetten abhören wollte, die ihr das Mädchen Yvette gegeben hatte. Nun, jetzt arbeitete sie schon so lange an der Story, da kam es auf einen Tag mehr oder weniger auch nicht an. Vielleicht würde sie sich in der Frühe, bevor sie zum *Examiner* ging, die Kassetten noch schnell anhören.

5

Nancy Molineaux liebte den Luxus, und ihre Wohnung in einem modernen Hochhaus spiegelte ihren Geschmack wider.

Der beigefarbene Teppichboden von Stark und die Vorhänge an den Fenstern waren farblich aufeinander abgestimmt. Ein Rauchglastisch von Pace stand vor dem Sofa mit den weichen Kissen von Clarence House Schwedenmöbel. Der Calder in Acryl war ein Original. Ebenso der Roy Lichtenstein in Öl auf Leinwand in Nancys Schlafzimmer.

Raumhohe Glasschiebetüren ließen den Blick frei auf einen Patio mit eigenem kleinen Garten und Blick auf den Hafen.

Hätte die Notwendigkeit bestanden, Nancy hätte auch anderswo wohnen und sich ihrem Einkommen gemäß einschränken können; aber sie hatte sich längst daran gewöhnt, das Geld, das ihr Vater ihr gegeben hatte, auch nutzbringend einzusetzen. Schließlich war es ehrlich verdientes Geld. Warum hätte sie es nicht annehmen sollen? Nichts sprach dagegen.

Sie war jedoch sehr vorsichtig, um vor ihren Kollegen nicht den Eindruck zu erwecken, sie protze mit dem Geld. Deshalb brachte sie auch nie jemanden hierher.

Während Nancy sich für die Nacht fertigmachte und mehrmals durch ihre Wohnung ging, erinnerte sie sich auch an jene Kassetten, die sie mitgebracht hatte. Sie legte sie in die Nähe ihres Tonbandgerätes, damit sie sie gleich am nächsten Morgen abspielen konnte.

Als sie ihre Wohnung wenige Minuten zuvor betreten hatte, war sie wie immer gleich zum Radio gegangen und hatte es angestellt. Wie stets war es auf einen Musiksender eingestellt, und während sie im Bad die Zähne putzte, nahm sie eigentlich nur im Unterbewußtsein wahr, daß die Musik für Nachrichtenmeldungen unterbrochen worden war.

»... sinkt in Washington die Stimmung wegen der bevorstehenden Ölkrise weiter... Der Außenminister ist in Saudi-Arabien eingetroffen, um die Verhandlungen wiederaufzunehmen... Der Senat hat gestern zugestimmt... Der Kreml hat wieder behauptet, westliche Berichterstatter hätten sich der Spionage schuldig gemacht... Lokales... Neue Korruptionsfälle im Rathaus aufgedeckt... Fahrpreise für Bus- und Schnellbahn sollen erhöht werden... bittet die Polizei um ihre Mithilfe bei der Identifizierung der Leiche einer jungen Frau, die offensichtlich Selbstmord begangen hat... wurde heute nachmittag auf dem Lonely Hill gefunden... Bombenteile am Schauplatz... obwohl der Körper stark zerstört... an einer Hand fehlten bereits zwei Finger, vermutlich von einer früheren Verletzung...«

Nancy ließ die Zahnbürste fallen.
Hatte sie richtig gehört?
Sie wollte sich durch einen Anruf bei der Rundfunkgesellschaft vergewissern, stellte aber fest, daß dies nicht nötig war. Obwohl sie nur mit halbem Ohr zugehört hatte, wußte sie, daß es sich bei der jungen Frau um Yvette handelte. Mein Gott, dachte Nancy, warum hatte sie das Mädchen nur allein weggehen lassen und war ihr nicht gefolgt! Hätte sie ihr helfen können? Und was hatte Yvette ihr gesagt? »*Ich fürchte mich nicht mehr.*« Jetzt war ihr klar, warum.

Und die Kassetten hatte sie immer noch nicht abgespielt.

Plötzlich war Nancy wieder hellwach.

Sie schlüpfte in einen Kimono, knipste das Licht im Wohnzimmer an, legte die erste Kassette ein und setzte sich in einen Sessel, einen Notizblock auf den Knien und einen Bleistift in der Hand. Dann hörte sie die unsichere Stimme von Yvette.

Schon bei Yvettes ersten Worten schoß Nancy wie elektrisiert in die Höhe.

»Das ist die Wahrheit über die Freunde des Friedens, über ihre Bombenanschläge und Morde. Das Hauptquartier der Freunde des Friedens befindet sich in der Crocker Street 117. Ihr Führer ist Georgos Archambault, oft nennt er sich auch Winslow. Ich habe bis jetzt mit Georgos zusammen gelebt und der revolutionären Bewegung ebenfalls angehört. Ebenso Davey Birdsong. Er bringt das Geld für den Sprengstoff und das ganze andere Zeug.«

Nancy riß vor Staunen den Mund auf. Sie zitterte vor Aufregung, während ihr Bleistift über das Papier raste. Yvette sprach weiter, dann hörte Nancy zwei männliche Stimmen – die eine vermutlich die Stimme von Georgos, die andere unmißverständlich die von Davey Birdsong.

Auf der zweiten Seite der Kassette dann wieder die Stimme von Yvette. Sie beschrieb die Nacht auf dem Hügel oberhalb von Millfield. Den Anschlag auf das Umspannwerk. Die Ermordung der beiden Wächter.

Nancys Erregung wuchs. Sie konnte es kaum fassen, daß ihr mit dieser Geschichte der größte Treffer in ihrer Reporterkarriere gelungen war, und alles war allein ihr Verdienst. Sie hörte weiter zu und vervollständigte ihre Notizen.

Wieder Georgos und Birdsong. Sie besprachen etwas...trafen Verabredungen...Christopher Columbus Hotel...Bomben als Feuerlöscher getarnt...ein roter offener Laster: *Fire Protection Service*...zweite Nacht der Tagung des National Electric Institute...drei Uhr morgens.

Nancy bekam eine Gänsehaut. Sie sah auf ihre Uhr und stürzte zum Telefon.

Die Reportage mußte warten.

Ihre Hand zitterte, als sie die 911, den Notruf der Polizei, wählte.

6

Der wachhabende Lieutenant beim Polizeipräsidium wußte, daß er eine schnelle Entscheidung treffen mußte.

Wenige Augenblicke vorher hatte der Mann, der Nancy Molineaux' Notruf entgegennahm, dem Lieutenant ein Zeichen gegeben, sich einzuschalten. Nachdem er kurze Zeit zugehört hatte, stellte er der Anruferin, die sich namentlich und als Reporterin des *California Examiner* vorgestellt hatte, einige Fragen. Sie erklärte, wie sie die Kassetten bekommen hatte und was für eine Schreckensmeldung sie enthielten.

»Ich kenne Sie, Miss Molineaux«, sagte der Lieutenant. »Rufen Sie von der Zeitung aus an?«

»Nein. Von meiner Wohnung.«

»Die Adresse, bitte.«

Sie nannte sie.

»Steht Ihr Name im Telefonbuch?«

»Ja, unter ›Molineaux, N.‹«

»Legen Sie bitte auf«, sagte der Lieutenant. »Wir rufen sofort zurück.«

Der Polizist von der Telefonzentrale – einer von zwanzig, die solche Notrufe entgegennahmen – hatte inzwischen schon Nancys Nummer aus dem Telefonbuch herausgesucht, auf ein Stück Papier gekritzelt und sie dem Lieutenant gereicht. Dieser wählte hastig.

Nancy hob beim ersten Klingeln ab.

»Miss Molineaux, haben Sie gerade den Polizeinotruf angerufen?«

»Ja.«

»Danke. Wir mußten den Anruf verifizieren. Wo sind Sie später zu erreichen?«

»Beim Christopher Columbus Hotel«, sagte Nancy. »Wo denn sonst?« Sie legte auf.

Der Lieutenant hatte jetzt zwar die Gewißheit, daß der Anruf echt war – doch reichte die Information aus, um eine Evakuierung des größten Hotels der Stadt anzuordnen, und das mitten in der Nacht?

Im Fall einer Bombenwarnung – und die Polizei bekam jedes Jahr Hunderte davon – mußte zuerst eine Patrouille, bestehend aus einem Sergeant und zwei Streifenpolizisten, an den bedrohten Ort geschickt werden. Fanden sie etwas Verdächtiges, riefen sie im Präsidium an und lösten so den Noteinsatz aus. (Funkdurchsagen wurden in diesem Stadium noch vermieden, weil erstens manche Bomben durch Funk ausgelöst werden konnten und der Polizeifunk außerdem von so vielen Personen mitgehört wurde, daß Presse und Zuschauer oft die Rettungsmaßnahmen störten.)

Stimmte aber die erhaltene Warnung, war die Gefahr somit wirklich gegeben, wäre es unverantwortlich, mit der herkömmlichen Methode kostbare Zeit zu verlieren.

Tagsüber konnte ein Hotel von der Größe des Christopher Columbus unter Zusammenarbeit von Polizei und Feuerwehr in einer halben Stunde evakuiert werden. Nachts würde es länger dauern – eine Stunde vielleicht, wenn sie Glück hatten und schnell waren. Evakuierungen bei Nacht brachten immer Probleme mit sich; es gab besonders tiefe Schläfer, Betrunkene, Skeptiker, Liebespärchen, die nicht aufgestört werden wollten – all diese Leute ließen sich nur mit einem Nachschlüssel aus ihrem Zimmer herausholen.

Aber es blieb ihnen keine Stunde mehr. Die große Digitaluhr zeigte zwei Uhr einundzwanzig an. Die Frau von der Zeitung hatte gesagt, die Bomben sollten um drei Uhr losgehen. Richtig? Falsch? Es wäre ihm lieber gewesen, er hätte die Entscheidung einem Vorgesetzten überlassen können. Aber nicht einmal dazu hatte er Zeit.

Also fällte der Lieutenant die einzig mögliche Entscheidung. »Evakuierung des Christopher Columbus Hotels«, ordnete er an.

Ein halbes Dutzend Telefone wurden gleichzeitig betätigt, die Distriktpolizei und die Feuerwachen verständigt. Feuerwehren und Mannschaftswagen der Polizei würden sich sofort in Bewegung setzen. Als nächstes wurden die Einsatzleiter von Polizei und Feuerwehr, die gemeinsam die Evakuierung leiten sollten, benachrichtigt; gleichzeitig mußte die Spezialtruppe zur Bombenentschärfung angefordert werden. In Nachbargemeinden wurde um Unterstützung durch Spezialabteilungen nachgesucht. Krankenwagen wurden alarmiert. Man ging nach einer Liste vor. Die meisten Beamten mußten aus dem Schlaf gerissen werden.

Der wachhabende Lieutenant sprach mit dem Manager des Hotels. »Wir haben einen Hinweis bekommen, daß in Ihrem Hotel Bomben gelegt worden sind. Wir empfehlen eine sofortige Evakuierung. Polizei und Feuerwehreinheiten sind auf dem Wege zu Ihnen.«

Das Wort »empfehlen« war richtig. Der Lieutenant hatte kein Recht, die Evakuierung anzuordnen. Das war Sache der Hotelleitung, deren Nachtmanager jedenfalls prompt reagierte. »Ich lasse Alarm auslösen, und unser Personal wird sich nach Ihren Anweisungen richten.«

Wie bei einer Kriegsmaschine, die in Gang gesetzt worden war, griff ein Rädchen ins andere, und jeder lieferte seinen speziellen Beitrag, um das gemeinsame Ziel zu erreichen.

Die beiden wichtigsten Fragen aber konnten nicht beantwortet werden: Würde um drei Uhr eine Bombenexplosion stattfinden? Und wenn ja, würde man bis dahin das Hotel geräumt haben? Es waren nur noch sechsunddreißig Minuten bis dahin.

Sie würden die Antwort auf beide Fragen bald haben.

Ihren Beitrag zur Menschlichkeit hatte sie geleistet, jetzt konnte sie wieder einzig und allein Journalistin sein, entschied Nancy Molineaux.

Während sie sich anzog, telefonierte sie noch schnell mit dem Redakteur vom Nachtdienst und gab ihm einen kurzen Überblick über den Stand der Dinge. Aus seinen Fragen spürte sie, wie ihn die Aufregung bei der Aussicht auf eine große, sensationelle Reportage schon gepackt hatte.

»Ich fahre jetzt zum Hotel«, sagte Nancy. »Danach komme ich in die Redaktion.« Sie wußte, daß in diesem Augenblick jeder erreichbare Fotograf zum Schauplatz geschickt wurde.

»Oh, noch etwas«, fügte sie hinzu. »Ich habe zwei Tonbandkassetten. Ich mußte der Polizei von ihnen erzählen. Sicherlich werden sie sie jetzt als Beweismaterial von mir haben wollen, wir müssen sie also dringend kopieren.«

Sie verabredeten, daß ein Bote Nancy am Hotel treffen würde, um die Kassetten abzuholen. Von dort aus würde er sie zur Wohnung des Feuilletonredakteurs bringen, der ein eigenes Tonlabor besaß. Der Feuilletonredakteur war zu Hause und würde über alles informiert werden. Die Kopien und ein tragbarer Kassettenrecorder würden in der Nachrichtenredaktion auf Nancy warten, sobald sie zurückkam.

Nancy war schon an ihrer Wohnungstür, als sie sich an etwas erinnerte. Sie stürzte noch einmal zum Telefon und wählte die Nummer des Christopher Columbus Hotels. »Verbinden Sie mich bitte mit Nimrod Goldman.«

In Nims Traum steckte die GSP&L in einer verzweifelten Krise. Ein Generator nach dem anderen war ausgefallen, bis nur noch ein einziger übrigblieb – *La Mission Nr. 5,* Big Lil. Dann passierte das, was letzten Sommer, an dem Tag, da Walter Talbot starb, geschehen war: Im Energiekontrollzentrum flackerten die Warnlichter an der Schalttafel von *La Mission Nr. 5* hell wie Blitzlichter, und es klingelte unaufhörlich. Die Lichter erloschen allmählich, aber das Klingeln blieb, bis Nim schließlich aufwachte und feststellte, daß der schrille Ton von seinem Telefon neben dem Bett kam. Verschlafen griff er zum Hörer.

»Goldman! Sind Sie es, Goldman?«

Er war noch nicht ganz wach, als er antwortete: »Ja – ja. Was ist denn?«

»Hier spricht Nancy Molineaux. Hören Sie.«

»Wer?«

»Nancy Molineaux, Sie Idiot.«

Jetzt wurde er wütend und damit wach. »Wissen Sie nicht, daß es mitten in der Nacht ist...?«

»Seien Sie still und hören Sie zu, Goldman, werden Sie endlich wach. Sie und Ihre Familie sind in Gefahr. Vertrauen Sie mir...«

Auf einen Ellbogen gestützt, sagte Nim: »Ich würde Ihnen nicht...« Dann erinnerte er sich, was sie gestern über ihn geschrieben hatte, und sprach nicht weiter.

»Goldman, verlassen Sie mit Ihrer Familie schleunigst das Hotel. Fliehen Sie! Es werden gleich Bomben hochgehen.«

Jetzt war er hellwach. »Soll das ein Witz sein?«

»Nein, bestimmt nicht.« Sie bettelte: »Um Gottes willen, so glauben Sie mir doch endlich! Die hirnverbrannten Freunde des Friedens haben Bomben als Feuerlöscher getarnt ins Hotel eingeschleust. Nehmen Sie Ihre Frau und Ihre Kinder...«

Die Worte »Freunde des Friedens« überzeugten ihn. Dann dachte er an die anderen Leute im Hotel.

»Was ist mit den übrigen Leuten?«

»Es ist bereits Alarm gegeben. Jetzt machen Sie endlich, daß Sie rauskommen!«

»In Ordnung.«

»Ich treffe Sie vor dem Hotel«, sagte Nancy noch, aber Nim hörte es nicht mehr. Er hatte den Telefonhörer hingeworfen und schüttelte Ruth.

Minuten später trieb Nim seine verschlafene Familie in Nachtgewändern aus der Suite. Die Kinder weinten im Halbschlaf. Nim steuerte auf die Treppe zu, weil er wußte, daß man in solchen Notfällen leicht im Lift hängenbleiben konnte. Als sie sich anschickten, die sechsundzwanzig Stockwerke hinunterzulaufen, hörten sie die Sirenen, die immer näher kamen.

Sie befanden sich drei Stockwerke tiefer, als die Alarmglocken des Hotels schrillten.

In dieser Nacht gab es edelmütige und tapfere Handlungen. Manche wurden nicht einmal bemerkt, andere fielen auf.

Die Evakuierung des Hotels ging schnell und überwiegend ruhig vonstatten. Polizei und Feuerwehr durchsuchten jede Etage, um sich zu überzeugen, daß sie leer war. Sie klopften an Türen, riefen, wiesen Fragen zurück und erteilten Befehle, scheuchten die Hotelgäste zu den Treppen, warnten vor den Aufzügen. Die Leute vom Noteinsatz arbeiteten mit dem Hotelpersonal zusammen, mit einem Hauptschlüssel öffneten sie die

Zimmer, aus denen keine Antwort gekommen war. Die ganze Zeit schellten die Feueralarmglocken weiter.

Einige Gäste protestierten und wurden böse, einige wenige wurden handgreiflich, aber nachdem man ihnen mit Arrest gedroht hatte, ließen sie sich auch zum Verlassen ihres Zimmers bewegen. Die wenigsten Hotelgäste wußten überhaupt, was vor sich ging. Sie waren mit der Information, daß ihnen Gefahr drohe, zufrieden, bewegten sich schnell, meist spärlich bekleidet, und ließen ihre Habseligkeiten zurück. Ein Mann, der völlig verschlafen der Aufforderung nachgekommen war, merkte erst an der Treppe, daß er nackt war. Ein Feuerwehrmann ließ ihn noch einmal zurückgehen, um Hemd und Hose anzuziehen.

Die Evakuierung war schon in vollem Gange, als die Spezialtruppe der Polizei mit drei Fahrzeugen anrückte. Reifen quietschten, Sirenen heulten, dann waren die Männer im Hotel und untersuchten schnell, aber mit äußerster Sorgfalt jeden Feuerlöscher, den sie sahen. An den verdächtigen Exemplaren wurde oben eine Schlinge befestigt, das Seil ausgerollt – so weit, daß es gerade noch zu handhaben war –, und nachdem man sich vergewissert hatte, daß keine Menschen in der Nähe waren, wurde kurz am Seilende gezogen. Dadurch wurde der Feuerlöscher erst gerüttelt, dann umgestürzt – was in der Regel genügen mußte, eine Minenfalle zu entlarven. Es kam jedoch zu keiner einzigen Explosion, und jeder so behandelte Feuerlöscher wurde von einem Mann der Spezialbombentruppe gepackt und hinausgetragen. Das war das größte Risiko. Aber unter den gegebenen Umständen mußte man es eingehen.

Vor der Tür des Hotels warteten schon Lastwagen, die die Feuerlöscherbomben aufnahmen und sofort wegschafften. An einer nicht mehr benutzten Pier wurden sie ins Meer geworfen.

Kurze Zeit später traf auch noch ein Spezialtrupp der Armee mit einem halben Dutzend Offizieren und NCO-Bomben-Experten ein, die jetzt tatkräftig mithalfen.

Zwanzig Minuten, nachdem der Alarm gegeben worden war, ließ sich bereits abschätzen, daß die Evakuierung schneller vonstatten ging, als man erwartet hatte. Die Aussichten, bis drei Uhr die meisten Gäste evakuiert zu haben, waren gut.

Inzwischen waren alle Straßen, die zum Christopher Columbus Hotel führten, mit Fahrzeugen der Polizei, Feuerwehr und mit Krankenwagen abgeriegelt. Ein Riesenfahrzeug des Katastropheneinsatzes brachte einen Feuerleitstand an Ort und Stelle. Zwei schwere GSP&L-Service-Laster waren auch soeben eingetroffen. Die eine Mannschaft hielt sich in Bereitschaft, falls es Probleme mit der Stromversorgung geben sollte, die andere sperrte an der Hauptstraße die Gasleitung.

Vertreter der Presse, des Fernsehens und Rundfunks trafen jetzt immer zahlreicher ein. Zwei lokale Rundfunkanstalten sendeten live vom Schauplatz. Die Nachricht war bereits international verbreitet; AP und UPI hatten entsprechende Bulletins in die ganze Welt hinausgeschickt.

Unter den Presseleuten stand Nancy Molineaux im Mittelpunkt der Aufmerksamkeit. Eine Gruppe von Kriminalbeamten, FBI-Agenten und ein junger Staatsanwalt scharten sich um sie. Nancy beantwortete so viele Fragen, wie sie konnte, gab aber ausweichende Antworten, was die beiden Kassetten, die bereits abgeholt worden waren, betraf. Als der Staatsanwalt sie streng zur Herausgabe aufforderte, versprach sie diese für die nächsten zwei Stunden. Einer der Kriminalbeamten verließ nach Absprache seiner Vorgesetzten mit dem Staatsanwalt die Gruppe, um zwei Anweisungen telefonisch durchzugeben: Haussuchung in der Crocker Street 117 und Verhaftung von Georgos Archambault und Davey Birdsong.

Indessen waren Feuerwehr und Polizei auch weiterhin um eine schleunige Evakuierung des Hotels bemüht.

Bei der Räumung kam es zu einigen Unfällen. Eine ältere Frau rutschte auf der Betontreppe aus und fiel so unglücklich, daß sie sich Hüfte und Handgelenk brach. Eine Ambulanz brachte die wimmernde Frau auf einer Trage fort. Einer der Delegierten von der New England Power Company erlitt, nachdem er zwanzig Stockwerke hinuntergestiegen war, einen Herzanfall und starb auf dem Weg ins Krankenhaus. Eine andere Frau stürzte und erlitt eine Gehirnerschütterung. Einige andere zogen sich beim eiligen Abstieg im Treppenhaus kleinere Verletzungen zu.

Aber es entstand keine Panik. Fremde halfen einander. Es gab kaum irgendwelche Rempeleien. Einige der Mutigeren heiterten die Furchtsamen mit Witzen auf.

Sobald die Leute aus dem Hotel geleitet worden waren,

brachte man sie in eine Nebenstraße, zwei Blocks weiter, die von Polizeiautos abgesperrt war. Zum Glück war die Nacht mild. Nach einer Weile kam ein Wagen vom Roten Kreuz, und freiwillige Helfer schenkten Kaffee aus und bemühten sich, den Leuten nach besten Kräften behilflich zu sein.

Nim Goldman und seine Familie befanden sich bei einer der ersten Gruppen, die hinter der Absperrung standen. Inzwischen waren Leah und Benjy hellwach und voller Aufregung über das, was vor sich ging. Sobald er überzeugt war, daß Ruth und die Kinder in Sicherheit waren, kehrte Nim noch einmal zum Hotel zurück. Später sah er ein, daß es Wahnsinn gewesen war, aber in diesem Augenblick war er nur von dem Gedanken erfüllt nachzusehen, ob der Feuerlöscher, den der junge Mann am Tag zuvor hinter dem Sessel in der Nische versteckt hatte, auch wirklich entfernt worden war, zumal noch so viele Menschen im Hotel waren. Nim hatte sich nämlich an Nancys Mitteilung erinnert, daß die Bomben als Feuerlöscher getarnt ins Hotel gebracht worden seien.

Inzwischen war es fast drei Uhr.

Obwohl die Gäste alle gleichzeitig aus dem Hotel drängten, gelang es Nim hineinzukommen. In der Halle versuchte er einen vorbeikommenden Feuerwehrmann anzuhalten; der aber wehrte ab: »Jetzt nicht, Sir« und rannte die Treppe hinauf zum Hochparterre.

Keiner der Verantwortlichen schien Zeit für Nim zu haben, und so ging er allein zu der Stelle, wo er und Wally zugesehen hatten, wie der Feuerlöscher aufgestellt worden war.

»Mr. Goldman! Mr. Goldman!« Der Ruf kam von rechts, und ein kleiner Mann in Zivil mit einem Metallabzeichen an seiner Brusttasche eilte auf ihn zu. Nim erkannte Art Romeo, den pfiffigen Mitarbeiter von Harry London in seiner Abteilung für Eigentumsschutz. Das Abzeichen war das des Sicherheitsbeauftragten der GSP&L, es verlieh Art Romeo Autorität.

Später sollte Nim erfahren, daß Art Romeo Gast im Hotel gewesen war und sich mit auswärtigen Kollegen von einem anderen Versorgungsunternehmen zum nächtlichen Pokerspiel getroffen hatte. Er hatte sich sofort sein Dienstabzeichen angesteckt und bei der Räumung des Hotels geholfen.

»Mr. Goldman, Sie müssen hier raus.«

»Lassen Sie schon. Ich brauche Hilfe.« Nim berichtete ihm rasch von seiner Vermutung, daß jener Feuerlöscher hinter dem Sessel eine Bombe sei.

»Wo ist er, Sir?«

»Dort drüben.« Nim ging zu der Stelle, wo er gestern gesessen hatte, und zog den Sessel zur Seite. Der rote Feuerlöscher stand noch da, wo der junge Mann ihn hingestellt hatte.

Art Romeos Stimme klang jetzt autoritär. »Gehen Sie! Los, gehen Sie!«

»Nein, erst muß ...«

Das Folgende geschah so schnell, daß Nim später Schwierigkeiten hatte, sich an Einzelheiten zu erinnern.

Er hörte Art Romeo rufen: »Officers, hierher!« Plötzlich standen zwei kräftige Männer in Uniform neben Nim, und Romeo sagte: »Dieser Mann weigert sich, das Hotel zu verlassen. Schaffen Sie ihn raus.«

Ohne weitere Fragen packten die Polizeibeamten Nim und beförderten ihn zum Haupteingang. Während die beiden ihn hinausschoben, konnte er noch einen Blick zurückwerfen. Art Romeo hatte den Feuerlöscher im Arm und folgte ihnen.

Ohne auf Nims Protest zu achten, brachten ihn die beiden Polizeibeamten zu der zwei Block entfernten Absperrzone. Als er jenseits der Absperrung war, ließen sie ihn endlich los. »Wenn Sie das noch mal versuchen, verhaften wir Sie und bringen Sie von hier weg.«

Im selben Moment hörten sie eine ohrenbetäubende Explosion und fast gleichzeitig das Klirren von berstendem Glas.

In den folgenden Tagen gelang es dann nach Augenzeugenberichten und offiziellen Stellungnahmen, die Geschehnisse zu rekonstruieren.

Aufgrund von Nancy Molineaux' Informationen wußte der Krisenstab, wonach man suchen mußte: nach hochexplosiven Bomben im Erdgeschoß und Hochparterre, nach Brandbomben in den höheren Stockwerken. Sie hatten sich eingebildet, alle hochexplosiven Bomben gefunden zu haben.

Ein Sprecher des Krisenstabes erklärte am nächsten Tag: »Unter den besonderen Umständen mußten wir und die Jungen von der Armee es darauf ankommen lassen, was wir unter normalen Umständen nie getan hätten. Es war ein Wettlauf mit der Zeit. Wenn wir es nicht rechtzeitig geschafft hätten, dann gnade uns Gott!«

Die Spezialtruppe hatte sich allerdings geirrt, als sie glaubte, alle hochexplosiven Bomben bereits gefunden zu haben. Die eine, die sie übersehen hatten, war diejenige, an die sich Nim erinnerte.

Art Romeo hatte die Bombe gepackt, war mit ihr aus dem Hotel herausgestolpert und hatte sie zu der Stelle getragen, wo die Wagen gestanden hatten, die die Bomben zum Meer fuhren. Die anderen Angehörigen der Spezialtruppe waren alle in den oberen Stockwerken des Hotels, um nach Brandbomben zu suchen.

Deshalb war niemand in der Nähe, als Art Romeo die hochexplosive Bombe niedersetzte, die Sekunden später explodierte. Art Romeo wurde in Stücke zerrissen. Fast alle Fenster der umliegenden Häuser barsten, ebenso die Scheiben der in der Nähe abgestellten Autos. Aber wie durch ein Wunder wurde sonst niemand verletzt.

Frauen kreischten, Männer fluchten.

Die Explosion bewirkte, daß nun niemand mehr die Notwendigkeit der Räumung bezweifelte. Die Unterhaltungen der evakuierten Hotelgäste verliefen jetzt gedämpfter. Manche gaben die Hoffnung auf, für den Rest der Nacht noch ins Hotel zurückkehren zu können, verließen den Schauplatz und suchten für den Rest der Nacht eine andere Unterkunft.

Obwohl sich nun keine Gäste mehr im Hotel befanden, war die Aktion noch nicht vorüber.

Von den fast zwanzig Feuerbomben, die Georgos Archambault und seine Komplizen in den oberen Etagen des Hotels verteilt hatten, waren acht nicht gefunden worden. Kurz nach drei Uhr explodierten sie. Es gab Brände, die erst nach einer Stunde unter Kontrolle gebracht werden konnten. Die betroffenen Etagen brannten völlig aus, und man war sich einig, daß es ohne eine Warnung und anschließende Räumung des Hotels eine große Zahl von Todesopfern gegeben hätte.

Zwei Polizeibeamte und drei Feuerwehrleute waren ums Leben gekommen, zwei weitere Feuerwehrleute wurden schwer verletzt. Alle hatten sich in der Nähe der explodierenden Brandbomben befunden.

Während schon der Morgen graute, wurden die Aufräumungsarbeiten fortgesetzt.

Die meisten Gäste hatte man inzwischen in anderen Hotels untergebracht. Im späteren Tagesverlauf würden sie ihre Habseligkeiten, soweit sie nicht vernichtet waren, aus dem Christopher Columbus abholen und die Heimreise antreten.

Auch ohne daß darüber abgestimmt wurde, war es jedem klar, daß die Tagung beendet war.

Nim fuhr mit Ruth und den Kindern in einem Taxi nach Hause. Eigentlich hatte er sich noch bei Nancy Molineaux für die Warnung bedanken wollen, aber da sie immer noch im Mittelpunkt des Interesses stand und umlagert war, beschloß er, es später zu tun.

Als Nim und seine Familie abfuhren, trafen die Leichenwagen ein.

Kurz nach der Explosion, bei der Art Romeo ums Leben kam, rannte Georgos Archambault schluchzend zu seinem roten Laster.

Alles ist schiefgegangen! Alles!

Georgos konnte es nicht verstehen.

Etwa fünfunddreißig Minuten vorher hatte er Sirenen gehört, die sich der Stelle näherten, wo er mit seinem Laster parkte. Augenblicke später rasten Feuerwehrautos und Polizeiwagen in Richtung Christopher Columbus Hotel. Immer neue Fahrzeuge trafen ein, und Georgos war nun gewarnt.

Um zwanzig Minuten vor drei konnte er es nicht länger aushalten. Er verließ den Laster, schloß ihn ab und ging bis zu der Absperrung, die die Polizei mit ihren Fahrzeugen um das Hotel gelegt hatte.

Er stand nahe genug, um zu sehen, wie die Leute aus dem Hotel strömten, viele in Nachtgewändern, von Polizeibeamten und Feuerwehrleuten zur Eile angetrieben.

Diese Leute sollten doch im Hotel bleiben, bis die Bomben explodierten und es brannte!

Georgos wollte mit den Armen wedeln und rufen: »Zurück! Alle zurück!« Aber das war natürlich unmöglich.

Dann mußte er mit ansehen, wie seine so sorgfältig aufgestellten Feuerlöscher-Bomben aus dem Hotel getragen wurden –

von Leuten, die kein Recht dazu hatten, seinen sorgfältig ausgeklügelten Plan zu durchkreuzen – und mit Lastwagen weggeschafft wurden. Wenn er die Bomben doch nur so ausgerüstet hätte, daß sie bei der geringsten Erschütterung explodierten! Er war sich seiner Sache so sicher gewesen, daß er die Möglichkeit eines Mißlingens gar nicht in Betracht gezogen hatte. Aber nun war es geschehen, und die Freunde des Friedens waren um ihren ruhmreichen Sieg gebracht.

Georgos begann zu weinen.

Auch als er die Bombenexplosion auf der Straße hörte, konnte er sich nicht beruhigen. Er fand keinen Trost und wandte sich ab.

Wie hatte es dazu kommen können? Warum hatte er versagt? Wie hatte der Feind alles herausfinden können? Er beobachtete die Feuerwehrleute und die Polizeibeamten – blinde, unwissende Sklaven des faschistischen Kapitalismus – mit Bitterkeit und Zorn.

In diesem Moment ging es Georgos auf, daß seine Identität womöglich inzwischen bekannt war und er sich in Lebensgefahr befand. Er begann zu laufen.

Der rote Laster stand noch genauso da, wie er ihn verlassen hatte. Niemand schien von ihm Notiz zu nehmen, als er den Wagen aufschloß, hineinkletterte und wegfuhr, obwohl Lichter in einem nahe gelegenen Haus angingen und Schaulustige zum Hotel strömten, weil es sich herumgesprochen hatte, daß dort etwas los war.

Instinktiv fuhr Georgos zur Crocker Street. Ob er dort noch sicher war?

Die Frage war schnell beantwortet. Als er in die Crocker Street einbog, erkannte er sofort, daß das andere Ende der Straße, in dem die Nummer 117 lag, von Polizeiautos blockiert war. Einen Moment lang hörte er Gewehrfeuer – eine Reihe von Schüssen und nach einer Pause erneute Schüsse, als würde das Feuer von jemandem erwidert. Georgos wußte, daß Wayde, Jute und Felix, die in dieser Nacht im Haus bleiben wollten, in der Falle saßen. Gerne hätte er Seite an Seite mit ihnen gekämpft, aber es gab wohl keine Möglichkeit, sie zu befreien.

So schnell er konnte, ohne Aufmerksamkeit zu erregen, wendete er den Laster und fuhr wieder zurück. Jetzt gab es nur noch einen Ort, wohin er sich flüchten konnte: die Wohnung in North Castle, die er für einen solchen Notfall vorgesehen hatte.

Während der Fahrt arbeitete Georgos' Hirn fieberhaft. War seine Identität bereits bekannt, würde die Polizei nach ihm fahnden. Vielleicht hatten sie sogar in diesem Moment schon ihre Netze ausgelegt, und Georgos mußte sich beeilen, um schleunigst sein Versteck zu erreichen. Und noch etwas: Die Schweine wußten sicherlich über den FIRE PROTECTION SERVICE Bescheid und würden auch nach dem Laster fahnden; er mußte sich also von dem Fahrzeug trennen, doch erst, wenn er nicht mehr allzu weit von North Castle entfernt war.

Der Laster durfte allerdings auch nicht zu nah bei seiner Wohnung gefunden werden, wenn er sich nicht selbst verraten wollte. Wie weit sollte er sich an sein Ziel heranwagen? Eine Meile, entschied er.

Als Georgos die geschätzte Distanz erreicht hatte, fuhr er an den Straßenrand, stellte den Motor ab und stieg aus. Er ließ den Zündschlüssel stecken und schloß den Wagen nicht ab. Die Polizei könnte so vielleicht eher vermuten, daß er in ein wartendes Auto umgestiegen oder mit dem Bus oder einem Taxi weitergefahren sei, auf jeden Fall könnte es dazu beitragen, sein angestrebtes Ziel zu verschleiern.

Georgos wußte nicht, daß er von einem Betrunkenen beobachtet worden war, der sich von dem Genuß billigen Weins in einem Torweg gegenüber erholte. Der Betrunkene war nüchtern genug, um die Ankunft des Lasters und Georgos' Flucht zu Fuß zu beobachten.

Georgos beschleunigte seine Schritte. Die Straßen waren fast leer, und ihm war bewußt, daß er auffallen mußte. Doch niemand schien auf ihn zu achten, und eine Viertelstunde später schloß er die Wohnungstür auf. Erleichtert trat er ein.

Zur selben Zeit fand eine Polizeistreife den roten Laster, der inzwischen zur Fahndung ausgeschrieben worden war. Der Streifenbeamte gab über Polizeifunk durch, daß der Kühler noch warm sei.

Wenige Augenblicke später entdeckte derselbe Beamte den Betrunkenen und erfuhr von ihm, daß der Fahrer zu Fuß geflohen sei und in welche Richtung. Das Polizeiauto setzte sich sofort in Bewegung, verfehlte Georgos jedoch.

Davey Birdsong wurde kurz nach fünf Uhr dreißig vor seinem Wohnhaus festgenommen, als er von der Vorlesung und der anschließenden Diskussion zurückkehrte.

Birdsong war schockiert. Er protestierte heftig, als ihn zwei Kriminalbeamte festnahmen, wobei ihn der eine auf seine Rechte hinwies, die Aussage zu verweigern. »Was soll das Ganze, Leute?« erklärte Birdsong. »Schließlich bin ich seit gestern unterwegs gewesen. Um sechs Uhr abends habe ich meine Wohnung verlassen und komme erst jetzt zurück. Dafür habe ich genügend Zeugen.«

Der Beamte, der Birdsong auf seine Rechte aufmerksam gemacht hatte, nahm jetzt dessen Aussage zu Protokoll. Die Ironie des Schicksals wollte es, daß Birdsong gerade das lückenlose Alibi zum Verhängnis wurde.

Als er im Polizeipräsidium durchsucht wurde, fand man in einer seiner Jackentaschen seine Presseerklärung, daß der p&lfp den Anschlag auf das Christopher Columbus Hotel in der letzten Nacht bedauere. Später konnte nachgewiesen werden, daß die Erklärung auf einer Schreibmaschine in Birdsongs Wohnung getippt worden war. *Die Wohnung hatte er angeblich seit 18 Uhr des vergangenen Abends, also fast neun Stunden, bevor der Anschlag auf das Christopher Columbus Hotel bekannt wurde, nicht betreten.* Obendrein fand man in der Wohnung noch zwei Entwürfe für die Erklärung in Birdsongs Handschrift.

Auch das übrige Beweismaterial war für Birdsong vernichtend. Die auf den Kassetten aufgezeichneten Gespräche zwischen Georgos Archambault und Davey Birdsong erwiesen sich als authentisch, nachdem man sie mit einer nach seiner Verhaftung genommenen Stimmenprobe verglich. Der junge schwarze Taxifahrer, Vickery, den Nancy Molineaux engagiert hatte, bezeugte Birdsongs Ausflug in das Haus Crocker Street 117. Auch Birdsongs Einkauf von Feuerlöschern, die zu Bomben umgebaut worden waren, konnte bewiesen werden.

Er wurde des sechsfachen Mordes, der Anstiftung zu einem Verbrechen und noch einiger anderer Delikte angeklagt. Als Kaution wurde eine Million Dollar festgesetzt, eine Summe, die Birdsong selbst nicht aufbringen konnte und die wohl auch sonst niemand zu zahlen bereit war. Also verblieb Birdsong in Haft, wo er auf seinen Prozeß wartete.

Von den übrigen Freunden des Friedens kamen Wayde, der junge intellektuelle Marxist, und Felix, der aus der Innenstadt von Detroit stammte, bei dem Feuergefecht mit der Polizei im Haus Crocker Street 117 ums Leben. Jute, der verbitterte Indianer, richtete das Gewehr gegen sich selbst und drückte ab, als die Polizei das Haus stürmte.

7

In der Nachrichtenredaktion des *California Examiner* und in der Press Club Bar wurde bereits gemunkelt, daß Nancy Molineaux die aussichtsreichste Anwärterin auf den Pulitzer-Preis wäre.

Wie der Redakteur vom Dienst zum Verleger sagte: »Diese tolle Person hat uns die heißeste Story des Jahrhunderts fix und fertig aus dem Hut gezaubert.«

Nachdem Nancy den Schauplatz am Christopher Columbus Hotel verlassen hatte, war sie sofort in die Redaktion gegangen, wo sie bis zum ersten Redaktionsschluß um sechs Uhr dreißig ununterbrochen schrieb. Sie erweiterte das Material für die drei späteren Ausgaben, und als Berichte über neue Entwicklungen hereinkamen, liefen sie alle über ihren Schreibtisch.

Bei jeder Nachfrage über die Freunde des Friedens, Georgos Archambault, Davey Birdsong, den p&lfp, das Geld des Sequoia Clubs, den Anschlag auf das Hotel, das Leben und den Tod von Yvette hieß die Losung: »Fragen Sie Nancy.«

Nancy Molineaux bestritt fast die gesamte erste Seite unter der Schlagzeile – ein Reporterwunschtraum.

Die Zeitung belegte ihre Story mit dem Copyright, was bedeutete, daß jede Rundfunk- oder Fernsehstation, die ihren Exklusivbericht als Quelle benutzte, den *Examiner* angeben mußte.

Weil Nancy selbst ein wichtiger Bestandteil der Geschichte war – ihre Entdeckung der Crocker Street 117, ihr Treffen mit Yvette und der Besitz der einzigen Kopie, die von den Originalkassetten existierte –, verhalfen ihr diese Umstände auch zu persönlicher Publicity. Sie wurde an ihrem Schreibtisch in der Redaktion für das Fernsehen interviewt. Der Film lief am selben Abend über die Programme von NBC, ABC und CBS.

Dabei hatte die Verlagsleitung des *Examiner* die Fernsehleute in Weißglut gebracht, weil sie warten mußten, bis Nancy ihre eigenen Berichte fertiggeschrieben und zum Satz gegeben hatte.

Den Vertretern von *Newsweek* und *Time*, die nach den Fernsehleuten eingetroffen waren, erging es ebenso.

Drüben beim *Chronicle-West*, dem größten Konkurrenten des *Examiner*, herrschte unverhohlener Neid und viel Hektik, um den Rückstand in der Berichterstattung wieder aufzuholen. Der Herausgeber des *Chronicle-West* war aber großherzig genug, Nancy am nächsten Tag ein halbes Dutzend Rosen mit einer Glückwunschkarte auf ihren Schreibtisch stellen zu lassen. (Ein ganzes Dutzend, fand er, wäre übertrieben gewesen.)

Für viele, die Nancy Molineaux' Berichte lasen, war die schockierendste Enthüllung, daß der Sequoia Club – wenn auch nur indirekt – den Bombenanschlag auf das Christopher Columbus Hotel finanziert hatte.

Erboste Mitglieder kündigten aus allen Teilen der Vereinigten Staaten telefonisch oder telegrafisch ihre Mitgliedschaft.

»Nie wieder«, polterte Kaliforniens ranghöchstes Mitglied des Senats bei einem Interview mit der *Washington Post*, »werde ich dieser gräßlichen Organisation trauen oder auf ihre Vorschläge hören.« Diese Erklärung fand tausendfaches Echo.

Man war sich einig, daß der Sequoia Club seinen Ruf und Namen eingebüßt hatte und nie wieder das werden konnte, was er einmal gewesen war.

Laura Bo Carmichael hatte sofort den Vorsitz niedergelegt. Sie nahm keinerlei Telefonanrufe entgegen. Statt dessen ließ sie von ihrer Privatsekretärin eine Erklärung verlesen, die mit folgenden Worten schloß: »Mrs. Carmichael betrachtet ihre öffentliche Karriere als beendet.«

Die einzige Person aus der Leitung des Sequoia Clubs, die aus Nancys Bericht Vorteile zog, war Priscilla Quinn, weil sie allein gegen eine Zusammenarbeit mit dem p&lfp und gegen die Zahlung von fünfzigtausend Dollar an Birdsong gestimmt hatte.

Nancy berichtete mit großer Genugtuung, daß der vielbeschäftigte Rechtsanwalt Irwin Saunders dafür gewesen war.

Wenn der Sequoia Club überhaupt überleben wollte, dann nur unter dem Vorsitz von Priscilla Quinn. Auch mußte in

Zukunft die Arbeit des Clubs mehr auf soziale Fragen als auf Umweltprobleme gerichtet sein.

Nancys Berichte über Georgos Archambault und seine spätere Flucht setzten ein kleines Heer von Kriminalbeamten und FBI-Agenten in Bewegung, die das Gebiet von North Castle nach dem Anführer der Freunde des Friedens durchkämmten. Aber ohne Erfolg.

Eine gründliche Durchsuchung des Hauses Crocker Street 117 hatte noch eine Fülle von belastendem Material gegen Georgos Archambault und Davey Birdsong erbracht. Bei den Kleidungsstücken von Georgos fand sich ein dunkelblauer Overall; Laboruntersuchungen zeigten, daß der in Millfield im Draht hängengebliebene und von der Polizei sichergestellte blaue Drillichstoffetzen von diesem Kleidungsstück stammte. Außerdem wurden viele Aufzeichnungen im Haus gefunden, auch Georgos' Tagebuch. Alles wurde der Staatsanwaltschaft übergeben. Die Existenz des Tagebuchs war der Presse gegenüber erwähnt worden, der Inhalt aber nicht.

Nachdem Birdsongs Rolle in der ganzen Affäre durch Presseveröffentlichungen bekanntgeworden war, mußte er in der Untersuchungshaftanstalt zu seiner eigenen Sicherheit von den übrigen Häftlingen getrennt werden.

Bevor dies alles geschah, machte Nancy jedoch eine ganz persönliche Krise durch. Es war der Tag, der auf den Bombenanschlag folgte.

Sie hatte seit dem ersten Morgengrauen in der Redaktion gearbeitet, nachdem sie die Nacht vorher nicht geschlafen hatte und sich nur mit Kaffee und Orangensaft hatte wachhalten können. Jetzt wurde sie müde.

Mehrmals an diesem Morgen war der Lokalredakteur an Nancys Schreibtisch vorbeigekommen und hatte ihr freundlich zugeredet. Ansonsten gab es wenig zu besprechen. Nancy konnte mit dem gesammelten Material selbst fertig werden und war dafür bekannt, daß sie fast druckreife Manuskripte abgab, die kaum der Korrektur bedurften.

Gelegentlich, wenn sie einen Moment von der Schreibmaschine aufsah, merkte sie, daß der Lokalredakteur zu ihr herübersah. Obwohl sein Blick unergründlich war, wußte sie, daß sie beide das gleiche dachten – etwas, was sie selbst in den letzten

Stunden immer wieder entschieden aus ihrem Bewußtsein verdrängt hatte.

Das letzte, das Nancy gesehen hatte, bevor sie den Schauplatz am Christopher Columbus Hotel verließ, waren die verhüllten Körper der toten Polizisten und Feuerwehrleute, die man aus dem Hotel herausgebracht und in die wartenden Leichenwagen verladen hatte. Draußen vor dem Hotel hatten inzwischen zwei Männer die Überreste des sechsten Mannes, der von der Bombe in Stücke gerissen worden war, in einen Plastiksack eingesammelt.

In dieser Situation zwang sich ihr die schreckliche Erkenntnis auf, die sie bis jetzt verdrängt hatte: Eine Woche lang hatte sie über Informationen verfügt, die, hätte sie sie weitergegeben, den Tod dieser sechs Menschen hätten verhindern können. Und noch einiges mehr.

Jedesmal, wenn sie nun den Lokalredakteur ansah, mußte sie daran denken und an seine Worte, die er vor einer Woche gesprochen hatte: »*Du gehörst zu einem Team, Nancy, und ich bin es, der die Anweisungen gibt. Ich weiß, daß du gern auf eigene Faust vorgehst, und bis jetzt bist du damit durchgekommen, weil du Erfolg hattest. Aber man kann das Spiel auch zu weit treiben.*«

Damals hatte sie gedacht: *Zum Teufel mit dem aufgeblasenen Typ!* Jetzt wünschte sie verzweifelt, sie hätte anders gehandelt.

Um elf Uhr fünfundfünfzig, zwei Stunden und zwanzig Minuten vor Redaktionsschluß für die letzte Ausgabe des Tages, mußte Nancy wieder an die sechs Toten denken und war einem Nervenzusammenbruch nahe.

»Leg eine Pause ein und komm mit«, sagte hinter ihr eine ruhige Stimme. Als sie aufsah, stand ihr Chef neben ihr.

Als sie zögerte, fügte er hinzu: »Das ist ein Befehl.«

Sie erhob sich gehorsam, was für sie ungewöhnlich war, und verließ mit ihm die Redaktion.

Am Ende des Korridors lag ein kleiner Raum, der manchmal für Konferenzen benutzt wurde, meistens aber abgeschlossen war. Der Lokalredakteur öffnete die Tür mit einem Schlüssel und hielt sie für Nancy auf.

Die Möblierung war zweckmäßig einfach: ein großer Besprechungstisch, Polsterstühle, zwei passende Nußbaumvitrinen und braune Vorhänge.

Mit einem anderen Schlüssel öffnete der Lokalredakteur eine der Vitrinentüren.

»Brandy oder Scotch? Nicht vom Besten, aber schließlich sind wir hier nicht im Ritz. Ich schlage einen Brandy vor.«

Nancy nickte stumm.

Der Lokalredakteur füllte zwei Gläser und ließ sich mit dem seinen ihr gegenüber im Sessel nieder. »Ich habe dich beobachtet, Nancy«, sagte er.

»Ja, ich weiß.«

»Und wir haben beide dasselbe gedacht, stimmt's?«

Wieder konnte Nancy nur nicken.

»Nancy«, sagte der Lokalredakteur, »wie ich die Dinge sehe, gibt es für dich heute, wenn der Tag zu Ende ist, zwei Möglichkeiten. Entweder du klappst zusammen und endest auf der Couch eines Psychiaters – zweimal die Woche, zeit deines Lebens –, oder du bekommst dich wieder in den Griff und läßt die Vergangenheit Vergangenheit sein. Die erste Möglichkeit hilft außer dem Psychiater niemandem, für die zweite hättest du genügend Grips; wenn du dich nicht einfach treiben läßt, wirst du's schaffen.«

Erleichtert, daß sie es endlich laut sagen konnte, bekannte sie: »Ich bin für das, was letzte Nacht geschah, verantwortlich. Wenn ich jemandem anvertraut hätte, was ich wußte, hätte die Polizei rechtzeitig eingeschaltet und in die Crocker Street geschickt werden können.«

»Die erste Annahme ist falsch, die zweite stimmt«, sagte er. »Ich will nicht behaupten, daß du das, was heute nacht geschehen ist, jemals völlig vergessen könntest. Aber du bist nicht die erste, die sich geirrt hat, und du wirst auch nicht die letzte sein. Und zu deiner Verteidigung möchte ich sagen: Du hast ja nicht geahnt, was geschehen würde. Wenn ja, dann wäre deine Entscheidung anders ausgefallen. Deshalb gebe ich dir folgenden Rat, Nancy: Sieh der Wirklichkeit ins Gesicht und stehe zu deiner Handlung, aber lerne aus ihr für die Zukunft. Ansonsten, bring es hinter dich.«

Als sie schweigsam blieb, fuhr er fort: »Und noch etwas. Ich bin seit Jahren in diesem Beruf tätig – manchmal denke ich, schon zu lange. Aber meiner Meinung nach bist du die beste Reporterin, mit der ich jemals zusammengearbeitet habe.«

Und nun geschah etwas, was Nancy Molineaux in der Vergangenheit äußerst selten, nie aber vor anderen passiert war. Sie stützte den Kopf in die Hände und weinte.

Der Lokalredakteur ging zum Fenster und wandte Nancy diskret den Rücken zu. Während er auf die Straße hinunterschaute, sagte er: »Ich habe die Tür zugesperrt, als wir hereinkamen, Nancy. Sie ist noch verschlossen und bleibt es auch, bis du dich wieder gefangen hast. Laß dir nur Zeit. Und noch etwas. Ich verspreche dir, daß niemand jemals erfahren wird, was hier heute passiert ist.«

Eine halbe Stunde später saß Nancy wieder an ihrem Schreibtisch; sie hatte das Gesicht gewaschen, ihr Make-up erneuert und schrieb weiter. Sie hatte ihre Fassung wiedergewonnen.

Nim Goldman rief Nancy Molineaux am nächsten Morgen an, nachdem er am Tag zuvor vergeblich versucht hatte, sie zu erreichen.

»Ich möchte Ihnen danken«, sagte er, »daß Sie mich im Hotel angerufen haben.«

»Vielleicht war ich Ihnen das schuldig«, entgegnete sie.

»Warum auch immer, ich bin Ihnen jedenfalls sehr dankbar.« Ein wenig steif fügte er hinzu: »Und herzlichen Glückwunsch zu Ihrer großen Reportage.«

»Was halten Sie von den Ergebnissen?« fragte Nancy neugierig.

»Was Birdsong anlangt«, antwortete Nim, »hat er nichts anderes verdient. Außerdem hoffe ich, daß wir nie wieder etwas von seinem p&lfp zu hören bekommen.«

»Und was halten Sie vom Sequoia Club? Trifft auf den dasselbe zu?«

»Nein«, sagte Nim.

»Warum?«

»Den Sequoia Club haben wir gebraucht – er war ein nützliches Glied zur Wahrung des Gleichgewichts. Natürlich hatte ich oft heftige Auseinandersetzungen mit einigen seiner Vertreter; anderen ging es ebenso, und ich glaube, daß die Leute vom Club in mancher Hinsicht den Bogen überspannten, wenn sie jegliche Entwicklung ablehnten und wie mit Blindheit geschlagen waren. Aber andererseits war der Sequoia Club das Gewissen der menschlichen Gesellschaft; er zwang uns, über die Umwelt nachzudenken, und bewahrte uns manchmal vor extremen Entscheidungen.«

Nim ließ eine kurze Pause eintreten, dann sagte er: »Ich weiß, daß der Sequoia Club im Moment ziemlich am Ende ist. Vor allem tut es mir für Laura Bo Carmichael leid, die – trotz aller Meinungsverschiedenheiten – eine Freundin war. Ich hoffe, daß der Sequoia Club diese Krise übersteht. Es wäre sonst ein Verlust für uns alle.«

»Also wirklich«, meinte Nancy, »manche Tage stecken voller Überraschungen.« Sie hatte mitgeschrieben, als Nim sprach. »Darf ich das alles zitieren?«

Er zögerte nur einen kurzen Moment, dann sagte er: »Warum nicht?«

In der nächsten Ausgabe des *Examiner* konnte man es nachlesen.

8

Harry London saß grübelnd über die Papiere gebeugt, die Nim ihm gezeigt hatte.

Schließlich sagte er düster: »Weißt du, wie ich mich bei der ganzen Geschichte fühle?«

»Ich kann es mir vorstellen«, antwortete Nim.

Als hätte er das nicht gehört, fuhr der Leiter der Abteilung für Eigentumsschutz fort: »Die letzte Woche war die schlimmste seit langem. Art Romeo war ein feiner Kerl. Ich weiß, daß du ihn nicht so gut kanntest, Nim, aber er war loyal, aufrichtig und ein echter Freund. Als ich hörte, was geschehen war, wurde ich ganz krank. Nach meiner Heimkehr aus Korea und meinem Ausscheiden bei der Marine hatte ich gehofft, nichts mehr von in Stücke zerrissenen Kameraden hören zu müssen.«

»Harry«, sagte Nim, »die Sache mit Art Romeo hat mich ebenso getroffen. Was er in dieser Nacht getan hat, werde ich nie vergessen.«

London winkte ab. »Laß mich ausreden.«

Nim schwieg und wartete.

Es war Mittwoch morgen in der ersten Märzwoche, sechs Tage nach dem schrecklichen Ereignis im Christopher Columbus Hotel. Beide Männer saßen in Nims Büro.

»Jetzt zeigst du mir also das hier«, sagte London. »Um ehrlich zu sein, es wäre mir lieber gewesen, ich hätte diese Papiere nie zu sehen bekommen. Was soll man denn überhaupt noch glauben?«

»Es gibt noch vieles, an das du glauben kannst«, erwiderte Nim, »nur an die Integrität von Richter Yale natürlich nicht mehr.«

»Hier, nimm sie wieder.« Harry London gab die Briefe zurück.

Sie gehörten zu einer Serie von acht Briefen mit angehefteten Antwortkopien, die bei den Akten des verstorbenen Walter Talbot gelegen hatten.

Die drei Kartons, aus denen die Briefe stammten, standen offen in Nims Büro, der übrige Inhalt lag auf dem Tisch ausgebreitet.

Nim hatte die Briefe, an die er sich auf der NEI-Tagung erinnert hatte, wegen der Tragödie der letzten Woche mit Verzögerung bekommen. Erst an diesem Morgen waren ihm die Akten aus der Ablage im Keller heraufgebracht worden. Und dann dauerte es noch eine Stunde, bis Nim die Papiere fand, in die er vor sieben Monaten in Ardythes Haus zufällig einen Blick geworfen hatte.

Sein Gedächtnis hatte ihn nicht im Stich gelassen.

Unweigerlich mußten jetzt die Briefe bei einer Gegenüberstellung zum Beweis herangezogen werden.

Genau vor zwei Wochen hatte der frühere Richter des Obersten Gerichtshofes bei jener Besprechung in J. Eric Humphreys Büro seelenruhig behauptet: »*Abgesehen von dem unglücklichen Vorfall finde ich das Thema des Energiediebstahls höchst interessant. Um offen zu sein, ich hatte nicht die leiseste Ahnung, daß so etwas vorkommt. Ich wußte auch nicht, daß es in unserem Konzern Leute wie Mr. London gibt.*«

Die Korrespondenz, die Nim gefunden hatte, entlarvte diese Behauptungen als betrügerisch und unwahr.

Es war, was im Zusammenhang mit Watergate als *the smoking gun* bezeichnet worden war – eine Vernebelungstaktik.

»Selbstverständlich werden wir niemals mit Sicherheit sagen können«, meinte London unvermittelt, »ob der alte Mann seine Zustimmung zum Stromdiebstahl gegeben hat oder ob der Verwalter eigenmächtig gehandelt hat oder ob Yale davon wußte und nur nichts dagegen unternahm. Das einzige, was wir beweisen können, ist, daß er ein Lügner ist.«

»Und bei dem Thema sehr nervös wurde«, ergänzte Nim. »Sonst hätte er sich niemals zu diesen verräterischen Äußerungen hinreißen lassen.«

Die Tatsachen waren schnell erklärt.

Walter Talbot war einer der Pioniere auf dem Gebiet der Ermittlung von Energiediebstahl gewesen und hatte oft darauf hingewiesen, welche riesigen finanziellen Verluste für den Konzern dadurch entstanden. Walter Talbot hatte darüber Artikel geschrieben, Referate gehalten, war von Vertretern der Medien interviewt worden und war als Experte in einem Prozeß im Staate New York aufgetreten. Dieser Fall war nach Einlegung von Rechtsmitteln an höhere Instanzen verwiesen worden und hatte großes Aufsehen erregt. Die Korrespondenz ebenfalls.

Ein Teil der Korrespondenz war an ein Mitglied des Obersten Gerichtshofes der Vereinigten Staaten gerichtet. An Richter Paul Sherman Yale.

Aus dem Briefwechsel ging hervor, daß sich Walter Talbot und Paul Yale aus früheren Zeiten in Kalifornien gut gekannt hatten.

Der erste Brief trug einen vornehmen Briefkopf, den des Obersten Gerichtshofes der Vereinigten Staaten in Washington.

Er begann: *Lieber Walter*.

Der Schreiber bekundete sein Interesse, sich als Rechtsgelehrter, der er war, mit der neuen Gesetzgebung zur Bestrafung von Strom- und Gasdiebstahl zu befassen. Er bat um die Angabe von Einzelheiten, welche Arten von Energiediebstahl bereits vorgekommen seien und mit welchen Methoden man sie bekämpft habe. Weiterhin wollte er gern wissen, ob in den verschiedenen Teilen des Landes schon Fälle vor Gericht gebracht und Urteile gefällt worden seien. Der Briefschreiber hatte sich teilnahmsvoll nach Ardythes Gesundheit erkundigt und den Brief mit »Paul« unterschrieben.

Walter Talbot hatte förmlicher geantwortet: *Lieber Richter Yale.*

Sein Brief war vier Seiten lang. Als Anlage hatte Walter die Fotokopie eines kürzlich von ihm veröffentlichten Artikels beigeheftet.

Einige Wochen später schrieb Paul Yale wieder. Er bestätigte herzlich den Empfang von Brief und Artikel und stellte einige diesbezügliche Fragen, die zeigten, daß er beides aufmerksam gelesen hatte.

Noch fünf weitere Briefe wurden in einem Zeitraum von acht Monaten zu diesem Thema gewechselt. In einem dieser Briefe beschrieb Walter Talbot die Arbeit der Abteilung für Eigentumsschutz in einem öffentlichen Versorgungsbetrieb und die Aufgabe seines Leiters – nämlich genau den Aufgabenbereich und die Kompetenzen eines Harry London.

Die gesamte Korrespondenz war übrigens in einem Zeitraum von nur zwei Jahren vor seiner Versetzung in den Ruhestand geführt worden.

Konnte Paul Yale möglicherweise das alles vergessen haben? Nim hatte sich diese Frage mehrmals gestellt und jedesmal mit einem entschiedenen »Nein« beantwortet. Der alte Mann hatte zu oft bewiesen, über welch ausgezeichnetes Gedächtnis er verfügte – sowohl für große Zusammenhänge als auch für die kleinen Einzelheiten –, so daß eine Vergeßlichkeit in diesem einen Punkt sehr unwahrscheinlich schien.

Es war Harry London, der die Schlüsselfrage stellte: »Warum hat der alte Knabe das nur getan? Warum hat er uns bloß belogen?«

»Vielleicht«, sagte Nim nachdenklich, »weil er wußte, daß Walter tot war und die Wahrscheinlichkeit, daß einer von uns dreien – Humphrey, du oder ich – etwas davon wußte, gleich Null war.«

London nickte zustimmend. »Die nächste Frage lautet: Wie oft hat der Ehrenwerte Paul sich still und heimlich Ähnliches geleistet, ohne daß er dabei ertappt wurde?«

»Das werden wir wohl nie erfahren.«

Der Abteilungsleiter für Eigentumsschutz deutete auf die Briefe: »Die zeigst du doch auch dem Vorsitzenden, nicht wahr?«

»Ja, noch heute nachmittag. Zufällig weiß ich, daß auch Mr. Yale heute hier auftauchen will.«

»Da ist noch etwas.« Harry Londons Stimme klang verbittert. »Werden wir uns auch in Zukunft Zwang antun müssen, um den Namen Yale krampfhaft aus allen künftigen Prozessen herauszuhalten? Oder dürfen wir im Hinblick auf diese neue Erkenntnis unseren sogenannten ›Mr. Integrity‹ endlich fallenlassen?«

»Ich weiß nicht«, seufzte Nim. »Ich weiß es wirklich nicht. Aber auf jeden Fall liegt die Entscheidung nicht bei mir.«

Die große Abrechnung mit Richter Paul Sherman Yale fand kurz nach vier Uhr in der Bürosuite des Vorsitzenden statt.

Als Nim, von J. Eric Humphreys Sekretärin herbeigerufen, hinzukam, war bereits eine gewisse Spannung spürbar. Der Gesichtsausdruck des Vorsitzenden konnte bestenfalls als der eines »verwundeten alten Bostoners« beschrieben werden, dachte Nim. Humphreys Blick war kalt, die Mundpartie gespannt. Paul Sherman Yale, der wohl noch nicht ahnte, worum es ging, mußte aber bereits bemerkt haben, daß es sich um etwas Unangenehmes handelte, und im Gegensatz zu seiner sonstigen Fröhlichkeit legte er diesmal die Stirn in Falten. Die beiden Männer saßen am Konferenztisch, und keiner sprach ein Wort, als Nim eintrat.

Nim nahm links von Eric Humphrey und gegenüber von Yale Platz. Er legte die Akte mit der Talbot-Yale-Korrespondenz vor sich auf den Tisch.

Vorher hatten sich Nim und Eric Humphrey auf diese Form geeinigt, wobei sie auch entschieden hatten, daß man Harry London diesmal besser nicht dabeihaben sollte.

»Paul«, begann Humphrey, »als wir das letzte Mal zusammensaßen, haben wir über gewisse Probleme des Energiediebstahls diskutiert. Zum Teil betraf es auch den Yale-Familienvermögensfonds. Ich bin sicher, daß Sie sich noch daran erinnern können.«

Richter Yale nickte. »Ja, natürlich.«

»Zu diesem Zeitpunkt behaupteten Sie, Sie hätten bis zu jenem Moment keine Ahnung gehabt, daß es so etwas wie Energiediebstahl überhaupt gäbe.«

»Moment mal!« Die Zornesröte stieg in Paul Yales Gesicht.

»Mir mißfällt Ihr Ton und Ihre Haltung. Außerdem bin ich nicht hergekommen, um mir anzuhören, was ich möglicherweise nicht oder möglicherweise doch gesagt habe...«

»Von ›möglicherweise‹ kann keine Rede sein«, schnitt ihm Eric Humphrey in aller Schärfe das Wort ab. »Was Sie uns damals gesagt haben, war eine präzise und unmißverständliche Aussage. Außerdem wurde sie von Ihnen inzwischen oft genug wiederholt. Ich kann mich ganz genau erinnern und Nim Goldman ebenfalls.«

Nim wußte, daß Paul Yales Hirn jetzt auf Hochtouren arbeitete. Der alte Mann sagte streng: »Was auch immer gesagt worden ist, daraus folgt noch lange nicht...«

»Nim«, befahl der Vorsitzende, »zeigen Sie Mr. Yale den Inhalt unserer Akte.«

Als Nim den Ordner öffnete, kam der kleine Stapel Briefe zum Vorschein. Nim schob ihn über den Tisch. Der frühest datierte Brief – auf Briefpapier des Obersten Gerichtshofes geschrieben – lag obenauf.

Paul Yale nahm ihn in die Hand, blickte kurz darauf und legte ihn gleich wieder hin. Die restlichen Briefe sah er nicht einmal an. Sein Gesicht, vorher schon gerötet, lief jetzt dunkelrot an.

Später, als Nim noch einmal über diese Szene nachdachte, fiel ihm eine Erklärung dafür ein, weshalb Yale in dem Moment so schockiert gewesen war: Sicherlich hatte er mit etwas Unangenehmem gerechnet; daß man ihm aber seine eigenen Briefe vorhalten würde, hätte er sich nie träumen lassen.

Er befeuchtete sich mit der Zunge die Lippen und schien Schwierigkeiten zu haben, die richtigen Worte zu finden.

Dann brachte er mit wenig Überzeugungskraft zu seiner Verteidigung hervor: »Manchmal, vor allem in Washington... wo soviel auf einen einstürmt, die vielen Papiere, unendlich viel Korrespondenz... da kann man schon einmal etwas vergessen...« Es klang so jämmerlich falsch und aufgesetzt, daß Richter Yale wohl selbst nicht glauben konnte, die anderen beiden würden es ihm abnehmen.

»Streichen Sie das«, sagte er abrupt und stand brüsk auf. Er verließ den Tisch, wobei er, ohne Nim oder Humphrey anzuschauen, fast unhörbar bat: »Bitte, geben Sie mir einen Moment Zeit, um meine Gedanken zu ordnen.«

Er ging durchs Zimmer, blieb stehen, wandte sich um und sagte: »Sie sehen mich überführt, Gentlemen, mich der Täuschung schuldig gemacht zu haben. Das geschieht mir altem Narren ganz recht.« Paul Yale sprach leiser als sonst. Sein Gesicht verzog sich schmerzlich, als er weitersprach: »Ich möchte meinen Irrtum durch keine Erklärungen und Entschuldigungen beschönigen oder vertiefen. Schließlich ist es gleichgültig, ob zur Zeit unserer ersten Unterhaltung eine gewisse Angst oder der natürliche Wunsch, meinen Namen zu schützen, eine Rolle gespielt haben mag.«

Trotzdem sagen Sie beides, dachte Nim, *obwohl Sie gerade erwähnten, Sie wollten nichts zu Ihrer Entschuldigung anbringen.*

»Ich möchte Ihnen aber hiermit nochmals an Eides statt versichern«, fuhr Yale fort, »daß ich weder vom Energiediebstahl des Yale-Familienvermögensfonds eine Ahnung hatte noch vor dem ersten Gespräch etwas davon wußte.«

Eric Humphrey, der, wie sich Nim erinnerte, eigentlich eine Erklärung von Richter Yale hatte haben wollen, schwieg jetzt. Vielleicht dachte der Vorsitzende genauso wie Nim daran, daß jemand, der einmal gelogen hatte, um seinen guten Ruf nicht aufs Spiel zu setzen, es auch jederzeit ein zweites Mal tun würde.

Unwillkürlich mußte Nim an Harry Londons Frage denken: »*Wie oft hat der Ehrenwerte Paul sich still und heimlich Ähnliches geleistet, ohne daß er dabei ertappt wurde?*«

Je länger das Schweigen dauerte, desto schmerzlicher wurde der Gesichtsausdruck des alten Mannes.

»Nim«, sagte Eric Humphrey ruhig, »ich glaube nicht, daß wir Sie noch länger benötigen.«

Erleichtert sammelte Nim die Papiere ein und legte sie wieder in den Ordner, wobei die anderen beiden schweigend zuschauten. Er nahm den Ordner unter den Arm und verließ die Suite des Vorsitzenden, ohne daß ein Wort gesprochen worden wäre.

Er wußte es damals noch nicht, aber es sollte das letzte Mal gewesen sein, daß er mit Richter Paul Sherman Yale eine Besprechung abgehalten hatte.

Nim erfuhr niemals, was an jenem Tag im Zimmer des Vorsitzenden außerdem noch gesprochen wurde. Er fragte nicht, und der Vorsitzende erwähnte nichts von sich aus. Aber das Ergebnis wurde am nächsten Tag öffentlich bekanntgegeben.

Um elf Uhr vormittags hatte Humphrey Nim Goldman und Teresa Van Buren rufen lassen. Er saß an seinem Schreibtisch, hielt einen Brief in der Hand und informierte die beiden: »Ich habe soeben die Rücktrittserklärung unseres Konzernsprechers und Direktors dieser Gesellschaft, Richter Paul Sherman Yale, erhalten. Wir haben dem Wunsch selbstverständlich mit großem Bedauern stattgegeben. Ich wünsche, daß sofort eine entsprechende Erklärung in diesem Sinne verfaßt wird.«

»Wir sollten vielleicht einen Grund angeben, Eric«, meinte Teresa Van Buren.

»Aus Gesundheitsgründen.« Humphrey schaute auf den Brief in seiner Hand. »Die Ärzte haben Mr. Yale gesagt, daß die Aufregungen und die neuen Pflichten für jemand seines Alters zu strapaziös sind, und ihm geraten, sich zurückzuziehen.«

»Kein Problem«, antwortete die Pressechefin. »Heute nachmittag werden wir es schon im Rundfunk hören. Ich habe aber noch eine andere Frage.«

»Ja?«

»Wer wird Nachfolger? Wir haben ja sonst keinen Konzernsprecher mehr.«

Zum erstenmal seit langem schmunzelte der Vorsitzende. »Ich habe zuviel zu tun, um einen neuen Sprecher zu suchen, Tess. Ich schätze, es gibt keine Alternative. Legen Sie Nim wieder den Sattel auf den Buckel.«

»Hallelujah! Gott sei's gedankt!« rief Teresa Van Buren erfreut. »Sie haben keine Ahnung, wie oft ich schon gedacht habe: Er hätte ihm nie genommen werden dürfen.«

Draußen vor der Tür des Vorsitzenden senkte Teresa Van Buren die Stimme. »Nim, klären Sie mich mal auf, was hinter dem Yale-Rücktritt steckt. Was ist schiefgegangen? Sie wissen, früher oder später bekomme ich es heraus.«

Nim schüttelte den Kopf. »Sie haben gehört, was der Vorsitzende gesagt hat, Tess. Gesundheitsgründe.«

»Sie Ekel!« fauchte Teresa Van Buren. »Zur Strafe kommen Sie nicht vor nächster Woche ins Fernsehen.«

Als Harry London am nächsten Tag die Nachricht von Paul Yales Ausscheiden las, suchte er sofort Nim auf.

»Wenn ich mehr Mumm hätte«, erklärte er, »würde ich den Dienst hier quittieren. Man läßt ihn aus Gesundheitsgründen mit großem Bedauern gehen! Zum Kotzen! Damit werden wir alle zu lumpigen Lügnern gestempelt, so wie er einer ist.«

Nim, der nicht gut geschlafen hatte, entgegnete gereizt: »Na gut, dann kündige eben.«

»Das kann ich mir nicht leisten.«

»Dann laß den Heiligenschein weg, Harry. Du hast selbst gesagt, man könne Yale nicht nachweisen, daß er persönlich etwas mit dem Diebstahl zu tun hatte.«

London aber blieb starrköpfig. »Er hatte seine Finger dick drin. Je mehr ich darüber nachdenke, desto überzeugter bin ich davon.«

»Vergiß nicht«, hob Nim hervor, »daß Ian Norris, der für den Yale-Familienvermögensfonds verantwortlich war, unter Eid ausgesagt hat, daß Yale nichts von alldem wußte.«

»Ja, aber das Ganze sieht nach einem miesen Kuhhandel aus. Norris wird seine Belohnung für dieses Entgegenkommen schon noch kassieren – vielleicht darf er auch Vermögensverwalter bleiben. Wer weiß? Außerdem hätte Norris selbst nichts davon gehabt, den großen Mann mitzubelasten.«

»Was immer wir zwei über die Geschichte denken, interessiert niemanden. Also geh wieder an die Arbeit und such nach weiteren Energiedieben.«

»Bin schon dabei. Ein ganzes Bündel neuer Fälle hat sich aus unserer Quayle-Untersuchung ergeben. Aber eins will ich dir für die Zukunft sagen, Nim...«

Nim seufzte. »Sag schon.«

»Im Fall von Richter Yale haben wir beide mithelfen müssen, den wertvollen Yaleschen Namen zu schützen. Da zeigt sich wieder einmal, daß Leute mit Macht und Einfluß ihren eigenen Regeln und Gesetzen unterliegen und nicht den unseren.«

»Schau, Harry...«

»Laß mich ausreden. Wenn ich das nächste Mal einen Fall mit klarer Beweislage habe, werde ich den Täter ohne Rücksicht auf Rang und Namen zur Anklage bringen.«

»In Ordnung. Wenn du eindeutige Beweise mitbringst,

kämpfe ich an deiner Seite. Aber nun, da wir uns einig sind, geh bitte und laß mich arbeiten.«

Als er fort war, tat es Nim leid, daß er seine schlechte Laune an Harry London ausgelassen hatte. Das meiste, was London gesagt hatte, stimmte. Nim hatte in der vergangenen Nacht, als er schlecht schlafen konnte, Ähnliches gedacht. Gab es verschiedene Grade der Lüge? Nim glaubte ebensowenig wie Harry London daran. Eine Lüge war eine Lüge. War die GSP&L – vertreten durch Eric Humphrey, der ganz öffentlich eine Lüge verkündete, und Nim, der sie durch sein Schweigen deckte – nicht genauso schuldig wie Paul Sherman Yale?

Darauf konnte es nur eine Antwort geben: Ja.

Er hing noch diesen Gedanken nach, als seine Sekretärin, Vicki Davis, ihn mit dem scharfen Summton der Gegensprechanlage aus seinen Grübeleien aufscheuchte. »Sie möchten umgehend zum Vorsitzenden kommen.«

J. Eric Humphrey, das konnte Nim sofort sehen, war ungewöhnlich erregt. Als Nim hereinkam, lief der Vorsitzende nervös in seinem Büro auf und ab, was er selten tat. Er sprach, ohne sich hinzusetzen, und Nim hörte zu.

»Ich muß Ihnen etwas sagen, und ich werde Ihnen kurz erklären, warum«, begann der Vorsitzende. »In jüngster Zeit sind in dieser Gesellschaft Dinge geschehen, für die ich mich ganz einfach schäme. Ich mag den Gedanken nicht, daß ich mich der Organisation, die mich bezahlt und an deren Spitze ich stehe, schämen muß.«

Humphrey machte eine Pause, und Nim wartete ruhig ab, was er als nächstes sagen würde.

»Ein Grund zum Schämen ist in den letzten vierundzwanzig Stunden ausgeräumt worden. Aber es gibt noch einen weiteren, viel schwerer wiegenden Grund – die schrecklichen Angriffe auf das Leben von Menschen und das Eigentum dieser Gesellschaft.«

»FBI und Polizei...« sagte Nim.

»Haben bis jetzt nichts ausgerichtet«, unterbrach ihn Humphrey böse. »Überhaupt nichts.«

»Sie haben immerhin Davey Birdsong festgenommen«, gab Nim zu bedenken.

»Ja – und warum? Weil eine intelligente, entschlossene Reporterin fähiger war als ein Heer von professionellen Gesetzeshütern. Und vergessen Sie nicht, daß die anderen Halunken in der Crocker Street nur Dank der Information derselben Frau aufgestöbert wurden – und ihren Lohn erhielten.«

Nim hatte Humphrey selten so erregt gesehen und vermutete, daß jener seinen Zorn schon eine ganze Weile mit sich herumgetragen hatte.

»Überlegen Sie doch mal«, fuhr Humphrey fort. »Seit mehr als einem Jahr müssen wir miterleben, wie unsere Anlagen und sogar unser Hauptverwaltungsgebäude hier von einer lumpigen Bande von Schmalspurterroristen angegriffen werden. Schlimmer noch, diese Angriffe haben schon neun von unseren Leuten getötet, Art Romeo nicht mitgerechnet. Und das ist noch so ein Punkt! Ich bin zutiefst beschämt, daß in unserer Stadt, während die NEI-Tagung bei uns zu Gast war, etwas so Schreckliches geschehen konnte.«

»Ich glaube wirklich nicht, Eric, daß irgend jemand die GSP&L für das, was im Christopher Columbus Hotel geschah, verantwortlich macht«, wandte Nim ein.

»Aber ich tue es. Ich mache mir Vorwürfe, von den Polizeiorganen nicht bedeutend mehr Einsatz gefordert zu haben. Und auch jetzt ist der schlimmste Mann, der Anführer Archambault, noch in Freiheit.« Humphreys Stimme wurde vor Aufregung schrill. »Eine ganze Woche ist inzwischen verstrichen. Wo steckt er nur? Warum haben unsere Gesetzeshüter ihn bisher nicht festnehmen können?«

»Sie suchen immer noch«, gab Nim zur Antwort. »Man glaubt, daß er sich irgendwo im Gebiet von North Castle aufhält.«

»Wo er sich in Ruhe das nächste Angriffsziel auf unsere Leute und Einrichtungen aussuchen kann. Nim, *ich will, daß der Schurke gefunden wird*. Wenn nötig, werden unsere Leute von der GSP&L ihn ausfindig machen müssen.«

Nim wollte einwenden, daß ein Versorgungskonzern keineswegs darauf eingestellt und dafür ausgerüstet sei, Polizeiarbeit zu leisten, unterließ es aber und fragte: »Wie meinen Sie das, Eric?«

»Ich habe darüber nachgedacht, daß wir hier eine Menge

Leute mit überdurchschnittlicher Intelligenz haben. Wenn wir unsere Erfolge ansehen und mit denen unserer Gesetzeshüter vergleichen, so scheint diesen ein solches Potential zu fehlen. Deshalb lautet meine Forderung an Sie: Setzen Sie Ihr eigenes Hirn und das der anderen führenden Köpfe unseres Unternehmens ein. Wählen Sie sich aus, wen Sie wollen. Aber ich will Ergebnisse. Wir sind es den Opfern schuldig, ihren Familien, uns allen, die wir auf die Golden State Power & Light stolz sind, daß dieser Archambault endlich gefaßt und der Gerechtigkeit zugeführt wird.«

Der Vorsitzende schwieg einen Moment, wurde rot und sagte dann unvermittelt: »Das ist alles.«

Das war ein seltsamer Zufall, dachte Nim nach der Unterredung mit Eric Humphrey. Vor vier Monaten hatte Nim, weil Richter Yale dem Ganzen skeptisch gegenübergestanden hatte, seinen Versuch, mit einer »Denkgruppe« das Problem der Terroristenanschläge zu lösen, aufgegeben, und nun ermutigte ihn der Vorsitzende in ebendieser Hinsicht.

Paul Yale hatte ihn kritisiert: »*Sie gehen mit Ihren Mutmaßungen ziemlich weit. Schließlich haben Sie keinerlei Anhaltspunkte, die Ihre Behauptungen stützen.*« Deshalb hatte Nim keine weiteren »Denksitzungen« mit Oscar O'Brien, Teresa Van Buren und Harry London einberufen. Und trotzdem, wenn er jetzt rückblickend über ihre damaligen Ergebnisse nachdachte, mußte er sagen, daß sie mit ihren Mutmaßungen der Wahrheit sehr nahe gekommen waren.

Um fair zu sein, überlegte Nim, konnte er die Schuld an der Abschaffung der Denksitzungen aber nicht nur Yale anlasten. Wenn er selbst überzeugter gewesen wäre, hätte er das Unternehmen nicht aus zu großer Ehrfurcht vor der Meinung des Richters eingestellt, sondern trotzdem mit den anderen weitergearbeitet. Vielleicht hätten sie sogar einiges Unheil verhindern können.

Von Eric Humphrey nun erneut bestärkt, könnten sie aber vielleicht jetzt etwas erreichen.

Damals hatte die Denkgruppe den unbekannten Führer der Freunde des Friedens »Mister X« genannt. Dieser »Mister X« hatte mittlerweile einen Namen – Georgos Archambault –, ein gefährlicher Mann, eine Bedrohung für die GSP&L und andere. Und dieser Mann, nahm man an, verbarg sich irgendwo in der Stadt.

Ob es ihnen gelingen könnte, mit intensivem Denken und sondierenden Gesprächen sein Versteck zu finden?

Heute war Freitag. Nim beschloß, die vier »Denker« – falls nötig mit der Autorität des Vorsitzenden – an diesem Wochenende wieder einmal zusammenzutrommeln.

9

»Wie sich gezeigt hat«, sagte Nim und blickte auf seine Notizen, »sind wir mit unseren Rückschlüssen bemerkenswert gut gewesen. Lassen Sie mich Ihnen kurz ins Gedächtnis zurückrufen, *wie* gut wir waren.«

Er legte eine Pause ein, um einen Schluck von seinem Scotch mit Soda zu trinken, den Oscar O'Brien ihm eingeschenkt hatte, als sie vor wenigen Minuten mit der Sitzung begonnen hatten.

Es war Sonntag nachmittag. Auf Einladung des Justitiars hatte sich die Denkgruppe bei ihm zu Hause eingefunden und saß jetzt im gemütlichen Gartenzimmer beisammen. Die anderen drei waren sofort zur Mitarbeit bereit gewesen, und das um so mehr, als sie erfuhren, daß es sich um einen Wunsch von J. Eric Humphrey handelte.

O'Briens Haus, das auf einer Anhöhe über der Küste lag und zu dem auch ein Badestrand gehörte, erlaubte einen herrlichen Blick aufs Meer, der im Moment durch die vielen Segelboote, die sich übers Wochenende auf dem Wasser tummelten, besonders reizvoll war. Hübsch anzusehen waren auch die weißen Schaumkronen, die eine steife Brise von Westen ans Ufer trieb.

Wie bei früheren Treffen der Gruppe ließen sie auch heute wieder ein Band mitlaufen.

»Auf der Grundlage unserer damaligen Information«, fuhr Nim fort, »stellten wir die Hypothese auf, daß der Anführer der Freunde des Friedens ein Mann sei. Außerdem hielten wir unseren ›Mister X‹ für sehr männlich und eitel und schlossen daraus, daß er eine Frau in seiner Nähe habe, die seine Vertraute und Mitarbeiterin sein müsse. Wir waren damals ebenfalls schon der Meinung, daß unser ›Mister X‹ die beiden Wächter in Millfield persönlich umgebracht habe und daß jene Frau dabeigewesen sei. Weiterhin erwogen wir die Möglichkeit, über diese Frau an ›Mister X‹ heranzukommen.«

»Einiges davon hatte ich schon völlig vergessen«, gestand Teresa Van Buren. »Dabei waren wir auf der goldrichtigen Fährte.«

Die Pressechefin trug einen ungebügelten grünen Kaftan. Ihre Frisur war wie immer unordentlich, da sie sich häufig mit den Fingern durchs Haar fuhr, wenn sie nachdachte. Sie war barfuß; die abgetragenen Sandalen hatte sie abgestreift.

»Ich weiß«, bestätigte Nim. »Und ich gestehe, daß es mein Fehler war, daß wir unsere damaligen Sitzungen abgebrochen haben. Ich hatte den Glauben an Erfolg verloren. Aber das war falsch.« Er beschloß, den Einfluß Richter Yales auf seine Entscheidung nicht zu erwähnen, denn schließlich hatte Yale nur seine persönliche Meinung geäußert, die Nim nicht hätte übernehmen müssen.

Nim fuhr fort: »Jetzt, da wir die Identität von unserem ›Mister X‹ kennen und einiges mehr über ihn wissen, wird es vielleicht möglich sein, ihn in seinem Versteck zu finden. Der Vorsitzende meint, wir sollten es auf jeden Fall versuchen.«

Oscar O'Brien knurrte und nahm die Zigarre aus dem Mund.

»Also gut, versuchen wir unser Glück«, sagte er. »Wo fangen wir an?« Er trug eine alte graue Hose, die lose mit einem Gürtel unter dem Bauch festgehalten wurde, einen weiten Pullover und leichte Schuhe und Strümpfe.

»Ich habe eine Aktennotiz vorbereitet«, sagte Nim. Er öffnete eine Mappe und holte Kopien heraus, die er herumreichte. Die Notiz enthielt eine Zusammenfassung sämtlicher Informationen, die seit der NEI-Tagung über die Freunde des Friedens und Georgos Archambault veröffentlicht worden waren. Das meiste stammte aus Nancy Molineaux' Feder.

Nim wartete, bis die anderen zu Ende gelesen hatten, und fragte dann: »Weiß einer von Ihnen etwas, was hier noch nicht steht?«

»Vielleicht kann ich eine Kleinigkeit beitragen«, sagte Harry London.

Er hatte Nim sehr kühl begrüßt – vielleicht wegen der kleinen Meinungsverschiedenheit vor zwei Tagen, aber jetzt klang sein Ton normal. »Ich habe Freunde bei der Polizei. Wie Nim weiß, bekomme ich von denen ab und zu ein paar Informationen.«

Im Gegensatz zu den anderen – auch Nim trug Freizeitkleidung – war London tadellos gekleidet: beigefarbene lange Hose mit einer messerscharfen Bügelfalte und ein gestärktes Buschhemd. Die Strümpfe paßten zur übrigen Kleidung, die Lederschuhe glänzten.

»Die Zeitungen berichten, daß Archambault Tagebuch geführt hat«, sagte London. »Das Tagebuch wurde zwischen anderen Papieren gefunden. Das ist hier erwähnt.« Er tippte mit dem Fingernagel auf Nims Notiz. »Nicht erwähnt ist aber, weil der Staatsanwalt es als Beweismaterial im Prozeß gegen Archambault benutzen will, *was* in dem Tagebuch geschrieben steht.«

»Haben Sie das Tagebuch gesehen?« fragte Teresa Van Buren.

»Nein, aber eine Fotokopie davon.«

Wie immer, dachte Nim mit Verdruß, mußte Harry London es spannend machen.

O'Brien wurde ebenfalls ungeduldig. »Nun gut, was stand also in dem verdammten Buch?«

»Das weiß ich nicht mehr.«

Die anderen waren zunächst enttäuscht, ihr Interesse erwachte aber wieder, als London hinzufügte: »Zumindest nicht alles.« Er legte eine kurze Pause ein und fuhr dann fort: »Zwei Dinge sind mir bei der Lektüre aufgefallen. Erstens ist der Mann fast noch eitler, als wir angenommen hatten, und zweitens hat man den Eindruck, wenn man sich durch den ganzen Schmus, der in dem Buch steht, durchgekämpft hat, daß der Kerl unter einem Schreibzwang leidet.«

»Von der Sorte gibt es Tausende«, meinte Teresa Van Buren. »Ist das alles?«

»Ja.«

London schien sich durch die Bemerkung gekränkt zu fühlen, und Nim griff deshalb schnell ein: »Tess, Sie dürfen nicht zuviel verlangen. Jede Einzelheit hilft, auch wenn sie noch so unbedeutend erscheint.«

»Sagen Sie, Harry«, wollte O'Brien wissen. »Können Sie sich noch an die Handschrift in dem Tagebuch erinnern?«

»Was meinen Sie damit?«

»Nun, war sie sehr ausgeprägt?«

Harry London überlegte. »Doch, das würde ich sagen.«

»Worauf ich hinaus will, ist folgendes: Wenn wir eine Probe aus dem Tagebuch mit einer anderen, von derselben Person geschriebenen Probe vergleichen – meinen Sie, daß man mit Sicherheit erkennen könnte, daß beide von ein und derselben Person stammen?«

»Ja, ich verstehe«, antwortete London auf O'Briens Frage. »Zweifellos könnte man das erkennen. Sehr leicht sogar.«

»Hm.« O'Brien hing seinen Gedanken nach. Schließlich wandte er sich an die übrigen. »Also los, fragen Sie nur weiter. Ich behalte meine vage Idee vorläufig noch für mich.«

»Gut«, sagte Nim. »Sprechen wir also über North Castle, den Stadtteil, in dem der rote Lastwagen verlassen aufgefunden wurde.«

»Mit noch warmem Kühler«, erinnerte sich Teresa Van Buren. »Und Archambault wurde beobachtet, wie er zu Fuß weiterging, was darauf hindeutet, daß er keinen weiten Weg mehr vor sich hatte.«

»Möglich«, stimmte Harry London zu. »Aber das Gebiet von North Castle ist groß und dicht besiedelt. Für eine Suchaktion der reinste Irrgarten. Die Polizei hat es durchgekämmt und nichts gefunden. Wenn jemand in dieser Stadt einen Unterschlupf sucht, muß er nur nach North Castle gehen.«

»Wir können mit ziemlicher Sicherheit davon ausgehen, daß Archambault sich schon vorher für einen solchen Notfall eine zweite Unterkunft beschafft hat. Die wird er auf seiner Flucht zielsicher angesteuert haben, und dort dürfte er sich jetzt aufhalten. Wir wissen ja, daß er genügend Geld hatte und alles rechtzeitig vorbereiten konnte.«

»Natürlich unter falschem Namen«, bemerkte Teresa Van Buren. »Wie schon beim Kauf des Lastwagens.«

Nim lächelte. »Es ist jedenfalls nicht anzunehmen, daß wir seinen Namen und seine neue Adresse im Telefonbuch finden.«

»Was die Zulassung des Lastwagens angeht«, sagte London, »so ist das bereits überprüft worden und hat nichts erbracht.«

»Ich hab's«, rief O'Brien. »Hat irgend jemand schon einmal eine Berechnung angestellt, wie groß das Gebiet sein kann, in dem Archambault untergetaucht ist? Mit anderen Worten, wenn wir auf der Landkarte einen Kreis ziehen, in dem sich der Mann aufhalten muß, wie groß, meinen Sie, müßte der Durchmesser sein?«

»Ich glaube, die Polizei hat eine derartige Schätzung vorgenommen«, erwiderte London. »Aber wie gesagt, es ist nur eine Schätzung.«

»Nun sag es schon«, drängte Nim.

»Also, man geht von folgendem aus: Als Archambault sein Transportfahrzeug verließ, hatte er es sehr eilig. Nehmen wir einmal an, er steuerte ein vorbereitetes Versteck an, dann wäre er sicherlich nicht zu nah herangefahren, aber er konnte es sich auch nicht leisten, den Lastwagen zu zeitig zu verlassen. Sagen wir höchstens anderthalb Meilen. Wenn wir also den Fundort des Wagens als Kreismittelpunkt nehmen, können wir einen Kreis mit einem Radius eben dieser Spanne darum schlagen.«

»Wenn ich mich richtig erinnere«, erklärte O'Brien, »so ist die Formel zur Berechnung einer Kreisfläche $r^2 \cdot \pi$.« Er ging zu einem kleinen Tisch und holte einen elektronischen Taschenrechner. Im nächsten Augenblick verkündete er stolz das Ergebnis: »Das wären etwas mehr als sieben Quadratmeilen.«

»Mit anderen Worten«, sagte Nim, »ungefähr zwölftausend Haushalte und kleinere Betriebe mit ungefähr dreißigtausend Leuten.«

»Ich weiß, das ist ein Riesengebiet«, sagte O'Brien, »wir könnten genausogut nach der sprichwörtlichen Stecknadel suchen. Trotzdem müßte es uns gelingen, Archambault aus seinem Versteck herauszulocken. Ich habe folgende Idee.«

Nim, London und Teresa Van Buren hörten aufmerksam zu. Schon bei ihren ersten Sitzungen waren es vor allem die Einfälle des Rechtsanwalts gewesen, die zu den guten Ergebnissen geführt hatten.

O'Brien fuhr fort: »Harry sagte vorhin, daß Archambault unter einem Schreibzwang zu leiden scheint. Im Zusammenhang mit den anderen Informationen, die wir über diesen Mann besitzen, können wir also davon ausgehen, daß er eine Art Exhibitionist ist und danach drängt, Äußerungen von sich zu geben. Hier setzt nun meine Überlegung ein: Wenn wir einen Fragebogen ausarbeiten und in diesen sieben Quadratmeilen als Postwurfsendung an die Haushalte schicken, kann unser Mann der Versuchung vielleicht nicht widerstehen und füllt ihn aus.«

Alle schwiegen erstaunt. Dann fragte Teresa Van Buren: »Wie sollen denn die Fragen lauten?«

»Oh, natürlich etwas über Energieversorgung, um Archambaults Interesse zu wecken und ihn möglicherweise wütend zu machen. Zum Beispiel: Wie sind Sie mit den Dienstleistungen der GSP&L zufrieden? Stimmen Sie der Auffassung zu, daß der unverändert gute und gediegene Service der GSP&L demnächst eine Preiserhöhung rechtfertigt? Sind Sie dafür, daß öffentliche Versorgungsbetriebe auch weiterhin Aktiengesellschaften bleiben? Verstehen Sie, was ich meine? In dieser Art habe ich mir die Fragen vorgestellt. Im einzelnen müßten sie natürlich noch genau überlegt werden.«

Nim sagte nachdenklich: »Ich nehme an, Oscar, Sie wollen die zurückgesandten Fragebogen auf die Handschrift untersuchen – ob eine mit dem Tagebuch übereinstimmt.«

»Richtig.«

»Und wenn Archambault sich einer Schreibmaschine bedient?«

»Dann können wir ihn mit unserer Aktion nicht ermitteln«, bestätigte der Rechtsanwalt. »Ich habe ja auch nicht gesagt, daß ich eine todsichere Methode hätte. Wenn Sie so wollen, hat jede Methode einen Haken.«

»Und wenn Sie einen Fragebogen zurückbekommen, bei dem die Handschrift mit der aus dem Tagebuch übereinstimmt«, wandte Teresa Van Buren ein, »nützt es uns trotzdem nichts. Woher wollen wir wissen, von wo die Zuschrift kam? Auch wenn Archambault vielleicht dumm genug wäre zu antworten, würde er sicherlich nicht seine Adresse angeben.«

O'Brien zuckte die Achseln. »Ich habe ja bereits gesagt, daß die Idee noch recht vage ist, Tess.«

»Moment«, sagte London. »Es *gibt* einen Weg, wie man dem Absender auf die Spur kommen könnte – mit unsichtbarer Tinte.«

»Erklär das näher, Harry«, bat Nim.

»Unsichtbare Tinte ist nicht nur ein Kinderspielzeug. Sie wird öfter angewandt, als man denkt«, erklärte London. »Man könnte in dem Fall folgendes machen: Jeder Fragebogen bekommt eine Nummer, die aber nicht sichtbar ist. Sie wird mit einem in Glycol gelösten lumineszierenden Pulver aufgedruckt. Das Papier nimmt die Flüssigkeit vollkommen auf, ohne Spuren zu hinterlassen. Aber wenn Sie den richtigen Fragebogen herausgefunden haben, halten Sie ihn einfach unter ein Schwarzglaslesegerät, und Sie können die Nummer erkennen. Ziehen Sie das Blatt unter dem Lesegerät weg – schon ist die Nummer wieder verschwunden.«

»Donnerwetter!« rief Teresa Van Buren.

»Man bedient sich dieser Technik öfter«, erklärte Harry London weiter. »Zum Beispiel auf Lotterielosen, um im Bedarfsfall nachprüfen zu können, ob es sich um ein Originallos oder um eine Fälschung handelt. Außerdem wird sicherlich die Hälfte aller sogenannten anonymen Umfragen in dieser Weise durchgeführt. Trauen Sie niemals einem Stück Papier, das ins Haus geflattert kommt und Ihre angeblich anonyme Meinung wissen will. Sie können sehr wohl identifiziert werden.«

»Das fängt ja tatsächlich an, interessant zu werden«, meinte O'Brien.

Nim aber war skeptisch: »Wie kann man bei einem so großen Gebiet kontrollieren, wohin jeder einzelne Fragebogen geschickt worden ist? Ich kann mir nicht vorstellen, daß sich das problemlos bewältigen läßt.«

Teresa Van Buren richtete sich auf. Hier konnte sie helfen. »Das ist doch überhaupt kein Problem. Unsere Buchhaltung hat alles, was wir brauchen.«

Die anderen starrten sie an.

»Ist doch ganz einfach«, sagte die Pressechefin, »jedes Haus, jedes Gebäude in den sieben Quadratmeilen ist Kunde der GSP&L, die nötigen Einzelheiten können wir von unserem Rechnungscomputer abfragen.«

»Ah, ich verstehe«, sagte Nim. »Sie lassen den Computer nur die Adressen dieses Gebietes drucken und nichts weiter.«

»Wir könnten sogar noch etwas Besseres tun«, schlug O'Brien vor; es klang ganz aufgeregt. »Der Computer kann die Fragebogen postfertig schreiben. Der Teil mit Name und Adresse wird vom Kunden abgerissen und einbehalten, und der Rest, von dem der Kunde glaubt, er sei nicht identifizierbar, wird zurückgeschickt.«

»In Wirklichkeit ist aber dieser Teil mit unsichtbarer Tinte gekennzeichnet; jedes Blatt hat eine unsichtbare Nummer«, fügte Harry London in seiner pedantischen Art hinzu.

O'Brien schlug sich vor Begeisterung auf den Schenkel. »Ausgezeichnet!«

»Die Idee ist wirklich gut«, sagte Nim, »und bestimmt einen Versuch wert. Aber wir müssen zweierlei bedenken. Erstens: Archambault kann den Fragebogen, falls er ihn überhaupt bekommt, wegwerfen, ohne ihn zu beantworten. In dem Fall können wir lange warten.«

O'Brien nickte. »Das stimmt.«

»Zweitens«, fuhr Nim fort, »besteht die Möglichkeit, daß er nicht zu unseren direkten Kunden gehört, weil er vielleicht nur ein möbliertes Zimmer gemietet hat. In dem Fall bekäme sein Vermieter die Strom- und Gasrechnungen – und den Fragebogen.«

»Das ist allerdings wahr«, gab Teresa Van Buren zu. »Obwohl ich nicht glaube, daß es in unserem Fall zutrifft. Denken Sie doch einmal an Archambaults Lage. Wenn sein Versteck ihm etwas nutzen soll, muß er irgendwo als Hauptmieter wohnen. Bei einem möblierten Zimmer wäre die erforderliche Anonymität nicht gegeben. Deshalb ist anzunehmen, daß er wieder ein Haus oder eine abgeschlossene Wohnung gemietet hat. Das bedeutet eigene Zähler und eigene Rechnung. Also können wir davon ausgehen, daß er den Fragebogen bekommen wird.«

O'Brien nickte wieder. »Das leuchtet mir ein.«

Mit wachsender Begeisterung vertieften sie sich in diesen großartigen Plan.

10

Das Computer Center der Golden State Power & Light wirkte auf Nim wie eine Filmkulisse für *Star Wars* oder eine ähnliche Science Fiction-Produktion.

Alles in den drei Etagen des Hauptverwaltungsgebäudes, in

denen das Computer Center untergebracht war, sah futuristisch, klinisch und funktionell aus. Dekorative Einrichtungsgegenstände, wie man sie in anderen Abteilungen antraf – bequeme Möbel, Teppiche, Gemälde, Vorhänge –, hatte man sich hier versagt. Es gab keine Fenster; man arbeitete nur bei künstlichem Licht. Sogar die Luft war künstlich aufbereitet, Luftfeuchtigkeit und Temperatur blieben konstant – die Temperatur lag bei 22,7 Grad Celsius. Alle Mitarbeiter im Computer Center wurden von Fernsehkameras überwacht, und niemand wußte, wann ihn der Big Brother von der Golden State Power & Light auf dem Bildschirm hatte.

Das Betreten und Verlassen der Datenverarbeitungsanlage wurde streng kontrolliert. Aufsichtspersonal hinter kugelsicheren Glasscheiben überprüfte die Identität derjenigen, die ein und aus gingen. Man verständigte sich mit Hilfe von Mikrofonen. Die Anweisungen waren streng. Nicht einmal bekannte, freundliche Gesichter, die man tagtäglich zu sehen bekam, durften ohne Vorzeigen der Ausweiskarte die Kontrolle passieren.

Jeder, der den Sicherheitsbereich betreten wollte (es war übrigens nicht erlaubt, daß mehrere Personen gleichzeitig eintraten), wurde erst einmal durch eine »Luftschleuse« geschickt – eine kleine Gefängniszelle aus kugelsicherem Glas. Gleich nach dem Eintritt fiel eine schwere Tür zu, die elektronisch verschlossen wurde. Eine andere Tür, die genauso zuverlässig funktionierte, öffnete sich, sobald die Personenkontrolle zufriedenstellend ausgefallen war. Erwies sich eine Person als verdächtig, blieben beide Türen geschlossen, bis Identität und Berechtigung des Zutritts geklärt waren.

Ausnahmen wurden nicht gemacht. Sogar der Vorsitzende, J. Eric Humphrey, konnte die Anlage nicht ohne Besuchererlaubnis und sorgfältige Überprüfung seiner Identität betreten.

Diese besondere Vorsicht war nötig, denn die Anlage stellte einen unschätzbaren Wert dar: Sie enthielt die Computeraufzeichnungen von achteinhalb Millionen GSP&L-Kunden für einen Zeitraum von mehreren Jahren, die Ableseergebnisse, Rechnungen, Überweisungen, außerdem Angaben über Aktionäre, Angestellte, technische Ausstattung, Inventar, technische Daten und eine Vielzahl anderer Informationen.

Eine im Computer Center an strategisch wichtiger Stelle placierte Handgranate hätte dem Konzern mehr schaden können als ein Schubkarren voll hochexplosiven Materials an Hochspannungsleitungen und Umspannwerken.

Die Informationen waren auf Hunderten von Magnetplattenstapeln gespeichert. Zu einem Stapel gehörten je zwanzig Platten; jede Platte – von der doppelten Größe einer normalen Langspielplatte – enthielt die Angaben über hunderttausend Kunden.

Der Wert der Datenverarbeitungsanlage betrug über dreißig Millionen Dollar. Der Wert der gespeicherten Daten war unschätzbar.

Nim war mit Oscar O'Brien zum Computer Center gekommen. Die beiden Männer sollten mit Sharlett Underhill die Ausführung der unter dem offiziellen Namen »Kundenbefragung« laufenden Aktion überwachen, die als Falle für den Anführer der Freunde des Friedens, Georgos Archambault, gedacht war.

Es war Donnerstag, vier Tage nach jenem Sonntag, an dem sich die »Denkgruppe« im Haus des Justitiars Oscar O'Brien getroffen hatte.

Seitdem hatten sie viele Stunden an dem Fragebogenentwurf gearbeitet. Nim und O'Brien hatten sich schließlich für acht Fragen entschieden. Die ersten waren sehr einfach. Zum Beispiel:

> Ist der Service der Golden State Power & Light Ihrer Meinung nach zufriedenstellend? Antworten Sie bitte mit ja oder nein.

Bei den anderen Fragen wurde mehr Platz für eine ausführliche Beantwortung gelassen.

> In welcher Hinsicht könnte Ihrer Meinung nach der Service der Golden State Power & Light noch verbessert werden?

Und:

> Haben Sie Probleme bei der Entzifferung Ihrer Golden State Power & Light-Rechnung? Bitte schildern Sie uns ausführlich, was Sie nicht verstehen.

Schließlich:

> Die Golden State Power & Light möchte sich bei ihren Kunden für die Unannehmlichkeiten entschuldigen, die ihnen als Folge von hinterhältigen Anschlägen auf Einrichtungen der Gesellschaft durch feige Möchtegern-Revolutionäre entstanden sind. Sollten Sie Vorschläge haben, wie wir uns in Zukunft vor solchen Angriffen schützen können, schreiben Sie uns bitte.

»Wenn das Archambault nicht auf die Palme bringt und zu einer wütenden Replik veranlaßt, kann ihn nichts hinterm Ofen hervorlocken«, bemerkte Oscar O'Brien.

Polizei, FBI und Staatsanwaltschaft äußerten sich wohlwollend, nachdem man sie über das Vorhaben unterrichtet hatte. Die Staatsanwaltschaft bot sogar ihre Hilfe bei der Auswertung der vielen tausend Fragebogen an.

Sharlett Underhill, die Finanzdirektorin der GSP&L, der das Computer Center unterstand, begrüßte Nim und O'Brien reserviert. »Unsere Kundenbefragungsaktion läuft gerade an«, berichtete sie ihnen. »Die zwölftausend Briefe werden bis heute abend alle zur Post gegangen sein.«

»Elftausendneunhundertneunundneunzig davon sind für den Papierkorb«, bemerkte O'Brien. »Nur eine einzige Antwort interessiert uns.«

»Wir könnten einen Haufen Geld sparen, wenn wir wüßten, um welchen der Antwortbogen es sich handelt«, entgegnete die Finanzdirektorin bissig.

»Wenn wir das wüßten, liebe Sharlett, wären wir nicht hier.«

Die drei gingen weiter, vorbei an Reihen von summenden Metall- und Glasschränken. Sie hielten vor einem IBM-3800-Laserschreibgerät an, das Fragebogen ausspuckte, die nur noch in Fensterbriefumschläge gesteckt zu werden brauchten.

Oben war auf jeder Seite zu lesen:

> Golden State Power & Light
> Kundenbefragung
> Wir würden uns über Ihre Antworten sehr freuen
> und versprechen,
> gute Anregungen in die Tat umzusetzen.

Es folgten Name und Adresse und darunter eine perforierte Linie mit der Erklärung:

> Um Ihre Anonymität zu wahren, reißen Sie bitte den oberen Teil dieses Formulars ab. Es sind weder Unterschrift noch andere Formen der Identifikation erforderlich. Danke!

Jedem Schreiben wurde ein Freiumschlag beigelegt.

»Wo ist die unsichtbare Tinte?« fragte Nim.

O'Brien lachte. »Das ist der Sinn der Sache. Man sieht sie wirklich nicht.«

Sharlett Underhill trat an den Computerschreibautomaten heran und öffnete einen Deckel. Sie beugte sich vor und zeigte auf eine Flasche mit einer klaren, öligen Flüssigkeit, aus der eine Plastikleitung herausführte. »Das ist eine spezielle Zusammensetzung für unsere Zwecke. Die Zahlen werden fortlaufend vom Computer vergeben. Auf jeder Seite wird unten eine unsichtbare Nummer aufgedruckt. Dabei registriert der Computer gleichzeitig, welche Adresse zu welcher Nummer gehört.«

Mrs. Underhill schloß den Deckel wieder. Sie ging hinter den Schreibautomaten, nahm einen der fertigen Fragebogen und trug ihn zu einem in der Nähe befindlichen Metalltisch. Dort schaltete sie ein weiteres Gerät ein. »Das ist ein ›Schwarzlicht‹«, erklärte sie und legte den Fragebogen unter dieses Schwarzglaslesegerät. Auf dem Papier erschien die Nummer 3702.

»Genial«, sagte O'Brien begeistert. »Aber was geschieht, wenn wir die Nummer haben?«

»Sie wird mit einem Geheimcode dem Computer eingegeben«, erklärte Sharlett Underhill. »Diesen Code kennen nur zwei Leute – einer unserer ältesten Programmierer und ich. Daraufhin kann uns der Computer sofort die Adresse, an die dieser Fragebogen geschickt wurde, verraten.«

Nim betonte noch einmal: »Natürlich ist das Ganze ein Glücksspiel. Wir wissen nicht, ob wir Ihnen jemals die richtige Nummer werden geben können.«

Sharlett Underhill sah die beiden Männer kühl an. »Ob Sie mir nun eine solche Nummer bringen oder nicht – Sie sollen wissen, daß ich das, was hier geschieht, persönlich nicht billige. Ich bin ganz und gar nicht dafür, daß die Ausrüstung dieser

Abteilung für derlei Zwecke mißbraucht wird. Ich habe beim Vorsitzenden protestiert, aber er scheint sich von diesem Unternehmen sehr viel zu versprechen, also wurde ich überstimmt.«

»Das wissen wir«, sagte O'Brien. »Aber es handelt sich hier wirklich um einen ganz speziellen Fall, Sharlett.«

Mrs. Underhill blieb weiterhin unfreundlich. »Lassen Sie mich ausreden. Sobald Sie mir die Nummer gegeben haben – und ich werde nur *eine* Nummer annehmen – und der Computer mit Hilfe des Geheimcodes die Adresse ausgespuckt hat, werden alle anderen Nummern und die dazugehörigen Adressen gelöscht werden. Ich möchte, daß das klar ist.«

»Wir haben verstanden«, sagte der Rechtsanwalt. »Das ist nur fair.«

Nim hatte noch eine Frage. »Hatten Ihre Leute Schwierigkeiten, das von uns angegebene Gebiet von sieben Quadratmeilen abzugrenzen und die entsprechenden Adressen zu ermitteln?«

»Nein, durchaus nicht. Unsere Programmiermethode macht es möglich, unsere Kunden in viele Kategorien und auch geographisch zu unterteilen.« Die Finanzdirektorin wurde jetzt, da sie über ihr Steckenpferd sprechen durfte, etwas freundlicher. »Wenn er richtig eingesetzt wird, ist ein moderner Computer ein sensibles und vielseitiges Instrument. Außerdem ist er unbedingt zuverlässig.« Sie zögerte. »Nun, jedenfalls fast.«

Während ihrer letzten Worte schaute Mrs. Underhill zu einem anderen IBM-Schreibautomaten hinüber, an dem zwei Männer die Computererzeugnisse einzeln zu überprüfen schienen.

»Was geschieht da drüben?« fragte O'Brien neugierig.

Sharlett Underhill lächelte zum erstenmal. »Das ist unsere ›VIP-Rechnungstruppe‹.«

Nim schüttelte den Kopf. »Davon habe ich noch nie gehört.«

Sie gingen zu den Männern hinüber.

»Das sind Rechnungen«, erklärte Mrs. Underhill, »die aufgrund der letzten Zählerableseergebnisse vom Computer erstellt wurden und morgen abgeschickt werden sollen. Der Computer hat diese paar hundert Rechnungen ausgesondert, damit sie, bevor man sie abschickt, überprüft werden. Die Empfänger dieser Rechnungen sind prominente Leute, die wir auf einer besonderen Liste führen der Bürgermeister, die Ältestenräte in den verschiedenen von uns belieferten Städten, hohe Staatsbeamte, Kongreßmitglieder, Zeitungsredakteure und Kolumnisten, Leute vom Rundfunk, Richter, Rechtsanwälte und dergleichen. Jede dieser Rechnungen wird, wie Sie sehen, einzeln geprüft, und falls irgend etwas Auffälliges festgestellt wird, gibt man sie zur nochmaligen Überprüfung an eine andere Abteilung, bevor man sie abschickt. Auf diese Weise ersparen wir uns Ärger und Verdruß, falls sich der Computer geirrt haben sollte.«

Sie sahen zu, wie eine der Rechnungen ausgesondert wurde, während Sharlett Underhill weitersprach.

»Wir haben einmal erlebt, daß der Computer eine Monatsrechnung für einen Stadtrat eigenmächtig um ein paar Nullen erhöht hat. Die Rechnung sollte auf fünfundvierzig Dollar lauten. Statt dessen war darauf zu lesen: vier Millionen fünfhunderttausend Dollar.«

Alle lachten. Nim fragte: »Und was geschah?«

»Das ist es ja eben. Wenn er die Rechnung hergebracht oder uns angerufen hätte, hätten wir alle gelacht, die unsinnige Rechnung zerrissen und ihm für seine Mühe die Gebühr erlassen. Statt dessen berief der humorlose Mensch eine Pressekonferenz ein, zeigte die Rechnung herum als Beweis für die Unfähigkeit der Golden State Power & Light und forderte eine Übernahme des Konzerns durch die Stadt.«

O'Brien schüttelte den Kopf. »Das ist ja kaum zu glauben.«

»Ich versichere Ihnen, daß es wirklich geschehen ist«, sagte Mrs. Underhill. »Politiker sind am wenigsten geneigt, Fehler, so geringfügig sie auch sein mögen, zu tolerieren, und begehen doch selbst die meisten. Aber es gibt natürlich auch noch andere. Auf jeden Fall haben wir gleich nach jenem Vorfall unsere ›VIP-Rechnungstruppe‹ gebildet. Ich hatte gehört, daß Con Edison in New York auch schon so etwas hat. Sobald wir von einem bedeutenden oder einem wichtigtuerischen und aufgeblasenen Kunden hören, kommt er auf die Liste. Sogar einige Leute von unserer Gesellschaft stehen darauf.«

»Ich kann manchmal sehr wichtigtuerisch sein«, gestand O'Brien. »Das ist meine Schwäche.« Er zeigte auf den Stapel. »Ist meine Rechnung auch dabei?«

»Das«, sagte Sharlett Underhill, als sie die beiden Männer zum Ausgang brachte, »ist etwas, was Sie nie erfahren werden.«

11

Ruth Goldman war in New York.

Sie war dorthin gereist, um ihre Behandlung am Sloan-Kettering Institute zu beginnen, und würde zwei Wochen fortbleiben. Später würde sie noch einige Male hinfliegen müssen.

Die Entscheidung hatte Dr. Levin gefällt, nachdem er die letzten Untersuchungsergebnisse geprüft und sie mit den New Yorker Ärzten telefonisch besprochen hatte. »Ich möchte nichts versprechen«, hatte er zu Ruth und Nim gesagt, »das kann niemand. Aber ich möchte so weit gehen zu sagen, daß ich vorsichtig optimistisch bin.« Das war alles, was sie aus ihm herausbekamen.

Nim hatte Ruth am Vortag zu einem frühen Nonstopflug der American Airlines gebracht. Sie hatten sich sehr innig voneinander verabschiedet.

»Ich liebe dich«, hatte Nim gesagt, kurz bevor Ruth an Bord ging. »Du wirst mir fehlen, und ich werde versuchen, für dich zu beten.«

Sie hatte gelacht und ihn noch einmal geküßt. »Wirklich seltsam«, hatte sie bemerkt, »trotz all dieser Ärgernisse war ich nie glücklicher als jetzt.«

In New York wohnte Ruth bei Freunden und ging mehrmals wöchentlich zur Behandlung in das Institut.

Leah und Benjy waren wieder bei den Großeltern untergebracht. Da das Verhältnis zu den Neubergers inzwischen sehr herzlich war, hatte Nim versprochen, öfter zum Dinner hinzufahren.

Und er hatte, ebenfalls in Erfüllung eines früheren Versprechens, Karen Sloan ins Konzert ausgeführt.

Einige Tage vorher hatte er eine Nachricht von Karen erhalten:

> Die Tage kommen, die Tage gehen,
> Und manchmal bist auch Du
> Wie Begin, Sadat, Schmidt und Botha,
> Wie Carter und Giscard d'Estaing
> Oder Bischof Muzorewa
> Eine Zeitungsmeldung wert.
> Allein für mich

> Gehörst nur Du aufs Titelblatt,
> Mein Nimrod Goldman.
> Doch besser, als von Dir zu lesen,
> Ist, Dich zu sehen und zu hören.
> Dich lieben und geliebt zu werden.

Er hatte geseufzt, als er diese Zeilen las, weil er Karen wirklich gern wiedersehen wollte; dann dachte er schuldbewußt, daß alle Komplikationen in seinem Privatleben auf sein eigenes Konto gingen. Seit jenem Abend, da sie sich geliebt hatten, war Nim zweimal tagsüber bei Karen gewesen, aber seine Besuche waren nur kurz, und immer hatte er es eilig gehabt, war er unterwegs gewesen von einer Verabredung zur anderen. Er wußte, daß Karen sich nach einem längeren Zusammensein mit ihm sehnte.

Ruths Abwesenheit war eine gute Gelegenheit dafür, und ein Konzertbesuch anstelle eines zu Hause verbrachten Abends war sicherlich ein Kompromiß, um sein Gewissen zu beruhigen.

Als er zu Karens Wohnung kam, war sie schon bereit. Sie trug ein dunkelrotes Kleid und eine schlichte Perlenkette. Ihr langes blondes Haar fiel ihr glänzend auf die Schultern. Sie begrüßte ihn mit einem warmen Lächeln. Die Nägel ihrer langen, schmalen Finger, die auf einem Brett über den Knien lagen, waren sorgfältig maniküert.

Als sie sich küßten und Nim Karens Nähe spürte, wußte er, daß seine Sehnsucht nach ihr wieder voll erwacht war. Er war erleichtert, daß sie diesen Abend nicht zu Hause verbringen wollten.

Kurze Zeit später, als Josie kam und den Rollstuhl von der Netzschaltung auf Batterie umstellte, sagte Karen: »Nimrod, du mußt eine anstrengende Zeit hinter dir haben, das sehe ich dir an.«

»Ja, es ist einiges vorgefallen«, gestand er. »Teilweise wirst du davon gelesen haben. Aber heute abend soll es nur dich und mich und die Musik geben.«

»Und mich«, sagte Josie, die gerade hinter dem Rollstuhl hervorkam. Karens Haushaltshilfe und Pflegerin strahlte Nim an, der offensichtlich ihr erklärter Liebling war. »Aber alles, was ich tun werde, ist, euch zu fahren. Wenn Sie in einigen Minuten mit Karen hinunterkommen, kann ich schon vorgehen und Humperdinck holen.«

Nim lachte. »Was macht denn dein Auto mit Persönlichkeit?«

»Dem geht es nach wie vor gut, aber« – Karens Gesicht umwölkte sich – »mein Vater macht mir Sorgen.«

»In welcher Hinsicht?«

Sie schüttelte den Kopf. »Ach laß nur. Vielleicht erzähle ich es dir später.«

Wie immer bewunderte er Karens Fähigkeit, mit Hilfe des Schlauchs vor ihrem Mund den Rollstuhl aus der Wohnung hinaus zum Aufzug zu lenken.

Unterwegs fragte er sie: »Wie lange reicht deine Batterie?«

Sie lächelte. »Heute abend bin ich vollgeladen. Das bedeutet, daß die Batterie für Stuhl und Atemgerät etwa vier Stunden ausreicht. Danach muß ich mich wieder an die gute alte GSP&L halten.«

Es faszinierte Nim, wie Karen am Leben hing, einem Leben, das ihr durch die Elektrizität ermöglicht wurde.

»Wenn wir schon beim Thema GSP&L sind, erzähl mir von deinen Problemen.«

»Oh, die schießen wie Unkraut hervor.«

»Nicht doch, ich möchte es wirklich wissen.«

»Unsere größte Sorge im Moment ist das Öl«, sagte er. »Hast du gehört, daß die letzten Verhandlungen zwischen den OPEC-Ländern und den Vereinigten Staaten heute abgebrochen wurden?«

»Ja, es kam in den Nachrichten durch, kurz vor deiner Ankunft. Die ölexportierenden Länder wollen kein Papiergeld mehr. Nur Gold.«

»Das haben sie bereits mehrmals angedroht.« Nim erinnerte sich an sein Gespräch mit Eric Humphrey und Richter Yale kurz vor Weihnachten. Damals war die Situation besorgniserregend, heute, im März, aber bereits äußerst kritisch. Er fügte hinzu: »Diesmal scheinen sie es jedenfalls ernst zu meinen.«

»Wenn wir tatsächlich kein Öl mehr importieren können, wie schlimm wird das dann für uns?« wollte Karen wissen.

»Viel schlimmer, als die Leute glauben. Mehr als die Hälfte des Öls, das Amerika verbraucht, wird importiert, davon fünfundachtzig Prozent von OPEC-Ländern. Auch jetzt denken die

Leute bei Ölverknappung nur an das Benzin für die Autos und das Heizöl für die Haushalte, aber nicht an Elektrizität.«

Nim mußte wieder – wie schon auf dem Weg zu Karen – an das Öl-Problem denken: Die Konfrontation mit den OPEC-Ländern, die sich in den letzten achtundvierzig Stunden dramatisch zugespitzt hatte, war viel schlimmer und umfassender als das arabische Ölembargo von 1973–1974. Jeder hätte das wissen können, aber nur wenige nahmen die Bedrohung ernst. Die ewigen Optimisten, auch die an verantwortlicher Stelle, hofften immer noch, daß sich das Schlimmste vermeiden ließe und das Öl weiter ins Land gesprudelt käme. Nim teilte diesen Optimismus nicht.

Er mußte daran denken, was dies für Karen bedeuten würde. Bevor er aber etwas sagen konnte, kam der Aufzug, und die Türen öffneten sich.

Zwei Kinder fuhren mit ihnen hinunter – ein Junge und ein Mädchen mit fröhlichen, frischen Kindergesichtern, etwa neun und zehn Jahre alt. »Hallo, Karen«, sagten die beiden, als Nim den Rollstuhl in den Aufzug schob.

»Hallo, Philip und Wendy«, grüßte Karen. »Geht ihr fort?«

»Nein. Wir fahren nur hinunter zum Spielen«, antwortete der Junge. Sie sahen Nim an. »Wer ist das?«

»Das ist Mr. Goldman. Wir sind verabredet.« Zu Nim sagte sie: »Das sind zwei meiner Nachbarn und Freunde.«

Als der Aufzug anfuhr, riefen sie beide: »Hallo, Mr. Goldman.«

»Karen«, fragte der kleine Junge, »darf ich deine Hand anfassen?«

»Selbstverständlich.«

Er streichelte sie vorsichtig mit den Fingerspitzen und fragte: »Kannst du das fühlen?«

»Ja, Philip«, antwortete Karen. »Du hast sehr zärtliche Hände.« Die Auskunft schien ihm zu gefallen.

Das Mädchen wollte offensichtlich nicht übergangen werden und fragte: »Karen, möchtest du, daß ich deine Beine anders lege?«

»Nun... ja, in Ordnung.«

Vorsichtig nahm das Mädchen Karens rechtes Bein hoch und legte es über das linke.

»Danke, Wendy.«

Unten in der Vorhalle verabschiedeten sich die Kinder und liefen davon.

»Das war nett«, sagte Nim.

»Ja.« Karen lächelte warm. »Kinder sind so natürlich und unkompliziert. Sie sind nicht so ängstlich und verwirrt wie die Erwachsenen. Kurz nachdem ich in dieses Haus gezogen war, fragten mich die Kinder: ›Was ist los mit dir?‹ oder ›Warum kannst du nicht laufen?‹, und wenn die Eltern das hörten, hieß es immer ›Pst‹. Es dauerte eine Weile, bis ich allen klargemacht hatte, daß mich ihre Fragen nicht störten, sondern mir im Gegenteil willkommen waren. Aber es gibt immer noch Erwachsene, denen es unangenehm ist, mir zu begegnen. Wenn sie mich sehen, schauen sie weg.«

Draußen vor dem Haupteingang wartete Josie schon mit dem Kombiwagen, einem hellgrünen Ford. Die Tür an der Beifahrerseite war bereits geöffnet. Karen fuhr an das Auto heran, das Gesicht zum Wageninneren gewandt.

»Wenn du zusiehst«, sagte sie zu Nim, »wirst du staunen, was euer Mr. Paulsen sich hat einfallen lassen.«

Während Karen sprach, hatte Josie zwei lange Stahlführungen aus dem Wageninneren herausgelassen und unter der Tür im Wagenboden eingehängt, während die anderen Enden am Boden auflagen. Auf diese Weise war eine Auffahrtrampe entstanden, wobei der Abstand der beiden Stahlführungen genauso breit war wie der Räderabstand von Karens Rollstuhl.

Jetzt kletterte Josie in den Wagen und griff nach einem Haken an einem Drahtseil; das Seil führte zu einer elektrischen Winde. Sie befestigte den Haken am Rollstuhl, ließ eine Stahlöse zuschnappen und drückte auf einen Schalter an der Winde.

»Auf geht's«, rief Karen. Bei diesen Worten wurde ihr Rollstuhl sanft die Rampe hochgezogen. Im Wageninnern drehte Josie den Stuhl herum, bis er in zwei Stahlschienen im Boden einrastete, und verriegelte ihn mit Bolzen.

»Sie sitzen vorn beim Chauffeur, Mr. Goldman«, sagte Josie lächelnd zu Nim.

Als sie die Auffahrt verließen und sich in den Verkehr auf der Straße einfädelten, drehte sich Nim zu Karen um. Er kam wieder auf das vorhin angeschnittene Thema zurück.

»Wenn es zu einer ernsten Ölverknappung kommt, wird es ganz bestimmt Rollstromsperren geben. Weißt du, was man darunter versteht?«

Karen nickte. »Ich denke ja. Es heißt, daß verschiedene Orte zu verschiedenen Zeiten keinen Strom haben werden.«

»Ja, für den Anfang etwa drei Stunden täglich, falls sich die Lage verschlimmern sollte, auch für länger. Ich werde dafür sorgen, daß du immer rechtzeitig gewarnt wirst, damit du in ein Krankenhaus mit einem Notstromaggregat fahren kannst.«

»Ja, ins Redwood Grove«, sagte Karen. »Dort war ich mit Josie in der Nacht, als die Freunde des Friedens das Umspannwerk in die Luft sprengten.«

»Morgen werde ich hinfahren und den Generator im Redwood Grove nachprüfen. Manchmal taugen diese Notstromaggregate nichts, weil sie nicht ordentlich gewartet werden. In New York ließen sich während der großen Stromausfälle manche nicht einmal mehr anfahren.«

»Solange ich dich habe«, sagte Karen, »brauche ich mir wirklich keine Sorgen zu machen.«

Josie war eine gute Fahrerin, und Nim entspannte sich auf der Fahrt in den Palace of Arts, wo sie eine Aufführung des Sinfonieorchesters der Stadt hören wollten. Als sie am Haupteingang vorfuhren und Josie den Rollstuhl über die Spezialrampe hinausfuhr, kam ein Beschäftigter des Palace of Arts herbeigeeilt und begleitete sie zum Seiteneingang und zum Aufzug, der sie direkt zum großen Foyer brachte. Sie hatten Karten für die erste Reihe einer Loge; eine bewegliche Rampe ebnete Karen den Weg. Offensichtlich war der Palace of Arts auf Rollstuhlfahrer eingestellt.

Als sie ihre Plätze erreicht hatten, blickte Karen sich um: »Was für ein Extraservice, Nimrod! Wie hast du das arrangiert?«

»Die gute alte GSP&L hat hier und da noch etwas Einfluß.«

Es war Teresa Van Buren gewesen, die auf Nims Bitte die Logenplätze besorgt und die Rampe hatte hinlegen lassen. Als Nim die Karten bezahlen wollte, hatte Teresa abgewehrt: »Vergessen Sie's! Das läuft unter ›Besondere Sozialleistungen des Betriebs‹. Freuen Sie sich und genießen Sie sie, solange es sie noch gibt.«

Nim hielt das Programm, damit Karen es lesen konnte, aber nach kurzer Zeit schüttelte sie den Kopf. »Ich höre gern Musik, aber ich finde, daß Musikkritiken und Programmheftbeiträge von Leuten geschrieben sind, die in erster Linie beweisen möchten, wie gescheit sie sind.«

Er lachte. »Da hast du ganz recht.«

Als die Lichter erloschen und der Dirigent das Podium betrat, sagte Karen während des Applauses: »Nimrod, es hat sich zwischen uns etwas geändert, habe ich recht?«

Nim war bestürzt. Aber er hatte keine Zeit mehr, auf die Frage zu antworten, weil die Musik einsetzte.

Als erstes wurden Brahms' *Variationen über ein Thema von Haydn* gespielt, anschließend sein *Klavierkonzert Nr. 2, B-Dur*. Solist war der hervorragende Eugene Istomin. Das Klavierkonzert gehörte zu Nims Lieblingskonzerten und sicherlich auch zu Karens, wie Nim aus ihrer gespannten Aufmerksamkeit schließen konnte. Während des dritten Satzes mit seiner bewegenden Cellokantilene legte er eine Hand auf Karens Hände. Als sie ihm den Kopf zuwandte, sah er, daß in ihren Augen Tränen standen.

Als die Musik zu Ende war und der Beifall aufbrandete – »Bitte, klatsch für uns beide«, hatte Karen ihn gebeten –, gingen die Lichter wieder an.

Während die meisten Konzertbesucher ihre Plätze verließen und das Foyer aufsuchten, blieben Nim und Karen in der Loge. Beide schwiegen zunächst, dann sagte Karen: »Wenn du willst, kannst du meine Frage jetzt beantworten.«

Er mußte nicht fragen, was sie meinte. Er seufzte und sagte traurig: »Ich glaube, nichts bleibt für immer und allezeit unverändert.«

»Wir wären töricht, wenn wir das erwarteten«, bestätigte Karen, »und ich möchte, daß du weißt, daß ich nie so vermessen war. Es ist schön, ab und zu zu träumen, sich nach dem Unmöglichen zu sehnen und sich von allem Schönen zu wünschen, daß es auch von Dauer ist, aber ich habe gelernt, daß die Wirklichkeit anders ist. Sei ehrlich, Nimrod. Was ist geschehen? Was hat sich zwischen dem letzten Mal und heute geändert?«

Nim erzählte ihr von Ruth, von der bösartigen Krankheit, die ihr Leben bedrohte, und wie sie gerade dadurch wieder zueinandergefunden hätten.

Karen hörte still zu. Dann sagte sie: »Als du heute abend kamst, habe ich sofort gemerkt, daß irgend etwas anders war. Nun, da ich es weiß, bin ich für dich froh, aber wenn ich an deine Frau denke, sehr traurig.«

»Vielleicht haben wir Glück«, sagte er.

»Das hoffe ich. In vielen Fällen hat es erstaunliche Heilerfolge gegeben.«

Die Musiker versammelten sich bereits wieder für den zweiten Teil des Konzerts. Auch die Zuhörer kehrten zurück.

Karen sagte noch schnell: »Wir dürfen uns nicht mehr lieben, du und ich. Das wäre weder fair noch richtig. Aber ich hoffe, daß wir Freunde bleiben und ich dich ab und zu sehen kann.«

Er berührte wieder ihre Hände. »Freunde für immer«, sagte er, bevor die Musik einsetzte.

Auf der Heimfahrt waren sie stiller als auf der Hinfahrt.

Auch Josie schien die Veränderung bemerkt zu haben und sagte wenig. Sie hatte in der Zwischenzeit Freunde besucht und vor der Konzerthalle mit dem Wagen gewartet.

Nachdem sie eine Weile gefahren waren, drehte sich Nim zu Karen um. »Du hast mir vorhin gesagt, daß du dir wegen deines Vaters Sorgen machst. Willst du jetzt darüber sprechen?«

»Ich würde gern, aber es gibt nicht viel zu erzählen«, sagte Karen. »Ich weiß nur, daß Daddy Kummer hat – ich nehme an, daß es Geldsorgen sind. Er deutet es immer nur an, aber es könnte für mich bedeuten, daß ich Humperdinck nicht mehr lange behalten kann.«

Nim war entsetzt. »Warum?«

»Die monatlichen Raten belasten meine Eltern zu sehr. Ich habe dir ja damals erzählt, daß Daddys Bank ihm das Geld für Humperdinck nicht leihen wollte und er es deshalb bei einem Kreditinstitut aufgenommen hat – zu einem viel höheren Zinssatz. Ich glaube, daß die Geldsorgen und der Ärger, den Daddy mit seinem Geschäft zu haben scheint, zuviel für ihn sind.«

»Ich möchte dir gern helfen...« sagte Nim.

»Nein, das kommt überhaupt nicht in Frage! Ich habe dir schon gesagt, daß ich von dir kein Geld nehme, Nimrod, und das meine ich auch so. Du hast selbst eine Familie, für die du sorgen mußt. Außerdem kann ich auch ohne Auto auskommen, sosehr ich Humperdinck vermissen werde. Aber vorher ist es ohne ihn ja auch gegangen. Wirklichen Kummer bereitet mir nur Daddy.«

»Ich wünschte, ich könnte etwas für dich tun«, sagte Nim.

»Bleib mein Freund, Nimrod. Das ist alles, worum ich dich von Herzen bitte.«

Sie verabschiedeten sich mit einem flüchtigen Kuß vor Karens Haustür. Sie hatte sich mit Müdigkeit entschuldigt und ihn nicht mehr gebeten, sie in ihre Wohnung zu begleiten. Niedergeschlagen ging Nim zu seinem Auto, das er einen Block weiter abgestellt hatte.

12

In der letzten Märzwoche überschattete die Ölkrise alle anderen Nachrichten und stand an erster Stelle der nationalen und der internationalen Meldungen.

»Es ist wie vor einem drohenden Krieg«, bemerkte jemand bei einer Vorstandssitzung der Golden State Power & Light. »Man will es nicht glauben, bis den Leuten die Bomben aufs Dach fallen. Vorher kommt allen das Gerede vom Krieg so unwirklich vor.«

An der OPEC-Entscheidung war allerdings nichts unwirklich. Die OPEC-Mitgliedstaaten – die arabischen Länder, der Iran, Venezuela, Indonesien, Nigeria – hatten ein paar Tage vorher beschlossen, ab sofort keine weiteren Öllieferungen an die Vereinigten Staaten zu leisten, bis der Streit um die Bezahlung beigelegt sein würde.

Das bedeutete für die Vereinigten Staaten, daß sie in absehbarer Zeit nur noch das Öl erhielten, das schon in Tankern in die Vereinigten Staaten unterwegs war oder bereits in amerikanischen Häfen auf Löschung wartete.

Die OPEC-Länder erklärten, daß sie über ausreichende Dollarreserven verfügten, um das Embargo mühelos über einen längeren Zeitraum hinweg durchhalten zu können, und sie hoben hervor, daß ihre Dollarreserven weit größer seien als die Ölreserven der Vereinigten Staaten.

»Das ist leider verdammt wahr«, hatte ein reisemüder, geschwätziger Staatssekretär vor Reportern in Washington ausgeplaudert.

Bei der Golden State Power & Light mußten wie überall im Lande dringende politische Entscheidungen gefällt werden. Im Bereich der GSP&L hieß es nicht länger, »ob« es ausgedehnte Blackouts geben würde, sondern »wie bald« und bis zu welchem Ausmaß. Die zwei vorangegangenen trockenen Jahre in Kalifornien und der zu geringe Schneefall im letzten Winter in der Sierra Nevada waren schuld daran, daß auch die Wasserreserven bedeutend geringer als gewöhnlich waren.

Nim hatte als Leiter der Planung alle Hände voll zu tun, eine Sitzung jagte die andere, und alle dienten nur dem einen Zweck, ein Notstandsprogramm aufzustellen und dabei über Prioritäten zu entscheiden. Regionale und überregionale Prioritäten waren bereits vom Staat gesetzt.

Der Präsident hatte die sofortige Benzinrationierung beschlossen. Ein Benzingutscheinsystem lag vor, das innerhalb von Tagen verwirklicht werden konnte. Zusätzlich erging ein Verkaufsverbot für Benzin zwischen Freitagnacht und Montag früh.

Nun stand eine Verordnung bevor, nach der größere Sportveranstaltungen und ähnliches verboten und die Nationalparks geschlossen werden sollten. Es ging darum, unnötige Fahrten mit dem Auto einzuschränken. Theater und Kinos sollten eventuell später auch noch geschlossen werden.

Alle Energieversorgungskonzerne waren angewiesen, die Spannung um fünf Prozent zu reduzieren, wodurch es schon jetzt im ganzen Land Ausfälle geben könnte.

Die Energieversorgungskonzerne, die aus Kohle Strom erzeugten – vor allem in den zentral gelegenen Teilen der Vereinigten Staaten – sollten soviel Elektrizität, wie sie entbehren konnten, an die vom Ölembargo am schlimmsten betroffenen Länder an der Ost- und Westküste der Vereinigten Staaten abgeben. Das System wurde »Kohle über Draht« genannt. Allerdings waren hier die Möglichkeiten begrenzt, weil die zentralen Bundesstaaten ein Großteil der erzeugten Elektrizität selbst brauchten und weil es auch nicht genügend Überlandleitungen für derartige Entfernungen gab.

In vielen Teilen des Landes mußten die Schulen schließen und sollten erst wieder im Sommer geöffnet werden, wenn die Räume nicht mehr geheizt zu werden brauchten.

Außerdem mußte mit empfindlichen Beschränkungen im Flugverkehr gerechnet werden. Die Ausfälle sollten im einzelnen kurzfristig bekanntgegeben werden.

Neben diesen offiziellen Maßnahmen wurde die Bevölkerung aufgerufen, freiwillig Energie zu sparen.

Bei der Golden State Power & Light waren alle Diskussionen über das Thema von dem Wissen überschattet, daß die eigenen Ölvorräte nur noch für dreißig Tage ausreichten.

Da sie noch mit einigen Tankerfüllungen rechnen durften, die bereits vor dem Ölembargo auf den Weg geschickt worden waren, konnten sie mit den »Rollstromsperren« bis zur zweiten Maiwoche warten. Dann war eine zunächst dreistündige Stromsperre pro Tag vorgesehen, bevor noch drastischere Maßnahmen notwendig werden würden.

Aber schon die ersten Stromausfälle würden sich fatal auf die Volkswirtschaft auswirken. Nim wußte, wie ernst die Lage war. Aber die breite Masse hatte immer noch nicht begriffen – oder wollte es vielleicht nicht begreifen –, was wirklich bevorstand.

Nim war mit seiner Doppelfunktion als Planungsleiter und neuerdings auch wieder als Konzernsprecher der Golden State Power & Light stark beansprucht und bat deshalb eines Tages Teresa Van Buren: »Planen Sie mich bitte nur noch ein, wenn es wirklich unumgänglich ist. Den Kleinkram müssen Ihre Leute von der Presseabteilung selbst erledigen.« Teresa versprach es.

Am nächsten Tag aber erschien die Pressechefin wieder in Nims Büro. »Es gibt im Fernsehen ein Mittagsprogramm, das sogenannte *Lunch Break*.«

»Sie werden es nicht für möglich halten«, antwortete Nim, »aber ich sehe es nie.«

»Seien Sie nicht so voreilig mit Ihrem Urteil über Tagesprogramme. Es gibt Millionen von Hausfrauen, die diese Sendung sehen, und morgen soll dort über die Energiekrise gesprochen werden.«

»Und dafür haben Sie mich ins Auge gefaßt, wie ich vermute.«

»Natürlich«, sagte Teresa Van Buren. »Wer könnte es besser als Sie?«

Nim lächelte ergeben. »Gut, aber Sie können mir einen Gefallen tun. Die Fernsehanstalten sind bekannt dafür, mit der Zeit anderer Leute verschwenderisch umzugehen. Sie bitten einen zu einem bestimmten Termin ins Studio und lassen einen dann stundenlang auf den Auftritt warten. Sie wissen, wie knapp meine Zeit ist. Versuchen Sie also, einen genauen Termin auszuhandeln, damit ich schnell wieder draußen bin.«

»Ich werde auf jeden Fall mitkommen«, erklärte Teresa Van Buren. »Außerdem werde ich Ihnen einen festen Termin besorgen, das verspreche ich Ihnen, Nim.«

Wie sich zeigen sollte, blieben ihre Bemühungen jedoch erfolglos.

Lunch Break war eine einstündige Mittagssendung, die um Punkt zwölf Uhr begann. Die Pressechefin und Nim kamen um halb zwölf zur Sendeanstalt. Im Foyer trafen sie eine junge Programmassistentin, die gekleidet und zurechtgemacht war, als hätte sie noch vor einer Woche die Schulbank gedrückt. Ihr Dienstabzeichen – ein Clipboard – trug sie unter dem Arm, die Brille steckte im Haar.

»Oh, Mr. Goldman. Da sind Sie ja schon. Sie kommen heute als letzter dran, um zehn vor eins.«

»He, das gibt es doch nicht«, protestierte Teresa Van Buren. »Mir wurde hoch und heilig versichert, Mr. Goldman würde gleich am Anfang der Show auftreten. Er ist einer unserer höchsten Direktoren, und seine Zeit ist gerade jetzt sehr kostbar.«

»Ich weiß.« Die Programmassistentin lächelte betörend. »Aber der Produzent hat seine Meinung geändert. Mr. Goldmans Thema ist sehr ernst, es könnte unsere Zuschauer deprimieren.«

»Das täte ihnen nur gut«, brummte Nim.

»Ja, aber das soll erst geschehen, wenn die Sendung zu Ende geht und sie sowieso abschalten«, sagte die junge Frau bestimmt. »Vielleicht kommen Sie mit ins Studio. Da können Sie den Anfang der Show miterleben, während Sie auf Ihren Auftritt warten.«

Teresa Van Buren warf Nim einen Blick zu und hob die Hände in einer Geste der Hilflosigkeit.

»Okay«, sagte er resigniert.

Das Studio war farbenfroh und hell ausgeleuchtet und sollte den Eindruck eines Wohnzimmers vermitteln. Auf einem grellen orangefarbenen Sofa saßen die beiden Interviewer – Jerry und Jean. Sie waren jung, lebhaft und voller Elan. Ein schönes Paar. Die Gäste würden zwischen den beiden Platz nehmen. Vor ihnen waren im Halbkreis drei Fernsehkameras aufgebaut.

Die ersten zehn Minuten der Show wurden von dem Tanzbären eines Gastzirkusses bestritten. Als nächstes wurde eine siebzigjährige Großmutter vorgestellt, die die Strecke von Chicago nach Kalifornien auf Rollschuhen zurückgelegt hatte. »Ich habe fünf Paar aufgebraucht«, prahlte sie, »und hätte viel früher hier sein können, wenn mir die Polizei nicht die Benutzung der Autobahn verboten hätte.«

Vor Nim war dann noch der »Hausarzt« von *Lunch Break* an der Reihe.

»Er spricht jeden Tag an dieser Stelle und ist sehr beliebt«, flüsterte ihnen die Programmassistentin zu. »Viele Leute stellen nur seinetwegen die Sendung an, deshalb haben wir Sie nach ihm eingeplant, damit Sie eine möglichst hohe Einschaltquote haben.«

Der Arzt war ein Mann in den Fünfzigern, eine gepflegte Erscheinung, und bewährte sich als Schauspieler mindestens genauso gut wie als Arzt. Er kannte jeden Trick, wußte, wann er entwaffnend lächeln, wann er der väterliche Ratgeber sein mußte und wann er fachlich werden durfte. »Mein heutiges Thema ist die Verstopfung«, informierte er seine unsichtbare Zuhörerschaft.

Nim lauschte ihm fasziniert.

»...Viele Leute machen sich ganz unnötige Sorgen. Was sie aber keinesfalls tun sollen, ist, Abführmittel einzunehmen. Millionen Dollar werden jährlich auf diese Weise verschwendet; dabei sind viele dieser Mittel eher schädlich für Ihre Gesundheit... Meistens ist Verstopfung lediglich Einbildung. Es wird allgemein geglaubt, daß ein täglicher Stuhlgang notwendig sei... Lassen Sie doch der Natur ihren Lauf. Für manche Menschen ist ein Zyklus von fünf bis sieben Tagen durchaus noch normal. Haben Sie Geduld und warten Sie... Ein wirkliches Problem ist dagegen, daß viele Leute der Stimme der Natur nicht sofort Folge leisten. Sie sind zu sehr beschäftigt und übergehen den Stuhldrang. Das ist schlecht. Der Darm wird träge, wenn er zu oft entmutigt wird... Essen Sie möglichst unverfeinerte Nahrung und trinken Sie viel Wasser...«

Teresa Van Buren lehnte sich zu Nim hinüber: »O Gott, Nim! Das tut mir leid.«

»Macht nichts. War doch ein köstlicher Vortrag«, versicherte er ihr leise. »So dankbar ist mein Thema natürlich nicht. Ich fürchte, ich werde für meine Zuschauer eine Enttäuschung sein.«

Der Doktor wurde ausgeblendet, und ein Werbespot erschien auf dem Bildschirm. Die Programmassistentin zog Nim am Arm. »Jetzt sind Sie an der Reihe, Mr. Goldman.«

Sie begleitete ihn zu der Stelle, wo das Interview stattfinden sollte, und er setzte sich.

Während die Werbung noch lief, begrüßten sich Nim und die beiden Interviewer. Jerry runzelte die Stirn. »Wir haben nicht mehr viel Zeit, Mr. Goldman. Fassen Sie sich bei Ihren Antworten bitte kurz.« Ein Blatt Papier wurde ihm zugeschoben, und als hätte jemand auf einen Knopf gedrückt, lächelte Jerry in die Kamera.

»Unser letzter Gast heute weiß sehr viel über Elektrizität und Öl. Es ist...«

Nachdem Nim vorgestellt worden war, fragte Jean freundlich: »Soll es wirklich Stromsperren geben, oder will man uns nur wieder bange machen?«

»Ja, die wird es geben.« *(Sie wollen kurze Antworten, dachte Nim, also sollen sie sie haben.)*

Jerry sah auf das Blatt, das man ihm zugesteckt hatte: »Über die angebliche Ölverknappung...«

Nim unterbrach schnell: »Es handelt sich keineswegs nur um eine angebliche Ölverknappung.«

Der Interviewer lächelte breit. »Nun gut, wie Sie meinen.« Er warf wieder einen Blick auf seine Notizen. »Auf jeden Fall ist doch gerade in letzter Zeit hier in Kalifornien eine beträchtliche Menge Öl durch die Pipeline aus Alaska geflossen. Was möchten Sie dazu sagen?«

»Es hat hier und da zeitweise einen Überschuß gegeben«, stimmte Nim zu. »Aber nun ist das gesamte Land knapp an Öl, und die geringen Vorräte werden schnell aufgebraucht sein.«

»Es klingt sehr selbstsüchtig«, sagte Jean, »aber können wir nicht das Öl aus Alaska in Kalifornien behalten?«

»Nein.« Nim schüttelte den Kopf. »Die Regierung in Washington kontrolliert die Verteilung nach einem bestimmten Schlüssel. Jeder Staat, jede Stadt im ganzen Land werden auf Washington Druck ausüben, um ihren Anteil zu bekommen. Was für den einzelnen Staat bleibt, wird nicht sehr üppig sein, wenn wir uns nur auf das amerikanische Öl verlassen können.«

»Ich habe gehört«, sagte Jerry und sah wieder auf seine Notizen, »daß die Golden State Power Vorräte für dreißig Tage hat. Das klingt nicht schlecht.«

»Die Zahl stimmt in gewissem Sinne«, gab Nim zu, »führt aber in anderer Hinsicht zu Mißverständnissen. Erstens können wir das Öl nicht bis zum Tankboden voll ausschöpfen, und zweitens ist es nicht immer da, wo es gerade am dringendsten gebraucht wird; es ist möglich, daß ein Kraftwerk noch Ölreserven hat und das andere dafür überhaupt keine mehr. Dabei sind unsere Möglichkeiten, große Ölmengen zu transportieren, beschränkt. Deshalb möchte ich sagen, daß fünfundzwanzig Tage eine realistischere Zahl ist.«

»Nun«, sagte Jerry, »lassen Sie uns hoffen, daß sich alles wieder normalisiert hat, bevor diese Frist abläuft.«

Nim blieb pessimistisch: »Dafür besteht leider nicht die geringste Chance. Auch wenn man sich mit den OPEC-Ländern einigen sollte, wird es...«

»Entschuldigen Sie bitte«, sagte Jean, »aber unsere Zeit ist knapp, und ich habe noch eine Frage, Mr. Goldman. Hätte Ihre Gesellschaft nicht diese Entwicklung voraussehen und anders planen können?«

Dieser Affront, die Ungerechtigkeit und unglaubliche Naivität dieser Frage erstaunte Nim. Dann wurde er wütend. Er schluckte den Zorn aber herunter und antwortete beherrscht: »Die Golden State Power & Light hat sich in den letzten zehn Jahren genau darum bemüht. Aber alles, was wir vorgeschlagen haben – Kernkraftwerke, geothermische Anlagen, Pumpspeicher-Kraftwerke, mit Kohle gefahrene Kraftwerke –, alles stieß auf erbitterten Widerstand von...«

»Es tut mir wirklich leid«, unterbrach ihn Jerry, »aber unsere Sendezeit ist abgelaufen. Mr. Goldman, wir danken Ihnen für

Ihren Besuch.« Er wandte sich der Kamera zu, die ihn in Großaufnahme zeigte, und sagte: »Unter den interessanten Gästen von morgen wird ein indischer Swami sein und ...«

Auf ihrem Weg aus dem Fernsehstudio ins Freie sagte Teresa Van Buren niedergeschlagen: »Nicht einmal jetzt glauben sie uns, nicht wahr?«

»Sie werden uns bald glauben«, antwortete Nim. »Warten Sie nur, bis sie verzweifelt auf die Schalter drücken, und es passiert nichts.«

Während die Vorbereitungen für ausgedehnte Rollstromsperren auf Hochtouren liefen und die Krisenstimmung wuchs, hielt man gleichzeitig hartnäckig an manchem Widersinnigen fest.

Dazu gehörten zweifellos die Hearings der Energy Commission zum Bau des Kraftwerks in Tunipah. An ihrem Tempo hatte sich nichts geändert.

»Ein Marsmensch, der unverhofft auf die Erde käme und zu diesem Thema interviewt würde«, bemerkte Oscar O'Brien während des Mittagessens mit Nim Goldman und Eric Humphrey, »würde angesichts der gegenwärtigen Lage mit Sicherheit vermuten, daß man die Genehmigungsprozeduren für Projekte wie Tunipah, Fincastle und Devil's Gate etwas beschleunigen könnte. Aber der Besucher vom anderen Planeten würde sich leider irren.«

Der Justitiar nahm verdrossen einen Bissen zu sich und sprach dann weiter: »Die Welt scheint für manche Leute stehengeblieben zu sein. Die tatsächlichen Probleme, die im Moment die Welt bewegen, interessieren sie offensichtlich nicht. Übrigens haben wir schon wieder eine neue Gruppe, die gegen Tunipah kämpft. Sie nennt sich CANED (Crusaders Against Needless Energy Development). Verglichen mit diesen ›Kreuzrittern gegen unnötigen Energieverbrauch‹ war Davey Birdsong ein Freund und Verbündeter der GSP&L.«

»Die Opposition ist immer ein hydraköpfiges Monstrum«, philosophierte Eric Humphrey und fügte hinzu: »Die Unterstützung des Gouverneurs in der Tunipah-Angelegenheit scheint überhaupt nichts genützt zu haben.«

»Das kommt davon, daß die Bürokratie stärker ist als Gouverneure, Präsidenten oder irgend jemand von uns«, sagte

O'Brien. »Heutzutage gegen die Bürokratie zu kämpfen heißt, bis zu den Achselhöhlen im Schlamm zu stecken und sich strampelnd aus ihm zu befreien versuchen. Eines kann ich Ihnen prophezeien: Wenn die Blackouts auch im Energy Commission-Gebäude für Stromausfall sorgen und gerade ein Hearing über Tunipah stattfindet, so wird dieses Hearing todsicher bei Kerzenlicht fortgesetzt – und ändern wird sich nichts.«

Für die Projekte der geothermischen Anlage in Fincastle und das Pumpspeicher-Kraftwerk in Devil's Gate seien noch nicht einmal die Termine für den *Beginn* der Hearings angesetzt worden, berichtete der Justitiar weiter.

Oscar O'Briens Verstimmung ging ebenso wie die von Nim auf die bisher ergebnislos verlaufene Kundenbefragungsaktion im Gebiet von North Castle zurück.

Es waren jetzt fast drei Wochen vergangen, seitdem der sorgfältig geplante Fragebogen herausgegangen war, um den flüchtigen Terroristenführer, Georgos Archambault, in die Falle zu locken. Doch offensichtlich war es nur Zeit- und Geldverschwendung gewesen.

Wenige Tage, nachdem man die Briefe verschickt hatte, kamen Hunderte von Antworten zurück, und das setzte sich in den folgenden Wochen fort. Ein großer Kellerraum im Hauptverwaltungsgebäude der GSP&L wurde eigens dafür eingerichtet und acht Buchhalter mit der Aufgabe betraut, die Handschriften zu vergleichen. Sechs der Leute hatte man aus den verschiedenen Abteilungen abgestellt, einer kam vom Büro des Staatsanwalts. Jeder einzelne Fragebogen wurde peinlich genau geprüft.

Die Staatsanwaltschaft hatte zu diesem Zweck Vergrößerungen von Georgos Archambaults Handschrift aus seinem Tagebuch zur Verfügung gestellt. Um jeglichen Irrtum auszuschalten, wurde jeder Fragebogen von drei Leuten untersucht. Das Ergebnis war bis jetzt negativ.

Inzwischen war die Mannschaft auf zwei Leute reduziert und die übrigen an ihre Arbeitsplätze zurückgeschickt worden.

Die wenigen noch eintreffenden Antworten wurden routinemäßig überprüft. Aber in diesem Stadium glaubte eigentlich niemand mehr daran, daß sich Georgos Archambault noch melden würde.

Für Nim hatte das Projekt viel von seiner ursprünglichen Bedeutung verloren, weil er jetzt Tag und Nacht mit der Krise in der Ölversorgung beschäftigt war.

Während einer der abendlichen Arbeitssitzungen über das Ölproblem – einem Treffen in Nims Büro mit dem Direktor für Brennstoffversorgung, dem Chef der Lastverteilung und zwei anderen Abteilungsleitern – erhielt er einen Telefonanruf, der zwar nichts mit dem gerade behandelten Thema zu tun hatte, ihn aber dennoch sehr beunruhigte.

Victoria Davis, Nims Sekretärin, die ebenfalls Überstunden machte, rief mitten in der Besprechung an.

Über die Störung verärgert, griff Nim zum Telefon und fragte kurz: »Ja?«

»Miss Karen Sloan ist auf Leitung eins«, informierte ihn Vicki. »Ich hätte Sie nicht gestört, aber sie bestand darauf, es sei wichtig.«

»Sagen Sie ihr...« Nim wollte gerade erklären, daß er später oder morgen zurückrufen würde, änderte aber dann seine Meinung. »In Ordnung, stellen Sie durch.«

»Nimrod«, sagte Karen ohne Vorrede, ihre Stimme klang zutiefst besorgt, »mein Vater ist in ernsten Schwierigkeiten. Ich rufe dich an, um dich zu fragen, ob du helfen kannst.«

»Was denn für Schwierigkeiten?« Nim erinnerte sich, daß Karen am Abend nach dem Konzert etwas angedeutet hatte, ohne Einzelheiten zu erwähnen.

»Mutter hat es mir erzählt.« Sie machte eine Pause, und Nim fühlte, daß sie um Fassung rang. Dann fuhr sie fort: »Du weißt, daß mein Vater ein kleines Installationsgeschäft betreibt.«

»Ja.« Nim erinnerte sich, daß Luther Sloan ihm damals in Karens Wohnung davon erzählt hatte.

»Nun«, sagte Karen, »Daddy ist mehrmals von Leuten deiner Gesellschaft ausgefragt worden, und jetzt ist die Kriminalpolizei bei ihm erschienen.«

»Was hat man denn von ihm wissen wollen?«

Wieder zögerte Karen, bevor sie antwortete. »Wie meine Mutter sagt, hat Vater als Vertragsfirma mehrere Aufträge für die Quayle Electrical and Gas ausgeführt. Irgendwelche Arbeiten an Gasleitungen, die zum Zähler führen.«

»Wie war noch der Name der Gesellschaft?« fragte Nim.

»Quayle. Sagt er dir etwas?«

»O ja, sogar eine ganze Menge.« Während Nim sprach, überlegte er, daß es ganz so aussah, als hätte Luther Sloan etwas mit dem Gasdiebstahl der Firma Quayle zu tun. Wenn auch Karen sicher nicht ahnte, was es mit diesen »Gasleitungen, die zum Zähler führen« auf sich hatte, für ihn war die Sache eindeutig. Das und die Geschäftsverbindung zu Quayle Electrical and Gas Contracting war ein starkes Belastungsmoment. Was hatte Harry London erst neulich stolz berichtet? *»Ein ganzes Knäuel neuer Fälle hat sich aus unserer Quayle-Untersuchung ergeben.«* Nim hatte das ungute Gefühl, daß Luther Sloan bei diesem »Bündel« dabei war.

Die Erkenntnis, was diese Nachricht für Karen bedeutete, deprimierte Nim. Falls seine Vermutung stimmte – warum hatte Luther Sloan es getan? Vermutlich aus dem üblichen Grund: Geld. Und wofür hatte er das Geld verwendet? Nim konnte sich sehr gut vorstellen, wofür.

»Karen«, sagte er, »wenn es das ist, was ich vermute, sieht es ziemlich schlimm für deinen Vater aus, und ich glaube nicht, daß ich irgend etwas für ihn tun kann.« Nim war sich bewußt, daß seine Mitarbeiter zuhörten, obwohl sie sich den Anschein gaben, als hörten sie nicht hin.

»Auf jeden Fall kann ich heute abend nichts mehr unternehmen«, fuhr er fort. »Aber morgen früh werde ich der Sache nachgehen und dich anrufen.« Das mußte sehr formell geklungen haben, meinte er, und er erklärte noch rasch, daß er mitten in einer Besprechung sei.

»Oh, entschuldige, Nimrod! Ich hätte dich nicht stören dürfen«, sagte sie zerknirscht.

»Du darfst mich immer stören«, versicherte er. »Und morgen werde ich mich mit der Angelegenheit befassen.«

Nim versuchte sich wieder auf seine Besprechung zu konzentrieren, aber seine Gedanken schweiften mehrmals ab. Hatte das Leben, das Karen schon soviel Leid gebracht hatte, noch ein neues für sie bereit?

13

Im Wachen wie im Schlaf quälte Georgos Winslow Archambault immer wieder derselbe Alptraum.

Es war die Erinnerung an einen lange zurückliegenden Sommertag in Minnesota, kurz nach seinem zehnten Geburtstag. Während der Schulferien lebte er bei einer Farmerfamilie – er wußte nicht mehr genau, warum –, und der junge Sohn der Familie und Georgos gingen in einem alten Schuppen auf Rattenjagd. Sie töteten die Ratten auf besonders grausame Art, indem sie mit spitzen Harken auf sie einschlugen, bis sie sie aufgespießt hatten. Einmal trafen sie auf eine sehr große Ratte. Georgos konnte sich noch genau an die kleinen runden, glänzenden Augen erinnern, mit denen sie die beiden Jungen anfunkelte. In äußerster Verzweiflung sprang die Ratte hoch und biß sich in der Hand des Farmerjungen fest. Der schrie aus Leibeskräften. Die Ratte aber lebte nur noch wenige Sekunden, denn Georgos schwang die Harke, schlug das Tier zu Boden und durchbohrte es mit den spitzen Metallzähnen.

Aus irgendeinem Grund mußte Georgos immer an den verzweifelten Kampf der Ratte vor ihrem unausweichlichen Ende denken.

Jetzt, in seinem Versteck in North Castle, fühlte er eine gewisse Verwandtschaft mit jener Ratte.

Er lebte nun schon seit acht Wochen hier. Rückblickend wunderte er sich, daß es ihm gelungen war, so lange unentdeckt zu bleiben. Nach der Bombennacht im Christopher Columbus Hotel war viel über ihn und die Freunde des Friedens geschrieben worden. Die Fahndung nach Georgos lief auf Hochtouren; Fotos von ihm, die man im Haus in der Crocker Street gefunden hatte, erschienen in Zeitungen und im Fernsehen. Auch daß die Gegend von North Castle besonders durchkämmt würde, hatte er aus den Nachrichten erfahren. Täglich rechnete er mit seiner Entdeckung, sah sich in seinem Versteck umzingelt und schließlich überwältigt.

Aber nichts dergleichen geschah.

In den ersten Stunden und Tagen empfand Georgos darüber Erleichterung. Als aber aus den Tagen Wochen wurden, überlegte er, ob man die Bewegung der Freunde des Friedens nicht wieder aufleben lassen könnte. Vielleicht gelang es ihm, die toten Freunde Wayde, Jute und Felix durch neue Gefolgsleute zu ersetzen und einen neuen Verbündeten wie Birdsong als Geldgeber zu gewinnen? Sollte es nicht möglich sein, ein zweites Mal gegen Georgos' Erzfeind, das verhaßte Establishment, in den Krieg zu ziehen?

Mehrere Tage lang hing er voller Wehmut diesem Wunschtraum nach. Erst dann fand er sich, wenn auch zögernd, mit der rauhen Wirklichkeit ab und gab die unrealistischen Zukunftspläne auf.

Er sah keine Möglichkeit, neue Freunde des Friedens zu gewinnen, und an eine Überlebenschance glaubte er ebenfalls nicht mehr. Die vergangenen Wochen waren lediglich ein kurzer, unerwarteter Aufschub gewesen, ein Hinauszögern des Unausweichlichen; das war alles.

Georgos wußte, daß sein Ende nahe war.

Sein ganzes künftiges Leben lang würde er gejagt werden. Sein Name und sein Gesicht waren bekannt, seine Handverletzungen ausführlich beschrieben worden; es war nur eine Frage der Zeit, wann ihn irgend jemand erkennen würde. Hilfe war nicht zu erwarten. Er hatte niemanden, an den er sich wenden konnte, und – das schlimmste von allem – seine Geldvorräte, die er ins Versteck mitgenommen hatte, gingen zu Ende. Eine unrühmliche Gefangennahme würde sich also nicht vermeiden lassen, es sei denn, er beendete sein Leben mutig auf seine Art.

Und für diese Lösung entschied er sich.

Wie die Ratte seiner Kindheit würde er noch einmal kämpfen und, wenn es sein mußte, sterben, wie er gelebt hatte, indem er dem verhaßten System Schaden zufügte. Georgos beschloß, einen kritischen Teil eines GSP&L-Kraftwerks in die Luft zu sprengen. Es gab einen Weg, wie er größtmöglichen Schaden anrichten konnte, und seine Pläne nahmen langsam Gestalt an.

Im Prinzip basierten sie auf einem alten Vorhaben der Freunde des Friedens. Dieser Angriff war nämlich geplant gewesen, bevor Davey Birdsong auf die Idee gekommen war, die NEI-Tagung im Christopher Columbus Hotel zu sprengen. Allerdings wurde die Ausführung erschwert, weil er nun ganz allein arbeiten mußte.

Noch an jenem Unglückstag, da er sich in sein Versteck in

North Castle zurückgezogen hatte, hatte er bereits unter großer Gefahr den ersten Schritt zur Verwirklichung eines solchen Plans unternommen.

Das erste, was ihm an jenem Tag in den Sinn gekommen war, als er seine Situation überdachte, war die Notwendigkeit, wieder über ein Transportmittel zu verfügen. Er hatte den roten FIRE PROTECTION SERVICE-Wagen stehenlassen, weil er wußte, daß er ihn nicht mehr benutzen konnte, ohne erkannt zu werden. Ein Ersatz aber mußte gefunden werden.

Irgendein neues Fahrzeug zu kaufen war ausgeschlossen. Einerseits war es zu gefährlich, andererseits hatte er aber auch nicht genügend Geld, da er dummerweise den größten Teil der Bargeldreserve der Freunde des Friedens im Haus in der Crokker Street zurückgelassen hatte. So blieb ihm nichts anderes übrig, als seinen Volkswagenbus, von dem er nicht wußte, ob die Polizei ihn nicht bereits entdeckt hatte und nun vielleicht bewachte, wieder in Betrieb zu nehmen.

Er hatte den Bus in einer Privatgarage in der Nähe der Crocker Street untergestellt. Obwohl er sich der Gefahr bewußt war, ging er noch am selben Morgen zur Garage, bezahlte die Gebühr und fuhr mit dem Bus davon. Niemand stellte Fragen oder hielt ihn auf seiner Fahrt nach North Castle auf. Noch am selben Vormittag war der Volkswagen in der zu seiner Wohnung gehörenden Garage sicher untergestellt.

Der Erfolg ermutigte ihn, und so wagte er sich nach Einbruch der Dunkelheit noch einmal hinaus, um Lebensmittel und die Spätausgabe des *California Examiner* zu kaufen. Aus der Zeitung erfuhr er, daß eine Reporterin namens Nancy Molineaux seinen Volkswagen beschrieben hatte und daß die Polizei jetzt danach fahndete. Am nächsten Tag las er einen Bericht zum selben Thema, aus dem hervorging, daß die Parkgarage nur eine halbe Stunde, nachdem Georgos sie verlassen hatte, von der Polizei durchsucht worden war.

Da er nun wußte, daß die Beschreibung seines Volkswagenbusses veröffentlicht worden war, wagte er nicht, ihn zu benutzen. Nur bei einer einzigen Gelegenheit sollte er noch einmal eingesetzt werden – bei seiner letzten Mission.

Außer dem Transportproblem hatte es noch andere Gründe dafür gegeben, den Bus vor der Polizei in Sicherheit zu bringen.

Im Boden des Wagens befand sich ein Geheimfach, in dem, in Schaumgummi verpackt, ein Dutzend zylindrische Tovex-Wassergelsprengstoffbomben mit Zeitzünder versteckt waren.

Außerdem gab es dort noch ein kleines aufblasbares Schlauchboot, noch originalverpackt, wie es Georgos vor ungefähr einem Monat zusammen mit einem Unterwasser-Atemgerät in einem Sportgeschäft gekauft hatte. Alle diese Gegenstände waren für den waghalsigen Angriff, den er plante, von größter Wichtigkeit.

In den nächsten, auf die Bergung seines Fahrzeugs folgenden Tagen verließ Georgos sein Versteck zwar gelegentlich, aber immer erst bei Dunkelheit. Beim Einkauf achtete er darauf, daß er niemals zweimal denselben Laden aufsuchte. Er trug leichte Handschuhe, um seine Hände zu verbergen; den Schnurrbart hatte er abrasiert.

Die Zeitungsberichte über die Freunde des Friedens und ihren Angriff auf das Hotel waren für ihn sehr wichtig. Nicht nur, weil es ihm schmeichelte, etwas über sich zu lesen, sondern weil sich aus der Lektüre schließen ließ, was Polizei und FBI gerade unternahmen. Sein verlassenes rotes Lieferauto, das man in North Castle gefunden hatte, wurde mehrmals erwähnt, aber es gab auch Spekulationen, daß es Georgos gelungen sei, die Stadt zu verlassen, und daß er sich nun im Osten der Vereinigten Staaten aufhielt. Ein Bericht sprach davon, daß er in Cincinnati gesehen worden war. Recht so! Alles, was die Aufmerksamkeit von seinem gegenwärtigen Aufenthaltsort ablenkte, konnte ihm nur nützlich sein.

Als er an jenem ersten Tag nach dem Bombenanschlag den *Examiner* in die Hand nahm, war er zunächst erstaunt, wie gut die Reporterin Nancy Molineaux über seine Tätigkeiten unterrichtet war. Erst als er weiterlas, erfuhr er, daß Yvette, die von seinen Plänen offensichtlich gewußt hatte, ihn verraten hatte.

Georgos hätte Yvette dafür hassen müssen. Aber das brachte er nicht fertig. Obwohl er sich für diese Schwäche schämte, bedauerte er Yvette und die Art, wie sie sich am Lonely Hill das Leben genommen hatte.

Es schien ihm selbst unfaßbar, wie sehr sie ihm fehlte.

Vielleicht, dachte Georgos, wurde er jetzt sentimental und närrisch, weil seine Zeit ebenfalls abgelaufen war. Wenn das zutraf, konnte er froh sein, daß die anderen Revolutionäre nie von seiner Rührseligkeit erfahren würden.

Aber noch etwas anderes hatten die Zeitungsleute getan. Sie hatten sich mit seinem Lebenslauf beschäftigt. Ein emsiger Reporter hatte in New York City Georgos' Geburtsort und die Tatsache ermittelt, daß er der uneheliche Sohn einer früher sehr bekannten griechischen Filmdiva war. Als Vater war ein wohlhabender amerikanischer Playboy namens Winslow angegeben, Enkel eines Pioniers der Autoindustrie.

Stück für Stück kam alles ans Licht.

Die Filmdiva hatte damals nicht zugeben wollen, daß sie ein Kind hatte, weil das ihr jugendliches Image zerstört hätte. Der Playboy war an nichts anderem interessiert, als Bindung und Verantwortung abzuschütteln.

Im Laufe seiner Kindheit hatte Georgos mehrere Pflegeeltern, die er alle nicht liebte. Der Name Archambault stammte von einem Familienmitglied mütterlicherseits.

Als Georgos neun Jahre alt war, hatte er seinen Vater einmal, seine Mutter ganze dreimal gesehen. Damals wollte er unbedingt seine Eltern kennenlernen, während sie aus verschiedenen egoistischen Gründen nichts von ihm wissen wollten.

Rückblickend schien Georgos' Mutter allerdings mehr Verantwortungsbewußtsein als sein Vater gehabt zu haben. Zumindest versorgte sie ihn mit Geld.

Die ehemalige Filmdiva war schockiert, als sie von Reportern hörte, was mit diesem Geld geschehen war. Paradoxerweise schien sie die plötzliche Aufmerksamkeit aber zu genießen, vielleicht, weil sie als Star in Vergessenheit geraten war. Sie lebte in einer schäbigen Wohnung in einem Vorort von Athen und trank viel. Sie war krank, sprach aber nicht über ihr Leiden.

Als man ihr Georgos' Anschläge schilderte, antwortete sie: »Das ist ein wildes Tier.«

Als sie jedoch von einer Reporterin gefragt wurde, ob sie nicht glaube, daß gerade ihre Vernachlässigung an Georgos' Handlungsweise schuld sei, spuckte die Ex-Schauspielerin der Fragerin ins Gesicht.

In Manhattan ging der alternde Playboy-Vater den Pressevertretern einige Tage lang aus dem Weg. Als er schließlich in einer Bar in der Neunundfünfzigsten Straße von einem Reporter gestellt wurde, stritt er zunächst jede Verbindung zu jener griechischen Filmschauspielerin ab und leugnete, der Vater ihres Kindes zu sein. Als man ihm aber schwarz auf weiß den Beweis seiner Vaterschaft vor Augen hielt, zuckte er die Achseln und erklärte: »Die Polizei soll das Schwein abknallen.«

Georgos las die Kommentare seiner Eltern. Eine Überraschung war es für ihn nicht, aber es vertiefte noch seinen Haß auf die Welt.

In der letzten Aprilwoche nun entschied Georgos, daß die Zeit zum Handeln gekommen sei. Viel länger würde er sich nicht unentdeckt in seinem Versteck halten können. Erst zwei Abende zuvor, als er in einem kleinen Supermarkt Lebensmittel einkaufte, hatte er das Gefühl gehabt, von einem anderen Kunden mit mehr als gewöhnlicher Aufmerksamkeit bedacht worden zu sein. Georgos hatte sich hastig entfernt. Das erste Jagdfieber aber, das nach der Veröffentlichung seines Fotos ausgebrochen war, schien sich ein wenig gelegt zu haben.

Georgos hatte einen Plan ausgearbeitet, wie er die riesigen Kühlwasserpumpen im Kraftwerk La Mission – wo er vor fast einem Jahr, als Offizier der Heilsarmee verkleidet, den in den Zeitungen als Big Lil bezeichneten Generator durch ein Bombenattentat beschädigt hatte – in die Luft sprengen konnte. Aus Büchern über Stromerzeugung hatte er gelernt, wie er die GSP&L am effektivsten schädigen konnte. Er hatte der Ingenieurwissenschaftlichen Fakultät der University of California in Berkeley, wo die Pläne von La Mission und anderen Kraftwerken von jedermann eingesehen werden konnten, einen Besuch abgestattet.

Georgos wußte, daß er diesmal nicht bis ins Hauptgebäude von La Mission vordringen konnte. Es war inzwischen zu gut bewacht.

Aber mit Geschicklichkeit und ein wenig Glück konnte er ins Pumpenhaus gelangen. Die elf mächtigen Pumpen waren notwendig, um die fünf Generatoren Big Lil eingeschlossen, zu betreiben. Wenn er sie zerstörte, würde das gesamte Kraftwerk für Monate ausfallen.

Es war, als würde man einem Ertrinkenden die Rettungsleine durchschneiden.

Ein Zugang war vom Coyote River aus möglich. La Mission

lag direkt am Flußufer. Aus dem Fluß bezog man das Kühlwasser, und dorthin leitete man es nach dem Kühlvorgang wieder zurück. Um an diese Seite des Kraftwerks zu kommen, brauchte Georgos das Schlauchboot. Von dort aus würde er dann das Unterwasser-Atemgerät einsetzen müssen. Der Umgang damit war ihm vertraut; das hatte zu seiner revolutionären Kampfausbildung in Kuba gehört.

Georgos hatte die Landkarten studiert und wußte, daß er mit dem Wagen bis zu einer halben Meile ans Kraftwerk heranfahren konnte und dort eine einsame Stelle finden würde, um unbeobachtet ins Schlauchboot umzusteigen. Der Hinweg stromabwärts wäre kinderleicht, der Rückweg zum Volkswagenbus problematischer, aber diesen Aspekt ignorierte er bewußt.

Er würde unter Wasser in das Pumpenhaus hineinschwimmen, nachdem er ein Metallgitter und zwei Drahtsiebe mit entsprechenden Werkzeugen, die zu seiner Ausrüstung gehörten, aufgeschnitten hatte. Die zylindrischen Tovexbomben würde er, am Gürtel befestigt, bei sich tragen. War er erst einmal im Innern des Pumpenhauses, müßte alles schnell zu erledigen sein. Die Bomben, die in magnetischen Behältern steckten, würden leicht an den Pumpen haften. Es war ein hervorragender Plan.

Die einzige Frage, die noch offenblieb, war der geeignete Zeitpunkt. Heute war Freitag. Nachdem er alle Möglichkeiten überdacht hatte, entschloß sich Georgos für den folgenden Dienstag. Er würde North Castle bei Einbruch der Dunkelheit verlassen, mit dem Volkswagenbus die fünfzig Meilen bis La Mission fahren und dann sofort ins Schlauchboot umsteigen.

Jetzt, da alles festgelegt war, wurde Georgos unruhig. Die Wohnung – klein, schmutzig und spärlich möbliert – empfand er jetzt noch stärker als Gefängnis, obwohl er wußte, wie dumm das war und daß er ganz besonders jetzt kein Risiko eingehen durfte. Bis Sonntag abend wollte er noch durchhalten und dann erst Lebensmittel einkaufen.

Ihm fehlte die geistige Übung des Tagebuchschreibens. Vor einigen Tagen hatte er überlegt, ob er ein neues Tagebuch beginnen sollte, nachdem das alte dem Feind in die Hände gefallen war. Aber er konnte weder die nötige Energie noch Begeisterung dafür aufbringen.

Wie ein Tier im Käfig streifte er immer wieder durch die drei schäbigen Räume – das Wohnzimmer, Schlafzimmer und die Küche mit der Eßecke.

Sein Blick fiel auf einen Briefumschlag auf dem Bord in der Küche. Er enthielt eine sogenannte Kundenbefragung, die er vor einigen Wochen mit der Post bekommen hatte – von dem verhaßten Konzern GSP&L. Adressiert war der Brief an einen gewissen Owen Grainger. Unter diesem Namen hatte Georgos die Wohnung gemietet und sie, um unangenehmen Fragen auszuweichen, für drei Monate im voraus bezahlt.

(Georgos pflegte seine Rechnungen stets pünktlich per Postanweisung zu bezahlen. Das war für einen Terroristen, der unerkannt bleiben wollte, eine Notwendigkeit. Unbezahlte Rechnungen führten zu unerwünschten Nachfragen und unnötiger Aufmerksamkeit.)

Ein Abschnitt dieser unverschämten Kundenbefragung erboste Georgos so sehr, daß er die Tasse, die er in der Hand hielt, an die Wand warf.

> Die Golden State Power & Light möchte sich bei ihren Kunden für die Unannehmlichkeiten entschuldigen, die ihnen als Folge von hinterhältigen Anschlägen auf Einrichtungen der Gesellschaft durch feige Möchtegern-Revolutionäre entstanden sind. Sollten Sie Vorschläge haben, wie wir uns in Zukunft vor solchen Anschlägen schützen können, schreiben Sie uns bitte.

Georgos hatte sich damals sofort hingesetzt und eine Erwiderung verfaßt, die folgendermaßen begann: »Die Terroristen, die Ihr als Möchtegern-Revolutionäre bezeichnet, sind keineswegs feige. Es sind kluge, von ihren Ideen überzeugte Menschen, die wahren Helden unseres Volkes. Ihr aber seid Dummköpfe, Verbrecher und Ausbeuter des Volkes. Eines Tages werdet Ihr gerichtet werden. Es wird Blut fließen und Tote geben und nicht nur gewisse ›Unannehmlichkeiten‹, wenn erst die glorreiche Revolution...«

Der für die Antwort vorgesehene Platz reichte nicht aus, deshalb nahm Georgos noch einen großen Zettel, um seine genialen Gedanken zu Papier zu bringen.

Wie schade, daß er den Brief nicht abgeschickt hatte. Auf

einem seiner nächtlichen Ausflüge hätte er es beinahe getan, wenn ihn nicht eine innere Stimme zur Vorsicht gemahnt hätte: *Laß es lieber bleiben!* Es könnte eine Falle sein. So hatte er den Fragebogen auf dem Küchenbord liegenlassen.

Der frankierte Umschlag mit dem Fragebogen war noch offen, und Georgos zog das Blatt heraus. Was er zu Papier gebracht hatte, stellte er befriedigt fest, war ein stilistisches Meisterwerk. Warum sollte er es nicht abschicken? Den Teil des Fragebogens, auf dem der Name »Owen Grainger« und die Wohnungsadresse gestanden hatte, hatte er bereits abgetrennt und weggeworfen. Das Ganze war eine anonyme Befragung, wie die Computerschrift anzeigte. Aber irgend jemand würde die Antworten lesen, dachte Georgos, und würde schockiert sein. Das war gut. Gleichzeitig würde man die hohe Intelligenz des Schreibers anerkennen müssen.

Nachdem er seinen Entschluß gefaßt hatte, klebte er den Brief zu. Am Sonntag abend, wenn er seine Einkäufe erledigte, würde er ihn in einen Kasten werfen.

Er nahm seine unstete Wanderung durch die Räume wieder auf und mußte dabei erneut an die in die Enge getriebene Ratte denken.

14

Fast zur gleichen Zeit, da Georgos Archambault den Entschluß faßte, das Kraftwerk La Mission ein zweites Mal zu bombardieren, stand Harry London Nim Goldman gegenüber.

»Nein«, sagte Harry London entschieden. »Verdammt noch mal, nein! Weder für dich, Nim, noch für sonst jemanden.«

»Ich möchte doch nur, daß du ein paar besondere Umstände berücksichtigst«, erklärte Nim ruhig. »Ich kenne zufällig die Familie Sloan...«

Die beiden Männer befanden sich in Nims Büro. Harry London lehnte sich über den Schreibtisch. »Schon möglich, daß du die Familie kennst, ich aber kenne den *Fall*. Hier lies. Da steht alles drin.« Der Chefdetektiv lief rot an, als er die Akte mit dem Belastungsmaterial auf den Tisch knallte.

»Beruhige dich doch, Harry«, sagte Nim. »Ich brauche die Akte nicht erst zu lesen, dein Wort genügt mir, um zu wissen, daß es schlimm steht.«

Nim hatte sich an sein Versprechen vom letzten Abend erinnert und Harry London angerufen, um herauszufinden, ob der Name Luther Sloan dem Chefdetektiv etwas sagte.

»Und ob«, lautete die Antwort.

Als Nim sein persönliches Interesse bekundete, hatte London sofort angeboten, zu ihm heraufzukommen.

Jetzt stand er vor Nim. »Du hast ganz recht. Es ist eine schlimme Sache. Dein Freund Sloan hat über ein Jahr lang Gaszähler außer Gefecht gesetzt – einen ganzen Haufen.«

»Er ist nicht mein Freund«, sagte Nim verlegen. »Ich bin mit seiner Tochter befreundet.«

»Also eine von deinen Liebschaften.«

»Laß den Quatsch, Harry.« Nim wurde jetzt ebenfalls zornig. »Karen Sloan ist gelähmt. Ein schwerer Fall von Tetraplegie.«

Er erzählte von den Sloans, daß die Eltern Karen finanziell unterstützten und daß Luther Sloan Schulden gemacht hatte, um für Karen einen Kombiwagen zu kaufen. »Eins steht fest. Was immer Karens Vater auf ehrliche oder auf unehrliche Weise verdient haben mag, er hat das Geld nicht für sich selbst ausgegeben.«

»Ändert das etwas an der Tatsache, daß er gestohlen hat? Nein. Das weißt du ebensogut wie ich«, brummte London.

»Ja, das weiß ich. Aber schließlich könnten wir mildernde Umstände gelten lassen.«

»Und woran dachtest du?«

Nim ignorierte den sarkastischen Unterton. »Nun, vielleicht könnten wir uns von Luther Sloan den Schaden ersetzen lassen, ohne den Mann der Staatsanwaltschaft auszuliefern. Ich dachte an eine längerfristige Regelung.«

»Das schlägst du ernsthaft vor?« fragte Harry London kühl.

»Ja.«

»Nim«, sagte London, »ich hätte mir nicht träumen lassen, einmal hier vor dir stehen und mir etwas Derartiges von dir anhören zu müssen.«

»Ach, Harry, wer weiß schon, wie er selbst in gewissen Situationen handeln würde?«

»Ich weiß es. Und ich weiß auch, was ich jetzt sage: Der Sloan-Fall wird seinen Lauf nehmen. In den nächsten Tagen kommt es zur Anklage, es sei denn, ich werde gefeuert, und du erledigst die Angelegenheit auf deine Art.«

»Red doch keinen Unsinn, Harry«, erwiderte Nim verärgert.

Einen Moment lang war es still, dann sagte London: »Du denkst jetzt sicherlich an Yale, nicht wahr, Nim?«

»Ja.«

»Den alten Yale haben wir laufenlassen, warum nicht auch Luther Sloan? Du fragst dich jetzt, ob das Recht für den kleinen Mann ein anderes ist als für den hohen Richter, stimmt's?«

Nim nickte.

»Du hast recht«, sagte London. »So ist es nun einmal. Ich hatte oft genug Gelegenheit, ähnliche Fälle von Rechtsbeugung zu beobachten. Die Reichen kommen meistens besser davon als die Armen. Das läßt das Recht oft ungerecht erscheinen. Aber ist das vielleicht meine Schuld? Ich habe das System nicht erfunden. Eines kann ich dir jedoch versichern: Wenn ich gegen Richter Yale die gleichen handfesten Beweise in der Hand gehabt hätte wie gegen Luther Sloan, hätte ich keine Handbreit nachgegeben.«

»Also gibt es handfeste Beweise?«

London verzog sein Gesicht zu einem breiten Grinsen. »Ich dachte schon, du würdest überhaupt nicht danach fragen.«

»Also, erzähl schon.«

»Nim, in der Quayle-Affäre war Luther Sloan der *Gasmann*. Er hat fast alle illegalen Aufträge erledigt, vermutlich, weil er ein hervorragender Fachmann ist. Ich habe einige seiner Manipulationen gesehen. Saubere Arbeit. Wir sind über die Aufträge nach den bei Quayle gefundenen Unterlagen bestens informiert. Und noch etwas: Wir sprachen gerade über die Möglichkeit, Sloan für den verursachten Schaden aufkommen zu lassen. Nun, soweit wir abschätzen können, hat seine illegale Arbeit die GSP&L durch zu niedrige Gasrechnungen um etwa zweihundertdreißigtausend Dollar gebracht. Nach dem, was du mir von Sloan erzählt hast, wird er wohl kaum eine derartige Summe aufbringen können.«

Nim hob kapitulierend die Hände. »Also gut, Harry. Du hast gewonnen.«

London schüttelte bedächtig den Kopf. »Nein, ich gewinne nicht. Niemand gewinnt. Nicht ich, nicht du, nicht die GSP&L und bestimmt nicht Luther Sloan. Ich erfülle lediglich meine Pflicht, wie man es von mir erwartet.«

»Und du handelst nach deiner ehrlichen Überzeugung«, sagte Nim. »Vielleicht bist du der Aufrichtigste von uns allen.«

Nim bedauerte, was zwischen ihm und Harry London vorgefallen war. Er fürchtete, daß ihre Freundschaft einen Riß bekommen hatte.

»Ich gehe jetzt«, sagte London. Er nahm sein Aktenbündel und verließ Nims Büro.

Nim überlegte, ob er Karen jetzt gleich anrufen und ihr die schlechte Nachricht übermitteln sollte. Bei dem Gedanken war ihm nicht wohl. Bevor er jedoch zum Telefon greifen konnte, flog die Tür auf, und Ray Paulsen stürmte herein. »Wo ist der Vorsitzende?« fragte er brüsk.

»Beim Zahnarzt«, sagte Nim. »Kann ich etwas für Sie tun?«

Paulsen ging auf Nims Frage nicht ein. »Wann kommt er zurück?«

Nim warf einen Blick auf seine Armbanduhr. »Vielleicht in einer Stunde.«

Paulsen sah niedergeschlagen und verstört aus. Seine Schultern hingen noch mehr herunter als gewöhnlich, das Haar und die buschigen Augenbrauen schienen noch grauer zu sein als einen Monat zuvor. Das war nicht überraschend. Sie litten alle unter dem Streß – Ray Paulsen seiner großen Verantwortung wegen genauso wie die anderen.

»Ray«, sagte Nim, »entschuldigen Sie, daß ich das sage, aber Sie sehen vollkommen erschöpft aus. Wollen Sie sich nicht ein paar Minuten ausruhen? Setzen Sie sich, ich lasse uns einen Kaffee bringen.«

Paulsen schien die Einladung brüsk ablehnen zu wollen. Dann änderte sich sein Gesichtsausdruck plötzlich. Er ließ sich schwer in einen Ledersessel fallen. »In Ordnung.«

Über die Sprechanlage bestellte Nim bei Vicki den Kaffee. Er stand auf, ging um den Schreibtisch herum und setzte sich zu Paulsen.

»Schließlich können Sie auch erfahren, was ich dem Vorsitzenden melden muß«, brummte Paulsen. »Wir sind Big Lil los.«

Nim verlor seine sonstige Gelassenheit. »Was sind wir los?«

»Sie haben ganz richtig gehört, Big Lil ist ausgefallen«, sagte Paulsen böse.

»Big Lil ist ausgefallen«, murmelte Nim unhörbar. »Für wie lange?«

»Für mindestens vier Monate. Vermutlich für sechs.«

Es klopfte an die Tür, und Vicki kam mit zwei Tassen Kaffee herein. Während sie sie auf den Tisch stellte, erhob sich Nim und lief unruhig auf und ab. Jetzt konnte er Paulsens Verzweiflung verstehen. Big Lil, *La Mission Nr. 5,* war der größte Generator des gesamten Versorgungssystems mit einer Leistung von ein und einer Viertel Million Kilowatt, das bedeutete sechs Prozent der Gesamtleistung der Golden State Power & Light. Zu anderen Zeiten hätte der Verlust von Big Lil schon genug Probleme verursacht – wie etwa nach dem Bombenanschlag vom Juli des vergangenen Jahres. Unter den derzeitigen Umständen aber war ein solcher Ausfall verhängnisvoll.

»Idioten!« schimpfte Paulsen. »Da denkt man, die Sache wäre klar wie Kloßbrühe, und dann kommt so ein schwachsinniger Trottel und macht einen derartigen Mist!« Er griff zur Tasse und trank einen Schluck Kaffee.

»Was ist geschehen?« fragte Nim.

»Big Lil war wegen einer Routineüberprüfung für eine Woche außer Betrieb«, sagte Paulsen. »Das wissen Sie sicherlich.«

»Ja. Und heute sollte der Betrieb wiederaufgenommen werden.«

»So war es vorgesehen, und es hätte auch geklappt, wenn es nicht Vollidioten am Schaltpult gäbe. Ich könnte dem Rindvieh bei lebendigem Leib die Haut abziehen.«

Mit finsterer Miene erzählte er, was vorgefallen war.

Wenn ein so riesiger Generator wie Big Lil in einem mit Heizöl betriebenen Dampfkraftwerk angefahren wurde, mußten bestimmte Anweisungen befolgt werden. Ein Leitstandsfahrer am Pult mußte aufmerksam die Instrumente überwachen und im richtigen Augenblick die nötigen Schritte unternehmen. Es gab eine Betriebsanleitung, in der ausführlich beschrieben war, warum jegliche Hast beim Anfahren verboten war. Normalerweise dauerte der gesamte Prozeß mehrere Stunden.

Bei Big Lil war wie bei allen ähnlichen Generatorentypen

zunächst der Kessel für die Dampferzeugung anzufahren. In die Brennkammer einer solchen Anlage reichen auf verschiedenen Höhen die Brenner, in denen das vorgewärmte Öl fein zerstäubt und anschließend in einem genau dosierten, auf etwa 380 Grad Celsius vorgewärmten Luftstrom verbrannt wird. Die Brenner werden vom Schaltraum aus Reihe für Reihe, von unten beginnend, gezündet. Aus Sicherheitsgründen muß, bevor die nächsthöhere Brennerreihe angestellt wird, die Reihe darunter bereits brennen.

An diesem Morgen aber hatte der Leitstandsfahrer versäumt, die Instrumente sorgfältig zu beobachten. Er war der Meinung, daß die unterste Brennerreihe bereits brannte. Aber das war ein Irrtum.

Während bei den oberen Reihen eine Düse nach der anderen zündete, bildete das unverbrannte Öl aus den unteren Düsen einen Ölnebel, der in der Brennkammer schwebte und schließlich zur Explosion führen mußte.

»Ich dachte, da wäre eine automatische Sicherheitssperre eingebaut...« sagte Nim.

»Zum Teufel, ja.« Paulsen hätte am liebsten geheult. »Derartige Sperren werden ja gerade deshalb eingebaut, um ein solches Unglück zu verhüten. Aber der dumme Kerl hatte die Automatik abgestellt und schaltete von Hand. Um den Vorgang zu beschleunigen, wie er erklärte.«

»O mein Gott!« Nim konnte Paulsens Zorn verstehen. »Wie groß ist der Schaden?«

»Der Kessel ist fast völlig zerstört, dazu ein Großteil des Röhrensystems.«

Nim pfiff durch die Zähne. Er empfand Mitleid für Paulsen, aber er wußte, daß Worte hier nichts halfen. Vier Monate Reparaturzeit war auf jeden Fall schon sehr optimistisch geschätzt.

»Das ändert natürlich alles, Ray«, sagte Nim. »Vor allem, was die Rollstromsperren angeht.«

»Als ob ich das nicht wüßte!«

Nim dachte an die Konsequenzen. Obwohl Big Lil mit Öl betrieben wurde und deshalb ein Opfer des OPEC-Embargos werden konnte, war er im Verbrauch der sparsamste von all ihren Generatoren. Jetzt, da Big Lil ausfiel, mußten also andere

Einheiten, die mehr Öl verschlangen, stärker eingesetzt werden, und deshalb stellten die Ölreserven der Golden State Power & Light plötzlich sehr viel weniger elektrische Energie dar als zuvor.

Daraus folgte: Das vorhandene Öl mußte noch viel strenger rationiert werden.

»In den nächsten Tagen fangen wir mit den Stromsperren an«, sagte Nim.

Paulsen nickte. »Ganz meine Meinung.« Er erhob sich.

»Ich rufe Sie an, wenn Humphrey kommt«, sagte Nim.

»Ich schlage vor, am nächsten Montag mit den Stromsperren zu beginnen«, erklärte Nim auf einer hastig anberaumten Sondersitzung am Freitag nachmittag.

Teresa Van Buren protestierte. »Das ist zu schnell. Wir haben in der Öffentlichkeit versichert, daß es vor übernächster Woche keine Stromsperren geben würde. Sie können doch nicht einfach zehn Tage früher anfangen! Wir sind verpflichtet, die Öffentlichkeit rechtzeitig zu unterrichten.«

»Wenn Sie unterrichten wollen, werden Sie doch Lehrerin«, bemerkte Paulsen giftig. »Das hier ist eine Krisensituation. Es bleibt uns keine andere Wahl.«

Nim mußte trotz der ernsten Lage innerlich lachen. Das erste Mal in ihrer gemeinsamen Tätigkeit für die Golden State Power & Light standen er und Paulsen gegen die übrigen Konferenzteilnehmer auf einer Seite.

Sie saßen zu fünft am Konferenztisch in den Räumen des Vorsitzenden: J. Eric Humphrey, Ray Paulsen, Teresa Van Buren, Nim Goldman und Oscar O'Brien. Den Justitiar hatte man dazugebeten, damit auch die juristische Seite der Stromsperren abgesichert werden konnte.

Vor dieser Zusammenkunft hatte Nim Besprechungen mit mehreren Abteilungsleitern geführt und sich von ihnen über den neuesten Stand der GSP&L-Ölreserven informieren lassen. Dabei hatte sich herausgestellt, daß die Vorräte schneller als erwartet geschrumpft waren, was vermutlich eine Folge der für die Jahreszeit ungewöhnlich heißen Witterung und des übermäßigen Einsatzes von Klimaanlagen war.

Nim rief in Washington einen Rechtsanwalt an, der sich beim

Parlament als Lobbyist für die Golden State Power & Light betätigte. Seine Information lautete: Keinerlei Anzeichen für eine Einigung zwischen den Vereinigten Staaten und den OPEC-Ländern. Der Rechtsanwalt hatte hinzugefügt: »Es gibt ein Gerücht, daß man eine Währungsreform durchführen wolle, um die OPEC-Länder zu befriedigen. Aber davon fließt das Öl noch lange nicht.«

Nim hatte dem Vorsitzenden und den anderen von dem Bericht aus Washington erzählt.

»Ich bin derselben Meinung wie unsere Pressechefin«, sagte Oscar O'Brien. »Wir müssen die Stromsperren frühzeitig genug anmelden.«

Eric Humphrey schlug vor: »Vorausgesetzt, wir halten solange durch, sollten wir erst am nächsten Mittwoch mit den Stromsperren anfangen. Dann hätten wir noch genau fünf Tage für die Vorbereitungen.«

Sie diskutierten noch eine Zeitlang über den Termin und einigten sich dann auf Mittwoch.

»Ich werde sofort eine Pressekonferenz einberufen«, sagte Teresa Van Buren. »Können Sie sich in einer Stunde bereithalten?« fragte sie Nim.

Er nickte.

Der Rest des Tages war von Hektik gezeichnet.

Wegen der vielen Konferenzen hatte Nim seinen Anruf bei Karen immer wieder verschieben müssen. Erst am Abend fand er Zeit, sie anzurufen.

Josie meldete sich zuerst, dann war Karen in der Leitung. Er wußte, daß sie jetzt ihr Spezialtelefon trug. Es bestand aus einem leichten Kopfbügel mit Hörmuschel und Mikrofon und einem Miniaturschalter in Kopfnähe, so daß sie auch ohne fremde Hilfe telefonieren konnte. Indem sie mit dem Kopf den Schalter betätigte, konnte sie die Vermittlung erreichen und sich eine Verbindung mit der von ihr angegebenen Nummer herstellen lassen.

»Karen«, sagte Nim, »ich rufe deines Vaters wegen an. Ich habe mich erkundigt, ob ich etwas für ihn tun kann, aber leider gibt es keine Möglichkeit. Was geschehen ist, läßt sich nicht ungeschehen machen. Es tut mir schrecklich leid.«

»Mir auch«, sagte Karen traurig. »Aber ich danke dir, Nimrod, daß du es versucht hast.«

»Ich kann euch nur einen Rat geben«, sagte Nim. »Nehmt euch einen guten Rechtsanwalt. Dein Vater wird ihn brauchen.«

Am anderen Ende der Leitung herrschte einen Moment lang Stille, dann fragte Karen: »Ist es wirklich so schlimm?«

Leugnen schien sinnlos, deshalb entschied sich Nim für die Wahrheit. »Ja, ich fürchte, es steht schlecht für ihn.« Einzelheiten aber behielt er für sich. So erzählte er ihr auch nicht, daß Harry London schon in den nächsten Tagen mit der Verhaftung ihres Vaters rechnete und daß der Schaden für die Golden State Power & Light sich nach Londons Schätzung auf zweihundertdreißigtausend Dollar belief. Beide Tatsachen würde sie nur allzubald erfahren.

»Seltsam«, sagte Karen, »ich habe Daddy immer für den ehrenwertesten Menschen gehalten, den ich kenne.«

»Nun ja«, entgegnete Nim, »ich möchte die Tat deines Vaters nicht beschönigen. Das kann ich nicht. Aber zweifellos können sich Menschen in gewissen Zwangslagen zu Taten hinreißen lassen, die sonst nicht in ihrer Art liegen. Ich bin sicher, daß die Hintergründe bei Gericht berücksichtigt werden.«

»Aber es wäre doch gar nicht nötig gewesen. Das ist das Tragische daran. Natürlich habe ich mich über alles gefreut, was meine Eltern für mich getan haben, besonders über Humperdinck. Aber ich wäre auch ohne den Wagen ausgekommen.«

Nim wollte Karen nichts von den Schuldgefühlen erzählen, die ihr Vater auf diese Weise zu beschwichtigen hoffte. Das war etwas, was ein Psychologe aufdecken und das Gericht beim Urteil berücksichtigen mußte. Statt dessen fragte Nim: »Hast du Humperdinck noch?«

»Ja, den Wagen hat man mir noch nicht genommen.«

»Das beruhigt mich, weil du ihn nämlich nächste Woche brauchen wirst«, sagte er.

Er erzählte ihr von den Rollstromsperren, die am folgenden Mittwoch beginnen würden. »Dein Stadtviertel wird ab drei Uhr nachmittags für etwa drei Stunden betroffen sein. Du solltest sicherheitshalber schon am Vormittag zum Redwood Grove Hospital fahren.«

»Josie wird mich hinbringen«, versicherte Karen.

»Falls sich an dieser Zeitplanung etwas ändert, rufe ich dich an. Über die weiteren Stromsperren sprechen wir noch. Übrigens habe ich das Notstromaggregat im Redwood Grove Hospital überprüft. Es ist in Ordnung, und Öl ist ebenfalls noch reichlich vorhanden.«

»Es ist wundervoll«, sagte Karen, und es klang einen Augenblick so unbekümmert wie immer, »von dir umsorgt zu werden.«

15

»Ich glaube, die Leute begreifen langsam, daß wir mitten in einer Energiekrise stecken«, sagte Ruth Goldman, während sie die Seiten der Sonntagsausgabe des *Chronicle-West* umblätterte.

»Wenn sie auf Daddy gehört hätten«, bemerkte Benjy altklug, »hätten sie es schon etwas früher begriffen.«

Die anderen drei – Ruth, Nim und Leah – lachten.

»Danke für die Blumen«, sagte Nim.

»Es zeigt sich jetzt vor allem, daß deine Politik die richtige war«, fügte Leah hinzu.

»He«, rief Ruth, »dein Rhetorikkurs trägt wohl schon Früchte.«

Leah errötete geschmeichelt.

Es war Sonntag morgen, und die Familie war im Elternschlafzimmer versammelt. Ruth lag noch im Bett. Sie hatte gerade ihr Frühstück eingenommen, das ihr die Kinder auf einem Tablett gebracht hatten. Nim war etwas früher aufgestanden, um Rührei für die ganze Familie zuzubereiten.

Vor zwei Tagen war Ruth von ihrer Behandlung am Sloan-Kettering Institute in New York zurückgekehrt. Sie sah noch sehr blaß aus und hatte Ringe unter den Augen. Die Behandlung hatte sie offensichtlich angestrengt. Wie beim ersten Mal hatte sie auch diesmal wieder Schmerzen dabei gehabt, gestand sie.

Es war noch zu früh, um etwas über den Erfolg der Behandlung zu sagen. In drei Wochen mußte sie wieder in New York sein. Aber die Ärzte, mit denen sie gesprochen hatte, waren alle sehr hoffnungsvoll, berichtete sie fröhlich.

Nim hatte ihr von den »Rollstromsperren«, die am nächsten

Mittwoch beginnen und auch ihr Haus betreffen würden, erzählt.

»Kein Problem. Wir werden uns darauf einstellen«, hatte sie mit der für sie charakteristischen Sorglosigkeit geantwortet.

Eine Zeitlang sollte Ruths Mutter mehrmals wöchentlich vorbeikommen, um bei der Hausarbeit zu helfen.

»Hört euch das mal an«, sagte Ruth, als sie sich der Leitartikelseite des *Chronicle-West* zuwandte. Sie las laut vor:

DIE ENERGIEKRISE

Im Bestreben, unseren Lesern stets unsere ehrliche Meinung zu vermitteln, müssen wir so manchen Standpunkt, den wir in der Vergangenheit eingenommen haben, korrigieren.

Wir waren wie so viele andere gegen die Errichtung von Kernkraftwerken. Wegen der Umweltverschmutzung waren wir entschiedene Gegner von Dampfkraftwerken, die mit Kohle betrieben werden. Wir unterstützten die Naturfreunde in ihrem Protest gegen die Errichtung von Wasserkraftwerken, weil sie einen Eingriff ins Naturgefüge darstellen und die Fischbestände der Flüsse reduzieren. Wir meldeten unsere berechtigten Zweifel an, als man die geothermische Energie zur Stromerzeugung nutzen wollte, weil dadurch wertvolle Erholungsgebiete verschandelt worden wären.

Wir möchten uns für diese Einstellung nicht entschuldigen, denn wir waren und sind immer noch von dieser Meinung ehrlich überzeugt. Zu den Einzelproblemen würden wir auch heute noch dieselbe Stellung beziehen.

Das Gesamtproblem betreffend müssen wir aus Gründen der Fairness jedoch zugeben, daß wir den Elektrizitätsgesellschaften von Kalifornien die Hände gebunden haben, als sie beizeiten dafür Sorge tragen wollten, unsere Stromversorgung hinreichend abzusichern.

Anstatt als bewußte Konsumgesellschaft hier und da einmal einen Kompromiß zu schließen, haben wir fast immer »nein« gesagt.

Daran sollten wir am nächsten Mittwoch, wenn die Lichter ausgehen, denken.

Vielleicht verdienen wir es nicht besser. Auf jeden Fall ist die Zeit gekommen, unsere Ansichten und die anderer noch einmal ernsthaft zu überprüfen.

»Na bitte«, sagte Ruth triumphierend und legte die Zeitung hin. »Was haltet ihr davon?«

»Ich finde, sie hätten Daddy erwähnen sollen«, meinte Benjy.

Ruth streckte die Hand aus und streichelte ihm liebevoll über das Haar.

»Ein paar nette Worte sind das, nicht mehr«, äußerte Nim. »Leider kommen sie fünf Jahre zu spät.«

»Macht nichts«, sagte Ruth. »Ich weiß, es sollte mir etwas ausmachen. Aber es gelingt mir nicht. Das einzige, was mir im Moment etwas bedeutet, ist, zu Hause zu sein und euch alle zu lieben.«

Obwohl es Sonntag war, ging Nim am Nachmittag ins Büro. Auf seinem Schreibtisch lag noch vieles, was der Entscheidung harrte. Die regelmäßigen Stromsperren, die in drei Tagen beginnen sollten, stellten die Elektrizitätsgesellschaft vor Probleme, für die es noch keine Erfahrungswerte gab. Ähnlich drückte sich der Chef der Lastverteilung aus, als Nim dem Energiekontrollzentrum einen Besuch abstattete. »Wir nehmen an, daß alles glattgehen wird, und tun unser Bestes, damit es reibungslos funktioniert. Aber wir müssen immer mit dem U-Faktor rechnen – dem Unvorhergesehenen oder Unerwarteten, Mr. Goldman. Ich bin dem U-Teufel schon so oft begegnet, daß ich ihn immer und überall fürchte.«

»So manches Unerwartete ist bereits geschehen«, mußte Nim zugeben.

»Das bedeutet aber nicht, daß nicht noch mehr geschehen könnte«, meinte der Mann fröhlich.

Später, auf dem Heimweg, dachte Nim an die kommende Woche und an den U-Faktor des Chefs der Lastverteilung.

Ein oder zwei Stunden nachdem Nim den Heimweg angetreten hatte, verließ Georgos Archambault seine Wohnung in North Castle. Jetzt, da der Tag zum Handeln – der kommende Dienstag – so nahe war, wurde Georgos nervöser, als er es während der ganzen Zeit, die er in seinem Versteck gelebt hatte, gewesen war. Hinter jeder Ecke und in jedem Schatten vermutete er einen Verfolger. Aber das war nur auf seine übersteigerte Phantasie zurückzuführen. Er kaufte ohne Zwischenfall in einem Delikatessengeschäft Lebensmittel ein, die bis zu seinem Aufbruch zum Kraftwerk La Mission am Dienstag reichen würden.

Er kaufte sich auch die Sonntagszeitungen und warf auf dem Heimweg den Briefumschlag mit der Meinungsumfrage der GSP&L in den Briefkasten. Einen kurzen Augenblick hatte er gezögert. Nachdem er aber festgestellt hatte, daß die einzige Sonntagsleerung bereits stattgefunden hatte und die nächste Leerung erst für Montag vormittag angezeigt war, verscheuchte er seine Bedenken und steckte den Brief ein.

16

Der Montag verlief verhältnismäßig ruhig. Der Dienstag aber begann gleich sehr turbulent.

Als wollte sich die Natur in dieser schweren Zeit auch noch an der Verschwörung gegen die GSP&L beteiligen, bereitete sie sich zu einem Angriff auf das geothermische Gelände der Gesellschaft in den Bergen von Sevilla County vor.

Tief in der Erde rumorte »Old Desperado«, die Quelle, über die sie schon einmal die Kontrolle verloren und die sie eigentlich nie ganz in die Hand bekommen hatten. Mit der Kraft von zwanzig Lokomotiven drängte der Dampf an die Erdoberfläche und schleuderte heißen Schlamm, Steine und Felsen gen Himmel. Es war ein apokalyptisches Schauspiel, ein Dantisches Inferno. Viele Tonnen Schlamm gingen über dem geothermischen Gelände nieder.

Zum Glück ereignete sich der Ausbruch um zwei Uhr morgens, als nur wenige Leute im Dienst und alle in Sicherheit waren. Keiner wurde getötet oder verletzt, wozu es am Tage unweigerlich gekommen wäre.

Die Schaltanlagen und Transformatoren des geothermischen Kraftwerks aber waren übel zugerichtet. Der nasse Schlamm bedeckte die Freileitungen, und da er Strom leitete, fielen sämtliche geothermischen Generatoren des GSP&L-Verteilersystems auf der Stelle aus.

Bleibender Schaden wurde nicht angerichtet. Allerdings war eine gründliche Reinigung erforderlich, die zwei Tage dauern würde. »Old Desperado« beruhigte sich nach diesem temperamentvollen Ausbruch und dampfte nur noch wie ein siedender Teekessel.

Aber die nächsten achtundvierzig Stunden, bis die Reinigungsarbeiten beendet sein würden, mußte die GSP&L auf 700 000 Kilowatt einer sonst zuverlässigen Energiequelle verzichten und für den Ausfall anderswo einen Ersatz suchen. Die einzige Möglichkeit war, mehr mit Öl betriebene Dampfkraftwerke einzusetzen, was aber bedeutete, daß die Ölreserven noch schneller erschöpft sein würden.

Noch etwas anderes stellte die Pläne für Dienstag in Frage.

Zu dieser Jahreszeit waren verhältnismäßig viele der über zweihundert Generatoren der Gesellschaft zu Wartungszwekken außer Betrieb, weil man sie vor der Sommerhitze und der damit verbundenen Spitzenbelastung noch einmal überprüfen wollte. Dazu kam der Verlust von Big Lil vor vier Tagen und nun auch noch der Ausfall der geothermischen Anlage. Unabhängig von der Ölkrise bedeutete allein das schon eine schwere Einbuße für die Gesamtlast der GSP&L für die nächsten zwei Tage.

Nim erfuhr vom Ausfall der geothermischen Anlage und dem damit verbundenen Leistungsausfall am Dienstagmorgen, als er ins Büro kam.

Sein erster Gedanke war: Ausgerechnet jetzt mußte der U-Faktor eintreffen, genau wie der Chef der Lastverteilung es vorausgesagt hatte. Sein zweiter Gedanke war: Bis die geothermische Anlage wieder in Betrieb genommen werden konnte, würde die GSP&L keinen weiteren U-Faktor verkraften können. Aus diesem Grund rief er, bevor er mit der Arbeit anfing, Karen Sloan an.

»Karen«, sagte Nim, als er sie in der Leitung hatte, »hast du alles für deine morgige Fahrt ins Redwood Grove arrangiert?«

»Ja«, antwortete sie. »Ich werde lange vor der Nachmittagsstromsperre dort sein.«

»Mir wäre es lieber, du würdest schon heute in die Klinik fahren«, sagte er. »Könntest du das einrichten?«

»Ja, natürlich, Nimrod. Aber warum?«

»Wir haben hier einige unvorhergesehene Probleme. Möglicherweise kommt es zu einem plötzlichen Stromausfall. Das muß nicht sein, wahrscheinlich passiert überhaupt nichts, aber mir wäre wohler, wenn ich dich im Krankenhaus und in der Nähe des Notstromaggregats wüßte.«

»Meinst du, daß ich sofort aufbrechen sollte?«

»Nun, jedenfalls möglichst bald. Es ist sicherer, auch wenn es nur eine Vorsichtsmaßnahme ist.«

»In Ordnung«, sagte Karen. »Josie ist hier, und ich werde mich fertigmachen. Und, Nimrod...«

»Ja?«

»Deine Stimme klingt müde.«

»Ich bin auch müde«, gab er zu. »Das sind wir hier alle. Wir hatten es nicht leicht in der letzten Zeit.«

»Paß auf dich auf«, sagte sie. »Und Nimrod, Liebster...Gott segne dich.«

Nachdem Nimrod aufgelegt hatte, fiel ihm noch etwas anderes ein, und er wählte seine eigene Nummer zu Hause. Ruth war am Apparat. Er erzählte ihr von »Old Desperados« Ausfall und wie kritisch die Situation geworden war.

Ruth war voller Anteilnahme. »Es muß aber auch alles auf einmal schiefgehen!«

»So ist es nun mal im Leben. Aber der Grund, weshalb ich anrufe: Ich glaube, daß es besser ist, wenn ich in dieser Krisensituation hier bleibe und heute nacht nicht heimkomme. Ich werde auf dem Feldbett im Büro schlafen.«

»Ich verstehe«, sagte Ruth. »Aber versuche wirklich, ein wenig zu ruhen. Denk daran, daß wir dich noch lange brauchen – die Kinder und ich.«

Er versprach es.

Das Spezialteam, das zur Bearbeitung der »Kundenbefragung« in North Castle zusammengestellt worden war, hatte man vor zwei Wochen aufgelöst. Der Kellerraum in der Zentrale der GSP&L, wo am Anfang Waschkörbe voller Fragebogen eingetroffen waren, wurde nun wieder anderweitig genutzt.

Hier und da aber kamen auch jetzt noch ausgefüllte Fragebogen zurück. An manchen Tagen waren es nur einer oder zwei, an anderen Tagen gar keiner.

Die Poststelle leitete diese vereinzelten Eingänge an eine ältere Sekretärin in der Pressestelle, Elsie Young, die ebenfalls zu dem Spezialteam gehört hatte, aber inzwischen an ihren Arbeitsplatz zurückgekehrt war. Man legte ihr die leicht erkennbaren Freiumschläge auf den Tisch, und wenn sie Zeit und Lust hatte, öffnete sie sie, wobei sie jedes Schreiben mit der Handschriftenprobe aus Georgos Archambaults Tagebuch verglich.

Miss Young hoffte, daß die dumme Fragebogenaktion, die sie als lästige Zeitverschwendung empfand, bald aufhören würde.

Im Laufe des Dienstagvormittag bemerkte Elsie Young einen dieser Briefumschläge zwischen der sonstigen Geschäftspost. Sie beschloß, der wichtigeren Korrespondenz den Vorzug zu geben.

Kaum hatte Karen das Gespräch mit Nim beendet und mit dem Kopf den winzigen Schalter für ihr Spezialtelefon berührt, als sie sich erinnerte, daß sie vergessen hatte, ihm etwas zu sagen.

Sie hatte mit Josie geplant, am Vormittag Einkäufe zu erledigen. Sollten sie das trotz der Warnung noch tun und erst danach ins Redwood Grove fahren oder lieber auf die Einkaufsfahrt verzichten und sofort zum Krankenhaus aufbrechen?

Karen überlegte einen Moment, ob sie Nim anrufen und ihn fragen sollte, aber dann fiel ihr ein, wie müde seine Stimme geklungen hatte. Sie wollte ihn nicht noch einmal stören, sondern die Entscheidung selber treffen.

Was hatte er über den möglichen Stromausfall vor der für morgen geplanten Stromsperre gesagt? *»Das muß nicht sein, wahrscheinlich passiert überhaupt nichts...«*

Es handelte sich also nur um eine Vorsichtsmaßnahme. Am besten fuhren sie beide doch noch einkaufen, etwas, das Karen und Josie immer viel Spaß machte. Dann würden sie noch einmal kurz heimkommen und anschließend ins Redwood Grove fahren. Sie würden am frühen Nachmittag dort eintreffen.

»Josie«, rief Karen zur Küche hinüber. »Nimrod hat gerade angerufen. Wenn du mal herkommst, erzähle ich dir von unseren neuen Plänen.«

Georgos Archambault besaß einen animalischen Instinkt, der ihn vor Gefahren warnte. In der Vergangenheit hatte ihn dieser Instinkt vor so manchem bewahrt, und er hatte gelernt, sich darauf zu verlassen.

Am Dienstag, kurz vor Mittag, als er ruhelos in seiner Wohnung in North Castle auf und ab lief, meldete dieser Instinkt, daß ihm Gefahr drohe.

Georgos stand vor einer schwierigen Entscheidung. Sollte er seinem Gefühl nachgeben und sofort aufbrechen, nach La Mission fahren und die Kühlwasserpumpen am hellichten Tag zerstören? Oder sollte er mit der Ausführung seines Planes bis zur Dunkelheit warten?

Wenn es ihm gelang, sicher zum Fluß und in Kraftwerksnähe zu gelangen, war es, da er ja im Wasser untertauchen würde, auch bei Tageslicht unwahrscheinlich, daß man ihn entdeckte. Tatsächlich konnte das Tageslicht, auch wenn es sich in der Tiefe mehrfach im Wasser brach, ihm dennoch helfen, den Einstieg leichter zu finden als in völliger Dunkelheit.

Aber konnte er unbemerkt in Taucherkleidung mit dem Schlauchboot an den Fluß herankommen? Obwohl er sich zu diesem Zweck eine ziemlich einsame Stelle, eine halbe Meile von La Mission entfernt, ausgesucht hatte, bestand natürlich trotzdem die Gefahr, daß ihn jemand sah, vor allem am Tage. Doch Georgos schob diesen Gedanken beiseite.

Das wirkliche Wagnis, auf das er sich bei Tageslicht einlassen würde, war die Fahrt mit seinem Volkswagenbus durch North Castle und dann die fünfzig Meilen bis La Mission. Eine Beschreibung des Wagens, zweifellos auch seine Zulassungsnummer, lagen der Polizei vor, ebenso jedem Sheriff und den Streifenwagenbesatzungen auf der Autobahn. Wenn ihn jemand erkannte, gab es kein Entrinnen. Andererseits waren acht Wochen vergangen, seitdem seine Beschreibung veröffentlicht worden war, so daß die Schweine sie vielleicht schon vergessen hatten und unachtsam waren. Noch etwas anderes konnte sich zu seinen Gunsten auswirken: Es fuhren eine Menge lustig bemalter Volkswagenbusse herum, so daß seiner nicht unbedingt auffallen mußte.

Trotzdem würde, wenn er sofort aufbrach, der erste Teil seiner Mission höchst gefährlich sein.

Wieder lief er in seiner Wohnung auf und ab. Dann traf er seine Entscheidung. Er wollte auf seinen Instinkt hören und auf der Stelle seinen Plan in die Tat umsetzen.

Georgos verließ unmittelbar danach die Wohnung und ging in die angrenzende Garage. Dort tat er, was er eigentlich erst für den Abend geplant hatte: Er untersuchte vor dem Aufbruch die Ausrüstung noch einmal mit aller Sorgfalt.

Dabei beeilte er sich allerdings, weil er das Gefühl der drohenden Gefahr nicht loswurde.

17

»Ein Telefongespräch für Sie, Mrs. Van Buren«, sagte die Kellnerin. »Es ist wichtig, soll ich Ihnen ausrichten.«

»Jeder hält seinen Anruf für wichtig«, murrte die Pressechefin, »was in den meisten Fällen aber nicht der Wahrheit entspricht.«

Trotzdem stand sie auf und verließ den Tisch im Angestelltenspeiseraum der GSP&L, wo sie mit J. Eric Humphrey und Nim Goldman zu Mittag aß, und ging zum Telefon.

Kurze Zeit später kam sie aufgeregt zurück. »Einer der Kundenfragebogen ist zurückgekommen, zweifellos von Archambault ausgefüllt. Eine dämliche Person in meiner Abteilung hat den ganzen Morgen darauf gesessen. Die kann sich auf was gefaßt machen! Im Moment ist sie mit dem Papier unterwegs zum Computer Center. Ich sagte ihr, wir würden ebenfalls sofort dorthinkommen.«

»Holen Sie Sharlett«, sagte Eric Humphrey und stand auf. »Sie soll ihr Essen stehenlassen.« Er sah zur Finanzdirektorin hinüber, die an einem der Nachbartische saß.

Während Teresa Van Buren diese Aufgabe übernahm, ging Nim schnell zum Telefon und rief Harry London an. Der Chefdetektiv war in seinem Büro, und als er hörte, was geschehen war, versprach er, sofort in die Datenverarbeitung zu kommen.

Nim wußte, daß Oscar O'Brien, der ebenfalls zu ihrer »Denkgruppe« gehörte, heute nicht in der Stadt war.

Sie hatten die üblichen Sicherheitsformalitäten im Computer Center erledigt und saßen nun alle – die vier vom Mittagstisch und Harry London – um einen Tisch herum, während Teresa Van Buren den ausgefüllten Fragebogen und die fotokopierte Handschriftenprobe aus dem Briefumschlag zog, den ihr Elsie Young völlig geknickt gerade gebracht hatte.

Eric Humphrey sprach aus, was alle auf den ersten Blick sahen:»Es ist ganz ohne Zweifel dieselbe Handschrift.«

Und wenn es daran sogar Zweifel gegeben hätte, dachte Nim, so verriet allein schon der Inhalt den Autor.

»Die Terroristen, die Ihr als Möchtegern-Revolutionäre bezeichnet, sind keineswegs feige. Es sind kluge, von ihren Ideen überzeugte Menschen, die wahren Helden unseres Volkes. Ihr aber seid Dummköpfe, Verbrecher und Ausbeuter des Volkes. Eines Tages werdet Ihr gerichtet werden. Es wird Blut fließen und Tote geben...«

»Warum um Himmels willen hat er so lange für seine Antwort gebraucht?« unterbrach Harry London die Lektüre.

Sharlett Underhill streckte die Hand aus. »Geben Sie mal her.«

Teresa Van Buren reichte ihr den Fragebogen, und die Finanzdirektorin ging damit zu dem tragbaren Schwarzglaslesegerät. Sie stellte es an und hielt den Fragebogen darunter. Am Kopf des Bogens war die Nummer 9386 zu lesen.

Sie ging mit dem Bogen weiter zu einem Computer Terminal. Zuerst fütterte sie den Computer mit ihrem persönlichen Code: 44SHAUND (zusammengesetzt aus ihrem Alter und den drei ersten Buchstaben ihres Vor- und Zunamens).

Auf dem Bildschirm erschien die Aufforderung: BITTE FRAGEN.

Sie gab dem Computer den Projektnamen ein – NORTH CASTLE-INSPEKTION – sowie einen Geheimcode, den außer ihr nur noch ein anderer Mitarbeiter kannte. Beides zusammen war nötig, um dem Computer die gewünschte Information zu entlocken. Die Worte NORTH CASTLE-INSPEKTION erschienen auf dem Bildschirm, der Geheimcode nicht, eine Vorsichtsmaßnahme, falls Unbefugte zusahen.

Als nächstes wollte der Computer die Fragebogennummer wissen.

Sharlett Underhill tippte: 9386

Sofort erschien die Antwort:

     OWEN GRAINGER
    12 WEXHAM RD., APT E

Es folgte der Name der Stadt und die Postleitzahl.

»Ich hab es notiert«, rief Harry London und stürzte zum Telefon.

Eine gute Stunde später wurden Eric Humphrey und Nim von Harry London persönlich über den Stand der Dinge informiert. Die drei Männer hatten sich im Büro des Vorsitzenden versammelt.

»Archambault ist getürmt«, sagte London. »Wenn die Frau den Brief mit dem Fragebogen heute früh sofort geöffnet hätte...« Er sah aus, als wollte er sich die Haare raufen.

»Vorwürfe bringen uns auch nicht weiter«, stellte Humphrey fest. »Was hat die Polizei ausrichten können?«

»Es war eine heiße Spur. Leider kam die Polizei zu spät. Nach der Aussage eines Nachbarn ist der Mann, den er gelegentlich gesehen hatte, eine halbe Stunde vorher mit einem Volkswagenbus weggefahren. Natürlich hat die Polizei den Wagen sofort erneut zur Fahndung ausgeschrieben und das Gebäude umstellt für den Fall, daß der Mann zurückkommt. Aber« – London zuckte die Achseln – »ich glaube nicht daran. Dieser Archambault ist ihnen wieder durchs Netz geschlüpft.«

»Er muß verzweifelt sein«, sagte Nim.

Eric Humphrey nickte. »Dasselbe habe ich auch gerade gedacht.« Er überlegte einen Moment, dann sprach er weiter: »Ich möchte, daß sämtliche Kraftwerksleiter und das gesamte Sicherheitspersonal gewarnt werden. Geben Sie einen Bericht über das Geschehene durch und eine genaue Personenbeschreibung von Archambault. Ermitteln Sie, wie das Fahrzeug aussieht, mit dem er unterwegs ist. Ermahnen Sie die gesamte Belegschaft zu erhöhter Wachsamkeit. Sie sollen alles Verdächtige und Ungewöhnliche sofort melden. Wir waren bereits mehrmals die Zielscheibe dieses Wahnsinnigen und wollen nicht tatenlos auf seinen nächsten Angriff warten.«

»Ich kümmere mich sofort darum«, versprach Nim. Wollte denn dieser rabenschwarze Tag überhaupt kein Ende nehmen?

Georgos summte zufrieden vor sich hin. Der Tag schien zu halten, was er versprochen hatte.

Er war etwa anderthalb Stunden gefahren und befand sich nun schon fast an der Stelle, wo er ins Schlauchboot umsteigen wollte. Sein Volkswagenbus hatte offensichtlich keine Aufmerksamkeit erregt, vermutlich auch, weil er sehr manierlich gefahren war und alle Verkehrsregeln und Geschwindigkeitsbegrenzungen beachtet hatte. Er hatte Autobahnen gemieden, weil dort die Gefahr der Kontrolle größer war.

Jetzt fuhr er einen Kiesweg hinunter und wußte, daß er nur noch eine knappe Meile von seinem Ziel entfernt war.

Wenige Minuten später sah er den Coyote River zwischen Gebüsch und Bäumen, die den Uferrand säumten, hindurchschimmern. Der Fluß war an dieser Stelle sehr breit, und bald konnte er ihn besser erkennen. Am Ende des Kieswegs, ungefähr dreißig Meter vom Ufer entfernt, hielt er an.

Zu Georgos' Erleichterung waren keine anderen Fahrzeuge oder Menschen in Sicht.

Er lief ein halbes Dutzend mal zwischen Auto und Flußufer hin und her, bis er das Schlauchboot und die übrige Ausrüstung zu der vorgesehenen Einstiegstelle geschleppt hatte. Dabei wuchs seine freudige Erregung mehr und mehr.

Nach dem letzten Gang packte er das Boot aus und pumpte es mit einer Luftpumpe, die dem Paket beigelegen hatte, auf. Kein Problem. Dann stieß er das Boot ins Wasser, befestigte es mit einer Leine an einem Baum und legte die übrige Ausrüstung hinein: das schlauchlose Kleintauchgerät mit seinem Sauerstoffvorrat für eine knappe Stunde, eine Tauchermaske, Flossen, einen Schnorchel für den Fall, daß er nahe an der Oberfläche arbeitete, eine wasserdichte Taschenlampe, einen Netzgürtel, eine Schwimmweste sowie eine Drahtschere und einen hydraulischen Metallschneider. Zum Schluß brachte Georgos die zylindrischen Tovex-Bomben an Bord. Es waren acht von den zwölf vorhandenen; jede wog fünf Pfund. Er würde sie an seinem Netzgürtel befestigen. Georgos hatte festgestellt, daß er nicht mehr als acht Bomben mitnehmen konnte, ohne sich selbst zu gefährden. Diese Bomben würden acht der elf Kühlwasserpumpen zerstören und die meisten – wenn nicht sogar alle vier – Generatoren von La Mission lahmlegen.

Der fünfte Generator von La Mission war bereits außer Gefecht, wie Georgos den Sonntagszeitungen entnommen hatte. Die Reparatur sollte mehrere Monate dauern. Nach den Ereignissen des heutigen Tages würden es wohl noch einige Monate mehr werden.

Als alles im Schlauchboot verstaut war, ging Georgos, der seine Kleider bereits abgelegt hatte und schon im Taucheranzug steckte, an Bord und löste die Vertäuung. Das Schlauchboot wurde sofort von den Wellen erfaßt und bewegte sich langsam stromabwärts. Georgos benutzte ein kleines Paddel.

Der Tag war sonnig und warm, und unter anderen Umständen wäre eine Bootsfahrt auf dem Fluß ein echtes Vergnügen gewesen. Aber Georgos Archambault hatte keine Zeit für irgendwelche Vergnügungen.

Er blieb in Ufernähe und hielt Ausschau nach anderen Leuten. Bis jetzt hatte er niemanden gesehen. In der Ferne, weit flußabwärts, sah er einige Boote, aber die konnten ihm nicht gefährlich werden.

Knapp zehn Minuten entfernt lag das Kraftwerk von La Mission mit seinen hohen Schornsteinen und der riesigen Turbinenhalle. Nach fünf weiteren Minuten beschloß er, an Land zu gehen. Er fand eine kleine Bucht mit seichtem Wasser, stieg aus, watete ans Ufer und vertäute das Boot wieder an einem Baum.

Nun schnallte er sich das Kleintauchgerät auf den Rücken, setzte die Maske auf, montierte Schnorchel, Gürtel und Flossen und watete zur Flußmitte. Wenige Augenblicke später war er untergetaucht. Er schwamm in etwa drei Meter Tiefe. Sein Ziel hatte er bereits angepeilt – das Pumpenhaus des Kraftwerks, einen langen Betonbau, der tief in den Fluß hinunterreichte.

Georgos wußte, daß das Pumpenhaus sozusagen aus zwei Stockwerken bestand. Eines über dem Wasser und von den anderen Teilen des Kraftwerks aus erreichbar: Hier waren die Elektromotoren untergebracht, die die Pumpen antrieben. Das zweite lag unter Wasser und beherbergte die Pumpen selbst. Dort wollte Archambault eindringen.

Auf seinem Weg zum Kraftwerk tauchte Georgos zweimal

auf, um sich zu orientieren, tauchte aber jedesmal gleich wieder unter, um nicht gesehen zu werden. Es dauerte nicht lange, da stieß er gegen eine Betonwand. Es war das Pumpenhaus, auch Einlauf genannt. Während sich Georgos an der Wand entlangtastete, griff er zum Metallschneider, den er gleich brauchen würde. Die Strömung trieb ihn schnell ans Ziel.

Das Gitter vor dem Kühlwassereinlauf sollte verhindern, daß sperrige Gegenstände ins Einlaufbecken gelangten. Kleinere Schmutzteile wurden von einem dahinterliegenden großen zylindrischen Metallsieb aufgefangen, das zu Reinigungszwecken gelegentlich gedreht wurde.

Georgos nahm seinen hydraulischen Metallschneider, ein kompaktes, etwa achtzehn Zoll langes Werkzeug, das besonders bei Unterwasserschatzsuchern beliebt war, und schnitt eine Öffnung in die Gitterstäbe. Ein Metallstab nach dem anderen sank auf den Grund des Flusses. Sichtprobleme hatte er keine. Das Tageslicht, das von oben hereinfiel, genügte vollauf.

Schon befand sich Georgos vor dem Siebzylinder. Er wußte, daß er sich erst an der vorderen Kreisfläche einen Durchschlupf schaffen und dann den Mantel durchschneiden mußte, um ins Innere der Anlage zu gelangen.

Er setzte die Blechschere an, die kleiner als der Metallschneider und mit einer Schnur an seinem Handgelenk befestigt war, und schnitt ein kreisrundes Loch in die Stirnseite des Zylinders. Vorsichtig schob er sich hindurch, wobei er darauf achtete, daß er mit seiner Ausrüstung nicht hängenblieb. Dann nahm er sich den Siebmantel vor, und nachdem er auch das zweite Loch ausgeschnitten hatte, schwamm er vorsichtig hindurch.

Jetzt befand er sich im Innern des Pumpenhauses. Es fiel genügend Licht durch die Fensteröffnungen im oberen Bereich, so daß er die Umrisse der ersten Pumpe erkennen konnte.

Georgos fürchtete nicht, von den Pumpen angesaugt zu werden. Mit diesem Problem hatte er sich zuvor theoretisch befaßt und wußte, daß die Gefahr nur bestand, wenn er zu tief tauchte; das aber hatte er nicht vor.

Mit der Taschenlampe suchte er sich eine geeignete Stelle, an der er die erste Bombe befestigen konnte.

Gerade als er eine solche Stelle gefunden hatte – eine glatte Fläche am Gehäuse –, spürte er hinter sich eine Bewegung. Er drehte sich um. Das Licht reichte aus, um erkennen zu können, daß der Siebzylinder, durch den er hereingeschwommen war und der zu der Zeit stillgestanden hatte, sich nun in gleichmäßigem Tempo drehte.

Der Leiter des Kraftwerks von La Mission, Bob Ostrander, war ein begabter junger Ingenieur. Er war Stellvertreter von Danieli gewesen, bis dieser zusammen mit Walter Talbot und zwei weiteren Mitarbeitern im Juli letzten Jahres beim Bombenattentat auf Big Lil ums Leben gekommen war.

Ostrander, ein ehrgeiziger und realistischer junger Mann, hatte weiterkommen und Karriere machen wollen, aber nicht auf diese Weise. Ostrander war mit Danieli befreundet gewesen, und die beiden Männer hatten gut zusammen gearbeitet. Auch ihre Frauen waren befreundet, und ihre Kinder spielten noch heute regelmäßig miteinander.

Schon allein wegen Danielis Tod empfand Ostrander einen glühenden Haß gegen Terroristen im allgemeinen und die Freunde des Friedens im besonderen.

Als also am frühen Nachmittag jenes Dienstags per Fernschreiber die Warnung eingetroffen war, Georgos Archambault, der Anführer der Freunde des Friedens und verdächtig, den Bombenanschlag auf Big Lil im letzten Jahr ausgeführt zu haben, könnte einen neuen Anschlag auf ein Kraftwerk der Golden State Power & Light planen, waren Bob Ostrander und seine Mannschaft sofort hellwach geworden.

Auf Ostranders Anweisung wurde das gesamte Kraftwerk auf mögliche Eindringlinge hin untersucht. Als man nichts fand, suchte man in der Umgebung. Zweimal zwei Mann wurden von Ostrander abkommandiert, den Zaun, der die gesamte Werkanlage umschloß, in regelmäßigen Abständen zu überprüfen. Die Männer waren mit Sprechfunkgeräten ausgerüstet und sollten jedes Anzeichen für ein gewaltsames Eindringen melden. Die Anweisung für die Pforte lautete: Außer den Beschäftigten der GSP&L durfte niemand ohne ausdrückliche Genehmigung des Kraftwerksleiters die Anlage betreten.

Bob Ostrander rief beim Sheriff an und erfuhr bei der Gelegenheit von Georgos Archambaults Aufbruch und daß er sich mit seinem Volkswagenbus auf den Weg gemacht hatte.

Auf Ostranders Drängen schickte der Sheriff zwei seiner Streifenwagen, um die Umgebung des Kraftwerks nach dem beschriebenen Fahrzeug abzusuchen.

Knapp dreißig Minuten nach Bob Ostranders Anruf, um vierzehn Uhr fünfunddreißig, rief der Sheriff zurück und meldete, daß Archambaults Volkswagenbus in der Nähe des Coyote River, eine halbe Meile vom Kraftwerk entfernt, verlassen aufgefunden und eindeutig identifiziert worden war. Nicht weit von der Stelle hatte man außerdem eine Luftpumpe und die Hülle eines Schlauchboots gefunden. Die Leute des Sheriffs suchten nun die ganze Gegend ab, ein Hilfssheriff wollte mit einem eigenen Motorboot kommen.

Ostrander schickte mehrere Leute zum Flußufer, wo sie Alarm schlagen sollten, wenn sie ein Boot sahen.

Der Kraftwerksleiter selbst blieb an seinem Schreibtisch, um Informationen zu sammeln.

Nach etwa zehn Minuten rief der Sheriff wieder an. Er hatte gerade die Nachricht erhalten, daß man ein verlassenes Gummischlauchboot in einer Bucht in der Nähe des Kraftwerks entdeckt hatte. »Sieht ganz so aus, als sei der Kerl an Land gegangen, um durch den Zaun auf das Kraftwerksgelände zu gelangen«, sagte der Sheriff. »Ich habe alle mir zur Verfügung stehenden Leute zu Ihnen geschickt und komme selbst nach. Keine Bange! Den Kerl kriegen wir.«

Als er den Telefonhörer auflegte, war Bob Ostrander weniger optimistisch als der Sheriff. Bei früheren Gelegenheiten hatte sich der Anführer der Freunde des Friedens als äußerst schlauer Fuchs erwiesen. Am hellichten Tag würde so ein Kerl bestimmt nicht durch den Zaun aufs bewachte Gelände spazieren. Plötzlich fiel es Ostrander wie Schuppen von den Augen. Wofür brauchte man ein Schlauchboot? Dieser Teufelskerl kam von der Flußseite, unter Wasser. Das Pumpenhaus!

Hastig verließ er sein Büro und eilte zum Flußufer. »Haben Sie irgend etwas entdeckt?« fragte er außer Atem einen der Werkmeister.

»Nichts.«

»Kommen Sie mit.« Die beiden Männer liefen zum Pumpenhaus. Unterwegs erläuterte Ostrander seine Theorie vom Unterwasserangriff.

An der Außenwand des Pumpenhauses, zur Flußseite hin, gab es einen Laufgang. Der Kraftwerksleiter ging voraus. Als sie an einer der Sichtluken angekommen waren, blickten sie hinein und sahen auf den Siebzylinder hinunter. Sie konnten nichts Verdächtiges entdecken.

»Gehen Sie hinein und drehen Sie den Zylinder langsam«, bat Ostrander den Werkmeister. Das zylindrische Sieb wurde mit Hilfe eines Elektromotors in Bewegung gesetzt, den man durch Knopfdruck im Pumpenhaus selbst oder vom Steuerungspult in der Zentrale aus anstellen konnte.

Wenige Augenblicke später fing der Zylinder an, sich zu drehen. Sofort entdeckte Ostrander das große Loch, das Archambault in den Mantel geschnitten hatte. Nun wußte er, daß seine Befürchtungen zutrafen. Während er ins Pumpenhaus rannte, rief er: »Weiterdrehen! Weiterdrehen! Er ist drinnen!«

Zumindest konnte er Archambault den Fluchtweg abschneiden, dachte Ostrander.

Sein Ingenieursgehirn blieb kühl. Er wußte, daß er eine rasche Entscheidung fällen und blitzschnell alle Möglichkeiten durchdenken mußte.

Irgendwo unter ihm, daran bestand nicht der geringste Zweifel, schwamm jetzt Archambault, mit einer oder mehreren Bomben bewaffnet. Wohin würde er die Bomben leiten? Es gab zwei Angriffsziele. Das eine waren die Pumpen, das andere die Kondensatoren weiter drinnen im Kraftwerk.

Wenn er die Pumpen in die Luft sprengte, würden sämtliche Generatoren von La Mission für Monate ausfallen. Ein Attentat auf die Kondensatoren aber würde weitaus schlimmere Folgen haben und eine Reparaturzeit von etwa einem Jahr bedeuten.

Bob Ostrander wußte über Sprengstoffe Bescheid. In der Ingenieursschule hatte er viel darüber gelernt und dieses Wissen seitdem noch vertieft. Eine fünf Pfund schwere Dynamitbombe war nicht größer als ein Laib Brot und konnte durch die Pumpen zu den Kondensatoren gelangen. Möglicherweise hatte Archambault eine solche Bombe bereits auf den Weg geschickt. Er brauchte nur den Zünder auszulösen und dann die Bombe sich selbst zu überlassen. Ungehindert würde sie durch die Pumpen bis zu den Kondensatoren schwimmen.

Die Kondensatoren mußten also um jeden Preis geschützt

werden. Das bedeutete, alle Generatoren mußten auf der Stelle abgeschaltet werden.

Im Pumpenhaus gab es ein Wandtelefon. Bob Ostrander wählte den Hausanschluß der Schaltwarte. Der Schichtleiter war bereits nach dem ersten Klingelzeichen am Apparat.

»Hier Ostrander. Sofort sämtliche Generatoren und die Wasserzirkulation abstellen!« rief Ostrander ins Telefon.

Wie zu erwarten war, protestierte der Mann: »Sie ruinieren die Berstscheiben. Außerdem müßten wir das Energiekontrollzentrum...«

»Zum Teufel! Tun Sie, was ich sage!« Ostrander umklammerte das Telefon. Jeden Moment konnte eine Bombe das Pumpenhaus oder die Kondensatoren zerreißen. »Abschalten, auf der Stelle!«

Georgos wußte nichts von dem, was über ihm vorging. Er erkannte lediglich, daß ihm der Fluchtweg abgeschnitten war. Nicht, daß er ernsthaft vorgehabt hatte zu fliehen. Von Beginn dieses Unternehmens an war er sich bewußt gewesen, daß seine Überlebenschancen äußerst gering waren. Aber er wollte nicht hier sterben, in der Falle...

In seiner Panik hoffte er, der Zylinder würde wieder stehenbleiben, so daß er ein neues Loch hineinschneiden konnte. Er kehrte um.

Im selben Moment löste sich die Blechschere, die er mit einer Schnur an seinem Handgelenk befestigt hatte, und sank zu Boden.

Instinktiv streckte Georgos die Hand nach ihr aus und tauchte. Fast hatte er sie schon erreicht.

Da spürte er plötzlich einen starken Sog und erkannte, daß er zu tief getaucht war und nun von einer Pumpe angesaugt wurde. Er wollte umkehren, aber es war zu spät. Das Wasser ließ ihn nicht mehr los.

Er verlor das Mundstück vom Luftschlauch, versuchte zu schreien. Wasser drang in seine Lungen ein. Dann ergriffen ihn die Schaufeln eines Flügelrades und zerstückelten ihn.

Das Tauchgerät und die Bomben – noch ungezündet und harmlos – nahmen denselben Weg.

Sekunden später standen die Pumpen still.

Auf der Schaltwarte hatte der Schichtleiter gerade auf vier rote Knöpfe gedrückt. Er war froh, daß er nicht die Verantwortung dafür tragen mußte. Der junge Ostrander würde sich eine verdammt gute Erklärung einfallen lassen müssen, warum er die Generatoren La Mission 1, 2, 3 und 4 mit einer Leistung von insgesamt drei Millionen zweihunderttausend Kilowatt ohne Vorwarnung aus dem Netz genommen hatte. Ganz zu schweigen von den Berstscheiben der Turbinen – eine Reparatur, die acht Stunden in Anspruch nehmen würde.

Er notierte in seinem Dienstbuch die genaue Zeit. Es war 15.02 Uhr, als sich das Energiekontrollzentrum über Direktleitung meldete. »Was zum Teufel ist bei euch los? Ihr habt ein Blackout verursacht!«

Bob Ostrander zweifelte nicht daran, daß seine Entscheidung richtig gewesen war. Er würde sie mühelos rechtfertigen können. Bei der Rettung der Kondensatoren bedeuteten die Berstscheiben nur ein kleines Opfer.

Nachdem Ostrander zusammen mit dem Werkmeister das Pumpenhaus verlassen hatte, inspizierten sie die Kondensatoren und entdeckten sofort die schwimmenden Bomben, von denen sie nicht wußten, ob sie gefährlich oder harmlos waren. Sie sammelten sie ein und warfen sie in den Fluß.

Dann kehrten sie zu den Kondensatoren zurück, und Ostrander stellte befriedigt fest, daß weder hier noch im Pumpenhaus inzwischen etwas vorgefallen war. Vermutlich war Archambault noch drin und konnte jeden Moment einen Schaden verursachen, aber das sich drehende Sieb lenkte ihn womöglich ab. Ostrander beschloß, ins Pumpenhaus zurückzugehen.

Da bemerkte er kleine Teile, die aus den Pumpen zu kommen schienen und sich nun auf einem der Kondensatoren sammelten. Er sah sich eines der Stücke näher an und wollte gerade danach greifen, hielt aber mitten in der Bewegung inne. Ihm wurde übel. Was er dort sah, war die abgerissene Hand eines Menschen, auffällig vernarbt.

18

Mein Gott, wo war die Zeit geblieben? Mit Bestürzung stellte Karen fest, daß es schon nach zwei Uhr mittags war. Sie hatte kaum bemerkt, wie die Stunden seit Nimrods Anruf vergangen waren. Es schien ihr, als hätte sie ihm gerade eben erst versprochen, ins Krankenhaus zu fahren. Die Einkäufe hatten natürlich länger gedauert als vorgesehen, aber sie hatte spottbillig ein schönes Kleid erstanden, ein Paar Schuhe, verschiedene Artikel aus dem Schreibwarenladen und eine Kristallperlenkette, die ihrer Schwester sehr gut stehen würde; Cynthia sollte sie zum Geburtstag bekommen. Josie hatte eine ganze Liste von Artikeln, die sie im Drugstore kaufen mußte. Das nahm noch mehr Zeit in Anspruch. Aber sie hatten alles bekommen, und Karen hatte die Einkäufe, die sie wie immer in der großen, nur zwei Blocks von ihrem Wohnhaus entfernten Ladenstraße erledigten, sehr genossen.

Lebensmittel hatten sie diesmal nicht kaufen müssen, weil Karen während der Stromsperren ja im Krankenhaus sein würde. Es sah so aus, als würde es bis zur Beilegung der Ölkrise regelmäßige Stromsperren geben, und Karen hoffte, es würde bald zu einer Einigung mit den OPEC-Ländern kommen.

Sie hatte bisher keinen Gedanken an den kommenden Krankenhausaufenthalt verschwendet, aber sie wußte, wie sehr ihr die eigenen vier Wände fehlen würden. Natürlich war sie, was die Versorgung mit der für sie lebensnotwendigen Elektrizität betraf, dort besser aufgehoben. Aber die Einrichtung war sehr spartanisch und das Essen nicht gerade ein Hochgenuß.

Das Krankenhausessen war übrigens der Grund für eine weitere Verzögerung ihres Aufbruchs.

Josie hatte vorgeschlagen, daß sie erst nach dem gemeinsamen Mittagessen aufbrechen sollten, und Karen hatte begeistert zugestimmt. Während Josie das kleine Abschiedsessen zubereitete, hatte Karen an einem Gedicht für Nimrod geschrieben.

Jetzt nach dem Essen packte Josie Karens Koffer.

Einer plötzlichen Eingebung folgend, sagte Karen zärtlich: »Josie, was bist du doch für eine gute Seele. Du tust soviel, beklagst dich nie und gibst mir mehr, als ich dir jemals geben könnte.«

»Du gibst mir genug, indem wir zusammen sind«, sagte Josie, ohne vom Koffer aufzusehen. Karen wußte, daß ihrer Betreuerin offene Gefühlsbezeigungen peinlich waren.

»Josie, laß die Packerei und komm her. Ich möchte dir einen Kuß geben.«

Josie kam schüchtern lächelnd herbei.

»Leg die Arme um mich«, befahl Karen, und als Josie es tat, küßte Karen sie schnell. »Josie, ich hab dich lieb.«

»Ich dich auch«, sagte Josie und kehrte zum Koffer zurück.

Als sie fertig gepackt hatte, sagte sie: »Ich gehe jetzt hinunter und hole Humperdinck. Kann ich dich allein lassen?«

»Selbstverständlich. Während du weg bist, werde ich telefonieren. Setz mir bitte den Kopfhörer auf.«

Josie erfüllte ihre Bitte, und dann hörte Karen, wie die Wohnungstür ins Schloß fiel.

Karen berührte mit dem Kopf den kleinen Telefonschalter. In ihrer Hörmuschel ertönte das Freizeichen und gleich darauf eine Stimme: »Telefonvermittlung. Guten Tag.«

»Ich möchte eine Handvermittlung. Könnten Sie bitte folgende Nummer für mich wählen?« Karen nannte die Nummer ihrer Eltern.

»Einen Moment bitte.« Erst hörte sie es einige Male klicken, dann das Freizeichen. Karen wartete, daß am anderen Ende der Hörer abgenommen würde – meistens geschah das nach dem zweiten oder dritten Klingelzeichen –, aber zu ihrer Verwunderung klingelte das Telefon weiter. Karen hatte an diesem Morgen ganz früh mit ihrer Mutter gesprochen und wußte, daß sich Henrietta Sloan nicht wohl fühlte und heute weder zur Arbeit noch ausgehen wollte.

Vielleicht hatte die Telefonvermittlung eine falsche Nummer gewählt, dachte Karen.

Sie unterbrach die Verbindung, indem sie mit dem Kopf den Schalter bediente, und versuchte es ein weiteres Mal. Das Telefon klingelte wieder, wurde aber nicht abgehoben.

Dann versuchte es Karen mit Cynthias Nummer. Auch dort meldete sich niemand.

Karen wurde unruhig. Sie war selten allein in ihrer Wohnung, aber wenn es vorkam, wollte sie wenigstens mit jemandem telefonieren.

Als sie Josie gestattete, Humperdinck allein zu holen, hatte sie nicht darüber nachgedacht. Jetzt bereute sie es.

In dem Moment gingen die Lampen in der Wohnung aus, der Fensterventilator blieb stehen, und Karen fühlte eine winzige Unterbrechung im gewohnten Rhythmus, als ihr Atemgerät automatisch auf Batteriebetrieb umschaltete.

Mit Entsetzen erkannte sie, was sie und Josie übersehen hatten. Die Rollstuhlbatterie hätte nach der Rückkehr vom Einkaufsbummel sofort durch eine neue ersetzt werden müssen. Statt dessen hatte Josie den Stuhl ans Netz angeschlossen und die verbrauchte Batterie auf »Laden« gestellt. Um sich vom Verlust der Vormittagsstunden zu erholen, mußte die Batterie sechs Stunden geladen werden. Im Augenblick hing sie kaum eine Stunde am Netz und konnte sich jetzt, während des Stromausfalls, nicht weiter aufladen.

Rechts neben Karens Rollstuhl stand schon die neue Batterie bereit. Sie sollte vor dem Aufbruch ins Krankenhaus montiert werden. Karen konnte sie sehen, aber nicht selbst anschließen.

Sie hoffte, daß es in wenigen Minuten wieder Strom geben würde. Und stärker denn je hoffte sie, daß Josie schnell zurückkäme.

Karen beschloß, Nimrod anzurufen. Offensichtlich handelte es sich um den von ihm angekündigten unplanmäßigen Stromausfall.

Als sie mit dem Kopf auf den Telefonschaltknopf drückte, hörte sie jedoch eine Tonbandansage: »Alle Leitungen sind besetzt. Versuchen Sie es bitte später noch einmal.«

Sie versuchte es wieder und wieder. Immer mit demselben Ergebnis.

Allmählich wurde ihre Angst größer. *Wo war Josie? Warum blieb sie so lange weg?* Und warum war der Hausmeister Jiminy nicht gekommen, was er sonst immer tat, wenn irgend etwas Außergewöhnliches geschah?

Karen konnte nicht wissen, daß eine Reihe von unglücklichen Ereignissen sie in diese schlimme Lage gebracht hatten.

Um zehn Uhr fünfundvierzig, während Karen und Josie sich zu ihrem Einkaufsbummel rüsteten, war Luther Sloan verhaftet worden. Ihm wurden sechzehn schwere Vergehen nach Paragraph 693c, dem Gasdiebstahlsparagraphen des Strafgesetzbuchs von Kalifornien, zur Last gelegt.

Seitdem bemühte sich Henrietta Sloan, in solchen Dingen unerfahren und völlig verzweifelt, die Freilassung ihres Mannes gegen Kaution zu erwirken. Kurz vor Mittag rief sie ihre ältere Tochter Cynthia zu Hilfe. Cynthia eilte zu ihrer Mutter, nachdem sie eine Nachbarin gebeten hatte, sich um den Jungen zu kümmern, wenn er aus der Schule kam.

Während Karen versuchte, ihre Mutter und ihre Schwester zu erreichen, waren die beiden gerade von der für die Freilassung gegen Kaution zuständigen Behörde zur Haftanstalt unterwegs.

Als der Strom ausfiel, befanden sie sich im Besuchertrakt des Gefängnisses. Da die Anstalt ein Notstromaggregat hatte, merkten sie nichts von dem Stromausfall, bis auf ein kurzes Flackern bei der automatisch erfolgenden Umstellung.

Wenige Minuten zuvor noch hatten Henrietta Sloan und Cynthia darüber gesprochen, ob sie Karen anrufen sollten, aber sie hatten sich dagegen entschieden, um sie nicht zu beunruhigen.

Weder die beiden Frauen noch Luther Sloan sollten von dem Stromausfall etwas erfahren, bevor sie nach etwa zwei Stunden das Gefängnis zu dritt verlassen konnten, da die Freilassung gegen Kaution gewährt worden war.

Josie und Jiminy, der Hausmeister, waren im Lift steckengeblieben und schrien aus Leibeskräften, um Aufmerksamkeit zu erregen.

Nachdem Josie Karens Wohnung verlassen hatte, war sie zur nahe gelegenen Tankstelle gegangen, wo Humperdinck nach Ölwechsel und Tanken über Nacht geblieben war. Es hatte keine zehn Minuten gedauert, Humperdinck zu holen und vor dem Wohnhauseingang abzustellen, wo Karens Rollstuhl bequem verladen werden konnte.

Der runzelige alte Hausmeister beschäftigte sich draußen mit Malerarbeiten, als Josie zurückkam. »Wie geht es unserer Karen?« fragte er.

»Gut«, antwortete Josie, und dann erzählte sie ihm, daß sie wegen der für den nächsten Tag geplanten Stromsperre jetzt gleich zum Redwood Grove fahren wollten. Jiminy stellte die

Büchse mit Farbe hin und bot sich an mitzukommen, um den beiden Frauen behilflich zu sein.

Im Lift drückte Jiminy auf den Knopf für den sechsten Stock. Sie befanden sich zwischen dem dritten und vierten Geschoß, als der Strom ausfiel. Oben im Aufzug war eine batteriegespeiste Notlampe angebracht. Jiminy schaltete sie ein. In dem düsteren Schein drückte er auf alle Knöpfe, aber nichts geschah.

Da begannen die beiden, um Hilfe zu rufen.

Nun riefen sie schon seit zwanzig Minuten, ohne eine Antwort zu bekommen.

Im Dach des Aufzuges befand sich eine kleine Nottür, aber Josie und Jiminy waren beide zu klein, um dort hinaufzugelangen. Sie versuchten es in ihrer Verzweiflung, indem sie abwechselnd einer auf des anderen Schultern kletterten, doch die Tür ließ sich nur ein winziges Stück bewegen, an ein Hindurchschlüpfen war nicht zu denken. Aber auch wenn es ihnen gelungen wäre, hätten sie immer noch keine Möglichkeit gehabt, aus dem Aufzugschacht herauszukommen.

Josie war inzwischen eingefallen, daß Karens Batterie nur ungenügend aufgeladen war. Ihre Schreie wurden immer verzweifelter und heiserer, schließlich flossen die Tränen.

Drei Stunden mußten Josie und Jiminy im Aufzug bleiben, bis der Strom wiederkam.

Nim Goldman, der während des plötzlichen Stromausfalls von allen Seiten bestürmt wurde, dachte kurz an Karen und war erleichtert, daß sie am Morgen zugestimmt hatte, sich sofort ins Krankenhaus zu begeben. Sobald es ein wenig ruhiger zuging, wollte er sie dort anrufen.

Karen brach der kalte Schweiß aus.

Sie war nun sicher, daß Josie etwas Ernstes zugestoßen sein mußte.

Immer wieder versuchte sie zu telefonieren, hörte aber jedesmal nur den Tonbandhinweis. Sie überlegte, ob sie mit dem Rollstuhl zur Wohnungstür fahren und so lange dagegenstoßen sollte, bis jemand sie hören würde; die Batterie würde auf diese Weise allerdings noch mehr geschwächt werden, und Karen wußte, daß sie sie dringend für das Beatmungsgerät brauchte.

Und in der Tat reichte die verbliebene Energie gerade aus, um die eiserne Lunge noch eine Viertelstunde in Betrieb zu halten. Der Einkaufsbummel hatte mehr Strom verbraucht, als Karen vermutete.

Karens Glaube war nie besonders stark gewesen, aber jetzt betete sie mit Inbrunst, Gott möge ihr Josie schicken oder Jiminy, ihre Eltern oder Nimrod, Cynthia oder irgendeine Menschenseele.

»Alles, was sie tun müssen, lieber Gott, ist, diese Batterie hier anzuschließen. O Jesus, hier neben mir ist doch die Batterie. Jeder kann sie anschließen, ich kann es erklären. O bitte, allmächtiger Vater, hilf mir doch...«

Sie betete noch, als sie spürte, wie das Beatmungsgerät schwächer wurde.

Dem Wahnsinn nahe, versuchte sie noch einmal, die Telefonvermittlung zu erreichen. Und wieder hörte sie: »Alle Leitungen sind besetzt. Versuchen Sie es bitte später noch einmal...«

Ein schriller Summer, der an das Beatmungsgerät angeschlossen war und von einer kleinen Nickelkadmiumzelle gespeist wurde, gab einen Warnton von sich, der anzeigte, daß die eiserne Lunge gleich ihren Dienst einstellen würde. Karens Bewußtsein war schon so getrübt, daß sie den Ton nur noch wie aus weiter Ferne hörte.

Sie begann zu keuchen. Die Augen traten ihr aus den Höhlen. Sie riß verzweifelt den Mund auf, rang vergeblich nach Atem. Unter qualvollen Schmerzen würgte sie ein letztes Mal.

Dann starb die Batterie – und Karen mit ihr.

Im Augenblick des Todes fiel ihr Kopf zur Seite und berührte den Telefonknopf. Eine Stimme meldete sich: »Telefonvermittlung. Kann ich Ihnen helfen?«

19

Es war fast wie bei der Wiederaufführung eines alten Films, dachte Nim, als er den versammelten Pressevertretern sowie den Reportern von Radio und Fernsehen erklärte, was in La Mission geschehen und weshalb es zum Blackout gekommen war.

War es wirklich erst zehn Monate her, daß Walter Talbot und die anderen gestorben waren? Und war nicht ein Bombenanschlag auf Big Lil auch der Grund für das damalige Blackout? In der Zwischenzeit hatte sich soviel ereignet, daß ihm die verstrichene Zeit viel länger vorkam.

Einen Unterschied bemerkte Nim jedoch sofort: Die Haltung der Presseleute hatte sich in den zehn Monaten völlig geändert.

Heute war man für die Probleme der GSP&L aufgeschlossen, und man brachte dem Unternehmen eine Sympathie entgegen, die man früher nicht für möglich gehalten hätte.

»Mr. Goldman«, fragte der Vertreter von *Oakland Tribune,* »wenn Sie grünes Licht zum Bau der nötigen Kraftwerke bekämen, wie lange würde es dauern, das Netz zukunftssicher auszubauen?«

»Zehn Jahre«, antwortete Nim. »Im besten Falle acht. Wir brauchen unzählige Genehmigungen, bevor wir überhaupt anfangen können. Und bis jetzt sieht es nicht so aus, als würden wir auch nur eine einzige erhalten.«

Teresa Van Buren hatte ihn gebeten, an der Pressekonferenz in der Besuchergalerie des Energiekontrollzentrums teilzunehmen, um zu den Ereignissen im Kraftwerk La Mission und dem damit zusammenhängenden Stromausfall einige Erklärungen abzugeben.

Nim selbst hatte den Beginn des Blackouts in seinem Büro erlebt, als die Lichter kurz aus- und dann wieder angingen. Das Energiekontrollzentrum war durch ein eigenes Leitungsnetz vor Stromausfall geschützt.

Da Nim das Gefühl hatte, etwas sei nicht in Ordnung, ging er zur Lastverteilung hinüber, wo ihn Ray Paulsen, der wenige Minuten vor ihm angekommen war, über das Vorgefallene aufklärte.

»Ostrander hat das einzig Richtige getan, und ich werde ihn auf jeden Fall unterstützen«, sagte Paulsen. »Wenn ich dagewesen wäre, hätte ich genauso gehandelt.«

»In Ordnung«, sagte Nim. »Wenn ich mit der Presse spreche, werde ich in dieselbe Kerbe schlagen.«

»Noch etwas anderes können Sie ihnen sagen«, erklärte Paulsen. »In höchstens drei Stunden werden wir wieder Strom haben. Und bis morgen werden die Generatoren eins, zwei, drei und vier von La Mission wieder arbeiten ebenso wie alle geothermischen Einheiten.«

»Ja, danke. Ich werde es weitergeben.«

Wie sehr hatte sich doch in letzter Zeit unter dem Druck der Ereignisse sein Verhältnis zu Paulsen verändert! Das Kriegsbeil war vorläufig begraben.

Jetzt, in der Pressekonferenz, fragte Nancy Molineaux: »Werden sich für die angekündigten Stromsperren irgendwelche Änderungen ergeben?«

»Nein«, antwortete Nim. »Sie werden planmäßig morgen beginnen und bis auf weiteres täglich stattfinden.«

Der Vertreter von *Sacramento Bee* wollte wissen: »Werden Sie die Stromsperren auf drei Stunden täglich beschränken können?«

»Das ist unwahrscheinlich«, antwortete Nim. »Da unsere Ölvorräte immer kleiner werden, müssen wir die Stromsperren verlängern – vermutlich bis zu sechs Stunden täglich.«

Irgend jemand pfiff leise durch die Zähne.

Ein Fernsehreporter fragte: »Haben Sie davon gehört, daß es inzwischen Demonstrationen gegen die Kraftwerksbaugegner gegeben hat?«

»Das habe ich gehört. Aber damit wird leider niemandem geholfen. Auch uns nicht.«

Die Demonstrationen hatten in der vergangenen Nacht stattgefunden. Die Demonstranten hatten die Fenster des Sequoia Clubs mit Steinen eingeworfen, ebenso die der Zentrale der Atomgegner. Die Leute bezeichneten sich selbst als »einfache Bürger«, als sie von der Polizei verhaftet wurden. Später ließ man sie wieder frei, ohne Anklage zu erheben.

Man erwartete noch weitere Demonstrationen und Tumulte im ganzen Land, vor allem, wenn wegen der Stromausfälle Leute entlassen werden mußten und die Arbeitslosigkeit zunahm.

Die früheren Kritiker und Gegner der GSP&L verhielten sich indessen ruhig.

Am Ende der Pressekonferenz fragte einer der Reporter: »Haben Sie einen Rat, Mr. Goldman? Wie sollen sich die Leute verhalten?«

Nim lächelte hilflos. »Schalten Sie alle Energieverbraucher aus, die nicht unbedingt zum Überleben nötig sind.«

Ungefähr zwei Stunden später, kurz nach sechs Uhr abends, kehrte Nim in sein Büro zurück.

Er bat Vicki, die länger geblieben war und ebenfalls noch arbeitete: »Rufen Sie doch bitte im Redwood Grove Hospital an und lassen Sie sich mit Miss Sloan verbinden.«

Nach wenigen Minuten meldete sich Vicki über die Gegensprechanlage. »Im Krankenhaus befindet sich keine Miss Sloan.«

»Sind Sie sicher?« fragte Nim überrascht.

»Ich habe gebeten, es zu überprüfen, und sie haben zweimal nachgeschaut.«

»Dann probieren Sie es zu Hause.« Er wußte, daß Vicki die Nummer hatte, glaubte allerdings nicht, daß Karen schon in ihre Wohnung zurückgekehrt war.

Nach wenigen Minuten meldete sich Vicki nicht mehr über die Sprechanlage, sondern kam in Nims Büro. Sie sah ernst aus.

»Mr. Goldman«, sagte sie, »ich glaube, es ist besser, wenn Sie selbst an den Apparat gehen.«

Verständnislos hob er den Hörer ab. »Bist du es, Karen?«

Eine tränenerstickte Stimme meldete sich: »Nimrod, hier spricht Cynthia. Karen ist tot.«

»Können Sie nicht schneller fahren?« drängte Nim den Fahrer.

»Ich tue, was ich kann, Mr. Goldman.« Es klang vorwurfsvoll. »Es herrscht starker Verkehr, außerdem sind mehr Fußgänger auf der Straße als sonst.«

Nim hatte einen Firmenwagen mit Chauffeur angefordert, der ihn vor dem Haupteingang erwarten sollte. Den eigenen Wagen zu holen hätte länger gedauert. Dann war er hinuntergeeilt und hatte dem Fahrer die Adresse von Karens Wohnhaus genannt. Jetzt befanden sie sich auf dem Wege dorthin.

Nims Gedanken waren in Aufruhr. Er hatte von Cynthia keine Einzelheiten erfahren, nur die Tatsache, daß der Stromausfall Karens Tod verursacht hatte. Nim machte sich nun Vorwürfe, daß er sich nicht davon überzeugt hatte, ob Karen wirklich ins Krankenhaus gefahren war.

Obwohl er wußte, daß es zu spät war, brannte er vor Ungeduld, ans Ziel zu kommen.

Um sich abzulenken, sah er aus dem Wagenfenster und stellte

fest, daß der Fahrer recht hatte. Es waren wirklich mehr Leute als sonst auf den Beinen. Nim erinnerte sich, was er über das Verhalten der Bewohner von New York City gelesen hatte. Sie strömten bei Blackouts ebenfalls auf die Straße, und wenn man sie fragte, weshalb, wußten sie keine Antwort. Vielleicht war es der Wunsch, die mißliche Lage mit dem Nachbarn zu teilen.

Aber nicht nur harmlose Zeitgenossen belebten in derartigen Situationen New Yorks Straßen, es waren auch andere unterwegs, kriminelle Außenseiter, die plünderten und brandschatzten und auf ihre Weise Nutzen aus dem Schaden ihrer Mitmenschen zogen. Möglich, daß es hier in Kalifornien genauso schlimm werden würde, wenn es mit den Stromausfällen so weiterging, überlegte Nim. Auf jeden Fall würde es kaum jemanden geben, dessen Leben nicht durch die Stromsperren verändert werden würde.

Inzwischen waren die Lichter der Stadt wieder angegangen. Bald würden auch die entlegensten Winkel wieder beleuchtet sein.

Jedenfalls bis morgen. Und übermorgen.

Wer aber konnte sagen, wie sich das Abweichen vom normalen Lebensrhythmus auf die Dauer auswirken würde?

»Wir sind da«, sagte der Fahrer. Sie waren vor Karens Wohnhaus angekommen.

»Warten Sie bitte«, bat Nim den Fahrer.

»Du kannst nicht hereinkommen«, sagte Cynthia. »Nicht jetzt. Es ist zu schrecklich.« Nim stand vor Karens Wohnung.

Cynthia war auf den Flur herausgetreten und zog die Tür hinter sich zu. In der kurzen Zeit, als die Tür offenstand, konnte Nim eine hysterische Frauenstimme hören – vermutlich die von Henrietta Sloan – und ein halb unterdrücktes Wimmern, das sicherlich von Josie kam. Cynthias Augen waren rot.

Sie erzählte ihm von den Umständen, die zu Karens Tod geführt hatten. Nim berichtete Cynthia von seinen Selbstvorwürfen, aber Cynthia schnitt ihm das Wort ab.

»Nein, Nimrod! Niemand von uns hat soviel für Karen getan wie du! Sie würde bestimmt nicht wollen, daß du dich in irgendeiner Weise schuldig fühlst. Sie hat dir übrigens etwas hinterlassen. Warte!«

Cynthia ging hinein und kam mit einem blauen Briefbogen zurück. »Das haben wir in Karens Schreibmaschine gefunden. Sie arbeitete immer sehr lange an ihren Gedichten, vielleicht war sie gerade dabei, als ... als ...« Ihre Stimme zitterte. Sie schüttelte den Kopf. Der Satz blieb unvollendet.

»Danke.« Nim faltete das Blatt und steckte es in die Tasche. »Kann ich irgendwie helfen?«

Cynthia schüttelte den Kopf. »Nein, nicht jetzt.« Als er sich zum Gehen wandte, fragte sie: »Nimrod, sehe ich dich wieder?«

Er blieb stehen. Das war eine eindeutige Einladung, wie er sie schon einmal bekommen hatte.

»O Gott, Cynthia«, stöhnte er, »ich weiß es nicht.«

Er konnte nicht leugnen, daß er Cynthia begehrte. Sie war eine warmherzige Person, schön und bereit, Liebe zu schenken. Er begehrte Cynthia, obwohl er sich mit Ruth versöhnt hatte und sie hingebungsvoll liebte.

»Wenn du mich brauchst, Nim«, sagte Cynthia, »weißt du, wo du mich findest.«

Er nickte, als er sich umdrehte und davonging.

Im Auto, auf dem Rückweg zur GSP&L, nahm Nim den blauen Briefbogen aus der Tasche, entfaltete ihn und las:

> Ist es so seltsam denn,
> Mein liebster Nimrod,
> Daß die Lichter nun verlöschen?
> Sind Feuer sie von Menschenhand,
> So müssen sie vergehen.
> Das Licht des Lebens nur wird leuchten,
> Und sei es auch ein blasser Schein.
> Ein jeder trägt

Hier brach das Gedicht ab. Was Karen noch hatte sagen wollen, sollte er nicht mehr erfahren.

20

Man hatte ein Feldbett in Nims Büro gebracht. Als er wiederkam, war es bereits aufgestellt und mit Laken, Decke und Kopfkissen für die Nacht hergerichtet.

Vicki war heimgegangen.

Er mußte immer noch an Karen denken. Trotz allem, was Cynthia gesagt hatte, fühlte er sich schuldig. Es war nicht nur eine persönliche Schuld, sondern die Schuld der GSP&L, zu der er gehörte. Und die GSP&L hatte versagt. Die Elektrizität, aus dem modernen Leben nicht mehr wegzudenken, für Leute wie Karen aber im wahrsten Sinne des Wortes zum Leben bitter nötig, durfte nie versiegen, das war für einen öffentlichen Versorgungskonzern wie die GSP&L eine heilige Pflicht. Und trotzdem sollte nun von morgen an diese wichtige Lebenslinie unterbrochen werden – das war tragisch und in gewisser Weise nicht einmal nötig. Nim war überzeugt, daß es noch mehr Härten und viele unvorhergesehene Verluste geben würde.

Ob er jemals die Schuldgefühle, die ihn in bezug auf Karens Tod quälten, verlieren würde? Konnte die Zeit die Wunde heilen?

Nim hätte gern mit einem vertrauten Menschen über seinen Verlust gesprochen. Aber er hatte Ruth nichts von Karen erzählt, und jetzt konnte er es erst recht nicht.

Er vergrub das Gesicht in den Händen. Nach einer Weile beschloß er, sich wenigstens mit Arbeit von seinem Kummer abzulenken.

Zehn Minuten war es ihm gelungen, sich auf die Akten auf seinem Schreibtisch zu konzentrieren, als er im Vorzimmer das Telefon klingeln hörte. Er nahm das Gespräch auf seinem Apparat entgegen.

»Ich wette, Sie dachten, Sie könnten für heute Ihr Firmensprachrohr in die Ecke stellen«, sagte Teresa Van Buren übermütig.

»Um ehrlich zu sein, der Gedanke ist mir tatsächlich gekommen«, erwiderte Nim.

Die Pressechefin kicherte. »Holen Sie es nur gleich wieder hervor. Die Presse kennt keinen Schlaf. Ich habe gleich zwei liebenswerte Vertreter hier, die Ihnen Ihre Aufwartung machen möchten. *American Press* hat noch einige Zusatzfragen zu unseren Rollstromsperren, und Nancy Molineaux will nicht mit der Sprache herausrücken, womit Sie ihr heute noch dienen können. Was halten Sie davon?«

Nim seufzte. »Nun gut, bringen Sie sie her.«

Es gab Augenblicke – und dies war so einer –, da es ihm von Herzen leid tat, daß Paul Sherman Yale nicht mehr Konzernsprecher war.

»Ich verdrücke mich«, sagte die Pressechefin einige Minuten später, nachdem sie einen älteren Reporter, der unter Triefaugen und Raucherhusten litt, in Nims Büro geführt hatte. Nancy Molineaux wollte solange im Vorzimmer warten.

Die Fragen des Reporters waren routiniert, Nims Antworten wurden in einer eigenen Art von Kurzschrift zu Papier gebracht. Als sie fertig waren, stand der Mann auf und fragte: »Soll ich die Puppe reinschicken?«

»Ja, bitte.«

Nim hörte, wie die äußere Tür geschlossen wurde, bevor Nancy sein Büro betrat.

»Hallo«, grüßte sie freundlich.

Wie immer war sie geschmackvoll, wenn auch einfach, gekleidet, diesmal in ein korallenrotes seidenes Hemdblusenkleid, das hervorragend zu ihrer makellosen dunklen Haut paßte. Ihr schönes Gesicht mit den hohen Backenknochen schien etwas von seinem früheren Hochmut verloren zu haben, wenigstens kam es Nim so vor, weil sie ganz allgemein nach den Ereignissen im Christopher Columbus Hotel eine freundlichere Haltung angenommen hatte.

Sie setzte sich vor seinen Schreibtisch und schlug die langen, wohlgeformten Beine übereinander. Nim musterte sie kurz, schaute aber dann weg.

»Was kann ich für Sie tun?« fragte er.

»Sehen Sie sich das hier einmal an.« Sie stand auf und legte einen langen Papierstreifen vor ihn auf den Tisch. Es war der Durchschlag eines Fernschreibens.

»Das sind die neuesten Meldungen«, sagte Nancy. »Die Morgenzeitungen werden sie bringen. Wir möchten sie noch mit einigen Kommentaren, dem Ihren zum Beispiel, für die Nachmittagsausgabe erweitern.«

»Lassen Sie sehen«, sagte Nim und hielt das Blatt unter die Lampe.

»Sie können sich mit der Antwort Zeit lassen.«

Er überflog die Meldung, fing dann aber wieder von vorn an und studierte den Text gründlich.

washington, d.c., 3. mai. die regierung der vereinigten staaten will, um die ölkrise zu beenden, eine neue währung herausgeben – den neuen dollar. er wird tatsächlich golddeckung haben und soviel wert sein wie zehn derzeitige dollar.

der präsident wird den neuen dollar morgen auf einer pressekonferenz vorstellen.

namhafte persönlichkeiten in washington haben den neuen dollar bereits als »ehrlichen dollar« bezeichnet.

den ölexportierenden staaten soll der neue dollar als zahlungsmittel angeboten werden, wobei preiskorrekturen in kauf genommen werden.

die reaktion der opec-staaten war bisher vorsichtig, aber soweit erkennbar günstig. der sprecher der opec-staaten, scheich achmed musahed, forderte allerdings die einsetzung einer unabhängigen kommission, die die tatsächlichen goldvorräte der vereinigten staaten prüfen sollte. erst dann könnte man die neue währung als zahlungsmittel anerkennen.

»wir wollen nicht soweit gehen und behaupten, die vereinigten staaten hätten uns in bezug auf ihre goldreserven belogen«, erklärte scheich achmed musahed heute abend in paris, »aber es hat immer wieder gerüchte gegeben, dass sie nicht so gross seien, wie offiziell behauptet wird. da wir derartige gerüchte nicht einfach vom tisch fegen können, möchten wir den beweis haben, dass der neue dollar wirklich eine solide golddeckung hat.«

der präsident wird morgen in seiner ansprache bekanntgeben, dass die amerikaner den neuen dollar zum kurs von eins zu zehn eintauschen können. der umtausch ist zunächst freiwillig. nach inkrafttreten eines entsprechenden gesetzes wird der alte dollar jedoch in den nächsten fünf jahren seine gültigkeit als zahlungsmittel verlieren.

auf der pressekonferenz wird der präsident unweigerlich gefragt werden...

Das Gerücht, das der Lobbyist der GSP&L in Washington letzte Woche angedeutet hatte, war also bereits Wirklichkeit geworden, dachte Nim.

Dann fiel sein Blick auf Nancy Molineaux, die immer noch wartete.

»Ich bin kein Finanzgenie«, sagte Nim. »Aber man muß sicherlich auch keines sein, um zu begreifen, was hier geschieht.« Er schnippte das Fernschreiben mit dem Finger beiseite. »Ein solcher Schritt war längst fällig, und zwar seit die Inflation einsetzte und wir vom importierten Öl immer abhängiger wurden. Unglücklicherweise werden die Leute der Mittelklasse wieder am schlimmsten betroffen. Sie haben hart gearbeitet und gespart, und jetzt wird ihr sauer verdientes Geld nur noch ein Zehntel wert sein. Dabei bedeutet die ganze Aktion keineswegs eine Rettung aus der Misere, sondern nur einen Aufschub. Es wird Zeit, daß wir aufhören, Öl zu kaufen, das wir uns nicht leisten können, und Geld auszugeben, das uns nicht gehört, Zeit, daß wir uns auf die Entwicklung unserer eigenen, unangetasteten Quellen besinnen.«

»Danke«, sagte Nancy, »das reicht.« Sie legte ihren Notizblock zur Seite. »Drüben in unserer Zeitungsredaktion hält man Sie bereits für das Orakel von Kalifornien. Und wenn wir schon beim Thema sind, kann ich Ihnen auch verraten, daß wir in unserer Ausgabe vom nächsten Sonntag Ihre Worte von jenem Hearing im September des letzten Jahres abdrucken werden, das für Sie persönlich so unangenehme Folgen hatte. Jetzt haben diese Worte einen Sinn, den damals niemand verstand.« Ihr kam ein Gedanke. »Wollen Sie nicht meinem Bericht noch eine persönliche Note geben, indem Sie mir verraten, was Sie jetzt fühlen?«

Nim öffnete eine Schreibtischschublade und holte eine Mappe hervor. Er nahm einen blauen Briefbogen heraus und las laut:

»... bleib ein Mann von edlem Mut.
Vergib den blinden Spöttern,

>>Die nicht so reich
Mit Weitsicht, Scharfsinn, Klugheit
Von der Natur beschenkt sind –
Dazu mit Fleiß begabt
Wie du.«

»Nicht schlecht«, sagte Nancy. »Wer hat das geschrieben?«

»Ein lieber Mensch, der heute gestorben ist.« Das Sprechen fiel ihm plötzlich sehr schwer. »Wir waren gute Freunde.«

Nancy schwieg eine Weile, dann fragte sie: »Kann ich das ganze Gedicht sehen?«

»Warum nicht.« Er gab ihr das Papier.

Als Nancy zu Ende gelesen hatte, sah sie ihn an. »Eine Frau?« Er nickte. »Ja.«

»Ist das der Grund, warum Sie vorhin, als ich hereinkam, aussahen, als hätte Sie der Schlag getroffen?«

Nim lächelte. »Das war zweifellos der Grund.«

Nancy gab Nim den Briefbogen zurück. »Möchten Sie darüber reden? Wenn Sie wollen, bleibt es unter uns.«

»Ja, wenn es wirklich unter uns bleibt. Sie hieß Karen Sloan und war seit ihrem fünfzehnten Lebensjahr gelähmt. Ein schwerer Fall von Tetraplegie.« Er hielt inne.

»Weiter«, ermunterte ihn Nancy. »Ich höre.«

»Ich glaube, sie war die schönste Person, die mir je begegnet ist – in jeder Hinsicht.«

Nim schwieg wieder, und Nancy fragte: »Wie haben Sie sie kennengelernt?«

»Durch Zufall. Es war nach jenem Stromausfall im Juli ...«

Vor kaum einer Stunde hatte Nim das Verlangen gehabt, mit jemandem über Karen zu sprechen. Jetzt schüttete er sein Herz bei Nancy aus. Sie stellte hin und wieder eine Frage, hörte aber meistens schweigend zu. Als Nim über Karens Tod sprach, stand Nancy auf, ging im Raum auf und ab und sagte: »O Mann. Das ist schlimm.«

»Das Leben teilt oft kräftige Schläge aus«, sagte Nim. »Ist es da ein Wunder, daß die Seele Beulen davonträgt?«

Nancy kam wieder zum Schreibtisch. Sie zeigte auf die ausgebreiteten Papiere. »Warum quälen Sie sich dann mit diesem ganzen Kram herum?«

»Ich habe noch viel Arbeit, die dringend erledigt werden muß.«

»Quatsch, lassen Sie alles liegen und gehen Sie heim!«

Er schüttelte den Kopf und sah zum Feldbett hinüber. »Heute nacht schlafe ich hier. Wir haben noch große Probleme, und morgen beginnen die Rollstromsperren.«

»Dann kommen Sie mit zu mir.«

Er mußte sie entgeistert angestarrt haben, denn sie fügte schnell hinzu: »Es ist nicht weit. Nur fünf Minuten mit dem Auto. Sie können die Telefonnummer hinterlassen, dann sind Sie im Notfall schnell wieder hier. Falls kein Anruf kommt, können Sie morgen bei mir frühstücken.«

Sie standen sich prüfend gegenüber und musterten einander mit unverhohlener Neugierde. Nim sog den Moschusgeruch ihres Parfüms ein und betrachtete ihren schlanken, geschmeidigen, begehrenswerten Körper. Er wollte gern mehr über sie wissen. Viel mehr. Und dabei wußte er, daß er gerade – wie schon oft in seinem Leben und an diesem Abend nun schon zum zweitenmal – von einer Frau in Versuchung geführt wurde.

»Das Angebot wird nicht wiederholt«, drängte Nancy. »Also entscheiden Sie sich. Ja oder nein?«

Für den Bruchteil einer Sekunde zögerte Nim. Dann sagte er: »Also gut, gehen wir.«

**Bitte beachten Sie
die folgenden Seiten:**

Harold Robbins

Die Unersättlichen
Ullstein Buch 2615

Die Moralisten
Ullstein Buch 2659

Die Traumfabrik
Ullstein Buch 2709

Die Manager
Ullstein Buch 2723

Die Playboys
Ullstein Buch 2824

Die Wilden
Ullstein Buch 2885

Die Profis
Ullstein Buch 2946

Die Bosse
Ullstein Buch 3100

Der Clan
Ullstein Buch 3198

Der Pirat
Ullstein Buch 3494

Sehnsucht
Ullstein Buch 20080

Träume
Ullstein 20114

»Harold Robbins' Romane sind eine Anatomie unserer Gesellschaft.«
Books

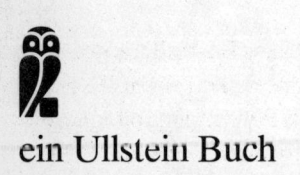

ein Ullstein Buch

Arthur Hailey

Letzte Diagnose
Ullstein Buch 2784

Hotel
Ullstein Buch 2841

Airport
Ullstein Buch 3125

Auf höchster Ebene
Ullstein Buch 3208

Räder
Ullstein Buch 3272

Die Bankiers
Ullstein Buch 20175

Hochspannung
Ullstein Buch 20301

ein Ullstein Buch

»Dieser Bestsellerautor kennt den direkten Weg zum Publikum: Spannung.«
Münchner Merkur

John Steinbeck

Das Tal des Himmels
Ullstein Buch 128

Der rote Pony
Ullstein Buch 205

**Die Straße
der Ölsardinen**
Ullstein Buch 233

Der fremde Gott
Ullstein Buch 302

Die wilde Flamme
Ullstein Buch 2677

Der Mond ging unter
Ullstein Buch 2678

**Autobus auf
Seitenwegen**
Ullstein Buch 2679

Wonniger Donnerstag
Ullstein Buch 2684

**Von Mäusen
und Menschen**
Ullstein Buch 2693

Laßt uns König spielen
Ullstein Buch 2695

Geld bringt Geld
Ullstein Buch 2752

Früchte des Zorns
Ullstein Buch 2796

Jenseits von Eden
Ullstein Buch 2895

Logbuch des Lebens
Ullstein Buch 2928

Meine Reise mit Charley
Ullstein Buch 2978

Die Perle
Ullstein Buch 3292

ein Ullstein Buch